# Rose Madder

STEPHEN KING

# Rose Madder

*Tradução*
Myriam Campello

*8ª reimpressão*

Publicado mediante acordo com o autor através de Ralph M. Vicinanza Ltd.

*Grafia atualizada segundo o Acordo Ortográfico da Língua Portuguesa de 1990, que entrou em vigor no Brasil em 2009.*

*Título original*
Rose Madder

*Capa*
Rodrigo Rodrigues

*Copidesque*
Regiane Winarski

*Revisão*
Ana Kronemberger
Joana Milli

CIP-Brasil. Catalogação-na-fonte
Sindicato Nacional dos Editores de Livros, RJ

K64r
King, Stephen
Rose Madder / Stephen King; tradução Myriam Campello. – 2ª ed. – Rio de Janeiro: Objetiva, 2013.
480 p.

Tradução de: Rose Madder.
ISBN 978-85-8105-031-7

1. Ficção americana. I. Campello, Myriam-. II. Título.

11-8069 CDD: 813
CDU: 821.111(73)-3


EDITORA SCHWARCZ S.A.
Praça Floriano, 19, sala 3001 — Cinelândia
20031-050 — Rio de Janeiro — RJ
Telefone: (21) 3993-7510
www.companhiadasletras.com.br
www.blogdacompanhia.com.br
facebook.com/editorasuma
instragram.com/editorasuma
twitter.com/Suma_BR

*Este livro é para Joan Marks*

*Sou realmente Rosie,*
*E Rosie muito real,*
*É melhor acreditar,*
*Sou mesmo sensacional...*
MAURICE SENDAK

*Uma sangrenta*
*gema de ovo. Um furo queimado*
*se espalhando em um lençol. Uma rosa em*
*fúria que ameaça florir.*
MAY SWENSON

# Prólogo

## Beijos Sinistros

Ela se senta no canto, tentando aspirar um pouco de ar na sala que parecia repleta dele minutos atrás e que agora parece não ter ar algum. De uma distância que lhe dá a impressão de imensa, ela ouve um leve som sibilado, e sabe que é o ar que lhe desce pela garganta e novamente desliza para fora numa série de pequenos arquejos febris, mas isso não lhe modifica a sensação de que está se afogando, ali no canto de sua própria sala, olhando para os restos em frangalhos do romance que lia quando seu marido chegou em casa.

Não que ela se importe muito. A dor é grande demais para que se preocupe com questões insignificantes como a respiração, ou como o ar que está inspirando parece não conter ar nenhum. A dor a engoliu como a baleia supostamente engoliu Jonas, aquele santo personagem que fugiu ao dever. A dor lateja como um sol venenoso cintilando dentro dela, num lugar onde até aquela noite havia apenas a calma sensação de uma coisa nova que crescia.

Jamais sentira uma dor como esta, não que se lembrasse — nem mesmo quando, aos 13 anos, para evitar um buraco, desviara a bicicleta e caíra, batendo com a cabeça no asfalto, abrindo nela um corte que depois mostrou ter exatamente 11 pontos de comprimento. Lembrava-se de um prateado solavanco de dor seguido por uma surpresa escura e estrelada que, na verdade, fora um rápido desmaio... mas aquela dor não tinha sido esta agonia. Esta agonia terrível. Sua mão no ventre registra carne que não mais existe como carne; como se um zíper tivesse sido aberto nela e o bebê vivo substituído por uma pedra quente.

*Ah, Deus, por favor*, pensa ela. *Por favor, faça com que o bebê esteja bem.*

Mas agora, quando sua respiração finalmente começa a se tornar um pouco mais fácil, ela percebe que a criança *não* está bem, que ele se assegurou disso, de qualquer forma. Quando se está com quatro meses de gravidez, o bebê ainda é mais uma parte de si do que um ser independente, e quando se está sentada num canto com o cabelo colado em fios ao rosto suado, com a impressão de ter engolido uma pedra quente...

Algo está dando pequenos beijos sinistros e escorregadios no lado de dentro das coxas dela.

— *Não* — sussurra ela —, *não*. Ah, meu bom Deus, *não*. Meu bom Deus, Deus misericordioso, querido Deus, *não*.

*Faça com que seja suor*, pensa ela. *Faça com que seja suor... ou que talvez eu tenha me urinado. É, provavelmente é isso. Doeu tanto depois que ele me bateu pela terceira vez que eu me urinei e nem percebi. É isso.*

Só que não é suor nem urina. É sangue. Ela está sentada ali no canto da sala de estar, olhando para um destroçado livro metade no sofá, metade sob a mesa de centro, e seu útero se prepara para vomitar o bebê que tem carregado até então sem qualquer queixa ou problema.

— *Não* — geme ela —, *não*, Deus, por favor, diga que não.

Ela pode ver a sombra do marido, tão retorcida e alongada como um espantalho num milharal ou a sombra de um enforcado, dançando e saltitando na parede da passagem em arco que liga a sala de estar à cozinha. Pode ver um telefone-sombra apertado contra uma orelha-sombra, e o comprido e espiralado fio-sombra do telefone. Pode ver até mesmo os dedos-sombra dele puxando as espirais do fio, segurando-as por um momento e depois soltando-as para que se reúnam aos outros cachos, como um mau hábito do qual é impossível se livrar.

O primeiro pensamento dela é que ele está chamando a polícia. Ridículo, claro — ele *é* a polícia.

— Sim, é uma emergência — diz ele. — Pode ter certeza de que é mesmo, beleza, ela está grávida. — Ele escuta, fazendo o fio deslizar entre os dedos, e quando fala o tom é de novo irritado. Apenas aquela leve irritação na voz dele é suficiente para tornar a aterrorizá-la e encher sua boca de um gosto metálico. Quem o estaria aborrecendo, contradizendo? Ah, quem seria tão tolo de fazer isso? Só alguém que não o conhecesse, naturalmente; alguém que não o conhecesse do modo como *ela* o conhecia. — *Claro* que não vou tirá-la do lugar, acha que sou idiota?

Os dedos dela rastejam sob o vestido até a coxa, em direção ao algodão ensopado e quente da calcinha. *Por favor*, pensa. Quantas vezes tais palavras lhe haviam atravessado a mente desde que ele arrancara o livro de suas mãos? Ela não sabe, mas aqui estão elas de novo. *Por favor, faça com que o líquido nos meus dedos seja claro. Por favor, Deus. Faça com que seja claro.*

Mas quando retira a mão de debaixo do vestido, as pontas de seus dedos estão vermelhas de sangue. Enquanto as olha, uma cólica monstruosa a rasga como uma lâmina de serrote. Tem que trancar os dentes rapidamente para sufocar um grito. Ela sabe que, naquela casa, é melhor não gritar.

— Não interessa toda essa burocracia, porra! Venha para cá! Rápido! — Ele bate o telefone.

Sua sombra incha e pula na parede, e a seguir ele está de pé na passagem em arco, fitando-a com o rosto corado e bonito. Os olhos naquele rosto são tão despidos de expressão quanto cacos de vidros cintilando à margem de uma estrada rural.

— Olhe só para isso — diz ele, esticando rapidamente as palmas das mãos e deixando-as cair dos lados das pernas com uma palmada macia. — Olhe só essa bagunça.

Ela estende a própria mão, mostrando-lhe as pontas dos dedos ensanguentadas, num tímido gesto de acusação.

— Eu sei — diz ele, como se o fato de saber explicasse tudo, colocasse todo o negócio em um contexto coerente, racional. Vira-se e olha fixamente para o livro desmembrado. Recolhe o pedaço no sofá, depois se curva para pegar o que está sob a mesa de centro. Enquanto ele volta a ficar de pé, ela consegue ver a capa, que mostra uma mulher com blusa branca de camponesa de pé na proa de um navio. O vento empurra seu cabelo dramaticamente para trás, expondo-lhe os ombros sedosos. O título, *A Jornada de Misery*, é realçado em vermelho metálico brilhante.

— *Este* é o problema — diz o marido, sacudindo os restos do livro à frente dela como um homem sacudindo um jornal enrolado para um filhote de cachorro que fez xixi no chão. — Quantas vezes já lhe disse o que acho deste tipo de lixo?

Na verdade a resposta é *nunca*. Ela sabe que poderia estar naquele canto tendo um aborto mesmo se ele tivesse chegado em casa e a encontrasse assistindo às notícias na TV, ou prendendo um botão em uma de suas camisas, ou simplesmente cochilando no sofá. Ele anda passando por um mau momento, uma mulher chamada Wendy Yarrow tem lhe causado problemas, e o que Norman faz com uma aporrinhação é dividi-la com os outros. *Quantas vezes já lhe disse o que acho desse tipo de lixo?*, teria gritado, não importando qual fosse o lixo. E depois, antes de começar a usar os punhos: *Quero falar com você, benzinho. Bem de perto.*

— Você não entende? — murmura ela. — Estou perdendo o bebê!

Inacreditavelmente, ele sorri.

— Você pode ter outro — diz. Como se consolasse uma criança que tivesse deixado cair a casquinha de sorvete. Depois leva o livro rasgado para a cozinha, onde sem dúvida o atirará no lixo.

*Seu canalha*, pensa ela sem saber que está pensando. Os espasmos estão voltando, desta vez não apenas um, mas muitos, enxameando em seu interior como horríveis insetos, fazendo com que ela incline a cabeça bem para o fundo do canto da sala e gema. *Seu canalha, como eu te odeio.*

Ele volta pela passagem em arco e vai até ela, que agita os pés como se pedalasse, tentando se enfiar parede adentro, fixando-o com olhos frenéticos. Por um momento, tem certeza de que ele a matará desta vez, não vai apenas machucá-la ou roubar o bebê que ela desejou por tanto tempo, vai realmente matá-la. Há algo inumano em sua aparência ao andar até ela, com a cabeça abaixada, as mãos pendendo lateralmente e os longos músculos das coxas se movimentando. Antes de a garotada chamar gente como seu marido de policial, havia outra palavra, e é esta palavra que lhe vem à mente agora, ao vê-lo atravessar a sala com a cabeça baixa e as mãos penduradas nos braços como pêndulos de carne, pois é isso que ele parece — um touro.

Ela geme, sacudindo a cabeça, empurrando com os pés. Um mocassim lhe sai do pé, caindo de lado. Sente uma dor violenta, cãibras afundando em seu ventre como âncoras dotadas de velhos dentes enferrujados, e sente mais sangue fluindo, mas não pode parar de pedalar. O que vê nele quando se mostra assim é simplesmente nada; uma espécie de ausência terrível.

Ele se debruça sobre ela, sacudindo a cabeça com cansaço. Então se agacha e desliza os braços sob seu corpo.

— Não vou machucá-la — diz, enquanto se ajoelha para suspendê-la totalmente —, portanto deixe de ser boba.

— Estou sangrando — murmura ela, lembrando que ele tinha dito à pessoa com quem falara ao telefone que, claro, não a tiraria do lugar.

— É, eu sei — responde ele sem interesse. Olha pela sala, tentando decidir onde aconteceu o acidente. Ela adivinha com tanta clareza o que ele está pensando como se estivesse em sua cabeça. — Tudo bem, vai parar. Eles vão fazer isso parar.

*Será que poderão parar o aborto?*, grita ela em sua própria mente, sem nunca pensar que, se pode fazê-lo, ele também pode, ou sem notar o modo cuidadoso como a olha agora. E mais uma vez não se permitirá entreouvir o resto do que está pensando: *Eu te odeio. Eu te odeio.*

Ele a carrega pela sala até a escada. Ajoelha-se, e depois a acomoda no chão junto aos primeiros degraus.

— Confortável? — pergunta solicitamente.

Ela fecha os olhos. Não pode mais olhar para ele, não naquele momento. Sente que enlouquecerá se o fizer.

— Ótimo — diz ele, como se tivesse obtido uma resposta, e quando ela abre os olhos, vê a expressão que ele às vezes exibe: aquela ausência. Como se sua mente tivesse fugido para longe, deixando o corpo para trás.

*Se eu tivesse uma faca, poderia esfaqueá-lo*, pensa... mas mais uma vez não é uma ideia que se permita nem entreouvir, muito menos considerar. É apenas um eco profundo, talvez uma reverberação da loucura do marido, tão suave quanto o sussurro das asas de um morcego em uma caverna.

Subitamente, seu rosto volta a se animar; levanta-se, os joelhos estalando. Examina sua camisa para se certificar de que não há nenhuma mancha de sangue nela. Está tudo bem. Inspeciona o canto em que a mulher desmoronou. *Há* sangue ali, umas poucas gotas e respingos. Mais sangue sai dela agora, mais rápido e com mais força; pode senti-lo ensopando-a com um calor um tanto ávido, doentio. O sangue está *jorrando*, como se o tempo todo tivesse querido expulsar o estranho de seu minúsculo alojamento. É quase como se — um pensamento horrível — seu próprio sangue tomasse o partido do marido... por mais louco que fosse tal partido.

Ele entra na cozinha de novo e fica lá por uns cinco minutos. Ela o escuta perambulando por ali enquanto o aborto real acontece, a dor chega ao auge e se desfaz num jorro que é tão sentido quanto ouvido. Subitamente, é como se estivesse sentada em uma banheira terapêutica cheia de líquido quente e espesso. Uma espécie de molho de sangue.

A sombra alongada dele saltita na passagem em arco quando a geladeira abre e fecha, e depois o armário (o leve guincho a informa que é o de debaixo da pia) também se abre e fecha. A água corre na pia e então ele começa a cantarolar algo com a boca fechada — ela acha que pode ser *When a man loves a woman* — enquanto o bebê escorre para fora de seu corpo.

Quando ele volta pela passagem em arco, traz um sanduíche em uma das mãos — ele não jantou ainda, é claro, e deve estar com fome — e na outra um trapo úmido da cesta sob a pia. Agacha-se no canto para o qual ela cambaleou depois que teve o livro arrancado das mãos e recebeu os três duros socos no ventre — *bam, bam, bam*, adeus estranho — e começa a limpar os borrifos e as gotas de sangue com o trapo; a maior parte do sangue e o resto da sujeira ficarão bem ali no chão, perto da escada, exatamente onde ele quer que fiquem.

Ele come o sanduíche enquanto limpa. Pelo cheiro, ela tem a impressão de que o alimento entre as fatias de pão são as sobras do churrasco de porco que ia juntar a um talharim para a noite de sábado — algo fácil de comer quando sentassem à frente da TV, assistindo às notícias do primeiro jornal da noite.

Ele olha para o trapo manchado de um tênue rosa, depois para o canto e mais uma vez para o trapo. Balança afirmativamente a cabeça e, dando uma grande dentada no sanduíche, levanta-se. Quando ele volta da cozinha desta vez, ela escuta o uivo longínquo de uma sirene se aproximando: provavelmente a ambulância que ele chamou.

Ele atravessa a sala, ajoelha-se ao lado dela e pega suas mãos. Franze as sobrancelhas ao ver como estão frias, pondo-se a friccioná-las suavemente enquanto fala.

— Me desculpe — diz. — É só que... têm acontecido umas coisas... aquela vaca do motel... — Ele para, afasta os olhos por um momento e depois torna a encará-la. Exibe um sorriso estranho, pesaroso. *Olhem só para quem estou tentando explicar*, parece dizer o sorriso. *A coisa vai mal mesmo... Nossa.*

— O bebê — sussurra ela. — O bebê.

Ele aperta as mãos dela, aperta-as com força suficiente para doer.

— Não importa o bebê, só me escute. Eles vão chegar dentro de um ou dois minutos. — Sim. A ambulância está muito perto, uivando na noite como um cão execrável. — Você estava descendo a escada, escorregou e caiu. Entendeu?

Ela o olha sem dizer nada. A dor no ventre está diminuindo agora, e quando ele espreme suas mãos juntas desta vez — mais forte do que nunca —, ela realmente sente e arqueja.

— *Entendeu?*

Ela mergulha o olhar em seus olhos submersos e ausentes e concorda com a cabeça. À sua volta sobe um cheiro estagnado de água-salgada-e-cobre. Não mais molho de sangue — agora era como se estivesse sentada em diversos produtos químicos derramados.

— Ótimo — diz ele. — Sabe o que vai acontecer se disser outra coisa?

Ela acena afirmativamente com a cabeça.

— Então diga. Será melhor para você se disser. Mais seguro.

— Você me mataria — sussurra ela.

Ele balança a cabeça concordando, aparentemente contente. Como um professor que induziu um aluno pouco inteligente a dar a resposta difícil.

— Isso mesmo. E faria isso devagar. Antes que eu terminasse, o que aconteceu esta noite ia parecer um corte no dedo.

Do lado de fora, luzes escarlates pulsam no caminho que leva à garagem.

Ele mastiga o último pedaço do sanduíche e se levanta. Irá até a porta para fazê-los entrar, um marido preocupado cuja mulher grávida sofreu um infeliz acidente. Antes que vá embora, ela agarra o punho de sua camisa. Ele desce os olhos para ela.

— Por quê? — murmura ela. — Por que o bebê, Norman?

Por um momento vê no rosto dele uma expressão em que quase não pode acreditar — parece medo. Mas por que teria medo dela? Ou do bebê?

— Foi um acidente — diz ele. — Só um acidente. Não tive nada a ver com isso. Acho bom que as coisas saiam assim quando você falar com eles. E que Deus a ajude.

*E que Deus me ajude*, pensa ela.

Portas batem do lado de fora; pés correm em direção à casa e ouve-se o estalo metálico e chacoalhante da maca em que ela será transportada para o lugar abaixo da sirene. Ele se vira para ela mais uma vez, a cabeça abaixada na postura de touro, os olhos opacos.

— Você terá outro bebê e isso não vai acontecer de novo. O próximo ficará ótimo. Uma menina. Ou talvez um garotão. Tanto faz, não é? Se for menino, vamos lhe comprar uma roupinha de jogador de beisebol. Se for menina... — ele gesticula vagamente —, um gorro ou algo assim. Espere e verá. Vai acontecer. — Então sorri, e diante disso ela tem vontade de gritar. É como ver um cadáver sorrir no caixão. — Se prestar atenção ao que eu digo, tudo vai ficar bem. Bota na conta, benzinho.

Então ele abre a porta para fazer entrar o pessoal da Emergência Médica, dizendo para se apressarem, que há sangue. Ela fecha os olhos enquanto se aproximam, sem querer lhes dar a chance de olhá-la, imaginando que suas vozes vêm de muito longe.

*Não se preocupe, Rose, não se aflija, isso não tem muita importância, é só um bebê, você pode ter outro.*

Uma agulha é enfiada em seu braço, e depois a levantam. Conserva os olhos fechados, pensando: *Bom, é isso, tudo bem. Acho que posso ter outro bebê. Posso tê-lo e levá-lo para longe do alcance dele. Para longe de seu alcance assassino.*

Mas o tempo passa, e aos poucos a ideia de deixá-lo — nunca completamente articulada, para começar — dissipa-se como a noção do mundo racional do acordado se dissipa no sono; aos poucos não resta nenhum mundo para ela senão o sonho em que vive, um sonho como os que tinha quando garota, quando corria e corria como num bosque sem trilhas ou num labirinto sombrio, com o ruído dos cascos de um poderoso animal atrás dela, uma criatura temível e insana que chegava cada vez mais perto e finalmente a pegaria, por mais que ela se desviasse ou virasse ou disparasse em frente ou voltasse atrás.

A mente desperta conhece o conceito de sonho, mas para o sonhador não há despertar, não há mundo real nem qualquer sanidade; existe apenas o gritante tumulto do sono. Rose McClendon Daniels dormiu na loucura do marido por mais nove anos.

# I

# Uma Gota de Sangue

## 1

Foram 14 anos de inferno, contando tudo, mas ela quase não teve noção disso. Na maior parte daqueles anos, ela existiu num estado de estupor tão profundo que era como a morte, e em mais de uma ocasião ela própria teve quase certeza de que sua vida não estava realmente acontecendo, que mais tarde despertaria, bocejando e se espreguiçando de modo tão gracioso como em um desenho animado de Walt Disney. Tal ideia lhe ocorria com mais frequência depois que ele a espancava tanto que era obrigada a ficar de cama por um tempo para se recuperar. Ele fazia isso três ou quatro vezes por ano. Em 1985 — o ano de Wendy Yarrow, o ano da repreensão oficial, o ano do "aborto espontâneo" — acontecera quase uma dúzia de vezes. Em setembro daquele ano ela foi parar no hospital pela segunda e última vez, como resultado dos serviços de Norman... a última vez até agora, pelo menos. Ela vinha cuspindo sangue ao tossir. Durante três dias, ele adiara levá-la ao hospital, esperando que aquilo passasse; mas quando, ao contrário, começou a ficar pior, ele lhe disse exatamente o que devia falar (ele *sempre* lhe dizia exatamente o que falar) e então a levou para o St. Mary. Levou-a lá porque o serviço de emergência a conduzira ao Hospital Geral da Cidade depois do "aborto espontâneo". Viu-se que uma costela quebrada estava arranhando seu pulmão. Ela contou a história de cair da escada pela segunda vez em três meses, e achava que nem o médico-residente que estava lá observando o exame e o tratamento acreditara daquela vez, mas ninguém fez qualquer pergunta desconfortável; apenas a consertaram e a mandaram para casa. Norman, contudo, sabia que tivera sorte, e depois daquilo passou a ser mais cuidadoso.

Às vezes, quando deitada à noite, imagens lhe enxameavam a mente como estranhos cometas. A mais comum era o punho do marido, com o sangue agarrado aos nós dos dedos e manchando o ouro em relevo de seu anel da Academia de Polícia. Houve manhãs em que ela vira as palavras daquele anel — *Serviço, Lealdade, Comunidade* — carimbadas na carne de seu estômago ou gravadas em um de seus seios. Isso frequentemente a levava a pensar no carimbo azul do departamento sanitário que se via em peças de carne de porco para assar ou em cortes de bife.

Estava sempre à beira de cair no sono, relaxada e com os membros frouxos, quando essas imagens surgiam. Então via o punho flutuando em sua direção e, com um solavanco, acordava de novo inteiramente e ficava ali deitada, trêmula, ao lado dele, esperando que ele não se virasse e, apenas meio acordado, lhe acertasse um soco no ventre ou na coxa por perturbá-lo.

Mergulhara nesse inferno quando tinha 18 anos, acordando de seu torpor cerca de um mês após seu 32º aniversário, quase meia vida depois. O que a despertou foi uma única gota de sangue, não maior do que uma moeda de dez centavos de dólar.

## 2

Ela a viu ao fazer a cama. Estava no lençol de cima, do seu lado, perto do lugar do travesseiro quando a cama era feita. Na verdade poderia puxar o travesseiro ligeiramente para a esquerda e esconder a mancha, que secara e assumira uma feia cor marrom. Viu como seria fácil e ficou tentada a fazê-lo, principalmente porque não poderia mudar apenas o lençol de cima; não tinha mais roupa de cama branca limpa, e se colocasse um dos lençóis floridos para substituir o branco com a mancha de sangue, teria que substituir o outro por um estampado também. Se não o fizesse, ele poderia reclamar.

*Olhe só isso*, já o ouvia dizer. *Essas merdas de lençóis nem combinam — tem um branco embaixo e um florido em cima. Jesus, por que será que é tão preguiçosa? Venha cá — quero falar com você bem de perto.*

Ela ficou ali no seu lado da cama, numa faixa de sol da primavera, a vagabunda preguiçosa que passava os dias limpando a casa pequena (uma só mancha de impressão digital no canto do espelho do banheiro poderia provocar uma pancada) e se atormentando com o que preparar para o jantar dele, e ficou olhando para baixo, para a minúscula mancha de sangue no lençol, o rosto tão frouxo e despido de vivacidade que um observador poderia muito bem achar que ela fosse mentalmente retardada. *Pensei que o desgraçado do meu nariz tivesse parado de sangrar*, disse para si mesma. *Tinha certeza disso.*

Ele não batia no rosto dela com frequência; não caía nesse erro. Bater no rosto era para tipos como os idiotas bêbados que prendera às centenas em sua carreira de policial uniformizado e depois como detetive. Quando se batia em alguém — em sua mulher, por exemplo — no rosto com muita frequência, depois de algum tempo as histórias de cair da escada, dar com a cara na porta do banheiro no meio da noite ou pisar em um ancinho no quintal deixavam de funcionar. As pessoas sabiam. Comentavam. E posteriormente surgiam problemas mesmo se a mulher ficasse de boca fechada, porque a época em que as pessoas se metiam apenas com seus próprios negócios aparentemente acabara.

Entretanto, o temperamento dele não levava nada disso em conta. Tinha um temperamento ruim, *muito* ruim, e às vezes escorregava. Fora o que acontecera na noite anterior, quando ela lhe trouxera o segundo copo de chá gelado, respingando um pouco do líquido na mão dele. *Pow*, e logo a seguir o nariz dela jorrava como um cano d'água furado, antes mesmo que ele tivesse noção do que tinha feito. Ela viu a expressão de desagrado no rosto dele enquanto o sangue lhe escorria pela boca e queixo, depois a expressão preocupada de cálculo — e se o nariz dela estivesse realmente quebrado? Isso significaria uma outra ida ao hospital. Por um momento, ela pensara que uma daquelas surras verdadeiras estava a caminho, daquelas que a deixavam encolhida num canto, arquejando, chorando, tentando respirar o suficiente para vomitar. Em seu avental. Sempre em seu avental. Não se chorava naquela casa, nem se discutia com a gerência, e certamente não se vomitava no chão — isto é, caso se quisesse manter a cabeça aparafusada ao pescoço.

Então o sentido de autopreservação de Norman, tremendamente aguçado, entrara em ação, fazendo-o levar gelo embrulhado num pano para ela e conduzindo-a ao sofá da sala, onde a deitou com o saco de gelo improvisado sobre os olhos lacrimejantes. Era ali que se tinha que colocar o gelo, disse, caso se quisesse que o sangramento parasse rápido e que a inchação residual diminuísse. Era com a inchação que estava preocupado, claro. Amanhã era o dia em que ela ia ao mercado, e não se podia esconder um nariz inchado atrás de óculos escuros da mesma forma que um olho roxo.

Ele voltara para acabar de jantar — peixe cozido e batatas assadas.

Não inchara muito, como ela notara com uma rápida olhada no espelho pela manhã (ele já dera uma espiada atenta e um balançar de cabeça, encerrando o assunto, antes de tomar uma xícara de café e sair para o trabalho), e o sangramento havia parado logo, depois de uns 15 minutos com o gelo... pelo menos era o que ela achava. Mas em algum momento durante a noite, enquanto dormia, uma traidora gota de sangue arrastara-se por seu nariz afora e deixara aquela mancha, o que significava que teria que tirar o lençol do colchão e fazer a cama novamente, apesar das costas doloridas. Suas costas estavam sempre doendo nesses dias; até mesmo se curvar moderadamente e levantar um peso leve lhe provocava dor. Suas costas eram um dos alvos favoritos do marido. Ao contrário do que ele chamava de "batida-na-cara", era mais seguro bater em alguém atrás... isto é, se o alguém em questão soubesse ficar de boca fechada. Norman vinha trabalhando nos rins dela havia 14 anos, e os traços de sangue que ela notava cada vez com mais frequência em sua urina não mais a surpreendiam ou preocupavam. Eram apenas outra parte desagradável do casamento, só isso, provavelmente havia milhões de mulheres numa situação pior. Milhares delas bem ali naquela cidade. Pelo menos sempre encarara a coisa assim, até agora.

Olhou para a mancha de sangue com a cabeça latejando num inusitado ressentimento, sentindo alguma coisa mais, algo como um formigar, sem saber que era deste modo que a pessoa se sentia quando finalmente acordava.

Sempre costumava pensar na pequena e curvilínea cadeira de balanço do seu lado da cama, aparentemente sem qualquer razão, como a Cadeira de Pooh, o ursinho da história que não consegue se levantar da cadeira por ter comido mel em excesso. Recuou até ela, sem tirar por um momento os olhos da pequena gota de sangue cintilando no lençol branco, e sentou-se. Permaneceu sentada na Cadeira de Pooh por quase cinco minutos, depois deu um pulo quando uma voz falou no quarto, sem perceber inicialmente que era a sua própria voz.

— Se isso continuar, ele vai me matar — disse, e após recobrar-se do susto momentâneo, achou que falava para a gota de sangue, a minúscula porção de si mesma que já estava morta, que se arrastara de seu nariz e morrera no lençol.

A resposta que surgiu estava em sua própria cabeça, e foi infinitamente mais terrível do que o comentário que fizera em voz alta:

*Mas pode ser que não mate. Já pensou nisso? Pode ser que não mate.*

## 3

Não pensara nisso. A ideia de que ele algum dia pudesse bater nela com força excessiva, ou no lugar errado, lhe ocorreu com frequência (embora jamais o dissesse em voz alta, nem para si mesma, até hoje), porém jamais havia lhe ocorrido a possibilidade de que ela pudesse *viver*...

O alvoroço em seus músculos e juntas aumentou. Geralmente apenas sentava na Cadeira de Pooh com as mãos cruzadas no colo, fitando por cima da cama e pela porta aberta do banheiro seu próprio reflexo no espelho. Naquela manhã, porém, começou a balançar, movendo a cadeira para a frente e para trás em arcos bruscos e curtos. *Tinha* que balançar. A sensação de um agitado formigamento em seus músculos *exigia* que balançasse. E a última coisa que queria era olhar para o próprio reflexo, pouco se importando se o nariz não tinha inchado muito.

*Venha cá, benzinho, quero falar com você bem de perto.*

Quatorze anos disso. Cento e sessenta e oito meses disso, que começara quando ele a puxara pelos cabelos e lhe mordera o ombro por bater uma porta na noite de seu casamento. Um aborto. Um pulmão arranhado. A coisa horrível que ele fizera com a raquete de tênis. As velhas marcas, nas partes de seu corpo que as roupas encobriam. Marcas de mordidas, na maior parte. Norman adorava morder. No início, tentara dizer a si mesma que eram mordidas de amor. Estranho pensar que já havia sido tão jovem, mas devia ter sido.

*Venha cá — quero falar com você bem de perto.*

Subitamente conseguiu identificar o alvoroço, que agora já se espalhava por seu corpo inteiro. Era raiva que sentia, *fúria*, e a percepção disso a deixou assombrada.

*Saia daqui*, disse repentinamente sua parte profunda. *Saia daqui agora mesmo, neste minuto. Não passe nem um pente no cabelo. Simplesmente vá.*

— Isso é ridículo — disse, balançando-se para a frente e para trás mais rápido do que nunca. A mancha de sangue no lençol crepitava em seus olhos. De onde ela estava, parecia o pingo de um ponto de exclamação. — Isso é ridículo, para onde eu iria?

*Para qualquer lugar onde ele não esteja*, retrucou a voz. *Mas você tem que fazer isso agora mesmo. Antes...*

Antes de quê?

Aquela era fácil. Antes que adormecesse de novo.

Uma parte de sua mente — a parte acostumada, acovardada — subitamente percebeu que ela estava seriamente acalentando aquela ideia e disparou um alarido aterrorizado. Deixar a casa em que morava havia 14 anos? A casa onde podia dar seu toque em tudo que queria? O marido que, embora com um certo gênio ruim e que usava os punhos sem pensar duas vezes, sempre fora um bom provedor? A ideia era ridícula. Devia esquecer isso, e imediatamente.

E poderia tê-lo feito, quase que certamente o *teria* feito se não fosse aquela gota no lençol. Aquela solitária gota vermelho-escura.

*Então não olhe para lá!*, gritou nervosamente a parte dela que se gabava de ser prática e sensata. *Pelo amor de Deus, não olhe para lá, ela vai lhe causar problemas!*

Mas descobriu que não podia mais afastar os olhos. Estes permaneceram fixos na mancha enquanto ela se balançava mais rápido do que nunca. Seus pés calçados de tênis brancos batiam no chão num ritmo apressado (agora o alvoroço se situava sobretudo em sua mente, chocalhando o seu cérebro, acalorando-a), e o que ela pensava era: *Quatorze anos. Quatorze anos com ele me falando bem de perto. O aborto. A raquete de tênis. Três dentes, um dos quais engoli. A costela quebrada. As pancadas. Os beliscões. E as mordidas, é claro. Um monte delas. Um monte de...*

*Pare! É inútil pensar desse modo já que você não vai a lugar algum, ele simplesmente iria atrás de você e a traria de volta, ele acharia você, é um policial, e encontrar gente é uma das coisas que faz, uma das coisas em que é bom...*

— Quatorze anos — murmurou ela, e agora não estava pensando nos últimos 14 anos, mas nos próximos. Porque aquela outra voz, a voz profunda, tinha razão. Podia ser que ele *não* a matasse. Podia ser. E como estaria ela depois de outros 14 anos com ele lhe falando bem de perto? Poderia se curvar? Teria uma hora — mesmo 15 minutos — de um dia em que não sentisse os rins como pedras quentes enterradas nas costas? Talvez ele acabasse espancando-a com força suficiente para amortecer alguma conexão vital, de modo que ela não pudesse mais levantar um dos braços ou uma das pernas, ou talvez deixasse um dos lados de seu rosto pendendo frouxamente, sem expressão, como a pobre sra. Diamond, a balconista da Loja 24 ao pé da colina.

Levantou-se de repente, e com tal força que o encosto da Cadeira de Pooh bateu na parede. Ficou ali por um momento, respirando forte, os olhos arregalados ainda fixos na mancha vermelho-marrom, e então andou para a porta que levava à sala.

*Para onde está indo?*, gritou a sra. Prática-Sensata em sua cabeça — a parte dela que parecia estar perfeitamente disposta a ser aleijada ou morta pelo contínuo privilégio de saber onde estavam os saquinhos de chá na cozinha e onde eram guardados os perfex debaixo da pia. *Onde pensa que está...*

Bruscamente pôs uma tampa em cima da voz, algo que não tinha ideia que pudesse fazer até aquele momento. Pegou a bolsa em cima da mesa junto ao sofá e atravessou a sala em direção à porta da frente. De repente, a sala pareceu muito grande, o caminho muito longo.

*Tenho que lidar com isso dando um passo de cada vez. Se parar para pensar no passo seguinte, vou perder a coragem.*

Na verdade, não achava que isso fosse um problema. Por um lado, o que estava fazendo tinha algo de alucinação — certamente não podia simplesmente estar deixando sua casa e seu casamento no impulso do momento, podia? Tinha que ser um sonho, não é? E havia outra coisa, também: não pensar no que fazer a seguir se tornara um hábito para ela, hábito que começara na noite do casamento, quando ele a mordera como um cachorro por bater a porta.

*Bem, você não pode sair assim, ainda que só vá até o final do quarteirão antes de perder o gás,* avisou a Prática-Sensata. *No mínimo mude esse jeans que mostra como seu traseiro está ficando grande. E passe um pente no cabelo.*

Ela fez uma pausa e por um momento esteve prestes a desistir da coisa toda antes mesmo de chegar à porta da frente. Então percebeu exatamente o que era aquele conselho — uma manobra desesperada para mantê-la em casa. E que manobra astuciosa. Não levaria muito tempo para trocar o jeans por uma saia ou passar um musse no cabelo e depois penteá-lo, mas para uma mulher na sua situação certamente seria demais.

Para quê? Para voltar a dormir, é claro. Estaria com sérias dúvidas no momento em que puxasse o zíper do lado da saia, e no instante em que terminasse de pentear o cabelo teria decidido simplesmente que passara por um breve acesso de loucura, um estado de fuga transitória provavelmente relacionado a seu ciclo menstrual.

Depois voltaria ao quarto e mudaria os lençóis.

— Não — murmurou. — Não vou fazer isso. Não vou.

Com a mão na maçaneta, porém, fez outra pausa.

*Ela está mostrando que tem juízo!*, gritou Prática-Sensata, exibindo na voz uma mistura de alívio, júbilo e — seria possível? — um leve desapontamento. *Aleluia, a moça está mostrando juízo! Antes tarde do que nunca!*

O júbilo e o alívio naquela voz mental se transformaram em mudo horror enquanto ela atravessava rapidamente o aposento até a lareira a gás que ele instalara havia dois anos. O que procurava provavelmente não estaria lá, em geral ele só o deixava ali no final do mês ("Assim não fico tentado", dizia), mas não custava procurar. E ela conhecia o número de sua senha; era apenas o número do telefone com o primeiro e o último dígito invertidos.

*Isso vai DOER!*, gritou a Prática-Sensata. *Se pegar algo que seja dele, isso vai doer muito e você sabe disso! MUITO!*

— De qualquer modo, não vai estar lá — murmurou ela, mas lá estava o cartão verde brilhante do caixa automático do Merchant's Bank, com o nome dele gravado em relevo.

*Não pegue isso! Não ouse!*

Mas descobriu que *ousava* — precisava apenas invocar a imagem da gota de sangue. Além disso, o cartão era *dela* também, o dinheiro *dela* também; não era isso que os votos solenes do casamento significavam?

Só que não tinha a ver absolutamente com o dinheiro, não tinha mesmo. Tinha a ver com silenciar a voz da Prática-Sensata; tinha a ver com fazer desse súbito e inesperado impulso de liberdade uma necessidade, não uma escolha. Parte dela sabia que, se não o fizesse, o mais longe que poderia chegar *seria* ao final do quarteirão, antes que o vagalhão incerto do futuro se erguesse diante dela como uma parede de nevoeiro, e ela se virasse e voltasse para casa, apressando-se em mudar a roupa de cama para ainda ter tempo de poder lavar o chão do andar de baixo antes do meio-dia... e por mais difícil de acreditar que fosse, só estivera pensando nisso ao se levantar naquela manhã: lavar o chão.

Ignorando o clamor da voz em sua mente, arrebatou o cartão magnético do consolo da lareira, jogou-o na bolsa e rapidamente se encaminhou para a porta de novo.

*Não faça isso!*, gemeu a voz da Prática-Sensata. *Ah, Rosie, por causa disso ele não vai apenas machucar você, por causa disso ele a mandará para o hospital, talvez até a mate — não sabe?*

Ela achava que sabia, mas mesmo assim continuava andando, a cabeça baixa e os ombros curvados para a frente como uma mulher caminhando contra o vento forte. Ele provavelmente *faria* aquelas coisas... mas teria que pegá-la primeiro.

Desta vez, quando a mão dela se fechou na maçaneta, não houve pausa — ela abriu a porta e saiu. Era um belo e ensolarado dia de meados de abril, com os ramos das árvores começando a se cobrir de brotos. A sombra dela se estendeu através da varanda e da pálida grama nova como recortada do papel preto de um projetista por uma tesoura afiada. Parou, respirando profundamente o ar da primavera, cheirando a terra umedecida (e, talvez, renovada) por um aguaceiro que caíra à noite, enquanto ela dormia com a narina suspensa sobre a mancha de sangue que secava.

*O mundo inteiro está acordando*, pensou. *Não sou só eu.*

Um homem com roupa de jogging passou pela calçada enquanto ela fechava a porta atrás de si. Ele ergueu a mão em sua direção e ela acenou em resposta. Prestou atenção para ver se a voz dentro de si vociferaria de novo, mas a voz permaneceu silenciosa. Talvez estivesse calada de tão aturdida por seu roubo do cartão magnético do banco, ou talvez tivesse sido abrandada pela paz tranquila daquela manhã de abril.

— Estou indo — murmurou. — Estou indo mesmo.

Mas permaneceu onde estava por mais um instante, como um animal mantido na jaula por tanto tempo que não pode mais acreditar na liberdade mesmo quando esta lhe é oferecida. Estendeu a mão para trás e tocou a maçaneta da porta — a porta que levava à *sua* jaula.

— Nunca mais — murmurou. Enfiou a bolsa debaixo do braço e deu os primeiros 12 passos para o espesso nevoeiro que era agora o seu futuro.

## 4

Os 12 passos a levaram ao lugar onde o caminho de concreto do jardim se misturava à calçada — o lugar onde o homem que corria passara há um ou dois minutos. Começou a virar à esquerda, mas parou. Certa vez Norman lhe dissera que as pessoas que pensavam estarem escolhendo um rumo ao acaso — gente perdida nos bosques, por exemplo — estavam quase sempre indo na direção de sua mão dominante. Isso provavelmente não tinha importância, mas ela se deu conta de que não queria que ele tivesse razão nem sobre o caminho escolhido por ela para entrar na rua Westmoreland depois de deixar a casa.

Nem mesmo isso.

Virou à direita e não à esquerda, na direção de sua mão burra, e desceu a colina. Passou pela Loja 24, reprimindo um impulso de erguer a mão e cobrir o rosto ao fazê-lo. Já se sentia uma fugitiva, e um pensamento terrível começava a lhe devorar a mente como um rato roendo queijo: e se ele viesse do trabalho mais cedo e a visse? E se a visse descendo a rua de jeans e tênis, com a bolsa debaixo do braço e o cabelo despenteado? Ele se perguntaria que diabo ela estaria fazendo fora de casa na manhã em que devia lavar o chão do andar de baixo, não é? E ia querer que ela se aproximasse, não ia? Sim. Ia querer que ela se aproximasse para que pudesse falar com ela bem de perto.

*Isso é idiotice. Que motivo ele teria para vir para casa agora? Saíra apenas uma hora atrás. Não faz sentido.*

Não... mas às vezes o comportamento das pessoas não faz sentido. O dela, por exemplo — olhe só o que estava fazendo naquele exato instante. Vamos supor que ele tivesse uma intuição súbita. Quantas vezes ele lhe dissera que os policiais desenvolviam um sexto sentido depois de algum tempo, que sabiam quando algo esquisito ia acontecer? *Você fica com essa agulhinha na base da espinha*, dissera certa vez. *Só posso descrever isso dessa forma. Sei que a maioria das pessoas vai rir, mas pergunte a um policial — ele não rirá. Essa agulhinha salvou minha vida umas duas vezes, benzinho.*

Vamos supor que estivesse sentindo aquela agulhinha nos últimos 20 minutos, ou coisa assim. Vamos supor que tivesse entrado no carro e ido para casa. Era exatamente por ali que ele viria, e ela se amaldiçoou por ter dobrado à direita e não à esquerda ao deixar o caminho de concreto do jardim. Então lhe ocorreu uma ideia ainda mais desagradável, uma ideia medonhamente plausível... sem falar numa espécie de irônico equilíbrio. Vamos supor que ele tivesse parado no caixa automático a dois quarteirões de distância da central de polícia, querendo dez ou vinte pratas para o almoço. Vamos supor que, depois de se certificar de que o cartão não estava na carteira, tivesse resolvido voltar para casa e pegá-lo.

*Controle-se. Isso não vai acontecer.* Nada *assim vai acontecer.*

Um carro entrou na Westmoreland meio quarteirão abaixo. Era vermelho, e que coincidência, hein? — porque eles *tinham* um carro vermelho... ou *ele* tinha; o carro não era mais dela que o cartão do banco, ou o dinheiro que era possível retirar com ele. O carro vermelho deles era um novo Sentra e — uma coincidência atrás da outra! — o carro que vinha agora na direção dela não era um Sentra vermelho?

*Não, é um Honda!*

Só que *não era* um Honda, ela é que queria acreditar nisso. Era um *Sentra*, um Sentra vermelho novo em folha. O Sentra vermelho *dele*. Seu pior pesadelo tinha se concretizado no mesmo momento em que o imaginara.

Por um momento, seus rins ficaram incrivelmente pesados, incrivelmente doloridos, incrivelmente *cheios*, e teve certeza de que ia molhar as calças. Tinha realmente pensado que podia escapar dele? Devia estar doida.

*Tarde demais para se preocupar*, diz a Prática-Sensata. Sua agitada histeria desaparecera; Prática-Sensata era agora a única parte de sua mente que ainda parecia capaz de pensar. E então falou no tom frio e calculado de uma criatura que coloca a sobrevivência acima de todo o resto. *É melhor que pense no que vai dizer quando ele aparecer e lhe perguntar o que está fazendo aqui fora. E é melhor se sair bem. Você sabe como ele é rápido, e como enxerga longe.*

— As flores — murmurou. — Saí para dar um passeiozinho e ver que flores tinham brotado, só isso. — Havia parado com as coxas apertadas uma na outra, tentando impedir que a represa se rompesse. Ele acreditaria naquilo? Não sabia, mas tinha que funcionar. Não podia pensar em qualquer outra coisa. — Eu ia apenas andar até a esquina da avenida St. Mark's e depois voltar para lavar o...

Interrompeu-se, observando com os olhos arregalados e incrédulos enquanto o carro — um Honda, afinal de contas, não novo, e realmente mais próximo do laranja do que do vermelho — passava lentamente por ela. A mulher atrás do volante lançou-lhe um olhar inquisitivo, e Rosie pensou: *Se tivesse sido ele, nenhuma história teria adiantado, por mais plausível que fosse — ele teria visto a verdade bem no seu rosto, sublinhada e iluminada a néon.* Agora *está pronta para voltar? A ter juízo e voltar?*

Não podia. Sua esmagadora necessidade de urinar tinha passado, mas a bexiga ainda parecia pesada e sobrecarregada, os rins ainda latejavam, as pernas estavam trêmulas e o coração batia tão violentamente no peito que lhe dava medo. Jamais poderia subir a colina de novo, ainda que a ladeira fosse muito suave.

*Pode sim. Você sabe que pode. Já fez coisas mais difíceis do que isso durante seu casamento, e sobreviveu.*

Está bem — talvez *pudesse* subir a colina novamente, mas agora outra ideia lhe ocorrera. Às vezes ele telefonava. Cinco ou seis vezes por mês, em geral, mas às vezes com mais frequência. Apenas olá, como vai, quer que eu leve para casa uma caixa de creme ou uma lata de sorvete, certo, até logo. Só que ela não sentia nada de solícito nesses telefonemas, nenhuma sensação de carinho. Ele apenas a estava controlando, só isso, e se ela não atendesse o telefone, ele continuava a tocar. Não tinham secretária eletrônica. Perguntara certa vez se não seria uma boa ideia comprar uma. Ele lhe dera um cutucão não totalmente hostil, lhe dizendo que se mancasse. *Você é* a secretária eletrônica, dissera.

E se ele ligasse e ela não estivesse lá para atender?

*Ele vai pensar que fui ao mercado cedo, nada mais.*

Mas não pensaria isso. Esse era o problema. O assoalho de manhã, o mercado à tarde. Era assim que sempre tinha sido, e era assim que ele esperava que fosse sempre. Não se encorajava a espontaneidade na Westmoreland, 908. Se ele ligasse...

Começou a andar de novo, sabendo que tinha que sair da Westmoreland na próxima esquina, embora não estivesse inteiramente certa de onde a rua Tremont ia dar nas duas direções. Naquele ponto não era importante, de qualquer modo; o importante é que estava na rota direta do marido se este voltasse da cidade pelo caminho da I-295, como geralmente fazia, e ela sentiu como se tivesse sido espetada no centro de um alvo.

Virou à esquerda na Tremont e passou por tranquilas casinhas de subúrbio, separadas umas das outras por cercas baixas ou fileiras de árvores decorativas — oliveiras do paraíso estavam especialmente na moda por ali. Um homem que parecia Woody Allen com seus óculos de aro de tartaruga, sardas e um disforme chapéu azul no cocuruto ergueu os olhos das flores que regava e lhe fez um pequeno aceno. A impressão era que todo mundo queria agir como vizinho hoje. Ela pensou que fosse o clima, mas poderia ter passado sem aquilo. Era fácil demais imaginá-lo vindo atrás dela depois, trabalhando pacientemente em sua pista, fazendo perguntas, usando seus pequenos truquezinhos que estimulavam a memória, mostrando o retrato dela em cada parada.

*Acene para ele também. Não vai querer que a registre como pouco amigável, isso gruda na memória, portanto trate de acenar para ele e siga seu caminho.*

Acenou de volta e seguiu seu caminho. A necessidade de urinar voltara, mas teria que aguentar. Não havia nenhum alívio à vista — nada à frente senão mais casas, mais cercas, mais gramados desbotados, mais oliveiras do paraíso.

Ouviu um carro atrás de si e soube que era ele. Virou-se, os olhos arregalados e escuros, e viu um enferrujado Chevrolet se arrastando rua acima pouco mais rápido que um pedestre. O velho por trás do volante usava um chapéu de palha e exibia um olhar de aterrorizada determinação. Ela olhou para a frente de novo antes que ele pudesse registrar seu olhar de medo, tropeçou, e então começou a andar resolutamente com a cabeça baixa. A latejante dor nos rins voltara e sua bexiga pulsava também. Adivinhou que não tinha mais de um minuto, talvez dois, antes de soltar tudo. Se aquilo acontecesse, podia perfeitamente dar adeus a qualquer chance de fugir sem ser notada. As pessoas podiam não se lembrar de uma moça pálida de cabelos castanhos subindo a calçada numa bonita manhã de primavera, mas não via como poderiam esquecer uma moça pálida de cabelos castanhos com uma grande mancha escura cobrindo o gancho de seu jeans. Tinha que cuidar desse problema, e imediatamente.

Havia um bangalô cor de chocolate, duas casas adiante, do lado da rua em que se encontrava. Suas persianas estavam descidas; havia três jornais jogados na varanda. Via-se um quarto jornal caído no caminho, junto aos degraus da frente. Rosie olhou rapidamente em torno e não viu ninguém observando; então atravessou velozmente o gramado do bangalô e correu junto à parede lateral. O quintal de trás estava vazio. Um retângulo de papel pendia da maçaneta da porta de tela de alumínio. Foi até lá, caminhando em pequenos passos tolhidos, e leu a mensagem impressa: *Saudações de* Ann Corso, *sua representante Avon local! Não a encontrei em casa desta vez, mas virei de novo! Obrigada! E dê um telefonema para o* 555-1731 *se quiser conversar sobre qualquer dos ótimos produtos Avon!* A data rabiscada embaixo era 17/4, dois dias atrás.

Rosie olhou outra vez em torno. Vendo que estava protegida pelas cercas de um lado e pelas oliveiras do paraíso do outro, abriu o botão do jeans, depois o zíper e agachou-se no nicho entre a varanda de trás e os tanques de gás do aquecedor. Era tarde demais para se preocupar com quem pudesse estar olhando dos andares de cima das duas casas vizinhas, se é que havia alguém fazendo isso. E, além do mais, o alívio fez tais questões parecerem — pelo menos naquele momento — triviais.

*Você é maluca, sabia.*

Sim, claro que sabia... mas, enquanto a pressão de sua bexiga diminuía e a corrente de urina fluía entre os ladrilhos desse pátio de trás num riachinho em ziguezague, sentiu que uma louca alegria enchia repentinamente seu coração. Naquele instante soube como deveria ser a sensação de alguém que atravessa um rio em direção a um país estrangeiro, ateia fogo na ponte atrás de si e fica na margem do rio, observando, respirando profundamente, enquanto sua única chance de retirada se dissipa em fumaça.

## 5

Caminhou por quase duas horas por bairros não familiares antes de chegar a um conjunto comercial à beira da estrada, no lado oeste da cidade. Havia uma cabine telefônica em frente ao Mundo do Carpete e Pintura e, quando a usou para chamar um táxi, ficou surpresa ao descobrir que não estava mais na cidade e sim nos arredores de Mapleton. Tinha grandes bolhas nos dois calcanhares e achou que não era de espantar — devia ter andado mais de 11 quilômetros.

O táxi chegou 15 minutos depois, e ela já tinha visitado uma loja de conveniência na extremidade do conjunto comercial, onde comprara uns óculos escuros baratos e um berrante lenço de raiom vermelho. Lembrava-se de Norman dizendo que, quando se queria afastar a atenção do próprio rosto, a melhor maneira era usar algo vibrante, algo que dirigisse o olho do observador para uma direção diferente.

O motorista do táxi era um homem gordo e despenteado, com olhos injetados e mau hálito. Sua camiseta deformada, desbotada, exibia um mapa do Vietnã do Sul. QUANDO EU MORRER IREI PARA O CÉU PORQUE JÁ SERVI NO INFERNO, diziam as palavras sob o mapa. TRIÂNGULO DE FERRO, 1969. Os redondos olhos vermelhos a esquadrinharam rapidamente, passando de seus lábios a seus seios e dali a seus quadris antes de aparentemente perder o interesse.

— Para onde vamos, querida? — perguntou.

— Pode me levar para o terminal da Greyhound?

— Portside?

— É lá que é o terminal de ônibus?

— É, é. — Encarou-a pelo espelho retrovisor. — Mas é do outro lado da cidade. Uma corrida de 20 pratas, fácil. Pode pagar?

— Claro — disse ela, depois respirou profundamente e acrescentou: — Será que pode encontrar um caixa automático do Merchant's Bank pelo caminho?

— Todos os problemas da vida deviam ser fáceis assim — disse ele, e abaixou a bandeira do taxímetro. Dois dólares e cinquenta, estava escrito. TARIFA BÁSICA.

Ela datou o início de sua nova vida a partir do momento em que os números do taxímetro subiram de dois dólares e cinquenta para dois e setenta e cinco e as palavras TARIFA BÁSICA desapareceram. Não seria mais Rose Daniels, a menos que tivesse que ser — não só porque Daniels era o nome *dele*, e por isso perigoso, mas porque o havia posto de lado. Seria Rosie McClendon novamente, a moça que desaparecera no inferno com a idade de 18 anos. Poderia haver ocasiões em que fosse obrigada a usar o nome de casada, imaginou, mas mesmo assim continuaria a ser Rosie McClendon no coração e na cabeça.

*Sou realmente Rosie*, pensou enquanto o motorista dirigia pela ponte Trunkatawny, e sorriu quando as palavras de Maurice Sendak e a voz de Carole King flutuaram por sua mente como um par de fantasmas. *E Rosie muito real.*

Mas seria mesmo? Era real?

*É aqui que vou começar a descobrir*, pensou. *Bem aqui e agora.*

## 6

O motorista do táxi parou na praça Iroquois e apontou para uma linha de caixas automáticos, equipada com uma fonte e uma escultura de aço escovado que não se parecia com nada em particular. A máquina na extrema esquerda era de um verde brilhante.

— Serve essa? — perguntou ele.

— Serve, obrigada. Só vai levar um minuto.

Mas levou um pouco mais. Primeiro porque parecia não digitar a senha corretamente, apesar das grandes teclas do painel, e quando finalmente completou aquela parte da operação, não conseguia decidir quanto dinheiro pegar. Apertou sete-cinco-vírgula-zero-zero, hesitou ante o botão SIGA e então recuou a mão. Ele a espancaria por fugir se a pegasse — nenhuma dúvida quanto a isso. Entretanto, se a espancasse com força suficiente para que ela parasse no hospital (*ou para matá-la*, uma vozinha murmurou, *ele pode realmente matá-la, Rosie, e você é uma boba de esquecer isso),* seria porque ousara roubar seu cartão do caixa automático... e usá-lo. Ia arriscar essa retribuição por meros 75 dólares? Era suficiente?

— Não — murmurou, e estendeu a mão novamente. Desta vez digitou três-cinco-zero-vírgula-zero-zero... e então hesitou de novo. Não sabia exatamente quanto do que ele chamava de "líquido" havia na conta corrente acessada por aquela máquina, mas 350 dólares deviam ser uma boa parte dele. Ele ia ficar tão *zangado...*

Moveu a mão para o botão CANCELAR/REPETIR, e então se perguntou novamente que diferença *aquilo* faria. Ele ficaria zangado de qualquer maneira. Não tinha como recuar agora.

— Ainda vai ficar aí muito tempo, senhora? — perguntou uma voz atrás dela. — Porque meu intervalo para o café vai acabar agora mesmo.

— Ah, desculpe! — disse ela, sobressaltando-se um pouco. — Não, eu estava só... distraída. — Apertou o botão SIGA. As palavras UM MOMENTO POR FAVOR apareceram no monitor do caixa automático. A espera não foi longa, mas demorou o suficiente para que ela tivesse a nítida fantasia de escutar a máquina emitindo de repente uma sirene alta, gorjeante, e uma voz mecanizada rugindo: "ESTA MULHER É UMA LADRA! DETENHAM-NA! ESTA MULHER É UMA LADRA!"

Em vez de chamá-la de ladra, a tela exibiu a palavra obrigado, desejou-lhe um bom dia e cuspiu 17 notas de 20 dólares e uma única de dez. Rosie lançou ao rapaz atrás dela um nervoso sorriso sem olhá-lo nos olhos e voltou apressada para o táxi.

## 7

Portside era uma construção baixa e larga, com paredes modestas cor de arenito. Ônibus de todo tipo — não apenas Greyhounds como também Trailways, American Pathfinders, Eastern Highways e Continental Expresses — cercavam o terminal com os focinhos profundamente enfiados nas plataformas de embarque. A Rosie pareciam gordos leitõezinhos de cromo mamando numa mãe tremendamente feia.

Permaneceu do lado de fora da entrada principal, olhando para dentro. O terminal não estava tão apinhado como mais ou menos estava esperando (a segurança nos números) e mais ou menos temia (após 14 anos de não ver quase ninguém exceto o marido e os colegas que ele às vezes levava para casa para uma refeição, ela desenvolvera uma considerável agorafobia), provavelmente porque se estava no meio da semana e a uma enorme distância do próximo feriado. Mesmo assim, tinha um palpite de que devia haver mais de 200 pessoas ali, perambulando sem rumo, sentadas nos antigos bancos de madeira de encosto alto, jogando nos videogames, tomando café no bar ou fazendo fila para comprar passagens. De mãos dadas com as mães, crianças pequenas inclinavam a cabeça para trás e berravam como bezerrinhos perdidos para o desbotado mural do teto exibindo uma cena de lenhadores trabalhando. Um alto-falante que ecoava como a voz de Deus num épico bíblico de Cecil B. DeMille anunciava os lugares de destinos: Erie, Pensilvânia; Nashville, Tennessee; Jackson, Mississippi; Miami, Flórida (a voz incorpórea e ecoante pronunciava *Miamah*); Denver, Colorado.

— Senhora — disse uma voz cansada. — Ei, senhora, uma ajudinha aqui. Uma ajudinha, pode ser?

Ela virou a cabeça e viu um rapaz de rosto pálido e uma selva de cabelos negros e sujos, sentado, as costas apoiadas num dos lados da entrada do terminal. Em seu colo, um cartaz de cartolina dizia SEM-TETO & TENHO AIDS. POR FAVOR, ME AJUDE.

— Tem uns trocados sobrando, não tem? Pode me ajudar? Estarei morto e enterrado bem antes do passeio que a senhora dará em sua lancha no lago Saranac. Então, pode me ajudar?

Sentiu-se esquisita e tonta de repente, à beira de alguma sobrecarga mental e emocional. O terminal pareceu crescer ante seus olhos até tornar-se grande como uma catedral, e havia algo aterrorizante nas marés de gente em suas aleias e nichos. Um homem com uma bolsa de carne pulsante e enrugada pendendo de um lado do pescoço passou por ela se arrastando, a cabeça baixa, puxando um saco pelo cordão. O saco assobiava como uma cobra roçando pelo sujo chão de ladrilhos. Um boneco de Mickey Mouse despontava pela boca do saco, sorrindo brandamente para ela. O anunciador divino dizia aos viajantes reunidos que o expresso da Trailways para Omaha partiria do Portão 17 em 20 minutos.

*Não posso fazer isso*, pensou ela subitamente. *Não posso viver neste mundo. Não é só questão de saber onde estão os saquinhos de chá e os perfex; a porta atrás da qual ele me batia era também a que mantinha toda essa confusão e loucura do lado de fora. E jamais poderei atravessar aquela porta novamente.*

Por um momento, a vívida e alarmante imagem da aula de catecismo de domingo em sua infância lhe encheu a mente — Adão e Eva com folhas de parreira e expressões idênticas de vergonha e sofrimento, descendo descalços por um caminho de pedras em direção a um futuro amargo e estéril. Atrás deles ficava o Jardim do Éden, viçoso e repleto de flores. Um anjo se mantinha de pé ante seus portões fechados, a espada que trazia na mão fulgurando com uma terrível luz.

— Não se *atreva* a pensar desse modo! — exclamou ela subitamente, e o homem sentado à entrada recuou tão abruptamente que quase deixou cair o cartaz. — Não se *atreva*!

— Meu Deus, *desculpe*! — disse o homem com o cartaz, e revirou os olhos. — Vai em frente, se é isso que acha!

— Não, eu... não é você... eu estava pensando no meu...

O absurdo do que fazia — tentando se explicar para um mendigo sentado à entrada do terminal de ônibus — tornou-se claro para ela de repente. Ainda segurava dois dólares na mão, o troco do táxi. Jogou-os na caixa de charuto ao lado do jovem com o cartaz e fugiu para dentro do terminal de Portside.

## 8

Outro rapaz — este com um fino bigode à Errol Flynn e um rosto bonito e não confiável — organizara em cima de sua mala, junto à parte de trás do terminal, um "monte", jogo que ela reconheceu dos programas de TV.

— Quer achar o ás de espadas? — convidou ele. — Quer achar o ás de espadas, senhora?

Mentalmente, Rosie viu um punho flutuando em sua direção. Viu um anel no dedo médio, um anel com as palavras *Serviço, Lealdade* e *Comunidade*.

— Não, obrigada — disse ela. — Nunca tive problema com isso.

A expressão dele pareceu concluir que faltava a ela alguns parafusos na cabeça, mas tudo bem. Ele não era seu problema. O homem à entrada que podia ou não estar com AIDS também não era, nem aquele com a bolsa de carne no pescoço e o Mickey Mouse saltando para fora do saco. Seu problema era Rose Daniels — não, Rosie *McClendon* —, e aquele era o seu *único* problema.

Começou a descer a passagem central e então parou ao ver um tambor de lixo. Um curto e imperativo — NÃO SUJE! — estava escrito em seu redondo ventre verde. Ela abriu a bolsa, tirou o cartão magnético do banco, fitou-o por um momento e então jogou-o pela abertura no alto do tambor. Detestou livrar-se dele, mas ao mesmo tempo estava aliviada em vê-lo pelas costas. Se o conservasse, usá-lo de novo poderia se tornar uma tentação irresistível... e Norman não era burro. Brutal, sim. Burro, não. Se deixasse uma pista de seu rastro, ele a acharia. Precisava ter isso bem em mente.

Respirou fundo, reteve a respiração por um ou dois instantes e soltou-a, dirigindo-se aos monitores de CHEGADAS/PARTIDAS amontoados no centro do edifício. Não olhou para trás. Se o tivesse feito, teria visto o rapaz com o bigode de Errol Flynn remexendo no tambor, procurando fosse o que fosse que a abilolada senhora de óculos escuros e lenço vermelho vivo jogara fora. Para o rapaz, parecera um cartão de crédito. Provavelmente não era, mas só se podia ter certeza dessas coisas depois de verificar. E às vezes se tinha sorte. Às vezes? *Frequentemente*, oras. Não chamavam este país de Terra da Oportunidade à toa.

## 9

A próxima grande cidade a oeste ficava apenas a 400 quilômetros de distância, e isso lhe pareceu perto demais. Decidiu-se por outra maior, quase 880 quilômetros mais distante. Situava-se à beira de um lago, como a atual, mas em outro fuso horário. Um Continental Express partiria para lá em meia hora. Dirigiu-se aos guichês e entrou na fila, o coração batendo forte no peito, a boca seca. Antes que a pessoa à frente dela concluísse a transação e se afastasse do guichê, Rosie pôs as costas da mão na boca e sufocou um arroto que ardeu ao lhe trazer o gosto do café da manhã.

*Não se atreva a usar nenhuma variação do seu nome aqui*, acautelou-se. *Se quiserem um nome, vai ter que dar outro.*

— Posso ajudá-la, senhora? — perguntou o homem do guichê, olhando por cima dos óculos de leitura instalados precariamente na ponta do nariz.

— Angela Flyte — disse ela. Era o nome de sua melhor colega de escola e a última amiga que realmente tivera. Depois disso, na Aubreyville High, Rosie passara a namorar firme o rapaz com quem se casara uma semana depois de se formar, e haviam construído um país a dois... cujas fronteiras eram habitualmente fechadas para turistas.

— O quê, senhora?

Ela percebeu que tinha dado um nome em vez do local de destino, e como deve ter sido

(*esse rapaz está provavelmente olhando meus pulsos e meu pescoço, procurando ver se a camisa de força deixou alguma marca*)

estranho para ele. Enrubesceu de confusão e constrangimento, fazendo esforço para agarrar-se aos pensamentos, colocá-los em certa ordem.

— Desculpe — disse, e uma lúgubre premonição a atingiu: fosse o que fosse que seu futuro continha, aquela frasezinha simples e lastimável ia segui-la como uma lata amarrada à cauda de um cão perdido. Por 14 anos existira uma porta fechada entre ela e a maior parte do mundo, e naquele momento se sentiu como um aterrorizado camundongo que fizera seu buraco no lugar errado do rodapé da cozinha.

O homem do guichê ainda a encarava, os olhos um tanto impacientes por cima dos óculos engraçados.

— Posso ajudá-la ou não, senhora?

— Sim, por favor. Quero uma passagem para o ônibus de 11:05. Ainda tem lugar?

— Ah, uns 40. Só de ida ou ida e volta?

— Só de ida — respondeu ela, e sentiu outro fluxo quente no rosto quando a enormidade do que estava dizendo tornou-se clara para si. Tentou sorrir, falando novamente com um pouco mais de força: — Só de ida, por favor.

— São 59 dólares e 70 centavos — disse ele, e ela sentiu os joelhos fracos de alívio. Pensara que a passagem fosse muito mais cara; preparara-se para a possibilidade de o homem pedir quase todo o dinheiro que ela possuía.

— Obrigada — disse ela, e ele deve ter percebido a genuína gratidão em sua voz, pois ergueu os olhos da passagem que preenchia e sorriu para ela. A expressão impaciente e reservada deixara seu rosto.

— Foi um prazer — disse ele. — Bagagem, senhora?

— Eu... eu não tenho bagagem nenhuma — falou, e subitamente teve medo do olhar dele. Tentou pensar numa explicação. Certamente uma mulher desacompanhada se dirigindo a uma cidade tão distante sem qualquer bagagem exceto a bolsa devia lhe parecer suspeito, mas nenhuma explicação surgiu. E notou que estava tudo bem. Ele não estava desconfiado, não estava sequer curioso. Simplesmente concordou com a cabeça e preencheu o bilhete. De repente Rosie percebeu algo nada agradável: ela não era nenhuma novidade em Portside. Aquele homem via mulheres assim o tempo todo, escondendo-se por trás de óculos escuros, comprando passagens para lugares com um fuso horário diferente, mulheres que pareciam ter esquecido quem eram em algum ponto do caminho, o que achavam que estavam fazendo e por quê.

## 10

Rosie sentiu uma profunda sensação de alívio quando o ônibus saiu do terminal de Portside (no horário), virou à esquerda, atravessou novamente a Trunkatawny e então pegou a I-78 na direção oeste. Enquanto passavam pela última das três saídas do centro da cidade, viu o edifício triangular de paredes de vidro que era a nova central de polícia. Ocorreu-lhe que o marido poderia estar atrás de uma daquelas grandes janelas neste exato momento, que poderia até estar olhando para fora, para o grande e reluzente ônibus projetando-se pela Interestadual. Fechou os olhos e contou até 100. Quando os abriu de novo, o edifício tinha desaparecido. Para sempre, esperava ela.

Sua poltrona ficava na parte de trás do ônibus, e o motor a diesel zumbia continuamente na traseira, não muito longe dela. Fechou os olhos novamente e descansou o rosto na janela. Não ia dormir, estava muito ligada para dormir, mas podia descansar. Tinha a impressão de que ia precisar de todo o descanso que pudesse conseguir. Ainda estava surpresa pelo modo repentino como aquilo tinha acontecido — algo mais parecido com um ataque do coração ou um derrame do que uma mudança de vida. Mudança? Era pôr a coisa de modo suave. Não mudara de vida apenas, desenraizara-a, como uma mulher arrancando uma violeta africana do vaso. Mudança de vida, essa é boa. Não, não dormiria nunca. Dormir estava fora de questão.

E pensando assim, deslizou não para o sono, mas para o cordão umbilical que liga o sono à vigília. Movia-se lentamente para a frente e para trás como uma bolha, tenuemente consciente do contínuo zumbir do motor a diesel, do som dos pneus no asfalto, de um garoto quatro ou cinco filas adiante perguntando à mãe quando chegariam na tia Norma. Mas estava também consciente de que se despregara de si mesma, e que sua mente abrira-se como uma flor (uma rosa, claro), abrira-se como só acontece quando não se está num ou noutro lugar.

*Sou realmente Rosie...*

A voz de Carole King, cantando a letra de Maurice Sendak, veio flutuando corredor acima até ela, vinda de algum aposento distante, ecoando, acompanhada pelas notas cristalinas, fantasmagóricas, de um piano.

*... e Rosie muito real...*

*Vou dormir, afinal de contas*, pensou. *Acho que vou mesmo. Imagine só!*

*É melhor acreditar... Sou mesmo sensacional...*

Não estava mais no corredor cinzento e sim em um escuro espaço ao ar livre. Seu nariz e toda sua cabeça estavam repletos de cheiros de verão tão doces e fortes que eram quase esmagadores. Principalmente o de madressilva, lufadas dele. Podia ouvir os grilos e, quando olhou para cima, viu a face de osso polido da lua cavalgando bem lá no alto. Seu fulgor branco estava por toda parte, transformando em fumaça o nevoeiro que se erguia da relva e se emaranhava em suas pernas nuas.

*Sou realmente Rosie... e Rosie muito real...*

Ergueu as mãos com os dedos espalhados e os polegares quase se tocando; emoldurou a lua como um quadro, e quando o vento noturno lhe acariciou os braços nus, sentiu o coração primeiro inchar de felicidade, depois contrair-se de medo. Sentia uma entorpecida selvageria neste lugar, como se houvesse animais de dentes grandes soltos na vegetação rasteira.

*Rose. Venha cá, benzinho. Quero falar com você bem de perto.*

Virou a cabeça e viu o punho dele saindo velozmente da escuridão. Raios gelados de luar cintilaram nas letras em relevo de seu anel da Academia de Polícia. Viu a careta cheia de tensão de seus lábios, repuxados de forma a parecer com um sorriso...

... e teve um sobressalto que a acordou na poltrona, arquejando, a testa molhada de suor. Devia estar ofegando por algum tempo, porque a janela quase totalmente embaçada se mostrava úmida de sua respiração. Limpou uma parte do vidro com o lado da mão e olhou para fora. A cidade agora quase desaparecera; passavam por postos de gasolina, lanchonetes e outras construções desse tipo na periferia, mas por trás delas Rosie via extensões de campo aberto.

*Consegui escapar dele*, pensou. *Não importa o que me aconteça agora, consegui escapar dele. Mesmo que eu tenha que dormir no vão de portas ou debaixo de pontes, consegui escapar. Ele nunca me baterá de novo, porque consegui escapar dele.*

Entretanto, descobriu que não acreditava totalmente naquilo. Ele ficaria furioso com ela e tentaria encontrá-la. Tinha certeza disso.

*Mas como vai poder fazê-lo? Encobri o meu rastro; não tive nem que escrever o nome de minha antiga colega de escola para conseguir a passagem. Joguei fora o cartão do banco, essa foi a melhor coisa. Então, como é que ele pode me achar?*

Ela não sabia exatamente... mas encontrar pessoas *era* o que ele fazia, e ela teria que ser muito, muito cuidadosa.

*Sou realmente Rosie... e Rosie muito real...*

Sim, achava que os dois lados disso eram verdadeiros, porém jamais se sentira tão pouco sensacional em toda a sua vida. Sentia-se como a partícula mínima de um destroço naufragado no meio de um oceano sem caminhos. O terror que a dominara quase ao fim de seu breve sonho ainda estava presente, mas também os traços do alívio e da felicidade; uma sensação de que era, se não poderosa, pelo menos livre.

Apoiou-se no encosto alto da poltrona do ônibus e observou a última lanchonete e loja de amortecedores desaparecerem. Agora se via apenas a paisagem campestre — campos recém-abertos e cinturões de árvores transformando-se naquele fabuloso verde nublado que só abril produz. Ela os viu passar com as mãos cruzadas frouxamente no colo, deixando que o grande ônibus prateado a levasse para o que quer que estivesse adiante.

# II

# A Bondade de Estranhos

## 1

Ela passou momentos muito ruins nas primeiras semanas de sua nova vida, mas mesmo nos piores — descer do ônibus às três da manhã e entrar num terminal quatro vezes maior que Portside —, não lamentou sua decisão.

Contudo, estava aterrorizada.

Rosie parou logo depois da entrada do Portão 62, agarrando a bolsa bem apertada com as duas mãos e olhando em torno com olhos arregalados, enquanto as pessoas passavam rapidamente numa turbulenta corredeira, algumas arrastando malas, outras balançando nos ombros caixas de papelão amarradas com barbante e outras com o braço nos ombros das namoradas ou na cintura dos namorados. Enquanto ela observava, um homem disparou a correr até uma mulher que acabara de descer do ônibus de Rosie, agarrou-a e arrastou-a por ali tão violentamente que ela foi erguida do chão. A mulher emitiu um som deliciado e aterrorizado, um grito tão vivo como o disparo de um *flash* no confuso e apinhado terminal.

À direita de Rosie havia um monte de videogames e, embora ainda estivesse escuro, crianças — a maioria com bonés de beisebol virados ao contrário e pelo menos oitenta por cento do cabelo tosado — grudavam-se em todos eles.

— Tente de novo, Cadete do Espaço! — convidou um dos jogos, o mais próximo de Rosie, numa voz triturante e inumana. — Tente de novo, Cadete do Espaço! Tente de novo, Cadete do Espaço!

Ela passou lentamente pelos videogames, seguindo para dentro do terminal, com apenas uma certeza: não ousava sair a esta hora da madrugada. Sabia muito bem que havia excelentes chances de ser violentada, morta e atirada na lata de lixo mais próxima se o fizesse. Deu uma olhadela à esquerda e viu uma dupla de policiais uniformizados descendo a escada rolante. Um deles girava o cassetete de maneira complexa. O outro ria mostrando os dentes de um modo duro e sem humor que a fez pensar num homem a 1.200 quilômetros de distância. Ele mostrava os dentes mas não havia nenhum sorriso em seus olhos constantemente móveis.

*E se a tarefa deles for percorrer este lugar mais ou menos de hora em hora e expulsar todo mundo que não tiver bilhete? O que você fará então?*

Lidaria com aquilo se acontecesse, é o que faria. Enquanto isso, se afastou da escada rolante e se dirigiu a um vão da sala onde uma dúzia de passageiros havia se instalado em cadeiras anatômicas de plástico duro. Viam-se pequenos aparelhos de TV, que funcionavam com moedas, acorrentados aos braços das cadeiras. Enquanto andava, Rosie mantinha um olho nos policiais, sentindo-se aliviada ao vê-los atravessarem a extensão do terminal e se afastarem dela. Em duas horas e meia, três no máximo, estaria claro. Depois disso podiam expulsá-la. Até lá queria ficar ali mesmo, onde havia luzes e um monte de gente.

Sentou-se em uma das cadeiras com TV. Dois assentos à sua esquerda, uma moça vestindo uma jaqueta de brim desbotada dormia, segurando uma mochila no colo. Seus olhos haviam rolado para baixo das pálpebras coloridas de roxo, e um longo e prateado fio de saliva pendia de seu lábio inferior. No dorso de sua mão direita haviam sido tatuadas três palavras: AMO MEU BENZIM, em letras maiúsculas e irregulares. *Onde está o seu benzinho agora, minha querida?*, pensou Rosie. Olhou para a tela vazia da TV e depois para a parede azulejada à direita. Alguém rabiscara ali, com pincel atômico vermelho, as palavras *CHUPE MEU PAU CONTAMINADO DE AIDS*. Ela afastou os olhos rapidamente, como se as palavras fossem lhe queimar as retinas se as olhasse por muito tempo, e contemplou a extensão do terminal.

Na parede mais distante havia um enorme relógio iluminado. Eram 3h16 da manhã.

*Mais duas horas e meia e posso ir embora*, pensou, e começou a esperar que o tempo passasse.

## 2

Comera um *cheeseburger* com uma limonada quando o ônibus dera uma parada, por volta das seis horas da noite anterior, e nada mais desde então; estava com fome. Ficou sentada no vão da sala com as TVs até que os ponteiros do grande relógio marcaram cerca de quatro horas da manhã; então resolveu que seria melhor comer alguma coisa. Atravessou a sala em direção à pequena lanchonete perto dos guichês, passando por cima de várias pessoas que dormiam pelo caminho. Muitas estavam com os braços protetoramente por cima de grandes sacos plásticos de lixo repletos, remendados com fita adesiva. Quando Rosie serviu-se de café, suco e uma tigela de cereal, compreendeu que seu medo de ser expulsa pelos policiais não tinha razão de ser. Essas pessoas que dormiam não eram viajantes, e sim gente sem-teto que acampava no terminal de ônibus. Teve pena delas, mas se sentiu também perversamente reconfortada — era bom saber que haveria um lugar para *ela* amanhã à noite, se de fato precisasse.

*E se ele vier para cá, para esta cidade, onde acha que procurará primeiro? Onde acha que parará em primeiro lugar?*

Isso era bobagem — ele não ia descobri-la, não havia absolutamente nenhum modo de ele *poder* encontrá-la —, mas mesmo assim o pensamento fez com que um dedo gelado lhe percorresse a espinha.

O alimento fez com que se sentisse melhor, mais forte e mais desperta. Quando terminou (demorando-se com seu café até que viu o ajudante de garçom hispânico olhá-la com visível impaciência), voltou lentamente para o vão da TV. No caminho, vislumbrou um círculo azul e branco acima de um compartimento perto dos balcões de aluguel de carro. As palavras em torno da lista azul mais externa do círculo eram AJUDA AOS VIAJANTES. Rosie pensou então, com uma faísca de humor, que se havia na história do mundo um viajante que precisasse de ajuda era ela.

Deu um passo para o círculo iluminado. O homem sentado no compartimento sob o letreiro — um sujeito de meia-idade com cabelo rareando e óculos de aro de tartaruga — lia um jornal. Rosie deu outro passo em sua direção e parou de novo. Não ia mesmo até lá, ia? Pelo amor de Deus, o que diria a ele? Que tinha abandonado o marido? Que saíra só com a bolsa, o cartão do caixa automático do banco dele e as roupas que vestia?

*Por que não?*, Prática-Sensata perguntou, e a total falta de solidariedade em sua voz atingiu Rosie como uma bofetada. *Se você teve peito para deixá-lo, não vai ter peito para confessar isso?*

Rosie não sabia se tinha ou não, mas sabia que contar a um estranho o fato principal de sua vida às quatro da manhã seria muito difícil. *De qualquer modo, ele ia provavelmente me dizer para dar o fora. Provavelmente seu serviço é ajudar as pessoas a arranjar passagens para substituir as perdidas, ou anunciar pelos alto-falantes as crianças perdidas.*

Seus pés, porém, começaram a se mover na direção do compartimento da Ajuda aos Viajantes, e ela compreendeu que *pretendia* falar com o estranho de cabelo rareando e óculos de aro de tartaruga, e que ia fazê-lo pelo motivo mais simples do universo: não tinha outra escolha. Nos dias pela frente, era provável que tivesse que contar a um monte de gente que deixara o marido, que vivera aturdida atrás de uma porta fechada por 14 anos, que tinha umas poucas e miseráveis capacitações para sobreviver e absolutamente nenhuma capacitação para trabalho, que precisava de ajuda, que precisava depender da bondade de estranhos.

*Mas nada disso é de fato minha culpa, é?*, pensou, e sua própria calma a surpreendeu, quase a deixando perplexa.

Foi até o compartimento e pôs a mão que não agarrava a tira da bolsa no balcão. Desceu os olhos cheia de esperança e medo para a cabeça curvada do homem de óculos de tartaruga, fitando seu crânio moreno e sardento através das mechas de cabelo dispostas por cima dele em fileiras nítidas e finas. Esperou que levantasse os olhos, mas ele estava absorto no jornal, escrito numa língua estrangeira que parecia grego ou russo. O homem virou cuidadosamente a página e franziu a testa ante o retrato de dois jogadores de futebol disputando uma bola.

— Com licença — disse ela num fio de voz, e o homem no compartimento ergueu a cabeça.

*Por favor, faça com que sua expressão seja amável*, pensou Rosie de repente. *Mesmo que não possa fazer nada, faça com que sua expressão seja amável... e faça com que ele me veja,* a mim, *a pessoa real que está em pé aqui com nada senão uma alça de bolsa para se agarrar.*

Então viu que a expressão dele *era* amável. Os olhos eram fracos e vagos por trás das espessas lentes dos óculos... mas eram amáveis.

— Desculpe, mas o senhor pode me ajudar? — perguntou.

## 3

O voluntário da ajuda aos viajantes apresentou-se como Peter Slowik, e ouviu a história de Rosie num silêncio atento. Ela lhe contou tanto quanto pôde, tendo já concluído que não poderia depender da bondade de estranhos se, por orgulho ou vergonha, fizesse sumir a verdade sobre si própria. A única coisa importante que não contou — porque não conseguiu encontrar um jeito de expressá-la — era a que ponto se sentia *fraca*, despreparada para o mundo. Até as últimas 18 horas mais ou menos, não tinha ideia de como só conhecia o mundo pela TV, ou pelo jornal diário que o marido levava.

— Entendo que tenha deixado sua casa no impulso do momento — disse o sr. Slowik —, mas no ônibus não teve nenhuma ideia do que faria ou para onde iria quando chegasse aqui? Nenhuma ideia mesmo?

— Achei que poderia encontrar um hotel para mulheres, para começar — disse ela. — Esses lugares ainda existem?

— Existem pelo menos três deles que eu saiba, porém o mais barato provavelmente tem diárias que, em uma semana, a deixariam sem um tostão. São hotéis para senhoras abastadas, na maior parte, senhoras que vieram passar uma semana na cidade para fazer compras ou visitar parentes que não têm lugar para hospedá-las.

— Ah — disse ela. — E a Associação Cristã de Moças?

O sr. Slowik sacudiu a cabeça.

— Fecharam seu último alojamento para hóspedes em 1990. Estavam sendo infestados por gente maluca e drogados.

Rosie sentiu um toque de pânico, depois se obrigou a pensar nas pessoas que dormiam ali no chão, os braços em torno dos sacos de lixo remendados com fita adesiva contendo suas posses. *Em último caso sobra isso*, pensou.

— O senhor tem alguma ideia?

Ele a olhou por um momento, dando batidinhas no lábio inferior com a ponta de uma esferográfica, um homenzinho de rosto comum e olhos aguados que, apesar disso, a tinha enxergado e falado com ela — que não lhe dissera simplesmente que desse o fora. *E naturalmente também não disse para eu me aproximar porque queria falar comigo bem de perto*, pensou.

Slowik pareceu tomar uma decisão. Abriu o casaco (feito de poliéster e que já vira melhores dias), tateou no bolso interno e retirou um cartão. No lado onde estavam impressos seu nome e o logotipo da Ajuda aos Viajantes escreveu cuidadosamente um endereço em letras de fôrma. Depois, virou o cartão e assinou no lado em branco, escrevendo em letras que a Rosie pareceram comicamente grandes. A assinatura exagerada a fez pensar em algo que seu professor de História Americana contara para a turma do ensino médio, que John Hancock escrevera o nome em letras especialmente grandes na Declaração de Independência, supostamente dizendo: "Para que o rei George possa lê-lo sem óculos."

— Está entendendo o endereço? — perguntou ele, entregando-lhe o cartão.

— Sim — respondeu. — Avenida Durham, 251.

— Ótimo. Ponha o cartão na bolsa e não o perca. Alguém provavelmente vai querer vê-lo quando a senhora chegar lá. Eu a estou mandando para um lugar chamado Filhas e Irmãs. É um abrigo para mulheres espancadas. Um lugar especial. Baseado na sua história, acho que poderá ser aceita.

— Quanto tempo me deixarão ficar?

Ele sacudiu os ombros.

— Acho que varia de caso a caso.

*É isso que eu sou agora*, pensou ela. *Um caso.*

Ele pareceu ler seu pensamento, porque sorriu. Não havia nada de muito adorável nos dentes revelados pelo sorriso, mas este parecia bastante honesto. Deu uns tapinhas na mão dela. Foi um toque rápido, desajeitado e um pouco tímido.

— Se seu marido lhe bateu tanto quanto diz, sra. McClendon, a senhora de qualquer modo melhorou de situação.

— É — disse ela. — Também penso isso. E se tudo mais falhar, há sempre o chão aqui, não é?

Ele pareceu surpreso.

— Ah, não acho que chegue a esse ponto.

— Pode chegar. Pode. — Ela fez um gesto com a cabeça para dois dos sem-teto, dormindo lado a lado sobre casacos estendidos na extremidade de um banco. Um deles tinha o boné sujo e cor de laranja puxado sobre o rosto para bloquear a luz implacável.

Slowik olhou-os por um momento, depois fitou-a de novo.

— Não vai chegar a esse ponto — repetiu, dessa vez parecendo ter mais certeza. — Os ônibus da cidade param bem defronte às portas principais; vire à esquerda que vai ver onde é. Várias partes do meio-fio estão pintadas para corresponderem às diferentes rotas de ônibus. Vai tomar um ônibus da Linha Laranja, então fique na parte laranja do meio-fio. Entendeu?

— Sim.

— Custa um dólar, e o motorista vai querer o dinheiro certo. Pode ficar impaciente se você não tiver.

— Tenho um monte de trocado.

— Ótimo. Desça na esquina de Dearborn e Elk, depois suba dois quarteirões da Elk... ou talvez três. Não me lembro direito. De qualquer modo, vai chegar à avenida Durham. Aí entre à esquerda. É mais ou menos quatro quarteirões acima, mas são quarteirões pequenos. É uma grande casa de madeira branca. Eu diria que dá a impressão de que precisa ser pintada, mas talvez agora já tenham feito isso. Vai se lembrar de tudo?

— Vou.

— Mais uma coisa. Fique aqui no terminal até o dia clarear. Não vá para lugar nenhum, nem mesmo para o ponto do ônibus da cidade, até clarear.

— Não estava pensando em ir.

# 4

Dormira apenas duas ou três horas com interrupções no Continental Express que a trouxera até ali. Assim, o que aconteceu depois que desceu do ônibus da Linha Laranja não causou surpresa: ela se perdeu. Chegou depois à conclusão de que a confusão devia ter começado quando escolhera o caminho errado na rua Elk, mas o resultado — quase três horas de perambulação por um bairro estranho — era muito mais importante do que o motivo. Caminhou penosamente quarteirão após quarteirão, procurando pela avenida Durham sem encontrá-la. Seus pés doíam. A lombar latejava. Começou a ficar com dor de cabeça. E certamente não havia nenhum Peter Slowik naquele bairro; os rostos que não a ignoravam completamente olhavam-na com desconfiança, suspeita ou total desdém.

Não muito depois de ter descido do ônibus, passou por um bar sujo e de aparência misteriosa chamado The Wee Nip. Suas persianas estavam corridas, os anúncios de cerveja apagados e uma grade fora puxada sobre a porta. Quando ela passou pelo mesmo bar uns 20 minutos depois (só percebendo que era o mesmo lugar quando o viu, já que todas as casas pareciam iguais), as persianas ainda estavam corridas, mas os anúncios de cerveja se mostravam agora iluminados e a grade fora suspensa. Um homem com uma roupa cáqui de trabalho apoiava-se na porta, segurando uma caneca de cerveja pela metade. Ela olhou seu relógio e viu que não eram ainda seis e meia da manhã.

Rosie abaixou a cabeça até poder ver o homem só com o canto do olho, segurou um pouco mais apertado a alça da bolsa e andou um pouco mais rápido. Imaginou que ele saberia onde era a avenida Durham, mas não tinha nenhuma intenção de lhe perguntar isso. Ele dava a impressão de que gostava de falar com as pessoas bem de perto — especialmente com as mulheres.

— Ei, meu bem, ei, meu bem — disse ele quando Rosie passou pelo The Wee Nip. Sua voz era absolutamente sem inflexão, quase uma voz de robô. E apesar de não querer olhá-lo, Rosie não pôde evitar lançar-lhe uma única e aterrorizada olhadela por cima do ombro. Os cabelos dele escasseavam, tinha uma pele pálida na qual se destacavam algumas marcas como queimaduras parcialmente cicatrizadas e um bigode vermelho-escuro de pontas caídas que a fez pensar em David Crosby. Alguns pingos de espuma de cerveja pontilhavam seu bigode.

— Ei, meu bem, não quer trepar, hein, você não parece muito má, é até bem boa na verdade, bons peitos, o que é que acha, hein, não quer trepar, dar uma cavalgada, vamos trepar, benzinho, não quer ficar de quatro, o que é que acha?

Ela se afastou e se obrigou a andar num passo mais rápido, a cabeça abaixada como uma muçulmana a caminho do mercado; forçou-se a não lhe prestar atenção de maneira nenhuma. Se não fizesse isso, ele poderia vir atrás dela.

— Ei, meu bem, vamos ficar de quatro no chão, o que é que acha? Vamos ficar de quatro, bancar o cachorro, vamos trepar, trepar, *trepar*.

Rosie dobrou a esquina e deixou escapar todo o ar que pulsava nela como uma coisa viva juntamente com os batimentos frenéticos e atemorizados de seu coração. Até aquele momento não sentira a mínima falta de sua antiga cidade ou de seu bairro, mas agora o medo que tivera do homem à porta do bar e a própria desorientação — *por que* todas as casas tinham que parecer iguais, *por quê?* — combinaram-se numa sensação bem próxima à saudade de casa. Nunca se sentira tão horrivelmente sozinha ou tão convencida de que as coisas estavam indo muito mal. Ocorreu-lhe que talvez jamais escapasse desse pesadelo, que talvez isso fosse apenas uma amostra do que seria o resto de sua vida. Começou até a achar que *não* havia nenhuma avenida Durham; que o sr. Slowik, da Ajuda aos Viajantes, aparentemente tão simpático, fosse na verdade um sádico pervertido que adorava fazer com que pessoas perdidas ficassem ainda mais perdidas.

Às 8h15 pelo seu relógio — muito depois que o sol já surgira no que prometia ser um dia escaldante, pouco característico da estação — Rosie abordou uma mulher gorda, usando um vestido caseiro que, na entrada do caminho para sua garagem, colocava latas de lixo vazias sobre um carrinho com movimentos lentos e estilizados.

Rosie tirou os óculos escuros.

— Com licença?

A mulher voltou-se imediatamente. De cabeça abaixada, exibia a expressão truculenta de uma pessoa que era chamada de baleia com frequência por alguém do outro lado da rua, ou pelas pessoas nos carros que passavam.

— O que você quer?

— Estou procurando a avenida Durham, 251 — disse Rosie. — É um lugar chamado Filhas e Irmãs. Me disseram como chegar, mas acho...

— O quê, a obra social das lésbicas? Você perguntou à pessoa errada, boneca. Não quero saber de comedoras de boceta. Some. Vai dando o fora daqui. — Com isso, virou novamente para o carrinho de mão e começou a empurrar as latas chacoalhantes pelo caminho da garagem com a mesma maneira lenta e cerimoniosa, segurando-as com a mão gorducha e branca. Suas nádegas sacudiam-se livremente por baixo do vestido desbotado e simples. Chegando aos degraus, virou-se e olhou para a calçada. — Não ouviu? Dá o fora *daqui*. Antes que eu chame a polícia.

A última palavra foi como um beliscão forte num local sensível. Rosie colocou de novo os óculos escuros e afastou-se rapidamente. Polícia? Não, obrigada. Não queria nada com a polícia. *Nenhum* deles. Mas depois de ter se distanciado um pouco da mulher gorda percebeu que na verdade se sentia melhor. Pelo menos se certificara de que a Filhas e Irmãs (conhecida em alguns lugares como a obra social das lésbicas) existia realmente, e isso era um passo na direção certa.

Dois quarteirões abaixo, deparou com uma loja modesta, com um *rack* para bicicletas na frente e um cartaz na vitrine que dizia PÃEZINHOS SAÍDOS DO FORNO. Entrou e comprou um pãozinho — ainda estava quente, e a fez lembrar-se de sua mãe. Então perguntou ao velho atrás do balcão se podia lhe dizer onde era a avenida Durham.

— A senhora se afastou um pouco do caminho — disse ele.

— Ah, é? Quanto?

— Uns três quilômetros, mais ou menos. Venha cá.

Pôs a mão ossuda no ombro dela, conduziu-a até a porta e apontou para um agitado cruzamento a um quarteirão de distância apenas.

— Aquela é a avenida Dearborn.

— Ah, meu Deus, é lá? — Não sabia se devia rir ou chorar.

— É isso aí, moça. O único problema de encontrar as coisas na grande D é que ela atravessa a maior parte da cidade. Está vendo aquele cinema fechado?

— Estou.

— A senhora tem que entrar para a Dearborn ali à direita. Vai ter que andar 16 a 18 quarteirões. É gastar os pés um bocado. É melhor pegar o ônibus.

— Acho que sim — disse Rosie, sabendo que não ia fazê-lo. Suas moedas de 25 centavos tinham acabado, e se um motorista de ônibus ficasse bravo por ter que trocar uma nota de dólar, ela desataria a chorar. (Nem passou por sua mente confusa e cansada que o homem com quem falava lhe teria alegremente trocado um dólar.)

— Depois a senhora chega à...

— Rua Elk.

Ele lhe lançou um olhar exasperado.

— Moça! Se sabe como ir, por que perguntou?

— Eu não *sei* — disse ela, e mesmo não havendo nada especificamente áspero na voz dele, sentiu que suas lágrimas ameaçavam aparecer. — Eu não sei *coisa alguma*! Estou perambulando por aí há horas, estou *cansada* e...

— Tá bem, tá bem — disse ele —, tá tudo bem, não esquenta, tudo vai se resolver. Desça do ônibus na Elk. A Durham fica só dois ou três quarteirões depois. Fácil como beber água. Tem o endereço?

Rosie confirmou com a cabeça.

— Muito bem, então vá — disse ele. — Não deve haver problema.

— Obrigada.

Ele puxou um lenço amassado mas limpo do bolso de trás e estendeu-o para ela com a mão nodosa.

— Enxugue um pouco o rosto, querida. Suas lágrimas estão escorrendo.

## 5

Rosie subiu lentamente a avenida Dearborn, quase sem notar os ônibus que passavam rugindo, descansando a cada um ou dois quarteirões nos bancos das paradas de ônibus. Sua dor de cabeça, causada principalmente pelo estresse de estar perdida, havia se dissipado, mas seus pés e costas doíam mais do que nunca. Levou uma hora para chegar à rua Elk. Virou à direita para entrar nela e perguntou à primeira pessoa que viu — uma mulher jovem e grávida — se estava na direção certa para a avenida Durham.

— Se manda — disse a mulher grávida, o rosto tão instantaneamente cheio de ira que Rosie deu dois rápidos passos para trás.

— Desculpe — disse Rosie.

— Desculpe uma ova. Em primeiro lugar, eu queria saber quem é você para falar comigo! Sai do meu caminho! — E passou por Rosie tão violentamente que quase a derrubou no meio-fio. Rosie a observou afastar-se com uma espécie de surpresa atônita, depois se virou e continuou seu caminho.

## 6

Subia mais lentamente que nunca a Elk, uma rua de pequenas lojas — tinturarias, floristas, *delicatessens* com frutas expostas na calçada, papelarias. Estava agora tão cansada que não sabia por quanto tempo aguentaria permanecer de pé, quanto mais continuar andando. Quando chegou à avenida Durham, ficou aliviada, mas por pouco tempo. O sr. Slowik tinha dito para dobrar à direita ou à esquerda na Durham? Não conseguia lembrar. Tentou à direita e viu que os números subiam a partir dos quatrocentos e tantos.

— É típico — murmurou ela, e deu meia-volta novamente. Dez minutos depois, viu-se diante de uma casa muito grande de madeira branca (de fato precisando urgentemente de pintura) e três andares, tendo na frente um gramado grande e bem-cuidado. Suas persianas estavam descidas. Havia quase uma dúzia de cadeiras de vime na varanda, mas nenhuma ocupada no momento. Rosie não viu nenhuma tabuleta dizendo Filhas e Irmãs, mas o número na coluna à direita da escada da varanda era 251. Subiu lentamente pelo caminho lajeado e depois os degraus, a bolsa pendendo a seu lado.

*Vão mandá-la embora*, sussurrou uma voz. *Vão mandá-la embora, e aí você pode voltar para a estação de ônibus. É bom chegar lá cedo para conseguir um bom pedaço de chão.*

A campainha fora coberta com camadas de fita isolante de eletricista, e o botão tinha um tampão de metal. À esquerda da porta, havia uma fenda para cartão magnético que parecia nova em folha, e uma caixa de interfone acima dela. Abaixo da caixa via-se uma pequena tabuleta dizendo: VISITANTES, APERTEM O BOTÃO E FALEM.

Rosie apertou. No decorrer da longa perambulação matinal, ensaiara diversas coisas para dizer, várias maneiras de se apresentar, mas agora que estava ali, de fato, até a introdução menos esperta e mais direta havia desaparecido de sua cabeça, num vazio total. Rosie simplesmente soltou o botão e esperou. Segundos se passaram como pedacinhos de chumbo. Estendera a mão novamente para o botão quando uma voz de mulher surgiu do alto-falante. Parecia minúscula e despida de emoção.

— Posso ajudá-la?

Embora o homem de bigode do lado de fora do The Wee Nip a tivesse assustado e a mulher grávida a surpreendido, nenhum dos dois a fizera chorar. Agora, porém, ao som daquela voz, as lágrimas surgiram — e não conseguia detê-las.

— Espero que alguém possa — disse Rosie, enxugando o rosto com a mão livre. — Desculpe, mas estou na cidade sozinha, não conheço ninguém e preciso de um lugar para ficar. Se vocês estão lotados, eu entendo, mas eu podia pelo menos entrar e sentar um pouco e, quem sabe, beber um copo d'água?

Houve mais silêncio. Rosie estendeu a mão para o botão mais uma vez quando a voz minúscula perguntou quem a tinha enviado.

— O homem da Ajuda aos Viajantes, na estação de ônibus. David Slowik. — Considerou o que tinha dito e sacudiu a cabeça. — Não, está errado. *Peter*. O nome dele é Peter e não David.

— Ele lhe deu um cartão? — perguntou a voz minúscula.

— Deu.

— Pegue-o, por favor.

Rosie abriu a bolsa e remexeu nela por um tempo que pareceu horas. Exatamente quando novas lágrimas começavam a ferroar seus olhos e lhe toldar a visão, o cartão foi encontrado. Escondera-se atrás de um chumaço de lenços de papel.

— Está aqui — disse. — Quer que eu o coloque na caixa de correspondências?

— Não — disse a voz. — Há uma câmera bem acima de sua cabeça.

Rosie olhou para cima, espantada. Havia realmente uma câmera montada sobre a porta e que olhava para Rosie com seu olho preto e redondo.

— Segure-o diante da câmera, por favor. Não a parte da frente, a de trás.

Ao fazer isso Rosie lembrou-se de como Slowik assinara o cartão, com letras tão grandes quanto possível. Agora entendia por quê.

— OK — disse a voz. — Vou abrir a porta. Pode entrar.

— Obrigada — disse Rosie. Usou o lenço de papel para enxugar o rosto, mas não adiantou; chorava mais do que nunca e parecia não poder parar.

## 7

Naquela noite, enquanto Norman Daniels estava deitado no sofá da sala de estar, olhando para o teto e já pensando como começaria a tarefa de encontrar a vaca (*uma folga no trabalho*, cogitava ele, *preciso de uma pausa para começar, acho que só umazinha seria suficiente*), sua mulher era conduzida a Anna Stevenson. Já então Rosie sentia uma calma estranha mas bem-vinda — o tipo de calma que se podia sentir num sonho. Tinha quase a impressão de estar sonhando.

Haviam lhe dado um café da manhã tardio (ou um almoço prematuro, talvez), sendo depois levada a um dos quartos de baixo, onde dormira como uma pedra por seis horas. Depois, antes de ser conduzida ao escritório de Anna, lhe deram outra refeição — galinha assada, purê de batatas, ervilhas. Comera com culpa, mas muito, sem conseguir se impedir de pensar que a comida com que estava se entupindo não era um incorpóreo alimento não calórico. Terminara com um copo de gelatina em que pedaços de frutas enlatadas flutuavam como insetos no âmbar. Sabia que as outras mulheres à mesa a olhavam, mas sua curiosidade parecia amigável. Elas falavam, mas Rosie não conseguia acompanhar sua conversa. Alguém mencionou as Indigo Girls, e essas pelo menos Rosie sabia quem eram — vira-as uma vez num programa de TV esperando Norman chegar do trabalho.

Enquanto comiam a sobremesa de gelatina, uma das mulheres colocou um disco de Little Richard e duas outras começaram a dançar, movendo rapidamente os quadris e girando. Houve risos e aplausos. Rosie olhava as dançarinas com uma entorpecida ausência de interesse, cogitando se *eram* as lésbicas da obra social. Depois, quando a mesa foi tirada, Rosie tentou ajudar, mas não a deixaram.

— Venha — disse uma delas. Rosie achou que seu nome era Consuelo. Exibia uma cicatriz larga e desfigurante sob o olho esquerdo que descia pela face abaixo. — Anna quer vê-la.

— Quem é Anna?

— Anna Stevenson — disse Consuelo enquanto conduzia Rosie por um curto corredor que dava na cozinha. — A chefona.

— Como é ela?

— Você vai ver. — Consuelo abriu a porta de uma sala que antes fora provavelmente a despensa, mas não fez qualquer movimento para entrar.

A sala era dominada pela escrivaninha mais atravancada de coisas que Rosie já vira na vida. A mulher sentada atrás dela era um tanto robusta mas sem dúvida bonita. Com seu curto cabelo branco, mas cuidadosamente penteado, fez Rosie se lembrar de Beatrice Arthur, que representara Maude na velha comédia de TV. A combinação severa de blusa branca e colete preto acentuava ainda mais a semelhança, e Rosie aproximou-se da escrivaninha timidamente. Ela estava suficientemente convencida de que, agora que fora alimentada e dormira algumas horas, seria devolvida à rua de novo. Disse a si mesma que não argumentasse ou protestasse se isso acontecesse; o lugar era delas, afinal de contas, e já tivera duas refeições de lucro. Também não precisaria marcar um pedaço do chão da estação de ônibus, pelo menos não agora — ainda tinha dinheiro suficiente para várias noites num hotel ou motel barato. As coisas podiam ser piores. *Bem* piores.

Sabia que isso era verdade, mas mesmo assim a aparência decidida da mulher e seus olhos azuis diretos — olhos que deviam ter visto centenas de Rosies chegarem e partirem através dos anos — ainda a intimidavam.

— Sente-se — convidou Anna, e quando Rosie sentou-se na única outra cadeira da sala (teve que remover uma pilha de papéis de cima dela, colocando-os no chão a seu lado, pois a prateleira mais próxima estava cheia), Anna se apresentou e perguntou como ela se chamava.

— Acho que na verdade é Rose Daniels — disse —, mas voltei ao McClendon, meu nome de solteira. Acho que não é legal, mas não quero usar mais o nome do meu marido. Ele me batia, e por isso o abandonei. — Percebeu que dava a impressão de tê-lo largado na primeira vez em que ele fizera aquilo, e ergueu a mão até o nariz, ainda um pouco dolorido na parte de cima. — Mas ficamos casados muito tempo antes que eu tivesse coragem.

— De quanto tempo estamos falando?

— Quatorze anos. — Rosie descobriu que não podia mais sustentar o direto olhar azul de Anna Stevenson. Baixou os olhos para as próprias mãos, tão apertadas uma na outra sobre o colo que as juntas dos dedos estavam brancas.

*Agora ela vai perguntar por que levei tanto tempo para acordar*, pensou. *Não vai perguntar se uma parte doente de mim* gostava *de apanhar, talvez, mas vai pensar isso.*

Em vez de perguntar o porquê de alguma coisa, a mulher quis saber há quanto tempo Rosie saíra de casa.

Rosie descobriu que precisava ponderar cuidadosamente essa resposta, e não só porque estava agora submetida ao segundo fuso horário dos Estados Unidos. As horas no ônibus combinadas com a dormida durante o dia, algo com que não estava acostumada, tinham desorientado seu sentido de tempo.

— Umas 36 horas — disse, depois de um cálculo mental. — Mais ou menos.

— Aham.

Rosie continuava esperando os formulários que Anna lhe daria para preencher, mas a mulher continuava a olhá-la por sobre a topografia íngreme da escrivaninha. Era enervante.

— Agora me conte sobre isso. Me conte tudo.

Rosie respirou profundamente e contou a Anna sobre a gota de sangue no lençol. Não queria lhe dar a impressão de que era tão preguiçosa — ou tão maluca — que deixara o marido de 14 anos porque não tinha querido mudar a roupa de cama, mas estava com um medo tremendo de que a história desse exatamente essa impressão. Não conseguia explicar os sentimentos complexos que a mancha despertara nela, e não conseguia confessar a raiva que sentira — raiva que parecera ao mesmo tempo nova e uma velha amiga —, mas *contou* a Anna que se balançara com tanta força que ficara com medo de quebrar a Cadeira de Pooh.

— É como eu chamo minha cadeira de balanço — disse, enrubescendo tanto que seu rosto parecia exposto à fumaça. — Sei que é uma besteira mas...

Anna Stevenson descartou o comentário com um gesto.

— O que é que você fez depois que decidiu ir embora? Me conte isso.

Rosie lhe contou sobre o cartão do banco, e de sua certeza de que Norman teria um pressentimento sobre o que ela estava fazendo e ligaria ou iria para casa. Não conseguiu dizer àquela mulher severamente bonita que ficara tão apavorada que entrara no quintal de alguém para urinar, mas lhe contou sobre o uso do cartão do caixa automático, e sobre quanto havia retirado, e que viera para aquela cidade porque parecia longe o bastante e o ônibus partiria logo. As palavras saíam dela em jorros, cercados por períodos de silêncio, nos quais pensava no que dizer a seguir, considerando com uma surpresa quase incrédula o que havia feito. Terminou contando como se perdera naquela manhã e mostrando-lhe o cartão de Peter Slowik. Anna deu uma rápida olhada no cartão e devolveu-o.

— A senhora o conhece bem? — perguntou Rosie. — O sr. Slowik?

Anna sorriu — a Rosie, o sorriso pareceu conter um traço amargo.

— Ah, sim — disse. — É um amigo meu. Um *velho* amigo. É mesmo. E um amigo de mulheres como você, também.

— Seja como for, finalmente cheguei aqui — terminou Rosie. — Não sei o que vai acontecer depois, mas pelo menos cheguei até aqui.

Um vislumbre de sorriso tocou os cantos da boca de Anna Stevenson.

— É. E fez um bom trabalho, sem dúvida.

Reunindo toda a coragem que lhe restava — nas últimas 36 horas havia gasto uma boa quantidade dela —, Rosie perguntou se poderia passar a noite na Filhas e Irmãs.

— Muito mais do que isso, se precisar — respondeu Anna. — Falando tecnicamente, isto aqui é um abrigo, uma casa mais ou menos sustentada com fundos privados. Você pode ficar até oito semanas, e mesmo esse prazo pode ser alterado. Somos muito flexíveis aqui na Filhas e Irmãs. — Envaideceu-se ligeiramente (e na certa de forma inconsciente) ao dizer isso, e Rosie viu-se lembrando de algo que aprendera há uns mil anos nas aulas de Francês: *L'état, c'est moi*. Depois o pensamento foi varrido pela surpresa, quando realmente percebeu o que a mulher dizia.

— Oito... oito...

Pensou no pálido rapaz à entrada do terminal de Portside, o do cartaz no colo que dizia SEM-TETO & TENHO AIDS, e de repente soube como ele se sentiria se um transeunte, por qualquer motivo, jogasse uma nota de 100 dólares em sua caixa de charuto.

— Desculpe, a senhora falou até oito *semanas*?

*Abra os ouvidos, minha cara*, diria Anna Stevenson vivamente. *Eu disse* dias — *oito* dias. *Acha que deixaríamos pessoas como você ficarem aqui por oito semanas? Um pouco de sensatez, está bem?*

Mas, em vez disso, Anna confirmou com a cabeça.

— Embora muito poucas mulheres que vêm para cá acabem ficando tanto tempo. É um motivo de orgulho para nós. E depois, você pagará pela casa e comida, apesar de acharmos que os preços aqui são bem razoáveis. — Abriu novamente o sorriso rápido e envaidecido. — Saiba que as acomodações não têm nada de elegante. A maior parte do segundo andar foi transformada em dormitório. Há 30 camas... bem, catres, e um deles acaba de vagar; é por isso que podemos aceitar você. O quarto em que dormiu hoje pertence a uma das orientadoras que vivem aqui. Temos três.

— Não precisa pedir a alguém? — sussurrou Rosie. — Apresentar meu nome a um comitê ou coisa assim?

— *Eu sou* o comitê — respondeu Anna, e Rosie pensou posteriormente que havia muitos anos a mulher não notava o leve tom de arrogância na própria voz. — A Filhas e Irmãs foi fundada por meus pais, que eram abastados. Temos um fundo doado em nosso favor. Eu escolho quem é convidado a ficar e quem não é... Embora as reações das outras mulheres a potenciais candidatas à F & I sejam importantes. Talvez fundamentais. A reação delas a você foi favorável.

— Isso é bom, não é? — perguntou Rosie debilmente.

— É, sim. — Anna remexeu na escrivaninha, moveu documentos e finalmente encontrou o que queria atrás do computador instalado à sua esquerda. Estendeu uma folha de papel com o timbre azul da Filhas e Irmãs para Rosie. — Tome. Leia isto e assine. Resumindo, diz que você concorda em pagar 16 dólares por noite, com casa e comida, com o pagamento podendo ser adiado se necessário. Isso não é nenhum documento legal; é só uma promessa. Gostamos que possam pagar a metade ao sair, pelo menos por um tempo.

— Eu posso — disse Rosie. — Ainda tenho algum dinheiro. Não sei como lhe agradecer, sra. Stevenson.

— Sra. Stevenson para meus parceiros de negócios, mas Anna para você — disse, observando Rosie assinar o nome na parte de baixo da folha. — E não precisa me agradecer, nem a Peter Slowik. Foi a Providência que a trouxe aqui, Providência com P maiúsculo, exatamente como num romance de Charles Dickens. Acredito realmente nisso. Já vi muitas mulheres se arrastarem para cá arrasadas e saírem inteiras. Peter é uma das duas dúzias de pessoas na cidade que mandam mulheres para mim, mas a força que levou você a ele, Rose... foi a Providência.

— Com P maiúsculo.

— Exato. — Anna deu uma olhadela na assinatura e depois colocou o papel numa prateleira à sua direita, onde, Rosie tinha certeza, ele ia desaparecer na confusão geral antes de 24 horas.

— Muito bem — disse Anna, com o ar de alguém que tivesse concluído as formalidades tediosas e podia agora falar do que realmente apreciava. — O que é que você sabe fazer?

— Fazer? — ecoou Rosie. Subitamente achou que ia desmaiar de novo. Sabia o que estava vindo.

— Sim, *fazer*, o que sabe fazer? Por exemplo, sabe taquigrafia?

— Eu... — ela engoliu em seco. Tinha feito o curso de Taquigrafia I e Taquigrafia II na Aubreyville High, e tirara A nos dois, mas no presente momento não saberia dizer a diferença entre um garrancho e qualquer outro rabisco. Sacudiu a cabeça. — Não. Nenhuma taquigrafia. Já aprendi um pouco, mas não sei mais.

— Alguma capacitação como secretária?

Rosie sacudiu a cabeça. Alfinetadas quentes ferroaram seus olhos. Pestanejou com força, fazendo-as desaparecer. As juntas de suas mãos entrelaçadas estavam novamente brancas.

— Como escriturária? Datilografia, talvez?

— Não.

— Matemática? Contabilidade? Trabalho com banco?

— Não!

Anna Stevenson procurou um lápis no meio das pilhas de papel, puxou-o e bateu levemente com sua borracha nos dentes muito brancos.

— Sabe trabalhar como garçonete?

Rosie queria desesperadamente dizer sim, mas pensou nas grandes bandejas que as garçonetes tinham que equilibrar o dia inteiro... e depois pensou em suas costas e rins.

— Não — murmurou. Estava perdendo a batalha com as lágrimas; a pequena sala e a mulher do outro lado da escrivaninha começaram a virar um borrão prestes a se dissolver. — De qualquer modo, ainda não. Talvez em um mês ou dois. Minhas costas... no momento, não estão muito fortes. — Ai, aquilo parecia uma mentira. Era o tipo de coisa que, quando Norman a ouvia na TV, fazia-o rir cinicamente e falar sobre os milionários dos cupons de comida subsidiada pelo governo e os Cadillacs da Previdência Social.

Contudo, Anna Stevenson não parecia especialmente perturbada.

— Que habilitações você *tem*, Rose? Tem alguma?

— Tenho! — disse ela, aterrada com o traço áspero e zangado na própria voz, mas incapaz de fazê-lo desaparecer ou emudecê-lo. — Tenho mesmo! Sei espanar, lavar pratos, fazer camas, passar o aspirador no chão, fazer refeições para dois, dormir com meu marido uma vez por semana. E sei levar um sopapo. É outra habilitação que eu tenho. Acha que alguma academia daqui está precisando de um saco de pancada para alguém treinar boxe?

Então irrompeu em lágrimas. Chorava dentro das mãos em concha, como fizera durante anos desde que casara, chorava e esperava que Anna lhe dissesse para ir embora, que podiam preencher o catre vazio no andar de cima com alguém que não fosse tão metida a esperta.

Algo bateu nas costas de sua mão esquerda. Abaixou-a e viu uma caixa de lenços de papel que Anna Stevenson lhe estendia. E, inacreditavelmente, Anna Stevenson estava sorrindo.

— Acho que não vai precisar ser um saco de pancada — disse. — As coisas vão dar certo para você, penso eu, quase sempre dão. Tome, enxugue os olhos.

E enquanto Rosie os enxugava, Anna falou sobre o Whitestone Hotel, com o qual a Filhas e Irmãs vinha tendo uma relação longa e útil. O Whitestone pertencia a uma corporação de cujo conselho o abastado pai de Anna participara no passado, e inúmeras mulheres tinham reaprendido a satisfação do trabalho remunerado ali. Anna disse a Rosie que ela só teria que trabalhar na medida em que suas costas lhe permitissem, e que se sua condição física não começasse a melhorar em 21 dias, ela seria retirada do emprego e levada a um hospital para exames.

— Além disso, vai ser acompanhada por uma mulher que entende do riscado. Uma espécie de orientadora que mora aqui em tempo integral. Ela vai lhe ensinar, e será responsável por você. Se roubar algo, ela é que ficará em apuros, não você... mas você não é ladra, é?

Rosie sacudiu a cabeça.

— Só roubei o cartão de banco do meu marido, e só usei uma vez. Para ter certeza de que eu podia fugir.

— Vai trabalhar no Whitestone até encontrar algo que combine melhor com você, como certamente encontrará... A Providência, lembre-se.

— Com um P maiúsculo.

— Sim. Enquanto estiver no Whitestone, só lhe pedimos que faça o melhor que puder, a fim de proteger os empregos de todas as mulheres que virão depois de você, se não houver outro motivo. Está entendendo?

Rosie concordou com a cabeça.

— Não estragar o emprego para a pessoa seguinte.

— Não estragar o emprego para a pessoa seguinte, isso mesmo. É bom ter você aqui, Rose McClendon. — Anna levantou-se e estendeu as duas mãos num gesto que continha uma parte da arrogância inconsciente que Rosie já sentira nela. Rosie hesitou, depois se levantou e pegou as mãos oferecidas. Agora seus dedos estavam unidos acima da confusão da escrivaninha. — Tenho mais três coisas a lhe dizer — falou

Anna. — São importantes, por isso quero que clareie a mente e escute com cuidado. Vai fazer isso?

— Sim — disse Rosie. Estava fascinada pelo olhar azul-claro de Anna Stevenson.

— Primeiro, pegar o cartão de banco não faz de você uma ladra. Aquele dinheiro é seu também. Segundo, não há nada de ilegal em retomar seu nome de solteira, ele lhe pertencerá a vida inteira. Terceiro, você pode ser livre se quiser.

Fez uma pausa, olhando para Rosie com seus extraordinários olhos azuis acima das mãos entrelaçadas.

— Está entendendo? *Você pode ser livre se quiser.* Livre das mãos dele, livre de suas ideias, livre *dele*. Quer ser isso? Livre?

— Sim — disse Rosie numa voz baixa e oscilante. — É a coisa que mais quero no mundo.

Anna Stevenson debruçou-se sobre a escrivaninha e beijou Rosie suavemente no rosto. Ao mesmo tempo, apertou as mãos dela.

— Então veio para o lugar certo. Bem-vinda ao lar, querida.

## 8

*Era início de maio, verdadeira primavera, época em que se pensa que a imaginação de um rapaz volta-se com alegria para pensamentos amorosos, uma estação fantástica e sem dúvida uma grande emoção. Norman Daniels, porém, tinha outras coisas na cabeça. Desejara uma folga, uma pequena folga, e agora esta chegara. Levara tempo demais — quase três miseráveis semanas —, mas finalmente chegara.*

*Sentava-se no banco de um parque a 1.200 quilômetros de onde sua mulher, naquele momento, trocava lençóis num hotel; um homem grande, de camisa polo vermelha e calças esportivas de gabardine cinza. Em uma das mãos segurava uma bola de tênis de um verde fluorescente, e os músculos de seu antebraço flexionavam-se ritmadamente quando ele a apertava.*

*Um outro homem atravessou a rua, parou na beira da calçada olhando para dentro do parque, depois viu o homem no banco e caminhou em sua direção. Abaixou-se quando um frisbee passou planando por perto, depois parou bruscamente quando um grande pastor-alemão avançou diante dele, perseguindo o disco. Este homem era mais jovem e franzino do que o homem no banco. Tinha um rosto bonito e pouco confiável, e um pequeno bigode à Errol Flynn. Deteve-se em frente ao homem com a bola de tênis na mão direita e olhou-o incerto.*

*— Posso ajudá-lo, irmão? — perguntou o homem com a bola de tênis.*

*— Você é Daniels?*

*O homem com a bola de tênis confirmou com a cabeça.*

*O homem com o bigode à Errol Flynn apontou para um edifício novo cheio de vidros e ângulos do outro lado da rua.*

*— O cara ali me disse para vir falar com você. Que talvez pudesse me ajudar com o meu problema.*

*— Foi o tenente Morelli? — perguntou o homem com a bola de tênis.*

*— É. Esse mesmo.*

*— E qual é o seu problema?*

*— Você sabe — disse o homem com o bigode à Errol Flynn.*

*— Vou lhe dizer uma coisa, irmão, talvez eu saiba, talvez não. De qualquer modo, eu sou o homem e você é só um mestiço seboso e chupador de pau com uma vida muito perturbada. Acho que é melhor me dizer o que quero ouvir, não é? E o que quero ouvir neste minuto é o tipo de problema que você tem. Diga em alto e bom som.*

*— Estou sendo acusado de vender droga — disse o homem com o bigode à Errol Flynn. Olhou sombriamente para Daniels. — Vendi um pó para um policial disfarçado.*

*— Opa — disse o homem com a bola de tênis. — Isso é crime.* Pode ser *crime, de qualquer maneira. Mas ficou pior, não é? Encontraram uma coisa minha na sua carteira, não é?*

*— É. A merda do seu cartão do banco. Típico da minha sorte. Encontro um cartão do caixa automático de um banco e ele pertence à porra de um policial.*

*— Sente — disse Daniels de modo afável, mas quando o homem com o bigode à Errol Flynn começou a mover-se para o lado direito do banco, o policial sacudiu a cabeça com impaciência. — Do outro lado, seu pateta, do outro lado.*

*O homem de bigode recuou, depois se sentou cautelosamente do lado esquerdo de Daniels. Observou a mão direita amassando a bola de tênis num ritmo contínuo e rápido. Amassando... amassando... amassando. Es-*

*pessas veias azuis coleavam pelo branco interior do braço do policial como serpentes d'água.*

*O frisbee passou flutuando. Os dois homens observaram o pastor-alemão correr atrás dele, suas longas pernas galopando como as patas de um cavalo.*

*— Belo cachorro — disse Daniels. — Os pastores são cachorros lindos. Gosto muito de pastores, você não?*

*— Claro, são ótimos — disse o homem de bigode, embora na verdade achasse que o cão era ridiculamente feio, e que dava a impressão de poder mastigar o traseiro de alguém se lhe dessem a menor chance.*

*— Temos muito que conversar — disse o policial com a bola de tênis. — Na verdade, acho que essa vai ser uma das conversas mais importantes de sua jovem vida, meu amigo. Está pronto para isso?*

*O homem com o bigode engoliu uma espécie de bloqueio na garganta e desejou — pela milésima vez naquele dia — ter se livrado da merda do cartão do banco. Por que não o fizera? Por que fora a porra de um idiota?*

*Só que sabia muito bem por que fora a porra de um idiota — pensara que depois conseguiria achar um jeito de usar o cartão. Porque era um otimista. Afinal de contas, aquela era a América, a Terra da Oportunidade. E também porque (e isso estava um bocado mais próximo da verdade) praticamente esquecera o cartão em sua carteira, enfiado por trás de um monte de cartões profissionais que estava sempre recolhendo. A coca tinha esse efeito no sujeito — mantinha-o correndo, mas ele não conseguia lembrar* por que *estava correndo.*

*O policial o olhava e sorria, mas não havia sorriso nenhum em seus olhos. Estes pareciam... famintos. Repentinamente, o homem de bigode sentiu-se um dos três porquinhos sentado num banco de parque perto do grande lobo mau.*

*— Escute aqui, cara, eu nunca usei o seu cartão de banco. Vamos deixar bem claro. Eles disseram isso, não é? Eu não usei essa porra nenhuma vez.*

*— Claro que não — disse o policial, meio rindo. — Você não tinha a senha. Ela se baseia no número de telefone da minha casa, e ele não está na lista telefônica... como o da maioria dos policiais. Mas aposto que já sabia disso, certo? Aposto que checou isso.*

— Não! — disse o homem de bigode. — Não, não chequei! — É claro que o fizera. Checara a lista telefônica depois de tentar diversas combinações diferentes do endereço no cartão e do CEP sem qualquer resultado. Apertara botões de caixas automáticos por toda a cidade, no início, até que seus dedos doessem e se sentisse como um idiota manipulando a máquina caça-níqueis mais sovina do mundo.

— Então, o que vai acontecer quando checarmos o computador que gerencia os caixas automáticos do Merchant's Bank? — perguntou o policial. — Não vamos encontrar meu cartão na coluna CANCELE/TENTE DE NOVO um bilhão de vezes? Se isso não acontecer, eu te pago um jantar e tanto. O que acha, companheiro?

O homem de bigode não sabia o que pensar a respeito disso, ou a respeito de qualquer outra coisa. Estava com uma sensação muito ruim. Uma sensação danada de ruim. Enquanto isso, os dedos do policial continuavam trabalhando na bola de tênis — para dentro e para fora, para dentro e para fora, para dentro e para fora. Era horripilante como jamais parava de fazer aquilo.

— Seu nome é Ramon Sanders — disse o policial chamado Daniels. — Você tem uma folha corrida comprida como meu braço. Roubo, trapaça, droga, vício. Tudo, fora abuso, agressão, crimes dessa natureza. Nada de envolvimento para você, correto? Vocês veados não gostam de apanhar, gostam? Mesmo os que parecem com o Schwarzenegger. Ah, não se importam de usar uma camiseta favorita e flexionar os músculos para as limusines em frente a algum clube homo, mas se alguém realmente começa a bater, fogem rapidinho, não é?

Ramon Sanders não disse nada, o que lhe parecia a atitude mais sábia.

— Não me incomodo de bater — disse o policial chamado Daniels. — De chutar também não. Nem de morder. — Falava quase pensativamente. Parecia estar olhando tanto para o pastor-alemão como além dele; o cão trotava agora na direção deles com o frisbee na boca. — O que pensa disso, meu anjo?

Ramon continuava calado, tentando manter o rosto impassível, mas um monte de pequenas luzes em sua cabeça estavam ficando vermelhas, e um arrepio de terror começara a abrir caminho em sua rede nervosa. O coração ganhava velocidade como um trem deixando a estação e dirigindo-se a campo aberto. Continuou dando olhadelas para o homem grande de *camisa polo vermelha, e gostando cada vez menos do que via. O antebraço direito do sujeito estava agora totalmente retesado, as veias inchadas de sangue, os músculos saltados como pãezinhos recém-saídos do forno.*

*Daniels parecia não se importar com a falta de resposta de Ramon. Voltara para o homem mais franzino um rosto sorridente... ou que parecia estar sorrindo, caso se ignorassem os olhos. Seus olhos eram tão vazios e brilhantes como duas moedas novas de 25 centavos.*

*— Tenho boas notícias para você, heroizinho. Pode mandar a acusação de vender droga às favas. Se me der uma ajudazinha, ficará livre como um pássaro. O que acha disso?*

*Ele achava que queria simplesmente continuar mantendo a boca fechada, mas isso agora não parecia ser uma opção. Desta vez o policial não estava apenas enrolando; desta vez queria uma resposta.*

*— É ótimo — disse Ramon, esperando que fosse a resposta certa. — É ótimo, realmente excelente, obrigado por me dar um refresco.*

*— Bom, talvez eu goste de você, Ramon — disse o policial, e então fez uma coisa espantosa, algo que Ramon jamais poderia ter esperado de um ex-fuzileiro maluco como aquele cara: abarcou com a mão esquerda a frente da calça de Ramon e começou a esfregá-la, bem ali na frente de Deus, das crianças no* playground *e de qualquer um que quisesse dar uma espiada. Deslizava a mão suavemente no sentido do relógio, a palma movendo para a frente e para trás, para cima e para baixo na pequena saliência de carne que mais ou menos dirigira a vida de Ramon desde que dois amigos de seu pai — homens que Ramon chamava de tio Bill e tio Carlo — haviam se revezado para chupá-lo quando ele tinha 9 anos. E o que aconteceu a seguir provavelmente não era muito extraordinário, embora parecesse bizarro pra burro naquele momento: ele começou a ficar excitado.*

*— É, talvez eu goste de você, talvez goste à beça, seu seboso chupador de pau de calça preta brilhante e sapatos pontudos, como não gostar? — O policial continuava dando uma engraxada no pau de Ramon enquanto falava. Variava seu movimento de vez em quando, aplicando um pequeno aperto que fez Ramon ofegar. — E é uma boa coisa que eu goste de você, Ramon, pode acreditar, porque eles realmente pegaram você dessa vez. Indiciado por um crime menor. Mas sabe o que me aborrece? Leffingwell e Brewster, os policiais que prenderam você, estavam rindo na sala dos poli-*

*ciais esta manhã. Estavam rindo de você, até aí tudo bem, mas tenho também a impressão de que estavam rindo de mim, e aí não está tudo bem. Não gosto que riam de mim, e geralmente não aguento isso. Mas nesta manhã tive que aguentar, e nesta tarde vou ser o seu melhor amigo, vou perder algumas acusações de venda de droga bastante sérias apesar de você estar com a porra do meu cartão do banco. Pode adivinhar por quê?*

*O frisbee passou flutuando de novo, perseguido pelo pastor-alemão, mas desta vez Ramon praticamente não o viu. Estava rígido como um trilho sob a mão do policial e assustado como um camundongo sob as patas de um gato.*

*A mão apertou mais forte desta vez, e Ramon soltou um pequeno uivo rouco. Sua pele* café-au-lait *estava coberta de suor; seu bigode parecia uma minhoca morta depois de uma chuva forte.*

*— Pode adivinhar, Ramon?*

*— Não — respondeu o outro.*

*— Porque foi minha mulher quem jogou fora o cartão — disse Daniels. — Era disso que Leffingwell e Brewster estavam rindo, é a minha dedução. Ela pega meu cartão do banco, usa-o para retirar algumas centenas de pratas do banco,* dinheiro que eu ganhei, *e quando o cartão aparece de novo, está nas mãos de um cucaracho seboso, arrumadinho e chupador de pau chamado Ramon. Não é de espantar que eles rissem.*

Por favor, *Ramon queria dizer,* por favor, não me machuque, eu lhe conto tudo, mas, por favor, não me machuque. *Queria dizer essas coisas, mas não conseguiu emitir sequer uma palavra. Nem uma só. Seu cu se contraíra até que o sentisse mais ou menos do tamanho da válvula interna de uma boia.*

*O policial grande inclinou-se mais para ele, suficientemente perto para que Ramon sentisse o cheiro de cigarros e* scotch *de seu hálito.*

*— Agora que eu me abri com você, quero que se abra comigo. — Parou o movimento que fazia e seus dedos fortes fecharam-se em torno dos testículos de Ramon através do tecido fino da calça. A forma de seu pênis ereto estava nítida sob a mão do policial; parecia um desses bastões de brinquedo que se pode comprar no quiosque de* souvenir *num estádio de beisebol. Ramon sentiu a força daquela mão. — E é melhor se abrir direito, Ramon. Sabe por quê?*

*Ramon sacudiu a cabeça entorpecidamente. Sentia como se alguém tivesse aberto a torneira de água quente em algum ponto de seu corpo e sua pele inteira estivesse vazando.*

*Daniels estendeu a mão direita, a que segurava a bola de tênis, até que estivesse debaixo do nariz de Ramon. Então fechou a mão com um movimento súbito, mau. Ouviu-se um estalo e um breve e áspero suspiro —* fuahhhh — *quando seus dedos golpearam a cobertura peluda e fluorescente da bola. Esta afundou bruscamente e depois virou-se metade para fora.*

*— Posso fazer isso com minha mão esquerda também — disse Daniels. — Você acredita?*

*Ramon tentou dizer que acreditava, mas ainda não conseguia falar. Então concordou com a cabeça.*

*— Vai se lembrar do que eu disse?*

*Ramon concordou de novo.*

*— Falou. Então aqui vai o que eu quero que me conte, Ramon. Sei que você é só um cucaracho nojento, arrumadinho e comedor de rabo que não conhece muito as mulheres, exceto talvez por ter fodido o cu da mãe nos seus verdes anos... Você tem um pouco aquele olhar de quem fodeu a mãe... mas vá em frente e use a imaginação. Como acha que alguém se sente ao voltar para casa e descobrir que a esposa, a mulher que prometeu te amar, te honrar e, porra, te obedecer, fugiu com o teu cartão do banco? Como acha que alguém se sente ao descobrir que ela usou o cartão para pagar a porra de suas férias e depois jogou-o na lata de lixo de um terminal de ônibus para ser encontrado por um aspiradorzinho de pênis seboso como você?*

*— Nada bem — sussurrou Ramon. — Aposto que é uma sensação não muito boa, por favor, não me machuque, por favor não...*

*Daniels apertou lentamente; apertou até que os tendões de seu pulso saltaram como as cordas de um violão. Uma onda de dor, pesada como chumbo líquido, invadiu o ventre de Ramon e ele tentou gritar. Mas nada saiu a não ser uma exalação rouca.*

— Não muito boa? — *Daniels sussurrou no rosto dele. Seu hálito era quente, vaporoso e cheirava a birita e cigarros. — É o máximo que pode dizer? Que porra de palerma você é! Mesmo assim... também acho que não é uma resposta inteiramente errada.*

*A mão afrouxou, mas só um pouco. O baixo-ventre de Ramon era um lago de agonia, mas seu pênis estava mais duro que nunca. Ele nunca gostara de sentir dor, o que atraía os malucos do sadomasoquismo estava totalmente além de sua compreensão, e só podia achar que ainda tinha uma ereção porque o sangue de seu pau estava represado ali pelo tacão da mão do policial. Jurou a si mesmo que, se escapasse daquela vivo, iria direto à igreja de St. Patrick e rezaria cinquenta Ave-Marias. Cinquenta?* Cento *e cinquenta.*

*— Estão rindo de mim lá — disse o policial, erguendo o queixo na direção da delegacia nova em folha do outro lado da rua. — Estão rindo mesmo, e como estão. Sabem da última? A mulher do durão do Norman Daniels fugiu... mas encontrou tempo para limpar a maior parte do dinheiro dele antes de ir.*

*Daniels emitiu um rosnado inarticulado, o tipo de som que só se deveria ouvir ao visitar o Jardim Zoológico, e aplicou outro apertão nas bolas de Ramon. A dor foi insuportável. Ele se inclinou para a frente e vomitou entre os joelhos — pedaços brancos de coalhada entremeada com traços marrons, provavelmente restos da* quesadilla *que comera de almoço. Daniels não pareceu notar. Contemplava o céu acima do playground, perdido em seu próprio mundo.*

*— Devo deixar que eles exibam você por aí para que mais gente possa rir? — perguntou. — Para que possam se divertir no tribunal também, tanto quanto na delegacia? Acho que não.*

*Virou-se e olhou Ramon nos olhos. Então sorriu. O sorriso fez Ramon ter vontade de gritar.*

*— Agora vem a grande pergunta — disse o policial. — E se mentir, heroizinho, vou arrancar seu saco e obrigar você a comê-lo.*

*Espremeu novamente o gancho da calça de Ramon, cuja visão começara a ser toldada por novas dobras de escuridão. Lutou desesperadamente contra elas. Se desmaiasse, o policial poderia matá-lo apenas por maldade.*

*— Entende o que estou dizendo?*

*— Entendo! — choramingou Ramon. — Entendo! Entendo!*

*— Você estava na estação de ônibus e viu quando ela enfiou o cartão no lixo. Até aí eu sei. O que preciso saber é para onde ela foi a seguir.*

*Ramon quase chorou de alívio porque, embora não houvesse motivo para saber responder àquela pergunta, simplesmente sabia a resposta. Procurara pela mulher uma vez, para ter certeza de que ela não o olhava... depois, cinco minutos mais tarde, muito tempo depois de ter colocado o car-*

*tão do banco na carteira, avistara-a de novo. Era difícil perdê-la de vista, com aquela coisa vermelha por cima do cabelo; era tão brilhante quanto a parede recém-pintada de um celeiro.*

*— Ela estava nos guichês! — exclamou Ramon da escuridão que incansavelmente o envolvia. — Nos guichês!*

*Esse esforço foi recompensado por outro apertão implacável. Ramon começou a sentir como se os colhões tivessem sido esmagados, empapados de fluido de isqueiro e incendiados a seguir.*

— Eu sei *que ela estava nos guichês! — Daniels meio riu, meio gritou para ele. — Que outra coisa poderia estar fazendo em Portside se não ia a algum lugar de ônibus? Um estudo sociológico de escórias como você?* Qual *guichê, é isso que eu quero saber... que porra de guichê e que porra de horário?*

*Ah, graças a Deus, graças a Jesus e sua mãe Maria Ramon sabia a resposta dessas duas perguntas, também.*

*— Continental Express! — exclamou, agora separado de sua própria voz por quilômetros, segundo sua impressão. — Ela estava no guichê da Continental Express, às dez e meia, quinze para as onze!*

*— Continental? Tem certeza?*

*Ramon Sanders não respondeu. Caiu de lado no banco, uma das mãos pendente, os dedos finos esticados. Seu rosto estava de uma brancura mortal exceto por duas pequenas manchas arroxeadas no alto dos malares. Um rapaz e uma moça passaram caminhando, olharam para o homem deitado no banco e depois para Daniels, que então já removera a mão do gancho da calça de Ramon.*

*— Não se preocupem — disse Daniels, dando um grande sorriso para o casal. — Ele é epilético. — Fez uma pausa e deixou o sorriso se alargar. — Vou cuidar dele. Sou policial.*

*O casal apressou o passo e não olhou para trás.*

*Daniels envolveu os ombros de Ramon com um braço. Os ossos ali pareciam tão frágeis como asas de pássaros.*

*— Upa, garotão — disse ele, e içou Ramon para a posição sentada. A cabeça de Ramon pendeu como uma flor de caule quebrado. Ele começou a deslizar para baixo imediatamente, fazendo com a garganta pequenos grunhidos abafados. Daniels içou-o de novo, e desta vez Ramon se equilibrou.*

*Daniels ficou lá sentado, observando o pastor-alemão correr alegremente atrás do frisbee. Tinha inveja de cachorros, tinha realmente. Não tinham nenhuma responsabilidade, nenhuma necessidade de trabalhar — não neste país, pelo menos —, toda a comida que comiam era fornecida a eles, além de um lugar para dormir, e não precisavam sequer se preocupar com céu ou inferno quando a viagem terminasse. Certa vez perguntara ao padre O'Brian sobre isso lá em Aubreyville, e o padre lhe dissera que os animais de estimação não tinham alma — quando morriam simplesmente se extinguiam como os fogos de Quatro de Julho. Era verdade que o pastor provavelmente perdera suas bolas menos de seis meses depois de ter nascido, mas...*

*— Mas de certo modo até isso também é uma bênção — murmurou Daniels. Deu um tapinha no gancho de Ramon, onde o pênis estava agora murchando, enquanto os testículos começavam a inchar. — Certo, garotão?*

*Ramon murmurou algo do fundo da garganta. Era o som de um homem tendo um sonho terrível.*

*Mesmo assim a gente tem o que tem, pensou Daniels, portanto podia muito bem se contentar com isso. Podia muito bem ter a sorte de ser um pastor-alemão na próxima vida, sem nada para fazer além de correr atrás de frisbees no parque e pôr a cabeça para fora do carro a caminho de casa e de um grande jantar de Purina, mas neste mundo aqui ele era um homem, com problemas de homem.*

*Pelo menos era um homem, ao contrário do camaradinha ali.*

*Continental Express. Ramon a vira no guichê da Continental Express às 10h30 ou 10h45, e ela não esperara muito — estava com muito medo dele para esperar muito, ele apostava sua vida nisso. Portanto, estava procurando um ônibus que deixara Portside entre, digamos, 11 da manhã e uma da tarde. Provavelmente dirigindo-se a uma cidade grande onde ela pudesse desaparecer.*

*— Mas não pode fazer isso — disse Daniels. Observava o pastor pular e arrebatar o frisbee no ar com seus longos dentes brancos. Não, ela não podia fazer aquilo. Podia* achar *que podia, mas estava errada. Para começar, ele trabalharia nos fins de semana, principalmente usando o telefone. Teria que fazê-lo desse modo; havia um bocado de coisas acontecendo na delegacia, uma grande batida prestes a ocorrer (*sua *batida, se tivesse sorte). Mas tudo bem. Estaria pronto para dar total atenção a Rose em breve, e logo ela*

*se arrependeria do que havia feito. Sim. Ia se arrepender pelo resto da vida, um período de tempo que poderia ser curto mas que seria extremamente... bem...*

— *Extremamente* intenso — *disse alto. Sim, aquela era a palavra certa.* Exatamente *a palavra certa.*

*Levantou-se e caminhou com rapidez de volta à rua e ao distrito policial do outro lado, sem desperdiçar um segundo olhar para o rapaz semi-inconsciente sentado no banco com a cabeça baixa e as mãos frouxamente entrelaçadas sobre o gancho da calça. Na mente do detetive-inspetor Norman Daniels, Ramon deixara de existir. Daniels estava pensando em sua mulher, e em todas as coisas que ela precisava aprender. Em todas as coisas a respeito do que tinham que conversar.* E conversariam *a respeito logo que ele encontrasse sua trilha. Todo tipo de coisa — alhos e bugalhos, sem mencionar o que devia acontecer a esposas que prometiam amar, honrar e obedecer e depois se mandavam com o cartão de banco do marido na bolsa. Todas essas coisas.*

*Conversariam a respeito delas bem de perto.*

## 9

Rosie estava arrumando outra cama, mas agora tudo ia bem. Era uma cama diferente, em um quarto diferente, em uma cidade diferente. E o melhor de tudo é que era uma cama onde jamais dormira ou dormiria.

Passara-se um mês desde que saíra de casa, a 1.200 quilômetros a leste, e as coisas estavam muito melhores. Atualmente seu pior problema eram as costas, e até isso estava ficando melhor; tinha certeza. Naquele momento, a dor na área dos rins era forte e desagradável, é verdade, mas aquele era seu décimo oitavo quarto do dia. Quando começara no Whitestone, praticamente achara que ia desmaiar depois de uma dúzia de quartos, e se sentia incapaz de continuar depois do décimo quarto — tivera que pedir ajuda a Pam. Quatro semanas podiam fazer uma diferença infernal na perspectiva de uma pessoa, descobrira, especialmente quatro semanas sem qualquer pancada forte nos rins ou na boca do estômago.

Mesmo assim, já era bastante para o momento.

Foi até a porta que dava para o corredor, pôs a cabeça para fora e olhou nas duas direções. Viu apenas algumas bandejas do serviço de quarto — restos do café da manhã —, o carrinho de Pam junto à suíte Lake Michigan no final do corredor e seu próprio carrinho ali na frente do 624.

Rose ergueu uma pilha de panos de pratos limpos no fundo do carrinho, onde estava uma banana. Pegou-a, entrou novamente no quarto, foi até a poltrona superestofada junto à janela do 624 e sentou-se. Descascou a fruta e começou a comer lentamente, contemplando o lago que cintilava lá fora como um espelho na tarde imóvel e chuvosa de maio. Sua mente e seu coração estavam cheios de uma emoção enorme e simples — gratidão. Sua vida não era perfeita, não ainda, pelo menos, mas era melhor do que teria acreditado naquele dia de meados de abril, quando parara na varanda da Filhas e Irmãs, olhando o interfone e a fechadura coberta com metal. Naquele instante, nada vira do futuro exceto escuridão e sofrimento. Agora seus rins doíam, seus pés doíam, e tinha bastante noção de que não queria passar o resto da vida como camareira sem registro no Whitestone Hotel, mas a banana era saborosa e a poltrona macia sob seu corpo. No momento, não teria trocado seu lugar no esquema das coisas por nenhum outro. Naquelas semanas, desde que deixara Norman, tornara-se intensamente consciente de pequenos prazeres: ler por meia hora antes de ir para a cama, conversar com algumas das mulheres sobre filmes ou programas de TV enquanto lavavam os pratos do jantar, ou tirar cinco minutos de folga para sentar e comer uma banana.

Também era maravilhoso *saber o que viria a seguir*, com a certeza de que isso não incluiria algo repentino e doloroso. Por exemplo, saber que só faltavam mais dois quartos e então ela e Pam poderiam descer pelo elevador de serviço e sair pela porta dos fundos. No caminho para o ponto de ônibus (agora podia reconhecer facilmente a diferença entre os ônibus das linhas Laranja, Vermelha e Azul), provavelmente dariam uma passada no Hot Pot para um café. Coisas simples. Prazeres simples. O mundo podia ser bom. Achava que soubera disso quando criança, mas esquecera. Agora estava aprendendo de novo, e era uma doce lição. Não tinha o que queria, de modo nenhum, mas tinha o suficiente por enquanto... Sobretudo porque não sabia o que seria o resto. Isso teria que esperar até que ela saísse da Filhas e Irmãs, mas tinha a sensação de que se mudaria logo, provavelmente na próxima vez em que um quarto ficasse vago na Lista de Anna, como diziam as residentes da F & I.

Uma sombra ocupou a porta aberta do quarto, e antes que ela pudesse pensar onde esconderia a banana meio comida, e menos ainda na possibilidade de se levantar, Pam enfiou a cabeça para dentro.

— Te peguei — disse ela, rindo ante o pulo de Rosie.

— *Nunca* faça isso, Pammy! Quase tive um ataque do coração.

— Ah, eles nunca despediriam você por sentar e comer uma banana. Precisa ver as coisas que acontecem neste lugar. Que quartos ainda faltam, 22 e 20?

— É.

— Quer ajuda?

— Ah, não precisa...

— Eu não me importo — disse Pam. — É verdade. Juntando as forças, a gente pode acabar os dois quartos em 15 minutos. Está bem?

— Está bem — falou Rosie com gratidão. — E lá no Hot Pot eu pago uma torta, além de café, se você quiser.

Pam sorriu.

— Se tiver uma com aquele creme de chocolate, não tem nem dúvida.

## 10

Dias bons... Quatro semanas de dias bons, aproximadamente.

Naquela noite, deitada no catre com as mãos entrelaçadas sob a cabeça, os olhos fixos na escuridão e ouvindo a mulher que chegara na noite anterior soluçando abafado a dois ou três catres à esquerda, Rosie pensou que os dias eram bons principalmente por um motivo negativo: Norman não fazia parte deles. Entretanto, sentia que em breve seria preciso mais do que sua ausência para satisfazer-se e realizar-se.

*Mas não já*, pensou, e fechou os olhos. *Por enquanto, o que consegui é muito. Esses dias simples de trabalho, comida, sono... sem nenhum Norman Daniels.*

Começou a flutuar à deriva, a afastar-se sem amarras da consciência e, em sua cabeça, Carole King começou a cantar mais uma vez a canção de ninar que a despachava para o sono na maioria das noites: *Sou realmente Rosie... e Rosie muito real... É melhor acreditar... Sou mesmo sensacional...*

Então veio a escuridão e uma noite — o que se tornava cada vez mais frequente — sem nenhum sonho ruim.

# III

# Providência

## 1

Quando Rosie e Pam Haverford desceram pelo elevador de serviço depois do trabalho na quarta-feira seguinte, Pam tinha uma aparência pálida e abatida.

— Estou menstruada — disse, quando Rosie demonstrou preocupação. — E com uma cólica infernal.

— Quer tomar um café?

Pam pensou a respeito e depois sacudiu a cabeça.

— Vá você. Neste minuto só quero voltar para a F & I e achar um quarto vazio antes que todo mundo apareça e comece a tagarelar. Vou tomar um remédio e dormir umas duas horas. Se fizer isso, talvez me sinta um ser humano de novo.

— Vou com você — disse Rosie quando a porta do elevador se abriu e elas saíram.

Pam sacudiu a cabeça.

— Não vai, não — disse, e seu rosto se iluminou num breve sorriso. — Posso muito bem me virar sozinha e você já tem idade bastante para tomar um café sem companhia. Quem sabe, pode até encontrar alguém interessante.

Rosie suspirou. Para Pam, *alguém interessante* sempre significava um homem, geralmente com músculos que se destacassem sob a camiseta justa como marcos geológicos. Quanto a Rosie, podia dispensar esse tipo de homem pelo resto da vida.

Além disso, era casada.

Olhou sua aliança e o anel de noivado junto dela enquanto saíam para a rua. Nunca saberia bem até que ponto esse olhar teve relação com o que aconteceria pouco depois, mas isso colocou o anel, no qual raramente pensava no decorrer natural das coisas, em um lugar de destaque em sua mente. Tinha pouco mais de um quilate, de longe a coisa mais cara que o marido lhe dera e, até aquele dia, a ideia de que era *seu* e poderia dispor dele se quisesse (e como quisesse) jamais lhe passara pela cabeça.

Esperou no ponto do ônibus na esquina do hotel com Pam, apesar de seus protestos de que não era necessário. Mas não gostava da aparência de Pam naquele instante, o rosto sem cor, borrões escuros sob os olhos e pequenas rugas de dor descendo dos cantos da boca. Além disso, era bom estar cuidando de alguém em vez do contrário. Na verdade, quase entrara no ônibus com Pam só para ter certeza de que ela chegaria direito; contudo, o apelo do café quente e fresco (e talvez de um pedaço de torta) foi grande demais.

Ficou ali no meio-fio e acenou para Pam depois desta sentar junto a uma das janelas do ônibus. Pam deu adeus enquanto o ônibus se afastava. Depois de um momento, Rosie virou-se e começou a descer o Hitchens Boulevard em direção ao Hot Pot. Lembrou-se, o que era natural, da primeira vez que andara por aquela cidade. Não conseguia recordar muito aquelas horas — do que mais se lembrava era de seu medo e desorientação —, mas duas figuras se destacavam como rochas entre vagas de nevoeiro: a mulher grávida e o homem com o bigode de David Crosby. Ele especialmente. Apoiado na porta da taverna, com a caneca de bebida na mão, e olhando para ela. Falando

(*ei, meu bem, ei, meu bem*)

com ela. Ou para ela. Tais recordações a dominaram inteiramente por algum tempo, como só nossas piores lembranças conseguem fazê-lo — lembranças de épocas em que nos sentíamos perdidos e desamparados, totalmente incapazes de exercer qualquer controle sobre a vida —, o que fez com que ela passasse pelo Hot Pot sem vê-lo, com os olhos desatentos, vazios e aflitos. Ainda pensava no homem da porta da taverna, lembrando como ele a assustara e como lhe lembrara Norman. Não era nada em seu rosto; era sobretudo uma questão de postura. O jeito como ficara parado lá, como se cada músculo estivesse pronto para retesar-se e pular, bastando um único olhar dela acusando recebimento para que ele se pusesse em ação...

Uma mão agarrou-lhe o braço e Rosie quase gritou. Deu meia--volta, esperando ver Norman ou o homem de bigode ruivo. Em vez disso, viu um rapaz num conservador terno de verão.

— Desculpe se a assustei — disse ele —, mas por um segundo achei que você ia entrar pelo meio do tráfego.

Ela olhou em torno e viu que estava de pé na esquina de Hitchens com Watertower Drive, um dos cruzamentos mais agitados da cidade e três quarteirões inteiros, talvez quatro, depois do Hot Pot. O tráfego escorria como um rio de metal. Subitamente ocorreu a Rosie que o rapaz podia ter salvado sua vida.

— Ob-obrigada. Muito obrigada.

— Por nada — disse ele, quando o sinal para pedestres fulgurou um SIGA em letras brancas na extremidade da Watertower. O rapaz lançou a Rosie um último olhar, curioso; então desceu o meio-fio, atravessou a rua com o resto dos pedestres e desapareceu.

Rosie ficou onde estava, sentindo o deslocamento momentâneo e o profundo alívio de alguém que desperta de um sonho realmente ruim. *E era exatamente o que eu estava tendo*, pensou. *Estava acordada e descendo a rua, mas tendo um sonho ruim. Ou um* flashback. Olhou para baixo e viu que segurava a bolsa bem apertada contra o corpo com as duas mãos, da mesma forma que a segurara durante o palmilhar longo e perturbador em busca da avenida Durham cinco semanas atrás. Pôs a bolsa no ombro, deu meia-volta e começou a voltar.

A área das lojas elegantes da cidade começava além de Watertower Drive; a parte pela qual Rosie passava naquele momento ao deixar essa área para trás consistia de lojas muito menores. Muitas pareciam um pouco velhas, caindo aos pedaços. Rosie caminhou lentamente, olhando as vitrines das lojas de roupas de segunda mão que tentavam passar por butiques *grunge*, sapatarias com cartazes nas vitrines onde se lia COMPRE PRODUTOS AMERICANOS e LIQUIDAÇÃO, uma loja de preços baixos chamada Não Mais de Cinco, com a vitrine mostrando pilhas de bebês-bonecas feitos no México ou Manilha, um lugar que vendia produtos de couro chamado Motorcycle Mama e uma loja chamada Avec Plaisir, com uma alarmante coleção de mercadorias — pênis artificiais, algemas e calcinhas sem a parte de baixo — sobre veludo negro. Rosie contemplou tudo aquilo por certo tempo, pasma de que tais coisas fossem expostas à vista de qualquer um que passava, e finalmente atravessou a rua. Meio quarteirão acima avistou o Hot Pot, mas resolvera desistir do café e da torta, afinal; simplesmente pegaria o ônibus de volta para F & I. Não mais aventuras naquele dia.

Mas não foi o que aconteceu. Na esquina oposta ao cruzamento que acabara de atravessar, Rosie notou a fachada indefinível da loja com um letreiro de néon na vitrine que dizia PENHORES EMPRÉSTIMOS COMPRAM-SE E VENDEM-SE JOIAS FINAS. Foi a parte final que prendeu sua atenção. Olhou para o anel de noivado novamente e lembrou-se de algo que Norman lhe dissera não muito antes de se casarem — *Se usar isso na rua, use-o com a pedra virada para baixo, Rose. É uma pedra danada de grande e você é só uma menininha.*

Perguntara-lhe certa vez (isso antes de ele lhe ensinar que era mais seguro não fazer perguntas) quanto custara o anel. Norman respondera abanando a cabeça e com um leve sorriso indulgente — o sorriso de um pai cuja filha quer saber por que o céu é azul ou quanta neve há no Polo Norte. *Não se importe com isso*, disse. *Basta saber que era o anel ou um Buick novo. Eu escolhi o anel. Porque te amo, Rose.*

Agora, de pé ali na esquina, ainda podia lembrar como se sentira com aquilo — com medo, porque você *tinha* que ter medo de um homem capaz de tal extravagância, um homem que podia escolher um anel em vez de um carro novo, mas um pouco sem fôlego e *sexy* também. Porque era romântico. Ele lhe comprara um diamante tão grande que não era seguro exibi-lo pelas ruas. Um diamante tão grande como o Ritz. *Porque eu te amo, Rose.*

E talvez tivesse amado... mas fora há 14 anos, e a moça que ele amara tinha olhos límpidos e seios firmes, nenhuma barriga e coxas longas e fortes. Não havia sangue algum na urina daquela moça quando ela ia ao banheiro.

Ficou parada na esquina próxima à fachada com o néon na vitrine e desceu os olhos para o anel de noivado. Esperou para ver o que sentiria

— um eco do medo ou talvez até do romance —, e quando não sentiu absolutamente nada, virou-se para a porta da loja de penhores. Iria sair em breve da Filhas e Irmãs, e se alguém ali naquele lugar lhe desse uma soma razoável pelo anel, ela poderia ir embora com as contas em ordem, sem dever nada pela casa e comida e talvez até com umas poucas centenas de dólares sobrando.

*Ou talvez eu queira apenas me livrar dele,* pensou. *Talvez não queira passar nem mais um dia arrastando o Buick que ele nunca comprou.*

O letreiro na porta dizia EMPRÉSTIMOS & PENHORES LIBERTY CITY. Aquilo pareceu momentaneamente estranho a Rosie — ouvira diversos apelidos da cidade, mas todos tinham a ver com o lago ou com o clima. A seguir descartou o pensamento, abriu a porta e entrou.

## 2

Ela achava que lá dentro seria escuro, e *era* escuro, mas a Empréstimos & Penhores Liberty City era também inesperadamente dourada. Naquele momento, o sol poente brilhava sobre o Hitchens, deixando cair seus raios longos e tépidos através das vitrines da loja voltadas para oeste. Um deles incendiava um saxofone pendurado, dando-lhe a aparência de um instrumento feito de fogo.

*Isso não é por acaso também*, pensou Rosie. *Alguém pendurou aquele saxofone ali de propósito. Alguém esperto*. Provavelmente era verdade, mas mesmo assim sentiu-se enfeitiçada. Até o cheiro do lugar aumentava a sensação de enfeitiçamento — um cheiro de poeira, antiguidade e segredos. De maneira muito tênue, vindo da esquerda, ouviu o tique-taque suave de muitos relógios.

Andou lentamente pelo corredor central, passando por fileiras de guitarras acústicas penduradas pelo pescoço de um lado e, de outro, mostruários de vidro com dispositivos e equipamento estéreo. Parecia haver uma grande quantidade de sistemas de som de funções múltiplas, tamanho grande, chamados de "*boomboxes*" nos programas de TV.

No final do corredor, havia um comprido balcão com outro letreiro de néon fazendo um arco suspenso. OURO PRATA JOIAS FINAS lia-se em azul. Abaixo, em vermelho, COMPRAMOS VENDEMOS TROCAMOS.

*Sim, mas você rasteja como um réptil?*, pensou Rosie com a sombra de um sorriso, e se aproximou do balcão. Atrás dele, sentado num banquinho, um homem examinava algo sobre uma almofada à sua frente com uma lupa sobreposta ao olho. Ao se aproximar um pouco mais, Rosie viu que o objeto examinado era um relógio de bolso com a parte de trás aberta. O homem atrás do balcão sondava suas profundezas com um estilete tão fino que ela quase não conseguia vê-lo. Era jovem, talvez não tivesse nem 30 anos. Seus cabelos compridos iam quase até os ombros e ele usava um colete de seda azul sobre uma camiseta branca simples. Rosie achou a combinação incomum, mas vistosa.

Notou um movimento à esquerda. Virou-se e viu um senhor agachado no chão, passando em revista pilhas de livros em edição popular amontoadas sob um cartaz que dizia AS BOAS COISAS ANTIGAS. O sobretudo estendia-se em torno dele como um leque, e sua pasta — preta, fora de moda e começando a abrir nas costuras — jazia imóvel, pacientemente, a seu lado, como um cão fiel.

— Posso ajudá-la, senhora?

Ela voltou a atenção para o homem atrás do balcão, que abaixara a lupa e agora a olhava com um sorriso amigável. Seus olhos eram cor de avelã com um tom suavemente esverdeado, muito bonito, e ela cogitou rapidamente se Pam o classificaria como *alguém interessante*. Achava que não. Ele não tinha placas tectônicas suficientes destacando-se sob a camisa.

— Talvez possa — disse ela.

Tirou a aliança e o anel de noivado do dedo, colocando a aliança comum dentro da bolsa. Era estranho não usá-la, mas achava que podia se acostumar com isso. Uma mulher capaz de deixar a própria casa de vez sem levar nem uma muda de roupa de baixo podia se acostumar provavelmente com um bocado de coisas. Pousou o diamante na almofada de veludo, ao lado do velho relógio no qual o joalheiro vinha trabalhando.

— Quanto acha que isso vale? — perguntou ela, acrescentando a seguir: — E quanto poderia me dar?

Ele fez o anel deslizar pela extremidade de seu polegar. Depois ergueu-o contra o empoeirado raio de sol descendo oblíquo por cima de seu ombro através da terceira vitrine que dava para oeste. A pedra enviou faíscas de fogo multicolorido aos olhos de Rosie, e por apenas um momento ela sentiu uma ferroada de remorso. A seguir o joalheiro lhe lançou um rápido olhar, apenas uma olhadela, na verdade, mas o suficiente para que ela visse algo nos olhos cor de avelã, algo que não entendeu imediatamente — e que parecia dizer: *Está brincando?*

— O que é? — perguntou ela. — O que é?

— Nada — disse ele. — Um momentinho. — Ajustou novamente a lupa no olho e deu uma longa espiada na pedra do anel de noivado dela. Quando olhou Rosie pela segunda vez, seus olhos estavam mais seguros e fáceis de serem lidos. Impossível não lê-los, realmente. Repentinamente Rosie entendeu tudo, mas não ficou surpresa, não sentiu nenhuma raiva nem remorso real. O máximo que pôde sentir foi um fatigante embaraço: por que jamais percebera aquilo antes? Como podia ter sido tão burra?

*Você não foi burra*, respondeu aquela voz profunda. *Não foi não, Rosie. Se não tivesse sabido, de alguma forma, que o anel era falso — sabido isso quase desde o começo —, teria entrado num lugar como este muito mais cedo. Você acreditava mesmo, isto é, depois dos 22 anos de idade, que Norman Daniels lhe tivesse dado um anel não só de centenas mas de milhares de dólares? Acreditava mesmo?*

Não, achava que não. Primeiro, porque ela jamais valera tanto para ele. Segundo, porque um homem que tinha três fechaduras na porta da frente, três na porta de trás, sensores que registravam movimento no jardim e um alarme de toque em seu novo automóvel Sentra nunca teria deixado a mulher fazer compras no mercado com um diamante tão grande como o Ritz no dedo.

— É uma imitação, não é? — perguntou ao joalheiro.

— Bom, é uma *zircônia* perfeitamente verdadeira, mas certamente não é um diamante, se é isso que está perguntando.

— *Claro* que é isso que estou perguntando — disse ela. — Que outra coisa podia ser?

— A senhora está bem? — perguntou o joalheiro. Parecia genuinamente preocupado e, agora que o via de perto, Rosie teve a impressão de que ele estava mais perto dos 25 do que dos 30.

— Que inferno — disse ela. — Não sei. Provavelmente.

Entretanto pegou um lenço de papel na bolsa para o caso de ter uma crise de choro — naqueles dias nunca sabia quando ia chegar. Ou talvez um bom acesso de riso; tinha tido vários, também. Seria ótimo se pudesse evitar os dois extremos, pelo menos por enquanto. Era bom deixar aquele lugar com alguns fiapos de dignidade, pelo menos.

— Espero que sim — disse ele —, porque a senhora está em boa companhia. Está mesmo, pode acreditar. Ficaria surpresa de ver quantas senhoras, senhoras assim...

— Ah, pode parar — disse ela. — Quando eu precisar de apoio, compro um sutiã com suporte. — Nunca na vida dissera algo remotamente parecido com aquilo a um homem, era francamente sugestivo, mas nunca se *sentira* daquele modo em toda a sua vida... como se estivesse caminhando no espaço, ou correndo vertiginosamente por uma corda bamba sem nenhuma rede por baixo. E não era perfeito, de certo modo? Não era o único final que se ajustava a seu casamento? *Eu escolhi o anel*, ouviu-o dizer em sua mente, a voz dele trêmula de emoção, os olhos cinzentos realmente um pouco úmidos. *Porque eu te amo, Rose.*

Por um momento o acesso de riso esteve muito perto. Manteve-o a distância por pura força de vontade.

— Vale *alguma coisa*? — perguntou. — Qualquer coisa que seja? Ou é só algo que ele pegou de uma máquina de chicletes em algum lugar?

Dessa vez ele não se preocupou em usar a lupa, apenas levantou o anel contra o raio de sol.

— Na verdade, *vale* um pouquinho — disse, parecendo aliviado de poder dar uma boa notícia. — A pedra é um artigo de dez dólares, mas a montagem... pode ter chegado a 200 dólares no varejo. É claro que não posso lhe dar isso — acrescentou rapidamente. — Papai ia me passar um pito. Não ia, Robbie?

— Ele sempre lhe passa um pito — disse o velho agachado junto aos livros. — É para isso que são os filhos. — Não olhou para cima.

O joalheiro lançou-lhe um olhar, fitou novamente Rosie e enfiou um dedo na boca semiaberta, imitando o ato de vomitar. Rosie sorriu; não via aquilo desde a escola. O homem de colete sorriu de volta.

— Posso lhe dar cinquenta por ele — disse. — Interessa?

— Não, obrigada. — Pegou o anel, olhou-o pensativamente e a seguir embrulhou-o no lenço de papel não usado que segurava.

— Pergunte nessas outras lojas por aqui — falou ele. — Se alguém disser que lhe dá mais, eu lhe dou o mesmo. É a política de papai, e é uma boa política.

Ela deixou cair na bolsa o anel embrulhado no lenço de papel e fechou-a com um estalo.

— Obrigada, mas acho que não. Vou ficar com ele.

Percebeu que o homem que estivera examinando os livros — a quem o joalheiro chamara de Robbie — agora olhava para ela com uma estranha expressão concentrada, mas Rosie resolveu não dar importância. Que olhasse. O país era livre.

— O homem que me deu o anel disse que valia tanto quanto um carro novo em folha — disse. — Você acredita?

— Acredito. — Ele respondeu sem nenhuma hesitação, e Rosie lembrou-se de ele ter dito que ela estava em boa companhia, que montes de senhoras iam até lá e eram informadas de verdades desagradáveis sobre seus tesouros. Imaginou que aquele homem, apesar de ainda jovem, devia ter ouvido muitas variações sobre aquele tema básico.

— Acho que sim — disse ela. — Muito bem, então deve entender por que quero conservar o anel. Se algum dia começar a me sentir levemente encantada por alguém de novo, ou se chegar a *pensar* que estou sentindo isso, posso pegar o anel e olhar para ele até que a febre passe.

Estava pensando em Pam Haverford, que tinha cicatrizes compridas e retorcidas nos dois antebraços. No verão de 1992, o marido a jogara por uma porta de vidro quando bêbado, sendo o resultado disso sessenta pontos num braço e 150 no outro. Mesmo assim, Pam ainda se derretia de felicidade quando um operário de construção ou pintor de paredes assobiava para suas pernas quando ela passava. Como se chamava aquilo? Capacidade de suportar ou burrice? Flexibilidade ou amnésia? Rose passara a pensar naquilo como Síndrome de Haverford, e só esperava que ela própria pudesse evitá-la.

— Como quiser, senhora — respondeu o joalheiro. — Mesmo assim, lamento ter que dar a má notícia. Penso cá comigo que é por isso que as lojas de penhores têm uma fama tão ruim. Quase sempre, nossa tarefa é revelar às pessoas que as coisas não são como lhes disseram. Ninguém gosta disso.

— Não — concordou ela. — Ninguém gosta disso, Sr...

— Steiner. Bill Steiner. Meu pai é Abe Steiner. Tome o nosso cartão. Estendeu um cartão, mas ela sacudiu a cabeça, sorrindo.

— Não vai ter utilidade para mim. Tenha um bom dia, sr. Steiner.

Dirigiu-se à porta, desta vez andando pelo terceiro corredor, porque o senhor deu alguns passos na direção dela, a pasta numa das mãos e alguns dos livros velhos na outra. Não sabia se ele queria falar com ela, mas tinha *certeza* de que não queria falar com ele. Naquele momento, só queria era deixar rapidamente a Empréstimos & Penhores Liberty City, entrar num ônibus e esquecer que estivera lá.

Só percebeu vagamente que passava por uma parte da loja onde grupos de pequenas estatuetas e quadros, com ou sem molduras, haviam sido colocados nas empoeiradas prateleiras. Sua cabeça estava erguida mas ela não olhava nada; não estava disposta a apreciar arte, boa ou não. Assim, sua parada repentina e quase derrapante foi mais extraordinária ainda. Era como se jamais, pelo menos naquele primeiro momento, tivesse visto um quadro antes.

Era como se o quadro *a* visse.

## 3

A poderosa atração que ele exercia não tinha precedentes na vida dela, mas isso não pareceu fora do comum a Rosie — já vinha levando uma vida sem precedentes há mais de um mês. Tal atração (pelo menos no início) também não lhe pareceu algo anormal. O motivo disso era simples: após 14 anos de casamento com Norman Daniels, anos em que fora isolada do resto do mundo, não tinha instrumentos para avaliar a diferença entre o normal e o anormal. Sua régua para medir o comportamento do mundo em determinadas situações consistia principalmente de novelas e dos raros filmes a que ele a levava para assistir no cinema (Norman Daniels via qualquer coisa estrelada por Clint Eastwood). Dentro da moldura fornecida por esses meios de comunicação, a reação de Rosie ao quadro parecia quase normal. Nos cinemas e na TV, as pessoas estavam sempre arrebatadas.

E na verdade nada disso tinha importância. O que importava era como o quadro a chamava, fazendo-a esquecer o que acabara de descobrir sobre o anel, esquecer como desejava se afastar da loja de penhores, esquecer como seus pés doloridos ficariam contentes ao verem o ônibus da Linha Azul aproximar-se da frente do Hot Pot; em suma, fazendo-a esquecer de *tudo*. Ela pensou apenas: *Olhe só! Não é o quadro mais* maravilhoso *do mundo?*

Olhava para uma pintura a óleo de quase um metro de comprimento por uns 60 centímetros, com moldura de madeira, apoiada em um relógio parado à esquerda e em um pequeno querubim nu à direita. Havia quadros por toda parte (uma velha foto sombreada da catedral de São Paulo, uma aquarela de frutas numa tigela, gôndolas ao alvorecer no Grande Canal, uma gravura de caça mostrando uma matilha perseguindo duas raposas através de um enevoado campo inglês), mas Rosie lhes lançou apenas uma olhadela. Era no quadro da mulher na colina que estava interessada, e só nele. Tanto no assunto quanto na execução não era muito diferente de outros quadros mofando nas casas de penhores, lojas de antiguidades e as de pechinchas às margens das estradas por todo o país (por todo o mundo, na realidade), mas enchia os olhos e a mente dela com uma espécie de excitação pura e reveladora provocada apenas pelas obras de arte que nos emocionam profundamente — a canção que nos faz chorar, a história que nos leva a ver o mundo nitidamente pela perspectiva de outrem, pelo menos por um tempo, o poema que nos deixa contentes por estarmos vivos, a dança que nos faz esquecer por alguns minutos que um dia morreremos.

A reação emocional de Rosie foi tão súbita, tão empolgada e tão completamente sem conexão com sua vida prática e real que, no início, sua mente se atrapalhou, sem qualquer ideia de como lidar com esse inesperado espocar de fogos de artifício. Pois naquele momento e no seguinte era como se a marcha de um automóvel subitamente escorregasse em falso e caísse em ponto morto — apesar de o motor trabalhar loucamente, nada acontecia. Então a embreagem funcionou e a marcha encaixou-se suavemente em seu lugar.

*É o que eu quero para minha nova casa, é por isso que estou agitada*, pensou. *É exatamente o que quero para torná-la minha.*

Agarrou-se ansiosa e grata a esse pensamento. Teria só um aposento, é verdade, mas tinham prometido a ela que seria um aposento *amplo*, com a pequena kitchenette e um banheiro. De qualquer modo, seria o primeiro lugar seu e só seu em toda a vida. Aquilo o tornava importante, fazendo com que as coisas que escolhesse para a casa fossem importantes também... E a primeira seria a mais importante de todas, porque daria o tom para tudo o mais que viesse a seguir.

Sim. Por mais simpático que fosse, o quarto seria um local onde dúzias de pessoas solteiras e de baixa renda teriam morado antes dela, e onde outras dúzias morariam depois. Mas mesmo assim ia ser um lugar importante. Aquelas últimas cinco semanas haviam sido um período provisório, um hiato entre a vida antiga e a nova. Quando se mudasse para a casa nova que lhe fora prometida, sua nova vida — sua vida de *solteira* — começaria realmente... E este quadro, que Norman nunca vira e que jamais criticara, que pertencia apenas *a ela*, podia ser o símbolo dessa nova vida.

Foi assim que sua mente — sã, razoável e nada preparada para admitir ou mesmo reconhecer coisa alguma que cheirasse a sobrenatural ou paranormal — explicou, racionalizou e justificou simultaneamente sua reação aguda e extremada ao quadro da mulher na colina.

## 4

Era a única pintura no corredor coberta por um vidro (Rosie tinha ideia de que pinturas a óleo não tinham vidro, talvez porque precisassem respirar ou coisa assim), e exibia um pequeno adesivo amarelo no canto inferior esquerdo com os dizeres: 75 DÓLARES OU?

Estendeu as mãos que tremiam levemente e segurou os dois lados da moldura. Ergueu o quadro cuidadosamente da prateleira e voltou para o corredor central. O senhor com a pasta usada ainda estava lá, ainda a observava, mas Rosie praticamente não o viu. Foi diretamente ao balcão e abaixou o quadro cuidadosamente na frente de Bill Steiner.

— Encontrou algo de que tenha gostado? — ele perguntou.

— Sim. — Bateu com o dedo no adesivo no canto da moldura. — Setenta e cinco dólares ou ponto de interrogação, está aqui. O senhor me disse que podia me dar cinquenta pelo meu anel de noivado. Gostaria de fazer uma troca? Meu anel por este quadro?

Steiner saiu de trás do balcão, ergueu a tampa no final dele e colocou-se ao lado de Rosie. Contemplou o quadro tão cuidadosamente como olhara o anel dela... mas desta vez seu olhar era um tanto divertido.

— Não me lembro disso. Acho que nunca o vi antes. Deve ser algo que o velho pegou. É o apreciador de arte da família; eu sou apenas um consertador de luxo.

— Isso quer dizer que não pode...

— Barganhar? Absolutamente! Eu barganho até que a vaca tussa, se me deixarem. Mas desta vez não preciso fazer isso. Fico feliz em concordar com seu desejo, aceito a troca. Assim não vou ter que vê-la sair daqui com um ar tão triste.

E aquela era outra primeira vez; antes que soubesse o que fazia, Rosie enlaçara o pescoço de Bill Steiner e lhe dera um breve e entusiástico abraço.

— Obrigada! — exclamou. — Muito obrigada!

Steiner riu.

— Nossa, de nada — disse. — Acho que é a primeira vez que fui abraçado por um cliente dentro dessas benditas paredes. Viu algum outro quadro que queira, senhora?

O velho do sobretudo — aquele a quem Steiner chamara de Robbie — foi olhar o quadro.

— Considerando como é a maioria dos clientes de penhores, isso é sem dúvida uma bênção — disse.

Bill Steiner concordou com a cabeça.

— Tem razão.

Ela quase não os ouvia. Remexia na bolsa, procurando o embrulho de lenço de papel com o anel. Encontrá-lo levou mais tempo do que era necessário, porque seus olhos continuavam voltando ao quadro no balcão. O *seu* quadro. Pela primeira vez, pensou no quarto para onde ia com verdadeira impaciência. Sua própria casa, não apenas um catre entre muitos. Sua própria casa, e seu próprio quadro pendurado na parede. *É a primeira coisa que farei*, pensou, quando seus dedos se fecharam no embrulho do lenço de papel. *A primeira coisa mesmo*. Desembrulhou o anel e estendeu-o para Steiner, mas ele o ignorou por um tempo; estava estudando o quadro.

— É um óleo original, não uma cópia — disse —, e não acho que seja muito bom. Provavelmente é por isso que tem uma cobertura de vidro, alguém achou que fazer isso o realçava. O que será aquela construção no pé da colina? Uma casa queimada de fazenda?

— Acho que devem ser as ruínas de um templo — disse pausadamente o senhor com a pasta já gasta. — Um templo grego, talvez. Apesar de ser difícil dizer, não é?

*Era* difícil dizer, porque a construção em questão estava enterrada quase até o telhado em vegetação rasteira. Vinhas subiam pelas cinco colunas da frente. Uma sexta coluna jazia em pedaços. Próxima desta havia uma estátua caída, tão coberta de vegetação que só se podia vislumbrar acima do verde um rosto branco e liso de pedra, erguendo os olhos para o céu de grandes nuvens cor de chumbo, com as quais o pintor entusiasticamente enchera o quadro.

— É — disse Steiner. — Seja como for, a construção me parece fora de perspectiva... é grande demais para o local onde está.

O velho concordou com a cabeça.

— Mas é um truque necessário. Caso contrário, só ia aparecer o telhado. Quanto à coluna caída e à estátua, então, não seriam nem um pouco visíveis.

Rosie não se importava com o pano de fundo; toda a sua atenção estava fixada na figura central da pintura. No alto da colina, fitando as ruínas do templo lá embaixo, de modo que se alguém olhasse o quadro veria apenas suas costas, postava-se uma mulher, com uma trança loura descendo-lhe pelas costas. Em um de seus modelados braços — o direito — via-se um grande bracelete dourado. Erguia a mão esquerda, e mesmo que não se pudesse ver com certeza, parecia proteger os olhos. Era estranho, considerando-se o céu carregado e sem sol, mas era o que parecia fazer mesmo assim. Usava um vestido curto — uma toga, pensou Rosie —, deixando à mostra um ombro sedoso. A roupa era de um vibrante vermelho-roxo. Impossível saber o que calçava, se é que calçava algo; estava em pé numa relva que lhe ia quase aos joelhos, onde terminava a toga.

— O que você acha? — perguntou Steiner a Robbie. — Clássico? Neoclássico?

— Arte ruim — disse Robbie com um sorriso. — Mas ao mesmo tempo acho que compreendo por que esta senhora o quer. Ele tem uma carga emocional bastante surpreendente. Os *elementos* podem ser clássicos, o tipo de coisa que se vê em velhas gravuras de metal, mas o *sentimento* é gótico. E depois há o fato de que a figura principal está de costas. Acho isso *muito* estranho. No todo... bem, não se pode dizer que a senhora escolheu o *melhor* quadro da casa, mas tenho certeza de que escolheu o mais *peculiar*.

Rosie praticamente não os ouvia. Continuava encontrando coisas novas no quadro que prendiam sua atenção. O cordão violeta-escuro em torno da cintura da mulher, por exemplo, combinando com o garbo da indumentária e a leve sugestão de um seio esquerdo, revelado pelo braço erguido. Os dois homens apenas tagarelavam. Era um quadro *maravilhoso*. Sentiu que podia contemplá-lo por horas a fio, e quando tivesse sua nova casa, provavelmente faria exatamente isso.

— Nenhum título, nenhuma assinatura — disse Steiner. — A menos...

Virou o quadro ao contrário. Escritas em macios traços de carvão levemente borrados, no papel de trás, viam-se as palavras ROSE MADDER.*

— Bem — disse ele em dúvida —, aqui está o nome da artista, acho eu. Mas é um nome engraçado. Talvez seja um pseudônimo.

Robbie sacudiu a cabeça, abriu a boca para falar e então viu que a mulher que escolhera o quadro compreendia melhor o assunto.

— É o nome do *quadro* — disse ela, e então acrescentou, por algum motivo que jamais poderia explicar: — Rose é o *meu* nome.

Steiner olhou-a, completamente aturdido.

— Não tem importância, é só uma coincidência. — Mas seria?, cogitou ela. Seria mesmo? — Olhe. — Delicadamente virou o quadro de novo. Bateu com o dedo no vidro sobre a toga que a mulher no

---

* Pigmento usado em pintura. O autor utilize a expressão em duplo sentido, já que "Rose Madder" também significa "Rose mais louca". (N. da T.)

primeiro plano estava usando. — Essa cor, esse vermelho-púrpura, é chamado de *rose madder*.

— Ela tem razão — disse Robbie. — O artista, ou mais provavelmente o último dono do quadro, já que o carvão desaparece bem rapidamente, batizou a pintura com o nome da cor do quíton da mulher.

— Por favor — disse Rose para Steiner —, podemos fechar negócio? Estou louca para ir embora. Já estou atrasada.

Steiner ia perguntar mais uma vez se tinha certeza, mas viu que sim. Viu outra coisa também — que a mulher mostrava uma expressão tensa, sugerindo ter passado recentemente por alguma dificuldade. Era o rosto de alguém que poderia considerar interesse e preocupação genuínos como provocação, ou possivelmente como um esforço para alterar os termos do negócio a favor dele. Então simplesmente concordou com a cabeça.

— O anel pelo quadro, negócio fechado. E nós dois ficamos contentes.

— Sim — disse Rosie, com um sorriso ofuscante. Era o primeiro sorriso verdadeiro que dava a alguém em 14 anos, e no momento em que ele chegou ao auge, o coração de Steiner abriu-se para ela. — E nós dois ficamos contentes.

## 5

Ela ficou parada do lado de fora por um momento, piscando estupidamente para os carros que passavam velozes, sentindo-se como quando em pequena saía do cinema com o pai — ofuscada, com metade da cabeça no mundo das coisas reais e metade ainda no mundo do faz de conta. Mas o quadro era verdadeiro mesmo; se duvidasse, só precisava olhar para o embrulho que carregava sob o braço esquerdo.

A porta se abriu atrás dela e o homem idoso saiu. Agora até gostava dele, dando-lhe o tipo de sorriso que as pessoas reservam para aqueles com quem compartilharam experiências estranhas ou maravilhosas.

— Senhora — disse ele —, pode me fazer um pequeno favor?

O sorriso de Rosie foi substituído por uma expressão de cautela.

— Depende do que for, mas não tenho o hábito de fazer favores a desconhecidos. — Isso, na verdade, era modo de dizer. Não estava acostumada sequer a *falar* com desconhecidos.

Ele pareceu quase constrangido, e isso teve nela um efeito tranquilizador.

— Sim, bem, acho que pode parecer estranho, mas seria bom para nós dois. Meu nome é Lefferts, por falar nisso. Rob Lefferts.

— Rosie McClendon — disse ela. Pensou em estender a mão, depois rejeitou a ideia. Provavelmente nem devia ter dito o seu nome. — Eu realmente acho que não tenho tempo para fazer favor nenhum, sr. Lefferts, estou um pouco atrasada e...

— Por favor. — Ele abaixou a pasta surrada, pôs a mão dentro do pequeno saco marrom que segurava na outra mão e puxou um velho livro que encontrara na loja de penhores. Na capa se via o retrato estilizado de um homem com o traje preto e branco de presidiário, entrando no que podia ser uma caverna ou a boca de um túnel. — Só quero que leia o primeiro parágrafo deste livro. Em voz alta.

— Aqui? — Ela olhou em torno. — Aqui mesmo na rua? Meu Deus do céu, por quê?

Ele apenas repetiu:

— Por favor.

Então Rosie pegou o livro, pensando que, se fizesse o que pedia, poderia livrar-se dele sem outras tolices. Seria ótimo, porque estava começando a achar que ele era um pouco doido. Talvez não perigoso, mas doido mesmo assim. E caso ele se *revelasse* perigoso, queria descobrir isso enquanto a Empréstimos & Penhores Liberty City — e Bill Steiner — ainda se encontravam a uma distância visível.

O nome do livro era *Dark Passage*; o autor, David Goodis. Ao passar pela folha do *copyright*, Rosie chegou à conclusão de que não era de surpreender que jamais tivesse ouvido falar dele (embora o título do romance ecoasse em sua memória): *Dark Passage* fora publicado em 1946, 16 anos antes de seu nascimento.

Ergueu os olhos para Rob Lefferts. Ele balançou a cabeça afirmativa e ansiosamente para ela, quase vibrando de expectativa... e esperança? Por quê? Mas certamente *parecia* esperança.

Sentindo-se ela mesma um tanto agitada agora (o semelhante atrai o semelhante, sua mãe costumava dizer), Rosie começou a ler. O primeiro parágrafo era curto, pelo menos.

— *"Uma parada dura. Parry era inocente. Além disso, um tipo decente que nunca aborrecera ninguém e queria levar uma vida sossegada. Mas havia coisa demais do outro lado, e do seu lado não havia praticamente nada. O júri decidiu que ele era culpado. O juiz lavrou a sentença de prisão perpétua e ele foi levado para San Quentin."*

Ergueu os olhos, fechou o livro e o estendeu para Lefferts.

— Está bom?

Ele sorria, claramente encantado.

— Está muito bom, srta. McClendon. Espere um momento... só mais um... me faça esse obséquio... — Pôs-se a folhear rapidamente o livro, depois o entregou a ela de novo. — Só o diálogo, por favor. A cena entre Parry e um chofer de táxi. A partir de "Bem, é engraçado". Está vendo?

Ela estava vendo, e dessa vez não objetou. Chegara à conclusão de que Lefferts não era perigoso, e que talvez nem fosse doido. Além disso, ainda sentia aquela esquisita sensação de excitação, como se algo realmente interessante fosse acontecer... ou já estivesse acontecendo.

*Sim, certo, pode apostar*, disse a voz dentro dela, feliz. *O quadro, Rosie — lembra?*

Claro que sim. O quadro. Só em pensar nele seu coração se animava, fazia com que se sentisse com sorte.

— Isso é muito estranho — disse ela, mas estava sorrindo. Não conseguiu evitá-lo.

Ele concordou com a cabeça, e passou pela cabeça de Rosie que ele faria aquilo exatamente da mesma maneira se ela lhe dissesse que se chamava Madame Bovary.

— Sim, sim, tenho certeza de que dá essa impressão mas... está vendo onde eu quero que comece?

— Ahan.

Esquadrinhou o diálogo rapidamente, tentando perceber quem eram essas pessoas pelo que estavam dizendo. O motorista de táxi era fácil; rapidamente formou um quadro mental de Jackie Gleason como Ralph Kramden, no seriado *Honeymooners,* cuja reprise passava na TV à tarde. Parry era um pouco mais difícil — um herói sem características especiais chega à cadeia, imaginou. Muito bem, fosse como fosse, não era coisa tão complicada. Limpou a garganta e começou, esquecendo rapidamente que estava em pé numa esquina agitada, com um quadro embrulhado debaixo do braço, sem muita noção dos olhares curiosos que atraíam.

— *"Bem, é engraçado — disse o motorista. — Pelas caras eu consigo dizer o que as pessoas pensam. O que fazem. Às vezes posso até dizer quem são... Você, por exemplo.*

*— Muito bem, então eu. Fale sobre mim.*

*— Você é um sujeito com problemas.*

*— Não tenho um problema no mundo — disse Parry.*

*— Não me diga, companheiro — falou o motorista. — Eu sei. Conheço as pessoas. Vou lhe dizer uma coisa. Seu problema são as mulheres.*

*— Ponto contra para você. Sou bem casado."*

De repente, sem motivo, ela encontrou uma voz para Parry: ele era James Woods, nervoso e tenso, mas com um senso de humor instável. Isso a encantou, e Rosie continuou, animando-se com a história agora, vendo na cabeça uma cena de filme que jamais fora feito — Jackie Gleason e James Woods confrontando-se em um táxi que corria pelas ruas de uma cidade anônima depois do escurecer.

— *"Ponto duplo para mim. Você não é casado. Mas já foi e não era feliz.*

*— Ah, já sei. Você estava lá. Escondido no armário o tempo todo.*

*O motorista disse:*

*— A respeito de sua mulher, não era fácil se lidar com ela. Queria coisas. Quanto mais tinha, mais ela queria. E sempre conseguia o que queria. O quadro é esse."*

Rosie chegara ao final da página. Sentindo um estranho frio escalando-lhe as costas, devolveu silenciosamente o livro a Lefferts, que agora parecia querer abraçar a si mesmo de tão feliz.

— Sua voz é absolutamente maravilhosa! — disse ele. — Grave, mas não monótona, melodiosa e muito clara, sem nenhum sotaque definível, soube disso imediatamente, se bem que a voz sozinha significa muito pouco. Mas você sabe ler! Você realmente sabe *ler*!

— *Claro* que sei ler — disse Rosie. Não sabia se achava graça ou se irritava. — Acha que fui criada por lobos?

— Não, claro que não, mas geralmente até leitores muito bons não são capazes de ler alto, mesmo que não tropecem nas palavras, demonstram muito pouca expressividade. E diálogo é *muito* mais difícil do que narrativa... o teste de fogo, pode-se dizer. Mas ouvi duas pessoas diferentes. Realmente as *ouvi*!

— É, eu também. Sr. Lefferts, agora eu tenho que ir mesmo, e...

Ele estendeu a mão e tocou-a levemente no ombro quando Rosie começava a se virar. Uma mulher com um pouco mais de experiência do mundo teria reconhecido um teste, até mesmo numa esquina, e consequentemente não se mostraria tão surpresa com o que Lefferts lhe disse a seguir. Mas Rosie ficou atônita e temporariamente em silêncio quando ele pigarreou e lhe ofereceu um emprego.

## 6

*No momento em que Rob Lefferts estava ouvindo, numa esquina, a esposa fugitiva de Norman Daniels ler, este sentava-se no pequeno escritório-cubículo no quarto andar da central de polícia, com os pés em cima da mesa e as mãos cruzadas atrás da cabeça. Pela primeira vez em anos, podia pôr os pés para cima; em circunstâncias comuns, sua mesa exibia altas pilhas de formulários, embalagens de comida de entrega rápida, relatórios incompletos, circulares de departamentos, memorandos e outras porcarias variadas. Norman não era o tipo de homem que recolhe o próprio lixo sem pensar (em apenas cinco semanas, a casa que Rosie deixara imaculada por aqueles anos todos parecia agora Miami depois do furacão Andrew), e geralmente seu escritório refletia isso, mas agora parecia inapelavelmente austero. Passara a maior parte do dia limpando-o, levando três sacos plásticos grandes e cheios de lixo para despejar no depósito do subsolo, sem querer deixar o trabalho para as crioulas que vinham limpar entre meia-noite e seis nas manhãs dos dias de semana. O que era deixado para os crioulos fazerem não era feito — essa era uma lição que o pai de Norman lhe ensinara, e era a pura verdade. Havia um fato básico que nem os políticos nem os reformadores ingênuos conseguiam ou queriam entender: crioulos não compreendiam trabalho. Era seu temperamento africano.*

*Varreu lentamente com o olhar o tampo da mesa, no qual nada havia, exceto seus pés e o telefone, e então desviou os olhos para a parede à direita. Durante anos ela fora coberta de folhas com retratos de gente pro-*

*curada pela polícia, últimas notícias, resultados de laboratório e cardápios de quentinhas — sem mencionar seu calendário com datas próximas para comparecimento ao tribunal anotadas em vermelho —, mas agora estava completamente vazia. Terminou a viagem visual observando a pilha de caixas de bebida perto da porta. Enquanto fazia isso, refletia como a vida era imprevisível. Tinha um gênio forte, e era o primeiro a admiti-lo. Que seu mau gênio tivesse um jeito de metê-lo em problemas e conservá-lo mergulhado neles era também algo que admitiria voluntariamente. E se, um ano atrás, lhe fosse dado ter uma visão de seu escritório como estava hoje, teria tirado disso uma simples conclusão: a de que seu mau gênio o metera numa enrascada da qual não conseguira escapar, e por isso ia para a cadeia. Ou empilhara censuras suficientes que justificassem sua demissão segundo as regras do departamento, ou fora pego machucando alguém seriamente, como supunha que realmente machucara aquele engomadinho do Ramon Sanders. A ideia de que tinha alguma importância que um veadinho como Ramon ficasse um pouco machucado era ridícula, naturalmente, ele não era nenhum Santo Antônio, mas tinha que jogar pelas regras do jogo... ou pelo menos não ser pego violando tais regras. Era como não dizer alto que crioulos não entendiam o conceito de trabalho, embora todo mundo (todo o mundo branco, pelo menos) soubesse disso.*

*Mas não ia para a cadeia. Estava se mudando, só isso. Mudando deste cubiculozinho de merda que fora o seu lar desde o primeiro ano de Bush como presidente. Ia para um verdadeiro escritório, onde as paredes subiam até o teto e desciam até o chão. Não ia para a cadeia, fora promovido. Isso o fazia pensar numa canção de Chuck Berry, aquela que dizia* C'est la vie, *para mostrar que nunca se pode saber das coisas.*

*A grande batida ocorrera, e nem que ele próprio tivesse escrito seu roteiro as coisas poderiam ter saído melhor para ele. Uma transformação quase inacreditável acontecera: seu rabo se transformara em mercadoria tão valiosa quanto ouro, pelo menos por ali.*

*Fora uma quadrilha de* crack *que se espalhava por toda a cidade, o tipo do encadeamento que nunca se consegue completo e por inteiro... só daquela vez. Tudo dera certo; fora como tirar 12 vezes o número sete num jogo de dados em Atlantic City, dobrando o dinheiro a cada vez. Sua equipe acabara por prender mais de vinte pessoas, meia dúzia das quais caça realmente graúda, e as batidas aconteceram todas dentro da lei — não tinham nem vestígio de armadilha com o objetivo de fazer prisões. O promotor distrital estava provavelmente atingindo o clímax de um orgasmo sem igual desde que comera seu cocker spaniel no primeiro ano do ginásio. Norman, que no passado acreditara que acabaria processado por aquele excentricozinho de merda se não conseguisse pôr um freio no próprio temperamento, tornara-se o doce de coco do promotor. Chuck Berry tinha razão, nunca se sabia.*

*"A geladeira estava cheia de comida congelada e refrigerantes", cantou Norman, sorrindo. Era um sorriso animado, um sorriso que fazia a maioria das pessoas querer sorrir também, mas que teria gelado Rosie, fazendo-a desejar freneticamente ser invisível. Pensava nele como o sorriso de Norman que mordia.*

*Fora uma primavera muito boa aparentemente, muito boa mesmo, mas, no fundo, uma primavera muito ruim. Uma primavera totalmente fodida, para dizer a verdade, e Rose era o motivo disso. Quisera já ter podido ajustar as contas com ela há muito tempo, mas não conseguira. De algum modo, Rose ainda estava lá fora. Lá fora em algum lugar.*

*Fora a Portside no mesmo dia em que interrogara seu bom amigo Ramon no parque do outro lado do distrito. Fora lá com um retrato de Rose, mas isso não ajudara muito. Quando mencionara os óculos escuros e a echarpe de um vermelho vivo (detalhes valiosos que encontrara na transcrição do interrogatório original de Ramon Sanders), um dos dois vendedores de passagens da Continental gritara bingo. O único problema era que o vendedor de passagens não conseguia lembrar qual fora o rumo dela, e não havia jeito de checar os registros, pois não havia registros. Ela pagara em dinheiro vivo pela passagem e não registrara bagagem nenhuma.*

*O horário da Continental oferecia três possibilidades, mas Norman pensou que a terceira — um ônibus que partira pela rota sul à 1:45 da tarde — era improvável. Ela não ia querer ficar por ali tanto tempo. Isso deixava duas escolhas: uma cidade a 400 quilômetros de distância e outra, maior, no coração do Meio-Oeste.*

*Ele cometera então o que passara lentamente a encarar como um erro, um erro que lhe custara pelo menos duas semanas: supor que ela não quereria ir tão longe de casa, tão longe da área onde crescera — não um camundongozinho assustado como Rose. Mas agora...*

*As palmas das mãos de Norman estavam cobertas com um tênue rendado de cicatrizes brancas semicirculares. Haviam sido feitas por suas unhas, mas a verdadeira fonte delas estava no fundo da cabeça dele, um forno que vinha esquentando demais na maior parte de sua vida.*

*— É melhor você ficar com medo — murmurou. — E se ainda não tem medo agora, garanto que terá em breve.*

*Sim. Tinha que pegá-la. Sem Rose tudo que acontecera naquela primavera — a batida glamorosa, a boa mídia, os repórteres que o haviam deixado estarrecido ao lhe fazerem perguntas respeitosas, para variar, e até mesmo a promoção — não significava nada. As mulheres com quem dormira desde que Rose fora embora também não tinham significado nada. O importante é que* ela o deixara. *Mais importante ainda era que* ele não tivera a mais leve noção de que ela pretendia fazê-lo. *E o mais importante de tudo é que* Rose pegara o cartão do banco. *Usara-o uma única vez, e para retirar insignificantes 350 dólares, mas a questão não era essa. A questão era que pegara o que pertencia a ele, esquecera quem era o desgraçado mais malvado da selva, e por isso teria que pagar. E o preço seria alto.*

*Alto.*

*Estrangulara uma das mulheres com quem estivera desde que Rose partira. Sufocara-a e depois a jogara atrás da torre de um depósito de grãos do lado oeste do lago. Devia pôr a culpa disso em seu mau gênio também? Não sabia. Que tal doideira? Negligência? Só sabia que pegara a mulher no mercado de carne ambulante na rua Fremont, uma moreninha cor de mel num curtíssimo e justo short castanho-claro, com grandes peitos tipo Violeta do Ferdinando destacando-se na frente-única. Não vira realmente como parecia com Rose (ou pelo menos o dizia a si próprio agora, e talvez realmente acreditasse nisso) até o momento em que a comera no banco de trás de seu atual carro de serviço, um anônimo Chevy de quatro anos de uso. Acontece que ela virara a cabeça e as luzes no alto da torre do depósito mais próximo tinham brilhado em seu rosto por um momento, brilhado de um determinado modo, e naquele momento a puta foi Rose, a vaca que o abandonara sem deixar um bilhete sequer, sem deixar nem a porra de uma palavra; então, antes que ele soubesse o que fazia, enrolara a frente-única no pescoço da puta e sua língua se esticara para fora da boca e seus olhos haviam saltado das órbitas como bolinhas de gude. E o pior de tudo é que, depois de morta, ela não parecia nem um pouco com Rose.*

*Bom, ele não entrara em pânico... mas, pensando bem, por que entraria? Não era a primeira vez que acontecia aquilo, afinal de contas.*

*Teria Rose sabido, percebido?*

*Teria sido esse o motivo de sua fuga? Ter medo de que ele pudesse...*

*— Não seja idiota — murmurou, fechando os olhos.*

*Foi uma má ideia. Viu o que via com muita frequência em seus sonhos ultimamente: o cartão verde do caixa eletrônico do Merchant's Bank agora de um tamanho enorme, flutuando na escuridão como um dirigível cor de dinheiro. Abriu os olhos de novo, rapidamente. Suas mãos doíam. Esticou os grandes dedos e observou os cortes marcados nas palmas sem nenhuma surpresa. Estava acostumado aos estigmas de seu mau gênio, e sabia como lidar com ele: retomando o controle. Significava pensar e planejar, e isso teve início quando se pôs a fazer uma revisão do caso.*

*Ligara para a polícia mais próxima das duas cidades, identificara-se e depois identificara Rose como a principal suspeita numa fraude com cartão de banco, envolvendo dinheiro graúdo (o cartão era a pior coisa de tudo, e isso, na verdade, nunca saía de sua cabeça). Deu o nome dela como Rose McClendon, achando com certeza que teria assumido o nome de solteira. Se descobrisse que não, simplesmente atribuiria o fato de que a suspeita e o encarregado da investigação partilhavam coincidentemente do mesmo nome. Sabia-se que isso acontecia. E estavam falando de Daniels, não de Trzewski ou Beauschatz.*

*Mandara também para os policiais um fax dos retratos de Rose. Uma das fotos, com ela sentada na escada, fora batida por Roy Foster, um policial amigo dele, em agosto passado. Não era muito boa — mostrava no mínimo quanta gordura seu corpo acumulara ao atingir os 30 anos —, mas era em preto e branco e exibia seus traços faciais com razoável nitidez. O outro era a concepção de um artista da polícia (um filho da puta talentoso, Al Kelly, que a produzira em seu tempo de folga a pedido de Norman) sobre a mesma mulher, só que com um lenço na cabeça.*

*Os policiais naquela outra cidade, a cidade mais próxima, tinham feito todas as perguntas certas e ido a todos os lugares certos — os abrigos dos sem-teto, os hotéis de trânsito, as hospedagens no meio do caminho onde se podia às vezes dar uma olhada na atual lista de hóspedes, se se soubesse como e a quem pedir —, sem qualquer resultado. O próprio Norman dera tantos telefonemas quanto seu tempo lhe permitira, no encalço de uma trilha deixada por algum papel, e com uma frustração sempre crescente. Até mesmo pagara pelo fax de uma lista dos últimos solicitantes de carteiras de motorista da cidade, sem qualquer resultado.*

*A ideia de que Rose pudesse escapar totalmente dele, escapar à justa punição pelo que tinha feito (sobretudo por ousar tirar o cartão do banco), ainda não lhe passara pela cabeça, mas agora chegava relutantemente à conclusão de que ela poderia ter ido para a outra cidade, afinal de contas, que poderia ter ficado com tanto medo dele que 400 quilômetros simplesmente não eram uma distância suficiente.*

*Não que 1.200 quilômetros fossem, coisa que ela logo aprenderia.*

*Enquanto isso, ficara sentado ali por tempo suficiente. Estava na hora de achar um carrinho de mão ou um carrinho de zelador e começar a mudar seu lixo para o novo escritório dois andares acima. Retirou os pés da mesa e, enquanto o fazia, o telefone tocou.*

*— É o inspetor Daniels? — perguntou a voz do outro lado.*

*— Sim — respondeu, pensando (sem grande prazer): Inspetor-Detetive de primeiro grau Daniels, na realidade.*

*— Quem está falando é Oliver Robbins.*

*Robbins. Robbins. O nome era familiar, mas...*

*— Da Continental Express. Vendi uma passagem de ônibus para a mulher que o senhor está procurando.*

*Daniels sentou-se reto na cadeira.*

*— Sim, sr. Robbins, eu me lembro muito bem do senhor.*

*— Eu o vi na televisão — disse Robbins. — É maravilhoso que tenha pegado aquela gente. Esse negócio de* crack *é horrível. Vemos pessoas usando isso na estação de ônibus o tempo todo, o senhor sabe.*

*— É — disse Daniels, não permitindo que qualquer traço de impaciência aparecesse em sua voz. — Tenho certeza que sim.*

*— Aquela gente vai mesmo para a cadeia?*

*— Acho que a maioria vai. Em que posso lhe ajudar hoje?*

*— Na verdade, espero poder ajudar o senhor — disse Robbins. — Lembra-se de ter-me dito para ligar se me lembrasse de alguma outra coisa? Sobre a mulher de óculos escuros e lenço vermelho, quero dizer.*

*— Lembro — disse Norman. Sua voz ainda estava calma e amigável, mas a mão que não segurava o telefone cerrou-se novamente, e as unhas se enfiaram na palma, cada vez mais.*

*— Bem, eu não achava que lembraria, mas algo me ocorreu esta manhã enquanto estava debaixo do chuveiro. Venho pensando nisso o dia todo e tenho certeza de que estou certo. Ela de fato disse aquilo dessa maneira.*

*— Disse o quê, de que maneira? — perguntou Norman. Sua voz ainda estava calma, razoável, até mesmo agradável, mas agora o sangue se mostrava brilhantemente visível nos sulcos de seu punho fechado. Abriu uma das gavetas da escrivaninha vazia e estendeu o punho sobre ela. Um pequeno batismo em benefício do próximo homem a usar aquele cubiculozinho de merda.*

*— Sabe, ela não me disse para onde queria ir;* eu *disse a ela. Provavelmente é por isso que não conseguia me lembrar quando o senhor perguntou, inspetor Daniels, embora minha cabeça seja geralmente muito boa para esse tipo de coisa.*

*— Não estou entendendo.*

*— As pessoas que compram passagem geralmente dizem para onde vão — falou Robbins. — "Me dê uma ida e volta para Nashville" ou "Uma só de ida para Lansing, por favor". Entendeu?*

*— Sim.*

*— Aquela mulher não fez isso. Não disse o nome do lugar: só disse o horário que queria. Foi o que me lembrei hoje de manhã debaixo do chuveiro. Ela disse: "Quero comprar uma passagem no ônibus de 11:05. Ainda tem lugar?" Como se o lugar para onde ia não tivesse importância, como se só importasse...*

*— Sair o mais rápido possível e ir o mais longe que pudesse! — exclamou Norman. — Sim! Sim, é claro! Obrigado, sr. Robbins!*

*— Fico contente em poder ajudar. — Robbins pareceu surpreso pela explosão de emoção do outro lado da linha. — Vocês devem estar querendo muito achar essa mulher.*

*— Estamos — disse Norman. E mais uma vez exibia o sorriso que sempre gelava Rosie e a fazia querer se apoiar numa parede para proteger os rins. — Pode apostar. Aquele ônibus de 11:05, sr. Robbins, foi para onde?*

*Robbins lhe disse e depois perguntou:*

*— Ela participava do circuito do crack? A mulher que o senhor está procurando?*

*— Não, é uma fraude com cartão de crédito — disse Norman, e Robbins começou a falar. Aparentemente, estava pronto para bater um pa-*

*pinho amigável, mas Norman desligou o telefone, cortando-o no meio do papo. Colocou novamente os pés sobre a mesa. Achar um carrinho e fazer a mudança de suas porcarias podia esperar. Apoiou-se nas costas da cadeira e olhou para o teto. "Pode apostar que é uma fraude com cartão de crédito", disse. "Mas você sabe o que dizem sobre o braço comprido da lei."*

*Esticou o braço e abriu a mão esquerda, expondo a palma manchada de sangue. Flexionou os dedos, que estavam também ensanguentados.*

*"O braço da lei é comprido, sua vaca", disse, e subitamente começou a rir. "A porra do comprido braço da lei se estendendo para você. Acho bom acreditar nele." Continuou flexionando os dedos, observando as pequenas gotas de sangue salpicando a superfície da escrivaninha sem se importar, sentindo-se bem.*

*As coisas estavam novamente nos trilhos.*

## 7

Quando voltou à F & I, Rosie encontrou Pam sentada em uma cadeira de dobrar na sala de recreação no porão. Tinha um livro no colo, mas olhava Gert Kinshaw e uma coisinha magricela que chegara havia uns dez dias — Cynthia qualquer coisa. Cynthia usava um espalhafatoso penteado punk — metade verde, metade laranja — e parecia pesar no máximo 40 quilos. Tinha uma volumosa atadura sobre a orelha esquerda, que o namorado tentara arrancar, uma tentativa parcialmente bem-sucedida. Usava uma camiseta de alças tendo Peter Tosh no centro de um psicodélico e giratório sol verde-azul. NOT GONNA GIVE IT UP!, proclamava a camiseta. Cada vez que Cynthia se movia, as cavas superlargas da camiseta revelavam seios do tamanho de xícaras de chá e pequenos mamilos cor de morango. Ela ofegava, o rosto pingando de suor, mas parecia loucamente contente de estar onde estava e ser quem era.

Gert Kinshaw era tão diferente de Cynthia como a noite do dia. Rosie jamais conseguira entender se Gert era uma orientadora, uma residente de longa data na F & I ou apenas uma amiga da corte, como se diz. Ela aparecia, ficava alguns dias e então desaparecia de novo. Geralmente sentava no círculo durante as sessões de terapia (que se realizavam duas vezes por dia na F & I, com quatro comparecimentos por semana como condição obrigatória para as residentes), mas Rosie nunca a ouvira dizer coisa alguma. Era alta, com pelo menos um metro e oitenta e cinco, e grande — seus ombros eram largos, macios e de um marrom-escuro, os seios do tamanho de melões e a barriga uma bolsa grande e oscilante que estufava a camiseta XXG e pendia sobre a calça de moletom que sempre usava. Seu cabelo era uma mixórdia de trancinhas frisadas (era muito pixaim). Ela parecia tanto com uma das mulheres que se vê sentadas nas lavanderias automáticas, comendo chocolate e lendo o último número do *National Enquirer* que era fácil não perceber o rijo flexionar de seus bíceps, a aparência resistente de suas coxas sob o velho moletom cinzento e o modo como sua grande bunda não balançava quando ela andava. A única vez em que Rosie a ouvira falar muito fora durante aqueles seminários na sala de recreação.

Gert ensinava a fina arte de autodefesa para qualquer residente na F & I que quisesse aprender. A própria Rosie recebera algumas aulas, e ainda tentava praticar, pelo menos uma vez por dia, o que Gert chamava de Seis Ótimas Maneiras de Ferrar um Idiota. Não era muito boa nelas, e não podia se imaginar de fato aplicando-as num homem — o cara com o bigode de David Crosby à entrada do The Wee Nip, por exemplo —, mas gostava de Gert. Gostava especialmente do modo como seu rosto largo e escuro mudava quando estava ensinando, rompendo a costumeira imobilidade de pedra e revelando entusiasmo e inteligência. Tornando-se bonita, na verdade. Rosie certa vez lhe perguntara o que ensinava exatamente — tae kwon do, jiu-jitsu ou caratê? Ou outra luta? Gert apenas sacudira os ombros. "Um pouco disso, um pouco daquilo. Restos", dissera.

Agora a mesa de pingue-pongue fora empurrada para um lado e o meio da sala havia sido forrado com uma esteira cinzenta. Oito ou nove cadeiras de dobrar tinham sido colocadas ao longo de uma parede com painéis de pinho, entre o antigo estéreo e a pré-histórica TV na qual tudo parecia verde pálido ou rosa pálido. A cadeira onde Pam sentava era a única a estar ocupada no momento. Com o livro no colo, o cabelo amarrado atrás com uma tira e os joelhos afetadamente unidos, parecia uma moça tomando chá de cadeira num baile da escola. Rosie sentou ao lado dela, apoiando contra suas canelas o quadro embrulhado.

Gert, com mais de 120 quilos, e Cynthia, que provavelmente só poderia ter feito a balança passar de 45 usando equipamento pesado e uma mochila totalmente cheia, moviam-se circularmente uma em frente à outra. Cynthia ofegava e sorria largamente. Gert estava calma e silenciosa, levemente curvada a partir da cintura não existente, os braços esticados à sua frente. Rosie as olhava divertida e apreensiva ao mesmo tempo. Era como ver um esquilo, ou talvez outro roedor, espreitar um urso.

— Eu estava ficando preocupada com você — disse Pam. — Na verdade, a ideia de fazer uma busca em grupo passou pela minha cabeça.

— Minha tarde foi das mais *surpreendentes*. E você? Como está se sentindo?

— Melhor. Na minha opinião, sal de fruta é a resposta para todos os problemas do mundo. Isso não tem importância, o que é que aconteceu com você? Está radiante!

— Estou?

— Está. Então desembuche. Por quê?

— Bom, vamos ver — disse Rosie. Começou a contar nos dedos. — Descobri que meu anel de noivado era falso, troquei por um quadro, que vou pendurar em minha nova casa quando tiver uma, me ofereceram um emprego... — Fez uma pausa, uma pausa calculada, e acrescentou: — E conheci uma pessoa *interessante*.

Pam arregalou os olhos.

— Você está inventando!

— Não. Juro por Deus. Mas não fique muito animada, ele tem 65 anos no mínimo. — Falava de Robbie Lefferts, mas a imagem que se apresentou a ela brevemente foi a de Bill Steiner, de colete de seda azul e olhos interessantes. Mas aquilo era ridículo. Naquele ponto de sua vida, precisava tanto de um interesse amoroso quanto de um câncer na boca. E, além disso, não chegara à conclusão de que Steiner tinha no mínimo sete anos a menos que ela? Um bebê, de fato. — Foi quem me ofereceu o emprego. Ele se chama Robbie Lefferts. Mas deixe isso para lá por enquanto, quer ver meu quadro novo?

— Anda logo com isso! — disse Gert no meio da sala. Sua voz soou ao mesmo tempo amigável e irritada. — Isso não é a escola de dança, meu bem. — A última palavra saiu arrastada.

Cynthia projetou-se em sua direção, a aba da camiseta superlarga esvoaçando. Gert virou-se de lado, pegou a moça esbelta de cabelo de duas cores pelos antebraços e a jogou no ar. Cynthia deu uma cambalhota com os pés para cima e aterrissou de costas.

— Uff! — disse ela, e ficou novamente de pé como uma bola de borracha.

— Não, não quero ver o seu *quadro* — disse Pam. — A não ser que seja um retrato do cara. Ele tem mesmo 65 anos? *Duvido!*

— Pode ser que seja mais velho — disse Rosie. — Mas tinha outro homem lá. Foi quem me disse que o anel de diamante do meu noivado era só uma zircônia. Depois trocou o anel pelo quadro. — Fez uma pausa. — *Ele* não tinha 65.

— Qual é o tipo dele?

— Olhos cor de avelã — disse Rosie, e se debruçou sobre o quadro. — Não abro mais a boca até você me dizer o que acha disso.

— Rosie, não seja chata!

Rosie sorriu — quase tinha esquecido os prazeres de uma provocaçãozinha inofensiva — e continuou a tirar o papel com que Bill Steiner embrulhara cuidadosamente a primeira compra significativa de sua nova vida.

— *OK* — disse Gert a Cynthia, que estava mais uma vez rodeando-a. Gert quicava lentamente para cima e para baixo em seus grandes pés escuros, os seios subindo e descendo como ondas do oceano sob a camiseta branca que usava. — Está vendo como se faz, então faça. Lembre-se que não pode me jogar para cima, um inseto como você acabaria se machucando se tentasse levantar um caminhão como eu, mas pode fazer com que eu mesma me jogue. Está pronta?

— Prontésima — disse Cynthia. Sorriu ainda mais amplamente, revelando dentes brancos minúsculos e ferozes. Para Rosie, pareciam os dentes de algum animal pequeno mas perigoso: um mangusto, talvez. — *Ger*trude *Kin*shaw, *ataque!*

Gert atacou. Cynthia pegou os carnudos antebraços dela, enfiou um quadril chato de rapaz no protuberante flanco de Gert com uma autoconfiança que Rosie sabia que ela própria jamais poderia ter... e subitamente Gert foi atirada ao ar, voando, uma alucinação de camiseta branca e moletom cinzento. A camisa foi suspensa, revelando os maiores seios que Rosie já vira; as grandes taças de *lycra* bege pareciam obuses de artilharia da Primeira Guerra Mundial. Quando Gert bateu na esteira, a sala estremeceu.

— *Proonto!* — gritou Cynthia, dançando agilmente e sacudindo as mãos fechadas sobre a cabeça. — *A grandona caiu! Pronto! PRONTO! Tá esperando a contagem! Esperando o diabo da cont...*

Sorrindo — uma expressão rara que transformava seu rosto em algo medonho —, Gert pegou Cynhtia, manteve-a por um momento acima da cabeça com as pernas troncudas abertas, e depois começou a girá-la como uma hélice de avião.

— *Aiii, vou vomitar!* — gritou Cynthia, mas também estava rindo. E girava numa mancha veloz de cabelo verde-laranja e camiseta psicodélica. — *Aiii, vou DESPEJAAARR!*

— Chega, Gert — disse calmamente a voz de Anna Stevenson, parada no início da escada. Vestia-se mais uma vez de branco e preto (Rosie a vira com outras combinações, mas não muitas), desta vez com uma calça preta de cintura marcada e blusa branca de seda de mangas compridas e gola alta. Rosie invejou sua elegância. *Sempre* invejava a elegância de Anna.

Parecendo ligeiramente envergonhada, Gert pôs suavemente Cynthia em pé.

— Estou bem, Anna — disse Cynthia. Titubeou por quatro passos em zigue-zague pela esteira, tropeçou, sentou e começou a rir.

— Estou vendo — disse Anna secamente.

— Joguei Gert para cima — disse ela. — Devia ter visto. Acho que foi a maior sensação da minha vida. De verdade.

— Tenho certeza, mas Gert diria que ela é que se jogou para cima — disse Anna. — Você apenas ajudou o corpo dela a fazer o que ele queria.

— É, acho que sim — disse Cynthia. Levantou cautelosamente e então aterrissou de novo no traseiro (o que havia dele), dando mais uma risadinha. — Puxa, é como se alguém pusesse toda a sala em cima de um toca-discos.

Anna atravessou a sala até onde Rosie e Pam estavam sentadas.

— O que é isso aí? — perguntou a Rosie.

— Um quadro que comprei hoje de tarde. É para a minha nova casa quando eu tiver uma. Minha sala. — Depois, um tanto temerosa, acrescentou: — O que acha dele?

— Não sei... Vamos levá-lo para o claro.

Anna pegou o quadro pelos lados da moldura, levou-o pela sala até a mesa de pingue-pongue. As cinco mulheres juntaram-se num semicírculo. Não, notou Rosie, dando uma olhadela, agora eram sete. Robin St. James e Consuelo Delgado tinham descido e se juntado a elas — estavam em pé atrás de Cynthia, olhando sobre seus estreitos ombros com ossos de passarinho. Rosie esperou que alguém quebrasse o silêncio — apostava em Cynthia —, mas como ninguém o fizesse e ele já pesasse, começou a sentir-se nervosa.

— E então? — perguntou finalmente. — O que é que vocês acham? Ninguém vai dizer nada?

— É um quadro estranho — disse Anna.

— É — concordou Cynthia. — Esquisito. Mas acho que já vi um assim antes.

Anna olhava para Rosie.

— Por que o comprou, Rosie?

Rosie sacudiu os ombros, mais nervosa do que nunca.

— Não sei bem se posso explicar. Foi como se ele me chamasse.

Anna a surpreendeu — e deixou-a consideravelmente à vontade — sorrindo e concordando com a cabeça.

— Sim. Isso é que é realmente a arte, acho eu, e não só com quadros, é o mesmo com livros, histórias, esculturas e até castelos na areia. Algumas coisas simplesmente nos chamam. É como se as pessoas que fizeram essas coisas estivessem falando em nossa cabeça. Mas esta pintura especialmente... é bonita para você, Rosie?

Rosie olhou o quadro, tentando ver como o vira na Empréstimos & Penhores Liberty City, quando a língua silenciosa dele falara com ela com tal força que a imobilizara, expulsando todos os outros pensamentos de sua mente. Olhou a mulher loura na toga vermelho-púrpura (ou quíton, como o sr. Lefferts a chamara) em pé entre a relva alta do topo da colina, notando novamente a trança que pendia até metade de suas costas e o bracelete de ouro acima do cotovelo direito. Então deixou o olhar mover-se para o templo em ruínas e a estátua

*(deus)*

derrubada no pé da colina. As coisas para as quais a mulher de toga estava olhando.

*Como sabe o que ela está olhando? Como pode saber? Você não pode ver seu rosto!*

Era verdade, claro... mas o que mais *havia* ali para se olhar?

— Não — disse Rosie. — Não comprei a pintura porque achei bonita. Comprei porque achei *poderosa*. A maneira como me fez parar foi poderosa. Vocês acham que um quadro tem que ser bonito para ser bom?

— Não — disse Consuelo. — Olha só o Jackson Pollock. O trabalho dele não tinha a ver com beleza, tinha a ver com energia. E Diane Arbus?

— Quem é? — perguntou Cynthia.

— Uma fotógrafa que ficou famosa tirando retrato de mulheres barbadas e anões fumando cigarros.

— Ah. — Cynthia pensou a respeito e seu rosto iluminou-se subitamente com a lembrança. — Uma vez vi um quadro numa festa em que eu estava servindo no bufê. Foi numa galeria de arte. O autor era um cara chamado Applethorpe, Robert Applethorpe, e quer saber o que era? Um cara comendo a bunda do outro! Sério! E também não era uma coisa fingida como numa revista de sacanagem. Quero dizer, o cara estava se *esforçando*, cuidando do negócio e fazendo serão. Não dava para acreditar que um cara pudesse aguentar um cabo de vassoura como aquele no seu...

— *Mapplethorpe* — disse Anna secamente.

— Ahn?

— É *Mapplethorpe*, não Applethorpe.

— Ah, tá. Acho que é.

— Ele já morreu.

— Ah, é? — perguntou Cynthia. — De quê?

— AIDS. — Anna olhava para o quadro de Rosie e falou de modo ausente. — Conhecida como doença do cabo de vassoura em alguns lugares.

— Você disse que viu um quadro como o de Rosie antes — trovejou Gert. — Onde foi isso, fedelha? Numa galeria de arte?

— Não. — Enquanto discutia Mapplethorpe, Cynthia parecera apenas interessada; agora a cor tornava suas faces rosadas e os cantos de sua boca faziam covinhas num leve sorriso defensivo. — E na verdade não era exatamente o *mesmo*, mas...

— Vamos, diga — falou Rosie.

— Bem, meu pai era ministro metodista lá em Bakersfield — disse Cynthia. — Bakersfield, na Califórnia, de onde eu vim. Morávamos no presbitério, e havia lá todos aqueles velhos quadros nas salinhas de reunião no andar de baixo. Uns eram de presidentes, outros de flores e outros de cães. Não eram importantes. Eram apenas coisas para pendurar nas paredes para que não ficassem muito nuas.

Rosie concordou com a cabeça, pensando nos quadros que a tinham rodeado nas empoeiradas prateleiras da casa de penhores — gôndolas de Veneza, frutas em tigelas, cães e raposas. Apenas coisas para se pendurar nas paredes para que não ficassem muito nuas. Bocas sem língua.

— Mas havia um... ele se chamava... — Franziu a testa, tentando lembrar. — Acho que se chamava *De Soto Olha para o Oeste*. Mostrava esse explorador de calças pesadas, à prova d'água, e um boné de pala comprida parado no alto de um penhasco com aqueles índios em torno dele. E ele olhava por cima de todos os quilômetros de bosques e na direção de um grande rio. O Mississipi, acho. Mas olhe... a coisa era...

Encarou-as, indecisa. Seu rosto se mostrava mais rosado que nunca e o sorriso desaparecera. A volumosa atadura sobre a orelha parecia muito branca, muito *presente*, como uma espécie de acessório peculiar enxertado no lado da cabeça. Rosie teve tempo de se perguntar — não pela primeira vez desde que viera para F & I — por que tantos homens eram tão maus. O que havia de errado com eles? Era alguma coisa que faltava ou algo desagradável inexplicavelmente embutido neles, como um circuito ruim em um computador?

— Continue, Cynthia — disse Anna. — Nós não vamos rir. Vamos?

As mulheres sacudiram as cabeças.

Cynthia pôs as mãos atrás das costas, como uma menina convocada a recitar na frente de toda a classe.

— Bem — disse, com uma voz muito mais fraca do que sua voz habitual —, era como se o rio se *movesse*, e era isso o que me fascinava. O quadro estava na sala em que meu pai dava aulas sobre a Bíblia na terça-feira à noite, e eu entrava lá e às vezes me sentava na frente do quadro por uma hora ou mais, olhando para ele como se fosse uma televisão. Eu assistia o rio se mover... ou esperava para ver se se *moveria*. Agora não consigo me lembrar bem, mas eu só tinha 9 ou 10 anos. O que me lembro é de pensar que, se *estava* se movendo, um bote ou uma canoa indígena passaria por ele mais cedo ou mais tarde, e então eu saberia com certeza. Só que um dia entrei lá e o quadro tinha desaparecido. Puf! Acho que minha mãe deve ter olhado para dentro e me visto sentada na frente dele, sabe, e...

— Ela ficou preocupada e tirou-o de lá — disse Robin.

— É, provavelmente jogou-o no lixo — disse Cynthia. — Eu era uma criança. Mas seu quadro me lembra aquele, Rosie.

Pam esquadrinhou-o atentamente.

— É — disse —, não é de espantar. Vejo até a mulher respirando.

Todas riram então, e Rosie com elas.

— Não, não é *isso* — disse Cynthia. — É só que... ele parece um pouco fora de moda, você sabe... como um quadro de sala de aula... e é desbotado. Tirando as nuvens e o vestido dela, as cores são pálidas. No meu quadro do De Soto, tudo era pálido, com exceção do rio. O rio era de um prateado brilhante. Parecia mais *presente* do que o resto do quadro.

Gert se virou para Rosie.

— Conte do seu emprego. Ouvi dizer que conseguiu um emprego.

— Conte *tudo* — disse Pam.

— É — disse Anna. — Conte tudo e depois eu gostaria que viesse ao meu escritório por alguns minutos.

— É... é aquilo que ando esperando?

Anna sorriu.

— Acho que é sim.

## 8

— É uma ótima peça, uma das melhores da nossa lista, e espero que esteja tão contente quanto eu — disse Anna. Havia uma pilha de folhetos empoleirada precariamente no canto de sua escrivaninha, anunciando o próximo Piquenique e Show Mergulhando no Verão da Filhas e Irmãs, um evento tanto para levantar fundos como para manter relações com a comunidade e celebrar. Anna pegou um, virou-o e fez um esboço rápido.

— A cozinha é aqui, um esconde-cama aqui e uma pequena área para sala aqui. Aqui é o banheiro. Só dá para se fazer meia-volta nele, e para sentar no vaso sanitário você praticamente vai ter que pôr os pés no chuveiro, mas é *seu*.

— É — murmurou Rosie. — Meu. — Uma sensação que não tinha há semanas, de que aquilo tudo era um sonho maravilhoso e que a qualquer momento despertaria ao lado de Norman de novo, a invadiu.

— A vista é boa... não é Lake Drive, claro, mas Bryant Park é muito bonito, especialmente no verão. Segundo andar. A vizinhança ficou um pouco esfarrapada nos anos 80, mas está se reerguendo de novo.

— Parece que você já morou lá — disse Rosie.

Anna sacudiu os ombros — um movimento pequeno e bonito —, desenhou o corredor em frente à sala, e depois um lance de escadas. Fazia o esboço com a economia sem afetação de um projetista. Falava sem erguer os olhos.

— Estive lá em muitas ocasiões, mas não é isso que quer dizer, é?

— Não.

— Um pouco de mim parte com cada mulher que vai embora. Acho que isso parece um pouco piegas, mas pouco me importa. É verdade, e é isso que realmente interessa. O que é que você acha?

Rosie abraçou-a impulsivamente e imediatamente se arrependeu ao sentir Anna se enrijecer. *Eu não devia ter feito isso*, pensou ao soltá-la. *Eu sabia que não devia*. Sabia mesmo. Anna Stevenson era amável, disso Rosie não tinha a menor dúvida — talvez fosse até uma santa —, mas mostrava aquela estranha arrogância; além disso, Anna não gostava de gente no seu espaço. E, principalmente, não gostava de ser tocada.

— Desculpe — disse, recuando.

— Não seja boba — falou Anna bruscamente. — O que é que você acha?

— Adorei.

Anna sorriu e o pequeno constrangimento foi deixado para trás. Ela desenhou um X na parede da sala, perto de um minúsculo retângulo representando a única janela do aposento.

— Seu quadro novo... Aposto que vai chegar à conclusão de que o lugar dele é exatamente aqui.

— Também aposto.

Anna largou o lápis.

— Estou muito contente de poder ajudar você, Rosie, e também por ter vindo a nós. Tome, está chorando. — Era o lenço de papel novamente, mas Rosie duvidava de que fosse a mesma caixa que lhe fora estendida na primeira entrevista com Anna naquela mesma sala; imaginou que um monte de lenços de papel era usado ali.

Pegou um e enxugou os olhos.

— Você salvou minha vida, sabe — disse roucamente. — Salvou minha vida e eu nunca, nunca vou esquecer isso.

— Lisonjeiro, mas não é verdade — disse Anna em sua voz seca e calma. — Eu salvei tanto a sua vida quanto Cynthia levantou Gert na sala lá embaixo. Você mesma salvou sua vida quando aceitou o risco e deixou o homem que vinha maltratando você.

— Mesmo assim, obrigada. Simplesmente por estar aqui.

— De nada — disse Anna, e pela primeira vez, em toda a sua estada na F & I, Rosie viu lágrimas nos olhos de Anna Stevenson. Devolveu a caixa de lenços de papel por cima da mesa com um leve sorriso.

— Tome. Parece que seus olhos estão escorrendo também.

Anna riu, pegou um lenço de papel, usou-o e atirou-o na cesta de lixo.

— Detesto chorar. É o meu segredo mais profundo e sombrio. De vez em quando, acho que já acabei com isso, que *devo* ter acabado com isso, e aí faço de novo. É um pouco como me sinto com os homens.

Por outro breve momento, Rosie se viu pensando em Bill Steiner e seus olhos cor de avelã.

Anna pegou o lápis de novo e rabiscou algo abaixo da rápida planta que desenhara. Depois entregou a folha a Rosie. Havia escrito um endereço: rua Trenton, 897.

— É onde você mora — disse Anna. — Quase do outro lado da cidade, mas você já sabe tomar ônibus aqui, não é?

Sorrindo — e ainda chorando um pouco —, Rosie concordou com a cabeça.

— Você pode dar o endereço para algumas amigas que fez aqui e posteriormente para amigos fora daqui, mas neste momento só nós duas sabemos dele. — O que estava dizendo pareceu a Rosie uma fala preparada, um discurso de adeus. — As pessoas que forem à sua casa não chegarão lá por intermédio *daqui*. É assim que fazemos as coisas na F & I. E depois de vinte anos trabalhando com mulheres maltratadas, estou convencida de que é o único jeito.

Pam havia explicado tudo isso a Rosie, do mesmo modo que Consuelo Delgado e Robin St. James. Tais explicações tinham ocorrido na Hora da Grande Diversão, como as residentes chamavam as tarefas noturnas na F & I, mas Rosie na verdade não necessitara delas; bastavam só duas ou três sessões de terapia na sala da frente para que uma pessoa razoavelmente inteligente aprendesse a maior parte do que precisava saber sobre os protocolos da casa. Havia a Lista de Anna e as Regras de Anna.

— Está muito preocupada a respeito dele? — perguntou Anna.

A atenção de Rosie dispersara-se um pouco, mas agora voltara velozmente. No início, nem soube ao certo de quem Anna estava falando.

— Seu marido... está preocupada? Sei que nas primeiras duas ou três semanas aqui você tinha medo de que ele pudesse vir atrás... de que "rastreasse você", como dizia. Como está se sentindo em relação a isso agora?

Rosie ponderou cuidadosamente a pergunta. Primeiro que tudo, *medo* era uma palavra pouco adequada para descrever o que sentira sobre Norman durante as primeiras duas semanas na F & I; mesmo terror não servia totalmente, porque o âmago de seus sentimentos em relação a ele havia sido encoberto — e de certa maneira alterado — por outras emoções: a vergonha de ter fracassado no casamento, a nostalgia de casa devido a umas poucas posses das quais gostava muito (a Cadeira de Pooh, por exemplo), uma sensação de liberdade eufórica que parecia se renovar em algum momento do dia e um alívio tão gelado que de certo modo era terrível; o tipo de alívio que alguém que anda em uma corda bamba sente depois de quase perder o equilíbrio no meio da travessia sobre um desfiladeiro profundo... e depois o recupera.

O medo, entretanto, fora a chave principal, disso não havia dúvida. Durante as primeiras duas semanas na F & I ela tivera o mesmo sonho repetidamente: sentava-se em uma cadeira de vime da varanda quando um Sentra vermelho novo em folha parava no meio-fio em frente à casa. A porta do motorista se abria e Norman descia do carro. Usava uma camiseta preta com um mapa do Vietnã do Sul. Às vezes, as palavras do mapa diziam LAR É ONDE O CORAÇÃO ESTÁ; às vezes diziam SEM-TETO & TENHO AIDS. A calça dele estava manchada de sangue. Ossos minúsculos — pareciam ossos dos dedos — pendiam dos lóbulos de suas orelhas. Numa das mãos ele segurava uma espécie de máscara borrifada de sangue e pedaços escuros de carne. Rosie tentava levantar-se da cadeira e não conseguia, como se estivesse paralisada. Só conseguia continuar sentada vendo-o andar lentamente na direção dela, com seus brincos de ossos balançando. Só conseguia continuar sentada enquanto Norman lhe dizia que queria falar com ela bem de perto. Ele sorria, e Rosie notava que seus dentes também estavam cobertos de sangue.

— Rosie? — disse Anna suavemente. — Você está aí?

— Estou — respondeu ela, falando num jorro um tanto ofegante. — Estou aqui, e ainda tenho medo dele.

— Não é de se espantar. Em algum nível acho que terá sempre medo dele. Mas vai se sentir bem melhor quando lembrar que vai ter períodos cada vez maiores em que não terá medo de coisa alguma... em que nem sequer *pensará* nele. Mas não foi exatamente isso o que lhe perguntei. Perguntei se ainda tem medo de que ele venha atrás de você.

Sim, ainda tinha medo. Não, não *tanto* medo. Escutara milhares de conversas profissionais de Norman ao telefone nos últimos 14 anos, e ouvira ele e os colegas discutirem um monte de casos, às vezes na sala de baixo, às vezes no pátio. Quase não a notavam quando lhes trazia tira-gostos para acompanhar o café ou garrafas de cervejas. Era quase sempre Norman quem liderava as discussões, a voz rápida e impaciente enquanto se inclinava sobre a mesa com uma garrafa de cerveja meio enterrada em seu grande punho, apressando os outros enquanto isso, atropelando suas dúvidas, recusando-se a ponderar suas especulações. Em raras oportunidades discutira casos com ela. Não estava interessado em suas ideias, claro, mas Rosie era uma parede à mão na qual sua bola podia quicar. Ele era rápido, um homem que queria resultados para ontem, e tinha tendência a perder o interesse em casos de mais de três semanas. Chamava-os do mesmo que Gert chamava seus movimentos de autodefesa: restos.

Seria *ela* um resto para Norman agora?

Como gostaria de acreditar nisso. Como havia tentado. E mesmo assim não podia... acreditar... muito.

— Não sei — disse. — Uma parte de mim acha que se ele fosse aparecer, já teria aparecido. Mas outra acha que provavelmente ele ainda está procurando. E ele não é um motorista de caminhão ou um bombeiro; é policial. Sabe *como* procurar gente.

Anna concordou com a cabeça.

— É, eu sei. Isso o torna especialmente perigoso, o que significa que você tem que ter um cuidado especial. É importante também se lembrar de que *não está sozinha*. Os dias em que esteve sozinha terminaram, Rosie. Vai se lembrar disso?

— Vou.

— Tem certeza?

— Tenho.

— E se ele aparecer, o que é que você vai fazer?

— Bater a porta na cara dele e trancar a porta.

— E depois?

— Chamar a polícia.

— Sem nenhuma hesitação?

— Nenhuma — disse, e era verdade, mas teria medo. Por quê? Porque Norman era policial, e as pessoas que ela ia chamar *eram* policiais também. Porque sabia que Norman tinha jeito para conseguir as coisas, era um líder nato. Porque ele lhe dissera vezes sem conta que todos os policiais eram irmãos.

— E depois de chamar a polícia? O que vai fazer?

— Chamar você.

Anna confirmou com a cabeça.

— Vai se sair bem. Vai se sair muito bem.

— Eu sei. — Rosie falou com autoconfiança, mas parte dela ainda estava pensativa... e achava que *sempre* estaria, a menos que ele aparecesse e tirasse o problema do terreno das especulações. E se isso acontecesse? Seria possível que toda sua vida naquele último mês e meio — F & I, o Whitestone Hotel, Anna, suas novas amigas — desaparecesse como um sonho no momento em que ouvisse uma batida na porta à noite e abrisse e se deparasse com Norman à sua frente? Isso era possível.

Seus olhos se voltaram para o quadro, apoiado na parede ao lado da porta do escritório, e ela soube que não. Ele estava virado de maneira que só se via a parte de trás, mas Rosie descobriu que podia vê-lo de qualquer modo; a imagem da mulher na colina sob o céu carregado e o templo meio enterrado lá embaixo estava nítida em sua mente, nem um pouco como uma imagem de sonho. Achava que *coisa nenhuma* poderia transformar seu quadro em um sonho.

*E com sorte essas minhas perguntas nunca serão respondidas*, pensou sorrindo.

— E o aluguel, Anna? Quanto é?

— Trezentos e vinte dólares por mês. Tudo bem por dois meses pelo menos?

— Sim. — Anna sabia disso, é claro; se Rosie não tivesse pista suficiente para fazer uma decolagem segura, tal conversa não estaria ocorrendo. — É bastante razoável. Se o preço do aluguel é esse, de início tudo bem.

— De início — repetiu Anna. Apoiou o queixo sobre os dedos esticados e lançou um agudo olhar para Rosie através da escrivaninha abarrotada. — O que me faz lembrar a questão do seu novo emprego. Parece maravilhoso, mas ao mesmo tempo um tanto...

— Duvidoso? Instável? — Eram as palavras que lhe tinham ocorrido ao voltar para casa... juntamente com o fato de que, apesar do entusiasmo de Robbie Lefferts, ela realmente ainda não sabia se podia fazer o trabalho, e não poderia sabê-lo com certeza até a próxima segunda-feira pela manhã.

Anna confirmou com a cabeça.

— Não são as palavras que eu usaria, não sei que palavras usaria exatamente, mas servem. O fato é que, se largar o Whitestone, não posso garantir totalmente que possa fazer você voltar para lá, sobretudo a curto prazo. Há sempre novas moças aqui na F & I, como sabe muito bem, e elas têm que ser a minha prioridade.

— Eu entendo, claro.

— Naturalmente faria o que pudesse, mas...

— Se o emprego que o sr. Lefferts me ofereceu não der certo, vou procurar trabalho como garçonete — disse Rosie pausadamente. — Minhas costas estão bem melhores agora, e acho que posso fazer esse trabalho. Graças a Dawn, provavelmente posso conseguir trabalho no último turno de um supermercado, se precisar. — Dawn Verecker dava aulas rudimentares de como lidar com uma caixa registradora numa das salas de trás, e Rosie fora uma aluna aplicada.

Anna continuava a olhá-la atentamente.

— Mas não acha que vai precisar, acha?

— Não. — Deu outra olhada em seu quadro. — Acho que vai dar certo. Enquanto isso, eu lhe devo tanto...

— Sabe o que fazer a respeito, não sabe?

— Passo adiante.

Anna concordou com a cabeça.

— Isso mesmo. Se algum dia vir na rua uma pessoa na mesma situação em que você esteve, uma mulher que pareça perdida e com medo da própria sombra, simplesmente passe adiante o que recebeu.

— Posso lhe perguntar uma coisa, Anna?

— O que quiser.

— Você disse que seus pais fundaram a Filhas e Irmãs. Por quê? E por que você continua com ela? Ou passa isso adiante, se prefere dizer assim?

Anna abriu uma das gavetas de sua escrivaninha, remexeu lá dentro e finalmente puxou um livro grosso. Atirou-o na mesa para Rosie, que o pegou, olhou-o fixamente e experimentou um momento de lembrança tão viva que foi como um dos *flashbacks* dos veteranos de guerra. Naquele instante, não só se lembrou do molhado na parte interior de suas coxas, a sensação de pequenos beijos sinistros, como pareceu revivê-la. Viu a sombra de Norman de pé na cozinha, falando ao telefone. Viu seus dedos-sombra puxando inquietamente o fio-sombra do telefone. Ouviu-o dizer à pessoa do outro lado do fio que, *claro* que era uma emergência, sua mulher estava grávida. E depois o viu voltar para a sala e começar a recolher os pedaços rasgados do livro que arrancara de sua mão antes de começar a espancá-la. A mesma ruiva aparecia na capa do livro que Anna atirou para ela. Desta vez usava um vestido de baile e estava nos braços de um bonito cigano de olhos dardejantes e — aparentemente — meias puxadas até os culotes.

*Esse é o problema*, falara Norman. *Quantas vezes já lhe disse o que acho desse tipo de lixo?*

— Rose? — falou Anna, parecendo preocupada. Dava também a impressão de estar muito distante, como vozes que às vezes se ouvem em sonhos. — Rose, você está bem?

Ergueu os olhos do livro (*O Amante de Misery*, anunciava o título no mesmo vermelho metálico brilhante e, debaixo dele, *O Romance Mais Tórrido de Paul Sheldon!*) e forçou um sorriso.

— Estou bem sim. Isso parece excitante.

— Romances tórridos de época são um dos meus vícios secretos — disse Anna. — Melhor do que chocolate, porque não engordam e neles os homens são melhores do que os verdadeiros, porque não nos telefonam às quatro da manhã, bêbados e implorando uma segunda chance. Mas esses livros são lixo, e sabe por quê?

Rosie sacudiu a cabeça.

— Porque o mundo todo está explicado neles. Há razões para *tudo*. Podem ser tão fabricadas quanto as reportagens nos tabloides de supermercado e contrariar tudo o que uma pessoa medianamente inteligente pensa sobre como as pessoas se comportam na vida real, mas estão *ali*, puxa vida. Num livro como *O Amante de Misery,* Anna Stevenson sem dúvida dirigiria Filhas e Irmãs porque ela própria fora maltratada... ou porque sua mãe o fora. Mas nunca fui maltratada e, tanto quanto saiba, minha mãe também não. Fui frequentemente *ignorada* por meu marido, nos divorciamos há vinte anos, no caso de Pam ou Gert não terem lhe contado, mas nunca maltratada. Na vida, Rosie, as pessoas às vezes fazem coisas boas ou más simplesmente *por nada*. Acredita?

Rosie concordou com a cabeça lentamente. Estava pensando em todas as vezes em que Norman batera nela, machucara-a, fizera-a chorar... e então numa noite, sem qualquer razão, lhe trazia meia dúzia de rosas e a levava para jantar fora. Se lhe perguntasse por que, qual era a comemoração, Norman geralmente sacudia os ombros e dizia que "tinha tido vontade de agradá-la". Em outras palavras, *porque sim*. Mamãe, por que tenho que ir para a cama às oito mesmo no verão, quando o céu ainda está claro? *Porque sim*. Papai, por que vovô morreu? *Porque sim*. Sem dúvida Norman pensava que tais agrados e saídas-relâmpago compensavam muita coisa, que podiam contrabalançar o que provavelmente considerava seu "mau gênio". Ele jamais saberia (e jamais entenderia, mesmo que Rosie lhe tivesse dito) que essas "compensações" a aterrorizavam ainda mais do que a raiva dele e seus acessos de fúria. Pelo menos com esses ela sabia lidar.

— *Detesto* a ideia de que tudo que fazemos é por causa das coisas que nos fizeram — disse Anna soturnamente. — Tira tudo de nossas mãos, não explica nem de *leve* os santos e demônios ocasionais que vislumbramos entre nós e, mais importante do que tudo, para o meu coração não parece verdade. Mas em livros como os de Paul Sheldon é bom. É reconfortante. Faz com que acreditemos, pelo menos durante um tempo, que Deus é saudável e nada de ruim vai acontecer às pessoas de quem se gosta na história. Pode me devolver o livro? Vou terminá-lo esta noite. Com muito chá quente. *Litros.*

Rosie sorriu e Anna devolveu o sorriso.

— Você vai ao piquenique, não é, Rosie? Vai ser no Ettinger's Pier. Vamos precisar de toda a ajuda que conseguirmos. Sempre precisamos.

— Ah, não tenha dúvida — disse Rosie. — A não ser que o sr. Lefferts chegue à conclusão de que sou um prodígio e queira que eu trabalhe aos sábados.

— Duvido. — Anna levantou-se e rodeou a escrivaninha. Rosie também levantou. Agora que a conversa quase terminara, ocorreu-lhe fazer a pergunta mais elementar de todas.

— Quando posso me mudar, Anna?

— Amanhã, se quiser. — Anna inclinou-se e pegou o quadro. Olhou pensativamente as palavras riscadas a carvão na parte de trás, depois tornou a virá-lo.

— Você disse que era esquisito. Por quê? — perguntou Rosie.

Anna bateu no vidro da frente com a unha.

— Porque a mulher está colocada no centro e mesmo assim está de costas. É uma abordagem extremamente curiosa para esse tipo de pintura, que no resto é bastante convencional. — Deu uma olhadela para Rosie e, quando continuou, seu tom de certo modo parecia pedir desculpa. — Por falar nisso, a construção no início da colina está fora de perspectiva.

— É. O homem que me vendeu o quadro disse isso. O sr. Lefferts falou que provavelmente foi feito de propósito. Ou alguns elementos seriam perdidos.

— Acho que é verdade. — Olhou-o por mais algum tempo. — Tem alguma coisa, não é? Algo *carregado.*

— Não estou entendendo.

Anna riu.

— Nem eu... é que há algo nele que me faz pensar nos meus livros românticos. Homens fortes, mulheres lascivas, hormônios correndo. *Carregado* é a única palavra que me ocorre que mais ou menos descreve o que quero dizer. Uma coisa de calma antes da tempestade. Provavelmente é só o céu. — Virou novamente a moldura e estudou as palavras escritas a carvão na parte de trás. — Foi isso que atraiu você no início? Seu próprio nome?

— Não — disse Rosie. — Quando eu vi *Rose Madder* na parte de trás, já sabia que queria o quadro. — Ela sorriu. — Foi só uma coincidência, acho, aquela que não é permitida nos romances românticos de que você gosta.

— Entendo. — Mas Anna não parecia entender muito. Fez o polegar correr pelas letras. Elas borravam facilmente.

— É — disse Rosie. De repente, sem nenhuma razão, sentiu-se muito desconfortável. Era como se, em algum ponto daquele outro fuso horário onde a noite já começara, um homem estivesse pensando nela. — Afinal de contas, Rose é um nome bastante comum, não é como Evangeline ou Petronella.

— Tem razão. — Anna lhe entregou o quadro. — Mas o fato de ter sido escrito a carvão é engraçado, mesmo assim.

— Engraçado como?

— O carvão borra com tanta facilidade. Se não for protegido, e as palavras nas costas do quadro não foram, em pouco tempo vira um borrão. As palavras *Rose Madder* devem ter sido escritas ali recentemente. Mas por quê? O quadro não parece recente; deve ter pelo menos quarenta anos, e pode ter oitenta ou cem. Há outra coisa estranha nele.

— O quê?

— Nenhuma assinatura do artista — disse Anna.

# IV

# A Arraia Gigante

## 1

*Norman deixou sua cidade no domingo, um dia antes de Rosie começar o novo trabalho... um trabalho que ainda não tinha muita certeza de saber fazer. Partiu no ônibus das 11:05 da Continental Express. Não por uma questão de economia; mas pela questão vital de esgueirar-se para dentro da cabeça de Rose. Ainda não conseguia admitir o quanto a fuga dela, totalmente inesperada, o havia abalado. Tentara dizer a si mesmo que estava perturbado por causa do cartão — só isso e nada mais —, porém seu coração conhecia realmente o motivo. E o motivo era que não tivera nenhuma pista. Nem sequer uma premonição.*

*Durante um longo período de seu casamento conhecera cada pensamento de Rosie e a maioria de seus sonhos. O fato de que isso tivesse mudado o vinha deixando maluco. Seu maior medo — não reconhecido mas também não escondido inteiramente de seu fluxo mais profundo de pensamentos — era que ela tivesse planejado a fuga por semanas, meses, possivelmente até por um ano. Se ele soubesse realmente como e por que ela partira (em outras palavras, se soubesse da gota única de sangue), talvez se sentisse reconfortado. Ou talvez ficasse mais alterado que nunca.*

*Independente disso, percebera que seu primeiro impulso — sair da pele de marido e entrar na de detetive — fora uma má ideia. Com o telefonema de Oliver Robbins, percebera que tinha que se despir das duas peles e entrar na pele de Rose. Teria que pensar como Rose, e tomar o ônibus que ela tomara era um modo de começar a fazê-lo.*

*Subira os degraus do ônibus carregando a valise pequena e parara perto do assento do motorista, olhando o corredor.*

*— Quer sair da frente, companheiro? — pediu um homem atrás dele.*

*— Quer descobrir qual é a sensação de ter seu nariz quebrado? — retrucou Norman, impassível. O homem não soube o que dizer ante tais palavras.*

*Norman levou mais um momento ou dois resolvendo onde ele*

(ela)

*queria sentar, depois andou pelo corredor naquela direção. Rose não teria ido até o final do ônibus; sua enjoada esposa jamais teria escolhido um lugar perto do toalete, a não ser que todos os outros estivessem ocupados, e o bom amigo de Norman, Oliver Robbins (de quem ele, assim como Rose, comprara a passagem), assegurara-lhe que o ônibus das 11:05 raramente partia cheio. Ela também não sentaria sobre as rodas (pulava muito) ou muito perto da frente (muito visível). Não, combinaria melhor com ela ficar bem ali no meio, e do lado esquerdo do ônibus, porque era canhota, e gente que pensava que escolhia ao acaso estava muitas vezes apenas obedecendo à direção de sua mão dominante.*

*Em seus anos como policial, Norman passara a acreditar que a telepatia era perfeitamente possível, mas um trabalho difícil... impossível se você estivesse na pele errada. Era preciso encontrar o caminho para a cabeça da pessoa que você estava perseguindo como algum animal minúsculo cavando a toca, e se manter à escuta de algo que não era uma pulsação e sim uma onda cerebral: não um pensamento, exatamente, mas um modo de pensar. E quando você finalmente tivesse isso, podia pegar um atalho — correr velozmente pela curva de seus pensamentos de caça e uma noite, quando ela menos esperasse, você estaria lá, saindo de trás da porta... ou deitado debaixo da cama com uma faca na mão, pronto para enfiá-la através do colchão no momento em que as molas estalassem e a pobre boba deitasse.*

*— Quando você menos esperar — murmurou Norman, sentando na poltrona que esperava ter sido a dela. Gostou daquele som e então disse novamente, enquanto o ônibus saía de marcha à ré de seu compartimento, pronto para se dirigir a oeste: — Quando você menos esperar.*

*Foi uma longa viagem, mas Norman gostou dela. Por duas vezes, desceu para usar o toalete nas paradas do ônibus quando realmente não precisava fazê-lo, mas sabia que ela não teria usado o toalete do ônibus. Rose era enjoada, mas também tinha rins frágeis. Provavelmente um pequeno presente genético de sua falecida mãe, que sempre parecera a Norman uma cadela que não podia passar por uma moita de lilases sem uma pausa para se agachar e mijar.*

*Na segunda parada, viu meia dúzia de pessoas amontoadas em torno de um cinzeiro num canto do edifício. Olhou nostalgicamente a cena por um momento, depois passou adiante e entrou. Estava morrendo de vontade de fumar, mas Rose não teria sentido isso; não tinha tal hábito. Em vez disso, Norman se deteve para pegar alguns felpudos bichos de pelúcia, porque Rose gostava dessas porcarias; a seguir, comprou um livro policial em edição popular que viu na armação perto da entrada, porque às vezes ela lia essas merdas. Dissera-lhe um bilhão de vezes que o verdadeiro trabalho da polícia não parecia nada com o lixo daqueles livros, e ela sempre concordava com ele — se ele dizia, devia ser verdade —, mas Rose continuava a lê-los mesmo assim. Não teria ficado surpreso em saber que ela girara a mesma armação, escolhera um livro... e depois o pusera relutantemente no lugar, sem querer gastar cinco dólares num entretenimento de três horas quando tinha tão pouco dinheiro e tantas perguntas não respondidas.*

*Comeu uma salada, obrigando-se a ler o livro enquanto o fazia, e então voltou a seu lugar no ônibus. Pouco tempo depois, tinham partido novamente, Norman ainda com o livro no colo, observando os campos cada vez mais abertos enquanto o leste ficava para trás. Fez o relógio recuar quando o motorista anunciou que era hora de fazer aquilo, não porque desse a mínima para fusos horários (ele se guiaria pelo próprio relógio nos próximos 30 dias mais ou menos) e sim porque Rose faria aquilo. Ergueu o livro, leu sobre um vigário que achava um corpo no jardim, e abaixou-o de novo, entediado. Mas apenas na superfície. Bem lá no fundo, não estava nem um pouco entediado. Bem lá no fundo, sentia-se estranhamente como o personagem Cachinhos de Ouro na velha história de criança. Estava sentado na cadeira do Bebê Urso, com o livro do Bebê Urso no colo, e ia descobrir a casinha do Bebê Urso. Daqui a não muito tempo, se tudo corresse bem, estaria escondido debaixo da caminha de Bebê Urso.*

— *Quando você menos esperar* — *disse.* — *Quando você menos esperar.*

*Desceu do ônibus bem cedo na manhã seguinte e parou logo depois do portão de carga, examinando o terminal de teto alto e ressonante, tentando pôr de lado suas avaliações de policial sobre cafetões, putas, meninos sem-teto e mendigos, tentando enxergar como Rose enxergaria, descendo do mesmo ônibus, entrando no mesmo terminal e vendo-o nesta mesma hora, quando a natureza humana está sempre na maré baixa.*

*Ficou parado ali e deixou aquele mundo ecoante inundá-lo: sua aparência, cheiro, gosto e textura.*

Quem sou eu?, *perguntou-se.*

Rose Daniels, *respondeu.*

Como me sinto?

Pequena. Perdida. E aterrorizada. Este é o ponto principal, precisamente. Estou totalmente aterrorizada.

*Por um momento, foi esmagado por uma ideia terrível: e se, em seu medo e pânico, Rose tivesse abordado a pessoa errada? Sem dúvida nenhuma era possível; para um certo tipo de cara mau, lugares como aquele eram um prato feito. E se a pessoa errada a tivesse levado para o escuro e a roubado e assassinado? Não adiantava dizer a si mesmo que era improvável; era um policial e sabia que não era. Se um drogado visse aquele estúpido anel de máquina de chicletes de Rose, por exemplo...*

*Respirou profundamente algumas vezes, reagrupando e pondo novamente em foco a parte de sua mente que tentava ser Rose. O que mais podia fazer? Se ela tivesse sido assassinada, tinha sido, pronto. Não havia nada que pudesse fazer, portanto era melhor não pensar nisso... e, além do mais, não podia suportar a ideia de que ela pudesse ter escapado dele assim, de que algum crioulo com a cuca cheia de coca pudesse ter tomado o que pertencia a Norman Daniels.*

Não tem importância, *disse a si mesmo.* Não tem importância, simplesmente faça o seu trabalho. E, neste exato momento, seu trabalho é andar como Rosie, falar como Rosie, pensar como Rosie.

*Entrou lentamente no terminal, segurando a carteira em uma das mãos (era o seu substituto da bolsa dela), olhando as pessoas que passavam rapidamente em marés opostas, alguns arrastando malas, alguns equilibrando caixas de papelão amarradas com barbante nos ombros, alguns com os braços nos ombros das namoradas ou nas cinturas dos namorados.*

*Enquanto ele observava, um homem lançou-se na direção de uma mulher e um garotinho que haviam acabado de descer do ônibus de Norman. O homem beijou a mulher, depois pegou o garotinho e o jogou para o alto. O garotinho guinchou de medo e deleite.*

Estou apavorada — tudo é novo, tudo é diferente e eu estou apavorada, *disse Norman a si mesmo.* Há alguma coisa que me dê segurança? Alguma coisa em que eu possa confiar? Alguma coisa?

*Atravessou o largo chão de ladrilhos, mas lentamente, lentamente, ouvindo o eco de seus pés e tentando olhar para tudo através dos olhos de Rose, tentando sentir tudo através da pele dela. Uma olhadela rápida às crianças de olhos vidrados (em algumas era apenas cansaço das três da manhã; em outras, o Vermelho Nebraska) na sala que formava um vão com TVs, depois de volta ao próprio terminal. Ela olha para a fileira de telefones públicos, mas para quem iria telefonar? Não tem amigos, não tem família — nem mesmo a velha tia providencial na ponta do Texas ou nas montanhas do Tennessee. Olha para as portas que dão para a rua, talvez pensando em ir embora, encontrar um quarto para passar a noite, uma porta que se colocasse entre ela e o mundo inteiro, confuso, indiferente e perigoso — tem dinheiro suficiente para um quarto, graças ao cartão de banco dele —, mas será que faz isso?*

*Norman parou no início da escada rolante, franzindo a testa, mudando a forma da pergunta:* Será que eu faço isso?

Não, *decidiu*, não faço. Não quero dar entrada num motel às três e meia da manhã e ser enxotada ao meio-dia; é aplicar mal meu dinheiro. Posso ficar de pé um pouco mais, controlar meus nervos um pouco mais de tempo, se tiver que fazê-lo. Mas há outra coisa me mantendo aqui, também: estou em uma cidade estranha e o raiar do dia ainda vai levar pelo menos duas horas. Já vi um monte de filmes policiais, já li um monte de livros de mistério e sou casada com um policial. Sei o que pode acontecer com uma mulher que sai sozinha na escuridão, e acho que vou esperar pelo raiar do dia.

Então, o que farei? Como vou passar o tempo?

*O estômago de Norman respondeu à pergunta por ele, roncando.*

É, eu como alguma coisa. A última parada do ônibus foi às seis da noite e estou com muita fome.

*Havia uma lanchonete não muito longe dos guichês de passagem e Norman dirigiu-se para lá, pisando sobre os sacos dos vagabundos e controlando o impulso de chutar algumas cabeças sujas e piolhentas contra as pernas de aço da cadeira mais próxima. Era um impulso que tinha que controlar cada vez mais naqueles dias. Odiava os sem-teto; pensava neles como cocôs de cachorro com pernas. Odiava suas justificativas lamurientas e suas absurdas simulações de insanidade. Quando um deles em estado de semicoma tropeçou até ele e perguntou se não teria um trocado, Norman teve dificuldade de resistir ao impulso de agarrar o braço do vagabundo e lhe dar uma torcida. Em vez disso, falou "Me deixe em paz, por favor" com voz suave, porque era o que Rose teria dito e como o teria dito.*

*Começou a pegar bacon e ovos mexidos no balcão quente, mas depois se lembrou de que ela não comia essas coisas a não ser por sua insistência. Às vezes insistia com ela (o que Rose comia não era importante para ele, mas que ela não esquecesse quem era o mandachuva ali era muito, muito importante). Em vez disso, pediu cereal frio, juntamente com uma fétida xícara de café e meio* grapefruit *que parecia ter vindo com o* Mayflower. *O alimento o fez sentir-se melhor, mais desperto. Quando terminou, estendeu automaticamente a mão para pegar um cigarro, tocou brevemente o maço no bolso da camisa e depois afastou a mão. Como Rose não fumava, não sentiria a ânsia de fumar que ele sentia agora. Depois de um ou dois momentos de meditação sobre o assunto, a ânsia recuou, como ele sabia que aconteceria.*

*A primeira coisa que viu ao sair da lanchonete e ficar ali em pé, enfiando para dentro a parte de trás da camisa com a mão que não segurava a carteira, foi um grande círculo iluminado azul e branco com as palavras AJUDA AOS VIAJANTES na faixa externa.*

*Uma luz brilhante acendeu-se de repente na cabeça de Norman.*

Vou até lá? Vou até o compartimento sob aquele grande e reconfortante letreiro? Vejo se há algo ali para mim?

Claro que vou — a que outro lugar iria?

*Andou naquela direção, mas passando obliquamente pelo compartimento sem ser notado e depois voltando, dando uma boa olhada no ocupante da cabine dos dois lados. Era um judeuzinho de pescoço fino de cerca de 50 anos e tão perigoso quanto o amigo de Bambi, Tambor. Estava lendo um jornal que Norman reconheceu como* Pravda, *e de vez em quando erguia a cabeça e lançava um olhar sem sentido, ao acaso, pelo terminal. Se Norman ainda estivesse fazendo Rose, Tambor sem dúvida nenhuma o teria visto, mas Norman estava fazendo Norman de novo, o inspetor-detetive Daniels à espreita, e isso significava que desaparecia no cenário. Continuou se movendo para a frente e para trás num arco suave por trás do compartimento (permanecer em movimento era a parte mais importante; em lugares como aquele, não se corria muito o risco de ser notado a não ser que se ficasse parado), mantendo-se fora da visão de Tambor mas podendo ouvir suas conversas.*

*Por volta de 4h15, uma mulher chorando chegou ao compartimento da Ajuda aos Viajantes. Contou a Tambor que viera de Nova York no ônibus da Greyhound e alguém roubara a carteira de sua bolsa enquanto ela dormia. Houve um monte de blá-blá-blá, a mulher usou vários lenços de papel de Tambor e este acabou por encontrar um hotel que a aceitaria em confiança por umas duas noites até que o marido dela lhe enviasse mais dinheiro.*

Se eu fosse seu marido, senhora, lhe traria o dinheiro pessoalmente, *pensou Norman, ainda descrevendo seu flutuante movimentozinho de pêndulo para a frente e para trás por trás do compartimento.* Também lhe traria um bom chute na bunda por fazer coisa tão idiota, em primeiro lugar.

*No decorrer de sua conversa telefônica com o hotel, Tambor deu seu próprio nome, Peter Slowik. Era suficiente para Norman. Quando o judeuzinho começou a falar de novo com a mulher, informando-lhe como chegar ao hotel, Norman deixou as vizinhanças do compartimento e voltou aos telefones pagos, onde havia duas listas telefônicas que ainda não tinham sido incendiadas, rasgadas ou roubadas. Poderia conseguir a informação de que precisava mais tarde, ligando para seu próprio departamento de polícia, mas preferia não fazer o negócio desse modo. Dependendo de como as coisas corressem com o judeuzinho leitor do* Pravda, *telefonar para as pessoas podia ser perigoso, o tipo da coisa que poderia se virar contra o feiticeiro depois. E descobriu que não seria necessário. Havia somente três Slowiks e um Slowick na lista da cidade. Apenas um deles era Peter.*

*Daniels rabiscou o endereço de Tamborstein, deixou a estação e andou até o ponto de táxi. O sujeito no táxi da frente era branco — um alívio — e Norman lhe perguntou se sobrara um hotel na cidade onde se poderia con-*

*seguir um quarto que aceitasse pagamento em dinheiro e não se tivesse que ouvir as baratas correndo depois de apagar a luz. O motorista pensou sobre o assunto e depois confirmou com a cabeça.*

*— O Whitestone. Bom, barato, aceita dinheiro e não faz perguntas.*

*Norman abriu a porta de trás do táxi e entrou.*

*— Então, vamos em frente.*

## 2

Robbie Lefferts estava lá, exatamente como prometera, quando Rosie acompanhou a deslumbrante ruiva com longas pernas de modelo ao Estúdio C do Tape Engine na segunda-feira pela manhã. Ele se mostrou tão simpático com ela como havia sido na esquina, quando a persuadira a ler em voz alta um trecho de um dos livros que acabara de comprar. Rhoda Simons, a quarentona que seria sua diretora, também foi simpática com Rosie mas... *diretora*! Palavra estranha para estar vinculada a Rosie McClendon, que sequer fizera um teste para a peça do último ano de escola. Curtis Hamilton, o engenheiro de gravação, também foi simpático, embora no início estivesse ocupado demais com seus controles para fazer mais do que lhe dar um rápido e distraído aperto de mão. Rosie juntou-se a Robbie e à sra. Simons para uma xícara de café antes de enfunarem as velas (segundo as palavras de Robbie), e conseguiu lidar com sua xícara normalmente, sem respingar uma só gota. Contudo, ao passar pelas portas duplas e entrar na pequena cabine de gravação com a parede de vidro, foi tomada por um ataque de pânico tão esmagador que quase deixou cair o maço de páginas em xerox que Rhoda chamava de "as laudas". Sentiu-se da mesma maneira quando vira o carro vermelho subindo a rua Westmoreland em sua direção e achara que podia ser o Sentra de Norman.

Viu-os olhando fixamente para ela do outro lado do vidro — até mesmo o jovem Curtis Hamilton a olhava agora —, e seus rostos pareciam distorcidos e aquosos, como se os estivesse vendo através da água e não do ar. *É assim que os peixinhos dourados veem as pessoas que se debruçam na borda do tanque para olhá-los,* pensou, e a seguir: *Não posso fazer isso. Meu Deus do céu, por que achei que poderia?*

Um estalo alto a fez dar um pulo.

— Srta. McClendon? — Era a voz do engenheiro de gravação. — Pode sentar à frente do microfone para que eu tenha um nível?

Rosie não tinha certeza se conseguiria. Não tinha certeza nem de que conseguiria se mover. Estava enraizada no lugar, olhando através da sala para o microfone que apontava para ela como a cabeça de uma futurista e perigosa serpente. Ainda que *conseguisse* atravessar a sala, nada sairia de sua boca quando sentasse, só um fraco guincho.

Naquele momento, Rosie viu o colapso de tudo que havia construído — o pensamento relampejou no olho de sua mente com a velocidade de pesadelo de um curta dos Keystone Kops. Viu-se expulsa do agradável aposento onde tinha morado apenas quatro dias quando seu pequeno suprimento de dinheiro acabasse, viu-se objeto da frieza de todos na Filhas e Irmãs, até mesmo de Anna.

*Não posso simplesmente lhe dar o antigo lugar de volta, não é?*, ouviu Anna dizer dentro de sua mente. *Há sempre novas moças aqui na F & I, como você sabe muito bem, e elas têm que ser a minha prioridade. Por que foi tão tola, Rosie? O que a fez pensar que poderia ser uma* intérprete, *mesmo num nível tão humilde?* Viu os empregos de garçonete nos cafés do centro sendo recusados a ela não por sua aparência mas por causa de seu cheiro — de derrota, vergonha e expectativas perdidas.

— Rosie? — disse Robbie Lefferts. — Pode sentar para que Curt consiga um nível?

Ele não sabia, nenhum dos homens sabia, mas Rhoda Simons sim... ou ao menos suspeitava. Pegara o lápis espetado no cabelo e rabiscava num bloco à sua frente. Mas não olhava para o que rabiscava e sim para Rosie, com as sobrancelhas franzidas.

Subitamente, como uma mulher que se afoga agarrando-se a um pedaço de detrito flutuante que possa aguentá-la um pouco mais, Rosie viu-se pensando em seu quadro. Pendurara-o exatamente onde Anna sugerira, ao lado da janela — havia até um gancho para quadro ali, deixado por um inquilino anterior. Era o lugar perfeito, especialmente à noite; podia-se olhar pela janela durante um tempo, vendo o sol descer pelo verde-negro da floresta do Bryant Park, depois de novo para o quadro e a seguir para o parque lá fora novamente. As duas coisas pareciam perfeitas juntas, a janela e o quadro, o quadro e a janela. O porquê disso

Rosie não sabia, mas sabia que era assim. Se perdesse o apartamento, entretanto, o quadro teria que sair dali...

*Não, ele tem que ficar lá*, pensou. *É para ficar lá!*

Pelo menos isso a fez se mover. Andou lentamente até a mesa, pôs as laudas (eram ampliações fotográficas das páginas de um romance publicado em 1951) à sua frente e sentou-se. Só que agora parecia mais como se estivesse caindo, como se seus joelhos estivessem presos naquela posição com pregos e alguém tivesse acabado de puxá-los.

*Você pode fazer isso, Rosie*, a voz profunda assegurou, mas sua autoridade agora soava falsa. *Você fez isso na esquina da loja de penhores, do lado de fora, e pode fazer isso aqui.*

Não estava tremendamente surpresa por não se sentir convencida. O que a surpreendeu foi o pensamento seguinte: *A mulher no quadro não teria medo disso; a mulher no quíton* rose madder *não teria absolutamente medo dessa besteira.*

A ideia era ridícula, claro; se a mulher do quadro fosse real, teria existido em um mundo antigo, onde os cometas eram considerados arautos da condenação, pensava-se que os deuses vagavam no alto das montanhas e a maioria das pessoas vivia e morria sem nunca ter visto um livro. Se uma mulher daquele tempo fosse transportada para uma sala como a presente, com paredes de vidro, luzes frias e uma cabeça de serpente de aço espetando-se da única mesa, sairia pela porta gritando ou desmaiaria.

Só que Rosie achava que a mulher loura no quíton *rose madder* jamais caíra desmaiada em toda sua vida, e que seria preciso muito mais do que um estúdio de gravação para fazê-la gritar.

*Você está pensando nela como se ela existisse de verdade*, disse a voz profunda em seu interior, parecendo nervosa. *Tem certeza de que isso é algo inteligente?*

*Se me ajudar a passar por esse momento, pode apostar que sim*, pensou como resposta.

— Rosie? — Era a voz de Rhoda Simons, chegando através dos alto-falantes. — Você está bem?

— Estou — disse, e ficou aliviada ao descobrir que sua voz ainda estava ali, ainda que um pouco esganiçada. — Estou com sede, só isso. E apavorada.

— Temos água mineral e sucos de fruta em um *cooler* embaixo da mesa, do lado esquerdo — disse Rhoda. — Quanto a ter medo, é natural. E vai passar.

— Fale mais, Rosie — convidou Curtis. Estava agora com fones de ouvido ajustados às orelhas e manipulava uma fileira de controles.

O pânico *estava* passando, graças à mulher com o traje *rose madder*. Como calmante, pensar nela era até melhor do que 15 minutos de balanço na Cadeira de Pooh.

*Não, não é ela, é você*, disse a voz profunda. *Você está no alto, menina, pelo menos por enquanto, mas você mesma é quem fez isso. E pode me fazer um favor, sem levar em conta como isso vai terminar? Tente continuar lembrando que é de fato Rosie por aqui, e Rosie Muito Real.*

— Fale qualquer coisa — Curtis disse a ela. — Não importa o quê.

Por um momento, sentiu-se completamente perdida. Seus olhos caíram sobre as laudas à sua frente. A primeira era a reprodução de uma capa. Mostrava uma mulher pouco vestida, sendo ameaçada por um homem não barbeado e corpulento com uma faca. O homem tinha bigode e, como um sopro malcheiroso, passou pela consciência dela um pensamento quase excessivamente

(*quer trepar, quer bancar a cadela*)

fugaz para ser identificado.

— Vou ler um livro chamado *A Arraia Gigante* — disse ela numa voz que esperava ser normal. — Foi publicado em 1951, pela Lion Books, uma editora pequena que produz edições mais baratas. Embora na capa se leia que o nome do autor é... já tem bastante?

— Está bom no gravador de rolo — disse Curtis, impelindo-se de uma extremidade a outra de seu painel na cadeira de rodinhas. — Fale um pouco mais para o gravador digital. Você está ótima.

— É, maravilhosa — disse Rhoda, e Rosie soube que o alívio na voz da diretora não era imaginação sua.

Sentindo-se encorajada, Rosie falou outra vez ao microfone.

— A capa diz que o livro foi escrito por Richard Racine, porém o sr. Lefferts, Rob, diz que ele foi escrito na verdade por uma mulher chamada Christina Bell. Faz parte de uma série de áudio com versão integral dos textos chamada “Mulheres em Disfarce”, e eu consegui este emprego porque a mulher que deveria ler os romances de Christina Bell obteve um papel no...

— Está bem — disse Curtis Hamilton.

— Meu Deus, a voz dela parece a de Liz Taylor em *Disque Butterfield 8* — disse Rhoda Simons, e realmente bateu palmas.

Robbie concordou com a cabeça. Sorria, obviamente encantado.

— Rhoda vai ajudá-la, mas se você ler como leu *Dark Passage* para mim do lado de fora da loja, nós todos vamos ficar muito felizes.

Rosie inclinou-se, evitou por um triz dar uma cabeçada na parte lateral da mesa e pegou uma garrafa de água mineral do recipiente que conservava as bebidas geladas. Quando desenroscou a tampa, viu que suas mãos tremiam.

— Prometo fazer o melhor que puder.

— Eu sei que fará — disse ele.

*Pense na mulher da colina*, disse Rosie a si mesma. *Pense como ela está lá neste momento, sem medo de coisa alguma investindo contra ela em seu próprio mundo, ou surgindo atrás dela vindo do meu. Não tem uma arma sequer, mas não está com medo — não é preciso ver seu rosto para se saber disso, vê-se isso no jeito de suas costas. Ela está...*

— ... pronta para *qualquer coisa* — murmurou Rosie, e sorriu.

Robbie inclinou-se para a frente por trás do vidro.

— Perdão? Não ouvi.

— Eu disse que estou pronta para começar.

— O nível está bom — falou Curtis, e virou-se para Rhoda, que colocara suas fotocópias do romance perto de seu bloco de papel. — Quando quiser começar, estou pronto, professora.

— OK, Rosie, vamos mostrar a eles como se faz — disse Rhoda. — *A Arraia Gigante*, de Christina Bell. O cliente é o Audio Concepts, a diretora é Rhoda Simons e a leitora é Rose McClendon. A fita está gravando. *Take* um quando eu der o sinal... *agora*.

*Ah, Deus, eu não consigo*, pensou Rosie mais uma vez, e então focalizou a visão de sua mente em uma única imagem poderosamente brilhante: o bracelete de ouro que a mulher do quadro usava na parte de cima do braço direito. Quando ele se tornou nítido para Rosie, sua câibra de pânico também começou a passar.

"*Capítulo Um.*

*"Nella não percebera que estava sendo seguida pelo homem com o sobretudo cinzento rasgado até se ver entre as luzes da rua e um beco coberto de lixo abrir a boca para ela como as mandíbulas de um velho que tivesse morrido com comida na boca. Mas aí era tarde demais. Ouviu o som dos sapatos com placas de metal nos saltos se aproximando por trás dela, e uma grande mão, encardida de sujeira, projetou-se do escuro..."*

## 3

Rosie enfiou a chave na fechadura do apartamento do segundo andar na rua Trenton às 19h15. Estava cansada e com calor — o verão chegara cedo à cidade aquele ano —, mas sentia-se também muito feliz. Carregava um pequeno saco de mantimentos onde se via um maço de folhetos amarelos anunciando o Piquenique e Show Mergulhando no Verão da Filhas e Irmãs. Havia ido à F & I para contar como fora o seu primeiro dia de trabalho (estava completamente tomada pelo assunto), e quando já ia embora, Robin St. James lhe perguntara se queria levar um punhado de folhetos para deixar com os lojistas de seu bairro. Esforçando-se tremendamente para não demonstrar como se sentia eletrizada só pelo fato de ter um bairro, concordou em levar todos os folhetos que pudesse.

— Você é uma mão na roda — disse Robin. Ela estava encarregada das vendas das entradas aquele ano e deixara claro que, até então, as vendas não estavam muito boas. — E se alguém lhe perguntar, Rosie, diga que não há nenhuma adolescente fugida aqui, e que *não somos sapatões*. Essas histórias é que causam muitos problemas com as vendas. Você faz isso?

— Claro — respondeu Rosie, sabendo que não faria tal coisa. Não podia se imaginar fazendo uma conferência sobre o que a Filhas e Irmãs era ou não era realmente a lojistas desconhecidos.

*Mas posso dizer que são mulheres boas*, pensou, ligando o ventilador do canto e depois abrindo a geladeira para guardar umas poucas coisas. Depois falou em voz alta:

— Não, vou dizer *senhoras*. *Senhoras* boas.

Certo, provavelmente era uma ideia melhor. Os homens — especialmente os com mais de 40 anos —, por algum motivo, se sentiam mais confortáveis com a palavra *senhoras* do que com a palavra *mulheres*. Era bobo (e o modo como algumas mulheres brigavam e cacarejavam a respeito de semântica era ainda mais bobo, na opinião de Rose), mas pensar nisso lhe trouxe uma lembrança repentina: o modo como Norman falava sobre as prostitutas que ele às vezes prendia. Nunca as chamava de senhoras (esta era a palavra que usava quando falava sobre as esposas dos colegas, como "A esposa de Bill Jessup é realmente uma senhora simpática"); também nunca as chamava de mulheres. Chamava-as de garotas. As garotas isso, as garotas aquilo. Rosie nunca percebera até aquele momento o quanto odiava aquela palavrazinha que começava no fundo da garganta, como o som que a gente faz quando se esforça tremendamente para não vomitar.

*Esqueça-o, Rosie, ele não está aqui. Ele não vai* estar *aqui.*

Como sempre, esse simples pensamento encheu-a de alegria, surpresa e gratidão. Tinham lhe dito — sobretudo no Círculo de Terapia na F & I — que essa sensação de euforia passaria, mas achava difícil acreditar. Ela era dona de si mesma. Escapara do monstro. Estava livre.

Fechou a porta da geladeira, deu meia-volta e olhou o aposento. O mobiliário era mínimo e a decoração — exceto pelo quadro — inexistente, mas mesmo assim não via nada que não a fizesse uivar de alegria. Havia bonitas paredes cor de creme que Norman Daniels jamais vira, uma cadeira da qual Norman Daniels nunca a empurrara por "falar demais", uma TV que Norman Daniels jamais ligara, debochando das notícias ou rindo com as reprises dos programas cômicos. Melhor que tudo, não havia um único canto em que ela tivesse chorado e lembrado a si mesma de vomitar no avental se ficasse enjoada. Porque ele não estava ali. Nem ia *estar*.

— Sou dona de mim mesma — murmurou Rosie... e então realmente abraçou-se com alegria.

Andou pela sala e foi até o quadro. O quíton da mulher loura parecia quase fulgurar à luz daquele final de primavera. E *ela* era uma mulher, pensou Rosie. Não uma senhora e certamente não uma *garota*. De pé ali em sua colina, olhando destemidamente para baixo, para o templo em ruínas e para os deuses derrubados...

*Deuses? Mas havia apenas um... não?*

Não, notou que na realidade havia dois — um perscrutando serenamente as nuvens carregadas de seu lugar perto da coluna caída e outro bem mais à direita. Este outro olhava obliquamente por entre a relva alta. Podia-se ver apenas a curva branca da testa de pedra, a órbita de um olho e o lóbulo da orelha; o resto estava escondido. Não o notara até agora, mas e daí? Provavelmente havia *um monte* de coisas no quadro que ainda não tinha notado, montes de pequenos detalhes — era como um daqueles quadros *Onde está Wally*, cheio de coisas que não se viam no início e...

... e aquilo era besteira. O quadro era muito simples, na verdade.

— Bem — murmurou Rosie —, *era*.

Viu-se pensando na história de Cynthia sobre o quadro no presbitério onde crescera... *De Soto Olha para Oeste*. Como sentara diante dele por horas, olhando-o como se assiste à televisão, assistindo ao rio se mover.

— *Imaginando* que via o rio se mover — disse Rosie, e abriu a janela, esperando captar uma brisa e encher a sala com ela. Vozes de crianças pequenas no playground do parque e de crianças maiores jogando beisebol flutuaram para dentro do aposento. — *Imaginando*, só isso. É o que as crianças fazem. Eu também fiz isso.

Colocou um pauzinho na janela para mantê-la aberta — ela ficava onde estava por um tempo e depois descia de repente se não se fizesse aquilo — e virou-se para olhar o quadro de novo. Um pensamento repentino e assustador lhe ocorrera, tão forte que era quase uma certeza. As dobras e pregas no quíton *rose madder* não eram as mesmas. Haviam mudado de posição. Haviam mudado porque a mulher usando a toga, ou quíton, ou fosse lá o que fosse, mudara de posição.

— Se você acha isso, está doida — sussurrou Rosie. Seu coração batia forte. — Quer dizer, totalmente *pirada*. Sabe disso, não é?

Sabia, sim. Entretanto, debruçou-se sobre a tela, esquadrinhando-a. Ficou naquela posição, os olhos a menos de cinco centímetros da mulher pintada no alto da colina, por quase 30 segundos, prendendo a respiração para não embaçar o vidro que cobria a imagem. Finalmente recuou e expirou o ar dos pulmões com um suspiro que era sobretudo de alívio. As dobras e pregas no quíton não haviam mudado nem um pouco. Estava certa disso. (Bem, *quase* certa.) Era apenas a imaginação fazendo truques com ela depois de seu longo dia — um dia que tinha sido ao mesmo tempo maravilhoso e tremendamente estressante.

— É, mas eu consegui passar por ele — contou para a mulher com o quíton. Falar alto com a mulher na pintura já parecia perfeitamente natural para ela. Um pouco excêntrico talvez, mas e daí? Prejudicava alguém? Ninguém nem mesmo sabia. E o fato de que as costas da loura estivessem viradas de algum modo tornava mais fácil acreditar que ela estava realmente ouvindo.

Rosie foi até a janela, apoiou as mãos no parapeito e olhou para fora. Na rua, crianças rindo jogavam beisebol e impeliam-se nos balanços. Diretamente abaixo dela, um carro se aproximava do meio-fio. Tinha havido um tempo em que a visão de um carro parando assim a teria aterrorizado, enchendo-a com visões do punho de Norman e do anel de Norman disparando em direção a ela, com as palavras *Serviço, Lealdade* e *Comunidade* ficando cada vez maiores até que parecessem encher o mundo inteiro... mas aquele tempo havia passado. Graças a Deus.

— Na verdade, acho que fiz um pouco mais do que simplesmente passar por ele — contou para o quadro. — Acho que fiz realmente um bom trabalho. Robbie achou isso, eu sei, mas a quem eu tinha que convencer *mesmo* era Rhoda. Acho que ela estava preparada para não gostar de mim quando cheguei lá, porque eu era descoberta *de Robbie*, sabe? — Virou-se para o quadro mais uma vez, do modo como uma mulher se vira para uma amiga, querendo julgar pelo seu rosto como reagia a alguma ideia ou declaração, mas naturalmente a mulher do quadro simplesmente continuou a olhar para baixo, para o templo em ruínas, dando apenas suas costas para Rosie avaliar.

— Você sabe como nós, *garotas,* podemos ser detestáveis — disse Rosie, e riu. — Só que realmente acho que a conquistei. Só fizemos cinquenta páginas, mas eu estava muito melhor perto do fim, e, além disso, todos aqueles livros de bolso são curtos. Aposto que posso terminar na tarde de quarta-feira. E sabe do melhor? Estou ganhando quase 120 dólares por dia, não por *semana*, por *dia,* e há *mais três* romances de Christina Bell. Se Robbie e Rhoda me derem esses, eu...

Interrompeu-se, olhando fixamente o quadro com olhos arregalados, sem ouvir mais os gritos tênues vindos do playground e nem mesmo ouvindo os passos que subiam agora a escada do primeiro andar.

Olhava para a figura na extremidade do lado direito do quadro novamente — curva da testa, curva do olho sem pupila, curva da orelha. Ocorreu-lhe um súbito *insight*. Estivera certa e errada ao mesmo tempo — certa a respeito daquela segunda estátua quebrada não estar visível antes, errada na impressão de que a cabeça de pedra tinha de alguma forma se materializado no quadro enquanto ela estivera fora gravando *A Arraia Gigante*. A ideia de que as dobras na roupa da mulher haviam mudado de posição podia ter sido o esforço de sua mente subconsciente para sustentar aquela primeira impressão errônea, criando uma espécie de alucinação. Afinal de contas, fazia ligeiramente mais sentido do que o que estava vendo agora.

— O quadro está *maior* — disse Rosie.

Não. Não era bem isso.

Ergueu as mãos, avaliando o ar em frente ao quadro pendurado e confirmando estar ele ainda cobrindo os mesmos 60 por 90 centímetros de área da parede. Via também a mesma extensão de *passe-partout* branco dentro da moldura; então, qual era o problema?

*Aquela segunda cabeça de pedra não estava ali antes, e* este *é o problema*, pensou ela. *Talvez...*

Rosie sentiu-se repentinamente tonta e um pouco enjoada. Fechou os olhos bem apertados e começou a esfregar as têmporas, onde uma dor de cabeça tentava surgir. Quando abriu os olhos e olhou para o quadro de novo, este explodiu nela como da primeira vez, não como elementos separados — o templo, as estátuas caídas, o quíton *rose madder*, a mão esquerda erguida —, mas como um todo integrado, algo que a chamava com sua própria voz.

Havia mais para olhar agora. Tinha quase certeza de que essa impressão não era alucinação, mas um simples fato. O quadro não estava *realmente* maior, mas Rosie podia ver mais dos dois lados... e no alto e embaixo, também. Era como se alguém projetando filmes acabasse de perceber que estava usando as lentes erradas e as trocasse, transformando um filme quadrado de 35 milímetros num Cinerama 70 para tela ampla. Agora podia-se ver não apenas Clint mas os caubóis nos dois lados dele também.

*Você está biruta, Rosie. Quadros não ficam maiores.*

Não? Então como explicar o segundo deus? Tinha certeza de que ele tinha estado ali o tempo todo, mas só o vira agora porque...

— Porque há mais *direita* no quadro agora — murmurou. Seus olhos estavam bem abertos, embora fosse difícil dizer se a expressão deles era de susto ou assombro. — E também mais *esquerda*, e mais *acima* e mais *abaixo*...

Houve subitamente uma chuva de batidas na porta atrás dela, tão rápidas e leves que quase pareciam colidir umas com as outras. Rosie girou, sentindo-se como se se movesse em câmera lenta ou debaixo d'água.

Não trancara a porta.

As batidas chegaram até ela novamente. Lembrou-se do carro parando no meio-fio lá embaixo — um carro pequeno, o tipo de carro que um homem viajando sozinho alugaria da Hertz ou da Avis — e todos os pensamentos sobre o quadro foram esmagados por outro, um pensamento carregado dos tons escuros da resignação e desespero: Norman a descobrira finalmente. Levara algum tempo, mas ele de algum modo o fizera.

Lembrou-se de parte de sua última conversa com Anna — quando esta lhe perguntara o que faria se Norman *aparecesse*. Trancar a porta e ligar para a polícia, respondera, mas esquecera de trancar a porta, e não tinha telefone. O último era a ironia mais medonha de tudo, porque havia uma tomada no canto da sala, que funcionava — Rosie fora hoje à companhia telefônica na hora do almoço e pagara um depósito. A mulher que a atendera dera-lhe seu novo número de telefone num pequeno cartão branco; Rosie enfiara o cartão na bolsa e saíra porta afora. Passara direto pela vitrine de aparelhos telefônicos à venda. Pensando que poderia comprar um aparelho pelo menos dez dólares mais barato indo ao Lakeview Mall quando tivesse chance. E agora, só porque tinha querido poupar a porcaria de dez dólares...

O silêncio pairava do outro lado da porta, mas, quando Rosie olhou para a fenda embaixo, viu a forma dos sapatos dele. Sapatos grandes, pretos e brilhantes. Norman não estaria usando o uniforme, mas ainda usava aqueles sapatos pretos. Eram sapatos duros. Ela podia confirmar isso, porque levara a marca deles em suas pernas, ventre e nádegas por muitas vezes naqueles anos com Norman.

A batida se repetiu, três séries rápidas de três: *rapraprap,* pausa, *rapraprap,* pausa, *rapraprap*.

Uma vez mais, como durante a terrível e angustiante sensação de pânico, naquela manhã na cabine de gravação, a mente de Rosie voltou-se para a mulher no quadro, em pé no alto da colina de vegetação exuberante, sem medo da tempestade a caminho, sem medo de que as ruínas a seus pés pudessem estar assombradas por fantasmas ou duendes ou simplesmente ocupadas por um grupo errante de bandidos, sem medo de *coisa alguma*. Podia-se dizer isso pela posição de suas costas, pelo modo como sua mão estava displicentemente erguida e mesmo (assim Rosie acreditava) pela forma daquele único seio pouco vislumbrado.

*Não sou ela, eu* tenho *medo — tanto que estou quase fazendo xixi nas calças —, mas não vou deixar você simplesmente me levar, Norman. Juro por Deus que não.*

Por um ou dois minutos tentou lembrar-se do golpe que Gert Kinshaw lhe ensinara, aquele em que se pegava o antebraço do atacante e depois se virava de lado. Não adiantou — ao tentar visualizar o movimento fundamental só conseguia ver Norman vindo em sua direção, os lábios arreganhados para mostrar os dentes (arreganhado é o que ela achava do cortante sorriso dele), querendo falar com ela bem de perto.

Bem de perto.

Seu saco de mantimentos ainda estava sobre o balcão da cozinha, ladeado pelos folhetos amarelos anunciando o piquenique. Ela retirara dele as coisas perecíveis e as pusera na geladeira, mas os poucos enlatados que comprara ainda estavam no saco. Andou até a bancada com pernas que pareciam tão destituídas de sensibilidade como tábuas de madeira e estendeu a mão.

Três batidas mais rápidas: *rapraprap*.

— Estou indo — disse Rosie. Sua voz soou surpreendentemente calma para si mesma. Retirou a maior coisa deixada no saco, a lata de um quilo de salada de frutas. Fechou a mão em torno dela da melhor forma possível e partiu para a porta com suas entorpecidas pernas de madeira. — Estou indo, espere um segundo, estou indo.

## 4

*Enquanto Rosie fazia compras no supermercado, Norman Daniels estava deitado de cueca numa cama do Whitestone Hotel, fumando um cigarro, olhos fixos no teto.*

*Pegara o hábito de fumar como muitos outros rapazes, pescando cigarros dos maços de Pall Mall do pai, conformado de apanhar se fosse pego, pensando nessa possibilidade como uma troca justa pelo* status *que se ganhava ao ser visto no centro da cidade, na esquina de State com Rota 49, apoiado num poste do lado de fora da drogaria Aubreyville e do Correio, perfeitamente à vontade, com a gola da jaqueta puxada para cima e o cigarro pendendo do lábio inferior: que loucura, meu bem, sou um sujeito realmente bacana. Quando os amigos passavam em seus velhos carros, como poderiam saber que você pescara a guimba do maço na cômoda do velho, ou que a única vez em que reunira coragem suficiente para comprar um maço, o velho Gregory bufara e lhe dissera para voltar quando tivesse bigode?*

*Fumar fora uma grande coisa aos 15 anos, uma* grande *coisa realmente, algo que compensara tudo que não pudera ter (um carro, por exemplo, mesmo um calhambeque como os que seus amigos dirigiam — carros com plástico branco à volta dos faróis e para-choques presos com fios de arame de amarrar fardo de feno), e aos 16 anos já estava viciado — dois maços por dia, uma autêntica chaminé já pela manhã.*

*Três anos depois de casar com Rosie, toda a família dela — pai, mãe, irmão de 16 anos — tinha sido morta naquela mesma Rota 49. Vinham voltando de uma tarde de natação em Philo's Quarry quando um caminhão de cascalho atravessou a estrada e varreu-os como moscas no vidro de uma janela. A cabeça decapitada do velho McClendon fora encontrada em uma vala a uns 30 metros do desastre, a boca aberta e um generoso borrifo de cocô de corvo no olho (naquela época Daniels era policial, e policiais ouvem essas coisas). Tais fatos não tinham perturbado Daniels nem um pouco; na verdade, ficara encantado com o acidente. Tanto quanto lhe dizia respeito, o velho e ruidoso patife tinha tido exatamente o que merecia. McClendon era dado a fazer perguntas à filha que não eram da sua conta. Rose não era mais a filha de McClendon, afinal de contas — não aos olhos da lei, pelo menos. Aos olhos da lei ela se tornara a esposa de Norman Daniels.*

*Deu uma profunda tragada no cigarro, soprou três anéis de fumaça e observou-os flutuarem em direção ao teto numa fileira. Do lado de fora, o tráfego sinalizava e buzinava. Estava ali só meio dia e já odiava aquela cidade. Era grande demais. Tinha muitos esconderijos. Não que isso importasse. Porque as coisas estavam bem nos trilhos, e em breve uma parede de tijolos muito dura e muito pesada cairia sobre a filhinha fujona de Craig McClendon, Rosie.*

*No funeral dos McClendon — jogada tripla com mais ou menos todo mundo em Aubreyville comparecendo —, Daniels começara a tossir e fora incapaz de parar. Pessoas se viravam para olhá-lo, a ele que detestava mais esse tipo de olhar do que praticamente tudo. Com o rosto vermelho, furioso ante o constrangimento (mas mesmo assim incapaz de parar de tossir), Daniels passou bruscamente por sua jovem esposa que soluçava e correu para fora da igreja com uma das mãos cobrindo inutilmente a boca.*

*Ficou do lado de fora, tossindo tanto que no início teve que se curvar e pôr as mãos nos joelhos para não desmaiar, olhando através dos olhos cheios d'água para diversas outras pessoas que tinham saído para um cigarro, três homens e duas mulheres que não conseguiam ficar de cara limpa nem por uma desprezível meia hora da cerimônia fúnebre, e subitamente decidiu parar de fumar. Assim, de repente. Sabia que o acesso de tosse podia ter sido causado por suas habituais alergias de verão, mas não tinha importância. Era a porra de um hábito idiota, talvez o mais idiota do planeta, e jamais permitiria que algum médico legista escrevesse* Pall Malls *como causa da morte em seu atestado de óbito.*

*No dia em que chegara em casa e vira que Rose se fora — na verdade, na noite em que descobrira que o cartão do banco desaparecera e que não podia mais deixar de encarar o que tinha de ser encarado —, descera à Loja 24 no início da colina e comprara o primeiro maço de cigarros em 11 anos. Voltara à sua velha marca como um assassino voltando à cena do crime.* In hoc signo vinces *estava escrito em cada maço vermelho-sangue, com este sinal vencerás, segundo seu velho, que vencera sua mãe em discussões de cozinha mas não muito mais do que isso, tanto quanto Norman percebera.*

*A tragada inicial o deixara tonto, e quando terminara o primeiro cigarro, fumando-o até que virasse uma guimba, estava certo de que ia vomitar, desmaiar ou ter um ataque do coração. Talvez os três ao mesmo tempo. Mas agora ali estava ele, de volta aos dois maços por dia e com a mesma velha tosse vinda-do-fundo-do-pulmão ao sair da cama de manhã. Era como se nunca tivesse estado longe dela.*

*Mas tudo bem; vinha passando por uma experiência de vida muito estressante, como aqueles psicólogos nojentos gostavam de dizer, e quando as pessoas passavam por tais experiências, geralmente voltavam a seus velhos hábitos. Hábitos — especialmente os maus, como fumar e beber — eram muletas, diziam as pessoas. E daí? Se você mancava, o que havia de errado em usar muleta? Depois que tivesse cuidado de Rosie (certificando-se de que, se houvesse um divórcio informal, seria em seus termos, pode-se dizer), ele atiraria fora as muletas.*

*Dessa vez para sempre.*

*Norman virou a cabeça e olhou pela janela. Ainda não estava escuro, mas perto disso. De qualquer forma, perto o suficiente para que já fosse andando. Não queria chegar atrasado a seu encontro. Esmagou o cigarro no cinzeiro atulhado sobre a mesinha de cabeceira ao lado do telefone, retirou os pés da cama e começou a se vestir.*

*Não havia pressa, isso era o melhor; tinha todos aqueles dias de folga acumulados, e o capitão Hardaway não fora nem um pouco pão-duro em dá-los quando ele pediu. Havia dois motivos para aquilo, concluiu Norman. Primeiro, os jornais e a estação de TV tinham feito dele o assunto quente do mês; segundo, o capitão Hardaway não gostava dele, por duas vezes colocara a Corregedoria de Polícia atrás dele devido às alegações de uso excessivo de força, e sem dúvida nenhuma ficara contente de livrar-se dele por algum tempo.*

*— Esta noite, sua vaca — murmurou Norman ao descer de elevador acompanhado apenas de seu reflexo no gasto e velho espelho do fundo. — Esta noite, se eu tiver sorte. E eu* me sinto *com sorte.*

*Havia uma fila de táxis parados no meio-fio, mas Daniels passou por eles. Motoristas de táxi mantinham registros, e às vezes lembravam-se dos rostos. Não, viajaria de ônibus novamente. Um ônibus da cidade, desta vez. Caminhou vivamente em direção ao ponto de ônibus na esquina, cogitando se estaria se enganando quanto à impressão de sorte e chegou à conclusão de que não. Estava perto, sabia. E sabia porque reencontrara seu caminho para dentro da cabeça dela.*

*O ônibus — o que fazia a rota Linha Verde — apareceu na esquina e rodou até onde Norman estava parado. Ele subiu, pagou sua passagem, sentou-se na parte de trás — não tinha que ser Rose aquela noite, que alívio — e olhou pelas janelas as ruas que passavam. Letreiros de bar. Letreiros de restaurantes. DELI. CERVEJA. PIZZA EM FATIAS. MOÇAS SEXY TOPLESS.*

Você não pertence a isso, Rose, *pensou ele enquanto o ônibus passava pela janela de um restaurante chamado Pop's Kitchen — "Carne Estrita-*

*mente de Kansas City", dizia o letreiro a néon vermelho-sangue na vitrine.* Você não pertence a isso, mas tudo bem, porque agora eu estou aqui. Vim levar você para casa. Vim levar você para algum lugar.

*Os labirintos de néon e o céu de veludo que escurecia o fizeram pensar nos bons velhos dias em que a vida não parecera tão esquisita e de certo modo claustrofóbica, como as paredes de um quarto que fica cada vez menor, fechando-se lentamente sobre você. Quando o néon surgia, a diversão começava — pelo menos era assim na época de seus relativamente não complicados 20 anos. Você achava um lugar onde o néon era brilhante e entrava nele. Tais dias haviam passado, mas a maioria dos policiais — a maioria dos* bons *policiais — lembrava como entrar por trás do néon e cavalgar a escória. Um policial que não soubesse fazer essas coisas não durava muito.*

*Vinha observando as placas de rua e achava que devia estar próximo da rua Carolina agora. Levantou-se, foi até a frente do ônibus e ficou lá se segurando no apoio. Quando o ônibus parou na esquina e as portas se abriram, ele desceu os degraus e esgueirou-se para a escuridão sem dizer uma palavra.*

*Comprara um mapa com as ruas da cidade na banca do hotel, seis dólares e cinquenta centavos, um absurdo, mas o custo de pedir informações sobre o rumo certo podia ser maior ainda. As pessoas lembravam com facilidade de gente que lhes pedia informação; às vezes lembravam isso até cinco anos depois, era surpreendente, mas verdadeiro. Portanto, era melhor não perguntar. No caso de algo acontecer. Algo ruim. Provavelmente nada aconteceria de ruim, mas cuidar dos seus problemas com precaução era sempre a melhor regra a seguir.*

*Segundo o mapa, a rua Carolina cruzava com a Beaudry Place a uns quatro quarteirões a oeste do ponto do ônibus. Um bom passeiozinho em uma noite tépida. Beaudry Place era onde o judeuzinho da Ajuda aos Viajantes morava.*

*Daniels caminhou lentamente, na verdade só passeando, com as mãos nos bolsos. Sua expressão era distraída e levemente entorpecida, não sugerindo nem um pouco que seus sentidos estavam em alerta amarelo. Catalogava cada carro que passava, cada pedestre, procurando especialmente alguém que parecia estar olhando especificamente para ele. Vendo-o. Não havia ninguém, e isso era bom.*

*Quando ele chegou à casa de Tambor — e era uma casa, não um apartamento, outra vantagem —, passou por ela duas vezes, observando o carro no caminho que conduzia à garagem e a luz na janela de baixo, na frente. Janela da sala. As cortinas pesadas estavam abertas, mas as transparentes fechadas. Através delas Norman podia ver um suave borrão colorido que devia ser a televisão. Tambor estava acordado, Tambor estava em casa, Tambor via uma televisãozinha e talvez mastigasse uma ou duas cenouras antes de ir para a estação de ônibus, onde tentaria ajudar outras mulheres estúpidas demais para merecerem ajuda. Ou muito ruins.*

*Tambor não usava aliança, e estava parecendo uma bicha enrustida para Norman, porém mais vale prevenir do que remediar. Ele foi até a entrada de automóvel e olhou para dentro do Ford de quatro ou cinco anos de idade de Tambor, procurando por alguma coisa que pudesse sugerir que o homem não vivia sozinho. Não viu nada de alarmante.*

*Satisfeito, olhou novamente para um lado e outro da rua residencial e não viu ninguém.*

Mas você não tem uma máscara, *pensou.* Não tem nem mesmo uma meia de náilon para enfiar na cabeça, tem, Normie?

*Não, não tinha.*

Esqueceu, não é?

*Bem... na verdade, não. Não mesmo. Achava que, quando o sol surgisse no dia seguinte, haveria menos um judeuzinho urbano no mundo. Porque às vezes aconteciam coisas ruins mesmo em simpáticos bairros residenciais como aquele. Às vezes tem gente que invade — crioulos e drogados na maior parte, é claro —, e o velho jogo continua. Duro, mas verdadeiro. A merda acontece, como diziam as camisetas e os adesivos nos para-choques. E às vezes, por mais difícil que fosse de se acreditar, acontecia às pessoas certas em vez de ocorrer às pessoas erradas. Judeuzinhos leitores do* Pravda *que ajudavam esposas a fugirem dos maridos, por exemplo. Não se podia simplesmente aguentar um negócio desses; assim não havia jeito de se governar uma sociedade. Se todos agissem desse modo, não haveria* sequer *uma sociedade.*

*No entanto era um comportamento extremamente difundido, porque a maioria dos corações moles escapava impune. Contudo a maioria dos corações moles não tinha cometido o erro de ajudar a mulher de Norman... e aquele homem* tinha. *Norman sabia disso do mesmo modo que conhecia seu próprio nome. Aquele homem a ajudara.*

*Subiu os degraus, deu mais uma rápida olhada em torno e tocou a campainha. Esperou, depois tocou de novo. Agora suas orelhas, já treinadas para apreenderem o mínimo ruído, captaram o som de pés que se aproximavam, não clec-clec-clec e sim* rish-rish-rish, *Tambor usando meias, que confortável.*

*— Já vou, já vou — gritou ele.*

*A porta se abriu. Tambor olhou para Norman, os grandes olhos nadando por trás dos óculos de aro de tartaruga.*

*— Posso ajudá-lo? — disse. Sua camisa estava desabotoada e para fora da calça, cobrindo uma camiseta regata do mesmo estilo que o próprio Norman usava, e de repente isso foi demais, de repente isso foi a última gota, a gota que fraturava a espinha do dromedário, e Norman ficou louco de raiva. Um homem como aquele usando uma camiseta como a sua! A camiseta de um* homem branco*!*

*— Acho que pode — disse, e algo em seu rosto ou em sua voz, talvez em ambos, deve ter alarmado Slowik, porque seus olhos castanhos se arregalaram e ele começou a recuar, a mão movendo-se para a porta, provavelmente querendo batê-la na cara de Norman. Se era isso, foi tarde demais. Norman moveu-se rapidamente, pegando os lados da camisa dele e empurrando-o novamente para dentro de casa. Então ergueu um pé e fechou a porta atrás de si, sentindo-se tão gracioso quanto Gene Kelly num musical da MGM.*

*— É, acho que pode — repetiu. — Espero para o seu próprio bem que possa. Vou lhe fazer algumas perguntas, Tambor,* boas *perguntas, e é melhor rezar para seu Deus de judeu de nariz grande para que possa dar boas respostas.*

*— Saia daqui! — gritou Slowik. — Ou eu chamo a polícia!*

*Diante daquilo Norman Daniels deu uma boa risada e então fez Slowik rodopiar, torcendo-lhe o pulso esquerdo até que este tocasse sua ossuda clavícula esquerda. Slowik começou a gritar. Norman estendeu a mão para as pernas dele e agarrou-lhe os testículos.*

*— Pare — disse. — Pare agora mesmo ou vou arrancar suas bolas como uvas. Vai ouvir o barulho.*

*Tambor parou. Arquejava, deixando escapar um ocasional gemido sufocado, mas Norman podia aguentar isso. Puxou Tambor de volta à sala, onde usou o controle remoto que encontrou sobre uma mesinha para aumentar a televisão.*

*Fez seu novo camarada entrar na cozinha, segurando-lhe os braços por trás, e soltou-o.*

*— Fique junto da geladeira — disse. — Quero ver seu traseiro e sua clavícula bem grudados nela, e se você se mover daí um centímetro que seja, rasgo sua boca fora. Sacou?*

*— S-s-sim — disse Tambor. — Quem-quem-quem é você? — Ainda parecia com Tambor, o amigo de Bambi, mas agora começava a parecer com a porra da Coruja Woodsy.*

*— Irving R. Levine, do Noticiário da NBC — disse Norman. — É assim que eu passo meu dia de folga. — Começou a abrir as gavetas ao longo do balcão, mantendo um olho em Tambor ao fazê-lo. Não achava que o velho Tamb ia fugir, mas bem que poderia. Depois que as pessoas ultrapassavam um determinado nível de medo, tornavam-se tão imprevisíveis como ciclones.*

*— O que... Não sei o que...*

*— Você não tem que saber o quê — disse Norman. — Essa é a beleza da coisa, Tamb. Não tem que saber porra nenhuma a não ser as respostas a umas poucas perguntas muito simples. Todo o resto pode deixar comigo. Sou um profissional. Pense em mim como alguém que resolve o problema.*

*Achou o que estava procurando na quinta e última gaveta: duas luvas de forno com desenho de flores. Que bonitinho. Exatamente o que o bem-vestido judeuzinho gostaria de usar quando tirasse sua pequena caçarola de comida de judeu de seu pequeno forno de judeu. Norman vestiu-as e então esfregou rapidamente os puxadores das gavetas, para apagar quaisquer impressões digitais que pudesse ter deixado. Depois forçou Tambor a voltar à sala, onde pegou o controle remoto e limpou-o rapidamente na parte da frente de sua camisa.*

*— Vamos ter um pequeno* tête-à-tête *aqui, Tambor — disse Norman. Sua garganta se espessara; a voz que saía quase não soava humana, mesmo para seu dono. Norman não ficou muito surpreso ao descobrir em si uma furiosa ereção. Atirou o controle remoto no sofá e voltou-se para Slowik, que permanecia em pé com os ombros caídos e as lágrimas brotando debaixo dos grossos óculos de aro de tartaruga. Ali em pé, com aquela camiseta de homem branco. — Vou falar com você de perto. Bem de perto. Acredita nisso? É melhor acreditar, Tamb. É melhor, porra.*

*— Por favor — gemeu Slowik. Ergueu suas mãos trêmulas para Norman. — Por favor, não me machuque. Pegou o homem errado. Seja lá quem você quer, não sou eu. Não posso ajudá-lo.*

*No final, porém, Slowik ajudou um bocado. Naquele ponto já estavam na adega, porque Norman tinha começado a morder, e nem mesmo a TV ligada no máximo do volume teria abafado completamente os gritos do homem. Mas, com gritos ou não, ele ajudara um bocado.*

*Quando as festividades terminaram, Norman encontrou os sacos de lixo debaixo da pia da cozinha. Num deles, colocou as luvas de forno e sua própria camisa, que já não podia ser usada em público. Levaria o saco e se livraria dele mais tarde.*

*No andar de cima, no quarto de Tambor, encontrou apenas uma peça de roupa que chegava perto de cobrir seu próprio torso, mais largo: um moletom largo e desbotado do Chicago Bulls. Norman o colocou na cama, depois foi até o banheiro de Tambor e abriu o chuveiro. Enquanto esperava que a água esquentasse, procurou no armariozinho de remédios um vidro de analgésico e tomou quatro comprimidos. Seus dentes doíam e seus maxilares estavam doloridos. Toda a metade inferior de seu rosto estava coberta de sangue, cabelo e pedacinhos de pele.*

*Entrou no chuveiro e pegou o sabonete de Tambor, lembrando a si mesmo de jogá-lo no saco também. Na verdade, não sabia o quanto seriam úteis essas precauções, porque não fazia ideia de quanta evidência poderia ter deixado para a polícia técnica no subsolo. Tinha entrado em órbita por algum tempo.*

*Enquanto lavava o cabelo, começou a cantar: "Errante Rose... Errante Rose... ninguém conhece... selvagem e soprada pelo vento... foi como cresceu... quem pode agarrar... uma Rose errante?"*

*Desligou o chuveiro, saiu do boxe e olhou a própria imagem tênue e fantasmagórica no espelho acima da pia, embaçado pelo vapor.*

*— Eu posso — disse categoricamente. —* Eu *posso.*

## 5

Bill Steiner estava levantando a mão desimpedida para bater na porta de novo, amaldiçoando mentalmente seu nervosismo — não era um homem que habitualmente ficasse nervoso com as mulheres —, quando ela respondeu.

— Já vou! Já vou, só um segundo, estou indo. — Não parecia aborrecida, graças a Deus, portanto talvez não a tivesse arrancado do banheiro.

*De qualquer forma, que diabo estou fazendo aqui?*, perguntou a si mesmo de novo, enquanto os passos se aproximavam da porta. *Era como a cena de uma comédia romântica requentada, uma que nem mesmo Tom Hanks poderia melhorar.*

Talvez fosse verdade, mas não mudava o fato de que a mulher que entrara na loja na semana passada alojara-se firme em sua mente. E, em vez de ir desaparecendo à medida que os dias passavam, seu efeito sobre ele parecia ser cumulativo. Duas coisas eram certas: era a primeira vez em sua vida que levava flores para uma mulher que não conhecia, e não se sentia tão nervoso por convidar alguém para um encontro desde os 16 anos de idade.

Quando os passos chegaram perto da porta, Bill viu que uma das grandes margaridas estava prestes a cair do buquê. Fez uma arrumação apressada, enquanto a porta se abria, e quando ergueu os olhos, viu a mulher que trocara o diamante falso por uma obra de arte ruim ali em pé, com um olhar assassino e uma lata do que parecia salada de frutas levantada acima da cabeça. Ela parecia congelada entre o desejo de golpear de antemão e a percepção de sua mente em luta de que aquela não era a pessoa que esperava. Posteriormente Bill pensou que aquele fora um dos momentos mais exóticos de sua vida.

Os dois ficaram se olhando pelo vão da porta do apartamento onde Rosie morava, em um segundo andar na rua Tremont, Bill com seu buquê de flores do campo da loja duas portas ao lado, na avenida Hitchens, ela com sua lata de um quilo levantada acima da cabeça, e embora a pausa não pudesse ter durado mais de dois ou três segundos, pareceu longa demais a ele. Era certamente longa o suficiente para que percebesse algo deprimente, assustador, perturbador, surpreendente e maravilhoso. Vê-la não mudava as coisas, como esperara que fizesse; ao contrário, tornava-as pior. Não era bonita, não a versão de beleza da mídia, mas era bonita para ele. A aparência de seus lábios e a linha de seu maxilar por alguma razão quase faziam o coração dele parar; e a inclinação felina de seus olhos cinza-azulados o deixava fraco. Sentia o sangue muito agitado e as faces muito quentes. Sabia perfeitamente o que tais sinais indicavam, e ressentiu-se com eles ainda que o cativassem.

Estendeu as flores para ela, sorrindo esperançoso, mas sem perder de vista a lata erguida.

— Trégua? — disse.

## 6

O convite de Bill para jantar acompanhou tão rapidamente a percepção de Rose de que ele não era Norman que a surpresa a fez aceitá-lo. Supôs que o puro alívio também desempenhara uma parte nisso. Só quando já estava sentada ao lado dele no carro é que Prática-Sensata, deixada muito de lado ultimamente, apareceu e lhe perguntou o que fazia, saindo com um homem (um homem *muito mais jovem*) desconhecido, será que era maluca? Havia um verdadeiro terror nessas perguntas, mas Rosie reconheceu nelas mera camuflagem. A pergunta principal era tão horrorizante que Prática-Sensata não ousou perguntar, mesmo de seu lugar no interior da cabeça de Rosie.

*E se Norman te pegar?*, era a pergunta principal. E se Norman a pegasse jantando com outro homem? Um homem mais jovem e bonito? O fato de que Norman estava a 1.200 quilômetros a leste não fazia diferença para Prática-Sensata que, na verdade, não era Prática e Sensata, apenas Amedrontada e Confusa.

Entretanto, Norman não era a *única* questão. Rose não estivera sozinha com nenhum homem exceto o marido em toda sua vida, e naquele momento suas emoções eram um emaranhado maravilhoso. Jantar com ele? Ah, claro. Certo. Sua garganta estreitara-se até o tamanho de um furo de alfinete, e seu estômago espumava como uma máquina de lavar roupa.

Se ele estivesse usando algo mais formal do que jeans limpos e desbotados e uma camisa social, ou se tivesse olhado com a mínima dúvida a despretensiosa combinação de saia-suéter de Rose, ela teria dito não, e se o lugar a que a levara lhe tivesse dado a impressão de muito difícil (era a única palavra em que pôde pensar), achava que nem conseguiria ter saído do Buick dele. Mas o restaurante parecia mais acolhedor do que ameaçador, uma fachada brilhantemente iluminada chamada Pop's Kitchen, com ventiladores de teto e toalhas de xadrez vermelho e branco sobre mesas rústicas e sólidas. Segundo o letreiro a néon na vitrine, o Pop's Kitchen servia Carne Estritamente de Kansas City. Os garçons eram todos cavalheiros idosos, usando sapatos pretos e longos aventais amarrados sob as axilas. A Rosie pareciam vestidos brancos de cintura alta. As pessoas que comiam às mesas pareciam com ela e Bill — bom, de qualquer forma com Bill: gente de classe média, renda média, usando roupas informais. Rosie achou o restaurante animado e aberto, o tipo do lugar onde se respirava.

*Talvez, mas* não *parecem com você*, sua mente sussurrou, *e não vá achando que sim, Rosie. Eles dão a impressão de serem autoconfiantes, felizes, e a maioria deles parece estar à vontade aqui. Você não dá essa impressão, nem nunca dará. Ficou muitos anos com Norman, muitos anos sentada no canto vomitando no avental. Esqueceu como as pessoas são e sobre o que conversam... se é que já soube. Se tentar ser como essa gente, se chegar mesmo a* sonhar *que pode ser como essa gente, vai é ter um coração partido.*

Seria verdade? Era aterrorizante pensar que isso fosse possível, pois parte dela *estava* feliz — feliz de que Bill Steiner tivesse ido vê-la, feliz de que lhe trouxesse flores, feliz de que a convidasse para jantar. Não tinha a mínima ideia do que sentia por ele, mas ter sido convidada para sair... Aquilo a fazia sentir-se jovem e cheia de magia. Não conseguia evitá-lo.

*Vá em frente, sinta-se feliz*, disse Norman. Sussurrara as palavras em seu ouvido enquanto ela e Bill passavam pela porta do Pop's Kitchen, palavras tão próximas e verdadeiras que era quase como se tivesse cruzado com os dois. *Aproveite enquanto pode, porque mais tarde ele vai levá-la para o escuro e falar com você bem de perto. Ou talvez não se dê o trabalho de falar. Talvez simplesmente a arraste para o próximo beco escuro e a imprense contra a parede.*

*Não*, pensou ela. Repentinamente as luzes brilhantes do restaurante eram brilhantes *demais* e Rosie podia ouvir tudo, *tudo*, até mesmo os grandes arquejos preguiçosos dos ventiladores de teto espancando o ar. *Não, é mentira — ele é bom, e isso é mentira!*

A resposta foi imediata e inexorável, o Evangelho Segundo Norman: *Ninguém é bom, benzinho — quantas vezes já lhe disse isso? No fundo, no fundo, todo mundo é escória. Você, eu, todo mundo.*

— Rose? — disse Bill. — Tudo bem? Você está pálida.

Não, não estava tudo bem. Sabia que a voz em sua cabeça mentia, uma voz que vinha da parte dela ainda contaminada pelo veneno de Norman. Mas o que sabia e o que sentia eram coisas muito diferentes. Não podia sentar-se com todas aquelas pessoas, só isso, sentindo o cheiro de seus sabonetes, colônias e xampus, ouvindo a animada trama dos bate-papos. Não conseguiria lidar com o garçom que se inclinaria para ela com uma lista de pratos especiais, alguns talvez em uma língua estrangeira. E sobretudo não conseguiria lidar com Bill Steiner — falar com ele, responder suas perguntas, e durante todo o tempo imaginar como seria tocar-lhe o cabelo com a palma da mão.

Abriu a boca para dizer que *não* estava bem, que se sentia enjoada e era melhor que ele a levasse para casa, talvez uma outra vez. Então, como no estúdio de gravação, pensou na mulher de quíton *rose madder* em pé no alto da colina de vegetação exuberante, com a mão erguida e um ombro nu cintilando na luz nublada e estranha daquele lugar. Em pé, completamente destemida, acima de um templo em ruínas que parecia mais assombrado que qualquer casa que Rosie já vira. Enquanto visualizava o cabelo louro trançado, o bracelete de ouro e a ondulação quase percebida do seio, suas contrações no estômago se aquietaram.

*Consigo passar por isso*, pensou. *Não sei se realmente consigo comer, mas certamente posso achar coragem suficiente para sentar com ele por um tempo neste local bem-iluminado. E vou lá me preocupar se vai me violar depois? Acho que violação é a última coisa na cabeça desse homem. Essa é só uma das ideias de Norman — Norman, que acha que qualquer negro que tenha um rádio portátil é porque roubou-o de um branco.*

A simples verdade disso a fez tremer de alívio, e ela sorriu para Bill. Foi um sorriso débil e um pouco trêmulo nos cantos, mas melhor do que nada.

— Estou bem — disse. — Um tiquinho apavorada, é tudo. Vai ter que ser paciente comigo.

— Apavorada... Não comigo, não é?

*Apavorada com você, sim senhor*, disse Norman do lugar na cabeça dela onde vivia como um tumor mau.

— Não, não exatamente. — Ergueu os olhos para ele. Sentiu seu rosto enrubescendo com o esforço, mas conseguiu lidar com isso. — É que você é só o segundo homem com quem já saí em toda minha vida, e se isso é um encontro, é o meu primeiro encontro verdadeiro desde meu baile de formatura. Em 1980.

— Minha nossa — disse ele. Falou suavemente, sem qualquer traço de brincadeira. — Agora *eu* é que estou ficando um pouco apavorado.

O recepcionista — Rosie não tinha certeza se devia ser chamado de *maître* ou se este era outra pessoa — apareceu e perguntou se eram fumantes ou não.

— Você fuma? — Bill lhe perguntou, e Rosie rapidamente sacudiu a cabeça. — Algum lugar fora do movimento seria ótimo — disse Bill ao homem de *smoking*, e Rosie percebeu um bruxuleio verde-cinza, achou que era uma nota de cinco dólares, passando da mão de Bill para a do recepcionista. — Um canto, quem sabe?

— Certamente, senhor. — Conduziu-os pela sala alegremente iluminada e sob as pás do ventilador que giravam preguiçosamente.

Já sentados, Rosie perguntou a Bill como a encontrara, embora achasse que já sabia. O que a deixava realmente curiosa era *por que* a encontrara.

— Foi Robbie Lefferts — disse ele. — Robbie aparece de tantos em tantos dias para ver se tenho novos livros... bem, *velhos*, na verdade; sabe o que quero dizer...

Ela se lembrou de David Goodis — *Foi uma parada dura, Parry era inocente* — e sorriu.

— Eu sabia que ele tinha contratado você para ler os romances de Christina Bell porque ele veio especialmente me contar. Estava *muito* empolgado.

— É mesmo?

— Disse que você era a melhor voz que já ouvira desde a gravação de Kathy Bates em *Silêncio dos Inocentes*, e isso significa coisa à beça. Robbie *venera* essa gravação, e também a leitura de *The Death of the Hired Man*, por Robert Frost. Ele conseguiu essa num velho LP Caedmon de 33 rotações. Está arranhado, mas é espantosa.

Rosie continuou em silêncio. Sentia-se dominada pela emoção.

— Então pedi a ele o seu endereço. Bom, isso talvez seja dourar a pílula. A verdade nua e crua é que o atormentei para consegui-lo. Robbie é uma dessas pessoas muito vulneráveis aos tormentos. E para dar a ele um crédito total, Rosie...

Mas ela não prestou atenção às outras palavras. *Rosie. Ele me chamou de Rosie*, pensava ela. *Eu não lhe pedi que fizesse isso; ele simplesmente o fez.*

— Gostariam de uma bebida, pessoal? — Um garçom surgiu junto ao cotovelo de Bill. Idoso, digno, bonito, parecia um professor de literatura de faculdade. *Um que tivesse uma queda por vestidos com cintura alta*, pensou Rosie, e teve vontade de dar uma risada.

— Quero chá gelado — disse Bill. — E você, Rosie?

*De novo. Ele fez de novo. Como soube que eu nunca fui realmente Rose, que sempre fui Rosie?*

— Acho ótimo.

— Dois chás gelados. Excelente — disse o garçom, e depois recitou uma curta lista de pratos especiais. Para alívio de Rosie, todos eram em inglês, e ante as palavras *Grelhado Londres* sentiu realmente um fiapo de fome.

— Vamos pensar e lhe diremos num minuto — Bill falou.

O garçom foi embora e Bill virou-se para Rosie.

— Duas outras coisas a favor de Robbie — disse. — Sugeriu que eu passasse pelo estúdio... você está no Edifício Corn, não está?

— É, Tape Engine é o nome do estúdio.

— Aham. Seja como for, ele sugeriu que eu passasse pelo estúdio, e que nós três podíamos sair para tomar algo depois do trabalho. De um modo muito protetor, quase paternal. Quando eu disse que não podia fazer isso, ele me fez *prometer* ligar para você primeiro. Tentei, Rosie, mas não consegui achar seu número no auxílio às listas. Ele não está lá?

— Na verdade ainda não tenho telefone — disse ela, saindo um pouco pela tangente. *Não* estava nas listas, é claro; custava 30 dólares extras, soma com que mal podia arcar, mas podia arcar ainda menos com ter seu número enviado para o computador da polícia da cidade onde morara. Sabia, pelas reclamações de Norman, que a polícia não podia "varrer" ao acaso os números de telefones não listados da mesma forma que podia "varrer" os listados nos catálogos. Era ilegal, uma invasão da privacidade de que as pessoas voluntariamente abriam mão ao permitirem que a companhia telefônica listasse seus números. Assim os tribunais haviam determinado, e como a maioria dos policiais que ela conhecera no decorrer de seu casamento, Norman tinha um virulento horror a todos os tribunais e tudo o que faziam.

— Por que você não podia passar no estúdio? Estava fora da cidade?

Ele pegou o guardanapo, desdobrou-o e colocou-o cuidadosamente no colo. Quando a encarou novamente, Rosie viu que o rosto dele mudara um pouco, mas precisou de mais alguns momentos para perceber o óbvio — ele estava enrubescendo.

— Bom, acho que não queria sair com você junto com um bando — disse. — Não se consegue realmente conversar com alguém dessa maneira. Eu queria... bem... conhecer você.

— E aqui estamos nós — disse ela suavemente.

— É... aqui estamos nós.

— Mas *por que* quis me conhecer? Sair comigo? — Ela fez uma pausa, depois acrescentou: — Quer dizer, sou um pouco velha para você, não sou?

Ele a olhou por um momento sem acreditar, depois chegou à conclusão de que era uma brincadeira e riu.

— É — disse. — De qualquer modo, que idade você tem, vovó? Vinte e sete? Vinte e oito?

Inicialmente, Rosie pensou que *ele* estava fazendo uma piada — uma piada não muito boa —, e então percebeu que Bill estava bastante sério sob o tom leve. Nem mesmo tentando lisonjeá-la, apenas declarando o óbvio. O que era óbvio para *ele*, pelo menos. A percepção a chocou, e seus pensamentos saíram voando em todas as direções novamente. Apenas um deles mostrou-se com alguma claridade: as mudanças em sua vida não tinham terminado quando achara um emprego e um lugar para morar que lhe pertencesse; haviam apenas começado. Era como se tudo que acontecera até aquele ponto fosse apenas uma série de choques prévios, e aquele ali fosse o deflagrar do verdadeiro terremoto. Não um terremoto, mas um *vidamoto,* e subitamente sentiu-se faminta disso, e excitada de um modo que não entendia.

Bill começou a falar, e então o garçom apareceu com os chás gelados. Bill pediu um filé e Rosie, um Grelhado Londres. Quando o garçom lhe perguntou como o queria, ela começou a dizer entre ao ponto e bem-passado — como sempre comera carne porque era assim que Norman a comia —, quando mudou de ideia.

— Malpassado — disse. — Muito.

— Excelente — disse o garçom, falando como se realmente acreditasse nisso, e quando se afastou, Rosie pensou que lugar maravilhoso seria a utopia de um garçom: um lugar em que cada escolha fosse excelente, muito boa, maravilhosa.

Quando olhou novamente para Bill, seus olhos ainda estavam sobre ela — aqueles olhos inquietantes com o vago tom esverdeado. Olhos sexy.

— Foi muito ruim? — perguntou ele. — Seu casamento?

— O que quer dizer? — perguntou ela, sem jeito.

— Você sabe. Encontro essa mulher na loja Barganhas e Penhores de meu pai, falo com ela por dez minutos e acontece comigo a coisa mais esquisita de todas, não consigo esquecê-la. Já vi isso nos filmes e ocasionalmente li a respeito nas revistas que a gente sempre encontra na sala de espera dos médicos, mas nunca acreditei nisso. Agora, bum, é isso. Vejo o rosto dela na escuridão quando desligo a luz. Penso nela quando almoço. Eu... — Fez uma pausa, lançando-lhe um olhar pensativo, preocupado. — Espero não estar assustando você.

Ele a estava assustando *muito*, mas ao mesmo tempo Rosie pensava jamais ter ouvido algo tão maravilhoso. Seu corpo todo estava quente (exceto os pés, frios como gelo), e podia ainda ouvir os ventiladores girando no ar acima das cabeças. Parecia haver mil deles pelo menos, um batalhão de ventiladores.

— Essa senhora entra para me vender seu anel de noivado, que ela pensa ser um diamante... só que, bem no fundo, ela sabe que não é verdade. Depois, quando descubro onde ela mora e vou vê-la... com um buquê na mão e o coração na boca, pode-se dizer... ela por um triz não me achata o cérebro com uma lata de salada de frutas. — Ergueu a mão direita com o polegar e o indicador separados por um centímetro.

Rosie ergueu sua própria mão — com o polegar e o indicador separados por dois centímetros.

— Na verdade, o triz foi mais assim — disse ela. — E sou como o Roger Clemens, do beisebol, tenho um controle *excelente.*

Ele riu muito com isso. Era um som bom, honesto, vindo da barriga. Após um momento, ela também riu.

— De qualquer modo, a senhora não dispara o míssil, simplesmente faz um apavorante movimento para baixo com ele, depois o esconde atrás das costas como um garoto com um número da *Playboy* que roubou da gaveta do pai. Ela diz: "Ah, meu Deus, desculpe", e eu penso quem será o inimigo, já que não sou eu. E *então* penso até que ponto o marido é ex, já que a senhora tinha entrado na loja de penhores de meu pai ainda usando o anel. Entende?

— Sim — disse ela. — Acho que sim.

— É importante para mim. Parece que estou sendo intrometido, *OK,* provavelmente estou, mas... de repente fiquei bastante envolvido com essa mulher, e não quero que ela esteja muito presa. Por outro lado, não quero que esteja com tanto medo a ponto de ter que ir abrir a porta com uma lata tamanho gigante de salada de frutas na mão cada vez que alguém bate. Faz sentido para você?

— Faz — disse ela. — O marido é bastante ex. — Depois, sem qualquer motivo, acrescentou: — Ele se chama Norman.

Bill balançou a cabeça afirmativamente, de modo solene.

— Entendo por que o deixou.

Rosie começou a rir e cobriu a boca com as mãos. Sentia o rosto mais quente do que nunca. Finalmente se controlou, mas teve que enxugar os olhos com o canto do guardanapo.

— Tudo bem? — perguntou ele.

— Está. Acho que sim.

— Quer me contar alguma coisa sobre isso?

Uma imagem veio subitamente à mente dela com a claridade de algo visto num vívido pesadelo. Era a velha raquete de tênis de Norman, a Prince com a fita adesiva preta em torno do cabo. Estava ainda pendurada na escada da adega lá na casa, tanto quanto sabia. Ele a havia espancado com ela por diversas vezes nos primeiros anos de casamento. Depois, cerca de seis meses após seu aborto, ele a violentara analmente com a raquete. Ela compartilhara um monte de coisas sobre seu casamento (é assim que chamavam aquilo, *compartilhar*, uma palavra que achava medonha e adequada ao mesmo tempo) no Círculo de Terapia da F & I, mas aquele pedacinho ela conservara para si mesma — a sensação de ter o cabo de uma raquete de tênis Prince com fita adesiva enfiada em seu cu por um homem que montava nela como num cavalo, com os joelhos ao lado de cada quadril; qual era a sensação de tê-lo debruçado sobre ela dizendo-lhe que, se ela se debatesse, ele quebraria o copo d'água na mesinha de cabeceira e cortaria a garganta dela com ele. A sensação de ficar ali, sentindo o cheiro dos chicletes de Norman e pensar como ele a estava rasgando.

— Não — disse, e ficou grata por sua voz não tremer. — Não quero falar sobre Norman. Ele me maltratava e eu o larguei. Final da história.

— É justo — disse Bill. — E ele saiu de sua vida de vez?

— De vez.

— *Ele* sabe disso? Só estou perguntando isso pelo modo como você foi até a porta. Na certa, não estava esperando um representante da Igreja dos Santos dos Últimos Dias.

— Não sei se ele sabe ou não — disse Rosie, após pensar por um momento. Certamente era uma pergunta justa.

— Tem medo dele?

— Ah, sim. Não tenha dúvida. Mas isso não significa muito, necessariamente. Tenho medo de *tudo*. É tudo novo para mim. Minhas amigas na... minhas amigas dizem que vou perder o medo, mas não sei.

— Você não teve medo de vir jantar comigo.

— Ah, tive sim. Eu estava *aterrorizada*.

— Por que veio, então?

Ela abriu a boca para dizer o que estivera pensando anteriormente — que aceitara porque seu convite a surpreendera —, depois a fechou de novo. Era verdade, mas não era a verdade *dentro* da verdade, e essa era uma área onde não queria entrar. Não tinha nenhuma ideia se eles dois teriam algum tipo de futuro além de uma refeição no Pop's Kitchen mas, se tivessem, não queria usar de subterfúgios, seria um modo ruim de começar a viagem.

— Porque eu quis — disse ela. Sua voz era baixa, mas clara.

— Está bem. Não se fala mais nisso.

— E não se fala mais em Norman, também.

— Esse é o nome dele mesmo, sem brincadeira?

— É.

— Como o Bates, de *Psicose*?

— É.

— Posso lhe perguntar outra coisa, Rosie?

Ela sorriu um pouco.

— Desde que eu não seja obrigada a responder...

— É justo. Você achou que era mais velha do que eu, não é?

— É. Achei sim. Que idade você tem, Bill?

— Trinta. O que nos torna uma espécie de vizinhos de porta na loteria das idades... mesma rua, pelo menos. Mas você imaginou automaticamente que não apenas era mais velha, como muito mais velha. Então aí vai a pergunta. Está pronta?

Rosie sacudiu os ombros, desconfortável.

Ele se inclinou para ela, os olhos com o fascinante tom de um verde suave fixos nela.

— Você sabe que é bonita? — perguntou. — Não é um comentário no ar, ou para ser descartado, é simplesmente pura curiosidade. Você sabe que é bonita? Não sabe, não é?

Ela abriu a boca. Nada saiu dali, exceto um minúsculo ruído de respiração da parte de trás de sua garganta. Era mais parecido com um assobio do que com um suspiro.

Ele pôs a mão sobre a dela e apertou-a suavemente. Seu toque foi rápido, mas mesmo assim acendeu os nervos de Rosie como um choque elétrico. Por um momento Bill foi a única coisa que ela podia ver — seu cabelo, sua boca e, mais do que tudo, seus olhos. O resto do mundo desaparecera, como se os dois estivessem em um palco onde todas as luzes, exceto um *spot* brilhante e ardente, tivessem sido apagadas.

— Não zombe de mim — disse Rosie. Sua voz tremia. — Por favor, não zombe. Não posso suportar que faça isso.

— Eu jamais faria isso. — Falou de forma ausente, como se fosse um assunto além de discussão, caso encerrado. — Mas vou lhe dizer o que vejo. — Sorriu e estendeu a mão para tocar a dela novamente. — *Sempre* lhe direi o que vejo. Prometo.

## 7

Rosie disse que ele não precisava subir as escadas com ela, mas Bill insistiu, e ela ficou contente. A conversa deles tinha se voltado para coisas menos pessoais quando seus pratos chegaram — Bill estava encantado por descobrir que a referência a Roger Clemens não havia sido um acaso feliz, que Rosie tinha uma compreensão do beisebol de fã, e haviam conversado muito sobre os times da cidade enquanto comiam, passando naturalmente de beisebol para basquete. Ela quase não pensou em Norman até a volta, quando começou a imaginar como se sentiria se abrisse a porta de sua casa e lá estivesse Norman, sentado em sua cama, tomando uma xícara de café, talvez, e contemplando o quadro do templo arruinado e a mulher na colina.

Então, enquanto subiam os degraus estreitos, com Rosie na frente e Bill um ou dois degraus atrás, ela descobriu outra coisa com que se preocupar: e se ele quisesse lhe dar um beijo de boa-noite? E se, depois do beijo, ele pedisse para entrar?

*É claro que vai querer entrar*, Norman disse a ela, falando com a voz opressivamente paciente de quando tentava não ficar zangado com ela, mas mesmo assim ficando. *Na verdade, ele vai insistir nisso. Por que outro motivo ele bancaria um jantar de 50 dólares? Meu Deus, você devia ficar lisonjeada — há garotas na rua mais bonitas que você que não conseguem 50 pela trepada. Ele vai querer entrar e foder você, e talvez seja bom — talvez seja disso que você precise para tirar a cabeça das nuvens.*

Ela conseguiu pegar a chave da bolsa sem deixá-la cair, mas a ponta da chave esbarrou várias vezes em torno da fenda, no centro do disco de metal, sem entrar. Ele fechou a mão sobre a dela e guiou-a para o lugar certo. Rosie sentiu novamente aquele choque elétrico quando Bill a tocou, e não pôde deixar de pensar no que a chave deslizando na fechadura lhe trouxe à mente.

Abriu a porta. Não havia Norman nenhum, a menos que estivesse escondido no chuveiro ou no guarda-roupa. Só a sua agradável sala com as paredes cor creme, o quadro pendurado perto da janela e a luz acesa sobre a pia. Não era um lar, não ainda, mas estava mais perto disso do que o dormitório da F & I.

— Nada mau — disse ele pensativamente. — Não é um dúplex luxuoso nos arredores da cidade, mas não é nada mau.

— Gostaria de entrar? — perguntou ela, com lábios que pareciam completamente entorpecidos, como se alguém lhe tivesse dado uma injeção de Novocaína. — Eu podia fazer um café...

*Ótimo!* Norman exultou em seu bastião na cabeça dela. *É melhor acabar logo com isso, não é, meu bem? Você lhe dá o café e ele lhe dá o creme. Um negócio e tanto!*

Bill pareceu pensar cuidadosamente a respeito antes de sacudir a cabeça.

— Pode não ser uma ideia muito boa — disse. — Não esta noite, pelo menos. Acho que você não tem a menor ideia de como mexe comigo. — Riu um pouco nervosamente. — Acho que *eu* não tenho a menor ideia de como você mexe comigo. — Olhou por cima do ombro dela e viu algo que o fez sorrir e levantar para Rosie os dois polegares. — Tinha razão sobre o quadro, eu nunca teria acreditado nisso então, mas você estava certa. Acho que tinha pensado naquele lugar, não é?

Ela sacudiu negativamente a cabeça, também sorrindo.

— Quando comprei o quadro, nem sabia que esta sala existia.

— Você deve ser médium, então. Aposto que deve ficar especialmente bem ali no final da tarde e início do crepúsculo. O sol deve bater nele obliquamente.

— É, fica bem sim — disse Rosie, sem acrescentar que achava que o quadro ficava bem, perfeitamente bem e perfeitamente no lugar, em todas as horas do dia.

— Ainda não está enjoada dele, está?

— Não, não mesmo.

Ela pensou em acrescentar: *E ele tem alguns truques engraçados. Chegue ali e dê uma olhada mais de perto. Talvez consiga ver até algo mais surpreendente do que uma mulher prestes a lhe bater com uma lata de salada de frutas na cabeça. Diga, Bill — aquele quadro passou de seu tamanho comum para o de Cinerama 70, ou foi só a minha imaginação?*

Não disse nada, é claro.

Bill pôs as mãos nos ombros dela e Rosie o encarou solenemente, como uma criança sendo colocada na cama, quando ele se inclinou e beijou-lhe a testa no lugar macio entre as sobrancelhas.

— Obrigado por sair comigo — disse ele.

— Obrigada por me convidar. — Sentiu uma lágrima deslizando pela face esquerda e limpou-a com as costas dos dedos. Não tinha medo ou vergonha que ele a visse; podia confiar a ele pelo menos uma lágrima, e aquilo era bom.

— Escute — disse Bill. — Tenho uma motocicleta, uma Harley velha e robusta. É grande, barulhenta e às vezes o motor dela afoga em sinais vermelhos demorados, mas é confortável... e sou um motociclista extremamente seguro, se posso dizer isso. Um dos seis donos de Harleys nos Estados Unidos que usa capacete. Se fizer bom tempo no sábado poderia vir pegar você de manhã. Conheço um lugar a uns 50 quilômetros lago acima. Lindo. Ainda está frio para nadar, mas podíamos fazer um piquenique.

Inicialmente Rosie foi incapaz de responder qualquer coisa — estava simplesmente lisonjeada pelo fato de Bill convidá-la para sair *de novo*. E havia a ideia de andar na motocicleta dele... Como seria aquilo? Por um momento Rosie só conseguiu pensar como seria estar na garupa dele sobre duas rodas, cortando o espaço a 80 ou 90 quilômetros por hora. Abraçada a ele. Um calor totalmente inesperado a invadiu, como uma febre, e ela não reconheceu o que era, embora lembrasse de que sentira algo parecido muito tempo atrás.

— Rosie? O que acha disso?

— Eu... bom...

O que *achava*? Ela tocou com a língua o lábio superior nervosamente, afastou o olhar de Bill num esforço para clarear a cabeça e viu o maço de folhetos amarelos sobre a pia. Sentiu ao mesmo tempo decepção e alívio quando olhou de novo para Bill.

— Não posso. Sábado é o piquenique da Filhas e Irmãs. São as pessoas que me ajudaram quando vim para cá, minhas amigas. Há um jogo de softball, corridas, jogo de ferraduras, barracas de artesanato, coisas assim. E depois um show de noite, que é o que se espera que dê dinheiro realmente. Este ano vamos ter as Indigo Girls. Prometi que trabalharia na venda de camisetas das 17h em diante, e preciso fazer isso. Devo muito a elas.

— Posso trazer você de volta às cinco, não precisa se preocupar. Às quatro, se quiser.

Ela *queria*... mas temia mais coisas do que apenas se atrasar para vender camisetas. Ele entenderia se lhe contasse? Se lhe dissesse: *Eu adoraria abraçá-lo enquanto dirige velozmente, adoraria que vestisse uma jaqueta de couro para que eu pudesse encostar meu rosto no seu ombro e sentir aquele cheiro bom e ouvir os pequenos estalos do couro quando você se movesse. Adoraria isso, mas acho que tenho medo do que possa descobrir depois, quando a viagem terminar... de que o Norman na minha cabeça esteja certo sobre o que você realmente quer. O que mais me assusta é ter que investigar a premissa mais básica da vida de meu marido, a única coisa que ele nunca disse alto porque nunca precisou: a de que o modo como me tratava era perfeitamente certo, perfeitamente normal. Não é da dor que tenho medo; eu conheço a dor. Tenho medo é do término desse pequeno e doce sonho. Sabe, tive tão poucos sonhos.*

Percebeu que precisava dizê-lo e também, no momento seguinte, que não podia dizê-lo, talvez porque tivesse ouvido isso em tantos filmes, sempre como um lamento: *Não me magoe*. Era isso que precisava dizer. *Por favor, não me magoe. A melhor parte de mim que sobrou morrerá, se você me magoar.*

Mas Bill ainda esperava uma resposta. Esperava que ela dissesse *alguma coisa*.

Rose abriu a boca para dizer não, realmente teria que estar no piquenique e no show, talvez outro dia. Depois olhou novamente o quadro pendurado na parede ao lado da janela. *Ela* não hesitaria, pensou Rosie; contaria as horas até sábado e, quando finalmente estivesse na garupa dele naquele cavalo de ferro, passaria a maior parte da viagem batendo-lhe nas costas e incitando-o a galopar mais velozmente. Durante um momento Rosie quase pôde vê-la sentada lá, a bainha de seu quíton *rose madder* puxado para cima, as coxas nuas apertando firmemente os quadris dele.

O fluxo quente varreu-a de novo, mais forte ainda. Mais doce.

— Está bem — disse. — Eu topo. Com uma condição.

— Diga. — Bill sorriu, obviamente encantado.

— Depois você vai me levar ao Ettinger's Pier, onde vai ser a festa da F & I, e vai ficar para o show. Eu compro as entradas. O convite é meu.

— Negócio fechado — disse ele instantaneamente. — Posso pegar você às oito e meia ou é muito cedo?

— Não, está ótimo.

— É bom levar um casaco e talvez um suéter também — disse ele. — Pode ser que deixe isso no porta-bagagem à tarde quando voltar, mas ao sairmos vai estar muito frio.

— Está bem — disse Rosie, já pensando que teria de pedir aquelas coisas emprestadas de Pam Haverford, que era mais ou menos de seu tamanho. Todo o guarda-roupa de Rosie para sair consistia de um único casaco leve, naquele momento, e o orçamento não aguentaria qualquer outra compra desse tipo, pelo menos por enquanto.

— Vejo você então. E obrigada por esta noite, mais uma vez. — Pareceu pensar rapidamente em beijá-la, depois simplesmente pegou a mão dela e apertou-a por um momento.

— De nada.

Ele se virou e correu rapidamente escadas abaixo, como um garoto. Rose não pôde deixar de notar o contraste disso com o modo de Norman se mover — um andar lento e penoso, de cabeça baixa, ou uma espécie de velocidade dardejante, fantasmagórica. Observou sua sombra alongada na parede até que desaparecesse, e então fechou a porta, trancando as duas fechaduras, e apoiando-se nela, enquanto olhava para o quadro através do aposento.

Modificara-se de novo. Tinha quase certeza disso.

Atravessou a sala e parou na frente do quadro com as mãos cruzadas atrás das costas, a cabeça pendendo levemente para a frente, a posição fazendo-a parecer comicamente com a caricatura do *New Yorker* de um patrocinador de uma galeria de arte ou de um *habitué* de museus.

Sim, embora as dimensões do quadro permanecessem as mesmas, ela tinha certeza de que ele se alargara um pouco. À direita, além do segundo rosto de pedra — o que espiava às cegas obliquamente através da relva alta —, ela podia ver agora o que parecia o início de uma clareira na floresta. À esquerda, além da mulher na colina, podia ver também a cabeça e os ombros de um pequeno pônei peludo. Usava antolhos, comia a relva alta e parecia atrelado a um tipo de carruagem — talvez uma carroça, talvez uma sege leve ou um veículo de dois lugares frente a frente. Essa parte Rosie não conseguia ver; estava fora do quadro (até então, pelo menos). Mas podia ver parte de sua sombra, e também outra sombra saindo dele. Pensou que a segunda sombra era provavelmente a cabeça e os ombros de uma pessoa. Talvez alguém em pé ao lado do veículo ao qual o pônei estava atrelado. Ou talvez...

*Ou talvez tenha ficado maluca, Rosie. Você não acha realmente que este quadro tenha aumentado, não é? Ou que está mostrando mais coisas, se preferir!*

Mas a verdade era que *acreditava* nisso, *via* isso, e sentia-se mais excitada do que amedrontada com a ideia. Gostaria de ter pedido a opinião de Bill; gostaria de saber se ele via algo do que ela estava vendo... ou *achava* estar vendo.

*Sábado*, prometeu a si mesma. *Talvez eu lhe pergunte no sábado.*

Começou a se despir, e quando estava no minúsculo banheiro escovando os dentes, já esquecera tudo sobre Rose Madder, a mulher na colina. Esquecera tudo sobre Norman também, e Anna, e Pam, e as Indigo Girls no sábado à noite. Estava pensando em seu jantar com Bill Steiner, relembrando o encontro com ele minuto a minuto, segundo a segundo.

## 8

Deitada na cama, deslizando para o sono, ouvia o som de grilos vindo do Bryant Park.

Enquanto flutuava, viu-se lembrando — sem dor e aparentemente a uma grande distância — de 1985 e de sua filha, Caroline. No que dizia respeito a Norman, jamais houvera uma Caroline, e o fato de ter concordado com a hesitante sugestão de Rosie de Caroline ser um bonito nome para uma garota não mudava isso. Para Norman existira apenas um girino que acabara prematuramente. Se por acaso era um girino-menina, graças a uma "viagem" maluca de sua mulher, e daí? Oitocentos milhões de chineses comunistas cagavam para isso, na linguagem-de-Norman.

1985 — que ano! Que ano infernal! Ela perdera

(*Caroline*)

o bebê. Norman quase perdera o emprego (quase fora preso, Rosie tinha uma ideia vaga), ela fora parar no hospital com uma costela quebrada que lacerara e quase lhe perfurara o pulmão e, como uma atração extra, tinha sido enrabada com o cabo de uma raquete de tênis. Fora também o ano em que a mente dela, extraordinariamente estável até então, começou a oscilar um pouco; entretanto, no meio de todos esses festejos, quase não notara que meia hora na Cadeira de Pooh parecia às vezes cinco minutos, e que em certos dias tomava oito ou nove banhos de chuveiro entre o momento em que Norman saía para o trabalho e o momento em que ele voltava.

Devia ter ficado grávida em janeiro, quando começara a se sentir enjoada pela manhã, e não menstruou em fevereiro. O caso que provocara a "repreensão oficial" de Norman — e que seria exposto em sua pasta até o dia em que se aposentasse — ocorrera em março.

*Qual era o nome dele?*, perguntou-se, ainda flutuando na cama entre o sono e o despertar, mas naquele instante mais perto do primeiro. *Qual era o nome do homem que começara toda a confusão?*

Por um momento o nome não apareceu, só a lembrança de que era negro... um macaco, na linguagem-de-Norman. Então ele surgiu.

— Bender — murmurou no escuro, ouvindo o cricrilar baixo dos grilos. — Richie Bender. Era esse o nome.

1985, um ano infernal! Uma *vida* infernal! E agora tinha esta vida. Esta casa. Esta cama. E o ruído dos grilos.

Rosie fechou os olhos e flutuou para longe.

## 9

*A menos de 5 quilômetros da esposa agora, Norman estava deitado na própria cama, escorregando para o sono, para a escuridão, e ouvindo o contínuo rumor do tráfego na avenida Lakefront, nove andares abaixo. Seus dentes e maxilares doíam, mas a dor estava distante agora, sem importância, escondida por trás de uma mistura de aspirina e* scotch.

*Enquanto flutuava, viu-se também pensando em Richie Bender; sem o saberem, era como se Norman e Rosie tivessem trocado um rápido beijo telepático.*

*— Richie — murmurou ele nas sombras de seu quarto de hotel, e então colocou o antebraço sobre os olhos fechados. — Richie Bender, seu escroto. Seu escroto nojento.*

*Fora num sábado — o primeiro sábado de março de 1985. Nove anos atrás, mais ou menos. Por volta das 11 da manhã daquele dia, um macaco entrara na loja Payless na esquina da rua 60 com Saranac, acertara dois tiros na cabeça do balconista, saqueara a caixa registradora e saíra. Enquanto Norman e seu colega interrogavam o balconista do estabelecimento comercial ao lado, foram abordados por outro crioulo, este usando uma camisa do Buffalo Bills.*

*— Conheço esse crioulo — dissera.*

*— Que crioulo, cara? — perguntara Norman.*

*— O crioulo que roubou a Payless — respondera o negão. — Eu estava em pé bem ali perto da caixa do correio quando ele saiu. O nome é Richie Bender. É um crioulo do mal. Vende crack no seu quarto de motel lá embaixo. — Apontou vagamente na direção leste, para os lados da estação de trem.*

*— Que motel é esse? — perguntara Harley Bissington. Harley fora o parceiro de Norman naquele dia infeliz.*

*— Ray'road Motel — dissera o negro.*

*— Sabe qual é o quarto dele? — perguntara Harley. — Seu conhecimento do mencionado patife vai até esse ponto, meu amigo de pele escura?*

*Harley quase sempre falava assim. Às vezes fazia Norman rir. Geralmente, porém, lhe dava vontade de agarrar o homem por uma de suas estreitas gravatas tricotadas e arrancar-lhe o gogó.*

*É claro que seu amigo de pele escura sabia. Ele próprio, sem dúvida, ia lá duas ou três vezes por semana — talvez cinco ou seis, se sua situação financeira estivesse boa — comprar pedra daquele crioulo do mal, Richie Bender. O amigo de pele escura e todos os seus companheiros macacos. Provavelmente, na época, aquele cara tinha alguma bronca de Richie Bender, mas Norman e Harley não deram a mínima importância a isso: tudo o que os dois queriam era saber onde estava o atirador, para poderem botá-lo logo em cana e resolverem o caso antes da* happy hour.

*O crioulo vestindo a camisa do time dos Bills não conseguira lembrar o número do quarto de Bender, mas mesmo assim dissera a eles onde era: primeiro andar, ala principal, bem entre a máquina de Coca-Cola e a banquinha que fornecia jornais.*

*Norman e Harley partiram para o Railroad Motel, claramente uma das melhores espeluncas da cidade, e bateram na porta entre a máquina de Coca-Cola e a banquinha que fornecia jornais. A porta fora aberta por uma garota de cabelos louros berrantes e ar de puta, em um transparente vestido vermelho que permitia uma boa olhada em sua calcinha e sutiã; era obviamente uma boa americana drogada, e os dois policiais notaram algo que parecia três frascos vazios de crack em cima da televisão do motel, e quando Norman perguntara a ela onde estava Richie Bender, a mulher cometera o erro de rir dele. "Não tenho a mínima ideia", disse ela. "Agora vão embora, rapazes, e levem seus rabos brancos para outro lugar."*

*Tudo isso estava bastante correto, mas depois os diversos relatos tinham ficado um pouco confusos. Norman e Harley haviam dito que a srta. Wendy Yarrow (conhecida mais familiarmente na cozinha de Daniels, naquela primavera e verão, como "a putinha de cabelo louro berrante") puxara uma lixa de unhas de metal da bolsa e cortara Norman Daniels duas vezes com ela. Certamente ele apresentara cortes compridos e superficiais na testa e no dorso da mão direita, mas a srta. Yarrow afirmara que o próprio Norman fizera o corte na mão e seu colega fizera o da testa para ele. Tinham feito isso, dissera, depois de a empurrarem de volta à unidade 12 do Railroad Motel, quebrando seu nariz e quatro de seus dedos, fraturando nove ossos de seu pé esquerdo ao pisarem nele repetidamente (eles se revezavam, dissera), arrancando mechas de seu cabelo e socando-a repetidamente no abdômen. O mais baixo a violentara, contara ela para os investigadores do departamento da Corregedoria de Polícia. O de ombros largos tentara violá-la, mas inicialmente não conseguira que o negócio subisse. Depois de mordê-la várias vezes nos seios e no rosto, ele conseguiu uma ereção, contara, "mas ele esguichou tudo na minha perna antes de poder penetrar. Então me bateu mais. Disse que queria falar comigo bem de perto, mas falou principalmente com os punhos".*

*Agora, deitado na cama do Whitestone, nos lençóis que sua esposa tivera nas mãos, Norman rolou para o lado tentando afastar 1985. Mas ele não quis ir embora. Não era de surpreender; uma vez que aparecia, nunca ia embora. 1985 ficava por ali, como um vizinho idiota, falastrão e cheio de vento do qual a gente não consegue se livrar.*

Cometemos um erro, *pensou Norman.* Acreditamos naquele macaco desgraçado com a camisa do Bills.

*É, aquilo havia sido um erro, sem dúvida, um erro bem grande. E tinham achado que uma mulher que parecia tanto ter parte com Richie Bender devia estar no quarto de Bender, o que fora um segundo erro, ou uma extensão do primeiro, e na verdade pouco importava ser uma coisa ou outra, porque os resultados eram os mesmos. Srta. Wendy Yarrow era uma garçonete de meio expediente, puta de meio expediente e drogada em tempo integral, mas não tinha estado no quarto de Richie Bender. Na verdade, nem sabia quem era essa criatura no planeta. Descobriu-se que Richie Bender fora o ladrão que roubara a Payless e liquidara o balconista, mas seu quarto não era entre a máquina de refrigerantes e a banquinha de jornal; aquele era o quarto de Wendy Yarrow, que estivera sozinha pelo menos naquele dia específico.*

*O quarto de Richie Bender ficava do* outro lado *da máquina de Coca-Cola. Tal erro quase custara a Norman Daniels e Harley Bissington o emprego, mas no final o pessoal da Corregedoria acreditara na história da lixa de unha e não havia nenhum esperma em que basear as acusações de estupro por parte da srta. Yarrow. Sua afirmativa de que o mais velho dos dois — o que realmente a penetrara — usara um preservativo e depois o jogara no vaso sanitário e puxara a válvula não podia ser provada.*

*No entanto, haviam ocorrido outros problemas. Até os que mais os apoiavam no departamento tiveram que admitir que os inspetores Daniels e Bissington tinham se excedido um pouco nos esforços para subjugarem a gata selvagem de 50 quilos com a lixa na mão; ela realmente* tinha *alguns dedos quebrados, por exemplo. Daí a repreensão oficial. Não que aquilo fosse o final do assunto. Aquela vaca arrogante tinha encontrado o judeu... aquele judeuzinho careca...*

*Mas o mundo estava cheio de vacas arrogantes procurando encrenca. Sua esposa, por exemplo. Mas esta era uma vaca arrogante a respeito da qual podia fazer alguma coisa... isto é, se conseguisse dormir um pouco.*

*Virou para o outro lado e 1985 finalmente começou a desaparecer. "Quando você menos esperar, Rose", murmurou Norman. "É aí que vou aparecer à sua frente."*

*Cinco minutos depois estava dormindo.*

## 10

*Aquela putinha, como ele a chamava,* pensou Rose em sua própria cama. Estava quase dormindo, mas não totalmente; podia ouvir ainda os grilos no parque. *Aquela putinha de cabelo louro berrante. Como ele a odiava!*

É, claro que odiava. Tinha havido, no mínimo, uma confusão com os investigadores da Corregedoria. Norman e Harley Bissington haviam escapado com a pele intacta — quase intacta —, mas descobriram que a putinha de cabelo louro berrante conseguira um advogado (um judeu careca de porta de xadrez, na linguagem-de-Norman) que iniciara uma gigantesca ação civil a seu favor. Citava Norman, Harley e todo o departamento de polícia. Então, não muito antes do aborto de Rosie, Wendy Yarrow fora assassinada. O corpo, descoberto atrás de um dos elevadores de carga no lado oeste do lago, fora esfaqueado mais de 100 vezes, e seus seios cortados.

*Algum tarado*, Norman dissera a Rosie, e mesmo não sorrindo ao colocar o telefone no gancho — alguém na delegacia deve ter ficado realmente excitado, para ligar para sua casa —, mostrava uma inegável satisfação na voz. *Wendy repetira um jogo arriscado vezes demais, e tirara uma carta imprevisível. Ossos do ofício.* Então tocara o cabelo de Rosie muito suavemente, acariciando-o, e sorrira para ela. Não o seu sorriso cortante, o que a deixava com vontade de gritar, mas mesmo assim tivera vontade de gritar, porque sabia, sem quê nem porquê, o que acontecera a Wendy Yarrow, a putinha de cabelo louro berrante.

*Está vendo como tem sorte?*, ele lhe dissera, alisando sua nuca com as grandes mãos duras, depois seus ombros, depois seus seios redondos. *Está vendo como tem sorte de não estar pelas ruas, Rose?*

Então — talvez tenha sido um mês depois, talvez mês e meio — Norman entrara, vindo da garagem, encontrara Rosie lendo um livro romântico e concluíra que precisava falar com ela sobre seus lazeres. Precisava falar com ela bem de perto, na verdade.

1985, um ano infernal.

Deitada na cama com as mãos sob o travesseiro, Rosie deslizava para o sono escutando o som dos grilos entrando pela janela, tão perto que a sala parecia ter sido magicamente transportada para o coreto do parque. Pensou então na mulher que sentara num canto com o cabelo grudado nas faces suadas, o ventre duro como pedra, os olhos rolando nas órbitas escurecidas do choque, quando os beijos sinistros começaram a lhe fazer cócegas nas coxas, a mulher que só veria aquela gota de sangue no lençol anos depois, a mulher que não sabia da existência de lugares como Filhas e Irmãs ou de homens como Bill Steiner, a mulher que cruzara os braços, agarrara os ombros e rezara a um Deus em que não mais acreditava para que aquilo não fosse um aborto, para que não fosse o fim de seu pequeno e doce sonho, e pensara depois, quando o viu acontecendo, que talvez fosse melhor. Sabia como Norman cumpria as responsabilidades de marido; como cumpriria as de pai?

O zumbido suave dos grilos embalava seu sono. E podia até sentir o cheiro da grama — um aroma seco e doce que parecia deslocado em maio. Um cheiro que associava aos campos de feno em agosto.

*Nunca senti o cheiro da grama do parque antes,* pensou sonolenta. *É isso que o amor — o encantamento, pelo menos — causa na pessoa? Aguça-lhe os sentidos e a deixa maluca ao mesmo tempo?*

Bem distante, ouviu um estrondo que poderia ser um trovão. Isso também era estranho, pois o céu estava claro quando Bill a trouxera para casa — ela olhara para cima e se maravilhara com a quantidade de estrelas que vira, mesmo com o alaranjado intenso das luzes da rua.

Deslizou para longe, mergulhando no último sono sem sonhos que teria por algum tempo, e seu pensamento final antes de ser reclamada pela escuridão foi: *Como posso ouvir os grilos ou sentir o cheiro da grama? A janela* não *está aberta; eu a fechei e tranquei antes de vir para a cama.*

# V

# Grilos

## 1

No final daquela tarde de quarta-feira, Rosie quase flutuou para dentro do Hot Pot. Pediu uma xícara de chá e um doce, e sentou-se junto à janela, comendo e bebendo lentamente enquanto observava o incessante rio de pedestres lá fora — pela hora, eram, na maioria, funcionários de escritórios voltando para casa depois do trabalho. Na verdade, o Hot Pot não ficava em seu caminho, agora que não trabalhava mais no Whitestone; mesmo assim ia até lá sem hesitar, talvez por ter tomado tantas agradáveis xícaras de chá lá com Pam depois do trabalho, talvez por não ser exatamente uma exploradora — pelo menos ainda não — e porque conhecia o lugar, confiava nele.

Terminara de ler *A Arraia Gigante* por volta de duas horas, e esticara a mão sob a mesa para pegar a bolsa quando Rhoda Simons disse pelo alto-falante:

— Quer fazer uma pausinha antes de começarmos o próximo, Rosie? — E pronto, era simples assim. Estava com esperanças de pegar os três outros romances de Bell/Racine, *achava* que conseguiria, mas o alívio de *saber* que os faria realmente não tinha paralelo.

E não era tudo. Quando tinham interrompido o trabalho, às quatro, tendo já terminado dois capítulos de uma lúgubre história de suspense chamada *Mate Todos os Meus Amanhãs*, Rhoda perguntara a Rosie se podia ir ao banheiro com ela por alguns minutos.

— Sei que parece esquisito — disse Rhoda —, mas estou morrendo de vontade de fumar e é o único lugar no diabo deste edifício em que ouso dar uma tragada. A vida moderna é uma bosta, Rosie.

No banheiro, acendera um Capri e empoleirara-se na borda entre as duas pias num à vontade que demonstrava grande familiaridade. Cruzando as pernas, colocara o pé direito atrás do esquerdo e encarara especulativamente Rosie.

— Adorei seu cabelo — disse.

Rosie tocou nele, constrangida. Arrumara-o em um salão de beleza na noite anterior, no impulso do momento, 50 dólares que não podia gastar... mas não conseguira deixar de gastar.

— Obrigada — disse.

— Robbie vai lhe oferecer um contrato, sabe.

Rosie franziu o rosto e sacudiu a cabeça.

— Não, *não* sei. Do que é que está falando?

— Ele pode parecer um joão-ninguém, mas está no catálogo de negócios de áudio desde 1975 e sabe que você é boa. Sabe melhor do que você. Acha que lhe deve muito, não é?

— *Sei* que devo — replicou Rosie com severidade. Não gostava do rumo da conversa; fazia com que pensasse naquelas peças shakespearianas onde as pessoas esfaqueavam os amigos nas costas e depois desfiavam longos e hipócritas monólogos, explicando como isso fora inevitável.

— Não deixe que a gratidão atrapalhe seus interesses — disse Rhoda, batendo com precisão a cinza do cigarro dentro da pia e fazendo-a sumir com um jorro de água fria. — Não conheço a história de sua vida nem *faço questão* de saber, mas sei que você fez *A Arraia Gigante* em apenas 104 *takes*, o que é um verdadeiro fenômeno, e sei que sua voz parece com a de Elizabeth Taylor jovem. Sei também, porque está quase gravado em sua testa, que está sozinha e não está acostumada com isso. Você é tão *tabula rasa* que dá medo. Sabe o que isso significa?

Rosie não tinha certeza completa — algo que queria significar ingênua, pensou —, mas não ia dar o braço a torcer.

— Claro que sei.

— Ótimo. E não me entenda mal, pelo amor de Deus, não estou tentando interferir nos negócios de Robbie nem quero tirar casquinha do seu bolo. Estou *torcendo* por você. Rob também está. E Curtis também. Só que Rob está torcendo também pela carteira dele. Livros gravados ainda são um campo novo em folha. Se isso fosse cinema, estaríamos em plena Era dos Filmes Mudos. Entende o que quero dizer?

— Mais ou menos.

— Quando Robbie ouve você lendo *A Arraia Gigante*, pensa em uma versão de Mary Pickford em áudio. Sei que parece maluco, mas é verdade. Até o modo como encontrou você aumenta essa impressão. Há uma lenda que diz que Lana Turner foi descoberta na drogaria Schwab's. Bem, Robbie já está construindo uma lenda na cabeça dele por ter descoberto você na loja de penhores de seu amigo Steiner, procurando cartões-postais antigos.

— Foi isso que ele disse que eu estava fazendo? — perguntou Rosie, sentindo um jorro de calor que era quase amor por Robbie Lefferts.

— Aham, mas onde ele encontrou você e o que estava fazendo não têm importância, na verdade. O fato é que você é *boa*, Rosie, é mesmo, tem muito talento. É quase como se tivesse nascido para esse trabalho. Rob a descobriu, mas isso não lhe dá direito aos seus pulmões pelo resto de sua vida. Não se torne propriedade dele.

— Ele nunca ia querer isso — disse Rosie. Estava atemorizada e empolgada ao mesmo tempo, e também um pouco zangada com Rhoda por ser tão cínica, mas todos esses sentimentos tinham sido suprimidos sob uma brilhante camada de alegria e alívio: ia ficar bem por um pouco mais de tempo. E se Robbie realmente lhe *oferecesse* um contrato, poderia ficar bem mais tempo ainda. Para Rhoda Simons era fácil aconselhar cautela; não estava morando numa peça única a três quarteirões de uma área da cidade onde a gente não estaciona o carro se quiser conservar o rádio e as calotas dos pneus; Rhoda tinha um marido contador, uma casa nos arredores da cidade e um Nissan prateado 1994. Tinha um cartão VISA e um American Express. Melhor ainda, tinha um plano de saúde da Blue Cross, e poupança à qual poderia recorrer se ficasse doente e não pudesse trabalhar. Para gente que possuía tais coisas, Rosie imaginou, recomendar cautela nos negócios era provavelmente tão natural quanto respirar.

— Talvez não — disse Rhoda —, mas você poderia ser uma pequena mina de ouro, Rosie, e às vezes as pessoas mudam quando descobrem minas de ouro. Mesmo gente boa como Robbie Lefferts.

Agora, tomando seu chá e olhando pela janela do Hot Pot, Rosie lembrava-se de Rhoda apagando o cigarro na água fria da torneira, jogando-o na cesta de lixo e depois se virando para ela:

— Sei que está numa situação em que a segurança no emprego é muito importante, e não estou dizendo que Robbie seja mau, trabalho com ele, com intervalos, desde 1982, e sei que não é mau, só estou dizendo para manter um olho nos pássaros da moita enquanto tem certeza de que o que está em sua mão não voa. Entende?

— Não totalmente.

— Aceite fazer seis livros para começar, não mais. Oito da manhã às quatro da tarde, ali mesmo no Tape Engine. Mil por semana.

Rosie esbugalhou os olhos, com a sensação de que tivessem enfiado o tubo de um aspirador de pó por sua garganta abaixo e sugado o ar de seus pulmões.

— *Mil* dólares por *semana*, está *maluca*?

— Pergunte a Curt Hamilton se *ele* acha que estou maluca — disse Rhoda calmamente. — Lembre-se de que não é apenas a voz, são os *takes*. Você fez *A Arraia Gigante* em 104. Nenhuma outra pessoa com quem eu trabalho poderia ter feito isso em menos de 200. Você tem uma administração de voz fantástica, mas o que é absolutamente inacreditável é seu controle de respiração. Se não canta, pelo amor de Deus, como é que conseguiu um controle tão grande?

Uma imagem de pesadelo então ocorreu a Rosie: sentada no canto, com os rins inchados e latejando como bolsas de água quente, agarrando o avental com as mãos e rezando a Deus para não ter que usá-lo porque doía vomitar, tinha a impressão de que seus rins estavam sendo esfaqueados com varinhas longas, irregulares. Sentada ali, inspirando longa e profundamente, expirando lenta e suavemente, porque era assim que funcionava melhor, tentando fazer a pulsação fugidia do coração combinar com o ritmo mais calmo da respiração, sentada ali e ouvindo Norman fazer um sanduíche para si mesmo na cozinha enquanto cantava *Daniel*, ou *Take a Letter, Maria*, em sua voz surpreendentemente boa de tenor de banheiro.

— Não sei — disse ela. — Nem tinha ideia do que era controle de respiração até conhecer você. Acho que é só um dom.

— Bem, ponha as mãos para o céu, menina — disse Rhoda. — É melhor voltarmos; Curt vai pensar que estamos praticando estranhos rituais femininos aqui.

Robbie ligara de seu escritório no centro para lhe dar os parabéns pelo término de *A Arraia Gigante* exatamente quando estava pronta para ir embora. E apesar de não ter mencionado especificamente um contrato, perguntara-lhe se poderiam almoçar juntos na sexta-feira para conversar sobre "uma combinação de negócios", segundo ele. Rosie havia concordado e desligara, sentindo-se tonta. Pensou que a descrição de Robbie por Rhoda era perfeita: Robbie Lefferts *parecia* de fato um joão-ninguém.

Quando desligou o telefone do escritório particular de Curtis — um pequeno *closet* atravancado com centenas de cartões profissionais espetados nas paredes de cortiça com alfinetes — e voltou ao estúdio para pegar a bolsa, Rhoda já tinha ido embora, presumivelmente para o cigarro final no banheiro das mulheres. Curt marcava caixas de fitas de carretel. Ergueu os olhos e lhe deu um sorriso.

— Grande trabalho hoje, Rosie.

— Obrigada.

— Rhoda disse que Robbie vai lhe oferecer um contrato.

— É o que ela diz — concordou Rosie. — E acho que ela está certa mesmo. Bate na madeira.

— Bem, você precisa se lembrar de uma coisa quando estiver barganhando — disse Curtis, colocando as caixas de fitas em uma prateleira alta onde dúzias de caixas semelhantes estavam alinhadas como finos livros brancos. — Se você ganhou 500 pratas por *A Arraia Gigante*, Robbie está bem mais à frente... porque você economizou talvez uns 700 em tempo de estúdio. Sacou?

Sacara sim, certo, e agora se sentava ali no Hot Pot com o futuro parecendo inesperadamente brilhante. Tinha amigos, um lugar para morar, um emprego e a promessa de mais trabalho quando terminasse com Christina Bell. Um contrato que podia significar até mil dólares por semana, mais dinheiro do que Norman ganhava. Era uma doideira, mas era verdade. *Podia* ser verdade, emendou ela.

Ah, e outra coisa. Tinha um encontro no sábado... o sábado inteiro, se contasse o show das Indigo Girls à noite.

O rosto de Rosie, geralmente tão solene, abriu-se num vivo sorriso, e ela sentiu um desejo totalmente inadequado de se abraçar. Comeu o último pedaço do doce e olhou pela janela novamente, imaginando se todas essas coisas podiam estar realmente acontecendo com ela, se havia verdadeiramente uma vida real em que pessoas reais deixavam suas prisões, viravam à direita... e entravam no céu.

## 2

A meio quarteirão de distância, o sinal vermelho apagou e o verde surgiu. Pam Haverford, agora sem o uniforme branco de camareira e vestindo uma alinhada calça esporte vermelha, atravessou a rua com duas dúzias de outras pessoas. Trabalhara uma hora extra naquela noite e não tinha qualquer motivo para pensar que Rosie pudesse estar no Hot Pot... mas mesmo assim pensou. Chamem de intuição feminina, se quiserem.

Olhou rapidamente para o grande imbecil a seu lado, que achara ter visto na banca de jornal do Whitestone poucos minutos atrás. Poderia ser qualificado como *alguém interessante* se não fosse a expressão de seus olhos... que não era absolutamente expressão nenhuma. Ele a olhou brevemente enquanto pisavam na calçada oposta, e a ausência de expressão daqueles olhos — a sensação de algo *ausente* por trás deles — provocou um calafrio nela.

## 3

Dentro do Hot Pot, Rosie decidiu abruptamente que queria uma segunda xícara de chá. Não tinha razão alguma para pensar que Pam pudesse aparecer por ali — já passara uma boa hora do horário habitual delas —, mas pensou, mesmo assim. Talvez fosse intuição feminina. Levantou-se e foi até o balcão.

## 4

*A putinha ao lado dele era engraçadinha, pensou Norman, calça vermelha justa, um bonito rabo. Retardou-se uns dois passos — é melhor aproveitar a vista, meu caro —, mas quase ao mesmo tempo em que o fez ela entrou num pequeno restaurante. Ele deu uma espiada pela janela ao passar, mas não viu nada de interessante, apenas um bando de coroas comendo merda pegajosa e engolindo café e chá, além de uns poucos garçons correndo por ali com aquele jeito afetado e aveadado deles.*

As velhotas devem gostar disso, *pensou Norman.* Um andar de veado assim deve valer a pena pelas gorjetas. Tinha *que valer; por que outro motivo homens adultos andariam daquele modo? Não poderiam ser* todos *veados... poderiam?*

*Seu olhar para dentro do Hot Pot — breve e desinteressado — passou por uma senhora consideravelmente mais jovem do que os tipos de cabelo azul e terninho da maioria das mesas. Ela se afastava da janela e ia para o balcão de self-service, na extremidade da sala de chá (pelo menos achava que era assim que lugares como aquele se chamavam). Deu uma rápida olhada em seu rabo, simplesmente porque era para onde se dirigiam seus olhos quando a mulher tinha menos de 40 anos, julgou-o bom mas nada sobre o qual precisasse escrever para a mãe.*

O rabo de Rosie parecia com aquele, *pensou Norman.* Antes de ela se descuidar e ele ficar tão grande como um desses banquinhos em que se põem os pés.

*A mulher que vislumbrou pela janela também tinha um cabelo fantástico, muito melhor do que seu traseiro, na verdade, mas o cabelo dela não lhe lembrava Rosie. Rosie era o que a mãe de Norman sempre chamara de "castanha", e raramente se preocupava com o cabelo (considerando a cor de burro-quando-foge sem brilho, Norman não a culpava). Usava-o geralmente puxado para trás num rabo de cavalo, amarrado com um elástico; quando saíam para jantar fora ou ir ao cinema, ela o prendia com um prendedor vendido nas drogarias.*

*A mulher a quem o olhar de Norman tocou rapidamente quando espiou para dentro do Hot Pot não era castanha e sim uma loura de quadris estreitos, e não usava rabo de cavalo ou um prendedor de cabelo. Uma trança bem-feita lhe descia até o meio das costas.*

## 5

Talvez a melhor coisa que acontecera no dia, melhor até do que a estarrecedora notícia de que ela, Rosie, podia valer mil dólares por semana para Robbie Lefferts, segundo Rhoda, fora a expressão de Pam Haverford quando Rosie se afastou da caixa registradora do Hot Pot com uma nova xícara de chá. No início, os olhos de Pam passaram por ela sem absolutamente reconhecê-la... então voltaram bruscamente e se arregalaram. Pam começou a sorrir e depois realmente *guinchou*, provavelmente levando no mínimo meia dúzia de marcapassos a um ponto perigosamente próximo à sobrecarga, ali na salinha cheia de samambaias.

— Rosie? É você? Ah... meu... *Deus*!

— Sou eu — disse Rosie, rindo e enrubescendo. Teve consciência de que as pessoas se viravam para olhá-las, e descobriu, maravilha das maravilhas, que absolutamente não se importava.

Tomaram chá em sua velha mesa perto da janela, e Rosie até permitiu que Pam a convencesse a comer outro doce, embora tivesse perdido 7 quilos desde que viera para aquela cidade e não tivesse nenhuma intenção de recuperá-los se pudesse evitar.

Pam continuava a dizer que não conseguia *acreditar*, simplesmente não conseguia, uma observação que Rosie poderia ter sido tentada a considerar lisonjeira, não fosse pelo modo como Pam continuava olhando de seu cabelo para o seu rosto, como se tentasse imprimir a realidade disso em sua mente.

— Faz você parecer cinco anos mais jovem — disse. — Que diabo, Rosie, você está um perigo!

— Por 50 dólares, devia me fazer parecer com Marilyn Monroe — disse Rosie sorrindo... Entretanto, desde sua conversa com Rhoda sentiu-se mentalmente mais à vontade quanto ao dinheiro que gastara no cabelo.

— Onde você... — começou Pam, depois parou. — É o quadro que comprou, não é? Você fez o cabelo igual ao da mulher do quadro.

Rosie achou que enrubesceria ao ouvir isso, mas não enrubesceu. Simplesmente concordou.

— Adorei aquele estilo e então resolvi experimentar — hesitou, acrescentando depois: — Quanto à mudança da cor, ainda não consigo acreditar que fiz isso. É a primeira vez em toda a minha vida que mudo a cor do cabelo.

— A primeira! Não acredito.

— É verdade.

Pam debruçou-se sobre a mesa e, quando falou, foi num sussurro rouco, conspiratório:

— Aconteceu, não é?

— O quê? Aconteceu o quê?

— Você encontrou *alguém interessante*!

Rosie abriu a boca. Fechou-a. Abriu-a de novo sem a menor ideia do que pretendia dizer. Descobriu que não era nada: em vez de falar, riu. Riu até chorar e, antes que terminasse, Pam juntou-se a ela.

## 6

Rosie não precisava de chave para abrir a porta do 897 da rua Trenton — a porta era mantida destrancada até as oito ou coisa assim durante a semana —, mas precisava da chave pequena para abrir sua caixa de correio (R. McClendon datilografado, ali à sua frente, afirmando atrevidamente que ela morava ali, sim senhor), vazia, à exceção do folheto de propaganda de um hipermercado. Quando começou a subir o lance de escadas para o segundo andar, puxou outra chave. Esta abria a porta de seu apartamento, e só ela tinha uma, além do administrador do edifício. Assim como a caixa de correio, era dela. Estava com os pés cansados — caminhara quase 2 quilômetros, vindo do centro da cidade, sentindo-se inquieta e feliz demais para sentar num ônibus, querendo também ter mais tempo do que o ônibus lhe daria para pensar e sonhar. Apesar dos dois doces do Hot Pot, estava com fome, mas os ruídos surdos de seu estômago aumentavam sua felicidade, em vez de a diminuírem. Alguma vez na vida sentira tanta alegria? Achava que não. Transbordara da mente para todo o corpo, e apesar de seus pés estarem cansados, ainda pareciam leves. E seus rins não doíam nem um pouco, mesmo com a longa caminhada.

Agora, entrando em casa (e lembrando-se de trancar a porta desta vez), Rosie começou a dar risadinhas novamente. Pam e seu *alguém interessante*. Fora forçada a confessar algumas coisas — afinal de contas estava planejando levar Bill ao show das Indigo Girls no sábado à noite, e as mulheres da F & I o conheceriam —, mas quando afirmara que não tinha pintado o cabelo e feito a trança simplesmente por causa de Bill (o que lhe parecia de fato verdade), só conseguira que Pam olhasse comicamente para cima e desse uma piscadela debochada. Era irritante... mas também era doce.

Abriu a janela, deixando entrar o ar suave do final de primavera e os sons do parque, e depois foi até a pequena mesa da cozinha onde havia um livro ao lado das flores que Bill lhe trouxera na segunda à noite. As flores estavam murchando agora, mas Rosie não se via com coragem de jogá-las fora. Pelo menos não até domingo. Na noite anterior sonhara com ele, e que andava em sua motocicleta. Ele continuava dirigindo cada vez mais rápido, e em determinado momento uma palavra terrível, maravilhosa, ocorrera a ela. Uma palavra mágica. Agora não conseguia lembrar-se exatamente qual, alguma coisa sem sentido como *deffle* ou *feffle*, mas no sonho parecera uma palavra bonita... e poderosa, também. *Não diga isso a não ser que o sinta de verdade*, lembrou que pensara enquanto disparavam por alguma rodovia rural com colinas à esquerda e o lago cintilando azul, e flashes dourados de sol através dos pinheiros à direita. Adiante havia uma colina coberta de vegetação, e soube que havia um templo arruinado no outro lado dela. *Não diga isso a não ser que realmente pretenda se comprometer, corpo e alma.*

Ela dissera a palavra; saíra de sua boca como uma descarga elétrica. As rodas da Harley de Bill haviam deixado a estrada — por apenas um momento ela vira a da frente, ainda girando, mas agora 15 centímetros acima do pavimento — e notara a sombra deles não ao lado mas de algum modo *por baixo* deles. Bill girara o acelerador e subitamente avançavam para cima em direção ao brilhante céu azul, emergindo da alameda por entre as árvores como um submarino vindo à superfície do oceano, e Rosie despertara em sua cama com todas as cobertas emboladas à sua volta, tremendo e ainda ofegando, presa a algum calor profundo que parecia escondido em seu centro, invisível mas poderoso como o sol em eclipse.

Duvidava muito de que voassem assim por mais que tentasse palavras mágicas, mas achou que conservaria as flores um pouco mais de tempo, de qualquer forma. Talvez umas duas delas entre as páginas daquele livro.

Comprara o livro no Elaine's Dreams, o lugar onde fizera o cabelo. O título era *Simples mas elegante: dez estilos de cabelo que você pode fazer em casa.* “Esses são bons”, Elaine lhe dissera. “É claro que o cabelo deve sempre ser feito por um profissional, é a minha opinião, mas se não pode ir a um toda semana, por causa de dinheiro ou de tempo, e se a ideia de ligar para uma dessas televendas e pedir uma trança lhe dá vontade de cometer suicídio, o livro é um meio-termo decente. Agora, pelo amor de Deus, prometa que se um homem a convidar para um baile no Country Club em Westwood você vem me ver primeiro.”

Rosie sentou e abriu o livro no Estilo número 3, a Trança Clássica... que, informava o parágrafo de abertura, era também conhecida como a Trança Francesa Clássica. Examinou as fotos em preto e branco mostrando uma mulher primeiro separando e depois trançando o cabelo e, ao chegar ao fim, trabalhava ao contrário, desfazendo a trança. Desfazê-la à noite mostrou-se muito mais simples do que fazê-la pela manhã; precisara de 45 minutos e uma boa rodada de xingamentos para que ficasse mais ou menos como ficara ao sair do Elaine’s Dreams na noite anterior. Mas valera a pena. O despudorado guincho de surpresa de Pam no Hot Pot valia mais do que isso.

Quando terminou o trabalho, sua mente voltou-se para Bill Steiner (nunca estivera muito longe dele), e pensou se ele gostaria de sua trança. Se gostaria dela *loura.* Ou se, na verdade, nem chegaria a notar nem uma coisa nem outra. Pensou se ficaria infeliz se ele não notasse, depois suspirou e franziu o nariz. Claro que ficaria. Por outro lado, e se ele não apenas notasse mas reagisse como Pam (sem o guincho, é claro)? Poderia até tomá-la nos braços, como dizem nos livros românticos...

Estendeu a mão para a bolsa, querendo pegar o pente, e começara a deslizar para uma inofensiva fantasiazinha sobre a manhã de sábado — Bill experimentando uma fita de veludo na ponta da trança dela, na verdade (o fato de ele ter consigo uma fita de veludo podia ficar totalmente sem explicação; isso é que era bom nos devaneios na mesa da cozinha) —, quando seus pensamentos foram interrompidos por um pequeno som do outro lado do aposento.

*Rip. Rip-rip.*

Um grilo. O som não vinha do Bryant Park pela janela aberta. Vinha de muito mais perto.

*Rip-rip. Rip-rip.*

Varreu com os olhos o rodapé e viu algo pular. Levantou-se, abriu o armário à esquerda da pia e retirou uma tigela de vidro. Atravessou a sala, fazendo uma pausa para recolher a propaganda da cadeira da sala. Depois se ajoelhou perto do inseto, que abrira caminho quase até o canto sul ainda vazio, onde ela achava que colocaria a TV, se de fato conseguisse comprar uma antes de se mudar de lá. Depois daquele dia, mudar-se para um lugar maior — e em breve — não parecia só um devaneio.

*Era* um grilo. Como subira até o segundo andar era um mistério, mas sem dúvida nenhuma era um grilo. Depois ocorreu-lhe a resposta, e esta incluía o motivo por que o ouvira ao adormecer. O grilo devia ter vindo com Bill, provavelmente na bainha de sua calça. Um pequeno presente extra junto com as flores.

*Você não ouviu apenas* um *grilo na noite passada*, disse Prática-Sensata repentinamente. Sua voz não conseguira ser muito utilizada nos últimos tempos. Parecia enferrujada e um pouco rouca. *Você ouviu um* campo inteiro cheio *de grilos. Ou um parque inteiro.*

*Bobagem*, replicou Rosie confortavelmente ao abaixar a tigela sobre o inseto, e depois deslizou o folheto de propaganda sob a boca do pote, cutucou o inseto com o canto dele até que ele pulasse, e fez com que o papel deslizasse sobre a boca invertida da tigela. *Minha mente transformou um grilo num coro, é só. Eu ia dormir, lembre-se. Provavelmente já tinha começado a sonhar.*

Pegou a tigela e desvirou-a, segurando a circular junto à boca da vasilha para que o grilo não pudesse fugir antes que ela estivesse pronta para isso. Ele saltava energicamente para cima e para baixo nesse meio tempo, a armadura de suas costas tocando a foto de um novo romance de John Grisham, que podia ser comprado no hipermercado por apenas 16 dólares mais impostos. Cantarolando *When you wish upon a star*, Rosie levou o grilo para perto da janela aberta, removeu o folheto e suspendeu a tigela. Os insetos podiam cair de alturas muito maiores do que aquela e sair andando (saltando, emendou mentalmente) quando aterrizassem. Tinha certeza de que lera isso em algum lugar, ou talvez tivesse visto em algum programa da TV sobre a natureza.

— Vamos lá, Grilo Falante — disse ela. — Seja um bom garoto e pule. Está vendo o parque lá embaixo? Grama alta, muito orvalho para beber, montes de grilos-meninas...

Parou. O grilo não subira as escadas na bainha da calça de Bill porque ele estava de jeans na segunda-feira à noite, quando a levara para jantar. Investigou bem a memória, querendo ter certeza, e a mesma informação surgiu rapidamente, sem sombra de dúvida. Camisa social e calça Levi's sem bainha. Lembrava-se de ter ficado aliviada com suas roupas: eram a prova de que ele não ia querer levá-la para algum lugar chique, onde olhariam para ela.

Jeans, nenhuma bainha.

Então, de onde viera o grilo?

Por que isso importava? Se não subira nas bainhas da calça de Bill, provavelmente viera com outra pessoa, pronto, pulando na plataforma do segundo andar quando se sentira um tanto inquieto — Ei, obrigadinho pela carona, companheiro. Depois simplesmente se esgueirara por baixo da porta dela. E daí? Podia imaginar hóspedes não convidados mais desagradáveis.

Como para expressar sua concordância, o grilo subitamente pulou da tigela e deu o mergulho.

— Bom dia para você — disse Rosie. — Qualquer dia desses dê uma passada. Mesmo.

Ao levar a tigela para dentro, uma pequena rajada de vento soprou o folheto do mercado de sua mão e o fez ziguezaguear preguiçosamente até o chão. Rosie curvou-se para pegá-lo, depois ficou paralisada, com os dedos esticados a três centímetros dele. Dois outros grilos, ambos mortos, jaziam junto ao rodapé, um de lado e o outro de costas, as pernas esticadas.

Um grilo ela podia entender e aceitar, mas três? No chão de um segundo andar? Qual seria a explicação para isso?

Então Rosie viu algo mais, alguma coisa na ranhura entre duas tábuas perto dos grilos mortos. Ajoelhou-se, pescou-a da ranhura e ergueu-a à altura dos olhos.

Era uma flor de trevo. Uma minúscula e cor-de-rosa flor de trevo.

Olhou a ranhura da qual a recolhera; olhou novamente os dois grilos mortos; depois examinou lentamente a parede creme... até seu quadro, pendurado ali perto da janela. Examinou Rose Madder (era um nome tão bom quanto outro qualquer) em pé na colina, com o pônei recém-descoberto mastigando a relva atrás dela.

Consciente das batidas de seu coração — um tambor grande e abafado lhe soando nos ouvidos —, Rosie inclinou-se na direção do quadro, na direção do focinho do pônei, observando a imagem se dissolver em camadas de tons da velha tinta, começando a ver as pinceladas. Abaixo do focinho do animal havia os tons verde-floresta e verde-oliva da relva, que parecia ter sido executada em golpes rápidos, em camadas, pelo pincel do artista. Pequenas gotas cor-de-rosa pontilhavam o verde. Trevo.

Rose olhou a minúscula flor cor-de-rosa na palma da mão, depois a segurou diante do quadro. A cor combinava perfeitamente. De repente, sem pensar, ergueu a mão até os lábios e soprou a minúscula flor em direção ao quadro. Ela quase esperava (não, era mais do que isso, na verdade: por um momento teve uma certeza total) que a minúscula bola cor-de-rosa atravessasse flutuando a superfície da pintura e entrasse naquele mundo criado por um artista desconhecido há sessenta, oitenta ou mesmo, talvez, cem anos.

Isso não aconteceu, claro. A flor rosa bateu no vidro que cobria a pintura (era incomum um quadro a óleo coberto com vidro, dissera Robbie no dia em que a conhecera), quicou e trepidou para o chão como uma bola feita de um minúsculo fragmento de lenço de papel. Talvez a pintura fosse mágica, mas o vidro que a cobria nitidamente não o era.

*Então, como os grilos teriam saído? Você* acha *que foi o que aconteceu, não é? Que os grilos e a flor de trevo de alguma forma saíram da pintura?*

Que Deus a ajudasse, *fora* isso mesmo que pensara. Tinha a impressão de que, quando estivesse longe dali e com outras pessoas, tal ideia pareceria ridícula ou se desvaneceria completamente, mas naquele momento era isso que pensava: os grilos tinham saltado da relva sob os pés da mulher loura no quíton *rose madder*. De algum modo, haviam pulado do mundo de Rose Madder para o de Rosie McClendon.

*Como? Simplesmente filtraram-se pelo vidro?*

Não, claro que não. Isso era estúpido, mas...

Estendeu as mãos que tremiam ligeiramente e retirou o quadro da parede. Levou-o para a área da cozinha, colocou-o na bancada da pia e depois o virou. As palavras escritas a carvão no papel de trás estavam mais borradas que nunca: não teria certeza de que diziam ROSE MADDER se não as tivesse visto antes.

De modo hesitante, agora com medo (ou talvez tivesse tido medo o tempo todo e só agora começava a percebê-lo), tocou a parte de trás. Quando o fez, ouviu um estalo. Um grande estalo. E ao cutucá-la mais embaixo, onde o papel pardo desaparecia dentro da moldura, notou algo... umas *coisas*...

Quando engoliu, sua garganta estava tão seca que doía. Abriu uma gaveta da bancada com uma mão que não parecia a sua, pegou uma faca de ponta e aproximou-a lentamente do papel pardo na parte de trás do quadro.

*Não faça isso!*, guinchou Prática-Sensata. *Não faça isso, Rosie, você não sabe o que pode sair daí!*

Rosie encostou a ponta da faca no papel pardo por um instante e então a deixou de lado por algum tempo. Ergueu o quadro e olhou a parte inferior da moldura, notando, com uma porção distante da mente, que suas mãos tremiam bastante agora. O que viu cortando a madeira — uma rachadura de pelo menos um centímetro no ponto mais largo — realmente não a surpreendeu. Baixou novamente o quadro sobre a bancada, segurando-o com a mão direita e usando a esquerda — sua mão dominante — para tocar o papel de trás com a ponta da faca novamente.

*Não, Rosie.* Prática-Sensata não estava guinchando desta vez, estava gemendo. *Por favor, não faça isso, por favor, deixe tudo isso de lado.* Mas era um conselho ridículo, pensando bem. Se o tivesse aceitado na primeira vez que Prática-Sensata o dera, ainda estaria vivendo com Norman. Ou morrendo com ele.

Usou a faca para cortar a cobertura de trás, bem no fundo, onde notara os volumes. Meia dúzia de grilos caiu na bancada, quatro mortos, um agitando-se fracamente e o sexto vivo o suficiente para saltar da bancada antes de cair na pia. Junto com os grilos vieram mais algumas bolinhas cor-de-rosa, alguns pedaços de relva... e parte de uma folha marrom morta. Rosie pegou esta última e olhou-a com curiosidade. Era uma folha de carvalho, tinha quase certeza disso.

Trabalhando cuidadosamente (e ignorando a voz de Prática-Sensata), usou a faca para cortar toda a cobertura de papel. Quando a removeu, outros tesouros rústicos caíram; formigas (a maioria morta, mas três ou quatro ainda capazes de se arrastar), o cadáver rechonchudo de uma abelha, várias pétalas de margarida do tipo que as pessoas despetalam dizendo bem-me-quer, mal-me-quer... e alguns pelos brancos diáfanos. Ergueu-os ante a luz, apertando ainda mais a pintura virada ao contrário com a mão direita, enquanto um estremecimento lhe percorria a espinha como grandes pés subindo um lance de escadas. Se levasse esses pelos a um veterinário e lhe pedisse para examiná-los em um microscópio, sabia o que ele diria: eram pelos de cavalo. Ou, mais precisamente, pelos de um pequeno pônei peludo. Um pônei que no momento estava comendo relva em outro mundo.

*Estou ficando doida*, pensou calmamente, e aquela não era a voz de Prática-Sensata: era sua própria voz, a que falava pelo âmago, composto de seus pensamentos e seu ego. Não era histérica ou tola; falava racionalmente, calmamente, e com um toque de espanto. Suspeitava ser nesse mesmo tom que sua mente reconheceria a inevitabilidade da morte, nos dias e semanas em que sua proximidade não pudesse mais ser negada.

Só que não *acreditava* realmente que estivesse ficando doida, não do modo como seria forçada a acreditar no caráter terminal, digamos, de um câncer, uma vez que tivesse progredido além de um certo estágio. Abrira a parte de trás de seu quadro e de lá havia saído um monte de relva, pelos e insetos — alguns ainda vivos. Era tão impossível acreditar naquilo? Havia lido uma reportagem em um jornal, alguns anos atrás, sobre uma mulher que encontrara uma pequena fortuna em ações da Bolsa, em perfeito estado, escondidas na parte de trás de um velho retrato de família: comparado a isso, alguns insetos pareciam banais.

*Mas ainda vivos, Rosie? E o trevo ainda fresco, e a relva ainda verde? A folha estava morta, mas você sabe o que está pensando disso...*

Estava pensando que a folha caíra morta. Era verão no quadro, mas folhas mortas são encontradas na relva mesmo em junho.

*Então repito: estou ficando doida.*

Mas as coisas estavam *ali*, espalhadas por toda a bancada da pia, um monte de insetos e relva.

Coisas.

Não sonhos ou alucinações, mas *coisas reais*.

E havia algo mais, a única coisa que realmente não queria abordar de frente. O quadro falara com ela. Não, não em voz alta, mas, desde o primeiro momento em que o vira, ele falara com ela, ainda assim. Tinha o nome dela na parte de trás — uma versão dele, de qualquer modo —, e ontem ela gastara muito mais do que podia para tornar seu cabelo parecido com o da mulher do quadro.

Movendo-se com uma súbita decisão, ela inseriu a parte chata da faca de ponta sob a parte de cima da moldura e levantou-a. Teria parado imediatamente se sentisse uma forte resistência — aquela era a única faca pontuda que tinha, e não ia querer quebrar sua ponta —, mas os pregos que prendiam a moldura cederam facilmente. Ela puxou a parte de cima, usando agora a mão livre para impedir o vidro de cair na bancada e se espatifar, e o pôs de lado. Outro grilo morto caiu com um pequeno ruído na bancada. No momento seguinte ela segurava a tela nua nas mãos. Tinha uns 70 centímetros de comprimento e 40 centímetros de altura, com a moldura e o vidro removidos. Delicadamente, Rosie correu um dedo pela pintura a óleo há muito seca, sentindo camadas de alturas cuidadosamente diferentes, sentindo até os rastros de pente fino deixados pelo pincel do artista. Era uma sensação interessante, levemente sinistra, mas não tinha nada de sobrenatural; o dedo dela não escorregou através da superfície para dentro de outro mundo.

O telefone, que ela comprara e fora instalado ontem, tocou pela primeira vez. O volume da campainha estava no máximo, e o repentino e estridente trinado fez Rosie pular e gritar. Sua mão ficou tensa, e o dedo esticado quase furou a tela pintada.

Depositou o quadro na mesa da cozinha e foi rapidamente ao telefone, esperando que fosse Bill. Se fosse, pensou em convidá-lo para ir até lá — convidá-lo para dar uma boa olhada em sua pintura. E mostrar-lhe os detritos sortidos que tinham caído do quadro. As *coisas*.

— Alô?

— Alô, Rosie? — Não era Bill, era uma mulher. — É Anna Stevenson.

— Ah, Anna! Alô! Como vai?

Da pia vinha um persistente *rip-rip*.

— Não muito bem — disse Anna. — Não muito bem. Algo muito desagradável aconteceu, e preciso lhe contar. Pode não ter nada a ver com você, espero de todo o coração que não tenha, mas pode ser que sim.

Rosie sentou-se, agora com um medo que não tinha tido mesmo quando notara as formas dos insetos mortos escondendo-se atrás da cobertura.

— O que é, Anna? O que aconteceu?

Rosie escutou o que Anna lhe contou com um horror crescente. Quando ela terminou, perguntou a Rosie se queria aparecer na Filhas e Irmãs, talvez passar a noite lá.

— Não sei — disse Rosie, entorpecida. — Vou ter que pensar. Eu... Anna, tenho que ligar para alguém agora. Torno a falar com você.

Desligou antes que Anna pudesse replicar, ligou 411, perguntou um número e discou.

— Liberty City — disse a voz de um homem mais velho.

— Posso falar com o sr. Steiner?

— É ele — replicou a voz levemente rouca, parecendo divertida. Rosie ficou confusa por um momento, depois se lembrou de que Bill trabalhava com o pai.

— Bill — disse ela. Sua garganta estava seca e dolorida novamente. — Bill, é isso... ele está aí?

— Um momento, moça. — Um sussurro e um choque quando o telefone foi abaixado, e uma voz distante: — *Billy! É uma moça para você!*

Rosie fechou os olhos. Muito distante, ouviu o grilo na cozinha: *rip-rip*.

Uma pausa longa, insuportável. Uma lágrima deslizou sob as pestanas de seu olho esquerdo e começou a descer por seu rosto. Foi seguida por outra do olho direito, e um trecho de uma velha canção country lhe passou pela cabeça: "Bem, a corrida começou e aqui vem chegando o Orgulho na reta da partida... e o Pesar está indo para o lado interno..." Limpou-as. Tantas lágrimas já limpara em sua vida. Se os hindus estivessem certos sobre reencarnação, ela detestava pensar o que teria sido na última.

O telefone foi atendido.

— Alô? — Uma voz que ela agora ouvia em seus sonhos.

— Oi, Bill. — Não era sua voz normal, nem mesmo um murmúrio, de modo nenhum. Era mais a casca de um murmúrio.

— Não estou escutando — disse Bill. — Pode falar mais alto, senhora?

Ela não queria falar mais alto; queria *desligar*. Mas não podia. Porque, se Anna estivesse certa, Bill podia estar com problemas, também — problemas imensos. Isto é, se determinada pessoa percebesse que ele estava excessivamente perto dela. Limpou a garganta e tentou de novo.

— Bill, é Rosie.

— Rosie! — exclamou encantado. — Oi, como vai?

Seu prazer indisfarçado e sem afetações só tornava as coisas piores; repentinamente, era como se alguém estivesse enfiando uma faca em suas vísceras.

— Não posso sair com você no sábado — disse ela, falando velozmente. As lágrimas surgiam mais rápidas agora, filtrando-se de suas pálpebras como um nojento óleo quente. — Não posso sair com você de jeito nenhum. Eu estava doida de achar que podia.

— Claro que pode! Meu Deus, Rosie! O que é que está dizendo?

O pânico em sua voz — não a raiva que ela mais ou menos esperara, mas pânico verdadeiro — era ruim, mas de certo modo a perturbação era pior. Não conseguia suportar aquilo.

— Não me ligue e não apareça — disse Rosie, e subitamente conseguiu ver Norman com terrível nitidez, de pé do outro lado do edifício sob a chuva que caía, a gola do sobretudo levantada e um lampião de rua tenuemente iluminando a metade inferior de seu rosto, parado ali, como um dos vilões infernais e brutais de um romance de "Richard Racine".

— Rosie, não estou entendendo...

— Eu sei, e, na verdade, é melhor assim — disse ela. Sua voz oscilava, começando a desmoronar. — Apenas fique distante de mim, Bill.

Desligou o telefone com rapidez, olhou-o fixamente por um instante, depois irrompeu num choro alto, agoniado. Empurrou o telefone do colo com as duas mãos. O aparelho voou por toda a extensão do fio e ficou no chão, o ruído do aparelho fora do gancho soando estranhamente como o zumbido dos grilos que a tinham feito dormir na segunda-feira à noite. Subitamente, não conseguia mais suportar o ruído, sentiu que se tivesse que escutá-lo por mais 30 segundos sua cabeça racharia ao meio. Levantou-se, foi até a parede, agachou-se e desligou a tomada. Quando tentou se erguer de novo, suas pernas trêmulas não conseguiram aguentá-la. Sentou-se no chão, cobriu o rosto com as mãos e deixou que as lágrimas fluíssem livremente. Na realidade, não havia escolha.

Anna lhe dissera repetidamente que não tinha certeza, que Rosie não podia ter certeza também, por mais que suspeitasse. Mas Rosie *tinha* certeza. Era Norman. Norman estava ali, Norman havia perdido o que lhe restava de sanidade. Norman matara o ex-marido de Anna, Peter Slowik, e agora procurava por ela.

## 7

*Cinco quarteirões além do Hot Pot, onde por quatro segundos não olhara nos olhos da esposa através do vidro da janela, Norman entrou numa loja de artigos baratos chamada Não Mais de Cinco. "Tudo na Loja Custa Menos de Cinco Dólares!", dizia o lema do estabelecimento. Isso estava impresso abaixo de um desenho medonho retratando Abraham Lincoln. O rosto barbado de Lincoln sorria, dava uma piscadela e, para Norman Daniels, parecia bastante com um homem que ele prendera certa vez por estrangular a mulher e os quatro filhos. Naquela loja, literalmente à distância de um grito da Empréstimos e Penhores Liberty City, Norman comprou todo o disfarce que pretendia usar naquele dia: óculos escuros e um boné com as letras* CHISOX *impressas acima da pala.*

*Como um homem com mais de dez anos de experiência como inspetor-detetive, Norman passara a acreditar que disfarces são encontrados em três lugares: filmes de espionagem, histórias de Sherlock Holmes e festas do Dia das Bruxas. Eram especialmente inúteis durante o dia, quando a única coisa com que maquiagem parecia era com maquiagem mesmo, e um disfarce só parecia um disfarce. E as garotas da Filhas e Irmãs, o puteiro da Nova Era para onde o companheiro Peter Slowik finalmente confessara ter mandado sua errante Rose, eram suscetíveis de serem especialmente sensíveis a predadores sorrateiros em torno de sua cacimba. Para garotas como aquelas, a paranoia era mais do que um modo de vida: era a última palavra da sofisticação.*

*O boné e os óculos escuros serviriam para o objetivo dele; tudo que planejara para esse final de tarde era o que Gordon Satterwaite, seu primeiro parceiro detetive, teria chamado de "um pequeno reconhecimento de terreno". Gordon também gostava de agarrar seu jovem parceiro e lhe dizer que era hora de bancar o que chamava de "velho policial". Gordon fora um porcalhão gordo, fedorento, que mastigava tabaco com dentes marrons, e Norman o desprezara quase desde o primeiro momento em que o vira. Gordon fora policial por 26 anos e inspetor por 19, mas não tinha nenhuma sensibilidade para o trabalho. Norman tinha. Não gostava dele, e detestava os crioulos com os quais tinha que falar (e às vezes até se associar, se o trabalho era feito sob disfarce), mas ele tinha sensibilidade para aquilo, o que fora de valor incalculável durante aqueles anos. Ajudara-o a salvar o caso que determinara sua promoção, o caso que o transformara — ainda que brevemente — num queridinho da mídia. Naquela investigação, como na maioria das que envolviam crime organizado, havia um ponto em que o caminho que os investigadores seguiam desaparecia num perturbador labirinto de atalhos divergentes, e o caminho reto fora perdido. A diferença no caso da droga era que Norman Daniels fora o chefe — pela primeira vez em sua carreira —, e quando a lógica falhara, fizera sem hesitar o que a maioria dos policiais não podia fazer ou não faria: passara à intuição e confiara todo o seu futuro no que ela lhe dissera, avançando agressiva e destemidamente.*

*Para Norman, não havia coisas como "um pequeno reconhecimento de terreno"; para ele havia apenas jogar a isca. Quando você ficava sem ideias, ia para um lugar que tivesse alguma relação com o caso, e dali examinava-o com a mente perfeitamente aberta, não com o lixo de um monte de ideias inúteis e suposições sofisticadas. E quando você fazia isso, era como um cara sentado num bote que se movia lentamente, atirando e recolhendo a linha, atirando e recolhendo a linha, esperando agarrar alguma coisa. Às vezes não pescava nada. Às vezes só pescava um ramo submerso de árvore, ou uma velha bota de borracha, ou o tipo de peixe que nem mesmo um guaxinim faminto comeria.*

*Às vezes, porém, um peixe saboroso mordia a isca.*

*Pôs o boné e os óculos escuros e dobrou à esquerda na rua Harrison, agora se dirigindo para a avenida Durham. Era facilmente um estirão de mais de 3 quilômetros até o bairro da Filhas e Irmãs, mas Norman não se importava; poderia utilizar a caminhada para esvaziar a cabeça. Quando chegasse ao 251, seria como uma folha em branco de papel fotográfico, pronto para receber quaisquer imagens e ideias que ocorressem, sem tentar mudá-las para que se ajustassem em suas próprias ideias preconcebidas. Se você não tivesse nenhuma ideia preconcebida, não podia fazer isso.*

*Seu caro mapa estava no bolso de trás, mas só parou para consultá-lo uma vez. Encontrava-se na cidade havia menos de uma semana e já fixara sua geografia com muito mais clareza mental que Rosie; nisso também havia muito mais de dom do que treinamento.*

*Quando despertara na manhã anterior com as mãos, ombros e virilha doendo, os maxilares doloridos demais para que abrisse a boca além de determinado ponto (a primeira tentativa de um bocejo ao despertar, ao pôr os pés fora da cama, fora uma agonia), tivera a consternadora noção de que o que fizera a Peter Slowik — também conhecido como Tamborstein, também conhecido como O Surpreendente Judeuzinho Urbano — fora provavelmente um equívoco. Até que ponto esse equívoco era ruim, não podia saber, porque muito do que acontecera na casa de Slowik era apenas um borrão para ele, mas mesmo assim fora um equívoco; no momento em que chegara à banca de jornais do hotel, decidira que não havia nenhum "provavelmente" a respeito do assunto. De qualquer modo, "provavelmente" era para os maricas do mundo — tal coisa era um dogma não expresso mas feroz em seu código de vida desde o início da adolescência, quando a mãe fora embora e o pai começara de fato a espancá-lo cada vez mais.*

*Comprou um jornal na banca e folheou-o rapidamente no elevador enquanto voltava a seu quarto. Nada trazia sobre Peter Slowik, mas o alívio de Norman não foi muito grande. O corpo de Tambor poderia não ter sido descoberto a tempo de se tornar notícia das primeiras edições; na realidade, poderia ainda estar onde Norman o deixara (onde achava que o deixara, emendou; estava tudo bastante nublado), jogado atrás do aquecedor de água no subsolo. Mas sujeitos como Tambor, sujeitos que trabalhavam muito naquele serviço de assistência social e tinham montes de amigos de coração mole, não ficavam muito tempo sem ser descobertos. Um deles ficaria preocupado, outros apareceriam procurando por ele em sua confortável toca de coelho em Beaudry Place, e posteriormente alguém faria uma descoberta excepcionalmente desagradável atrás do aquecedor de água.*

*E com toda a certeza, o que não estivera no jornal da manhã de ontem estava ali hoje, na página um da seção sobre a cidade:* ASSISTENTE SOCIAL DA CIDADE ASSASSINADO EM CASA. *Segundo a reportagem, a Ajuda aos Viajantes tinha sido apenas uma das atividades depois do expediente de Tambor... e ele também não era exatamente pobre. Segundo o jornal, sua família — da qual Tambor fora o último rebento — tinha uma grana e tanto. O fato de estar trabalhando num terminal de ônibus às três da manhã, mandando esposas fugidas para aquelas putas da Filhas e Irmãs, só provava a Norman que o homem tinha alguns parafusos a menos ou era um invertido sexual. De qualquer modo, fora o típico cara cheio de merda que fazia o bem, rolando sobre rodinhas para lá e para cá, ocupado demais tentando salvar o mundo para ter tempo de mudar a própria cueca. Ajuda aos Viajantes, Exército da Salvação, Disque SOCORRO, Ajuda aos Bósnios, Ajuda aos Russos (era de se esperar que um rapaz judeu como Tambor fosse pular esses, mas que nada) e duas ou três "causas das mulheres" também. O jornal não identificava as últimas, mas Norman já conhecia uma delas: a Filhas e Irmãs, também conhecidas como as Belezinhas de Sapatos na Terra dos Brinquedos. Ia haver um serviço fúnebre para Tambor no sábado, mas o jornal o chamava de "círculo de lembrança". Meu Jesus Cristo.*

*Ele também sabia que a morte de Slowik poderia ter tido uma conexão com qualquer das causas para as quais o homem trabalhava... ou com nenhuma. Os policiais deviam estar investigando sua vida pessoal também (sempre na suposição de que um Terreno Baldio ambulante como Tambor* tivesse *uma vida pessoal), e não negligenciariam a possibilidade de ter ocorrido o cada vez mais popular "crime sem motivo", cometido por algum pirado que simplesmente poderia ter passado por ali. Alguém querendo dar uma mordida, pode-se dizer.*

*Entretanto, nada disso ia ter muita importância para as putas da Filhas e Irmãs, sabia Norman, tão bem quanto conhecia seu próprio nome. Tivera uma boa quantidade de experiências com residências provisórias para mulheres e abrigos femininos no decorrer de seu trabalho, cada vez mais à medida que os anos passavam, e o pessoal que ele chamava de Ecoidiotas da Nova Era realmente começava a fazer efeito no modo como o povo pensava e agia. Segundo os Ecoidiotas da Nova Era, todos vinham de uma família com problemas, todos estavam sublimando a criança interna e todos tinham que vigiar as pessoas mesquinhas e malvadas que tinham a audácia de viver sem se lamentar, chorar e fugir para algum programa de Doze Passos a cada noite. Os Ecoidiotas da Nova Era eram idiotas, mas alguns deles — e as mulheres em locais como Filhas e Irmãs eram geralmente os exemplos principais disso — podiam ser idiotas extremamente* cautelosos. Cautelosos? *Picas. Davam uma dimensão inteiramente nova ao termo* estratégias de guerrilha.

*Norman passara a maior parte do dia anterior na biblioteca, e descobrira inúmeras coisas interessantes a respeito da Filhas e Irmãs. A mais hilariante era que a mulher que dirigia o lugar, Anna Stevenson, fora a Sra. Tambor até 1973, quando aparentemente se divorciara dele e voltara a seu nome de solteira. Só parecia uma coincidência extravagante se você não estivesse familiarizado com as cerimônias e rituais de acasalamento do Pessoal da Nova Era. Corriam em pares, mas dificilmente conseguiam correr atrelados, não num longo trajeto. Um sempre acabava querendo virar para a direita enquanto o outro queria virar para a esquerda. Eram incapazes de ver a simples verdade: casamentos politicamente corretos não funcionavam.*

*A ex-mulher de Tambor não dirigia o lugar como a maioria dos abrigos para mulheres espancadas, onde o lema era "só as mulheres sabem, só as mulheres contam". No artigo de um suplemento de domingo a respeito do lugar, publicado há pouco mais de um ano, a tal Stevenson (Norman ficara impressionado como a mulher parecia com a tal Maude do velho programa de TV) descartara essa ideia que considerava "não apenas sexista, mas burra também". Uma mulher chamada Gert Kinshaw era também citada falando do assunto. "Os homens não são nossos inimigos até provarem que o são", dizia. "Mas se eles baterem, nós batemos também." Havia um retrato dela, uma grande e preta vaca velha que lembrava vagamente a Norman o jogador de futebol de Chicago, William "Geladeira" Perry. "Se você tentar me bater, meu bem, eu uso você como rede de acrobacia", murmurou ele.*

*Mas a matéria, por mais interessante que fosse, passava ao largo da questão. Poderia haver homens e mulheres naquela cidade que sabiam onde era o lugar e que tinham permissão para remeter pessoas a ele. E o lugar podia ser dirigido por apenas um Ecoidiota da Nova Era em vez de por um comitê deles; mas de uma coisa tinha certeza, que seriam exatamente como sua contrapartida mais tradicional: a morte de Peter Slowik deveria colocá-los em alerta vermelho. Não fariam as mesmas suposições que os policiais; a menos e até que fosse provado o contrário, suporiam que o assassinato de Slowik tinha uma conexão com eles... especificamente com uma das pessoas remetidas por Slowik durante os últimos seis ou oito meses de sua vida. O nome de Rosie poderia já ter vindo à superfície em relação ao assunto.*

Então, por que fez aquilo?, *perguntou a si mesmo.* Pelo amor de Deus, por que fez aquilo? Havia outros modos de conseguir chegar onde está agora, e você sabe quais. Você é um policial, meu Deus, é claro que sabe! Então, por que os deixou de orelhas em pé? Aquela gorda palerma no jornal, a Suja Gertie, está provavelmente em pé à janela da sala do desgraçado do lugar, examinando com binóculos cada pinto oscilante que passa. Se é que já não caiu dura com um derrame ajudado pelos doces. Então, por que você fez aquilo? Por quê?

*A resposta estava ali, mas ele se desviou antes que ela pudesse chegar à superfície de sua consciência; desviou-se porque as implicações eram sinistras demais para serem encaradas. Liquidara Tambor pela mesma razão que estrangulara a puta ruiva com o* short *castanho curto e apertado — porque algo se arrastara do fundo da mente dele e o obrigara a fazer aquilo. Essa coisa aparecia ali cada vez mais agora, e não pensava nela. Era melhor não pensar. Mais seguro.*

*Enquanto isso, lá estava ele: o Palácio das Babacas, bem à sua frente.*

*Norman atravessou a avenida Durham para o lado par num andar preguiçoso, sabendo que a pessoa vigiando se sentiria menos ameaçada por um sujeito na outra extremidade da rua. A vigilante específica que continuava imaginando era a crioula tipo barril cujo retrato saíra no jornal, um tubo preto gigante com um binóculo de alta definição em uma das mãos e um doce de chocolate derretendo na outra. Andou um pouco mais lentamente, mas não muito —* alerta vermelho, *lembrou a si próprio,* elas devem estar no alerta vermelho.

*Era uma grande casa de madeira branca, não exatamente vitoriana, uma dessas corpulentas da virada do século, com três andares de feiura. Parecia estreita vista de frente; Norman, porém, crescera numa casa não muito diferente desta e apostava que se estendia até a rua do outro lado do quarteirão.*

E com uma puta aqui e outra puta ali, *pensou Norman, tendo o cuidado de não modificar seu atual caminhar vagaroso, tendo o cuidado de engolir a casa em pequenos goles e não num longo olhar intenso.* Uma puta aqui, outra puta ali, putas por toda parte.

*De fato. Putas por toda parte.*

*Sentiu a conhecida fúria começando a pulsar em suas têmporas agora, e com ela surgiu a imagem familiar que representava todas as coisas que não conseguia expressar: o cartão do banco. O cartão verde do banco que ela ousara roubar. A imagem do cartão estava sempre perto agora, e passara a representar todos os terrores e compulsões de sua vida — as forças contra as quais ele se enfurecia, os rostos (o de sua mãe, por exemplo, tão branco, pastoso e de certo modo dissimulado) que às vezes escorregavam para sua mente quando estava deitado à noite tentando dormir, as vozes que surgiam em seus sonhos. A do pai, por exemplo. "Vem cá, Normie. Quero te dizer uma coisa, e quero te dizer bem de perto." Às vezes isso significava uma pancada. Às vezes, se Norman tivesse sorte e o pai estivesse bêbado, significava uma mão subindo por suas pernas.*

*Mas isso não tinha importância agora: só a casa do outro lado da rua tinha importância. Não conseguiria dar uma olhada tão boa nela quanto essa, e se desperdiçasse esses preciosos segundos pensando no passado, quem seria o palerma então?*

*Estava exatamente em frente ao local. Gramado bonito, estreito mas profundo. Bonitos canteiros, com abundantes flores da primavera, flanqueavam a comprida varanda da frente. Havia postes de metal envoltos em hera erguidos no centro da cada canteiro. A hera, contudo, fora aparada dos cilindros pretos de plástico no alto dos postes, e Norman sabia por quê: dentro daqueles casulos, câmeras de TV forneciam visões sobrepostas dos dois lados da rua. Se alguém estivesse olhando os monitores do interior da casa naquele momento, estaria vendo um homenzinho em branco e preto com um boné de beisebol e óculos escuros movendo-se de tela para tela, caminhando encurvado e com os joelhos levemente bambos de modo a que seu 1,90m parecesse muito menos a um observador casual.*

*Haveria outra câmera montada acima da porta da frente sem fechadura; chaves eram muito fáceis de serem duplicadas, tambores muito fáceis de abrir, se alguém fosse habilidoso com gazuas. Não, haveria uma fenda para cartão, um dispositivo com teclado numérico, ou talvez ambos. E mais câmeras nos fundos, é claro.*

*Ao passar pela casa, Norman arriscou um olhar final para as laterais dela. Viu uma horta e duas putas de* short *enfiando varas compridas — estacas de tomate, pensou — no chão. Uma delas parecia uma chicana: pele cor de azeitona e um cabelo escuro e comprido amarrado atrás em rabo de cavalo. Um corpo de dinamite e aparência de 25 mais ou menos. A outra era mais jovem, talvez ainda adolescente, uma dessas escórias punk-grunge de cabelo pintado de duas cores diferentes. Tinha uma bandagem cobrindo a orelha esquerda. Sua camisa psicodélica sem manga deixava a descoberto uma tatuagem no bíceps esquerdo. Os olhos dele não eram bastante bons para distinguirem o que seria, mas Norman era policial há tempo suficiente para saber que ali provavelmente estaria escrito o nome de um grupo de* rock *ou um desenho malfeito da planta da* maconha.

*Viu-se subitamente atravessando a rua correndo, ignorando as câmeras; viu-se agarrando a Pequena srta. Racha Quente com o cabelo de estrela do* rock*; viu-se deslizando uma de suas grandes mãos para o fino pescoço dela e subindo até ser detido pelo maxilar. "Rose Daniels", diria para a companheira dela, a comedora de tacos de cabelo escuro e corpo de dinamite. "Traga-a aqui fora imediatamente ou vou quebrar esse pescoço de escória como um osso de galinha."*

*Isso seria ótimo, mas tinha quase certeza de que Rosie não estava mais lá. Sua pesquisa na biblioteca lhe informara que quase 3 mil mulheres haviam utilizado os serviços da Filhas e Irmãs desde que Leo e Jessica Stevenson tinham fundado o local em 1974, e o prazo médio de estada era de quatro semanas. Eram transferidas para a comunidade num ritmo bastante bom, produtoras e disseminadoras de doenças, mosquitos bonitos. Provavelmente lhes davam pênis artificiais em vez de diplomas quando se formavam.*

*Não, Rose tinha ido embora, era quase certo, para trabalhar em algum emprego subalterno que as amigas lésbicas tinham encontrado para ela. No entanto, as vacas do outro lado da rua sabiam onde ela estava — a tal Stevenson teria seu endereço no arquivo e provavelmente as vacas ali no jardim já tinham tomado chá com biscoitinhos na pequena ratoeira de Rose. As que não tinham estado lá já teriam sido informadas de tudo pelas que tinham estado, pois assim eram as mulheres. Era preciso matá-las para que calassem a boca.*

*A jardineira mais jovem, a do cabelo de estrela do* rock, *assustou-o tremendamente ao erguer a cabeça, vê-lo... e acenar. Por um momento terrível, Norman teve certeza de que ela estava rindo dele, que estavam* todas *rindo dele, do inspetor-detetive Norman Daniels, capaz de prender numa batida meia dúzia de barões da coca, mas que não conseguia impedir a própria mulher de roubar a porra do cartão de banco que pertencia a ele.*

*Fechou os punhos bruscamente.*

Controle-se!, *gritou a versão Prática-Sensata de Norman Daniels interiormente.* Provavelmente ela acena para todo mundo! Provavelmente acena até para cães perdidos! É o que babacas assim costumam fazer!

*Sim. Claro que era. Norman relaxou as mãos, levantou uma delas e cortou o ar num breve aceno de resposta. Conseguiu até dar um sorrisinho, que tornou a acordar a dor dos músculos e tendões — até do osso — na parte de trás de sua boca. Então, quando a Pequena srta. Racha Quente voltou à sua jardinagem, o sorriso desapareceu e ele apressou o passo com o coração batendo.*

*Tentou dirigir o pensamento novamente para seu problema atual — como isolar uma daquelas vacas (a Vaca Chefe, de preferência; desse modo não teria que se arriscar esbarrando com alguém que não soubesse o que ele precisava descobrir) e fazê-la falar —, mas sua capacidade de trabalhar racionalmente no problema parecia ter desaparecido, pelo menos naquele instante.*

*Ergueu as mãos e massageou as articulações dos maxilares. Já se machucara assim antes, mas nunca tanto — o que fizera a Tambor? O jornal não contava, mas essa dor nos maxilares — e nos dentes também — lhe dizia que fora coisa à beça.*

Se me pegarem estou ferrado, *disse a si mesmo*. Terão fotos das marcas que fiz nele. Amostras da minha saliva e... bem... de quaisquer outros fluidos que eu possa ter deixado. Eles têm toda uma bateria de testes exóticos nos dias de hoje, fazem testes com tudo, e eu nem sei se emiti algum fluido.

*Sim, era verdade, mas não iam pegá-lo. Estava registrado no Whitestone como Alvin Dodd, de New Haven, e se o pressionassem, podia até apresentar uma carteira de motorista — com* foto *— que comprovaria aquilo. Se os policiais dali ligassem para os policiais na cidade onde ele morava, seriam informados de que Norman Daniels estava a 1.600 quilômetros do meio-oeste, acampado no Parque Nacional Zion de Utah, tirando umas bem-merecidas férias. Podiam até dizer aos policiais de cá para deixarem de ser estúpidos, que Norman Daniels era um rapaz de ouro e de toda confiança. Certamente não passariam adiante a história de Wendy Yarrow... passariam?*

*Não, provavelmente não. No entanto, mais cedo ou mais tarde...*

*A questão é que não se importava mais com o mais tarde. Naqueles dias só se importava com o mais cedo. Encontrar Rose e ter uma discussão séria com ela. Dar-lhe um presente. Na verdade, o cartão de banco dele. Que jamais seria recolhido novamente de outra lata de lixo ou da carteira de algum veadinho oleoso. Ia se certificar para que ela nunca o perdesse ou o jogasse fora novamente. Ia colocá-lo num lugar seguro. E se ele pudesse ver só escuridão além da... da inserção desse presente final... bem, talvez isso fosse uma bênção.*

*Agora que sua mente voltara ao cartão, pairou ali, como quase sempre fazia nesses dias, em seu sono e quando estava acordado. Era como se aquele pedaço de plástico tivesse se transformado em um esquisito rio verde (o Merchant em vez do Mississippi) e o fluxo de seus pensamentos fosse uma corrente que fluísse para esse rio. Todos os pensamentos desciam a ladeira agora, acabando por perder a identidade enquanto se misturavam à corrente verde de sua obsessão. A enorme e sem resposta pergunta veio à superfície novamente: como é que ela podia ter ousado? Como era possível que tivesse se* atrevido *a levá-lo? Que tivesse partido, fugido dele, Norman, isso ele achava que podia entender, mesmo que não pudesse desfazê-lo, e mesmo se soubesse que ela teria que morrer por enganá-lo tão completamente, por esconder tão bem a traição no seu repelente coração de mulher. Mas que tivesse ousado levar seu cartão de banco, levar o que era dele, como o garoto que subira pelo pé de feijão e roubara a galinha dos ovos de ouro do gigante adormecido...*

*Sem perceber o que fazia, Norman pôs o primeiro dedo da mão esquerda na boca e começou a mordê-lo. Estava doendo — bastante até —, mas desta vez não sentiu nada; estava mergulhado em seus próprios pensamentos. Havia um tampão de calos no alto dos primeiros dedos das duas mãos, porque tais mordidas em momentos de estresse eram um hábito dele muito, muito antigo, e que vinha desde a infância. No início, o calo o protegeu, mas à medida que Norman continuou a pensar no cartão de banco, à medida que seu verde começou a aprofundar-se na mente dele até se tornar o quase negro de um pinheiro visto ao crepúsculo (uma cor bem diferente da cor de limão do cartão), o calo cedeu e o sangue começou a lhe descer pela mão e por cima dos lábios. Ele enfiava os dentes no dedo, saboreando a dor, moendo a carne, sentindo o gosto de seu sangue, tão salgado e espesso como o gosto do sangue de Tambor quando ele mordera o cordão na base de seu...*

*— Mamãe? O que é que aquele homem está fazendo com a mão?*

*— Deixe para lá, vem.*

*Aquilo o trouxe à realidade. Olhou preguiçosamente por cima do ombro, como se estivesse acordando de um cochilo curto mas profundo, e viu uma moça e um meninozinho de uns 3 anos talvez afastando-se dele a pé — ela puxava o menino tão rápido que ele quase corria. Quando a mulher deu uma olhadela para trás, Norman viu que parecia aterrorizada.*

*O que estivera fazendo, exatamente?*

*Desceu os olhos para o dedo e viu uma profunda e sanguinolenta meia-lua nos dois lados dele. Um desses dias ia acabar decepando o desgraçado, decepando e engolindo. Não seria a primeira vez que deceparia algo com uma mordida. Ou que engoliria.*

*Mas aquele era um caminho ruim a tomar. Pegou o lenço do bolso de trás e o enrolou no dedo que sangrava. Então ele ergueu a cabeça e olhou ao redor. Ficou surpreso ao ver que estava quase escuro; havia luz em algumas casas. Quanto se distanciara? Onde estaria, exatamente?*

*Esquadrinhou a placa na esquina do cruzamento seguinte e leu as palavras* avenida Dearborn. *À direita, havia uma lojinha modesta, com um* rack *para bicicletas na frente e um cartaz na vitrine que dizia PÃEZINHOS SAÍDOS DO FORNO. O estômago de Norman roncou. Pela primeira vez percebeu que estava realmente com fome desde que saíra do ônibus da Continental Express e comera o cereal frio no café do terminal, comendo-o porque era o que ela teria comido.*

*De repente, alguns pãezinhos eram exatamente o que queria, a única coisa no mundo que queria... mas não apenas pãezinhos. Queria pãezinhos acabados de sair do forno, como os do tipo que sua mãe costumava fazer. Ela era uma gorda relaxada que jamais parava de berrar, mas que sabia cozinhar, sabia. Nenhuma dúvida a respeito disso. E ela própria fora sua melhor freguesa.*

Acho bom que estejam frescos, *pensou Norman ao subir os degraus. No interior da loja, um velho zanzava atrás do balcão.* Acho bom que estejam frescos, companheiro, ou que Deus te ajude.

*Estendia a mão para a maçaneta da porta quando um dos cartazes na vitrine capturou seus olhos. Era de um amarelo brilhante, e ainda que não pudesse absolutamente saber que a própria Rosie colocara este folheto específico, Norman sentiu algo se agitar nele antes mesmo de ver as palavras* Filhas e Irmãs.

*Curvou-se para lê-lo, os olhos subitamente muito pequenos e atentos, o coração ganhando velocidade em seu peito.*

VENHA SE DIVERTIR CONOSCO
NO BELO *ETTINGER'S PIER*
ENQUANTO CELEBRAMOS
CÉUS CLAROS E DIAS AMENOS COM

*O NONO SHOW E PIQUENIQUE ANUAL*
*"MERGULHANDO NO VERÃO" DA FILHAS E IRMÃS*
Sábado, 4 de junho
BARRAQUINHAS * ARTESANATOS * JOGOS DE AZAR *
JOGOS DE HABILIDADE * DJ DE RAP PARA A
GAROTADA *
!!! E MAIS !!!
AS INDIGO GIRLS AO VIVO, ÀS 8 HORAS DA NOITE
MÃES/PAIS SOLTEIROS, *HAVERÁ* GENTE PARA TOMAR
CONTA DAS CRIANÇAS!
"VENHA UM, VENHAM TODOS!"
TODOS OS RECURSOS APURADOS EM BENEFÍCIO DA
FILHAS E IRMÃS,
QUE LEMBRA A VOCÊS QUE
A VIOLÊNCIA CONTRA *UMA* MULHER
É UM CRIME CONTRA *TODAS* AS MULHERES

*Sábado, dia 4.* Neste *sábado. E ela estaria lá, essa errante Rose? Claro que sim, ela e todas as suas novas amigas lésbicas. Bocetas do mesmo saco.*

*Norman acompanhou a quinta linha de baixo para cima do cartaz com o dedo que mordera. Vivos pontos de sangue já ensopavam o lenço que o embrulhava.*

*Venha um, venham todos.*

*Era isso que dizia o cartaz, e Norman achou que bem podia aceitar seu convite.*

## 8

Quinta-feira de manhã, quase 11h30, Rosie bebericou água mineral, fez a água rolar pela boca, engoliu e pegou de novo as falas que devia ler.

— *"Ela estava chegando, não havia dúvida; desta vez os ouvidos dele não estavam apenas só lhe pregando peças. Peterson podia ouvir as pancadas secas e breves dos saltos altos movendo-se corredor acima. Podia imaginá-la com a bolsa já aberta, remexendo nela em busca da chave, preocupando--se com o demônio que poderia estar surgindo por trás quando deveria se preocupar com o que ficara à espera. Verificou rapidamente se ainda tinha a faca, depois enfiou a mesa de náilon na cabeça. Quando a chave dela chocalhou na fechadura, Peterson puxou a faca e..."*

— Corta-corta-*corta*! — exclamou Rhoda impaciente pelos alto-falantes.

Rosie olhou através da parede de vidro. Não gostou do modo como Curt Hamilton a fitava junto a seu painel de gravador digital, com os fones de ouvido pousados sobre a clavícula. Entretanto o que a alarmou foi o fato de Rhoda estar fumando um de seus cigarros finos bem na sala de controle, ignorando a placa NADA DE BAFORADAS na parede. Rhoda parecia estar tendo uma manhã terrível, mas não só ela.

— Rhoda, fiz alguma coisa errada?

— Não se você usa mesa de náilon — disse Rhoda, e bateu a cinza do cigarro em um copo de plástico sobre o painel de controle à sua frente. — Alguns caras já olharam as minhas pelos anos afora, por falar nisso, mas geralmente eu as chamo de *meias* de náilon.

Durante um momento, Rosie não teve a mais leve ideia do que é que Rhoda falava. Depois repassou as últimas frases que lera e gemeu.

— Minha nossa, Rhoda, desculpe.

Curt ajustou de novo os fones de ouvido nas orelhas e apertou um botão.

— *Mate Todos os Meus Amanhãs*, *take* setenta e tr...

Rhoda pôs a mão no braço dele e disse algo que encheu o estômago de Rosie de água gelada.

— Deixe para lá. — Depois olhou através da parede de vidro, notou o rosto ferido de Rosie e lhe deu um sorriso pálido mas corajoso. — Tudo bem, Rosie, só estou parando para o almoço meia hora mais cedo, só isso. Pode sair.

Rosie ergueu-se rápido demais, fazendo a coxa esquerda chocar-se com o fundo da mesa e quase derrubando a garrafa de água mineral de plástico. Apressou-se a sair da cabine.

Rhoda e Curt estavam em pé do lado de fora, e por um momento Rosie teve certeza — não, *soube* — de que tinham estado falando dela.

*Se acredita mesmo nisso, Rosie, é provável que precise consultar um médico*, falou Prática-Sensata asperamente. *Do tipo que lhe mostra manchas de tinta e lhe pergunta como foi o seu aprendizado com o penico*. Geralmente essa voz não tinha nenhuma utilidade para Rosie; desta vez, no entanto, saudou sua chegada.

— Posso fazer melhor — disse a Rhoda. — E vou fazer à tarde. Juro por Deus.

Seria verdade? O diabo é que simplesmente não sabia. Por toda a manhã, tentara mergulhar no *Mate Todos os Meus Amanhãs* como fizera com *A Arraia Gigante*, mas com pouco sucesso. Começava a deslizar para o mundo onde Alma St. George vinha sendo perseguida por seu admirador psicótico, Peterson, e então era pescada por uma das vozes da noite anterior: Anna lhe contando que o ex-marido, o homem que enviara Rosie para a Filhas e Irmãs, fora assassinado; ou Bill, parecendo perturbado e em pânico ao lhe perguntar o que é que estava havendo, ou, pior que tudo, a voz dela própria dizendo que se afastasse dela. Simplesmente se afastasse.

Curt lhe deu um tapinha no ombro.

— Você está tendo um dia de voz ruim — disse ele. — É como acordar com o cabelo ruim, só que pior. Vemos um monte disso aqui na Câmara de Horrores do Áudio, não é, Rho?

— É claro — disse Rhoda, mas seus olhos não pararam de inspecionar o rosto de Rosie, que tinha uma boa ideia do que Rhoda estava vendo. Só dormira umas duas ou três horas na noite anterior, e não tinha o tipo de cosmético de alta potência que escondesse esse estrago.

*E se eu o tivesse, nem saberia usá-lo*, pensou.

Contara com alguns itens básicos de maquiagem no tempo de escola (ironicamente a época da vida em que menos precisava daquela ajuda), mas desde que se casara com Norman virara-se apenas com um pó de arroz e dois ou três batons de tons os mais naturais possíveis. Se eu quisesse olhar para uma piranha, teria casado com uma, dissera Norman certa vez.

Achou que Rhoda estudava mais cuidadosamente seus olhos: as pálpebras vermelhas, o branco dos olhos congestionados, os círculos escuros sob eles. Depois que desligara a luz, chorara desamparadamente por mais de uma hora, mas não conseguira dormir — o que teria sido realmente uma bênção. As lágrimas haviam secado e ela simplesmente ficara ali deitada na escuridão, tentando não pensar, mas pensando assim mesmo. Quando a meia-noite passou e recuou lentamente, uma ideia terrível surgiu: a de que fora errado ligar para Bill, de que fora errado negar a si mesma esse conforto — e possivelmente essa proteção — quando necessitava disso mais desesperadamente que nunca.

*Proteção?*, pensou. *Ah, cara, isso é uma piada. Sei que você gosta dele, meu amorzinho, e não há nada errado com isso, mas vamos encarar o fato: Norman pode almoçá-lo num abrir e fechar de olhos.*

Mas não tinha modo algum de saber se Norman estava na cidade — era isso que Anna continuava enfatizando para ela repetidamente. Peter Slowik abraçara inúmeras causas, nem todas populares. Outra coisa poderia ter-lhe causado problemas... poderia tê-lo assassinado.

Só que Rosie sabia. Seu *coração* sabia. Era Norman.

Mesmo assim, aquela voz continuava a sussurrar à medida que as longas horas passavam. Seu coração *sabia*? Ou era a parte dela que não era Prática e Sensata e sim Abalada e Aterrorizada que estava apenas se escondendo atrás dessa ideia? Teria ela usado o telefonema de Anna como uma desculpa para estrangular sua amizade com Bill antes que esta pudesse se desenvolver mais?

Não sabia, mas *sabia* que o pensamento de não poder mais vê-lo a deixava infeliz... e assustada também, como se tivesse perdido alguma peça vital do equipamento de operação. Era impossível que uma pessoa se tornasse tão dependente de outra tão rapidamente, claro, mas quando uma hora passou, e duas (e três), a ideia começou a parecer cada vez menos ridícula. Se tal dependência instantânea era impossível, por que se sentia tão em pânico e estranhamente consumida ante o pensamento de nunca mais vê-lo?

Quando finalmente *adormecera*, sonhara em viajar na motocicleta dele novamente; de usar o traje *rose madder* e apertar Bill com as coxas nuas. Quando o alarme a despertou — pouco depois de ter finalmente adormecido —, arquejava e sentia seu corpo todo quente, como numa febre.

— Rosie, você *está* bem? — perguntou Rhoda.

— Estou — disse ela. — É só... — Deu uma olhadela a Curtis, depois a Rhoda de novo. Sacudiu os ombros e os cantos de sua boca se ergueram num sorriso pouco convincente. — É só um período ruim do mês para mim.

— Aham — disse Rhoda. Não parecia convencida. — Bem, venha até a lanchonete conosco. Vamos afogar nossas mágoas em salada de atum e milkshake de morango.

— É isso aí — disse Curt. — Eu convido.

O sorriso de Rosie foi levemente mais genuíno dessa vez, mas ela sacudiu a cabeça.

— Vou ficar devendo essa. Só quero dar uma boa caminhada, com a cara bem ao vento. Preciso tirar um pouco da poeira.

— Se não comer provavelmente vai desmaiar lá pelas três horas — disse Rhoda.

— Então como uma salada. Prometo. — Rosie já se dirigia ao velho elevador que estalava. — De qualquer modo, se comer alguma coisa além disso posso estragar meia dúzia de *takes* perfeitos com meus arrotos.

— Não faria muita diferença hoje — disse Rhoda. — Meio-dia e quinze, tá?

— Tá — disse Rosie, mas enquanto o elevador se arrastava pelos quatro andares abaixo até o saguão, o último comentário de Rhoda continuou ressoando em sua cabeça: *Não faria muita diferença hoje*. E se *não* melhorasse naquela tarde? E se eles fossem do *take* 73 ao 80, e de lá para o *take* sei-lá-quantos? E se, quando encontrasse com Lefferts no dia seguinte, ele tivesse resolvido despedi-la em vez de contratá-la? E aí?

Sentiu um súbito jorro de ódio por Norman. Isso a atingiu entre os olhos como algum objeto rombudo e pesado — talvez uma maçaneta de porta, ou o cabo grosso de um velho e enferrujado machado. Mesmo se Norman *não* tivesse assassinado Slowik, mesmo se Norman ainda estivesse no outro fuso horário, ainda a estava perseguindo, da mesma forma que Peterson perseguia a pobre e assustada Alma St. George. Ele a seguia no interior da cabeça dela.

O elevador parou e as portas se abriram. Rosie saiu para o saguão, e o homem em pé junto aos nomes dos moradores do edifício virou-se para ela, o rosto esperançoso e expectante ao mesmo tempo. Era uma expressão que o fazia parecer mais jovem do que nunca... quase um adolescente.

— Oi, Rosie — disse Bill.

## 9

Sentiu um impulso súbito e surpreendentemente forte de correr, fazer isso antes que ele pudesse ver como a atordoara, e então os olhos dele fixaram os dela, capturaram-nos, e fugir deixou de ser uma opção. Esquecera o fascinante tom suavemente esverdeado daqueles olhos, como raios de sol refletidos em águas rasas. Em vez de fugir pela porta do saguão, andou lentamente na direção de Bill, sentindo-se simultaneamente amedrontada e feliz. Entretanto, o que sentia acima de tudo era uma esmagadora sensação de alívio.

— Eu lhe disse para ficar longe de mim. — Rosie escutou o tremor na própria voz.

Ele estendeu a mão para pegar a dela. Rosie sentiu que não deveria deixá-lo fazer isso, mas não pôde impedi-lo... nem à sua mão, de devolver o aperto dele de modo que ele fechasse seus dedos longos sobre a mão dela.

— Sei que disse, mas não consegui, Rosie — falou simplesmente.

Isso a assustou e ela retirou a mão, estudando o rosto dele, incerta. Nada como aquilo jamais lhe acontecera, *nada*, e não tinha ideia de como reagir ou se comportar.

Ele abriu os braços e talvez fosse apenas um gesto para sublinhar ou enfatizar seu desamparo, mas era tudo que o cansado e esperançoso coração de Rosie precisava; isso empurrou para o lado as esmiuçadoras perturbações de sua mente e se encarregou do resto. Rosie viu-se andando como uma sonâmbula para aqueles braços abertos, e quando estes se fecharam à sua volta, pôs a cabeça no ombro dele e fechou os olhos. E enquanto as mãos de Bill lhe tocavam o cabelo, que ela deixara sem trançar e estavam soltos pelos ombros naquela manhã, teve uma sensação estranha e maravilhosa: era como se acabasse de despertar. Como se tivesse estado dormindo, não apenas agora, ao entrar no círculo dos braços dele, não apenas naquela manhã desde que o alarme berrara e a tirara de seu sonho com a motocicleta, mas por anos e anos, como Branca de Neve depois da maçã. Mas agora estava acordada novamente, bem acordada, e olhando em torno com olhos que estavam finalmente começando a enxergar.

— Estou contente de que tenha vindo — disse ela.

## 10

Caminharam lentamente ao longo do Lake Drive, de frente para um vento forte e tépido. Quando ele pôs o braço à sua volta, Rosie deu um leve sorriso. Estavam a 5 quilômetros a oeste do lago naquele ponto, mas Rosie sentiu que podia andar todo o caminho se ele simplesmente continuasse com o braço à volta dela assim. Por todo o caminho do lago, e talvez sobre ele também, pisando calmamente do alto de uma onda para outra.

— Por que está sorrindo? — perguntou ele.

— Ah, nada. Só estou com vontade de sorrir, acho.

— Está mesmo contente porque eu vim?

— Estou. Não dormi muito na noite passada. Fiquei pensando que tinha cometido um erro. Acho que *cometi* um erro, mas... Bill?

— Estou aqui.

— Fiz aquilo porque você tem mais importância para mim do que qualquer homem em toda a minha vida, e tudo aconteceu tão *rápido*... Devo estar doida por lhe dizer isso.

Ele abraçou-a mais apertado.

— Você não está doida.

— Liguei para você e lhe disse para ficar longe porque está acontecendo uma coisa, *pode* estar acontecendo, e eu não queria que você se machucasse. Por coisa nenhuma. E ainda não quero.

— É Norman, não é? Como o Bates. Ele está vindo atrás de você, afinal.

— Meu *coração* diz que está — falou Rosie cuidadosamente —, e meus *nervos* também, mas não tenho certeza se posso confiar no meu coração, há tanto tempo ele tem medo, e meus nervos... meus nervos estão arrasados.

Deu uma olhadela no relógio de pulso, depois para a carrocinha de cachorro-quente na esquina em frente. Havia bancos numa pequena faixa de grama próxima dali, e secretárias comendo os sanduíches do almoço.

— Você compraria um cachorro-quente com chucrute para uma dama? — perguntou ela. Repentinamente o problema de arrotar durante a tarde parecia a coisa menos importante do mundo. — Não como um desses desde que era criança.

— Vou ver o que posso fazer.

— Podemos sentar em um daqueles bancos e eu lhe conto sobre Norman, como o Bates. Então você decide se quer ficar por perto ou não. Se decidir que não quer, vou entender...

— Rosie, eu não...

— Não diga isso. Não até eu lhe contar sobre ele. E é melhor você comer antes de eu começar, ou pode perder o apetite.

## 11

Cinco minutos depois ele voltou ao banco onde ela estava. Balançava cuidadosamente uma bandeja na qual havia dois cachorros-quentes e dois copos de papel com limonada. Ela pegou um sanduíche e um copo, pôs a bebida sobre o banco ao seu lado e então olhou para Bill gravemente.

— Você devia parar de me dar comida. Estou começando a me sentir como a criança desamparada nos cartazes do Unicef.

— *Gosto* de lhe dar comida. Você está muito magra, Rosie.

*Não é o que Norman diz*, pensou ela, mas não era absolutamente o comentário certo, nas atuais circunstâncias. Ela não sabia qual era o comentário certo, e viu-se pensando na réplica meio tola dos personagens de programas de TV. *Como sou boba, esqueci de trazer o roteirista comigo*, pensou. Em vez de falar, olhou para o cachorro-quente e começou a cutucar o pão, a testa franzida e a boca preocupada, como se aquele fosse algum misterioso ritual de pré-ingestão que fora passando de mãe para filha em sua família, através das gerações.

— Me conta sobre Norman, Rosie.

— Está bem. Deixa ver como posso começar.

Deu uma mordida no sanduíche, saboreando a ferroada do chucrute contra a língua, e então bebericou a limonada. Ocorreu-lhe que Bill poderia não querer conhecê-la mais depois que ela terminasse, que só fosse sentir horror e nojo por uma mulher que podia viver com uma criatura como Norman todos aqueles anos, mas era tarde demais para se preocupar com coisas assim. Abriu a boca e começou a falar. Sua voz parecia suficientemente firme, e isso teve um efeito calmante nela.

Começou lhe contando sobre uma garota de 15 anos que se sentia tremendamente bonita com uma fita cor-de-rosa amarrada no cabelo, e como essa garota fora para um jogo universitário de basquete certa noite apenas porque a reunião das Futuras Donas de Casa fora cancelada no último minuto e ela tinha que esperar duas horas antes que o pai a fosse buscar. Ou talvez porque apenas quisesse que as pessoas vissem como estava bonita usando aquela fita, e porque a biblioteca da escola estivesse vazia. Um rapaz de jaqueta esportiva sentara ao lado dela na arquibancada, um rapaz grande, de ombros largos, um veterano que estaria lá embaixo, correndo de um lado para outro com os outros, se não tivesse sido expulso do time em dezembro por brigar. Rosie continuou, ouvindo a boca emitir coisas que estava certa de que levaria para o túmulo sem contar a ninguém. Não sobre a raquete de tênis, aquela ela *levaria* mesmo para o túmulo, mas sobre como Norman a mordera na lua de mel e como ela tentara se convencer de que era uma mordida amorosa, e sobre o aborto provocado e assistido por Norman, e sobre as diferenças cruciais entre bater no rosto e bater nas costas.

— Por isso eu tenho que urinar muito — disse ela, sorrindo nervosamente para as próprias mãos —, mas está ficando melhor. — Contou a Bill sobre o começo do casamento, quando Norman queimava os dedos dos pés dela ou a ponta de seus dedos com o isqueiro; o fato de que esse tormento em especial tivesse cessado quando Norman havia deixado de fumar era hilariante. Contou a Bill sobre a noite em que Norman chegara do trabalho, sentara-se em silêncio diante da TV durante o noticiário, segurando o jantar no colo, mas sem comer; como ele colocara seu prato de lado quando Dan Rather terminara e como começara a cutucá-la com a ponta de um lápis que estava na mesa junto a uma extremidade do sofá. Ele a cutucara com força suficiente para machucar e deixar pequenos pontos pretos como manchas congênitas na pele, mas não com força suficiente para tirar sangue. Contou a Bill que, em outras ocasiões, Norman a machucara mais, mas nunca a assustara tanto como daquela vez. Principalmente por causa do silêncio dele. Quando falara com ele, tentando descobrir o que estava havendo, ele não respondeu. Apenas continuou andando atrás dela enquanto ela retrocedia (ela não queria correr; isso seria o mesmo que jogar um fósforo num barril de pólvora), sem responder a suas perguntas e ignorando suas mãos abertas e esticadas. Ele continuou espetando os braços dela, e seus ombros, e a parte de cima do peito — ela estava usando uma daquelas blusas sem mangas bem decotada — com o lápis e fazendo um pequeno ruído explosivo a cada vez que a ponta rombuda do lápis se enfiava na pele dela: *Pou!Pou!Pou!* Finalmente ela se enfiara no canto com os joelhos contra os seios e as mãos cruzadas na parte de trás da cabeça, e ele se ajoelhou na frente dela, o rosto sério, quase estudioso, e continuou espetando-a com o lápis e fazendo aquele barulho. Contou a Bill que, então, tinha certeza de que ia matá-la, que seria a única mulher na história do mundo a ser atacada até a morte com um lápis preto número 2... e que lembrava o tempo todo a si mesma de que não devia gritar porque os vizinhos podiam ouvir e ela não queria ser encontrada daquele modo. Não ainda viva, pelo menos. Era vergonhoso demais. Então, exatamente quando ela se aproximava do ponto em que sabia que ia começar a gritar, Norman tinha entrado no banheiro e fechado a porta. Ficou lá por muito tempo, e ela havia pensado em fugir então — mas era de noite e ele estava em casa. Se ele saísse e descobrisse que ela fugira, ele a teria perseguido, capturado e assassinado, ela sabia.

— Teria cortado o meu pescoço como a uma galinha — disse a Bill sem erguer os olhos.

Entretanto, prometera a si mesma que *iria* embora; faria isso na próxima vez em que ele a machucasse. Mas depois daquela noite ele não pusera as mãos nela por um longo tempo. Cinco meses, talvez. E quando ele foi atrás dela de novo, no início, não tinha sido tão ruim, e ela dissera a si mesma que se podia aguentar ser espetada repetidamente com um lápis, podia aguentar alguns socos. Continuou pensando isso até 1985, quando as coisas haviam subitamente se acelerado. Contou como Norman estivera assustador naquele ano, por causa do problema com Wendy Yarrow.

— Foi o ano em que você teve o aborto, não foi? — perguntou Bill.

— Foi — disse ela para as próprias mãos. — Ele quebrou uma das minhas costelas também. Ou duas. Realmente não me lembro mais, não é *horrível*?

Ele não respondeu. Ela continuou, contando que as piores partes (além do aborto, é claro) eram os longos e aterrorizantes silêncios, quando ele apenas a olhava, respirando tão alto pelo nariz que parecia um animal pronto para dar o bote. As coisas melhoraram um pouco, disse ela, depois do aborto. Ela contou como começara a dar umas mancadas no final, como perdia o controle do tempo às vezes, quando estava na cadeira de balanço, e como, às vezes, quando estava pondo a mesa do jantar, à espera do som do carro de Norman entrando na garagem, percebera que tomara oito ou nove banhos durante o dia. Geralmente com as luzes do banheiro apagadas.

— Gostava de tomar o banho de chuveiro no escuro — disse ela, ainda sem ousar levantar os olhos das mãos. — Era como se fosse um armário molhado.

Terminou contando sobre o telefonema de Anna, o que Anna dera às pressas por um motivo importante. Soubera de um detalhe que não saíra na reportagem do jornal, um detalhe que a polícia mantivera em segredo para ajudar a pôr de lado qualquer confissão falsa ou dicas ruins que pudessem receber. Peter Slowik fora mordido mais de 36 vezes, e pelo menos uma parte de sua anatomia estava faltando. A polícia acreditava que o matador a levara consigo... de uma maneira ou de outra. Anna sabia pelo Círculo de Terapia que Rosie McClendon, cujo primeiro contato significativo naquela cidade fora com seu ex-marido, havia sido casada com um mordedor. Podia não haver conexão alguma, Anna acrescentara rapidamente. Mas... por outro lado...

— Um mordedor — disse Bill pausadamente. Parecia estar falando consigo mesmo. — É assim que chamam os homens como ele? A palavra é essa?

— Acho que é — disse Rosie. E então, talvez porque tivesse medo de que não acreditasse nela (pensasse que ela estivesse "costurando", na linguagem-de-Norman), deslocou ligeiramente a camiseta rosa do Tape Engine do ombro e lhe mostrou o antigo anel branco da cicatriz ali, como o remanescente de uma mordida de tubarão. Aquela fora a primeira, seu presente de lua de mel. Então levantou o antebraço esquerdo, mostrando outra cicatriz a Bill. Aquela não a fizera pensar numa mordida; por alguma razão, pensara em lisos rostos brancos quase escondidos numa vegetação rasteira, verde e viçosa.

— Esta aqui sangrou à beça, depois infeccionou — disse ela. Falava no tom de alguém relatando uma informação de rotina: que vovó tinha telefonado, ou que o correio havia deixado um pacote. — Mas eu não fui ao médico. Norman trouxe para casa um grande vidro com comprimidos de antibiótico. Tomei os comprimidos e melhorei. Ele conhece todo tipo de gente de quem conseguir as coisas. Chama essa gente dos "ajudantezinhos do papai". Até que é engraçado, não é?

Ainda falava sobretudo para as mãos, cruzadas no colo, mas finalmente ousou lançar um rápido olhar a Bill para avaliar sua reação às coisas que dizia. O que viu a deixou atônita.

— O que foi? — perguntou ele roucamente. — O que foi, Rosie?

— Você está chorando. — Então sua própria voz oscilou.

Bill olhou-a surpreso.

— Não estou não. Pelo menos, não acho que esteja.

Ela estendeu um dedo, fez um semicírculo suave abaixo do olho de Bill e ergueu a ponta do dedo para que ele a visse. Bill a examinou atentamente, mordendo o lábio inferior.

— Você não comeu muito também. — Metade do sanduíche dele ainda estava no prato, o chucrute com mostarda escorrendo do pão. Ele empurrou o prato de papel para dentro da lata do lixo ao lado do banco, depois voltou a olhar para Rosie, distraidamente limpando a umidade do próprio rosto.

Rosie sentiu uma gelada certeza encobrindo-a. Agora ele perguntaria por que ficara com Norman, e quando ela não se levantasse e fosse embora do banco do parque (da mesma forma que não deixara a casa na rua Westmoreland até abril), isso colocaria a primeira barreira entre eles, pois aquela era uma pergunta que não podia responder. Ela *não* sabia por que ficara com ele, da mesma forma que não sabia por que uma única gota de sangue transformara sua vida toda. Só sabia que o chuveiro fora o melhor lugar da casa, escuro, molhado e cheio de vapor, e que às vezes meia hora na Cadeira de Pooh parecia cinco minutos, e que o porquê não tem significado quando se está vivendo no inferno. O inferno não tinha motivos. As mulheres no Círculo de Terapia haviam entendido isso; ninguém lhe perguntara por que ficara. Elas sabiam. Por suas próprias experiências, elas sabiam. Achava que algumas podiam até saber sobre a raquete de tênis... coisas até piores do que isso.

Mas quando Bill finalmente fez uma pergunta, era tão diferente da que ela esperara que por um momento apenas ficou atrapalhada.

— É possível que Norman tenha matado a mulher que estava lhe causando problemas em 85? Essa Wendy Yarrow?

Rosie ficou chocada, mas não com o tipo de choque que se tem quando é preciso responder a uma pergunta impensável; ficou chocada como alguém que vê uma face conhecida em um local tremendamente improvável. A pergunta que ele fizera alto circulara, não articulada e, portanto, não muito nítida, nos recessos da mente dela por anos.

— Rosie? Perguntei se você acha possível que Norman tenha...

— Acho que sim... é bem possível, na verdade.

— Foi conveniente para ele que ela morresse daquela forma, não é? Isso o poupou de que a coisa toda fosse parar no tribunal.

— É.

— Se ela tivesse sido mordida, você acha que o jornal teria publicado?

— Não sei. Talvez não. — Ela consultou o relógio e levantou-se rápido. — Minha nossa, tenho que ir imediatamente. Rhoda queria recomeçar meio-dia e quinze e já passaram dez minutos.

Puseram-se a andar lado a lado. Ela notou que queria que ele a abraçasse de novo, e justamente quando parte de sua mente dizia para não ser ávida e a outra parte (Prática-Sensata) lhe dizia para não arranjar encrenca, ele fez exatamente aquilo.

*Acho que estou me apaixonando por ele.*

Foi a falta de surpresa naquele pensamento que disparou o próximo: *Não, Rosie, acho que isso é a manchete de ontem. Acho que já aconteceu.*

— O que é que Anna disse sobre a polícia? — ele perguntou. — Ela quer que você vá a algum lugar e faça um relato?

Rosie se enrijeceu dentro do círculo do braço dele, a garganta seca, enquanto a adrenalina era bombeada em seu corpo. Só foi preciso aquela única palavra. A palavra p...

*Policiais são irmãos.* Norman lhe repetira aquilo vezes sem conta. *A polícia é uma família e os policiais são irmãos.* Rosie não sabia até que ponto isso era verdade, até que ponto eles se apoiariam entre si — ou *encobririam* uns aos outros —, mas sabia que os policiais que Norman levava para casa de vez em quando pareciam sinistramente com o próprio Norman, e que ele jamais dissera uma palavra contra qualquer um deles, mesmo contra seu primeiro parceiro detetive, um astuto e subornável velho policial chamado Gordon Satterwaite, que Norman detestara. E naturalmente havia Harley Bissington, cujo *hobby* — pelo menos quando de visita à Casa Daniels — era despir Rosie com os olhos. Harley tinha tido câncer de pele e se aposentara três anos atrás, mas havia sido parceiro de Norman em 1985, quando a poeira Richie Bender/ Wendy Yarrow baixara. E se baixara do modo como Rosie suspeitava, então Harley tinha apoiado Norman. Apoiado em coisa muito importante. E não apenas porque estivera na coisa ele próprio, e sim porque a polícia era uma família e policiais eram irmãos. Policiais viam o mundo de um modo diferente do pessoal que trabalhava das nove às cinco ("os frequentadores do supermercado", na linguagem-de-Norman); policiais viam o mundo sem a pele e com os nervos vibrando. Isso os tornava todos diferentes, tornava alguns deles *um bocado* diferentes... e lá estava Norman.

— Não vou chegar nem *perto* da polícia — falou Rosie rapidamente. — Anna disse que não tenho que ir e ninguém pode me obrigar. A polícia são os amigos *dele*. Seus *irmãos*. Eles se apoiam uns aos outros, eles...

— Calma — disse Bill, um tanto alarmado. — Está bem, fique calma.

— *Não posso* ficar calma! Quero dizer, você não *sabe*. É por isso que liguei e lhe disse que não podia sair com você, porque você não sabe como é... como *ele* é... e como a coisa funciona entre ele e todos os outros. Se eu fosse à polícia *aqui*, eles checariam com a polícia de *lá*. E se um deles... alguém que trabalha com ele, que participa de vigilâncias com ele às três da manhã, que tem confiado sua vida a ele... — Estava pensando em Harley, que não parava de olhar seus seios e que tinha sempre que examinar onde terminava a bainha de sua saia quando ela sentava.

— Rosie, não precisa ficar...

— Preciso, *sim*! — disse ela com uma ferocidade nada habitual. — Se um policial como esse soubesse como entrar em contato com Norman, *entraria*. E diria que ando falando dele. Se eu lhes desse o meu endereço, e eles obrigam a gente a fazer isso quando se dá uma queixa, também informariam isso a Norman.

— Tenho certeza de que nenhum policial...

— Você já os recebeu em casa, jogando pôquer e vendo televisão?

— Não... mas...

— Eu já. Ouvi conversarem e sei como encaram o resto do mundo. Veem a coisa exatamente assim, como o resto do mundo. Até os melhores. Existem eles... e existem os frequentadores do supermercado. É só.

Ele abriu a boca para dizer algo, não sabia o quê, depois fechou-a novamente. A ideia de que Norman pudesse achar o endereço da casa dela por meio de iniciativas ilegais de alguns policiais tinha uma espécie de persuasão, mas essa não era a razão principal para Bill ficar quieto. A expressão de Rosie — a expressão de uma mulher que regredira a uma época mais infeliz — sugeria que ele não podia dizer nada que a convencesse, de qualquer forma. Ela temia os policiais, ponto, e ele era suficientemente velho para saber que nem todos os bichos-papões podem ser assassinados por mera lógica.

— Além disso, Anna falou que eu não preciso ir. Que, se *for* Norman, *eles* o veriam primeiro antes de falar comigo.

Bill ponderou, chegando à conclusão de que fazia sentido.

— O que é que ela vai fazer a respeito?

— Já começou a fazer. Passou faxes para um grupo de mulheres lá na minha cidade... de onde eu vim, pelo menos contando o que estava acontecendo aqui. Perguntou se podiam mandar algumas informações sobre Norman e, uma hora depois, elas mandaram pelo fax um monte de informações, inclusive um retrato dele.

Bill levantou as sobrancelhas.

— Trabalho rápido, especialmente depois do horário.

— Meu marido agora é um herói naquela cidade — disse ela com voz sombria. — Provavelmente, não vai ter que pagar suas bebidas por um mês. Era ele quem chefiava a equipe que desbaratou uma grande quadrilha de traficantes. A foto dele saiu na primeira página do jornal por dois ou três dias seguidos.

Bill assobiou. Talvez ela não fosse tão paranoica, afinal.

— A mulher que recebeu o pedido de Anna deu um passo adiante — continuou Rosie. — Ligou para o departamento de polícia e perguntou se podia falar com ele. Então desfiou uma grande história dizendo que seu grupo queria lhe dar o Prêmio Comenda das Mulheres.

Ele pensou no que ela dizia, depois deu uma gargalhada. Rosie sorriu palidamente.

— O sargento de plantão checou no seu computador e disse que o tenente Daniels estava de férias. Em algum lugar do oeste, achava ele.

— Mas ele *poderia* estar de férias aqui — disse Bill pensativamente.

— É. E se alguém se machucar, vai ser tudo por minha c...

Ele pôs as mãos nos ombros de Rosie e virou-a. Os olhos dela estavam muito abertos, e ele viu o início de um encolhimento. Era um olhar que apertou seu coração de um modo novo e estranho. Subitamente lembrou-se de uma história que ouvira no Zion American Center, onde fora para ter aulas de religião até seus 9 anos. Uma história dizendo que, nos dias dos profetas, as pessoas eram às vezes apedrejadas até a morte. Na época, pensara que era a forma de punição mais terrivelmente cruel que já tinham inventado, muito pior que o pelotão de fuzilamento ou a cadeira elétrica, uma forma de execução que jamais teria justificativa. Agora, vendo o que Norman Daniels fizera àquela adorável mulher de rosto frágil e vulnerável, não estava tão certo.

— Não fale em culpa — disse ele. — Você não fabricou Norman.

Ela piscou, como se tal pensamento nunca tivesse lhe ocorrido antes.

— Em primeiro lugar, como é que ele encontrou esse Slowik?

— Sendo eu — ela disse.

Bill a olhou. Ela confirmou com a cabeça.

— Parece maluquice, mas não é. Ele pode fazer isso. Já vi Norman fazer isso. Provavelmente, foi assim que ele estourou a quadrilha de droga lá na cidade onde eu morava.

— Pressentimento? Intuição?

— Mais. É quase telepatia. Ele chama isso de jogar a isca.

Bill sacudiu a cabeça.

— A esquisitice de Norman é grave, não é?

Aquilo a surpreendeu tanto que a fez rir.

— Minha nossa, você não tem ideia! Seja como for, todas as mulheres da F & I viram a foto dele, e vão tomar um cuidado especial, principalmente no piquenique do sábado. Algumas vão levar spray de defesa... as que realmente se lembrem de usar isso numa emergência, diz Anna. E tudo aquilo estava parecendo bom para mim, mas então ela disse: "Não se preocupe, Rosie, já passamos por sustos desse tipo", e isso revirou tudo de novo. Porque, quando um homem é assassinado, um homem bom como o que me resgatou naquela estação de ônibus horrível, *não* é só um susto.

Sua voz estava se elevando, ganhando velocidade de novo. Ele pegou a mão dela e acariciou-a.

— Eu sei, Rosie — com uma voz suave, procurando confortá-la. — Eu sei que não.

— Ela acha que sabe o que está fazendo, quero dizer, Anna... que ela já passou por isso antes porque já chamou os policiais por causa de uns bêbados que atiraram um tijolo em uma das janelas ou ficaram por ali e cuspiram na esposa quando ela saiu para pegar o jornal da manhã. Mas Anna nunca passou por *nada* como Norman, e não sabe disso, e é isso que me assusta. — Fez uma pausa, esforçando-se para se controlar, depois sorriu. — Seja como for, ela diz que de modo nenhum eu preciso me envolver na coisa, pelo menos no ponto em que está.

— Fico contente.

O Corn Building estava bem em frente agora.

— Você não disse nada do meu cabelo. — Ela ergueu os olhos novamente, uma olhadela rápida e tímida desta vez. — Isso significa que não percebeu ou que não gostou?

Ele deu uma olhada no cabelo dela e sorriu.

— Eu *percebi* e *gostei*, mas estava pensando nessa outra coisa... estava com medo de não poder mais ver você.

— Lamento que tenha ficado tão aborrecido. — Era verdade, mas também estava *contente* por ele ter ficado aborrecido. Será que ela se sentira assim, ainda que remotamente, quando ela e Norman estavam namorando? Não conseguia se lembrar. Tinha uma lembrança clara de Norman apalpando-a debaixo de um cobertor numa corrida de calhambeques certa noite mas, no momento, pelo menos, todo o resto estava envolto em um nevoeiro.

— Você pegou a ideia da mulher na pintura, não é? Aquela que comprou no dia em que nos conhecemos.

— Talvez — disse ela cautelosamente. Ele teria achado isso estranho e por isso não tinha feito nenhum comentário sobre o cabelo?

Então ele a surpreendeu novamente, talvez até mais do que quando perguntara sobre Wendy Yarrow.

— Quando a maioria das mulheres muda a cor do cabelo, parece com mulheres que mudaram a cor do cabelo — disse. — Na maioria das vezes, os homens fingem que não sabem disso, mas sabem. Você, no entanto... é como se seu cabelo fosse pintado quando chegou lá na loja e agora é como se ele fosse verdadeiro. Isso deve estar parecendo o maior papo furado que já ouviu, mas é verdade. Você devia fazer uma trança como a mulher do quadro. Ia ficar parecendo com uma princesa viking. Sexy à beça.

A palavra acendeu um grande botão vermelho dentro dela, desencadeando sensações poderosamente atraentes e tremendamente alarmantes ao mesmo tempo. *Eu não gosto de sexo*, pensou ela. *Jamais gostei de sexo, mas...*

Rhoda e Curtis vieram caminhando até eles da outra direção. Os quatro se encontraram em frente às antigas portas giratórias do Corn Building. Os olhos de Rhoda esquadrinharam Bill de cima a baixo com viva curiosidade.

— Bill, é com eles que eu trabalho — disse Rosie. Em vez de diminuir, o calor continuava subindo a seu rosto. — Rhoda Simons e Curtis Hamilton. Rhoda, Curtis, este é... — Por um segundo breve e de um negro abismal viu-se completamente incapaz de lembrar o nome daquele homem que já significava tanto para ela. Depois, grata, conseguiu lembrar. — Bill Steiner — terminou.

— Como vai — disse Curtis, apertando a mão de Bill. Olhou em direção ao edifício, nitidamente pronto para enfiar a cabeça entre os fones de ouvido novamente.

— Amigo de Rosie é meu amigo, como se costuma dizer — falou Rhoda, e estendeu a mão. Os delgados braceletes em seu pulso emitiram um ruído dissonante.

— O prazer é meu — disse Bill, e virou-se para Rosie: — Sábado ainda está de pé?

Ela pensou furiosamente e depois concordou com a cabeça.

— Pego você às oito e meia. Não se esqueça de vestir alguma coisa quente.

— Não vou esquecer. — Ela podia sentir o enrubescimento espalhando-se pelo corpo abaixo agora, deixando duras as pontas de seus seios e fazendo com que até seus dedos formigassem. O modo como ele a olhava apertou o botão do calor novamente, mas dessa vez foi mais atraente que assustador. Teve um impulso súbito, cômico mas surpreendentemente forte, de pôr os braços à volta dele... e as pernas... e depois simplesmente subir por ele como numa árvore.

— Bem, então até lá — disse Bill. Inclinou-se e beijou o canto da boca de Rosie. — Rhoda e Curtis, foi bom conhecer vocês.

Virou-se e se afastou assobiando.

— Vou lhe dizer uma coisa, Rosie, seu gosto é excelente — disse Rhoda. — Que *olhos*!

— Somos só amigos — disse Rosie desajeitadamente. — Eu conheci Bill... — Sua voz sumiu. De repente, explicar como o conhecera parecia complicado, além de constrangedor. Sacudiu os ombros e riu nervosamente. — Bem, você sabe.

— Sei, sim — disse Rhoda, observando Bill se afastar pela rua. Depois se virou para Rosie e riu encantada. — Sei *mesmo*. Dentro desta ruína de feminilidade bate o coração de uma verdadeira romântica. Uma que espera que você e o sr. Steiner sejam muito bons amigos. Enquanto isso, pronta para voltar ao trabalho?

— Estou — disse Rosie.

— Vamos ter uma tarde melhor do que a manhã, agora que você colocou seu... outro negócio mais ou menos em ordem?

— Tenho certeza de que haverá uma grande melhora — disse Rosie, e estava certa.

# VI

# O Templo do Touro

## 1

Antes de ir para a cama naquela quinta à noite, Rosie ligou novamente o telefone na tomada e fez uma ligação para Anna, para perguntar se ela soubera algo de novo ou se alguém vira Norman na cidade. Anna respondeu às duas perguntas com um firme não, disse que tudo estava quieto e depois mencionou o velho ditado popular: nenhuma notícia é boa notícia. Rosie tinha suas dúvidas a respeito da frase, mas manteve-as para si mesma. Em vez disso, deu a Anna seus pêsames hesitantes pela perda do ex-marido, cogitando se os livros de etiqueta tinham regras para se lidar com tais situações.

— Obrigada, Rosie — disse Anna. — Peter era um homem difícil e estranho. Adorava gente, mas ele próprio não era muito adorável.

— Achei-o simpático.

— Tenho certeza disso. Para os estranhos, era o Bom Samaritano. Para a família e as pessoas que tentavam ser seus amigos... eu pertencia aos dois grupos e sei, ele era mais como o levita que passava do outro lado. Certa vez, durante um jantar de Ação de Graças, ele pegou o peru e jogou-o em cima de seu irmão, Hal. Não consigo me lembrar com certeza do motivo da discussão, mas provavelmente foi sobre a OLP ou César Chávez. Geralmente era sobre um ou outro.

Anna suspirou.

— Vai haver um círculo de lembrança para ele no sábado à tarde. Nós todos sentaremos juntos em cadeiras de armar, como bêbados em uma reunião dos AA, e vamos nos revezar falando sobre ele. Pelo menos eu *penso* que vai ser assim.

— É uma boa ideia.

— Você acha? — perguntou Anna. Rosie pôde imaginar Anna arqueando as sobrancelhas naquele seu modo inconscientemente arrogante, parecendo mais com Maude do que nunca. — Me parece meio tolo, mas talvez você tenha razão. Seja como for, vou sair do piquenique com tempo suficiente para fazer isso, mas não voltarei tão abalada assim. As mulheres espancadas desta cidade perderam um amigo, quanto a isso não há a menor dúvida.

— Se foi Norman que fez isso...

— Eu sabia que você ia dizer *isso* — disse Anna. — Tenho trabalhado com mulheres que foram curvadas, dobradas, pregadas e mutiladas por um monte de anos, e conheço o profundo masoquismo que desenvolvem. Faz parte da síndrome da mulher espancada, da mesma forma que o distanciamento e a depressão. Lembra de quando o ônibus espacial *Challenger* explodiu?

— Lembro... — Rosie estava aturdida, mas se lembrava muito bem.

— Naquele dia, uma mulher foi falar comigo em lágrimas. Tinha marcas vermelhas pelo rosto todo, pelos braços; andara se batendo e beliscando. Disse que a culpa daqueles homens e daquela simpática professora terem morrido era dela. Quando lhe perguntei por quê, explicou que escrevera não uma mas *duas* cartas apoiando o programa espacial tripulado, uma para o *Tribune* de Chicago e outra para o deputado eleito pelo seu distrito. Depois de algum tempo, as mulheres espancadas começam a aceitar a culpa, é só. E não apenas por algumas coisas, por *tudo*.

Rosie pensou em Bill, voltando para o Corn Building com o braço à volta da sua cintura. *Não fale em culpa*, dissera ele. *Você não fabricou Norman*.

— Eu não entendi essa parte da síndrome por muito tempo — disse Anna —, mas agora acho que entendo. *Alguém* tem que levar a culpa, ou toda a dor, a depressão e o isolamento não têm sentido. A pessoa ficaria maluca. Melhor ser culpada do que maluca. Mas já é tempo de você superar essa escolha, Rosie.

— Não entendo.

— Entende, sim — disse Anna calmamente. E daquele assunto passaram para outros.

## 2

Vinte minutos depois de se despedir de Anna, Rosie estava deitada com os olhos abertos e os dedos entrelaçados sob o travesseiro, fitando a escuridão enquanto rostos flutuavam por sua mente como bolas de gás soltas no ar. Rob Lefferts, parecendo um homenzinho inofensivo; Rhoda Simons com um lápis espetado no cabelo, dizendo a Rosie que era meias de náilon e não mesa de náilon. Gert Kinshaw, uma versão humana do planeta Júpiter, usando calça de moletom e uma camiseta masculina com decote em V, ambas de tamanho XXG. Cynthia Alguma Coisa (Rosie ainda não se lembrava bem de seu último nome), a animada roqueira-punk com o cabelo em dois tons, dizendo que certa vez ficara sentada durante horas em frente a um quadro com um rio que parecia se mover de fato.

E Bill, é claro. Viu seus olhos cor de avelã com o tom esverdeado, viu o modo como seu cabelo escuro nascia nas têmporas, viu até mesmo a minúscula cicatriz em círculo no lóbulo de sua orelha direita, que certa vez furara (talvez na faculdade, ao perder uma aposta quando bêbado) e depois deixara fechar novamente. Sentiu o toque da mão dele em sua cintura; o ocasional roçar dos quadris dele contra os seus, e cogitou se teria ficado excitado ao tocá-la. Agora já admitia de boa vontade que o toque certamente *a* excitara. Ele era tão diferente de Norman que ela se sentia ante um visitante de outro sistema estelar.

Fechou os olhos. Flutuou mais profundamente.

Outro rosto veio vagando da escuridão, o rosto de Norman. Norman sorria, mas seus olhos cinzentos eram frios como lascas de gelo. *Estou jogando a isca para você, benzinho*, dizia ele. *Deitado na minha própria cama, não tão distante assim, e jogando a isca para você. Muito em breve estarei falando com você. Falando bem de perto. Deve ser uma conversa bem rápida. E quando terminar...*

Ele ergueu a mão. Nela havia um lápis preto número 2. Sua ponta fora afiada com uma navalha.

*Desta vez não vou me preocupar com seus braços ou ombros. Desta vez vou partir direto para os olhos. Ou quem sabe sua língua. Que tal, benzinho? Ter um lápis atravessando sua tagarela e mentirosa l...*

Os olhos dela se abriram repentinamente e o rosto de Norman desapareceu. Fechou-os novamente e invocou o rosto de Bill. Por um momento, teve certeza de que ele não viria, que o rosto de Norman voltaria no lugar dele, mas não voltou.

*Vamos sair no sábado*, pensou ela. *Vamos passar o dia juntos. Se ele quiser me beijar, eu vou deixar. Se ele quiser me abraçar e me tocar, vou deixar. É uma coisa de louco a que ponto quero estar com ele.*

Começou a flutuar de novo, e agora achava que devia estar sonhando com o piquenique a que ela e Bill iriam depois de amanhã. Outra pessoa estava no piquenique perto deles, alguém com um bebê. Podia ouvi-lo chorar muito tenuemente. Depois, mais alto, veio o rugido do trovão.

*Como no meu quadro*, pensou. *Vou lhe contar sobre o meu quadro enquanto comermos. Esqueci de contar hoje porque havia tantas outras coisas para contar, mas...*

O trovão soou novamente, mais próximo e forte. Desta vez, o som a encheu de aflição. A chuva estragaria o piquenique, a chuva acabaria com o piquenique da Filhas e Irmãs no Ettinger's Pier, a chuva poderia fazer até com que o show fosse cancelado.

*Não se preocupe, Rosie, o trovão está só no quadro e isso tudo é um sonho.*

Mas, se fosse um sonho, como podia sentir o toque do travesseiro em seus pulsos e braços? Como poderia sentir ainda seus dedos entrelaçados e o leve cobertor em cima dela? Como podia ainda ouvir o tráfego da cidade do lado de fora da janela?

Os grilos cantavam e zumbiam: *rip-rip-rip-rip-rip*.

O bebê chorava.

O interior de suas pálpebras subitamente se iluminou com um *flash* púrpura, como ante um raio, e o trovão ressoou novamente, mais perto do que nunca.

Rosie engoliu em seco e sentou na cama, o coração batendo forte no peito. Não havia raios. Nem trovão. Pensou ter escutado grilos, sim, mas devia ser uma peça que seus ouvidos lhe tinham pregado. Olhou para a janela do outro lado do aposento e percebeu o retângulo obscurecido encostado à parede abaixo dela. O quadro de Rose Madder. Amanhã o poria num saco de compras e o levaria para o trabalho. Rhoda ou Curt provavelmente conheciam um lugar por perto onde ela pudesse mandar colocar outra moldura.

Mesmo assim, fracamente, conseguia ouvir os grilos.

*Do parque*, pensou, deitando de novo.

*Mesmo com a janela fechada?*, perguntou Prática-Sensata. Parecia indecisa, mas não ansiosa, realmente. *Tem certeza, Rosie?*

Tinha certeza. Era quase verão, afinal de contas, um monte de outros grilos em oferta, fregueses, e que diferença fazia, de qualquer modo? Está bem, talvez *houvesse* algo esquisito com o quadro. O mais provável é que as esquisitices estivessem em sua própria cabeça, onde as últimas roscas ainda estavam sendo aparafusadas, mas digamos que *fosse* realmente o quadro. E daí? Não sentia nenhuma sensação de *ruindade* nisso.

*Mas pode dizer que não tem a sensação de* perigo, *Rosie?* Agora *havia* um toque de ansiedade na voz de Prática-Sensata. *Deixe de lado o mal, ou a ruindade, ou como quiser chamá-lo. Pode dizer que não tem a sensação de* perigo*?*

Não, isso não *podia* dizer, mas por outro lado havia perigo em toda parte. Era só ver o que acontecera ao ex-marido de Anna Stevenson.

Mas não queria ver o que acontecera a Peter Slowik; não queria voltar ao que às vezes era chamado de Rua da Culpa no Círculo de Terapia. Queria pensar no sábado, e em como seria o beijo de Bill Steiner. Ele colocaria as mãos em seus ombros ou em sua cintura? Como seria exatamente o contato com a sua boca? Ele...

A cabeça de Rosie deslizou para um lado. Um trovão soou. Os grilos zumbiam, mais alto que nunca, e agora um deles começou a saltar pelo chão em direção à cama, mas Rosie não notou. Desta vez o cordão prendendo sua mente ao corpo se rompera, e ela flutuou para longe, dentro da escuridão.

## 3

Um flash de luz a despertou, não púrpura desta vez, mas de um branco brilhante. Foi seguido de trovão — não um estrondo, mas um rugido.

Rosie sentou na cama, arquejando, agarrando a ponta do cobertor junto ao pescoço. Houve outro flash, e ela viu sua mesa, a bancada da cozinha, o pequeno sofá que na verdade só oferecia dois lugares, a porta para o minúsculo banheiro aberta, a cortina do chuveiro, de um estampado com margaridas, corrida e encolhida em seus elos. A luz fora tão brilhante e seus olhos estavam tão despreparados que continuou a ver essas coisas mesmo depois de a sala mergulhar novamente na escuridão, apenas com as cores revertidas. Percebeu que ainda podia ouvir o bebê chorando, mas os grilos tinham parado. E o vento estava soprando. Isso ela podia tanto sentir quanto ouvir. O vento ergueu o cabelo de suas têmporas e ela ouviu a algazarra-resvalo-baque surdo de folhas de papel. Deixara as falas xerocadas do próximo romance de "Richard Racine" na mesa, e o vento as soprara em cascata por todo o chão.

*Isso não é um sonho*, pensou ela, e pôs os pés para fora da cama. Ao fazê-lo, olhou na direção da janela e sua respiração ficou presa na garganta. Ou a janela desaparecera, ou a parede *toda* virara janela.

De qualquer modo, a paisagem não era mais a da rua Tremont e do Bryant Park; abria-se para uma mulher num quíton *rose madder* de pé no alto de uma colina de vegetação exuberante, fitando as ruínas de um templo lá embaixo. Agora, porém, a bainha de seu curto traje ondulava contra as coxas longas e macias da mulher; agora Rosie podia ver os bonitos cabelos louros que escapavam da trança dela oscilando como plâncton ao vento, e as grandes nuvens negro-púrpuras correndo velozmente através do céu. Agora podia ver a cabeça peluda do pônei se movendo enquanto ele comia a relva.

E se era uma janela, estava completamente aberta. Enquanto Rosie observava, o pônei enfiara o focinho no quarto dela, cheirara as tábuas do chão, achara-as desinteressantes, retirara-se e continuara a comer de seu próprio lado.

Mais relâmpagos, outro rufar de trovão. O vento soprou de novo, e Rosie ouviu as laudas que tinham voado movendo-se e girando pelo compartimento da cozinha. A bainha da camisola bateu contra suas pernas quando se levantou e foi lentamente até o quadro, que agora cobria toda a parede, do chão ao teto e de um lado a outro. O vento atirou seu cabelo para trás, e Rosie sentiu o cheiro doce da chuva iminente.

*Agora não vai demorar também*, pensou. *Vou ficar encharcada. Todos nós vamos, eu acho.*

*O QUE ESTÁ PENSANDO, ROSE?*, gritou Prática-Sensata. *PELO AMOR DE DEUS, O QUE ESTÁ...*

Rosie achatou a voz — naquele momento, parecia já ter ouvido o suficiente por uma vida inteira — e parou ante a parede que não era mais uma parede. Bem em frente, no máximo a um metro e meio de distância, estava uma mulher loura vestida em um quíton. Ela não se virara, mas Rosie podia ver agora os pequenos movimentos e ajustamentos de sua mão erguida enquanto ela fitava a colina lá embaixo, e o seio esquerdo, apenas vislumbrado, palpitando.

Rosie respirou profundamente e entrou no quadro.

## 4

A temperatura do outro lado estava pelo menos 10 graus mais baixa, e a relva alta roçava seus tornozelos e canelas. Por um momento pensou ouvir um bebê chorando novamente, muito longe, então o som desapareceu. Olhou por cima do ombro, esperando ver seu quarto, mas ele desaparecera também. Uma velha e nodosa oliveira espalhava suas raízes e ramos no lugar onde Rosie penetrara naquele mundo. Debaixo da oliveira, viu um cavalete de pintor com um banquinho diante dele. Sobre o banquinho, havia uma caixa aberta cheia de pincéis e tintas.

A tela no cavalete era exatamente do tamanho do quadro que Rosie comprara na Empréstimos & Penhores Liberty City. Mostrava o quarto dela na rua Trenton visto da parede onde pendurara Rose Madder. Havia uma mulher, claramente a própria Rosie, em pé no meio do aposento, em frente à porta que dava para o corredor do segundo andar. Sua postura e posição não eram as mesmas da mulher fitando o templo em ruínas — sua mão não estava erguida, por exemplo —, mas semelhante o suficiente para assustar bastante Rosie. Havia outra coisa assustadora no quadro: a mulher usava uma calça esportiva justa, azul-

-marinho, e uma blusa rosa sem mangas. Esse era o traje que Rosie já tinha planejado usar quando fosse passear de motocicleta com Bill. *Vou ter que usar algo diferente*, pensou ela desvairadamente, como se mudando as roupas no futuro pudesse mudar o que estava vendo agora.

Algo meteu o focinho em seu braço, e Rosie deu um gritinho. Virou-se e viu o pônei fitando-a com um pedido de desculpas nos olhos castanhos. Lá em cima, o trovão rugiu.

Em pé ao lado da charrete, à qual o peludo animal fora atrelado, havia uma mulher. Usava um vestido vermelho de muitas camadas que batia pelo tornozelo, mas diáfano, quase transparente. Rosie podia ver os tons quentes de sua pele cor de café com leite através das engenhosas camadas da roupa. Raios cortaram o céu e, por um momento, Rosie viu de novo o que já vira na pintura não muito depois que Bill a levara em casa voltando do Pop's Kitchen: a sombra da charrete sobre a relva, e a da mulher junto dela.

— Não se preocupe — disse a mulher de vestido vermelho. — Radamanthus é o *menor* dos seus problemas. Não morde nada a não ser relva e trevos. Só estava dando uma cheirada em você.

Subitamente Rosie sentiu uma sensação esmagadora de alívio ao perceber que aquela era a mulher a quem Norman sempre se referia (num tom de sofrida amargura) como "aquela putinha de cabelo louro berrante". Era Wendy Yarrow, mas Wendy Yarrow estava morta, então aquilo era um sonho, estava claro. Por mais realista que parecesse, ou que pudesse ser cada um de seus detalhes (por exemplo, o fato de limpar um pouco da umidade deixada em seu braço pelo focinho investigador do pônei), era um sonho.

*Claro que é*, disse a si mesma. *Ninguém entra realmente nos quadros, Rosie.*

Isso teve pouco ou nenhum efeito sobre ela, mas a ideia de que a mulher da charrete era Wendy Yarrow que já morrera há muito tempo teve.

O vento soprava, e mais uma vez o som de um bebê chorando chegou até ela. Agora Rosie via algo mais: sobre o banco da charrete havia uma grande cesta de junco verde entrelaçado. Montes de fitas de seda decoravam seu cabo, e viam-se laços de seda nos cantos. A borda de um cobertor rosa, nitidamente tecido à mão, pendia sobre um dos lados.

— Rosie.

A voz era baixa e docemente rouca, mas arrepiou a pele das costas de Rosie. Havia algo errado com essa voz, e achou que só outra mulher podia perceber isso — se um homem ouvisse aquela voz, imediatamente pensaria em sexo e esqueceria todo o resto. Mas *havia* algo errado com ela. *Tremendamente* errado.

— Rosie — ela ouviu de novo, e de repente Rosie entendeu: era como se a voz se esforçasse para ser humana, se esforçasse para lembrar *como* era isso.

— Garota, não olhe direto pra ela — disse a mulher de vestido vermelho. Parecia ansiosa. — Isso não é pra gente como você.

— Mas eu não quero não — disse Rosie. — Quero ir para casa.

— Entendo, mas é tarde demais — disse a mulher, e alisou o pescoço do pônei. Seus olhos escuros estavam graves, a boca apertada. — Não toque nela, também. Ela não quer lhe fazer nenhum mal, mas já não tem muito controle de si mesma. — Bateu na têmpora com um dedo.

Rosie virou-se com relutância para a mulher de quíton, e deu um único passo à frente. Estava fascinada com a textura das costas da mulher, seu ombro nu, e a parte inferior do pescoço. A pele era mais fina do que a seda mais leve. Mas daquela parte para cima...

Rosie não sabia o que seriam aquelas sombras cinzentas emboscadas pouco abaixo da linha onde os cabelos cresciam, e achava que não *queria* saber. Seu primeiro e desvairado pensamento foi de que eram mordidas, mas não eram. Conhecia mordidas. Seria lepra? Algo pior? Contagioso?

— Rosie — a voz doce e rouca disse pela terceira vez, e havia algo nela que fez Rosie ter vontade de gritar, a mesma vontade que sentia às vezes quando via o sorriso de Norman.

*Esta mulher está louca. Seja lá o que estiver errado com ela — as manchas em sua pele —, é secundário. Ela está louca.*

Um raio fendeu o céu. Um trovão estalou. E no vento que soprava em rajadas, da direção do templo em ruínas, no início da colina, veio o choro distante de um bebê.

— Quem é você? — perguntou ela. — Quem é você e por que estou aqui?

Como resposta, a mulher ergueu o braço direito e o virou, revelando uma velha cicatriz branca em forma de círculo na parte de baixo.

— Esta aqui sangrou muito, depois infeccionou — disse ela em sua doce e rouca voz.

Rosie expôs o próprio braço. Era o esquerdo em vez do direito, mas a marca era exatamente a mesma. Uma noção breve mas terrível surgiu nela: se vestisse o quíton *rose madder*, ela o usaria de modo a que seu ombro direito ficasse nu em vez do esquerdo, e se tivesse o mesmo bracelete de ouro, o poria acima do cotovelo esquerdo em vez do direito.

A mulher na colina era sua imagem refletida.

A mulher na colina era...

— Você sou *eu*, não é? — perguntou Rosie. E então, quando a mulher de trança se moveu levemente, acrescentou numa voz aguda e trêmula: — Não se vire, eu não quero ver!

— Não fique tão sobressaltada — disse Rose Madder numa estranha voz paciente. — *Você é realmente* Rosie, *você é* Rosie Real. Não se esqueça disso quando esquecer todo o resto. E não se esqueça de outra coisa: *eu retribuo*. O que fizer por mim eu vou fazer por você. E é por isso que fomos reunidas. É esse o nosso equilíbrio. O nosso *ka*.

Raios rasgavam o céu; trovões ribombavam; o vento assobiava pela oliveira. Os minúsculos cabelos louros que escapavam da trança de Rose Madder voavam rebeldes. Até mesmo naquela luz titubeante pareciam filamentos de ouro.

— Desça agora — disse Rose Madder. — Desça e traga meu bebê.

## 5

O choro da criança subiu até elas como algo vindo de outro continente, e Rosie fitou o templo em ruínas lá embaixo, cuja perspectiva ainda parecia estranha e desagradavelmente torta, com um medo novo. Além disso, seus seios tinham começado a latejar, como ocorrera com frequência nos meses depois de seu aborto.

Abriu a boca, sem saber que palavras sairiam dali, sabendo apenas que seria um tipo de protesto, mas uma mão agarrou seu ombro antes que pudesse falar. Virou-se. Era a mulher de vermelho. Sacudiu a cabeça em advertência, bateu na têmpora de novo e apontou para baixo na colina, em direção às ruínas.

O pulso direito de Rosie foi pego por outra mão, esta gelada como uma lápide. Ela se virou e percebeu no último momento que a mulher de quíton havia se virado e agora a encarava. Rapidamente, com confusos pensamentos sobre a Medusa enchendo-lhe a mente, Rosie abaixou os olhos para não ver o rosto da outra. Em vez disso, viu o dorso da mão agarrando-lhe o pulso. Estava coberto de uma nódoa cinza-escura que a lembrou um predador pairando no oceano (uma arraia gigante, é claro). As unhas pareciam escuras e mortas. Enquanto Rosie olhava, viu um pequeno verme branco contorcendo-se para fora de uma delas.

— Vá agora — disse Rose Madder. — Faça por mim o que eu mesma não posso fazer. E lembre-se: *Eu retribuo.*

— Está bem — disse Rosie. Um desejo terrível, perverso, de erguer os olhos para o rosto da mulher a dominou. Ver o que havia ali. Ver talvez seu próprio rosto nadando sob as cinzentas sombras mortas de uma doença que enlouquecia a pessoa enquanto a comia viva. — Está bem, eu vou, tentarei, só não me obrigue a olhar para você.

A mão soltou-lhe o pulso... mas lentamente, como se fosse apertá-la de novo no instante em que sentisse um enfraquecimento por parte de Rosie. Depois a mão virou e um dedo morto e cinzento apontou para a colina lá embaixo, como o Espírito do Natal Ainda Por Vir apontara uma lápide determinada a Ebenezer Scrooge.*

— Vá então — disse Rose Madder.

Rosie começou a descer a colina lentamente, os olhos ainda abaixados, observando seus pés descalços deslizando pela relva áspera e alta. Só quando o estalar de um trovão especialmente assustador estremeceu o ar e ela olhou para cima, percebeu espantada que a mulher de vestido vermelho viera com ela.

— Você vai me ajudar? — perguntou Rosie.

---

* Ebenezer Scrooge é o personagem principal da história (*Conto de Natal*), de 1843, de Charles Dickens. (N. da E.)

— Só posso ir até lá. — A mulher de vermelho apontou para a coluna caída. — Tenho o mesmo que ela, mas até agora só me atingiu de leve.

Estendeu um braço, e Rosie viu uma amorfa nódoa cor-de-rosa contorcendo sua carne — *em* sua carne —, entre o pulso e o antebraço. Havia outra parecida na palma de sua mão. Aquela era quase bonita. Lembrou a Rosie o trevo que encontrara entre as tábuas de seu assoalho. Sua casa, o lugar que considerara como seu refúgio, parecia agora muito distante dela. Talvez *aquilo* fosse o sonho, toda aquela vida, e esta aqui fosse a única realidade.

— Essas duas são as únicas que tenho, pelo menos até agora — disse ela —, mas são o bastante para que eu fique fora de lá. Aquele touro sentiria o meu cheiro e ia vir correndo. Ia vir atrás de mim, mas ia matar nós duas.

— Que touro? — perguntou Rosie, aturdida e com medo. Tinham quase chegado à coluna caída.

— Erinyes. Ele toma conta do templo.

— Que templo?

— Não perca tempo com perguntas de homem, mulher.

— De que está falando? O que são perguntas de homem?

— Aquelas cujas respostas a gente já sabe. Vem até aqui.

"Wendy Yarrow" estava de pé junto ao segmento final coberto de musgo da coluna caída e olhava impacientemente para Rosie. O templo avultava-se próximo dali. Olhá-lo machucava os olhos de Rosie do mesmo modo que olhar para uma tela de cinema com o filme fora de foco. Ela viu volumes sutis onde tinha certeza de que não havia nenhum; viu dobras de sombras que desapareciam quando fechava os olhos.

— Erinyes tem um olho só, que é cego, mas não há nada de errado com o seu faro. Está naqueles dias, garota?

— Naqueles... dias?

— É... naqueles dias do *mês*!

Rosie sacudiu a cabeça.

— Ótimo, porque a gente seria liquidada antes de começar, se você estivesse. Eu também não estou, não tenho tido menstruação nenhuma desde que a doença começou a aparecer. É péssimo, porque aquele sangue seria o melhor. De qualquer modo...

O trovão mais monstruoso de todos fendeu o ar bem acima delas, e então gotas geladas de chuva começaram a cair.

— Temos que andar depressa! — disse a mulher de vermelho. — Rasgue dois pedaços da camisola, uma tira para atadura e um trapo de tamanho suficiente para embrulhar uma pedra e amarrar. Não discuta, e não continue fazendo perguntas também. Só obedeça.

Rosie curvou-se, pegou um pedaço da bainha de sua camisola de algodão e rasgou uma longa e larga faixa de baixo para cima, lateralmente, deixando sua perna esquerda quase toda nua até o quadril. *Quando eu andar, vou parecer uma garçonete de restaurante chinês*, pensou. Rasgou uma tira mais estreita da lateral e, quando olhou para cima, ficou alarmada ao ver que "Wendy" segurava uma comprida adaga de fio duplo e aparência cruel. Não conseguiu imaginar de onde teria vindo, a não ser que a mulher a tivesse amarrada na coxa, como a heroína de um daqueles romances selvagens-doces de Paul Sheldon, histórias em que havia uma razão, por mais fabricada que fosse, para tudo que acontecia.

*Provavelmente foi dali que ela a tirou mesmo*, pensou Rosie. Sabia que ela própria ia querer uma faca se estivesse viajando na companhia da mulher no quíton *rose madder*. Pensou de novo em como a mulher que *estava* viajando em sua companhia batera na cabeça com o dedo e dissera a Rosie para não tocar nela. *Ela não quer lhe fazer nenhum mal*, dissera, *mas já não tem muito controle de si mesma.*

Rosie abriu a boca para perguntar à mulher em pé junto à coluna caída o que pretendia fazer com aquela faca... e então fechou a boca de novo. Se as perguntas de homem eram aquelas cujas respostas já se sabia, então aquela era uma pergunta de homem.

"Wendy" pareceu sentir o olhar de Rosie e então ergueu os olhos para ela.

— É o pedaço grande que você vai querer primeiro — disse. — Esteja pronta com ele.

Antes que Rosie pudesse responder, "Wendy" furara a própria pele com a ponta da adaga. Silvou algumas palavras que Rosie não entendeu — talvez uma prece — e depois traçou uma linha fina através de seu antebraço, uma que combinava com seu vestido. Ela aumentou e começou a escorrer enquanto a pele e o tecido subjacente recuavam, deixando que a ferida se abrisse.

— Aaiii, isso dói *muito*! — gemeu a mulher, depois estendeu a mão com a adaga cravada nela. — Me dá! O pedaço grande, o pedaço grande!

Rosie o pôs na mão dela, confusa e assustada, mas não nauseada; a visão do sangue não tinha tal efeito nela. "Wendy Yarrow" dobrou a tira de algodão num chumaço, que colocou sobre o ferimento, segurou-o, depois virou-o. Seu objetivo não parecia ser a compressão do ferimento; ela só queria empapar o pano com o seu sangue. Quando o entregou a Rosie novamente, o algodão que fora de um azul centáureo quando Rosie estava deitada na cama da rua Trenton mostrava uma cor muito mais escura... mas familiar. Azul e vermelho vivo se haviam combinado para produzir *rose madder*.

— Agora ache uma pedra e embrulhe-a com esse pano — disse a mulher a Rosie. — Depois de fazer isso, tire a roupa que está usando e embrulhe as duas coisas com ela.

Rosie arregalou os olhos, muito mais chocada com esta ordem do que ante a visão do sangue escorrendo do braço da mulher.

— Não posso fazer isso! — disse. — Não estou usando nada por baixo!

"Wendy" sorriu sem humor.

— Não vou contar pra ninguém. Enquanto isso, me dê aquele outro antes que eu sangre até morrer.

Rosie passou a tira de pano mais estreita, esta ainda azul, e a mulher de pele escura começou a enrolar rapidamente com ele o braço ferido. Um relâmpago explodiu à esquerda delas como monstruosos fogos de artifício. Rosie ouviu uma árvore cair com um longo choque despedaçador. Esse som foi seguido por sucessivos rugidos de trovão. Agora ela podia sentir um odor de cobre no ar, como níqueis estalando de novos. Então, como se os raios tivessem aberto o saco de águas do céu, a chuva chegou. Caiu em torrentes geladas impelidas quase horizontalmente pelo vento. Rosie viu-a atingir o chumaço de pano em sua mão, fazendo-o fumegar, e viu os primeiros riachos de água rosada, sanguinolenta, saindo dele e fazendo cócegas em seus dedos. Parecia refresco de morango.

Sem qualquer outro pensamento sobre o que estava fazendo ou por quê, Rosie agarrou a camisola, inclinou-se para a frente e puxou-a pela cabeça. Ficou em pé sob o aguaceiro mais gelado do mundo, arquejando, enquanto a chuva alfinetava suas faces, ombros e costas desprotegidas. Sua pele contraiu-se e então se arrepiou por toda a superfície.

— Ai! — exclamou numa vozinha desesperada e sem fôlego. — Ai, está tão *frio*!

Deixou cair a camisola, ainda seca na maior parte, sobre a mão que segurava o trapo sangrento e notou uma pedra do tamanho de um pãozinho entre dois segmentos da coluna caída. Pegou-a, colocou-a entre seus joelhos e estendeu a camisola sobre a cabeça e os ombros, da mesma forma que um homem surpreendido por um aguaceiro usaria o jornal como uma tenda substituta. Sob essa proteção temporária, embrulhou a pedra com o trapo ensopado de sangue. Sobraram duas pontas longas e grudentas, que ela amarrou uma na outra, estremecendo com desagrado quando o sangue de "Wendy" diluído pela chuva escorreu delas e tamborilou no chão. Com a pedra amarrada no trapo, embrulhou tudo com a camisola (nada seca agora), seguindo as instruções que recebera. A maior parte do sangue ia ser lavado de qualquer modo. Aquilo não era um aguaceiro, nem mesmo uma tempestade. Era um dilúvio.

— Continue! — disse a mulher de pele escura e vestido vermelho. — Vá para o templo! Vá direto para lá e não pare por nada! Não pegue nada e não acredite em nada do que vir ou ouvir. É um lugar de fantasmas, sem dúvida, mas nem no Templo do Touro existe um fantasma que possa fazer mal a uma mulher viva!

Rosie tremia loucamente, a água em seus olhos toldando sua visão, pingando da ponta do nariz, dos lóbulos de suas orelhas como joias exóticas. "Wendy" parou na frente dela, o cabelo grudado no rosto, os olhos escuros fulgurando. Agora tinha que gritar a fim de se fazer ouvir no vento incessante que soprava cada vez mais forte.

— Entre pela porta no outro lado do altar e vai estar num jardim onde todas as plantas e flores estão mortas! Além do jardim, vai ver um bosque, com *todas* as árvores mortas também, menos uma! Entre o jardim e o bosque, corre um riacho! Você não vai beber essa água, por mais que queira — não vai! —, nem tocar nela! Pise nas pedras para atravessá-lo! Se molhar um dedo só naquela água, vai esquecer tudo que sabe, até seu nome!

A eletricidade corria pelas nuvens pesadas numa luz lívida, transformando-as em rostos de monstros estrangulados. Rosie nunca estivera tão gelada em toda a sua vida, ou tinha tido tal sensação de uma estranha animação no coração, enquanto tentava produzir uma onda de calor em sua pele gelada da chuva. E novamente o pensamento lhe ocorreu: isso era tão sonho quanto a água que caía aos borbotões era um chuveirinho.

— Entre no bosque! Por entre as árvores mortas! A que ainda está viva é uma romãzeira! Recolha as sementes que encontrar do fruto caído perto da árvore, mas não coma o fruto nem ponha a mão que tocar as sementes na boca! Desça a escada perto da árvore e entre no salão embaixo! Pegue o bebê e traga-o para fora, mas cuidado com o touro! Cuidado com o touro Erinyes! Agora vá! Depressa!

Tinha medo do Templo do Touro, com suas perspectivas curiosamente tortas, portanto foi um certo alívio para Rosie descobrir que seu desejo desesperado de sair da tempestade tinha agora suplantado tudo. Queria se afastar do vento, da chuva e dos relâmpagos, mas também queria estar protegida no caso de a chuva decidir transformar-se em granizo. A ideia de estar nua numa tempestade de granizo, ainda que isso *fosse* um sonho, era extremamente desagradável.

Depois de alguns passos, virou-se para olhar a outra mulher. "Wendy" parecia tão nua quanto a própria Rosie, seu transparente vestido vermelho agora grudado no corpo como tinta.

— *Quem é Erinyes?* — gritou Rosie. — *O que é?* — Aventurou-se a dar uma olhada para o templo por cima do ombro, quase como se esperasse que o deus surgisse ao som de sua voz. Nenhum deus apareceu; havia apenas o templo, cintilando sob o aguaceiro.

A mulher de pele escura girou os olhos para cima.

— *Por que se comporta de modo tão idiota, garota?* — gritou em resposta. — *Continue, ande! Continue enquanto ainda pode!* — E apontou silenciosamente para o templo, da mesma forma que sua ama havia feito.

## 6

Nua e branca, segurando a bola ensopada da camisola contra o estômago para protegê-la na medida do possível, Rosie pôs-se a andar em direção ao templo. Deu cinco passos para a cabeça de pedra caída sobre a relva. Olhou-a, esperando ver Norman. Claro que seria Norman, e ela bem podia estar preparada para isso. Era assim que as coisas funcionavam nos sonhos.

Mas não era. Os cabelos rareando, as faces carnudas e o viçoso bigode à David Crosby pertenciam ao homem que se apoiara na porta da taverna The Wee Nip, no dia em que Rosie se perdera procurando pela Filhas e Irmãs.

*Estou perdida de novo*, pensou. *Minha nossa, estou mesmo.*

Passou pela cabeça de pedra com seus olhos vazios que pareciam estar chorando e pela longa faixa de ervas molhadas que se estendia sobre a face e a testa de pedra como uma cicatriz verde. Enquanto Rosie se aproximava da estranha configuração do templo, a cabeça parecia estar murmurando atrás dela: *Ei meu bem quer trepar bons peitos o que é que acha quer trepar dar uma boa cavalgada quer ficar de quatro o que é que acha?*

Subiu os degraus escorregadios e traiçoeiros, com vinhas e trepadeiras crescidas demais, e pareceu sentir a cabeça movendo-se em seu crânio de pedra, fazendo espirrar a água lamacenta da terra ensopada, querendo observar o flexionar de seu traseiro nu enquanto ela subia rumo à escuridão.

*Não pense nisso, não pense nisso, não pense nisso.*

Resistiu ao impulso de fugir — tanto da chuva quanto daquele olhar imaginário — e continuou escolhendo o caminho, evitando os lugares onde a pedra fora rachada pelos elementos, deixando lacunas denteadas onde se podia torcer ou mesmo quebrar um tornozelo. Aquela, porém, não era a pior possibilidade; quem saberia que coisas venenosas poderiam estar encolhidas naqueles lugares escuros, esperando para ferroar ou morder?

A água pingava de seus ombros e lhe escorria direto pela espinha. Rosie estava mais gelada do que nunca, mas mesmo assim parou no degrau do alto, fitando o entalhe esculpido acima da entrada escura e ampla do templo. Não pudera vê-lo no quadro; perdia-se na escuridão sob a saliência do telhado.

Mostrava um rapaz de rosto duro apoiado no que poderia ter sido um poste telefônico. Seu cabelo caía sobre a testa e a gola da jaqueta estava levantada. Um cigarro pendia de seu lábio inferior e a postura relaxadamente deslocada de seu quadril anunciava-o como o sr. Totalmente Bacana, Edição Final dos Anos 70. E o que mais dizia tal postura? *Ei, meu bem*, dizia. *Ei, meu bem, ei, meu bem, quer trepar? Dar uma montada? Ficar de quatro comigo?*

Era Norman.

— Não — sussurrou ela, quase num gemido. — Ah, não.

Ah, *sim*. Era Norman, sem dúvida nenhuma, Norman quando ele ainda era o Fantasma das Surras que Ainda Viriam, Norman apoiado no poste telefônico da esquina da rua State com rodovia 49 no centro de Aubreyville (centro de Aubreyville, ora, *isso* era uma piada), Norman observando os carros passarem enquanto o som dos Bee Gees cantando *You Should Be Dancing* saía do Finnegan's Pub, onde a porta fora escancarada e presa e a vitrola automática ligada alto.

O vento diminuiu momentaneamente e Rosie pôde ouvir o bebê chorando novamente. Não parecia estar com dor, na realidade; era mais como se tivesse fome. O tênue lamento tirou seus olhos daquele lamentável entalhe e fez com que seus pés nus continuassem se movendo, mas, pouco depois de chegar à porta do templo, olhou para cima novamente... não conseguiu evitar. O rapaz-Norman havia desaparecido, se é que havia estado ali. Agora ela via as palavras esculpidas diretamente acima dela: CHUPE MEU PAU CONTAMINADO DE AIDS, diziam.

*Nada fica parado nos sonhos*, pensou ela. *É como água*.

Olhou por cima do ombro e viu "Wendy", ainda em pé junto à coluna caída, com aspecto encharcado nas teias de seu vestido. Rosie ergueu a mão que não segurava a camisola embolada numa espécie de aceno. "Wendy" ergueu a própria mão em resposta, depois continuou de pé observando, aparentemente esquecida da chuva martelante.

Rosie penetrou na ampla e fria entrada do templo. Parou ali, tensa, pronta para sair correndo se visse... bem... se visse não sabia o quê. "Wendy" lhe dissera para não sofrer com os fantasmas, mas Rosie achou que a mulher de vermelho podia arcar com a coragem; afinal, ela estava lá atrás.

Pensara que dentro estivesse mais quente do que fora, mas não *parecia* mais quente — havia um frio profundo de pedra úmida no lugar, o frio de criptas e mausoléus, e por um momento não teve certeza se poderia se obrigar a andar pela sombria passagem central repleta de turbilhões e redemoinhos de folhas de outono há muito mortas adiante dela. Era simplesmente gelado demais... e gelado de muitas formas. Ficou ali, trêmula, arquejando em pequenos haustos de ar, os braços cruzados bem apertados sobre os seios e com pequenas fitas de vapor subindo de sua pele. Tocou o mamilo esquerdo com a ponta do dedo e não ficou muito surpresa de descobrir que estava tocando uma lasca de rocha.

Foi o pensamento de voltar para a mulher na colina que a fez continuar se movendo — o pensamento de ter que encarar Rose Madder com as mãos vazias. Entrou na aleia central, movendo-se lenta e cuidadosamente, ouvindo o choro distante do bebê. Parecia a quilômetros de distância, trazido até ela por alguma comunicação mágica e frágil.

*Desça e traga meu bebê.*

*Caroline.* O nome que planejara dar à sua própria filha, a que Norman a fizera abortar espancando-a, ocorreu naturalmente à sua mente. A fugitiva palpitação de seus seios começou novamente. Tocou-os, e recuou. Estavam sensíveis.

Seus olhos começavam agora a se ajustar à escuridão, e notou que o Templo do Touro tinha uma aparência estranhamente cristã — que na verdade parecia um pouco com a Primeira Igreja Metodista de Aubreyville, aonde ia duas vezes por semana até se casar com Norman. Fora lá que se realizara seu casamento, e fora de lá que seu pai, mãe e irmão menor tinham sido levados para o enterro depois do acidente na estrada que tirara suas vidas. Havia fileiras de velhos bancos de madeira, os de trás revirados e meio enterrados no turbilhão de folhas cheirando a canela. Os próximos à frente ainda estavam na posição certa e alinhados em filas nítidas. Sobre eles, em intervalos regulares, viam-se livros grossos que poderiam ser o *Livro Metodista de Hinos e Louvores* que Rosie costumava ver quando criança.

A próxima coisa que percebeu — enquanto descia a ala central como uma estranha noiva nua — foi o cheiro do lugar. Debaixo do bom cheiro das folhas turbilhonando pela porta aberta através dos anos, espreitava um odor menos agradável. Era um pouco humo, um pouco bolor, um pouco como o último estágio da decadência, e não era realmente nenhuma dessas coisas. Suor velho, talvez? Sim, talvez. E talvez outros fluidos também. Ocorreu-lhe sêmen. Assim como sangue.

Após a consciência do cheiro, veio-lhe a quase inegável sensação de estar sendo observada por olhos malévolos. Sentiu que eles estudavam sua nudez cuidadosamente, ponderando a respeito, marcando cada curva e linha não cobertas, memorizando os movimentos de seus músculos sob a pele molhada e luzidia.

*Falar com você bem de perto*, parecia suspirar o templo por baixo do oco martelar da chuva e do estalar das folhas velhas sob os pés descalços de Rosie. *Falar com você bem de perto... mas não vamos ter que falar muito para dizer as coisas que precisamos. Não é, Rosie?*

Ela parou próximo à frente do templo e pegou um dos livros negros no segundo banco. Quando o abriu, saltou dele uma lufada de putrefação tão forte que ela quase sufocou. O desenho no alto da página era um desenho de linhas rígidas que jamais aparecera nos hinários metodistas da juventude dela; mostrava uma mulher de joelhos, fazendo sexo oral em um homem cujos pés não eram pés e sim cascos. O rosto dele era mais sugerido do que realmente mostrado, mas Rosie via a medonha semelhança mesmo assim... ou achava que via. Ele parecia o antigo parceiro de Norman, Harley Bissington, que olhava para a borda da sua saia tão assiduamente sempre que ela se sentava.

Abaixo do desenho, a página amarelada estava repleta de letras do alfabeto cirílico, ilegíveis mas familiares. Foi preciso que Rosie pensasse um momento para compreender por quê: eram as mesmas letras que enchiam o jornal que Peter Slowik lia quando o abordara no compartimento da Ajuda aos Viajantes e lhe pedira auxílio.

Então, de um modo terrivelmente súbito, o desenho começou a se mover, as linhas parecendo arrastar-se em direção a seus dedos brancos, encolhidos pela chuva, deixando pequenos traços de lama atrás. De alguma maneira, estava vivo. Ela fechou o livro com uma pancada e sua garganta se cerrou ante o ruído chapinhante que veio de dentro dele. Deixou-o cair, e o baque que fez ao bater no banco ou seu próprio grito repugnado despertou um bando de morcegos na área sombria que supunha ser a galeria do coro. Vários deles desfecharam um voo em forma de oito, sem rumo, asas negras arrastando horríveis corpos gorduchos pelo ar úmido, e depois entraram de novo em seus buracos. À frente estava o altar, e ela ficou aliviada ao ver uma porta estreita aberta à esquerda, deixando entrar uma réstia de limpa luz branca.

*Vocêêê éé realmeeente Ro-siee*, sussurrou a voz sem língua do templo, geladamente divertido. *Eee Ro-siiee muuuito reaal... vem até aqui e eu lhe dareeii uma grrraannde apaalpaadeela...*

Ela se recusou a olhar em torno; manteve os olhos fixos na porta e na luz além dela. A chuva diminuíra, o oco som de torrente transformara-se agora em um contínuo e baixo murmúrio.

*É só para homens, Ro-siieee*, sussurrou o templo, e depois acrescentou o que Norman sempre dizia quando não queria responder a uma de suas perguntas, mas também não estava zangado com ela: *É coisa de homem.*

Espiou para a área do altar ao passar por ele, depois rapidamente afastou os olhos. Estava vazio — não havia púlpito, símbolos, livros de arcanos —, mas ela viu outra arraia pairando, esta agora deitada nas pedras nuas. Sua cor enferrujada sugeria a Rosie ser sangue, e o tamanho da sombra dizia que rios dele haviam sido derramados ali através dos anos. Rios.

*É como o Roach Motel, Ro-siieee*, sussurrou a sala, e as folhas do chão de pedra se moveram, fazendo um som de riso deslizando entre gengivas sem dentes. *Eles registram a entrada da pessoa mas não registram a saíííídaa.*

Ela caminhou rapidamente para a porta, tentando ignorar a voz, mantendo os olhos fixos à frente. De certo modo, esperava que a porta fosse bater na sua cara quando se aproximasse, mas tal não aconteceu. Nenhum bicho-papão saltitante com o rosto de Norman pulou dela, também. Rosie saiu numa pequena rampa de pedra, pisou no cheiro fresco da relva refrescada pela chuva, rodeada pelo ar que começara a esquentar novamente, embora a chuva não tivesse parado completamente. A água pingava e escorria por toda parte. Trovões estalavam (mas agora eram trovões que partiam, teve certeza). E o bebê, no qual não pensara por vários minutos, retomou seu choro distante.

O jardim era dividido em duas partes — flores à esquerda e legumes à direita —, mas tudo estava morto. Cataclismicamente morto, e a viçosa vegetação que o rodeava e ao Templo do Touro como braços fazia aquela extensão morta parecer muito pior por contraste — como um cadáver de olhos abertos e língua pendente. Gigantescos girassóis com caules fibrosos e amarelados, centros marrons e pétalas desbotadas e murchas erguiam-se sobre todo o resto, como carcereiros doentes numa prisão onde todos os presos já morreram. Os canteiros estavam cheios de pétalas sopradas pelo vento, que a fizeram pensar, num instante de lembrança de pesadelo, no que ela vira quando voltara ao cemitério um mês depois que sua família fora enterrada. Caminhara para a parte de trás do pequeno cemitério depois de colocar flores frescas na sepultura dos parentes, querendo recobrar as forças, ficando horrorizada de encontrar flores apodrecendo empilhadas no declive entre a parede de pedra e os bosques atrás do cemitério. O mau cheiro desse perfume moribundo a fizera pensar no que estava acontecendo a sua mãe, seu pai e seu irmão sob o chão. Como estavam mudando.

Rosie afastou rapidamente os olhos das flores, mas o que viu a princípio na horta moribunda não foi melhor: uma das fileiras parecia agora estar cheia de sangue. Limpou a água de seus olhos, olhou novamente e suspirou de alívio. Não era sangue e sim tomates. Uma fileira de 6 metros de tomates caídos, apodrecendo.

*Rosie.*

Não era o templo desta vez. Era a voz de Norman, *bem atrás dela*, e Rosie percebeu de repente que podia sentir o cheiro da colônia de Norman. *Todos os meus homens usam English Leather ou não usam coisa alguma*, pensou ela, e sentiu um frio lhe escalar a espinha.

Ele estava atrás dela.

Bem atrás dela.

Estendendo a mão para ela.

*Não. Não acredito nisso. Não acredito nisso ainda que acredite.*

Foi um pensamento completamente estúpido, claro, provavelmente estúpido o suficiente para valer pelo menos um pequeno verbete no *Guinness Book of Records*, mas de certo modo a pôs nos eixos. Movendo-se lentamente — sabendo que se tentasse ir um pouco mais rápido poderia perder o controle totalmente —, Rosie desceu os três degraus de pedra (muito mais rústicos até do que os da frente do edifício) e entrou nas ruínas do que mentalmente denominava os Jardins do Touro. A chuva ainda caía, mas suavemente, e o vento tinha se transformado em um suspiro. Ela desceu uma aleia formada por duas fileiras de pés de milho inclinados e marrons (de modo algum caminharia sobre os tomates apodrecendo com os pés descalços, sentindo-os estourarem sob suas solas), ouvindo o rumor pétreo de um riacho próximo. O som tornava-se continuamente mais alto à medida que ela caminhava, e quando saiu do milharal viu o riacho fluindo a menos de uns 5 metros de distância. Tinha talvez uns 3 metros de largura e era bastante raso, julgando-se por suas margens suaves, mas mostrava-se agora inchado pelo aguaceiro. Só o alto das quatro grandes pedras brancas que o cruzavam aparecia, como descoloridos cascos de tartaruga.

A água da corrente era de um negro sem luz, alcatroado. Rosie andou lentamente na direção dele, sem noção de estar apertando o cabelo com sua mão nua, espremendo a água que continha. Ao se aproximar, sentiu um peculiar odor mineral subindo do rio, fortemente metálico mas estranhamente atraente. Subitamente teve sede, muita sede, a garganta crestada como uma pedra de lareira.

*Não vai beber essa água, por mais que queira. Não vai.*

Sim, fora isso que ela dissera; que se Rosie molhasse um dedo sequer naquela água, esqueceria tudo que algum dia tinha sabido, até o próprio nome. Mas seria um negócio tão ruim? Pensando bem, seria um negócio muito ruim, sobretudo quando uma das coisas que poderia esquecer era Norman e a possibilidade de que ainda tivesse planos para ela, e que matara um homem por causa dela?

Engoliu e ouviu um ruído áspero na garganta. Mais uma vez, agindo quase sem noção do que fazia, Rosie fez a mão subir por seu corpo até o seio, e dali ao pescoço, recolhendo umidade e lambendo-a da palma da mão. Isso não acalmou sua sede, apenas despertou-a inteiramente. A água cintilava num negro lustroso ao fluir por entre as pedras, e agora o cheiro mineral estranhamente atraente parecia encher toda a cabeça de Rosie. Sabia qual seria o gosto da água — estagnada e pesada, como algum xarope frio — e como encheria sua garganta e ventre de sais estranhos e brometos exóticos. Com o sabor da terra imemorial. Então não haveria mais pensamentos sobre o dia em que a sra. Pratt (branca como uma folha de papel, exceto os lábios, que estavam azulados) chegara à porta e lhe dissera que sua família, *toda a sua família*, fora morta num desastre na rodovia, não haveria mais pensamentos sobre Norman com o lápis ou Norman com a raquete de tênis. Não mais imagens de um homem à entrada do The Wee Nip ou da mulher gorda que chamara as mulheres do serviço social Filhas e Irmãs de lésbicas. Não mais sonhos de sentar no canto com a dor nos rins a deixando enjoada, lembrando repetidamente a si mesma de vomitar no avental se tivesse que vomitar. Esquecer tais coisas seria bom. Algumas coisas mereciam ser esquecidas, outras — coisas como o que ele lhe fizera com a raquete de tênis — *precisavam* ser esquecidas... só que a maioria das pessoas não tinha essa chance, nem mesmo em sonho.

Rosie estava tremendo toda agora, os olhos fundidos na água que fluía como seda transparente repleta de tinta negra; sua garganta queimava como um fogo de gravetos e seus olhos pulsavam nas órbitas, e ela podia se ver deitando com a barriga no chão, enfiando a cabeça inteira dentro daquela escuridão e bebendo como um cavalo.

*Você esqueceria Bill também*, sussurrou Prática-Sensata, quase se desculpando. *Esqueceria o tom esverdeado de seus olhos, e a pequena cicatriz no lóbulo de sua orelha. Nesses dias, certas coisas valem a pena ser lembradas, Rosie. Sabe disso, não é?*

Sem outra hesitação (achava que nem mesmo o pensamento sobre Bill poderia salvá-la se esperasse muito mais), Rosie pisou na primeira pedra com as mãos esticadas dos dois lados para ter equilíbrio. Água tinta de vermelho pingava continuamente da bola úmida de sua camisola, e sentia a pedra no meio do bolo como o caroço de um pêssego. Com o pé esquerdo na pedra e o direito na margem, reuniu toda a coragem e pôs o pé direito na pedra adiante dela. Até ali tudo bem. Ergueu o pé esquerdo e partiu para a terceira pedra. Dessa vez o equilíbrio mudou um pouco e ela oscilou para a direita, fazendo o braço esquerdo oscilar para manter o equilíbrio enquanto o rumorejar da estranha água enchia seus ouvidos. Provavelmente não estava tão perto quanto parecia, e um momento depois se viu de pé sobre as pedras no meio da corrente, as batidas do coração martelando enfaticamente em seus ouvidos.

Temendo congelar se hesitasse demais, Rosie pisou na última pedra e foi até a relva morta da outra margem. Dera apenas três passos na direção do bosque com árvores nuas à frente quando percebeu que sua sede passara como um sonho ruim.

A impressão era que gigantes tivessem sido enterrados vivos ali em algum momento do passado, e morreram lutando para desenterrar-se; as árvores eram suas mãos descarnadas estendendo-se infrutiferamente para o céu e falando em silêncio de assassinato. Os galhos mortos e entrelaçados criavam estranhos padrões geométricos contra o céu. Um caminho levava até elas. Um jovem de pedra, com um falo ereto e gigantesco, as guardava. Suas mãos estavam estendidas exatamente acima da cabeça, como um juiz de futebol americano sinalizando que aquele ponto extra era válido. Quando Rosie passou, as pupilas de pedra do jovem rolaram em sua direção. Ela teve certeza disso.

*Ei, meu bem!,* cuspiu o jovem de pedra dentro da cabeça dela. *Quer trepar? Quer ficar de quatro comigo?*

Ela se afastou dele, erguendo as mãos num gesto de proteção, mas o jovem de pedra era novamente apenas de pedra... se é que fora outra coisa mesmo que por um momento. A água pingava de seu pênis comicamente grande. *Nenhum problema de manter a ereção ali,* pensou Rosie, olhando para os olhos sem pupila do jovem e seu sorriso de certa forma de bom entendedor (ele estava sorrindo antes? Rosie tentou lembrar e descobriu que não conseguia). *Como Norman lhe invejaria isso.*

Passou apressadamente pela estátua e pelo caminho que conduzia ao bosque morto, reprimindo um impulso de olhar por cima do ombro e certificar-se de que a estátua não a estava seguindo para colocar em funcionamento a ereção de pedra. Não ousou olhar para trás. Tinha medo do que sua mente superestressada pudesse ver, mesmo não estando lá.

A chuva resumia-se agora a um chuvisco hesitante, e Rosie percebeu subitamente que não conseguia mais ouvir o bebê. Talvez tivesse adormecido. Talvez o touro Erinyes tivesse se cansado de ouvi-lo e o engolira como a um canapé. De qualquer modo, como poderia descobri-lo se ele não chorasse?

*Uma coisa de cada vez, Rosie,* sussurrou Prática-Sensata.

— Para *você* é fácil falar — murmurou Rosie.

Ela prosseguiu, ouvindo o pingar da água da chuva das árvores mortas e percebendo — relutantemente — que podia ver rostos nas cascas. Não era como deitar de costas e olhar para as nuvens, onde sua imaginação fazia noventa por cento do trabalho; o que via ali eram rostos verdadeiros. *Rostos que gritavam.* Para Rosie, pareciam rostos de mulher, na maioria. Mulheres com quem tinham falado bem de perto.

Depois de caminhar um pouco, chegou a uma curva e encontrou o caminho bloqueado por uma árvore caída, aparentemente atingida por um raio no auge da tempestade. Um lado dela estava estilhaçado e negro. Diversos galhos desse lado ainda ardiam sombriamente, como as cinzas de uma fogueira descuidadamente apagada. Rosie teve medo de pular por cima dela; sulcos, lascas e farpas de madeira se espetavam por todo o tronco queimado.

Começou a contorná-la pela direita, onde as raízes haviam sido arrancadas do chão. Já quase conseguira voltar ao caminho quando uma das raízes da árvore saltou subitamente, estremeceu e então deslizou pela coxa direita de Rosie como uma empoeirada serpente marrom.

*Ei, meu bem! Quer trepar? Quer ficar de quatro, sua vaca?*

A voz veio flutuando da caverna seca e desmoronante onde a árvore estivera até pouco tempo atrás. A raiz deslizou um pouco mais para cima na coxa de Rosie.

*Quer ficar de quatro no chão, Rosie? A ideia não é boa? Vou ser o guardião de sua porta de trás, engolir você como um sanduíche de queijo derretido. Ou você prefere chupar meu pau contaminado de AIDS...*

— Me solta — disse Rosie calmamente, e apertou o chumaço amassado da camisola contra a raiz que a segurava. A raiz a soltou e recuou imediatamente. Rosie andou rapidamente o resto do caminho em torno da árvore e retomou o atalho. A raiz apertara o suficiente para deixar um anel vermelho na coxa de Rosie, mas a marca logo desapareceu. Rosie achava que devia ter ficado aterrorizada com o que acabara de acontecer, que talvez algo *quisesse* que ficasse aterrorizada. Se fora isso, não tinha funcionado. Finalmente, chegou à conclusão de que aquela era uma câmara de horrores muito ordinária para alguém que vivera com Norman Daniels por 14 anos.

## 7

Depois de cinco minutos ela desembocou no final da passagem. Esta se abria para uma clareira perfeitamente circular, e dentro dela estava a única coisa viva em toda aquela desolação. Era a árvore mais bonita que Rosie já vira na vida, e por vários momentos ela esqueceu realmente de respirar. Fora uma fiel frequentadora da Escola de Catecismo Infantil Metodista em Aubreyville, e lembrava-se agora da história de Adão e

Eva no Jardim do Éden, pensando que se tivesse havido *de fato* uma Árvore do Bem e do Mal naquele lugar, deveria parecer com aquela ali.

Estava densamente coberta de folhas longas e estreitas de um verde envernizado, e seus galhos pendiam pesadamente com uma perfeita abundância de frutos vermelho-púrpura. As folhas de outono rodeavam a árvore num turbilhão *rose madder* que combinava exatamente com a cor do traje curto usado pela mulher para a qual Rosie não ousara olhar. Muitos dos frutos ainda estavam frescos e carnudos; provavelmente haviam sido derrubados da árvore pela tempestade recente. Mesmo aqueles em estado avançado de podridão pareciam quase insuportavelmente doces; a boca de Rosie apertou-se de prazer ante o pensamento de pegar um dos frutos e mordê-lo profundamente. Achava que o sabor seria tão acre quanto doce, algo como um talo de ruibarbo colhido bem cedo pela manhã, ou framboesas tiradas da moita um dia antes de estarem perfeitamente maduras. Enquanto olhava para a árvore, um dos frutos (para Rosie, parecia não mais uma romã do que a gaveta de um móvel) caiu de um dos galhos sobrecarregados, bateu no chão e se abriu em dobras de carne *rose madder*, exibindo as sementes por entre os sumos gotejantes.

Rosie deu um passo em direção à árvore e parou. Continuava oscilando para a frente e para trás entre dois polos: a crença de que tudo isso tinha que ser um sonho e a igualmente enfática noção de seu corpo de que não podia sê-lo, de que ninguém na Terra jamais teria tido um sonho tão real. Agora, como a perturbada agulha de um detector de minerais em um terreno onde há depósitos de minérios em excesso, ela oscilou em dúvida quanto à tese do sonho. À esquerda da árvore, havia algo que parecia a entrada de um metrô. Largos degraus brancos desciam para a escuridão. Acima deles havia uma base de coluna feita de alabastro sobre a qual se lia uma única palavra esculpida: LABIRINTO.

*Realmente, isso é demais*, pensou Rosie, porém mesmo assim andou em direção à árvore. Se *era* um sonho, não faria mal seguir as instruções; isso poderia até apressar o momento em que finalmente acordasse em sua própria cama, tateando em busca do despertador, querendo silenciar o berro virtuoso antes que rachasse sua cabeça. Como consideraria bem-vindo esse berro agora! Estava gelada, os pés sujos, fora agarrada por uma raiz e cobiçada por um jovem de pedra que, num mundo adequado, teria sido jovem demais para saber que raio de coisa estava olhando. Acima de tudo, sentia que se não voltasse logo para seu quarto poderia cair de cama com um tremendo resfriado, talvez até com uma pneumonia. Isso liquidaria seu encontro no sábado, e a deixaria fora do estúdio de gravação pelo menos por uma semana também.

Sem ver o absurdo de pensar que poderia ficar doente numa excursão feita durante um sonho, Rosie ajoelhou-se perto do fruto caído. Examinou-o cuidadosamente, imaginando como seria seu gosto (como nada que se encontrasse nas gôndolas do supermercado, tinha certeza), depois desdobrou um canto de sua camisola. Rasgou outro pedaço, querendo se munir de um pedaço de pano, conseguindo fazê-lo melhor do que esperara. Estendeu-o no chão, depois começou a recolher as sementes por ali, colocando-as uma a uma no pano que pretendia usar para guardá-las.

*Um bom plano,* pensou ela. *Agora, se pelo menos eu soubesse* por que *estou levando essas sementes.*

As pontas de seus dedos ficaram imediatamente entorpecidas, como se tivesse recebido uma injeção de novocaína. Ao mesmo tempo, o aroma mais maravilhoso do mundo penetrou no nariz dela. Doce, mas não floral, fez Rosie pensar em tortas, bolos e biscoitos que haviam saído do forno de sua avó. Fez com que pensasse também em outra coisa, algo a anos-luz de distância da cozinha da Vovó Weeks, com seu linóleo desbotado e gravuras Currier & Ives nas paredes: do que sentira quando o quadril de Bill roçara no dela ao caminharem de volta ao Corn Building.

Depositou duas dúzias de sementes no quadrado de pano, hesitou, encolheu os ombros e acrescentou mais duas dúzias. Seriam suficientes? Como poderia saber, quando nem mesmo sabia para que serviriam? Enquanto isso, seria melhor ir andando. Podia ouvir o bebê chorando novamente, mas o choro era agora somente ecos de choramingos — os sons que os bebês fazem quando estão prestes a desistir e dormir.

Dobrou o pano úmido e enfiou suas pontas para dentro, fazendo um pequeno envelope que a lembrava dos pacotes de semente que seu pai conseguia da Burpee Company no final de cada inverno, nos dias em que ela ainda era frequentadora regular do catecismo infantil. Agora já estava bastante confortável com a nudez para se exasperar com ela;

em vez de ter vergonha, queria um bolso. Bem, se todos os desejos fossem satisfeitos...

A parte dela que era prática e sensata percebeu o que estava prestes a fazer com os dedos manchados de *rose madder* menos de um segundo antes de eles serem levados à boca. Afastou-os com o coração batendo forte e aquele cheiro acre-doce encheu sua cabeça. *Não prove o fruto*, dissera "Wendy". *Não prove o fruto ou ponha a mão que tocar as sementes na boca!*

Aquele lugar estava cheio de armadilhas.

Levantou-se, olhando para os dedos comichantes e manchados como se nunca os tivesse visto antes. Afastou-se da árvore, de pé em seu círculo de frutos caídos e sementes espalhadas.

*Não é a Árvore do Bem e do Mal*, pensou Rosie. *Também não é a Árvore da Vida. Acho que é a Árvore da Morte.*

Uma pequena rajada de vento soprou por ela, fazendo farfalhar as folhas longas e envernizadas da romãzeira, que pareceram chocalhar o nome dela em cem sussurrozinhos sarcásticos: *Rosie-Rosie-Rosie!*

Ajoelhou-se de novo, desejando tocar relva viva, mas não havia nenhuma. Depositou no chão a camisola com a pedra dentro, colocou o pequeno embrulho de sementes em cima dela, depois arrancou grandes punhados de relva morta e molhada. Esfregou a mão que tocara as sementes da melhor forma que pôde. A mancha *rose madder* diminuiu mas não desapareceu completamente, e continuou viva sob as unhas. Era como olhar para uma marca de nascença que nada apagaria completamente. Enquanto isso, os gritos do bebê se tornavam mais espaçados.

— Muito bem — murmurou Rosie, erguendo-se. — Trate de manter o diabo desses dedos fora da boca. Você vai se sair bem se fizer isso!

Caminhou para a escada que levava para além da pedra branca e ficou no alto dela por um momento, temendo a escuridão e tentando reunir coragem para enfrentá-la. A pedra de alabastro com LABIRINTO esculpido na superfície não lhe parecia mais uma base de coluna, e sim uma lápide no final de um túmulo estreito e aberto.

No entanto, o bebê estava ali embaixo, choramingando como fazem os bebês quando ninguém vem confortá-los, e eles finalmente põem mãos à obra sozinhos da melhor forma que podem. Era um som solitário, estimulante, que finalmente pôs os pés dela em movimento. Bebê nenhum deveria ter que chorar até dormir em um lugar tão solitário.

Rosie contou os degraus enquanto descia. No de número sete, passou por baixo da saliência e da pedra. No 14, olhou por cima do ombro para o branco retângulo de luz que estava deixando para trás e, quando olhou para a frente de novo, aquela forma estendia-se ante seus olhos na tela da escuridão como um fantasma brilhante. Desceu cada vez mais, os pés descalços contra a pedra. Não sairia do terror que agora enchia seu coração falando consigo mesma, nem isso a ajudaria a superá-lo. Ia se limitar a senti-lo.

Cinquenta degraus. Setenta e cinco. Cem. Ela parou no 125, percebendo que podia enxergar de novo.

*Que loucura*, pensou ela. *Imaginação, Rosie, é só isso.*

Mas não era. Ergueu lentamente a mão até o rosto. Ela e o pequeno pacote de sementes que segurava emitiram um fulgor de um verde enfeitiçado e sombrio. Ergueu a outra mão, a que segurava a pedra no que sobrara da camisola, e aproximou-a da primeira. Podia ver, sem dúvida. Virou a cabeça inicialmente para um lado, depois para o outro. As paredes do poço da escada fulguravam com uma tênue luz verde. Formas negras subiam e torciam-se preguiçosamente nelas, como se as paredes fossem, na verdade, as faces de vidro de aquários com coisas mortas torcendo-se e flutuando.

*Pare com isso, Rosie! Pare de pensar assim!*

Mas não conseguiu. Sonho ou não, o pânico e o recuo às cegas estavam agora muito perto.

*Então não olhe!*

Ótima ideia. *Grande* ideia. Rosie olhou para os obscuros fantasmas de raios X de seus próprios pés e retomou a descida, agora sussurrando a conta entre os dentes. A luz verde continuava a brilhar enquanto ela descia, e quando alcançou o degrau 220, o último, foi como se estivesse em pé em um palco iluminado com lâmpadas verdes de baixa intensidade. Olhou para cima, tentando fortalecer-se diante do que poderia ver. O ar ali embaixo era móvel, úmido, embora suficientemente fresco... mas lhe trazia um cheiro do qual não gostou muito. Era um cheiro de jardim zoológico, como se algo selvagem estivesse enjaulado ali embaixo. Na verdade, estava, é claro: o touro Erinyes.

À frente, havia três paredes de pedra sem apoio, abertas na direção dela e desaparecendo na escuridão. Cada uma tinha cerca de uns 4 metros, altas demais para que pudesse ver por cima delas. Fulguravam com a sombria luz verde, e Rosie examinou nervosamente as quatro passagens estreitas que abriam. Qual delas? Em algum lugar à frente o bebê continuava a choramingar... mas o som diminuía incessantemente. Era como ouvir um rádio que está sendo continuamente abaixado.

— *Chore!* — gritou Rosie, encolhendo-se a seguir ante os ecos de sua própria voz: *ore!... ore!... ore!*

Nada. As quatro passagens — as quatro entradas para o labirinto — abriam-se atônitas e silenciosas para ela, como estreitas bocas verticais, usando expressões idênticas de afetado choque. Não muito longe da segunda à direita, viu uma pilha escura.

*Você está cansada de saber o que é,* pensou Rosie. *Após 14 anos de ouvir Norman, Harley e todos os seus amigos, tem que ser muito burra para não reconhecer merda quando a vê.*

Tal pensamento e as lembranças que vieram com ele — lembranças dos homens sentados na sala de estar, conversando sobre o trabalho, bebendo cerveja e contando piadas sobre crioulos, cucarachos e comedores de taco, e depois falando um pouco mais sobre o trabalho — deixaram-na com raiva. Em vez de negar a emoção, Rosie insurgiu-se contra uma vida de autocontrole e deu as boas-vindas ao sentimento. Era *bom* ter raiva, sentir outra coisa que não terror. Quando criança, ela dava um berro durante as brincadeiras que era realmente de estourar os tímpanos, o tipo de grito agudo e penetrante que podia espatifar o vidro das janelas e quase arrebentar os globos oculares. Haviam brigado com ela, deixando-a envergonhada, para que não fizesse mais aquilo, quando tinha cerca de 10 anos, sob alegação de ser feio numa menina e de que também prejudicava o cérebro. Agora Rosie decidira ver se ainda tinha esse berro no repertório. Respirou profundamente o úmido ar subterrâneo, fechou os olhos e lembrou quando brincava de pique-bandeira atrás da escola da rua Elm, ou de outras brincadeiras no quintal de vegetação tão crescida que parecia uma selva. Por um momento, pensou que quase podia sentir o reconfortante aroma de sua blusa de flanela favorita, a que usara até que praticamente caísse aos pedaços, e então abriu a boca e soltou o velho grito ululante em falsete.

Ficou encantada e quase em êxtase quando ele saiu da mesma forma que nos velhos tempos, mas havia uma coisa melhor: ele a fez se *sentir* como nos velhos tempos, uma combinação de Mulher Maravilha, Supergirl e Annie Oakley. E parece que o berro ainda afetava os outros como antes: o bebê recomeçara a chorar até mesmo antes que ela terminasse de enviar seu grito de guerra da hora do recreio para o interior da escuridão de pedra. Na verdade, era um grito a plenos pulmões.

*Agora rápido, Rosie, você tem que ser rápida. Se ela está mesmo cansada, não aguentará manter aquele volume por muito tempo.*

Deu uns dois passos para a frente, de olho em cada uma das quatro entradas para o labirinto, depois passou por cada uma, escutando. O choro do bebê talvez tivesse soado um pouco mais alto saindo da terceira entrada. Entrou por ela, os pés descalços contra o chão de pedra, depois parou com a cabeça erguida e os dentes mordendo o lábio inferior. Seu velho grito de guerra havia agitado mais do que o bebê, parecia. Em algum lugar dali — a que ponto perto ou longe era impossível dizer por causa do eco — cascos estavam correndo sobre a pedra. Moviam-se num caminhar preguiçoso, parecendo ficar mais perto e depois sumindo um pouco, depois se aproximando de novo, depois (de certo modo isso era mais assustador que o próprio som) parando totalmente. Ouviu um bufo baixo e molhado, seguido por um som de grunhido ainda mais baixo. Depois ouviu só o bebê, seus gritos já começando a desaparecer novamente.

Rosie viu-se capaz de imaginar o touro muito bem, um grande animal com o couro cheio de cerdas e um dorso espesso e negro, erguendo-se implacavelmente numa corcova acima da cabeça abaixada. Teria um anel de ouro no nariz, é claro, como o Minotauro do seu livro de mitologia da infância, e a luz verde emitida das paredes refletiriam aquele anel em minúsculos pontos de luz líquida. Erinyes estava quieto agora numa das passagens adiante, os cornos apontados para a frente. Escutando-a. Esperando por ela.

Desceu o corredor tenuemente iluminado, passando a mão pela parede, procurando ouvir o bebê e o touro. Tentava ver mais excrementos também, mas não viu mais nenhum. Não ainda, pelo menos. Depois de uns três minutos talvez, a passagem que percorria terminou num entroncamento em T. O som do bebê pareceu ligeiramente mais alto para a esquerda (*ou apenas tenho um ouvido dominante para com-*

*binar com minha mão dominante?,* cogitou), então virou-se naquela direção. Dera dois passos quando parou subitamente. De repente soube para que eram as sementes: ela era Maria, da história de João e Maria, no subterrâneo, sem nenhum irmão com quem dividir seu medo. Voltou ao entroncamento em T, ajoelhou-se e desdobrou um dos lados do embrulho. Colocou uma semente no chão, com a ponta aguda apontando na direção de onde tinha vindo. Pelo menos ali embaixo não havia passarinhos para comerem sua trilha de volta, refletiu.

Levantou-se e começou a caminhar de novo. Cinco passos a conduziram a uma nova passagem. Espiou para lá e viu que se dividia em três ramos um pouco acima no caminho. Escolheu o ramo do centro, marcando-o com uma semente de romã. Trinta passos e duas viradas depois, a passagem esbarrou numa parede de pedra na qual haviam sido escritas cinco palavras negras: QUER FICAR DE QUATRO COMIGO?

Rosie voltou ao entroncamento das três partições, deteve-se para recolher a semente e colocou-a no início de um novo caminho.

## 8

Não tinha ideia de quanto tempo fora necessário para descobrir seu caminho no centro do labirinto desta maneira, porque o tempo rapidamente perdera todo o sentido para ela. Sabia que não poderia ter sido um tempo excessivamente longo porque o choro do bebê continuava... embora no momento em que Rosie começou a se aproximar realmente o choro se tornasse intermitente. Por duas vezes, ouviu os cascos do touro batendo surdamente ao longo do chão de pedra, uma vez a distância, outra tão perto que ela parou bruscamente, as mãos apertadas sobre o peito, enquanto esperava que ele aparecesse na entrada da passagem onde ela estava.

Se ela tinha que trilhar o caminho de volta, sempre pegava a última semente para não fazer confusão ao voltar. Começara com quase cinquenta: quando finalmente aproximou-se de um canto e notou um fulgor verde muito mais brilhante à frente, só faltavam três.

Caminhou para o final da passagem e parou à saída, olhando para dentro de uma sala quadrada de chão de pedra. Lançou uma olhadela rápida, procurando um teto, e viu apenas uma escuridão cavernosa que a fez ficar tonta. Olhou para baixo novamente, revistou outros diversos montes de excremento espalhados pelo chão e depois voltou a atenção para o centro da sala. Ali, sobre um chumaço de mantas, viu um rechonchudo bebê de cabelos claros. Seus olhos estavam inchados de chorar e o rosto molhado de lágrimas, mas ela se calara de novo, pelo menos por enquanto. Seus pés estavam no ar e ela parecia estar tentando examinar seus dedos. De vez em quando, deixava escapar um arquejo aguado e soluçante. Tais sons comoveram o coração de Rosie de um modo que nem todos os choramingos do bebê haviam sido capazes de fazer; era como se a criança soubesse de algum modo que fora abandonada.

*Traga meu bebê.*

*Bebê* de quem? *Quem é ela, de fato? E quem a trouxe para cá?*

Chegou à conclusão de que não se importava com a resposta a essas perguntas, pelo menos não agora. Era suficiente que a criança estivesse ali, perfeitamente doce e sozinha, tentando se confortar com os próprios dedos dos pés na fria luz verde no centro do labirinto.

*E essa luz não pode ser boa para ela*, pensou Rosie distraidamente, apressando-se em chegar ao centro da sala. *Deve ser uma espécie de radiação.*

O bebê virou a cabeça, viu Rosie e ergueu os braços na direção dela. O gesto conquistou Rosie completamente. Com a manta do alto da pilha, embrulhou o peito e a barriga do bebê e depois o pegou. A criança parecia ter uns três meses de idade. Colocou os braços em torno do pescoço de Rosie e — *tunk*! — deixou cair a cabeça sobre seu ombro. Começou a soluçar de novo, mas fracamente.

— Está tudo bem — disse Rosie, dando tapinhas nas pequenas costas embrulhadas na manta. Podia sentir o cheiro da pele da criança, quente e mais doce que qualquer perfume. Pôs seu nariz contra o fino cabelo que rodeava o crânio de forma delicada. — Está tudo bem, Caroline, tudo bem, nós vamos sair desse lugar horrív...

Ouviu novos baques de cascos aproximando-se por trás dela e fechou a boca, rezando para que o touro não tivesse escutado sua voz estrangeira, rezando para que os cascos se virassem e começassem a desaparecer em algum outro atalho que Erinyes tivesse escolhido e que o conduzisse para longe dela. Daquela vez, isso não aconteceu. Os baques dos cascos ficaram cada vez mais próximos — mais agudos, também, enquanto o touro se aproximava. Então pararam, mas ela pôde ouvir algo respirando forte, como um homem corpulento que tivesse acabado de subir um lance de escadas.

Lentamente, sentindo-se velha e rígida, Rosie voltou-se em direção ao som com a criança nos braços. Voltou-se para Erinyes, e Erinyes estava lá.

*Aquele touro sentiria o meu cheiro e viria correndo.* Fora aquilo que a mulher de vestido vermelho lhe dissera... e algo mais. *Ele viria atrás de mim, mas nós duas seríamos mortas.* Teria Erinyes sentido o cheiro dela? Ainda que a lua não estivesse cheia para ela? Rosie achava que não. Achava que a função do touro era guardar o bebê — guardar talvez o que quer que estivesse no centro do labirinto — e que fora atraído pelo som do choro do bebê, da mesma forma que Rosie. Talvez isso tivesse importância, talvez não. De qualquer modo, o touro estava ali, e era a besta mais feia que Rosie já vira na vida.

Estava parado no final da passagem que acabara de percorrer, com um formato de certo modo tão desordenado quanto o templo pelo qual passara — era como se ela o estivesse vendo através de torrentes de água clara, movendo-se rápido. O touro, contudo, pelo menos naquele momento, mantinha-se completamente imóvel. De cabeça baixa. Seu enorme casco da frente, fendido tão profundamente que quase parecia a garra de um pássaro gigantesco, arranhou inquietamente o chão de pedra. Seu dorso sobrepujava em pelo menos 10 centímetros o 1,67 metro de altura de Rose, e ela calculou o peso dele em no mínimo 2 toneladas. O alto de sua cabeça abaixada era achatado como um martelo, e luzidio como seda. Seus chifres eram troncudos, não mais que 30 centímetros de comprimento, mas aguçados e espessos. Rosie não teve dificuldade em imaginar quão facilmente investiriam contra sua barriga nua... ou para dentro de suas costas, se tentasse fugir. Contudo, não conseguia imaginar como *seria* tal morte; nem mesmo depois de anos com Norman conseguia imaginar isso.

O touro ergueu ligeiramente a cabeça e ela notou que ele realmente tinha apenas um olho, uma coisa azulada e embaçada, enorme e monstruosa, acima do centro do focinho. Quando ele abaixou a cabeça e se pôs a bater no chão inquietamente com o casco fendido de novo, ela compreendeu algo também: ele estava se preparando para atacar.

O bebê deixou escapar um uivo de estourar o tímpano, quase diretamente no ouvido de Rosie, fazendo-a dar um pulo.

— Shhh — disse ela, acalentando-o nos braços. — Shhh, bebê, não tenha medo, não tenha medo.

Mas *havia* medo, muito medo. O touro ali parado em seu estreito nicho da entrada ia abrir as entranhas dela e decorar com suas tripas as paredes que fulguravam peculiarmente. Rosie achava que teriam uma aparência negra contra o verde, como as formas que ocasionalmente pareciam se torcer bem no fundo da pedra. Não havia nada, nessa câmara central, atrás do que alguém pudesse se esconder, nem uma única coluna, e se ela corresse para a passagem da qual saíra, o touro cego ouviria o ruído de seus pés sobre a pedra e acabaria com ela antes que chegasse à metade do caminho — estripando-a, atirando-a contra a parede, estripando-a de novo e depois pisoteando-a até a morte. O bebê também, se ela conseguisse continuar segurando-o.

*Um olho cego, mas não há nada errado com seu olfato.*

Imóvel, Rosie o observava com olhos bem abertos, hipnotizada pelo bater do casco no chão. Quando esse bater finalmente parasse...

Desceu os olhos para a bola amassada e úmida da camisola em sua mão. A bola da camisola com a pedra embrulhada no centro.

*Nada errado com seu olfato.*

Deixou-se cair sobre um joelho, mantendo os olhos direcionados para o touro e segurando o bebê contra o ombro com a mão direita. Usou a mão esquerda para abrir a camisola. O trapo que amarrara em torno da pedra tinha estado de um vermelho-escuro e rico do sangue de "Wendy Yarrow", mas o aguaceiro fizera desaparecer boa parte dele, e o tecido estava agora de um rosa esmaecido. Só as pontas do pano, que ela havia amarrado sobre a pedra, estavam mais vivas — *rose madder*, na verdade.

Rosie empalmou a pedra com a mão esquerda, sentindo seu peso. Exatamente quando o quadril do touro flexionou, ela pegou furtivamente a pedra, atirando-a ao longo do chão para a esquerda do touro. A cabeça dele inclinou-se pesadamente naquela direção, as narinas se moveram e ele avançou na direção tanto do que ouvia quanto do que cheirava.

Rosie pôs-se novamente de pé num segundo. Deixou os restos da camisola amassada ao lado da pilha de mantas do bebê. O pequeno embrulho contendo as últimas três sementes de romã ainda estava em sua mão, mas Rosie não tinha consciência delas. Só tinha consciência de disparar pela sala na direção da passagem que queria, enquanto atrás dela Erinyes atacava a pedra, chutava-a obliquamente com um casco voador, perseguia-a novamente, impelia-a com o martelo achatado de sua cabeça, mandava-a voando para dentro de outra passagem e depois ia atrás dela de novo, rosnando pesadamente. Ela corria sim, mas em câmara lenta, e agora tudo isso parecia com um sonho de novo, pois era assim que *sempre* se corria nos sonhos, especialmente nos ruins, onde o inimigo estava sempre a dois passos atrás. Nos pesadelos, fugir se tornava um balé sob a água.

Ela disparou pelo corredor estreito exatamente quando ouviu os ruídos dos cascos darem meia-volta e começarem a se aproximar de novo. Vinham rápido, lançando-se sobre ela, e à medida que se aproximavam, Rosie gritou e, apertando o assustado bebê que urrava junto ao peito, correu para salvar a vida. Não adiantou. O touro foi mais rápido. Alcançou-a... e depois passou no final da parede à direita dela. Erinyes havia descoberto o truque da pedra a tempo de dar meia-volta e alcançá-la, mas havia escolhido a passagem errada.

Rosie corria, arquejando, a boca seca, sentindo o ritmo rápido de sua pulsação nas têmporas, garganta, globo ocular. Não tinha a mais leve ideia de onde estava, ou em que direção ia; agora tudo dependia das sementes. Se ela tivesse esquecido sequer uma delas, poderia vagar ali por horas, até que o touro finalmente a descobrisse e matasse.

Chegou a uma encruzilhada de cinco caminhos, olhou e não viu semente nenhuma. No entanto, *viu* uns borrifos cintilantes e aromáticos de mijo de touro, e disso se originou uma ideia horrivelmente plausível. E se tivesse *havido* uma semente? Não conseguia lembrar-se de deixar cair uma ali, é verdade, portanto a falta da semente não significava nada. Mas também não podia lembrar-se de *não* ter deixado uma. E se tivesse e o touro a tivesse recolhido no casco enquanto corria pela interseção com a cabeça baixa e seus chifres curtos e aguçados espetados no ar, soltando jorros de mijo enquanto o fazia?

*Não pode pensar nisso, Rosie — plausível ou não, não pode pensar nisso. Você vai ficar paralisada, e então o touro matará a ambas.*

Disparou pela interseção, segurando o pescoço do bebê com a mão, não querendo que sua cabeça se deslocasse para a frente e para trás. A passagem se estendia reta por 20 metros, fazia um ângulo à direita, depois se estendia outros 20 metros para o entroncamento em T. Correu na direção dela, dizendo a si mesma para não perder a cabeça se não encontrasse nenhuma semente lá. Nesse caso, simplesmente recuaria novamente até os cinco caminhos e tentaria outra escolha, fácil como beber um copo d'água, completamente simples, nenhum esforço... quer dizer, se ela não perdesse a cabeça. E ainda enquanto se preparava com tais pensamentos, uma voz estrangeira, assustada, no fundo de sua mente gemia: *Perdida, é isso que você conseguiu por ter deixado seu marido, é nisso que tudo se resume, perdida no labirinto, brincando de esconder com um touro no escuro, executando tarefas para mulheres loucas... é isso que acontece com esposas más, esposas que ficam acima de seu lugar no esquema das coisas. Perdida na escuridão...*

Ela viu a semente, sua extremidade aguda apontando nitidamente para o braço da junção à direita, e soluçou de alívio. Beijou o rosto da criança e notou que ela adormecera de novo.

## 9

Rosie virou à direita e começou a andar com Caroline — era um nome tão bom quanto qualquer outro, certamente — aninhada em seus braços. Nunca perdera aquela flutuante sensação de pesadelo, nem o medo de que eventualmente chegasse a uma junção que tivesse se esquecido de marcar com uma semente, mas encontrava uma semente em cada ponto escolhido. Erinyes, contudo, estava lá também, e o baque de seus cascos na pedra, às vezes longe e abafado demais, às vezes perto e aterradoramente agudo, lembrando-a da época em que ela e os pais haviam ido para Nova York quando contava apenas 5 ou 6 anos. As duas coisas da viagem de que mais se lembrava eram as dançarinas Rockettes, abrindo caminho com as pernas por todo o palco do Radio City Music Hall, suas pernas movendo-se em perfeita sincronia, e o burburinho e a confusão intimidantes da Grande Estação Central do metrô, com seus ecos, enormes sinais luminosos e marés de gente. As pessoas na Grande Central a tinham fascinado tanto quanto as Rockettes (e por muitas das mesmas razões, embora essa ideia só lhe ocorresse mais tarde), mas o som dos trens a tinha assustado muito, pois não se podia dizer de que lado estavam vindo e para onde estavam indo. Os guinchos agudos e estrondos incorpóreos inchavam e desapareciam, inchavam e desapareciam, às vezes distantes, às vezes parecendo sacudir o próprio chão sob seus pés. Ouvir o touro Erinyes avançar cegamente através do labirinto trazia a Rosie aquela lembrança com surpreendente nitidez. Compreendeu que ela, que jamais apostara um único dólar na loteria estadual e jogara só uma vez no bingo da igreja para ganhar um peru ou um jogo de taças, estava agora competindo num jogo de azar onde o prêmio era sua vida e a derrota seria sua morte... e a do bebê também. Pensou no homem em Portside, aquele com o rosto bonito e não confiável, e o jogo de cartas em cima de sua valise. Agora *ela* era o ás de espadas. O fato nu e cru era que o touro não precisava necessariamente de seus ouvidos ou sentido do olfato para descobri-las; podia tropeçar nelas por pura sorte.

Aquilo, porém, não aconteceu. Rosie surgiu numa esquina final e viu a escada em frente. Ofegando, chorando e rindo ao mesmo tempo, apressou-se pela passagem afora e correu para a escada. Subiu meia dúzia de degraus, depois se virou e olhou para trás. Dali pôde ver o labirinto torcendo-se e estendendo-se para dentro da escuridão, uma confusão de ângulos à esquerda e direita, entroncamentos e becos sem saída. Em algum ponto distante à direita, ouviu Erinyes galopando. Galopando para *longe*. Estavam livres dele, e os ombros de Rosie se afrouxaram de alívio.

A voz de "Wendy" encheu sua mente: *Deixe isso pra lá — volte aqui com a criança. Você se saiu bem, mas ainda não acabou.*

Não, não tinha terminado. Precisava subir cerca de duzentos degraus, desta vez com uma criança nos braços, e já estava exausta.

*Um de cada vez, querida*, disse Prática-Sensata. *É isso que você tem que fazer. Um degrau de cada vez.*

Sim, sim. Dona Prática-Sensata, a Rainha da Filosofia dos 12 Passos.

Rose começou a subir (um degrau de cada vez), olhando por cima do ombro de vez em quando e com medonhos pensamentos meio informes

(*touros podem subir escadas?*)

à medida que o labirinto descia vertical atrás dela. O bebê ficava cada vez mais pesado em seus braços, como se uma esquisita lei matemática tivesse entrado em ação ali: quanto mais perto da superfície, mais pesada a criança ficava. Viu um ponto de luz do dia acima dela, e fixou os olhos nele. Durante algum tempo o ponto pareceu zombar dela, não se aproximando de todo, enquanto ela arquejava mais e seu sangue latejava nas têmporas. Pela primeira vez em quase duas semanas, seus rins realmente haviam começado a doer de novo, latejando num surdo contraponto com seu coração que se esforçava. Ignorou todas essas coisas — tanto quanto pôde, de qualquer forma, e manteve os olhos fixos no ponto de luz. Finalmente ele começou a inchar e assumir a forma da abertura no alto da escada.

A cinco degraus do alto, uma cãibra paralisante apertou seus músculos grandes da coxa direita, dando um nó na carne de seu joelho quase até a nádega direita. Quando estendeu a mão para massagear a perna, no início foi como se tentasse amassar pedra. Gemendo suavemente, a boca repuxada numa careta trêmula de dor, ela trabalhou os músculos (era algo que fizera por si mesma muitas vezes durante os anos de seu casamento) até que eles finalmente começassem a se soltar. Flexionou a perna na altura do joelho, esperando para ver se a cãibra voltaria. Quando não voltou, subiu cautelosamente os últimos degraus, protegendo a perna ao fazê-lo. No alto, parou olhando em torno com os olhos ofuscados de um minerador que, ao contrário de todas as expectativas, sobreviveu a um terrível desmoronamento.

As nuvens haviam se afastado durante o tempo em que estivera no subterrâneo, e o dia estava agora cheio de uma enevoada luz de verão. O ar se mostrava pesado e úmido, mas Rosie achou que jamais respirara uma atmosfera tão doce em toda a sua vida. Suspendeu o rosto grato, molhado de suor e lágrimas, para o brim azul desbotado que podia ver entre as nuvens se esgarçando. Em algum ponto ao longe, trovões continuavam a estrondar malevolamente, como um fanfarrão derrotado fazendo ameaças vazias. Aquilo a fez pensar em Erinyes, correndo na escuridão lá embaixo, ainda procurando a mulher que havia invadido seus domínios e roubado seu prêmio. *Cherchez la femme*, pensou Rosie com um traço de sorriso. *Pode* cherchez *tudo que quiser, garotão; esta* femme *aqui — sem falar na sua* petite fille *— foi embora.*

## 10

Rosie afastou-se lentamente da escada. No começo do caminho que levava de volta ao bosque de árvores mortas, sentou-se com o bebê no colo. Tudo que queria era recuperar o fôlego, mas o sol enevoado lhe esquentava as costas, e quando ela ergueu a cabeça novamente, uma pequena modificação na posição de sua sombra a fez pensar que podia ter cochilado um pouco.

Ao se levantar, se encolhendo com a dor que dardejou pelos músculos de sua coxa direita, ouviu o áspero e briguento grito de muitos pássaros — soavam como uma grande família tendo uma rancorosa discussão em um jantar de domingo. A criança em seus braços bufou suavemente, quando Rosie a colocou numa posição mais confortável, soprou uma bolha de saliva entre os lábios apertados e depois silenciou novamente. Rosie achou ao mesmo tempo divertida e profundamente invejável sua confiança plácida e adormecida.

Começou a descer o caminho, então parou e olhou para trás, para a única árvore viva com suas luminosas folhas verdes, sua abundância de mortais frutos vermelho-púrpura e a entrada de metrô das Fábulas Clássicas ali perto. Olhou para tais coisas por um longo momento, enchendo os olhos e a mente com elas.

*São reais*, pensou. *Como é possível que coisas que eu vejo tão nitidamente possam não ser reais? E cochilei, tenho certeza. Como se pode dormir num sonho? Como se pode dormir quando já se está dormindo?*

*Esqueça,* disse Prática-Sensata. *É o melhor, pelo menos por enquanto.*

Sim, provavelmente era.

Rosie pôs-se a caminho de novo, e quando chegou à árvore caída que bloqueava a passagem, achou graça e ficou também exasperada de ver que o árduo desvio em torno do enredado de raízes poderia ter sido evitado: havia um caminho pela parte de cima da árvore.

*Pelo menos agora há*, pensou, enquanto o palmilhava. *Tem certeza de que ele estava aqui antes, Rosie?*

O tagarelar pedregoso do riacho negro aumentou em seu ouvido, e quando ela o alcançou, viu que o nível já tinha começado a baixar e as pedras do caminho não mais pareciam tão perigosamente pequenas; agora pareciam quase do tamanho de ladrilhos do chão, e o cheiro da água perdera sua qualidade agourentamente atrativa. Agora tinha cheiro apenas de água muito mineralizada, como aquelas que deixam uma mancha laranja à volta da banheira e vaso sanitário.

O chilreio dos pássaros — *Você fez, Eu não fiz, Você fez sim* — começou de novo, e ela observou vinte ou trinta pássaros dos maiores que havia visto em sua vida alinhados no alto do telhado do templo. Eram excessivamente grandes para serem corvos, e depois de um momento ela chegou à conclusão de que eram a versão de aves de rapina ou abutres daquele mundo. Mas de onde teriam vindo? E por que estavam ali?

Sem perceber o que fazia até que o bebê se contorceu e protestou em seu sono, Rosie abraçou-o mais apertado enquanto contemplava os pássaros. Todos partiram no mesmo instante, as asas tatalando como lençóis numa corda. Era como se a tivessem visto olhando para eles e não gostassem. A maioria voou para pousar nas árvores mortas atrás dela, mas vários permaneceram no enevoado céu lá em cima, fazendo círculos de mau agouro como num filme de caubói.

*De onde vieram? O que querem?*

Novas perguntas que Rosie não podia responder. Afastou-as e atravessou a corrente pelas pedras. Ao se aproximar do templo, viu um caminho maltratado mas tenuemente visível conduzindo a seu flanco de pedra. Rosie entrou por ele sem um único momento de hesitação, embora estivesse nua e os dois lados do caminho fossem margeados de moitas de espinhos. Andou cuidadosamente, virando-se de lado para evitar que seus quadris fossem arranhados, erguendo

(*Caroline*)

o bebê para livrá-lo dos espinhos. Rosie recebeu um ou dois arranhões, apesar de seu cuidado, mas só um — em sua bastante fatigada perna direita — foi suficientemente profundo para sangrar.

Quando se aproximou do canto do templo e ergueu os olhos para a fachada, pareceu-lhe que a construção havia de certo modo se modificado, e que a mudança era tão fundamental que não conseguiu percebê-la bem. Esqueceu a ideia por um momento, pelo seu alívio em ver "Wendy" ainda em pé ao lado da coluna caída, mas depois que dera meia dúzia de passos na direção da mulher de vestido vermelho, Rosie parou e olhou para trás, abrindo os olhos para a construção, abrindo sua *mente*.

Desta vez viu a mudança de uma vez, e um pequeno grunhido de surpresa escapou dela. O Templo do Touro agora parecia rígido e irreal... em duas dimensões. Fazia Rosie pensar num verso que lera no ginásio, algo sobre um navio pintado sobre um oceano pintado. A sensação estranha e inquietante de que o templo estava fora de perspectiva (ou habitando algum universo estranho e não euclidiano onde todas as leis da geometria eram diferentes) desaparecera, e a aura de ameaça do edifício desaparecera com ela. Agora suas linhas pareciam quase retas em todos os lugares onde se esperava que semelhante edifício parecesse reto; não havia viradas ou denteamentos na arquitetura para perturbar o olho. O edifício parecia, na verdade, como uma pintura executada por um artista cujos talento medíocre e romantismo banal haviam se combinado para criar uma obra ruim — o tipo de quadro que parece sempre terminar apanhando poeira num canto do porão ou numa prateleira do sótão, junto com velhos números da *National Geographic* e pilhas de quebra-cabeças com um ou dois pedaços faltando.

Ou na terceira galeria raramente percorrida de uma loja de penhores, talvez.

— Mulher! Você aí, mulher!

Virou-se em direção a "Wendy" e a viu acenando impacientemente.

— Ande, traga o bebê aqui depressa! Isso aqui não é nenhuma 'tração' turística!

Rosie ignorou-a. Arriscara a vida pela criança e não pretendia deixar que a apressassem. Abriu o cobertor e olhou para um corpo tão nu e feminino quanto o dela próprio. No entanto, ali terminavam as semelhanças. Não havia nenhuma cicatriz na criança, nenhuma marca que parecesse com os dentes esmaecentes de velhas armadilhas. Não havia, tanto quanto Rosie podia ver, nem uma única mancha naquele pequeno corpo adorável. Com a ponta do dedo, traçou uma linha subindo lentamente por toda a extensão do bebê, do tornozelo ao quadril e dali ao ombro. Perfeito.

*Sim, perfeito. E agora que* arriscou *a vida por ela, Rosie, agora que a salvou da escuridão e do touro e de Deus sabe lá o que mais poderia haver lá embaixo, pretende entregá-la a essas duas mulheres? As duas têm o mesmo tipo de doença, e a que está lá em cima na colina também tem problemas mentais. Problemas mentais* sérios. *Pretende entregar esta criança a elas?*

— Ela vai ficar bem — disse a mulher de pele escura. Rosie partiu na direção da voz. "Wendy Yarrow" estava em pé a seu lado, olhando para Rosie com total compreensão.

— Sim — disse concordando com a cabeça, como se Rosie tivesse expressado suas dúvidas alto. — Sei em que está pensando e lhe digo que o bebê vai ficar bem. Que ela é maluca não há dúvida nenhuma, mas a maluquice dela não inclui a criança. Ela sabe que, apesar de a ter parido, a criança não lhe pertence, como também não pertence a você.

Rosie deu uma olhadela para a colina, onde podia ver a mulher de quíton em pé junto ao pônei e à espera do resultado.

— Como ela se chama? — perguntou. — A mãe do bebê? É...

— Não tem importância — disse a mulher de pele escura e vestido vermelho, bruscamente, como se quisesse impedir Rosie de dizer algo que fosse melhor silenciar. — O nome dela não tem importância. O seu estado de ânimo é que tem. Ela anda muito impaciente nesses dias, com todas as suas desgraças. É melhor a gente subir até lá sem mais falatório.

— Eu tinha resolvido pôr o nome de Caroline no meu bebê — disse Rosie. — Norman disse que eu podia. Ele estava pouco se importando. — Rosie começou a chorar.

— Pra mim, parece um nome bastante bom. Um nome *ótimo*. Agora, vê se não chora. Vê se para. — Pôs um braço nos ombros de Rosie e elas começaram a subir a colina. A relva sussurrava suavemente contra as pernas nuas de Rosie e roçava seus joelhos. — Vai escutar o meu conselho, mulher?

Rosie olhou para ela com curiosidade.

— Sei que é difícil escutar um conselho sobre sofrimento, mas olha como entendo do assunto: nasci na escravidão, cresci acorrentada e minha liberdade me foi dada por uma mulher que não é bem uma deusa. *Ela*. — Apontou para a mulher em pé que silenciosamente as observava e esperava por elas. — Ela bebeu as águas da juventude e me fez beber também. Agora a gente continua juntas e não sei nada sobre ela, mas às vezes quando olho no espelho bem que gostaria de ver rugas. Enterrei meus filhos, e os filhos deles, e os filhos dos filhos até a quinta geração. Tenho visto as guerras virem e irem como ondas numa praia que chegam e apagam as marcas dos pés e dissolvem os castelos de areia. Vi corpos incendiando e centenas de cabeças enfiadas em lanças pelas ruas da Cidade de Lud. Vi líderes sábios serem assassinados e tolos colocados em seus lugares, e ainda estou viva.

Suspirou profundamente.

— Ainda estou viva, e se existe coisa que me faz poder dar conselho, é isso. Vai aceitar? Responde rápido. Não é conselho que eu queira que *ela* escute, e estamos chegando perto dela.

— Sim, pode me dizer — falou Rosie.

— É melhor ser implacável com o passado. O que importa não são os golpes que a gente leva, e sim aqueles aos quais a gente sobrevive. Agora lembre, para sua própria saúde mental ou até por sua vida, *não olhe pra ela!*

A mulher de vermelho pronunciou as últimas palavras num pequeno e enfático murmúrio. Menos de um minuto depois, Rosie estava mais uma vez diante da mulher loura. Fixou firmemente os olhos na bainha do quíton de Rose Madder e não percebeu que estava agarrando o bebê muito apertado de novo até que "Caroline" se torceu em seu colo e agitou um braço indignado. A criança acordara e estava olhando para Rosie com um animado interesse. Seus olhos eram do mesmo enevoado azul do céu de verão lá no alto.

— Você se saiu muito bem, muito bem mesmo — disse a voz baixa e docemente rouca. — Eu lhe agradeço. Agora me dê o bebê.

Rose Madder estendeu as mãos. Elas enxamearam como sombras. E Rosie viu então algo de que gostou menos ainda: uma lama espessa cinza-esverdeada crescendo entre os dedos da mulher como musgo. Ou escamas. Sem pensar no que estava fazendo, Rosie apertou o bebê junto a si. Desta vez ele contorceu-se mais ainda e emitiu um curto grito.

Uma escura mão se estendeu e apertou o ombro de Rosie.

— Está tudo bem, eu já disse. Ela nunca vai machucá-lo, e eu vou cuidar dele na maior parte do tempo, até nossa jornada acabar. Não vai demorar muito, e então ela vai entregar a criança a... bom, essa parte não interessa. Por um pouco de tempo ainda o bebê é dela. Entregue-o, anda.

Sentindo ser a coisa mais difícil que já fizera em toda a sua vida cheia de coisas difíceis, Rosie estendeu o bebê. Ouviu-se um suave ronco de satisfação quando as mãos espectrais o pegaram. O bebê olhou perdidamente para o rosto que Rosie fora proibida de olhar... e riu.

— É, é — entoou a voz doce e rouca, e havia algo nela do sorriso de Norman, algo que fez Rosie ter vontade de gritar. — É, meu docinho, estava escuro, não estava? Escuro, detestável e mau, ah, é, mamãe sabe.

As mãos manchadas ergueram o bebê junto à roupa *rose madder*. A criança olhou para cima, sorriu, pôs a cabeça sobre o seio da mãe e fechou os olhos de novo.

— Rosie — disse a mulher de quíton. Sua voz divagava, pensativa, insana. A voz de um déspota que logo tomará o controle pessoal de exércitos imaginários.

— Sim — Rosie quase sussurrou.

— *Realmente* Rosie. Rosie muito real.

— É. Acho que sim.

— Lembra-se do que eu lhe disse antes de você descer?

— Sim. Lembro muito bem. — Gostaria de não lembrar.

— O que foi? — perguntou Rose Madder avidamente. — O que é que eu lhe disse, Rosie muito real?

— "Eu retribuo."

— Sim, eu retribuo. Foi ruim para você, lá embaixo no escuro? Foi ruim para você, Rosie muito real?

Ela pensou cuidadosamente.

— Ruim, mas não o pior. Acho que o pior foi o rio. Eu queria beber.

— Há muitas coisas na vida que você gostaria de esquecer?

— Há. Acho que sim.

— Seu marido?

Ela confirmou com a cabeça.

A mulher com o bebê adormecido no colo falou com uma segurança fria e esquisita que gelou o coração de Rosie.

— Você vai se divorciar dele.

Rosie abriu a boca, descobriu-se incapaz de falar e fechou-a de novo.

— Os homens são animais — disse Rose Madder em tom de conversa. — Alguns podem ser amansados e treinados. Outros, não. Quando esbarramos em um que não pode ser amansado e treinado, um animal manhoso, devemos achar que fomos amaldiçoadas ou enganadas? Devemos sentar na beira da estrada, ou numa cadeira de balanço perto da cama, lamentando nosso destino? Devemos nos enfurecer contra o *ka*? Não, pois o *ka* é a roda que move o mundo, e o homem ou a mulher que se enfurece contra ele será esmagado por seu aro. Mas é preciso lidar com animais manhosos. E precisamos executar a tarefa com o coração esperançoso, pois o próximo animal sempre pode ser diferente.

*Bill não é um animal*, pensou Rosie, e sentiu que jamais ousaria dizer aquilo alto para a mulher. Era fácil imaginar a mulher pegando-a e rasgando sua garganta com os dentes.

— De qualquer modo, animais lutam — disse Rose Madder. — É o seu modo, abaixar a cabeça e correr um para o outro para experimentar os chifres. Entende?

Repentinamente Rosie achou que *entendia* o que a mulher estava dizendo, e isso a aterrorizou. Levou os dedos à boca e tocou os lábios. Estavam secos, febris.

— Não vai haver luta nenhuma — disse. — Não vai haver luta nenhuma porque eles não se conhecem. Eles...

— Animais lutam — repetiu Rose Madder, e então estendeu algo para Rosie. Esta precisou de um momento para perceber o que era: o bracelete de ouro que ela estava usando acima de seu cotovelo direito.

— Eu... não posso...

— Pegue — disse a mulher de quíton com uma súbita e áspera impaciência. — Pegue, pegue! E não continue gemendo! Pelo amor de qualquer deus que já existiu, *pare com esses estúpidos gemidos de ovelha*!

Rosie estendeu uma trêmula mão e pegou o bracelete. Embora tivesse estado no braço da mulher loura, estava gelado. *Se ela me pedir que o coloque, não sei o que farei*, pensou Rosie. Mas Rose Madder não lhe pediu para fazer tal coisa. Em vez disso, estendeu sua mão manchada e apontou na direção da oliveira. O cavalete desaparecera, e o quadro — como o quadro na casa dela — tinha ficado de um tamanho enorme. Modificara-se também. Mostrava o aposento da rua Tremont, mas agora não havia mulher alguma diante da porta. O aposento estava escuro.

Apenas um tufo de cabelo louro e um único ombro aparecia por cima do cobertor da cama.

*Sou eu*, pensou Rosie com assombro. *Sou eu dormindo e tendo este sonho.*

— Vá — disse Rose Madder, e tocou a parte de trás da cabeça de Rosie. Esta deu um passo na direção do quadro, principalmente para se afastar até do contato mais leve daquela mão horrível e gelada. Quando o fez, percebeu que podia ouvir, muito de longe, o som do tráfego. Grilos pulavam à volta de seus pés e tornozelos na relva alta. — Vá, pequena Rose Real. Obrigada por ter salvado meu bebê.

— *Nosso* bebê — disse Rosie, e ficou imediatamente horrorizada. A pessoa que corrigisse aquela mulher também devia ser doida.

Mas a mulher no quíton vermelho-púrpura pareceu mais divertida do que zangada quando respondeu.

— Sim, sim, se quiser, *nosso* bebê. Vá agora. Lembre-se do que tem que lembrar, e esqueça o que precisa esquecer. Proteja-se quando estiver fora do círculo do meu olhar.

*Pode apostar*, pensou Rosie. *E não virei para cá pedindo favores, pode contar com isso. Seria como contratar Idi Amin para abastecer uma festa ao ar livre, ou Adolf Hitler para...*

O pensamento se rompeu quando ela viu a mulher na pintura mexer-se na cama e puxar o cobertor para cima de seu ombro descoberto.

*Não* era mais uma pintura.

Uma janela.

— Vá — disse suavemente a mulher de vestido vermelho. — Você fez tudo direito. Desapareça daqui antes que ela mude de ideia.

Rosie deu um passo para o quadro e por trás dela Rose Madder falou de novo, a voz nem doce nem rouca, agora mais alta, áspera e assassina:

— *E lembre-se de que eu retribuo!*

Rosie fechou os olhos ante esse grito inesperado e investiu para a frente, repentinamente certa de que a mulher do quíton esquecera o serviço que Rosie lhe prestara e havia decidido matá-la, afinal. Tropeçou em algo (a borda de baixo da pintura, talvez ?), então houve uma sensação de queda. Teve tempo para sentir seu estômago revirar como um acrobata de circo, e então só restou a escuridão, passando sibilante por seus olhos e ouvidos. Nela Rosie pareceu ouvir um som agourento, distante mas aproximando-se cada vez mais. Talvez fosse o som de trens nos túneis profundos abaixo da Grande Estação Central, talvez o rugir do trovão, ou talvez o touro Erinyes, correndo pelas profundezas cegas de seu labirinto com a cabeça baixa, os chifres curtos e aguçados investindo contra o ar.

Então, por mais um tempo pelo menos, Rosie não teve noção de nada.

## 11

Flutuou silenciosa e sem pensamentos como um embrião sem sonhos no saco placentário até as sete da manhã. Então o Big Ben ao lado da cama arrancou-a do sono com seu uivo implacável. Rosie sentou-se de um pulo, bracejando no ar com as mãos como garras e gritando algo que não entendia, palavras de um sonho já esquecido: *Não me obrigue a olhar para você! Não me obrigue a olhar para você! Não me obrigue! Não me obrigue!*

Viu então as paredes cor creme, e o sofá que era realmente um assento para duas pessoas com delírios de grandeza, e o dilúvio de luz entrando pela janela, e usou tais coisas para fixar a realidade de que necessitava. Não importava quem ela poderia ter sido ou onde quer que pudesse ter estado em seus sonhos, agora era Rosie McClendon, uma mulher solteira que ganhava a vida gravando livros. Ficara por um longo tempo com um homem mau, mas o deixara e encontrara um bom. Morava num apartamento na rua Trenton, 897, segundo andar, final do corredor, com uma boa vista do Bryant Park. Ah, e outra coisa. Era uma mulher sozinha que pretendia nunca mais comer outro cachorro-quente de 30 centímetros em sua vida, especialmente um atulhado de chucrute. Parecia não lhe fazer bem. Não podia lembrar-se do que tinha sonhado

(*lembre-se do que tem que lembrar e esqueça o que precisa esquecer*)

mas sabia como aquilo começara: com sua entrada naquele desgraçado daquele quadro, como Alice penetrando através do espelho.

Rosie ficou onde estava por um momento, deixando-se envolver pelo mundo de Rosie muito real tão firmemente quanto podia, depois estendeu a mão para o implacável despertador. Em vez de agarrá-lo, atirou-o no chão. Lá ficou ele, berrando em sua forma excitada e sem sentido.

— Contrate os deficientes físicos, é divertido observá-los — ela resmungou.

Abaixou-se e pegou o relógio, fascinada novamente com o cabelo louro que via com o canto do olho, mechas tão fabulosamente diferentes das que pertenciam àquele ratinho doméstico, Rose Daniels. Pegou o relógio, sentiu com o polegar o pino que desligava o alarme e depois fez uma pausa como se registrando outra coisa. O seio pressionado contra seu antebraço direito estava nu.

Silenciou o alarme, depois sentou-se com o relógio ainda em sua mão esquerda. Abaixou o lençol e o cobertor leve. Sua metade de baixo estava tão nua quanto a metade de cima.

— Onde está minha camisola? — perguntou ao aposento vazio. Pensou que jamais parecera tão excepcionalmente estúpida... mas naturalmente não estava acostumada a ir para a cama de camisola e acordar nua. Nem mesmo 14 anos de casamento com Norman a tinham preparado para algo tão peculiar. Colocou o relógio novamente na mesinha de cabeceira, pôs as pernas para fora da cama...

— *Ai!* — gritou, tão surpresa quanto assustada com a dor e a rigidez nos quadris e coxas. Até seu traseiro doía. — *Ai, ai, AI!*

Sentou-se na beira da cama e cautelosamente flexionou a perna direita, depois a perna esquerda. Elas se moviam, mas *doíam*, especialmente a direita. Foi como se ela tivesse passado a maior parte do dia anterior fazendo os maiores exercícios do mundo em diversos aparelhos de ginástica, embora o único exercício que tivesse feito fosse caminhar com Bill, o que fora apenas um prazeroso passeio.

*O som era como os trens na Grande Estação Central*, pensou ela.

*Que som?*

Por um momento pensou quase tê-lo captado — captado *algo*, pelo menos —, e depois isso desapareceu. Levantou-se lenta e cautelosamente, permaneceu perto da cama por um momento e então andou até o banheiro. *Mancou* até o banheiro. Sua perna esquerda parecia estar com alguma luxação, e seus rins doíam. Que diabo seria...?

Lembrou-se de ter lido em algum lugar que as pessoas às vezes "correm" nos sonhos. Talvez *aquilo* fosse o que ela estivera fazendo; talvez a confusão de sonhos de que não se lembrava tivesse sido tão horrível que ela realmente fizera um esforço para fugir dele. Parou na entrada do banheiro e virou a cabeça para olhar para a cama. O lençol de baixo estava amassado, mas não torcido ou enredado ou solto, como ela esperaria se tivesse sido *realmente* ativa no sono.

Rosie viu uma coisa de que não gostou muito, porém, algo que a fez voltar num relâmpago aos velhos dias ruins de modo terrivelmente repentino e inesperado: sangue. No entanto, havia impressões mais de linhas finas do que de gotas, e estavam muito embaixo para ter vindo de um nariz esmurrado ou de um lábio partido... a não ser, claro, que seus movimentos no sono tivessem sido tão vigorosos que ela realmente tivesse se virado na cama. Seu próximo pensamento foi de que tinha tido uma visita do cardeal (era assim que sua mãe insistira para Rosie se referir aos seus ciclos menstruais, se é que tinha que falar deles), mas aquela não era absolutamente a época certa do mês para aquilo.

*Está naqueles dias, garota? A lua está cheia para você?*

— O quê? — perguntou à sala vazia. — A lua o quê?

Novamente algo oscilou, quase capturado, e depois flutuou para longe antes que ela pudesse agarrá-lo. Olhou para baixo, para si mesma, e um mistério pelo menos foi resolvido. Tinha um arranhão na parte superior da coxa direita, de aparência bem feia. Fora dali sem dúvida que viera o sangue do lençol.

*Terei me arranhado durante o sono? Será que...*

Dessa vez o pensamento que veio à sua mente permaneceu por mais tempo, talvez porque não fosse de fato um pensamento, mas uma imagem. Viu uma mulher nua — ela própria — avançar cuidadosa e obliquamente ao longo de um caminho com uma vegetação exuberante de moitas de espinho. Quando ligou o chuveiro e estendeu a mão para o jorro d'água para testar a temperatura, viu-se cogitando se era possível sangrar espontaneamente num sonho, se o sonho fosse vívido o bastante. Assim como as pessoas que sangram nas mãos e nos pés na Sexta-feira da Paixão.

*Estigmas? Está dizendo que, além de tudo, padece de estigmas?*

*Não estou dizendo coisa alguma porque não* sei *coisa alguma*, respondeu a si mesma, e como era verdade. Achava que podia acreditar — só um pouco — que um arranhão pudesse aparecer espontaneamente na pele de uma pessoa adormecida, combinando com um arranhão que estava ocorrendo no mesmo momento no sonho da pessoa. Era um exagero, mas não inteiramente impossível. O que *era* impossível era a ideia de que uma pessoa adormecida pudesse fazer a camisola desaparecer de seu corpo simplesmente ao sonhar que estava nua.

*(Tire essa coisa que está usando.*

*(Não posso fazer isso! Não estou usando nada por baixo!*

*(Não vou contar a ninguém...)*

Vozes fantasmas. Reconhecia uma delas como a sua, mas e a outra?

Não tinha importância; certamente que não. Tirara a camisola durante o sono, só isso, ou talvez num breve interlúdio de despertar do qual agora ela não se lembrava mais do que de seus sonhos esquisitos sobre correr no escuro ou pisar em pedras para atravessar correntes de água negra. Havia tirado a camisola e, quando virasse para olhar, sem dúvida a encontraria embolada sob a cama.

— Certo. A não ser que eu a tenha comido, ou alg...

Puxou a mão com que estava testando a água e a olhou com curiosidade. Havia manchas vermelho-púrpura que esmaeciam na ponta de seus dedos, e um resíduo levemente mais brilhante da mesma coisa sob as unhas. Ergueu a mão lentamente até o rosto, e uma voz bem no fundo de sua mente — não a de Prática-Sensata desta vez, pelo menos ela achava que não — respondeu com inequívoco alarme. *Não ponha a mão que tocar as sementes na boca! Não ponha, não ponha!*

— Que sementes? — perguntou Rosie, assustada. Cheirou os dedos e apreendeu o fantasma de um aroma, um cheiro que a lembrava de fornadas e de açúcar cozido e doce. — *Que* sementes? O que aconteceu na noite passada? Ainda... — Obrigou-se a parar ali. Sabia o que estivera prestes a dizer, mas não queria ouvir a pergunta articulada, pendendo no ar como um negócio inacabado: *Ainda* está *acontecendo*?

Entrou no chuveiro, controlou a água até que estivesse tão quente quanto pudesse suportar, e então pegou o sabonete. Lavou as mãos com cuidado especial, esfregou-as até que não visse nem traço daquela mancha *rose madder*, mesmo sob as unhas. Depois lavou a cabeça, fazendo exercícios de canto. Curt lhe sugerira melodias de acalantos em diferentes claves e registros vocais, e foi o que ela fez, mantendo a voz baixa para que não perturbasse as pessoas acima ou abaixo dela. Quando saiu, cinco minutos depois, e se secou, seu corpo começava a parecer um pouco mais como verdadeira carne e um pouco menos como algo construído de arame farpado e vidro quebrado. Sua voz quase voltara ao normal, também.

Começou a vestir jeans e camiseta, mas, ao lembrar que Rob Lefferts ia levá-la para almoçar, pôs uma saia nova em vez da calça. Depois sentou-se à frente do espelho para trançar o cabelo. Foi um processo lento, pois suas costas, ombros e braços também estavam rígidos. A água quente melhorara a situação, mas não a curara inteiramente.

*Sim, era um bebê de bom tamanho para a idade*, pensou, tão absorvida em fazer a trança direito que nem sequer registrava realmente o que estava pensando. Quando estava terminando, porém, olhou o espelho que refletia o aposento atrás dela e viu algo que fez seus olhos se arregalarem. As outras discordâncias da manhã, menos importantes, desapareceram de sua mente num instante.

— Ah, meu Deus — disse Rosie com uma voz sem forças. Levantou-se e atravessou a sala com pernas tão inertes como se fossem de madeira.

Em muitos aspectos, o quadro era o mesmo. A mulher loura ainda estava em pé no alto da colina com sua trança pendendo entre as espáduas e o braço esquerdo erguido, mas agora a mão que cobria seus olhos fazia sentido, pois as nuvens pesadas que haviam pairado sobre o cenário tinham desaparecido. O céu acima da mulher de traje curto era o desbotado brim azul de um dia úmido de julho. Uns poucos pássaros escuros que não haviam estado lá antes circulavam pelo céu, mas Rosie quase não os notou.

*O céu está azul porque a tempestade passou*, pensou. *E passou enquanto eu estava... bem... enquanto eu estava em algum outro lugar.*

Tudo que podia lembrar com certeza sobre aquele outro lugar é que era escuro e assustador. E bastava; não *queria* lembrar mais, e pensou que talvez não quisesse pôr uma nova moldura no quadro, afinal de contas. Sabia que mudara de ideia quanto a mostrá-lo a Bill no dia seguinte, ou mesmo chegar a mencioná-lo. Sim, seria ruim se ele visse a mudança de um céu sombrio, cheio de nuvens negras, para um enevoado sol, mas seria pior ainda se ele não visse mudança nenhuma. Significaria que ela estava enlouquecendo.

*Não sei se ainda quero essa coisa*, pensou. *É assustador. Quer saber de algo realmente hilariante? Acho que ele pode estar assombrado.*

Pegou a tela sem moldura, segurando-a pelas bordas com suas palmas, negando à consciência o acesso ao pensamento

(*cuidado Rosie não caia dentro dela)*

que a levava a manejá-la daquela maneira. Havia um armário minúsculo à direita da porta levando ao corredor, sem nada dentro a não ser os tênis brancos que usava quando havia deixado Norman e um suéter novo feito de algum material sintético barato. Teve que abaixar o quadro a fim de abrir a porta (poderia tê-lo enfiado sob o braço tempo suficiente para liberar uma das mãos, claro, mas por alguma razão não gostaria de fazer isso) e, quando o pegou de novo, fez uma pausa, olhando-o fixamente. O sol brilhava, definitivamente acabado de surgir, e havia grandes pássaros pretos circulando pelo céu acima do templo, *provavelmente* novos, mas não havia outra coisa também? Uma outra mudança? Achava que sim, e pensou que não a estava vendo porque não era algo que fora adicionado e sim apagado. Algo havia desaparecido. Algo...

*Não quero saber*, Rosie disse a si mesma bruscamente. *Não quero nem pensar sobre isso, pronto.*

É, pronto. Mas lamentava sentir-se desse modo, pois começara a pensar no quadro como seu amuleto de boa sorte, uma espécie de pé de coelho. E de uma coisa não havia qualquer dúvida: fora pensar em Rose Madder, em pé tão destemidamente no alto de sua colina, que a fizera passar por aquele primeiro dia no estúdio de gravação, quando sofrera o ataque de pânico. Portanto, não queria estar tendo essas sensações desagradáveis sobre o quadro, e com mais certeza ainda não queria ter medo dele... mas tinha. Afinal de contas, o tempo nos velhos quadros não clareava do dia para a noite, e a quantidade de coisas que se podia ver neles geralmente não aumentava ou diminuía, como se algum projetista invisível o estivesse agitando para a frente e para trás entre lentes. Não sabia o que ia fazer com o quadro a longo prazo, mas sabia onde ele passaria o dia de hoje e o próximo fim de semana: no armário, fazendo companhia a seus velhos tênis.

Colocou-o lá, apoiado contra a parede (resistindo a um impulso de virá-lo para que a face dele ficasse para a parede) e então fechou a porta. Aquilo feito, vestiu sua única blusa boa, pegou a bolsa e deixou o apartamento. Ao caminhar pelo longo e encardido corredor que levava à escada, duas palavras foram sussurradas do próprio fundo de sua mente: *Eu retribuo*. Parou à frente da escada, tremendo tão violentamente que quase deixou cair a bolsa, e por um momento sua perna direita doeu quase até a nádega, como se atingida por uma cãibra selvagem. Depois isso passou, e ela desceu rapidamente ao primeiro andar. *Não vou pensar sobre isso*, disse a si mesma enquanto andava pela rua até o ponto do ônibus. *Não tenho que pensar se não quiser, e definitivamente não quero. Em vez disso, vou pensar em Bill e sua motocicleta.*

## 12

Pensar em Bill a levou ao trabalho e ao mundo de tons sombrios de *Mate Todos os Meus Amanhãs* sem transtorno e, durante o almoço, houve ainda menos tempo para pensar na mulher do quadro. O sr. Lefferts a levou a um minúsculo restaurante italiano chamado Della Femmina, o restaurante mais simpático que Rosie já conhecera e, enquanto ela comia seu melão, ele lhe ofereceu o que chamava de "uma combinação de negócio mais sólida". Propôs que ela assinasse um contrato que lhe daria 800 dólares por semana por 20 semanas ou 12 livros, o que chegasse primeiro. Não eram os mil por semana que Rhoda insistira para que ela estabelecesse como limite, mas Robbie também prometera colocá-la em contato com um agente que lhe conseguiria tantos comerciais de rádio quantos quisesse.

— Você pode ganhar 22 mil dólares até o final do ano, Rosie. Mais, se quiser... mas por que se exaurir?

Ela lhe perguntou se podia pensar no assunto durante o fim de semana. O sr. Lefferts concordou de bom grado. Antes que a deixasse no saguão do Corn Building (Rhoda e Curt estavam sentados juntos num banco perto do elevador, cochichando como um par de ladrões), ele lhe estendeu a mão. Ela fez o mesmo, esperando que sua mão fosse apertada. Em vez disso Lefferts pegou a mão dela com as suas, inclinou-se e beijou-a. O gesto — ninguém jamais beijara sua mão antes, embora ela tivesse visto isso ser feito em montes de filmes — fez com que um arrepio lhe percorresse as costas.

Só quando sentou na cabine de gravação, observando Curt colocar um novo rolo na outra sala, seus pensamentos voltaram ao quadro, agora enfurnado em segurança

(*você tem esperanças Rosie tem esperanças*)

no armário dela. Repentinamente soube qual era a outra mudança, o que havia sido retirado do quadro: o bracelete. A mulher de quíton *rose madder* o usava acima do cotovelo direito. Naquela manhã, seu braço estava nu até o ombro modelado.

## 13

Quando Rosie voltou a seu apartamento naquela noite, ficou de joelhos e espiou por baixo da cama que não fora feita. O bracelete dourado estava lá atrás, à beira da escuridão e cintilando suavemente. Para Rosie, parecia a aliança de casamento de uma giganta. Ao lado dele, via-se algo mais: um pequeno quadrado de pano azul dobrado. Encontrara um pedaço de sua camisola sumida, afinal de contas. Havia manchas de um avermelhado-púrpura nela. Pareciam sangue, mas Rosie sabia que não era, e sim borrifos dos frutos que era melhor não provar. Esfregara manchas semelhantes de seus dedos naquela manhã ao chuveiro até que desaparecessem.

O bracelete era extremamente pesado — meio quilo pelo menos, talvez mais. Se fosse feito do material de que parecia ter sido feito, quanto poderia valer? Doze mil dólares? Quinze? Nada mal, considerando-se que, de algum modo, saíra de uma pintura que ela obtivera trocando por um anel de noivado quase sem valor. Mesmo assim, não gostou de tocar nele, e colocou-o na mesinha de cabeceira ao lado do abajur.

Segurou o pequeno volume de algodão azul na mão por um momento, ficando ali como uma adolescente com as costas apoiadas na cama e os pés cruzados. Então desdobrou uma das pontas. Viu três sementes, três sementinhas, e enquanto as olhava com desesperança e um horror irracional, as palavras impiedosas voltaram, ressoando em sua mente como sinos de ferro:

*Eu retribuo.*

# VII

# Os Participantes do Piquenique

## 1

*Norman vinha jogando a isca na direção dela.*

*Ficou acordado até tarde em seu quarto de hotel na quinta-feira à noite, ultrapassando a borda escura e cortante da meia-noite e entrando na madrugada de sexta. Desligou todas as luzes exceto a barra fluorescente sobre a pia do banheiro; ela jogava um fulgor difuso pelo quarto que ele apreciava. Fazia-o pensar no aspecto dos lampiões da rua quando eram olhados através de um pesado nevoeiro. Ele se deitou quase exatamente no mesmo momento em que Rosie se deitara antes de adormecer na mesma quinta-feira à noite, apenas com uma das mãos sob o travesseiro em vez de duas. Precisava da outra para fumar e transportar a garrafa de Glenlivet do chão até os lábios.*

Onde está você, Rosie?, *perguntou à esposa que não estava mais lá.* Onde está você e onde achou coragem de romper com tudo e fugir, um camundonguinho assustado que nem você?

*A segunda pergunta é a que importava mais para ele — como Rosie ousara. A primeira não tinha tanta importância assim, não em qualquer sentido prático, pois sabia onde ela estaria no sábado. Um leão não tem que se preocupar com onde a zebra se alimenta; tudo que tem que fazer é esperar próximo ao poço onde ela bebe. Até aí tudo bem, mas mesmo assim... como é que ela* ousara *deixá-lo, em primeiro lugar? Mesmo que não houvesse nenhuma vida para ela além da conversa final entre eles, queria saber da-*

*quilo. Fora planejado? Um acidente? Uma aberração nascida de um simples impulso? Alguém a teria ajudado (além do falecido Peter Slowik, é claro, e da Cavalgada de Bocetas da avenida Durham)? O que ela estivera fazendo desde que dera com os cornos nessa encantadora cidadezinha junto ao lago? Trabalhando como garçonete? Sacudindo os peidos dos lençóis de algum pulgueiro como aquele em que estava agora? Achava que não. Era preguiçosa demais para fazer trabalho subalterno, era só olhar para o modo como mantinha a casa para ver isso, e não tinha habilitação nenhuma para fazer qualquer outra coisa. Quando se têm peitos, isso só deixa uma outra escolha. Ela estava em algum lugar, naquele mesmo momento, vendendo os peitos numa esquina. Claro que estava: que outra coisa seria? Deus sabe que era horrível de cama, trepar com ela era tão excitante quanto foder lama, mas xoxota era alguma coisa pela qual os homens pagavam, mesmo que só ficasse ali deitada e babasse um pouco depois de terminado o rodeio. Então era isso mesmo, claro, ela estava provavelmente lá fora vendendo a coisa.*

*Mas perguntaria a ela sobre isso. Perguntaria a ela sobre tudo. E quando tivesse todas as respostas de que precisava, todas as respostas que já quisera um dia ouvir dela, enrolaria seu cinto em torno daquele pescoço para que ela não pudesse gritar e então morderia... morderia... e morderia. Sua boca e maxilares ainda doíam do que fizera a Tambor, o Surpreendente Judeuzinho Urbano, mas não deixaria que isso o detivesse, nem que o tornasse mais lento. Tinha três Percodans no fundo da bolsa de viagem, e os tomaria antes de sair para trabalhar na sua ovelha perdida, sua doce e errante Rosie. Quanto a depois, depois de ter terminado, depois que o efeito dos Percodans tivesse passado...*

*Mas não podia enxergar isso, nem* queria *enxergar isso. Tinha ideia de que não* haveria *nenhum depois, só escuridão. E tudo bem com isso. Na verdade, uma longa dose de escuridão podia ser exatamente o que o doutor receitaria.*

*Continuou deitado, bebendo o melhor* scotch *do mundo e queimando um cigarro depois do outro, observando a fumaça se esvair na direção do teto em penachos que se tornavam azuis ao passarem pela suave irradiação branca do banheiro, e depois jogou a isca para ela. Mas seu anzol pescava apenas água. Não havia nada lá, e isso o estava deixando louco. Era como se ela tivesse sido raptada por alienígenas, ou coisa assim. Num determinado ponto, bem bêbado então, deixara cair um cigarro aceso na mão e fechara a palma sobre ele, imaginando que era a mão dela em vez da dele, que estava pondo as mãos dele sobre as dela, apertando-as bem contra o calor. Quando a dor o atingiu e filetes de fumaça passaram por entre seus dedos, ele sussurrou:*

*— Onde você está, Rose? Onde está se escondendo, sua ladra?*

*Não muito depois disso, ele apagou. Despertou por volta das dez na sexta de manhã, cansado, de ressaca e vagamente assustado. Tivera sonhos peculiares a noite inteira, sonhos nos quais ainda estava acordado e deitado na cama ali no nono andar do Whitestone, com a luz do banheiro ainda atravessando suavemente a escuridão do quarto, com a fumaça do cigarro ainda se erguendo por ela em mutáveis membranas azuis. Só que em seus sonhos ele podia ver quadros como filmes na fumaça. Podia ver* Rose *na fumaça.*

Aí está você, *pensou enquanto a observava caminhar por um jardim morto sob o bombardeio de uma tempestade. Rose estava nua por algum motivo, e ele sentiu uma inesperada mordida de luxúria. Não sentira nada ante a visão de sua nudez senão uma saturada revulsão por oito anos ou mais, mas agora ela parecia diferente. Bastante boa, na verdade.*

Não é que ela tenha perdido peso, *pensou no sonho*, embora pareça que tenha... um pouco, de qualquer forma. É sobretudo alguma coisa no modo como está se movendo agora. O que será?

*Então ocorreu-lhe. Ela tem a expressão de uma mulher que anda trepando com alguém e ainda está longe de ter tido o suficiente. Se ao menos tivesse lhe cruzado a mente duvidar dessa avaliação — dizer*, O quê, *Rosie?* Você deve estar brincando, prima —, *um olhar para o seu cabelo teria sido suficiente para resolver a questão de uma vez por todas. Ela o pintara de um louro de puta, como se achasse que era Sharon Stone ou talvez Madonna.*

*Observou a Rose-fumaça deixar o esquisito jardim morto e aproximar-se de uma corrente tão negra que suas águas mais pareciam tinta. Ela a atravessou por um caminho de pedras, estendendo os braços para se equilibrar, e ele viu que ela segurava um trapo molhado e embolado na mão. Pareceu-lhe uma camisola, e ele pensou:* Por que não a veste, sua vaca sem-vergonha? Ou está esperando que seu namorado apareça para carimbar o tíquete? Gostaria de ver isso. Gostaria mesmo. Vou lhe dizer uma coisa — se a encontrar, ainda que de mãos dadas com um sujeito, quando finalmente achar seu rastro, os policiais vão topar com o desgraçado do cacete dele espetado em seu próprio rabo como uma vela de aniversário.

*No entanto ninguém apareceu — pelo menos no sonho. A Rose acima de sua cama, a Rose-fumaça, desceu por um caminho através de um bosque de árvores que parecia tão morto como... bem, como Peter Slowik. Finalmente entrou numa clareira onde havia uma árvore que ainda parecia viva. Ajoelhou-se, pegou um monte de sementes e embrulhou-as no que dava a impressão de outro pedaço de sua camisola. Depois se levantou, foi para uma escada próxima da árvore (em sonhos nunca se sabe que porra de coisa ia acontecer a seguir) e desapareceu por ela abaixo. Ele estava esperando que ela subisse de volta, quando começou a sentir uma presença atrás dele, algo tão gelado e frio quanto uma rajada de um frigorífico aberto. Lidara com alguns tipos bem assustadores durante seus anos como policial — os viciados em anfetaminas com os quais ele e Harley Bissington tiveram que lidar de vez em quando eram provavelmente os mais assustadores — e, depois de certo tempo, se desenvolvia uma percepção da presença deles. Norman tinha essa impressão agora. Alguém estava aparecendo por trás dele, e nem por um momento sequer duvidara de que fosse alguém perigoso.*

— Eu retribuo — *sussurrou uma voz de mulher. Era uma voz doce e suave, mas ao mesmo tempo aterrorizante. Não havia nenhuma saúde mental nela.*

*— Bom para você, sua vaca — disse Norman no sonho. — Tente me retribuir e eu mudarei a porra de sua fachada inteira.*

*Ela gritou, um som que parecia ir diretamente ao centro da cabeça dele sem nem sequer passar pelos ouvidos, e sentiu que ela investia contra ele com as mãos estendidas. Ele tragou profundamente a fumaça do cigarro e soprou-a a distância. A mulher desapareceu. Norman sentiu-a sumindo. Depois, por um certo tempo, houve só escuridão, e ele flutuando pacificamente no meio dela, intocado por medos e desejos que o assombravam quando desperto.*

*Acordou às dez e dez na manhã de sexta e moveu os olhos do despertador perto da cama para o teto do quarto de hotel, quase esperando ver figuras fantasmas se movendo por quantidades decadentes de fumaça de cigarro. Não havia figuras, claro, fantasmagóricas ou não. Nenhuma fumaça, por falar nisso — apenas o cheiro de Pall Malls,* in hoc signo vinces. *Havia apenas o detetive Norman Daniels, deitado numa cama suada que cheirava a tabaco e bebida. O gosto de sua boca sugeria que ele havia passado a noite anterior chupando a ponta de um sapato de cordovão recém-engraxado, e sua mão esquerda doía como uma desgraçada. Abriu a mão e viu uma bolha brilhante no centro da palma. Olhou-a por um longo tempo, enquanto as pombas adejavam e arrulhavam umas com as outras na saliência suja de cocô que bordejava a janela. Finalmente a lembrança de que ele próprio fizera a bolha com o cigarro voltou e ele balançou a cabeça confirmando. Fizera aquilo porque não conseguia ver Rose por mais que tentasse... e então, como numa compensação, tivera sonhos malucos sobre ela a noite toda.*

*Pôs dois dedos nos lados da bolha e espremeu-a, aumentando lentamente a pressão até que estourasse. Limpou a mão no lençol, apreciando as ondas de dor ferroante. Ficou olhando para a mão — quase observando-a latejar — por cerca de um minuto. Depois estendeu o braço para a bolsa de viagem debaixo da cama. Havia uma lata de pastilhas para garganta, e nela uma dúzia mais ou menos de pílulas variadas. Algumas eram excitantes, mas a maioria acalmava. Habitualmente, Norman podia levantar sem qualquer ajuda farmacológica; "descer" de novo é que às vezes apresentava problema.*

*Tomou uma pílula de Percodan com um pequeno gole de* scotch*, depois deitou novamente, olhando para o teto, e mais uma vez fumando um cigarro atrás do outro, amassando as guimbas no transbordante cinzeiro quando acabava.*

*Naquele momento, não era em Rose que pensava, pelo menos não diretamente; agora estava considerando o piquenique, o que ia ser dado pelas novas amigas dela. Ele estivera no Ettinger's Pier, e o que vira não fora encorajador. Era grande — uma combinação de praia, área de piquenique e parque de diversões — e não tinha nenhuma confiança de poder notar a chegada ou partida de Rose. Se tivesse seis homens (ou mesmo quatro, se soubessem o que estavam fazendo), sua impressão teria sido diferente, mas estava sozinho. Havia três entradas, presumindo-se que não viesse de barco, e ele dificilmente poderia vigiar todas três ao mesmo tempo. O que significava trabalhar na multidão, e fazer isso seria foda. Gostaria de acreditar que Rose fosse a única a estar lá amanhã que pudesse reconhecê-lo, mas se todos os desejos fossem satisfeitos... Tinha que supor que estariam procurando por ele, e também que tinham recebido fotos dele de um de seus grupos irmãos lá na cidade onde morava. Não sabia sobre o x, mas começava a acreditar que as primeiras duas letras da palavra fax significavam Fodido Agora.*

*Aquilo era uma parte do problema. A outra era sua própria crença, escorada por mais de uma experiência amarga, de que disfarces eram uma receita para desastres em situações como essa. O único caminho mais rápido e seguro para o fracasso naquele campo era provavelmente usar a sempre popular escuta clandestina, onde se podia perder seis meses de vigilância e organização se um garoto estivesse brincando com um barco ou carro de corrida controlados por rádio na área em que se estivesse planejando dar uma machadada em algum bestalhão.*

Muito bem, *pensou.* Não se queixe disso. Lembre-se do que o velho Whitey Slater costumava dizer — a situação é o que é. A única questão é saber como você vai contorná-la. E nem pense em deixá-la de lado. A desgraçada da festa vai ser daqui a 24 horas e se a perder lá poderá caçá-la até o Natal sem encontrá-la. No caso de não ter notado, é uma cidade grande.

*Levantou-se, entrou no banheiro e tomou um banho de chuveiro com a mão ferida colocada para fora da cortina do boxe. Vestiu um* jeans *desbotado e uma indefinida camisa verde, colocando seu boné CHISOX e enfiando os óculos escuros baratos no bolso da camisa, pelo menos por enquanto. Tomou o elevador até o saguão e desceu à banca para comprar um jornal e uma caixa de Band-Aids. Enquanto esperava que o idiota atrás do balcão calculasse seu troco, olhou por cima do ombro do sujeito, através de um painel de vidro nos fundos da banca. Viu os elevadores de serviço e, enquanto observava, um deles se abriu. Três criadas saíram dele, tagarelando e rindo. Levavam as bolsas, e Norman imaginou que estivessem indo almoçar. Já vira a do meio — esbelta, bonita, de cabelo louro fofo — em algum lugar. Depois de um momento, lembrou-se. Estava a caminho de dar uma olhada na Filhas e Irmãs e a loura caminhara a seu lado por um certo tempo. Calça vermelha. Rabo engraçadinho.*

*— Aqui está, senhor — disse o homem do balcão. Norman enfiou o troco no bolso sem olhar para ele. Como também não olhou para a trinca de criadas ao passar por elas, nem mesmo para a de rabo engraçadinho. Riscara-as automaticamente de sua mente, era só — um reflexo de policial, um joelho que tremeu involuntariamente. Sua mente consciente estava fixada em uma única coisa: o melhor modo de avistar Rose amanhã sem que ele próprio fosse visto.*

*Estava enveredando pelo corredor na direção das portas quando ouviu duas palavras que no início achou que poderiam ter vindo de sua cabeça:* Ettinger's Pier.

*Sua passada longa cedeu, seu coração adquiriu velocidade e a bolha na palma da mão começou a latejar ferozmente. Foi apenas um passo perdido, só — uma pequena e única hesitação e depois ele continuou na direção das portas giratórias com a cabeça baixa. Alguém que olhasse para ele poderia ter pensado que tivera uma breve ferroada no músculo do joelho ou da panturrilha, somente, o que era bom. Não* ousava *vacilar, isso é que era infernal. Se a mulher que falara fosse uma das bocetas do clube delas da avenida Durham, poderia reconhecê-lo se ele chamasse atenção para si mesmo... poderia já tê-lo reconhecido, se quem falara as duas palavras mágicas fosse o favozinho de mel por quem passara na rua no outro dia. Sabia ser improvável — como policial, tinha experiência de primeira mão como é espantosa e insensivelmente pouco observadora a maioria dos civis —, mas de vez em quando acontecia. Assassinos, sequestradores e ladrões de bancos que haviam evitado a captura tempo suficiente para entrarem na lista dos Dez Mais Procurados do FBI subitamente viam-se de volta ao xilindró, denunciados por um balconista de um mercadinho, leitor de histórias de detetive, ou uma funcionária encarregada das multas de trânsito e aficcionada por programas sobre crimes reais na TV. Não ousava parar mas...*

*...mas* teve *que fazer isso.*

*Norman ajoelhou-se abruptamente à esquerda da porta giratória de costas para as mulheres. Inclinou a cabeça e fingiu amarrar os sapatos.*

*— ... lamento perder o show, mas se eu quero aquele carro, não posso deixar de...*

*Passaram pela porta, mas o que Norman ouvira o convencera de que a mulher* falava *do piquenique, o piquenique e o show que ia completar o dia, um grupo chamado Indian Girls, provavelmente lésbicas. Portanto, havia uma chance de que aquela mulher conhecesse Rosie. Não uma* ótima *chance — montes de pessoas que não eram próximas da Filhas e Irmãs estariam no Ettinger's Pier amanhã —, mas mesmo assim uma chance. E Norman era um homem que acreditava enfaticamente no dedo volúvel do destino. O diabo é que não sabia qual das três havia falado.*

Que seja a Lourinha, *rezou enquanto se levantava rapidamente e saía pela porta giratória.*Que seja a Lourinha com seus olhos grandes e rabo engraçadinho. Que seja ela, o que você acha?

*Era perigoso segui-las, claro — nunca se podia saber quando uma delas poderia dar uma olhadela em torno e ganhar o superbônus de "Adivinhe quem é?" —, mas naquele ponto ele não podia fazer outra coisa. Saltitou atrás delas, a cabeça casualmente inclinada para um lado, como se o lixo das vitrines pelas quais passava tivesse um interesse vital para ele.*

*— Quantas fronhas estavam faltando hoje? — perguntou o saco de tripas, que caminhava mais próximo das vitrines, às outras duas.*

*— Pelo menos desta vez estão todas lá — disse a mulher mais velha que andava na outra extremidade da calçada. — E você, Pam, contou quantas?*

*— Ainda não contei, é deprimente demais — respondeu a Lourinha, e todas riram, aquele som alto, de riso frouxo que sempre fizera Norman sentir como se suas obturações estivessem rachando dentro da boca. Parou imediatamente, olhando uma vitrine onde havia um monte de artigos esportivos, deixando as criadas se distanciarem. Era ela, se era; não havia dúvida sobre isso. A Lourinha era a que dissera as palavras mágicas* Ettinger's Pier. *Talvez isso mudasse tudo, talvez nada. Naquele exato momento, ele estava animado demais para descobrir. Era certamente um surpreendente golpe de sorte, entretanto... o tipo de virada miraculosa, coincidente, que sempre se espera quando se está apostando tudo num caso complicado, a virada que acontecia com mais frequência do que se pode acreditar.*

*Por hora, arquivaria isso no fundo da mente e prosseguiria com o Plano A. Nem mesmo perguntaria sobre a Lourinha quando voltasse ao hotel, pelo menos não ainda. Sabia que seu nome era Pam, e isso já era o bastante para começar.*

*Norman caminhou até o ponto do ônibus e esperou 15 minutos pelo carro que fazia a linha para o aeroporto. Foi uma longa viagem; o terminal ficava na orla da cidade. Quando finalmente desembarcou à frente do Terminal A, pôs os óculos escuros, atravessou a rua e seguiu até a área de estacionamento por longos períodos. O primeiro carro que tentou roubar estava lá por tanto tempo que sua bateria estava liquidada. O segundo, um indefinido Ford Tempo, pegou muito bem. Norman disse ao homem na cabine dos tíquetes que tinha estado em Dallas por três semanas e perdera seu tíquete. Sempre os perdia, disse. Perdia os tíquetes da lavanderia, também, e estava sempre tendo que mostrar sua carteira de motorista no Photomat, quando passava por lá para pegar suas fotos. O homem na cabine dos tíquetes balançou a cabeça concordando, como se faz ante uma história tediosa que já se ouviu umas mil vezes. Quando Norman humildemente ofereceu--lhe dez dólares extras em vez do tíquete, o homem na cabine se animou. O dinheiro desapareceu.*

*Norman Daniels saiu dirigindo do estacionamento quase exatamente no mesmo momento em que Robbie Lefferts oferecia à sua fugitiva esposa o que denominou "uma combinação de negócio mais sólida".*

*A uns 3 quilômetros abaixo na estrada, Norman estacionou atrás de um Le Sabre caindo aos pedaços e trocou as placas dos carros. Outros 3 quilômetros adiante, parou num posto de lavagem automática. Apostara que o Tempo se revelaria azul-marinho, mas perdeu a aposta. Era verde. Não achava que tinha importância — o homem na cabine dos tíquetes só tirara os olhos de sua televisãozinha preto e branca quando os dez paus tinham aparecido diante de seus olhos —, mas era melhor estar seguro. Aumentava o nível de segurança.*

*Norman ligou o rádio e encontrou uma estação de antigas canções. Shirley Ellis cantava, e ele cantou junto enquanto Shirley ensinava: "Se as primeiras duas letras são sempre as mesmas/ Deixe as duas de lado e diga o nome/ Como Barry-Barry, deixe o B de lado, oh-Arry/ É a única regra que é ao contrário." Norman percebeu que conhecia cada palavra daquela velha canção estúpida. Que mundo era aquele em que não se conseguia lembrar-se de como se calculava a porra de uma raiz quadrada ou as várias formas do verbo francês* avoir *dois anos depois que se terminava a escola mas, quando se estava quase nos 40, ainda se podia lembrar* Nick-Nick-bo-bick, banana-fanna-fo-fick, fee-fi-mo-mick, Nick? *Que mundo era aquele?*

Um tipo de mundo que está escapulindo atrás de mim agora, *pensou Norman serenamente, e, sim, aquilo parecia ser verdade. Era como naqueles filmes de ficção científica em que os homens do espaço viam a Terra diminuindo nos visores, primeiro uma bola, depois uma moeda, depois um minúsculo ponto fulgurante, depois completamente desaparecida. Era assim que estava o interior de sua cabeça agora — uma nave espacial saída para uma missão de cinco anos para explorar novos mundos e ir onde nenhum homem jamais esteve. A nave estelar* Norman *aproximando-se numa velocidade de dobra espacial.*

*Shirley Ellis terminou e surgiu algo dos Beatles. Norman desligou o botão do rádio com tanta força que o quebrou. Hoje não queria ouvir nada de* Hey Jude, *aquele lixo* hippie *idiota.*

*Estava ainda a uns 3 quilômetros de onde começava realmente a cidade quando viu um lugar chamado The Base Camp.* EXCEDENTES DO EXÉRCITO COMO VOCÊ JAMAIS ENCONTRARÁ!, *dizia o cartaz à sua frente, e por algum motivo aquilo o fez dar uma risada. Achou que, de algum modo, era o lema mais engraçado que vira em toda a sua vida; parecia significar* algo, *mas era impossível se dizer o quê. De qualquer modo, o cartaz não tinha importância. A loja provavelmente tinha uma das coisas que ele estava procurando. Serviria.*

*Havia uma grande bandeira onde se lia* SEMPRE SE SINTA SEGURO, JAMAIS ARREPENDIDO *sobre a ala do meio. Norman inspecionou três espécies diferentes de "gás atordoante", bolas de gás de pimenta, uma prateleira de estrelas Ninja de arremesso (a perfeita arma de defesa se você for atacado por um tetraplégico cego), armas de gás que disparavam balas de borracha, estilingues, socos ingleses comuns e com cravos, cassetetes, boleadeiras, chicotes e apitos.*

*No meio dessa ala, havia um mostruário de vidro contendo o que Norman considerava o único item realmente útil da The Base Camp. Por 63,50 dólares, ele comprou um dispositivo que produzia uma grande (embora não provavelmente os 90 mil volts que prometia na etiqueta) descarga elétrica entre seus dois polos quando o gatilho era puxado. Norman considerava essa arma tão perigosa quanto uma pistola de calibre pequeno, e o melhor disso é que não se tinha que assinar o próprio nome em lugar nenhum para comprá-la.*

*— U senhr qué baderiia di naave volt taaméém? — perguntou o balconista, um rapaz de cabeça em forma de bala e lábio leporino. Vestia uma camiseta onde se lia* É MELHOR TER UMA ARMA E NÃO PRECISAR DO QUE PRECISAR DE UMA E NÃO TER. *Para Norman, ele parecia o tipo do sujeito cujos pais eram parentes próximos. — É cum ea que ee funciona, uua di naave volt.*

*Norman percebeu o que o rapaz de lábio leporino estava tentando dizer e balançou a cabeça afirmativamente.*

*— Me dê duas — disse. — Vamos animar um pouco as coisas.*

*O rapaz riu como se fosse a frase mais engraçada que já ouvira na vida, mais engraçada até do que* EXCEDENTES DO EXÉRCITO COMO VOCÊ

JAMAIS ENCONTRARÁ!, *e então se curvou, pegou duas baterias de nove volts debaixo do balcão e bateu-as com um ruído ao lado do dispositivo Omega de Norman.*

*— Uuas reesolveem! — exclamou o rapaz, e riu um pouco mais. Norman também entendeu o que ele falou dessa vez e, depois de um momento, riu junto com o Jovem Senhor Lábio Leporino. Depois pensou que foi naquele exato momento que ele alcançou a dobra espacial e todas as estrelas se transformaram em linhas. Em frente, sr. Sulu. Dessa vez vamos bem mais longe do que o Império Klingon.*

*Norman voltou à cidade dirigindo o Tempo roubado e, numa parte dela em que os sorridentes modelos dos cartazes de cigarro começavam a ficar mais negros do que brancos, encontrou uma barbearia com o nome encantador de Me Dá Um Tempo. Entrou e deparou-se com um jovem negro com um bigode sentado numa cadeira de barbeiro antiga. Estava com os fones de ouvido de um walkman na cabeça e um número do* Jet *no colo.*

*— Vai querer o quê? — perguntou o barbeiro negro. Falava talvez mais bruscamente do que o faria com um negro, mas não de modo descortês. Não se é descortês com um homem sem uma razão boa pra burro, especialmente quando se está sozinho na loja. Ele tinha no mínimo 1,88m de altura, ombros largos e grandes pernas grossas. E cheirava a policial, também.*

*Acima do espelho, havia fotos de Michael Jordan, Charles Barkley e Jalen Rose. Jordan usava um uniforme do time de beisebol Birmingham Barons. Acima de seu retrato, via-se um pedaço de papel com as palavras* O TOURO DO PASSADO & DO FUTURO *datilografadas. Norman apontou.*

*— Me faz um igual — disse.*

*O barbeiro negro olhou atentamente Norman, primeiro certificando-se de que ele não estava bêbado ou drogado, depois tentando descobrir se ele não estava brincando. Descobrir a segunda parte foi mais difícil.*

*— Qual é, hein, irmão? Tá dizendo que quer a cuca a zero?*

*— É exatamente o que estou dizendo. — Norman passou a mão pelo cabelo, de um negro espesso apenas começando a exibir toques de cinza nas têmporas. Não o usava excepcionalmente curto nem excepcionalmente longo. Usara-o naquele mesmo tamanho por quase vinte anos. Olhou-se no espelho, tentando imaginar como ficaria, tão careca como Michael Jordan, só que branco. Não podia dizê-lo. Com sorte, Rose e suas novas amigas também não poderiam.*

— *Tem certeza?*

*Subitamente Norman se sentiu quase nauseado de desejo de derrubar aquele homem, meter os dois joelhos no peito dele, se inclinar e lhe arrancar da cara com os dentes o lábio superior inteiro, o bigode e tudo. Achava que sabia por quê. Ele parecia com aquele memorável chupador de pau, Ramon Sanders. Aquele que tentara conseguir dinheiro do cartão do caixa eletrônico que a vaca mentirosa da sua mulher tinha roubado.*

Ah, barbeiro, *pensou Norman.* Ah, barbeiro, você está tão perto de virar pó. Faça mais uma pergunta, diga mais uma coisa errada na minha cara e vai se transformar exatamente nisso. E não posso lhe dizer coisa alguma; não poderia avisá-lo mesmo se quisesse, porque neste momento minha própria voz é o único gatilho de que preciso. Portanto aqui estamos, e aqui vamos nós.

*O barbeiro lançou-lhe outro olhar longo e cuidadoso. Norman ficou onde estava e deixou que o outro fizesse isso. Agora sentia-se controlado. Aconteceria o que tinha de acontecer. Estava tudo naquelas mãos de macaco.*

— *Muito bem, acho que tem certeza mesmo — disse o barbeiro finalmente. Sua voz era suave e afável. Norman relaxou a mão direita, que fora enfiada bem no fundo do bolso e agarrava o cabo da arma elétrica. O barbeiro pôs a revista no balcão ao lado de seus frascos de tônico capilar e água de colônia (havia lá uma pequena placa de metal que dizia* SAMUEL LOWE*), depois se levantou e sacudiu um avental de plástico. — Se quer mesmo ficar como o Mike, vamos nessa.*

*Vinte minutos depois, Norman olhava-se pensativamente no espelho. Samuel Lowe estava parado ao lado de sua cadeira, observando-o. Lowe parecia apreensivo, mas também interessado, como alguém vendo algo familiar de uma perspectiva inteiramente nova. Dois novos clientes haviam chegado. Também observavam Norman olhar-se a si mesmo, e tinham expressões idênticas de aprovação.*

— *O cara 'te que é bonitão — disse um dos recém-chegados. Falou num tom de leve surpresa, e sobretudo para si mesmo.*

*Norman não conseguia enfiar inteiramente na cabeça que o homem no espelho ainda era ele. Pestanejou e o homem-espelho pestanejou, sorriu e o homem-espelho sorriu, virou-se e o homem-espelho fez o mesmo, mas não adiantou. Antes, ele tinha a testa de um policial; agora, tinha a testa de um professor de matemática, uma testa que ia até a estratosfera. Não conseguia recobrar-se das curvas suaves e de certo modo sensuais de seu crânio calvo. E de sua brancura. Sabia que era bronzeado, mas, comparado com seu crânio pálido, o resto de sua pele era tão morena quanto a de um salva-vidas. Sua cabeça parecia estranhamente frágil, e esquisitamente perfeita demais para gente como ele. Para qualquer ser humano, especialmente um macho. Ele parecia uma peça de porcelana chinesa.*

*— 'Cê não tem uma cabeça nada má, cara — disse Lowe. Falou como se experimentasse, mas Norman não percebeu que ele estava tentando lisonjeá-lo, e isso foi bom, pois não estava com disposição e ânimo para aguentar que alguém lhe puxasse o saco. — Tá bom. Parece mais* moço. *Não é, Dale?*

*— Não tá mal — concordou o outro recém-chegado. — Pode crer, nem um pouco.*

*— Quanto você disse que era? — Norman perguntou a Samuel Lowe. Tentou virar as costas ao espelho e ficou aflito e um pouco assustado em descobrir que seus olhos tentavam acompanhar o topo de sua cabeça, para ver como parecia de trás. Aquela sensação de dissociação estava mais forte do que nunca. Ele* não era *o homem no espelho, o homem com a cabeça calva de um estudioso, erguendo-se acima de pesadas sobrancelhas negras; como poderia sê-lo? Aquele era um estranho, simplesmente, algum fantástico Lex Luthor incapaz de nada de bom em Metrópolis, e as coisas que ele fizesse daqui por diante não importavam. Daqui por diante, nada importava. Só pegar Rose, claro. E falar com ela.*

*Bem de perto.*

*Lowe estava olhando-o cautelosamente outra vez, depois deu uma olhadela para os outros dois clientes, e Norman percebeu subitamente que ele estava checando se eles o ajudariam caso o homem branco grande — o homem branco, grande e* careca *— de repente se tornasse furioso.*

*— Desculpe — disse ele, tentando fazer com que sua voz ficasse suave e conciliadora. — Você estava falando, não é? O que disse?*

*— Eu disse que trinta tá legal pra mim. E pra você?*

*Norman pegou um maço de notas dobradas de seu bolso esquerdo da frente, fez deslizar duas notas de vinte de um velho e manchado clipe e estendeu-as.*

*— Trinta me parece muito pouco — disse ele. — Tome quarenta, junto com as minhas desculpas. Você fez um ótimo trabalho. Eu tive uma*

*semana infernal, é isso.* — Você não sabe da missa a metade, companheiro, *pensou ele.*

*Samuel Lowe relaxou visivelmente e pegou o dinheiro.*

*— Tudo bem, irmão — disse. — E eu não estava brincando, 'cê não tem uma cabeça nada feia. 'Cê não é Michael, mas ninguém é Michael.*

*— Só Michael mesmo — disse o recém-chegado chamado Dale. Os três negros riram com vontade, balançando a cabeça afirmativamente um para o outro. Embora Norman pudesse ter matado todos os três sem mover um fio de cabelo, ele também balançou a cabeça e riu junto com eles. Os recém-chegados na barbearia haviam mudado as coisas. Era hora de ser cuidadoso de novo. Ainda rindo, Norman saiu.*

*Três adolescentes, também negros, apoiavam-se contra uma cerca perto do Tempo, mas não tinham se dado o trabalho de fazer coisa alguma com o carro, provavelmente porque era porcaria demais para que se incomodassem. Fitaram a pálida cabeça branca de Norman com interesse, depois entreolharam-se e olharam para cima. Tinham uns 14 anos de idade, garotos sem muitos problemas. O do meio começou a dizer "Tá olhando pra* mim?", *como Robert De Niro em* Taxi Driver. *Norman pareceu sentir isso e olhou para ele fixamente — só para* ele *—, ignorando completamente os outros dois. O do meio chegou à conclusão de que talvez sua imitação de De Niro precisasse ser mais trabalhada e parou com ela.*

*Norman sentou-se em seu carro roubado e recém-lavado e partiu. A seis quarteirões do centro da cidade, entrou numa loja de roupas usadas chamada Play It Again, Sam. Havia vários curiosos na loja, e todos olharam para ele, mas tudo bem. Norman não se importava que olhassem para ele, especialmente se estivessem prestando atenção a seu crânio recém-raspado. Se estivessem olhando para o alto de sua cabeça, não teriam a porra da mais leve ideia de como era seu rosto cinco minutos depois de ter ido embora.*

*Encontrou uma jaqueta de motociclista que cintilava com tachas e zíperes e correntezinhas prateadas, e que estalou em cada dobra quando ele a tirou do cabide. O vendedor abriu a boca para pedir 240 dólares pela jaqueta, fitou os olhos perturbados espiando por baixo do aterrador deserto branco do crânio recém-raspado e disse a Norman que a jaqueta era 180 mais taxas. Teria abaixado mais se Norman tivesse pechinchado, mas Norman não pechinchou. Estava cansado agora, a cabeça latejando, e queria voltar ao hotel e dormir. Queria dormir até o dia seguinte. Precisava de todo descanso que pudesse ter, porque o dia seguinte ia ser um dia cheio.*

*Fez mais duas paradas ao voltar. A primeira foi numa loja que vendia suprimentos médicos. Ali Norman comprou uma cadeira de rodas sem motor de segunda mão que caberia, dobrada, no porta-malas do Tempo. Depois foi para o Museu e Centro Cultural das Mulheres. Ali pagou seis dólares para entrar, mas não visitou nenhuma exposição e nem espiou para dentro do auditório, onde um painel discutia o parto natural. Norman fez uma rápida viagem à loja de presentes e foi embora.*

*De volta ao Whitestone, subiu as escadas sem perguntar a ninguém sobre a Lourinha com o rabo engraçadinho. Não teria confiado em si mesmo nem para pedir um copo de* club soda *em seu presente estado. Sua cabeça recém-raspada latejava como uma forja de aço, seus olhos pulsavam nas órbitas, seus dentes doíam e seus maxilares palpitavam. Pior do que tudo, sua cabeça parecia agora estar balançando acima dele como um carro alegórico na Parada do Dia de Ação de Graças da Macy's; parecia estar amarrada ao resto dele por um único e frágil fio que poderia quebrar a qualquer momento. Tinha que deitar. Dormir. Talvez depois sua mente voltasse para dentro de sua cabeça, retornando ao lugar a que pertencia. Quanto à Lourinha, o melhor caminho era tratá-la como um ás na manga, algo a ser usado apenas se absolutamente necessário. Quebre o Vidro em Caso de Emergência.*

*Norman voltou para a cama às quatro horas da tarde de sexta-feira. O latejar por trás de suas têmporas não parecia mais uma ressaca; era agora uma de suas dores de cabeça "especiais". Tinha-as com frequência quando estava trabalhando arduamente, e desde que Rose partira e seu grande caso de droga esquentara, duas por semana não era incomum. Enquanto estava deitado olhando para o teto, seus olhos marejavam e seu nariz escorria e ele via brilhantes e engraçados padrões em zigue- zague pulsando na borda das coisas. A dor tinha atingido o ponto em que parecia como se algum feto horrível estivesse no meio de sua cabeça, tentando nascer; o ponto onde não havia nada a fazer, exceto se abrigar e esperar que passasse, e o modo de fazer isso era passar pelos momentos um de cada vez, indo de um para o próximo da mesma forma que alguém pode usar as pedras para atravessar uma corrente. Isso atiçou uma enevoada lembrança bem no fundo de sua mente, mas ela não conseguiu penetrar o latejar insistente, e Norman a deixou ir. Esfregou o alto da cabeça com a mão para a frente e para trás. Estava liso como nada que pudesse fazer parte dele; era como tocar a carroceria de um carro que acabara de ser polido.*

*— Quem sou eu? — perguntou ao quarto vazio. — Quem sou eu? Por que estou aqui? O que estou fazendo? Quem sou eu?*

*Antes que pudesse cravar uma resposta em qualquer uma dessas perguntas, adormeceu. A dor o seguiu por uma certa extensão pelas profundezas sem sonhos, como uma ideia ruim que não vai embora, mas finalmente Norman a deixou para trás. Sua cabeça oscilou de um lado para outro no travesseiro, e uma umidade que não era exatamente lágrimas escorreu de seu olho e narina esquerdos, correndo-lhe pela face. Ele começou a roncar sonoramente.*

*Quando acordou, 12 horas depois, às quatro horas da manhã de sábado, sua dor de cabeça sumira. Sentia-se bem-disposto, energizado, como quase sempre depois de uma de suas "especiais". Sentou-se, pôs os pés no chão e olhou através da janela na escuridão. Os pombos estavam lá na saliência, arrulhando uns para os outros mesmo enquanto dormiam. Ele sabia, com uma certeza total e sem a mínima sombra de dúvida, que tudo estaria encerrado naquele dia. Talvez até* ele *mesmo, mas aquilo era uma questão de pouca importância. Só saber que não haveria mais dores de cabeça, nunca mais, quase tornava a coisa um negócio justo.*

*Do outro lado do quarto, sua jaqueta de motociclista nova pendia sobre a cadeira como um fantasma negro e sem cabeça.*

Acorde cedo, Rose, *pensou quase ternamente.* Acorde cedo, meu favo de mel, e dê uma boa olhada na aurora, está bem? Tem que dar a melhor olhada que puder, pois é a última que você vai ver.

## 2

Rosie acordou alguns minutos depois das quatro da manhã de sábado e tateou em busca do abajur perto da cama, aterrorizada, certa de que Norman estava no quarto com ela, certa de que podia sentir o cheiro da colônia dele, todos os meus homens usam English Leather ou não usam nada.

Quase derrubou o abajur no chão com o esforço em pânico de acender a luz, mas, quando finalmente o acendeu (com a base pendendo a meio caminho do abismo), seu medo diminuiu rapidamente. Era apenas seu quarto, pequeno, arrumado e são, e o único cheiro que sentia era a tênue fragrância de sua pele ainda quente da cama. Ninguém estava lá exceto ela... e Rose Madder, é claro. Mas Rose Madder fora afastada em segurança para dentro do armário, onde sem dúvida ainda permanecia com uma das mãos erguidas para proteger os olhos, fitando as ruínas do templo lá embaixo.

*Eu estava sonhando com ele*, pensou enquanto se sentava. *Eu estava tendo outro pesadelo com Norman, é por isso que acordei tão assustada.*

Empurrou a lâmpada novamente para a mesa. Ela retiniu contra o bracelete. Rose pegou-o e examinou-o. Estranho, como era difícil lembrar

(*o que você tem que lembrar*)

como chegara a esse objeto. Será que o comprara na loja de Bill, porque parecia com o que a mulher no quadro usava? Não sabia, e isso era perturbador. Como se poderia esquecer

(*o que precisa esquecer*)

uma coisa dessas?

Rosie ergueu o bracelete, que era pesado como ouro embora fosse provavelmente uma liga de metal coberta de dourado, e olhou para o quarto através dele, como uma mulher que olha através de um telescópio.

Ao fazê-lo, um fragmento de seu sonho retornou, e ela percebeu que não sonhara com Norman. Sonhara com Bill. Eles tinham andado na motocicleta dele, mas, em vez de levá-la para o lugar do piquenique perto do lago, ele a conduzira por um atalho que penetrava cada vez mais numa sinistra floresta de árvores mortas. Depois de um tempo, desembocaram numa clareira onde havia uma única árvore viva, carregada de frutos da cor do quíton de Rose Madder.

*Ah, que primeiro prato fantástico!,* exclamara Bill alegremente, saltando da moto e correndo para a árvore. *Ouvi falar deles — coma um que você poderá enxergar com a nuca, coma dois e poderá viver para sempre!*

Fora ali que o sonho cruzara a linha entre o meramente inquietante e a verdadeira esfera de pesadelo. Ela sabia de algum modo que o fruto da árvore não era mágico e sim horrivelmente venenoso, e correu para ele, querendo detê-lo antes que Bill mordesse um dos frutos tentadores. Mas ele não se convenceu. Apenas pôs o braço à volta dela, deu-lhe um pequeno abraço e disse: *Não seja boba, Rosie — conheço romãs, e estas não são romãs.*

Foi quando ela acordou, tremendo loucamente na escuridão e pensando não em Bill mas em Norman... como se este estivesse deitado numa cama em algum lugar perto dali e pensando sobre *ela*. Tal ideia fez Rosie cruzar os braços sobre os seios e se abraçar. Era bastante possível que ele estivesse fazendo exatamente isso. Colocou o bracelete novamente na mesinha, correu para o banheiro e ligou o chuveiro.

Seu perturbador sonho com Bill e o fruto envenenado, suas perguntas sobre onde e como poderia ter se deparado com o bracelete e seus sentimentos confusos em relação ao quadro que comprara, tirara a moldura, escondera no armário como um segredo... todas essas coisas desapareciam atrás de uma preocupação mais ampla e imediata: seu encontro. Era hoje, e cada vez que pensava nisso, sentia algo como um choque elétrico no peito. Estava com medo e feliz ao mesmo tempo, porém, mais do que tudo, curiosa. Seu encontro. O encontro *deles*.

*Se é que ele vem mesmo*, uma voz sussurrou dentro dela agourentamente. *Pode ter sido tudo uma brincadeira, você sabe. Ou você pode tê-lo assustado e feito com que fosse embora.*

Rosie começou a entrar na água e percebeu no último segundo que ainda estava usando a calcinha.

— Ele virá — murmurou ao se curvar para tirá-la. — Ele virá, tenho certeza. Sei que virá.

Ao inclinar a cabeça ante os borrifos d'água e estender a mão para o xampu, uma voz bem no fundo de sua mente — uma voz muito diferente, desta vez — sussurrou: *Animais lutam.*

— O quê? — Rosie se imobilizou com a garrafa de plástico na mão. Estava com medo e não sabia bem por quê. — O que disse?

Nada. Não podia nem mesmo lembrar exatamente o que pensara, apenas que era algo sobre o desgraçado do quadro, que entrara na cabeça dela como o refrão de uma canção que não se consegue esquecer. Quando começou a ensaboar os cabelos, Rosie resolveu abruptamente livrar-se do quadro. Essa ideia a fez sentir-se melhor, como a ideia de deixar algum mau hábito — fumar, beber ao almoço — e, no momento em que saiu do chuveiro, ela cantarolava.

## 3

Bill não a torturou com dúvidas chegando atrasado. Rosie puxara uma das cadeiras da cozinha para perto da janela, para que pudesse observá-lo chegar (fizera isso às 7h15, três horas depois de ter saído do chuveiro) e às 8h25 um motociclista com um isopor amarrado ao porta-bagagem parou em frente ao edifício. A cabeça do motorista estava encoberta por um grande capacete azul. Do ângulo em que Rosie estava, não conseguia ver seu rosto, mas sabia que era ele. A linha dos ombros dele já era inequívoca para ela. Ele acelerou o motor uma vez, depois o desligou, usando o salto da bota para abaixar o suporte da Harley. Passou uma perna sobre o assento e, por um momento, a linha de sua coxa ficou claramente visível no jeans desbotado. Rosie sentiu um tremor de tímida mas inequívoca luxúria e pensou: *É nisso que estarei pensando esta noite antes de dormir; é o que vou ver. E se tiver muita, mas muita sorte, é com isso que vou sonhar.*

Pensou em esperá-lo ali, em deixá-lo vir até ela da mesma maneira que uma moça que está confortável na casa dos pais poderia esperar pelo rapaz que vai levá-la ao Baile Anual, esperando mesmo depois de ele ter chegado, espiando com seu vestido sem alças por trás da cortina da janela de seu quarto, com um leve sorriso secreto enquanto ele sai do carro do pai que foi recém-lavado ou polido e chega até a porta, arrumando meio acanhado a gravata-borboleta ou ajeitando a faixa da cintura.

Pensou nisso, depois abriu a porta do armário e pegou seu suéter. Correu, deslizando pelo corredor. Quando chegou ao alto da escada e o viu já na metade dela, a cabeça erguida para olhá-la, passou por sua cabeça que chegara à idade perfeita: velha demais para ser recatada pelo recato em si, mas ainda jovem demais para não acreditar que algumas esperanças — as que realmente importam — podem ir contra todas as possibilidades para serem justificadas.

— Oi — disse, olhando-o de cima. — Chegou na hora.

— Claro — disse ele, olhando-a de baixo. Parecia levemente surpreso. — Chego *sempre* na hora. É a maneira como fui criado. Acho que deve ter sido impresso em meus genes também. — Ergueu uma mão enluvada para ela, como um cavaleiro num filme. — Está pronta?

Era uma pergunta que Rosie ainda não sabia como responder; simplesmente, foi até onde ele estava, pegou sua mão e deixou-o levá-la para a luz do sol, que banhava o primeiro sábado de junho. Ele parou na calçada ao lado da moto inclinada, olhou-a criticamente de cima a baixo, depois sacudiu a cabeça.

— Não, não, só o suéter não adianta — disse ele. — Felizmente meu treinamento nos escoteiros jamais me abandonou.

Havia bolsas dos dois lados do porta-bagagem da Harley. Ele desafivelou uma delas e tirou dali uma jaqueta de couro parecida com a sua: bolsos de zíper no alto e embaixo dos dois lados, mas no resto era preta e comum. Nada de taxas, dragonas, linguetas e enfeites. Era menor do que a que Bill usava. Olhou para ela achatada nas mãos dele como uma pele de animal, perturbada pela pergunta óbvia.

Ele viu o olhar, compreendeu imediatamente e sacudiu a cabeça.

— É a jaqueta de papai. Ele me ensinou a andar de moto numa velha Indian hammerhead que trocou por uma mesa de jantar e mobília de quarto. No ano em que fez 21 anos, viajou naquela moto por toda a América, diz ele. Ela era do tipo que se tinha que dar partida no coice, e se a gente esquecia-se de pôr em ponto morto, podia sair disparada de debaixo da gente.

— O que aconteceu? Ele caiu? — Rosie sorriu de leve. — *Você* caiu?

— Nem uma coisa nem outra. Ela morreu de velhice. Desde então, só existem Harleys na família Steiner. Esta é uma Heritage softail de 1.345 cilindradas. — Tocou a nacele suavemente. — Papai não pilota moto há cinco anos mais ou menos.

— Ele se cansou delas?

Bill sacudiu a cabeça.

— Não, agora está com glaucoma.

Ela vestiu a jaqueta. Imaginou que o pai de Bill devia ser pelo menos uns 8 centímetros mais baixo e talvez uns 18 quilos mais leve que o filho, mas mesmo assim a jaqueta pendurava-se comicamente nela, quase até os joelhos. Mas era quente, e ele fechou o zíper até o queixo com uma espécie de prazer sensual.

— Ficou bem — disse ele. — Engraçado, como uma criança brincando de se vestir, mas bem. De verdade.

Ela achou que agora podia dizer o que não conseguira quando ela e Bill tinham se sentado no banco comendo cachorros-quentes. Subitamente pareceu muito importante dizê-lo.

— Bill?

Ele a olhou com um leve sorriso, mas seus olhos estavam sérios.

— O quê?

— Não me magoe.

Ele ponderou aquilo, ainda sorrindo, os olhos ainda graves, e então sacudiu a cabeça.

— Não vou magoar.

— Promete?

— Prometo. Vamos, suba a bordo. Já andou de cavalo de ferro antes?

Ela sacudiu a cabeça.

— Bem, esses pequenos suportes são para os seus pés. — Inclinou-se para a parte traseira da moto, remexeu e surgiu com um capacete. Ela observou a cor vermelho-púrpura do objeto sem nenhuma surpresa. — Tome um protetor de cuca.

Ela o fez deslizar na cabeça, curvou-se, olhou solenemente para si mesma em um dos espelhos laterais da Harley, depois deu uma risada.

— Pareço um jogador de futebol!

— Porém a mais bonita do time. — Ele a pegou pelos ombros e a fez dar meia-volta. — Isso é preso debaixo do queixo. Deixa que eu faço. — Por um momento o rosto dele estava à distância de um beijo do rosto dela, e Rosie sentiu a cabeça zonza por saber que se ele quisesse beijá-la ali mesmo, na calçada ensolarada, com gente passando nos seus lazeres de sábado pela manhã, ela deixaria.

Então ele recuou.

— A correia está muito apertada?

Ela sacudiu a cabeça.

— Tem certeza?

Rosie balançou a cabeça, confirmando.

— Então diga alguma coisa.

— Ãão eeá muuio apeaada ão — disse ela, e começou a rir ante a expressão dele. Bill riu também.

— Pronta? — perguntou novamente. Ainda estava sorrindo, mas seus olhos tinham adquirido sua expressão anterior de séria consideração, como se ele soubesse que haviam embarcado num empreendimento grave, onde qualquer palavra ou movimento poderiam ter consequências de longo alcance.

Ela roçou com a mão em punho o alto do capacete e sorriu ansiosa.

— Acho que estou. Quem sobe primeiro, eu ou você?

— Eu. — Ele passou uma perna sobre a Harley. — Agora você.

Ela montou cuidadosamente e colocou as mãos nos ombros dele. Seu coração batia muito rápido.

— Não — disse Bill. — Na minha cintura, está bem? Preciso ter os braços e as mãos livres para dirigir.

Ela escorregou as mãos pelas laterais do corpo dele e abraçou-o na altura de seu estômago chato. Imediatamente sentiu como se estivesse sonhando novamente. Teria isso tudo saído de uma pequena gota de sangue num lençol? De uma impulsiva decisão de sair pela porta da frente e simplesmente continuar? Seria possível?

*Querido Deus, por favor, faça com que isso não seja um sonho*, pensou ela.

— Seus pés estão apoiados nas travas?

Ela os apoiou nas travas e ficou temerosamente encantada quando Bill colocou a moto em posição e, com a bota, recolheu o suporte em que o veículo se apoiava. Agora, só com os pés dele mantendo-os firme, Rose sentiu que o momento era como aquele em que a última amarra de um pequeno barco é retirada e ele flutua ao lado da doca, balançando mais livremente nas ondas do que antes. Inclinou-se mais para perto das costas de Bill, fechou os olhos e respirou profundamente. O cheiro do couro aquecido pelo sol era bem o que tinha imaginado, e era bom. Era tudo bom. Assustador e bom.

— Espero que goste disso — disse ele. — Eu gosto muito.

Apertou um botão na parte direita do guidão e a Harley disparou como uma arma abaixo deles. Rosie deu um pulo e se aproximou mais, apertando o abraço, um pouco tímida.

— Tudo bem? — gritou ele.

Ela concordou com a cabeça, e percebendo que ele não podia ver o seu sinal, gritou de volta que sim, tudo estava ótimo.

No momento seguinte, a calçada à sua esquerda estava rolando para trás. Ele lançou uma rápida olhada sobre o ombro para ver o tráfego, depois cruzou a rua Trenton para o lado direito. Não era como uma curva num carro; a motocicleta *se inclinava*, como um aviãozinho alinhando-se na subida. Bill torceu o acelerador e a Harley disparou para a frente, soprando uma rajada de vento para dentro do capacete de Rosie e fazendo-a rir.

— Eu achei que você gostaria disso! — gritou Bill por cima do ombro, ao pararem no sinal vermelho da esquina. Quando ele pôs o pé no chão, foi como se estivessem amarrados à terra sólida mais uma vez, porém pelo cordão mais fino. A luz ficou verde, o motor roncou novamente sob ela, com mais autoridade desta vez, e eles enfiaram-se pela avenida Deering, correndo ao lado do Bryant Park, rolando pelas sombras dos velhos carvalhos, impressas no pavimento como manchas de tinta. Ela olhou por cima do ombro direito dele e viu o sol guiando--os por entre as árvores, disparando flashes nos seus olhos como um heliógrafo e, quando Bill inclinou a moto para entrar na avenida Calumet, Rosie se inclinou com ele.

*Eu achei que você gostaria disso*, dissera ele quando tinham partido, mas ela só gostara daquilo enquanto estavam atravessando o lado norte da cidade, fazendo um jogo de amarelinha por entre os bairros cada vez mais periféricos onde as casas de madeira coladas uma na outra a levavam a pensar em *All in the Family*, a série da televisão, e parecia haver um Wee Nip em cada esquina. No momento em que estavam no viaduto fora da cidade, ela não estava apenas gostando, mas adorando, e quando deixaram o viaduto pela rodovia 27, duas pistas de asfalto que traçavam a borda do lago por todo o caminho até o próximo estado, ela sentiu que seria feliz se continuasse para sempre. Se Bill lhe perguntasse o que achava de ir até o Canadá, talvez ver um jogo dos Blue Jays em Toronto, simplesmente teria pousado a cabeça nas costas dele forradas de couro para que a sentisse balançar a cabeça concordando.

A rodovia 27 era a melhor. Mais tarde, naquele verão, haveria um tráfego pesado mesmo naquela hora da manhã, mas hoje estava quase vazia, uma fita preta com um pesponto amarelo percorrendo-lhe o meio. À direita deles, o lago cintilava num azul fabuloso por entre as árvores que corriam; à esquerda, passavam por fazendas de laticínios, cabanas de turistas e lojas de lembranças recém-abertas para o verão.

Rosie não sentia nenhuma necessidade de falar, nem mesmo tinha certeza se *poderia* falar, mesmo que solicitada. Ele torceu gradualmente o guidão da Harley até que o ponteiro vermelho marcador da velocidade ficasse reto como um ponteiro de relógio indicando meio-dia, e o vento sibilasse com mais força no capacete dela. Para Rosie, era como os sonhos de voar que tivera quando garota, sonhos nos quais disparava com destemida exuberância por cima de campos e muralhas de rochas e telhados e chaminés com o cabelo desfraldado como uma bandeira atrás dela. Despertava desses sonhos tremendo, molhada de suor, aterrorizada e deliciada ao mesmo tempo, e sentia-se assim agora. Quando olhou à esquerda, viu sua sombra fluindo a seu lado da mesma forma que naqueles sonhos, mas agora havia outra sombra com ela, e isso tornava tudo melhor. Se algum dia se sentira tão feliz como agora em toda a sua vida, não sabia quando fora. O mundo inteiro parecia perfeito à volta dela e ela, perfeita dentro dele.

Havia delicadas flutuações de temperatura, gelada quando voavam pelos largos pântanos de sombra ou mergulhavam em declives, amena quando passavam pelo sol novamente. A 100 quilômetros por hora, o cheiro vinha em cápsulas, tão concentrado como se disparado por motores de propulsão: vacas, esterco, feno, terra, grama cortada, alcatrão fresco quando entraram bruscamente numa passagem sendo repavimentada, e fumaça azul oleosa quando ficaram atrás de um caminhão de fazenda que se arrastava. Na traseira do caminhão, um cachorro vira-lata, com o focinho sobre as patas, olhou-os sem interesse. Quando Bill ultrapassou para entrar num trecho reto, o fazendeiro atrás do volante acenou para Rosie. Ela podia ver os pés de galinha em torno de seus olhos, a pele avermelhada e rachada perto do nariz, o cintilar de sua aliança à luz do sol. Cuidadosamente, como alguém andando numa corda bamba faz uma acrobacia sem rede, ela retirou uma das mãos à volta de Bill e acenou de volta. O fazendeiro lhe sorriu, depois ficou para trás.

A uns 30 ou 50 quilômetros fora da cidade, Bill apontou para uma forma de metal cintilante no céu à frente deles. Um momento depois, ela conseguiu ouvir a batida contínua dos rotores do helicóptero, e no momento seguinte viu dois homens sentados numa bolha Perspex. Enquanto a hélice cortava o ar acima deles num ímpeto fragoroso, notou o passageiro inclinando-se para gritar algo no ouvido do piloto.

*Posso ver tudo*, pensou ela, e depois cogitou por que isso seria tão surpreendente. Na verdade não estava vendo coisa alguma que não pudesse ver de um carro. *Mas estou*, pensou ela. *Estou porque não estou olhando de uma janela, o que faz com que isso deixe de ser só um cenário. É o* mundo, *não um cenário, e eu estou nele. Estou voando pelo mundo, exatamente como nos sonhos que costumava ter, mas agora não estou fazendo isso sozinha.*

O motor pulsava continuamente entre as pernas dela. Não era exatamente uma sensação sexual, mas a deixava consciente do que havia lá embaixo e para que servia. Quando não estava olhando para a paisagem campestre que passava, descobria-se olhando com fascínio para os cabelinhos pretos na nuca de Bill, imaginando como seria tocá-los com os dedos, alisá-los como penas.

Uma hora depois de deixarem o viaduto, estavam em pleno campo. Bill passou a marcha da Harley para segunda, e quando depararam com uma placa em que se lia ÁREA DE PIQUENIQUE PRAIA CAMPING SÓ COM PERMISSÃO, passou para primeira e entrou numa alameda de cascalho.

— Segure-se — disse ele. Rose pôde ouvi-lo claramente agora que o vento não estava mais soprando como um furacão através de seu capacete. — Altos e baixos.

*Houve* altos e baixos, mas a Harley atravessou-os facilmente, transformando-os em meras ondulações. Cinco minutos depois, pararam num pequeno estacionamento de terra. Além dele, havia mesas de piquenique e assadeiras de pedra para churrasco, divisadas numa larga e sombreada extensão de grama verde que descia gradualmente até um trecho de seixos que não podia ser bem chamado de praia. Pequenas ondas chegavam até ali, batendo nos seixos numa procissão ordenada e educada. Além delas, o lago abria-se até o horizonte, onde qualquer linha marcando o ponto onde céu e água se encontravam estava perdida num nevoeiro azul. A praia estava inteiramente vazia, a não ser pela presença deles, e quando Bill desligou a Harley, o silêncio tirou o fôlego de Rosie. Sobre a água, gaivotas iam e vinham, gritando em direção à margem com suas vozes frenéticas, esganiçadas. De algum ponto bem a oeste, ouvia-se o som de um motor, tão tênue que era impossível saber se pertencia a um caminhão ou a um trator. Era tudo.

Bill puxou uma pedra chata ao lado da moto com a ponta da bota, depois abaixou o suporte para que o pé pousasse na pedra. Desceu e virou-se para Rosie, sorrindo. Ao ver o rosto dela, o sorriso transformou-se numa expressão preocupada.

— Rosie? Você está bem?

Ela o olhou surpresa.

— Sim, por quê?

— Está com uma cara engraçada...

*Tenho certeza de que estou*, pensou ela. *Tenho mesmo.*

— Estou bem — disse. — Tenho um pouco a sensação de que tudo isso é um sonho, é só. Continuo pensando como é que cheguei aqui. — Riu nervosamente.

— Mas não vai desmaiar ou qualquer coisa assim, vai?

Rosie riu com mais naturalidade dessa vez.

— Não, estou bem, de verdade.

— E gostou?

— Adorei. — Remexia no lugar em que a correia se unia às fivelas do capacete, mas sem muito sucesso.

— Da primeira vez é difícil. Deixe que eu ajudo.

Ele se inclinou para soltar a correia, mais uma vez à distância de um beijo, só que desta vez não recuou. Usou as palmas das mãos para retirar o capacete dela e depois lhe beijou a boca, deixando o capacete pendurado pelas correias nos dois primeiros dedos de sua mão esquerda, enquanto punha a direita na lombar dela, e para Rosie o beijo fez tudo ficar bem, a sensação de sua boca e a pressão de sua palma eram como chegar em casa. Sentiu vontade de chorar um pouco, mas isso não foi ruim. Essas lágrimas não machucavam.

Ele se afastou um pouco, a mão ainda em suas costas, o capacete chocando-se levemente contra o joelho dela com pequenos golpes pendulares, e olhou-a bem no rosto.

— Tudo bem?

*Sim*, ela tentou dizer, mas sua voz a abandonara. Em vez disso, confirmou com a cabeça.

— Ótimo — disse ele, e então, gravemente, como um homem trabalhando, beijou as faces úmidas e frias de Rose no alto e perto do nariz — primeiro sob o olho direito e depois sob o esquerdo. Seus beijos eram suaves como o movimento de pestanas. Ela nunca sentira nada parecido, e de repente pôs os braços em torno do pescoço dele e abraçou-o impetuosamente, o rosto contra o ombro da jaqueta dele e com os olhos, ainda ardendo de lágrimas, bem fechados. Ele a abraçou, a mão que lhe apertara as costas agora alisando a trança de seu cabelo.

Após um momento, ela se afastou dele, enxugou as lágrimas com os braços e tentou sorrir.

— Nem sempre choro — disse. — Você provavelmente não vai acreditar, mas é verdade.

— Acredito — disse ele, e tirou seu próprio capacete. — Vamos, me dê uma ajuda com este isopor.

Ela o ajudou a abrir o elástico que o amarrava e eles o levaram para uma das mesas de piquenique. Ela ficou imóvel, olhando para a água.

— Esse deve ser o lugar mais bonito do mundo — disse ela. — Não consigo acreditar que só nós estejamos aqui.

— Bem, a rodovia 27 é um pouco fora da rota habitual dos turistas. A primeira vez em que vim para cá foi com o meu pessoal, quando eu era garoto pequeno. Papai disse que o descobriu quase por acaso, perambulando com a moto. Mesmo em agosto, não há muita gente aqui, quando as outras áreas de piquenique à beira do lago estão apinhadas.

Ela lhe deu uma rápida olhadela.

— Já trouxe outras mulheres aqui?

— Não. Quer dar um passeio? Podemos abrir o apetite para o almoço, e há uma coisa que eu quero lhe mostrar.

— O que é?

— Vai ser melhor lhe mostrar — disse.

— Está bem.

Ele a levou para perto da água, e lá se sentaram lado a lado numa grande pedra e tiraram os sapatos e meias. Ela se divertiu ao ver as felpudas e atléticas meias brancas que ele usava sob as botas de motociclista, o tipo de meia que ela associava aos calouros do ginásio.

— Deixamos ou levamos? — perguntou ela, segurando os tênis.

Ele pensou a respeito.

— Leve os seus e eu deixo os meus. É quase impossível pôr essas botas desgraçadas mesmo quando se está com os pés secos. Se estiverem molhados então, é melhor desistir. — Tirou as meias brancas e colocou-as arrumadas transversalmente sobre o maciço peito do pé das botas. Alguma coisa no modo como ele fez aquilo fez Rosie sorrir.

— O que foi?

Ela sacudiu a cabeça.

— Nada. Vamos, mostre sua surpresa.

Caminharam pela praia na direção norte, Rosie com os tênis na mão esquerda e Bill mostrando o caminho. O primeiro toque da água foi tão frio que a fez arquejar, mas depois de um ou dois minutos a sensação passou a ser boa. Podia ver seus pés lá embaixo como dois peixes pálidos e trêmulos, levemente separados do resto do corpo no tornozelo pela refração. O fundo era formado de seixos que na verdade não doíam. *Você podia estar cortando os pés sem saber*, pensou ela. *Você está entorpecida, meu bem.* Mas seus pés não estavam sendo cortados. Ela sentiu que ele não *deixaria* que fossem cortados. A ideia era ridícula, mas poderosa.

A uns 40 metros ao longo da margem, saíram num caminho coberto de vegetação em que terminava o aterro, com areia branca e granulosa em meio a moitas baixas e duras de zimbro, e ela sentiu um pequeno estremecimento de *déjà vu*, como se tivesse visto aquele caminho num sonho quase não lembrado.

Ele apontou para o alto da elevação e disse em voz baixa:

— Vamos para lá. Fique tão quieta quanto puder.

Esperou que ela calçasse os tênis de novo e depois partiu na frente. Parou e esperou por ela no alto. Quando Rosie se juntou a ele e começou a falar, Bill pôs um dedo em seus lábios e apontou para um lugar.

Estavam na borda de uma pequena clareira no intrincado mato que se debruçava uns 15 metros de altura acima do lago. No centro, via-se uma árvore caída. Abaixo do emaranhado das raízes encrustadas no solo, deitava-se uma garbosa raposa vermelha, dando de mamar a três filhotes. Perto deles, um quarto filhote ocupava-se com afinco em perseguir a própria cauda numa mancha de luz. Rosie olhou-os fixamente, em transe.

Bill inclinou-se para ela, seu sussurro fazendo cócegas em sua orelha, provocando-lhe um arrepio.

— Vim anteontem para ver se a área de piquenique ainda estava aqui e se ainda era boa. Não vinha aqui havia cinco anos, portanto não podia ter certeza. Estava perambulando por aí quando encontrei esses cinco. *Vulpes fulva,* a raposa vermelha. Os filhotes devem ter umas seis semanas.

— Como é que sabe tanto sobre eles?

Bill sacudiu os ombros.

— Gosto de animais, só isso. Leio sobre eles e tento vê-los nos lugares ermos quando posso.

— Você caça?

— Minha nossa, não. Não tiro nem fotos. Só olho.

A raposa os vira agora. Sem se mexer, ela se imobilizou ainda mais dentro da própria pele, os olhos brilhantes em vigília.

*Não olhe direto pra ela*, pensou Rosie subitamente. Não tinha ideia do que significava esse pensamento; apenas sabia que não era sua própria voz que ouvia na mente. *Não olhe direto pra ela, isso não é pra gente como você.*

— São lindos — Rosie sussurrou. Estendeu a mão para pegar a mão dele, cobrindo-a com as suas.

— São mesmo — disse ele.

A raposa virou a cabeça para o quarto filhote, que havia desistido da cauda e estava agora investindo contra a própria sombra. Ela emitiu um único latido agudo. O filhote se virou, olhou com desfaçatez para os recém-chegados de pé no alto do caminho, então trotou para a mãe e deitou-se ao lado dela. Esta lambeu a lateral de sua cabeça, aprontando-o rápida e competentemente, mas seus olhos nunca deixavam Rosie e Bill.

— Ela tem um companheiro? — sussurrou Rosie.

— Tem. Já o vi antes. Um cachorro de bom tamanho.

— É assim que são chamados?

— É, cachorros.

— E onde é que ele está?

— Por aí, em algum lugar. Caçando. Os filhotes provavelmente terão um monte de gaivotas de asas quebradas arrastadas para casa como jantar.

Os olhos de Rosie vagaram para as raízes da árvore por baixo das quais as raposas haviam feito a toca, e sentiu a sensação de *déjà vu* novamente. Uma breve imagem de uma raiz se movendo, como se fosse agarrar, surgiu nela, depois se desvaneceu.

— Nós a estamos assustando? — perguntou Rosie.

— Um pouco, talvez. Se tentássemos chegar mais perto, ela lutaria.

— É — disse Rosie. — E se nos metêssemos com eles, ela retribuiria.

Bill encarou-a de modo esquisito.

— Bom, acho que tentaria fazer isso, mesmo.

— Estou contente que tenha me trazido para vê-los.

O sorriso dele iluminou-lhe todo o rosto.

— Ótimo.

— Vamos voltar. Não quero assustá-la. E estou com fome.

— Está bem. Também estou.

Ele ergueu a mão, acenando solenemente. A raposa observava com seus olhos brilhantes e imóveis... e então arreganhou os dentes brancos e certos num rosnar sem som.

— É — disse Bill —, você é uma boa mãe. Cuide bem deles.

Bill se afastou. Rosie começou a segui-lo e então olhou para trás uma vez, fitando aqueles olhos brilhantes e imóveis. A raposa ainda arreganhava os dentes, enquanto amamentava os filhotes na silenciosa luz do sol. Seu pelo era mais laranja que vermelho, mas algo naquele tom — seu contraste violento com o preguiçoso verde em torno — fez Rosie estremecer de novo. Uma gaivota arremessou-se lá de cima, imprimindo sua sombra na clareira do mato, mas os olhos da raposa não deixavam o rosto de Rosie. Esta os sentia sobre si, vigilantes e profundamente concentrados em sua imobilidade, até mesmo quando se virou para seguir Bill.

## 4

— Eles vão ficar bem? — perguntou quando chegaram à beira d'água novamente. Ela se apoiou no ombro dele, equilibrando-se, enquanto tirava primeiro o tênis do pé esquerdo, depois do direito.

— Está perguntando se os filhotes vão ser caçados?

Rosie confirmou com a cabeça.

— Não se ficarem fora dos jardins e galinheiros, e se mamãe e papai forem sabidos o bastante para mantê-los longe das fazendas, isto é, se continuarem normais. A raposa tem pelo menos quatro anos, o cachorro, talvez sete. Gostaria que o tivesse visto. Ele tem um pelo da cor das folhas em outubro.

Estavam a meio caminho da área do piquenique, os pés mergulhados na água até o tornozelo. Rosie podia ver as botas dele em cima da rocha onde as deixara com as arrumadas meias brancas deitadas transversalmente sobre o bico quadrado.

— O que quer dizer com "se continuarem normais"?

— Hidrofobia — disse ele. — Geralmente é a hidrofobia que os faz entrar nos jardins e galinheiros. Faz com que sejam notados. E mortos. As raposas ficam hidrófobas com mais frequência que os cachorros, e ensinam o jogo perigoso aos filhotes. A raiva derruba os cachorros rapidamente, mas uma raposa pode ser portadora de hidrofobia por muito tempo, e estão ficando cada vez piores.

— Estão? Que pena.

Ele parou, olhou para o rosto pálido e pensativo de Rosie, depois pegou-a pelos braços e apertou-a.

— Não é obrigatório que aconteça. Até então se deram muito bem.

— Mas poderia acontecer. *Poderia.*

Ele ponderou essas palavras e concordou com a cabeça.

— Poderia, claro — disse finalmente. — Tudo poderia. Venha, vamos comer. O que acha?

— Acho uma ideia ótima.

Mas pensou que não comeria muito, obcecada pelo olhar brilhante da raposa que lhe tirava o apetite. Quando ele começou a exibir a comida, porém, ficou instantaneamente faminta. Seu café da manhã tinha sido um suco de laranja e uma única torrada; estivera tão excitada (e temerosa) quanto uma noiva na manhã de seu casamento. Agora, ante a visão de pão e carne, ela esqueceu tudo sobre a terra das raposas ao norte da praia.

Bill continuava tirando alimentos do isopor, que os conservava frescos. Sanduíches de carne fria, de atum, salada de galinha, salada de batata, salada de repolho cru cortado fino, duas latas de Coca-Cola, uma garrafa térmica do que ele dizia ser chá gelado, dois pedaços de torta, um grande pedaço de bolo — até que aquilo a fez pensar em palhaços retirando coisas de um carrinho e fazendo pilhas com elas no circo. Ela riu. Provavelmente não era educado, mas tinha suficiente confiança em Bill agora para sentir que não tinha que ser meramente educada. Isso era bom, porque não estava certa de que pudesse evitá-lo, de qualquer modo.

Ele olhou para cima, segurando um saleiro na mão esquerda e um pimenteiro na direita. Rosie viu que ele, cuidadosamente, colocara fita durex sobre a tampa dos vidros para não vazarem, e aquilo a fez rir mais do que nunca. Sentou-se no banco de um dos lados da mesa de piquenique, pôs as mãos no rosto e tentou se controlar. Quase o conseguira quando espiou por entre os dedos e viu aquela surpreendente pilha de sanduíches — meia dúzia para duas pessoas, cada um cortado em diagonal e cuidadosamente empacotado em pequenos sacos plásticos. Isso a fez começar a rir novamente.

— O que foi? — perguntou ele, sorrindo também. — O que foi, Rosie?

— Estava esperando amigos? — perguntou ela, ainda rindo. — Um time de beisebol infantil? Ou um grupo de escoteiros?

O sorriso dele ampliou-se, mas os olhos mantiveram a expressão séria. Era uma expressão complicada, revelando que ele entendia tanto o que era engraçado ali quanto o que não era, e nisso ela viu finalmente que ele de fato *tinha* a mesma idade que ela, ou suficientemente próxima para não ter importância.

— Queria ter certeza de que você encontraria coisas de que gostasse, só isso.

As risadas dela diminuíram, mas Rosie continuou a sorrir para ele. O que mais a impressionava não era sua doçura, que o fazia parecer mais jovem, mas sua sinceridade, que agora o fazia parecer de certo modo mais velho.

— Bill, eu como praticamente qualquer coisa — disse ela.

— Tenho certeza disso — disse ele, sentando-se a seu lado —, mas a questão não é essa. Eu me importo muito mais com o que você pode gostar ou querer do que com o que pode aguentar ou suportar. São coisas assim que eu quero lhe dar, porque sou louco por você.

Rosie o olhou solenemente, sem rir, e quando ele pegou sua mão, ela a encobriu com a outra. Estava tentando captar direito o que ele acabara de dizer e descobria que isso era difícil — como fazer uma peça de mobília volumosa e empacada passar por uma entrada estreita, virando-a de um lado e do outro, tentando encontrar um ângulo onde tudo finalmente funcionasse.

— Por quê? — perguntou ela. — Por que eu?

Bill sacudiu a cabeça.

— Não sei. O fato, Rosie, é que não conheço muito as mulheres. Tive uma namorada no ginásio e provavelmente teríamos dormido juntos algum tempo depois, mas ela se mudou antes que isso acontecesse. Tive uma namorada quando era calouro na faculdade, e dormi com ela. Então, cinco anos depois, fiquei noivo de uma moça maravilhosa que conheci, imagine só, no Jardim Zoológico da cidade. O nome dela era Bronwyn O'Hara. Parece saído de Margaret Mitchell, não é?

— É um nome adorável.

— Era uma moça adorável. Morreu de um aneurisma cerebral.

— Ah, Bill, que pena.

— De lá para cá, saí com duas garotas, e não estou exagerando, saí com duas garotas, ponto, final da história. Meus pais brigam por minha causa. Meu pai diz que eu estou murchando em vida, e minha mãe: "Deixe o menino em paz, pare de ficar ralhando." Só que ela fala *raleando*.

Rosie sorriu.

— Então você entrou na loja e achou aquele quadro — disse ele. — Sabia que tinha que tê-lo desde que bateu com o olho nele, não é?

— É.

— É como me senti em relação a você. Só queria que você soubesse disso. Nada do que está acontecendo aqui é por amabilidade, caridade ou dever. Nada do que está acontecendo é porque Rosie tem tido uma vida tremendamente dura. — Ele hesitou e então disse: — Está acontecendo porque estou apaixonado por você.

— Você não pode saber disso. Não ainda.

— Eu é que sei — disse, e Rosie descobriu que a suave insistência no tom dele era um pouco assustadora. — Agora chega de xaropada. Vamos comer.

Comeram. Quando terminaram e o estômago de Rosie parecia esticado como um tambor contra a cintura de sua calça, fecharam o isopor e Bill afivelou-o no bagageiro da Harley novamente. Ninguém viera; a faixa de praia ainda era deles. Voltaram até a beira d'água e sentaram na grande rocha novamente. Rosie estava começando a sentir-se muito impressionada com aquela rocha; era o tipo de rocha que se podia visitar uma ou duas vezes por ano, só para agradecer, pensava ela... isto é, se as coisas saíssem bem. E ela achou que, pelo menos até agora, tinham saído. Na verdade, não conseguia pensar num dia melhor.

Bill pôs os braços em torno dela, depois os dedos da mão esquerda na face direita dela, virando-a para ele. Começou a beijá-la. Cinco minutos depois, ela *sentiu* que ia desmaiar, meio num sonho e meio fora dele, excitada de um modo que jamais imaginara, de um modo que dava um sentido a todos os livros e reportagens e filmes que realmente não havia entendido antes, mas aos quais tinha dado um crédito de confiança, do mesmo modo que um cego acredita na declaração de uma pessoa com visão de que o pôr do sol é bonito. Seu rosto estava queimando, sentia os seios túmidos e sensíveis ante o suave toque de Bill através de sua blusa, e descobriu que queria estar sem sutiã. O pensamento fez seu rosto se ruborizar mais do que nunca. O coração dela estava disparado, mas aquilo era bom. Tudo era bom. Mais do que bom, na verdade, maravilhoso mesmo. Colocou a mão no sexo dele e notou como estava duro. Era como tocar pedra, só que pedra não teria palpitado na mão dela como seu próprio coração.

Ele deixou a mão dela onde estava por um minuto, depois ergueu--a suavemente e beijou-lhe a palma.

— Agora não — disse ele.

— Por que não? — Ela o encarou francamente, sem artifício. Norman fora o único homem que conhecera sexualmente em toda a sua vida, e não era o tipo de homem que se excitasse simplesmente ao ser tocado através das calças. Às vezes, cada vez mais nos últimos anos, ele não se excitava nunca.

— Porque não vou conseguir parar sem ter um caso grave de dor nos ovos.

Ela o olhou com a testa tão franzida e uma perplexidade tão séria que ele estourou numa risada.

— Deixa pra lá, Rosie. É só que eu quero que tudo seja perfeito na primeira vez em que fizermos amor, nenhum mosquito picando nossos traseiros, nenhum arbusto venenoso, nenhum garoto da Universidade da Califórnia num momento crucial. Além disso, prometi levá-la de volta às quatro para que possa vender as camisetas, e não quero que tenha que ficar esbaforida.

Ela olhou o relógio e assustou-se ao ver que eram duas e dez. Se tinham estado sentados na rocha e decidido coisas por apenas cinco ou dez minutos, como era possível? Chegou à relutante mas maravilhosa conclusão de que não haviam sido cinco ou dez minutos. Tinham estado ali por meia hora pelo menos, talvez até 45 minutos.

— Vamos — disse ele, abandonando a rocha. Fez uma careta quando as solas dos seus pés mergulharam na água fria, e ela teve um vislumbre do volume nas calças dele antes que se virasse. *Eu fiz aquilo*, pensou, e ficou atônita ante os sentimentos que surgiram junto com o pensamento: prazer, divertimento e até mesmo uma leve presunção.

Ela deslizou pela rocha ao lado dele e segurou a mão dele antes que percebesse o que havia feito.

— Muito bem. E agora?

— Que tal um passeiozinho antes de voltarmos? Para acalmar.

— Está bem, mas vamos ficar longe das raposas. Não quero perturbá-las de novo.

*Ela*, pensou Rosie, *não quero perturbar* ela *de novo.*

— Tudo bem. Vamos andar na direção sul.

Começou a se virar. Ela apertou a mão dele para fazê-lo voltar de novo e, quando o fez, se aninhou em seus braços e pôs as mãos em torno de seu pescoço. A dureza abaixo de sua cintura não desaparecera inteiramente, e ela ficou contente. Não tinha tido ideia, até hoje, de que havia algo naquela dureza de que uma mulher pudesse realmente gostar — pensava honestamente naquilo como uma ficção daquelas revistas cuja função principal era vender roupas, maquiagens e produtos para o cabelo. Agora sabia um pouco mais, talvez. Apertou-se firmemente contra aquele lugar duro e mergulhou os olhos nos dele.

— Você se importa se eu disser uma coisa que minha mãe me ensinou a dizer quando fui à minha primeira festa de aniversário? Eu tinha 4 ou 5 anos, acho.

— Vá em frente — disse ele, sorrindo.

— Obrigada por momentos adoráveis, Bill. Obrigada pelo dia mais adorável que tive desde que cresci. Obrigada por me convidar para sair.

Bill beijou-a.

— Está sendo ótimo para mim também, Rosie. Há anos que não me sinto tão feliz assim. Venha, vamos andar.

Caminharam para o sul ao longo da praia, desta vez de mãos dadas. Ele a conduziu por um outro atalho para um comprido e estreito campo de feno que parecia não ser tocado há anos. A luz da tarde o atravessava com raios empoeirados, e borboletas voejavam pelos capins rabo-de-gato, tecendo caminhos sem alvo. As abelhas zumbiam e, à esquerda deles, um pica-pau martelava incessantemente uma árvore. Bill mostrou flores a Rosie, dizendo o nome da maioria delas. Ela achou que ele dissera uns dois errado, mas não falou nada. Apontou para um punhado de cogumelos à volta da base de um carvalho à beira do campo, e disse a Bill que eram venenosos, mas não perigosos demais por serem amargos. Eram os que não eram amargos que podiam causar problemas, ou matar.

Quando voltaram à área do piquenique, os garotos de faculdade de que Bill havia falado tinham chegado — um furgão e um Scout com tração nas quatro rodas cheios deles. Eram amigáveis mas barulhentos, andando por ali, carregando recipientes de isopor cheios de cervejas para a sombra e depois estendendo sua rede de vôlei. Um rapaz de uns 19 anos carregava nos ombros a namorada, de *short* cáqui e com a parte de cima de um biquíni. Quando ele se pôs a trotar, ela começou a gritar feliz e bater no alto de sua cabeça, com cabelo de corte militar, com as palmas da mão. Enquanto os observava, Rosie imaginou se os gritos da moça chegariam à raposa na clareira, e achou que sim. Quase podia vê-la com o dorso peludo à volta dos filhotes adormecidos e entupidos de leite, ouvindo os gritos humanos vindos lá de baixo na praia, as orelhas levantadas, os olhos brilhantes, astuciosos e bem capazes de uma loucura.

*Derruba os cachorros rapidamente, mas uma raposa pode ser portadora de hidrofobia por muito tempo*, pensou Rosie, e depois se lembrou dos cogumelos venenosos que havia notado na beira do prado de vegetação alta, crescendo nas sombras úmidas. Cogumelos-aranha, chamara-os sua avó quando os mostrara a Rosie num verão e, apesar de ser um nome que devia ter sido específico de vovó Weeks — certamente Rosie não o vira nunca em nenhum livro de plantas —, jamais esquecera a aparência de certo modo desagradável deles, a carne pálida e cerosa cheia de manchas escuras que *pareciam* um pouco aranhas, achava, se a imaginação de alguém era boa... e a sua tinha sido.

*Uma raposa pode ser portadora de hidrofobia por muito tempo*, pensou novamente. *Derruba os cachorros rapidamente, mas...*

— Rosie? Está com frio?

Ela o olhou sem entender.

— Você está tremendo.

— Não, não estou com frio. — Olhou para os garotos, que não a viam nem a Bill porque os dois já haviam passado da idade de 25 anos, e depois novamente para ele. — Mas talvez já seja hora de voltar.

Ele concordou com a cabeça.

— Tem razão.

## 5

O tráfego estava mais pesado na viagem de volta, e mais pesado ainda depois que saíram do viaduto. Atrasou-os, mas não os deteve. Bill disparava com a Harley pelas brechas quando elas apareciam, fazendo Rosie sentir-se um pouco como se estivesse cavalgando no dorso de uma libélula ensinada, mas ele não se arriscava de forma impensada e ela nunca duvidou dele, mesmo quando os fazia ultrapassar a linha pontilhada entre as pistas, passando grandes carretas dos dois lados, alinhadas como pacientes mastodontes enquanto esperavam sua vez de passar pelas cabines de pedágio do viaduto. Quando começaram a ultrapassar placas que diziam CAIS e AQUÁRIO e ETTINGER'S PIER & PARQUE DE DIVERSÃO, Rosie ficou contente de terem ido embora naquela hora. Ia chegar a tempo para o revezamento na barraca de camisetas, e aquilo era bom. Ia apresentar Bill às amigas, e aquilo era melhor ainda. Tinha certeza de que iam gostar dele. Enquanto passavam por baixo de uma viva bandeira rosa em que se lia *MERGULHE NO VERÃO COM A FILHAS E IRMÃS!*, Rosie sentiu um jorro de felicidade do qual se lembraria mais tarde naquele longo, longo dia com um doentio horror.

Agora já podia ver a montanha-russa, todas as suas curvas e a complicada estrutura de madeira silhuetada contra o céu, podia ouvir os gritos flutuando de lá como um vapor. Abraçou Bill mais apertado por um momento, e riu. Tudo ia ficar bem, pensou, e quando se lembrou — só por um momento — do olho escuro e vigilante da raposa, empurrou a lembrança para longe como alguém que afasta a ideia da morte em um casamento.

## 6

*Enquanto Bill Steiner abria espaço cuidadosamente pela pista que levava à praia, Norman Daniels entrava com seu carro roubado no gigantesco estacionamento da rua Press. O estacionamento ficava a uns cinco quarteirões do Ettinger's Pier, e servia a meia dúzia de atrações à beira do lago — o parque de diversões, o aquário, o Old Towne Trolley, as lojas e restaurantes. Havia um estacionamento mais perto de todos esses pontos de interesse e conforto, mas Norman não queria chegar mais perto. Podia achar necessário deixar essa área com alguma pressa e não queria se ver atolado no tráfego, se aquele fosse o caso.*

*A metade da frente do estacionamento da rua Press estava quase deserta às quinze para as dez da manhã de sábado, nada bom para alguém que queria passar despercebido, mas havia muitos veículos na seção de preços por semana e por dia, a maior parte pertencendo a clientes da barca e que estavam em algum lugar ao norte, em viagens de um dia ou excursões de pesca de fim de semana. Norman colocou o Ford Tempo em uma vaga entre um Winnebago com placa de Utah e um RoadKing RV gigante de Massachusetts. O Tempo era quase invisível entre esses dois, e aquilo estava ótimo para Norman.*

*Saiu, pegou sua jaqueta de couro nova do banco e vestiu-a. De um dos bolsos, tirou uns óculos escuros — não os mesmos que usara durante o outro dia — e colocou-os também. Andou até a traseira do carro, deu uma olhada em torno para ter certeza de que não era observado e abriu o porta-malas. Pegou a cadeira de rodas e desdobrou-a.*

*Aplicara os adesivos de para-lama que comprara na loja de presentes do Centro Cultural das Mulheres por toda a cadeira de rodas. Elas podiam ter montes de pessoas espertas dando conferências e assistindo a simpósios no andar de cima nas salas de reuniões e nos auditórios, mas no andar de bai-*

*xo, na loja de presentes, vendiam exatamente o tipo de merda espalhafatosa e sem sentido que Norman esperara. Para ele, o chaveiro com o símbolo das mulheres e o cartaz de uma mulher sendo crucificada (JESUSINA MORREU PELOS TEUS PECADOS) no Gólgota não tinham nenhuma utilidade, mas os adesivos de para-lamas eram perfeitos. A MULHER PRECISA TANTO DE UM HOMEM QUANTO UM PEIXE DE UMA BICICLETA, dizia um. Outro, obviamente escrito por alguém que nunca vira uma puta com as sobrancelhas chamuscadas e sem a metade do cabelo graças a um cachimbo de crack defeituoso, dizia MULHERES NÃO SÃO ENGRAÇADAS! Havia adesivos que diziam EU SOU PRÓ-ESCOLHA e EU VOTO, SEXO É POLÍTICA e R-E-S-P-E-I-T-O, DESCUBRA O QUE ISTO SIGNIFICA PARA MIM. Norman cogitou se alguma dessas maravilhas sem sutiã sabia que aquela canção fora escrita por um homem. Mas comprou todos eles. Seu favorito era o que aplicara cuidadosamente no centro do espaldar forrado com imitação de couro da cadeira de rodas, junto ao pequeno coldre para seu* Walkman*: SOU UM HOMEM QUE RESPEITA AS MULHERES.*

E isso era a pura verdade, *pensou, dando outra olhadela rápida pelo estacionamento para ter certeza de que ninguém estava observando o aleijado enquanto ele subia lepidamente na cadeira de rodas.* Quando elas se comportam, eu as respeito muito.

*Não viu absolutamente ninguém, que dirá alguém especificamente a observá-lo. Fez a cadeira de rodas girar e contemplou seu reflexo na lateral do Tempo recém-lavado.* Então?, *perguntou a si mesmo.* O que é que você acha? Vai funcionar?

*Achava que sim. Já que disfarce estava fora de questão, tentara ir além do disfarce — criar uma pessoa verdadeira, como um bom ator pode criar uma pessoa verdadeira no palco. Ele aparecera até com um nome para esse novo cara: Hump Peterson. Hump era um veterano do Exército que voltara para casa e andara com uma gangue marginal de motociclistas por cerca de dez anos, uma daquelas em que a mulher só tem duas ou três utilidades muito limitadas. Então acontecera o acidente. Cervejas demais, asfalto molhado, o pilar de uma ponte. Ficara paralisado da cintura para baixo, mas fora reconduzido à saúde por uma santa moça chamada...*

*— Marilyn — disse Norman, pensando em Marilyn Chambers, que fora durante anos sua estrela pornô favorita. Sua segunda favorita era Amber Lynn, mas Marilyn Lynn parecia falso pra burro. O nome seguinte a lhe ocorrer foi McCoo, mas aquele também não era bom; Marilyn McCoo era*

*a vaca que cantara com o Fifth Dimension nos anos 1970, quando a vida não era tão esquisita quanto nestes dias.*

*Havia uma tabuleta num terreno baldio do outro lado da rua —* OUTRO PROJETO DE QUALIDADE DA CONSTRUTORA DELANEY SE ERGUERÁ NESTE ESPAÇO NO ANO QUE VEM!, *dizia ela, e Marilyn Delaney era um nome tão bom quanto qualquer outro. Provavelmente nenhuma daquelas mulheres da Filhas e Irmãs lhe perguntaria a história de sua vida, mas para parafrasear o sentimento na camiseta do vendedor da The Base Camp, era melhor ter uma história e não precisar dela do que precisar de uma e não ter.*

*E elas acreditariam em Hump Peterson. Já tinham visto muitos caras como ele, caras que haviam passado por alguma mudança de vida e tentavam expiar seu comportamento passado. E os Humps do mundo, é claro, expiavam o modo como tinham feito tudo na vida pulando direto para o precipício. Hump Peterson estava tentando se transformar numa mulher honorária, era isso. Norman vira sacos de heroína desse tipo se transformarem em apaixonados advogados antidroga, fanáticos por Jesus e eleitores de Perot. No fundo, eram exatamente os mesmos palermas de uma nota só que sempre haviam sido, cantando a mesma velha canção, só que num tom diferente. Mas isso não era o importante. O importante era que estavam sempre por aí, pendurados nas bordas de qualquer cenário de que quisessem participar. Eram como arbustos no deserto ou pingentes de gelo no Alasca. Portanto, sim, achava que Hump seria aceito como Hump, mesmo se estivessem à espreita do inspetor Daniels. Até a mais cínica teria que descartá-lo como apenas um aleijado com tesão, usando a velha rotina de "homem sensível e afetuoso" para conseguir que transassem com ele na noite de sábado. Com apenas uma migalha de sorte, Hump Peterson seria tão visível e pouco notado quanto o cara com pernas de pau que representa o Tio Sam na parada de Quatro de Julho.*

*Além disso, seu plano era a própria simplicidade. Ele descobriria a concentração principal das mulheres do grupo da casa e as observaria de longe como Hump — seus jogos e grupos de conversa, seu piquenique. Quando alguém lhe trouxesse um hambúrguer, uma salsicha frita ou uma fatia de torta, como sem dúvida uma daquelas vacas prestativas faria (não se conseguia extirpar com a propaganda a profunda necessidade delas de alimentar os homens — aquilo era um instinto, meu Deus do céu!), ele o aceitaria com um agradecimento e o comeria todo. Falaria quando falassem com ele, e se tivesse a sorte de ganhar um animal de pelúcia jogando aros ou Arremesse Até Ganhar, ele o daria para algum garotinho... sempre tendo o cuidado de não fazer uma festa na cabeça do fedelho; até isso podia fazê-lo ser acusado de molestar crianças nos dias atuais.*

*Mas, sobretudo, teria que espreitar. Espreitar sua errante Rose. Podia fazer isso sem nenhum problema, uma vez que tivesse sido aceito como uma parte válida do cenário; era um campeão na arte da vigilância. Depois que a avistasse, poderia cuidar do negócio bem ali no píer, se quisesse; era só esperar que ela tivesse que usar o peniquinho, segui-la e dar uma dentada em seu pescoço como se fosse um osso de galinha. Estaria acabado em segundos e isso, é claro, era exatamente o problema. Ele não* queria *que terminasse em segundos. Queria ter tempo. Ter uma boa e prazerosa conversa com ela. Ter um relatório completo de suas atividades desde que o deixara levando o cartão dele no bolso. O relatório completo, como se diz, de cabo a rabo. Poderia lhe perguntar como se sentira ao digitar o número de sua senha, por exemplo, e descobrir se ficara excitada ao se curvar para retirar o dinheiro da fenda — o dinheiro pelo qual ele trabalhara, o dinheiro que ele ganhara ficando acordado horas a fio e acabando com escórias que fariam qualquer coisa a qualquer um se não houvesse sujeitos como ele, Norman, ali para detê-los. Queria perguntar se algum dia ela pensara que podia escapar impune. Como é que pensara que podia escapar* dele.

*E depois que ela lhe contasse tudo que queria saber,* ele *falaria com* ela.

*Só que talvez falar não fosse a palavra certa para descrever o que ele tinha em mente.*

*O passo número um era descobri-la. O passo dois era ficar de olho nela de uma distância discreta. O passo três era segui-la quando ela finalmente resolvesse ir embora da festa... provavelmente depois do show, mas talvez mais cedo se ele tivesse sorte. Ele poderia livrar-se da cadeira de rodas quando estivesse longe do parque de diversões. Haveria impressões digitais nela (um par de luvas de motociclista com tachas teria cuidado do problema e também acrescentado algo à imagem de Hump Peterson, mas ele não tivera muito tempo, sem mencionar uma das suas terríveis dores de cabeça, uma de suas especiais), mas estava tudo bem. Achava que impressões digitais seriam o último de seus problemas dali em diante.*

*Ele a queria na casa dela, e Norman achava que provavelmente conseguiria o que queria. Quando ela subisse no ônibus (e* seria *um ônibus, ela não tinha carro e não desperdiçaria dinheiro num táxi), ele subiria imediatamente atrás dela. Caso ela o visse em algum ponto ao longo do caminho entre o Ettinger's Pier e o cubículo onde fazia seus truques, ele a mataria ali mesmo, e para o inferno com as consequências. Se as coisas corressem bem, entretanto, ele a seguiria direto porta adentro, e do outro lado daquela porta ela ia sofrer como nenhuma mulher na Terra jamais sofrera antes.*

*Impeliu sua cadeira de rodas até o estande com o cartaz* ENTRADAS PARA O DIA INTEIRO, *viu que o ingresso para adulto era 12 pratas, entregou o dinheiro para o cara do estande e entrou no parque. O caminho estava livre; era cedo e o Ettinger's ainda não estava realmente apinhado. Claro que isso também tinha seus inconvenientes. Teria que ser muito cuidadoso para não atrair a atenção errada. Mas podia fazer isso. Ele...*

*— Companheiro! Ei, companheiro! Volte aqui!*

*Norman parou de vez, as mãos geladas nas rodas da cadeira, os olhos vazios fixos no Barco Assombrado e no robô gigante com antigas roupas de capitão de navio que estavam à sua frente. "A bordo para* o terror, *amigo!", gritava o robô de capitão do navio repetidamente com sua voz monótona e mecânica. Não, não queria atrair a atenção errada... e ali estava ele, fazendo exatamente isso...*

*— Ei, carequinha! Você na cadeira de rodas!*

*Pessoas se viraram, olhando para ele. Uma delas era uma vaca gorda e preta em um macacão vermelho que parecia tão inteligente quanto o vendedor da The Base Camp com o lábio leporino. Ela parecia também vagamente familiar, mas Norman descartou isso como pura paranoia — não conhecia ninguém naquela cidade. Ela se virou e continuou o caminho, segurando uma bolsa do tamanho de uma pasta, mas muita gente continuou olhando. A virilha de Norman ficou subitamente úmida de suor.*

*— Ei, cara, volte aqui! Você me deu dinheiro demais!*

*Durante um momento, o sentido disso não chegou até ele — era como se lhe falassem numa língua estrangeira. Depois ele entendeu, e uma enorme sensação de alívio — misturada com sentimentos de desagrado por sua própria estupidez — passou por ele. Claro que tinha dado dinheiro demais ao cara do estande. Esquecera que não era um Adulto e sim uma Pessoa Deficiente.*

*Girou e impeliu a cadeira de rodas de volta ao estande. O cara que se inclinava para fora era gordo, e parecia tão insatisfeito com Norman como Norman se sentia consigo mesmo. Estendia uma nota de cinco dólares.*

*— Sete pratas para deficientes, não sabe ler? — perguntou a Norman, apontando primeiro para o cartaz no estande com a nota e depois atirando-a no rosto de Norman.*

*Norman acalentou uma breve visão de enfiar a nota no olho esquerdo daquele merda gordo, depois pegou-a e meteu-a num dos muitos bolsos de sua jaqueta.*

*— Desculpe — disse humildemente.*

*— Tá bem, tá bem — disse o homem do estande, afastando-se.*

*Norman começou a impelir-se para dentro do parque novamente, o coração batendo forte. Ele construíra cuidadosamente um personagem... fizera planos simples mas adequados para realizar seus objetivos... e então, no início, fizera algo não apenas burro mas* inacreditavelmente *burro. O que estava acontecendo com ele?.*

*Não sabia, mas daquele momento em diante teria que avançar aos poucos e com cuidado.*

*— Eu posso fazer isso — murmurou para si mesmo. — Tenho certeza de que posso, porra.*

— *A bordo para o* terror, *amigo!* — falou o robô marujo na direção de Norman quando ele passou. Em uma das mãos ele brandia um cachimbo de espiga de milho do tamanho de uma privada. — *A bordo para o* terror, *amigo!*

*— Como quiser, capitão — murmurou Norman entre os dentes, e continuou impelindo a cadeira. Chegou a um cruzamento de três caminhos com setas apontando para o píer, para a rua principal e para a área do piquenique. Ao lado da que apontava para a área do piquenique, havia um pequeno cartaz onde se lia CONVIDADOS E AMIGOS DE FILHAS E IRMÃS: REFEIÇÃO AO MEIO-DIA E ÀS SEIS. SHOW ÀS OITO. APROVEITEM! DIVIRTAM-SE!*

Pode apostar, *pensou Norman, e começou a impelir sua cadeira de rodas coberta de adesivos por um dos caminhos de concreto margeado de flores que levava à área do piquenique. Na verdade, era um parque, e um bom parque. Havia um playground para as crianças que tinham se cansado de andar nos brinquedos do parque ou os tinham achado estressantes demais. Os arbustos eram cortados na forma de alegres animais como os da Disney*

*World, havia locais para atirar ferradura, um campo de* softball *e montes de mesas de piquenique. Uma tenda de lona de lados abertos fora erguida e Norman podia ver homens em roupas de cozinheiro lá dentro, preparando-se para fazer churrasco. Além da tenda, havia uma fileira de barracas erguidas claramente só para os eventos daquele dia — numa se podia tentar a sorte de ganhar um par de mantas feitas à mão, em outra se podia comprar camisetas (muitas portando as mesmas opiniões que decoravam a cadeira de rodas de "Hump"), em outra se podia pegar todo tipo de panfleto que se quisesse... caso se quisesse descobrir como largar o marido e achar alegria com suas almas irmãs lésbicas.*

Se eu tivesse uma arma, *pensou ele*, algo pesado e rápido como um Mac-10, poderia tornar o mundo um lugar muito melhor em apenas 20 segundos. *Muito* melhor.

*A maioria das pessoas ali era mulheres, mas havia homens suficientes para que Norman não se sentisse especialmente visível. Ele passou pelas barracas com a cadeira de rodas, sendo agradável, balançando a cabeça quando balançavam a cabeça para ele, sorrindo quando lhe sorriam. Comprou uma rifa de uma manta floco de neve, escrevendo seu nome como Richard Peterson. Poderia não ser uma boa ideia chamar-se Hump — não ali. Pegou um panfleto que dizia* As Mulheres Também Têm Direitos a Bens, *e disse à rainha das sapatas que tomava conta da barraca que ia mandá-lo para sua irmã Jeannie em Topeka. A rainha das sapatas sorriu e lhe desejou um bom-dia. Norman sorriu e disse: o mesmo pra você. Olhava para tudo e procurava uma pessoa em especial: Rose. Não a vira ainda, mas tudo bem; o dia era uma criança. Tinha quase certeza de que ela estaria lá para a refeição ao meio-dia, e uma vez que ele a visse em carne e osso, tudo estaria bem, e todo tipo de coisa estaria bem. Certo, ele estragara um pouco o negócio na barraca da entrada, mas e daí? Aquilo agora fora deixado para trás e ele não estragaria nada de novo. De modo nenhum.*

*— Cadeira bacana, meu amigo — disse animadamente uma jovem com short de pele de leopardo. Estava de mãos dadas com um garotinho que segurava um copinho com gelo picado e xarope de cereja e que dava a impressão de pincelar com ele o rosto inteiro. Para Norman, ele parecia um pentelho sem precedentes. — Sentimentos bacanas, também.*

*Ela estendeu a mão para que Norman desse um tapinha nela, e Norman imaginou — só por um momento — como aquela estúpida eu-tenho-*

*-uma-queda-por-aleijados desapareceria da face da Terra se ele lhe arrancasse fora uns dois dedos em vez de fazer o gesto que ela esperava dele. Era a mão esquerda que ela estendia, e Norman não se surpreendeu por não ver nenhuma aliança nela, embora o pentelho com a merda de cereja pelo rosto todo fosse a cara dela.*

Sua puta, *pensou ele.* Olho para você e vejo tudo o que está errado com a porra desse mundo. O que é que fez? Conseguiu que uma de suas amigas sapatonas engravidasse você com um espeto de assar?

*Ele sorriu e deu um tapinha leve na mão esticada dela.*

*— Você é o máximo, garota.*

*— Tem amigos aqui? — ela perguntou.*

*— Bem, você — disse ele prontamente.*

*Ela riu satisfeita.*

*— Obrigada. Mas você sabe o que estou dizendo.*

*— Não, estou só dando uma volta. Se eu estiver atrapalhando, ou se for um espetáculo privado, posso cair fora.*

*— Não, não! — disse ela, parecendo horrorizada com a ideia, como Norman sabia que ficaria. — Fique. Passeie por aí. Divirta-se. Posso lhe trazer alguma coisa para comer? Seria um prazer. Algodão-doce? Quem sabe um cachorro-quente?*

*— Não, obrigado — disse Norman. — Sofri um acidente de moto uns tempos atrás, é por isso que consegui essa maravilhosa cadeira de rodas. — A vaca balançava a cabeça afirmativamente, solidária; ele poderia tê-la feito berrar em três segundos mais ou menos, se quisesse. — Desde então, não tenho muito apetite. — Sorriu timidamente para ela. — Mas gosto de viver, gosto à beça!*

*Ela riu.*

*— Ótimo para você! Tenha um ótimo dia.*

*Ele concordou com a cabeça.*

*— O mesmo pra você. Tenha um bom dia também, filho.*

*— Tá — disse o garoto sem se comprometer, e olhou para Norman com olhos hostis por cima do rosto lambuzado de cereja. Por um momento Norman sentiu um pânico real, a sensação de que o garoto estava olhando dentro dele e vendo o Norman que se escondia por trás da cabeça raspada de garanhão e a jaqueta de muitos zíperes de Hump Peterson. Disse a si mesmo que estava sentindo um tipo simples de paranoia, nem mais nem menos —*

*afinal de contas, era um impostor na corte dos inimigos e era perfeitamente normal sentir-se paranoico sob tais circunstâncias —, mas ele continuou rapidamente seu caminho da mesma forma.*

*Pensou que começaria a se sentir melhor de novo quando estivesse longe do garoto de olhos hostis, mas não se sentiu. Seu breve jorro de otimismo fora substituído por uma sensação de apreensão. A refeição do meio-dia estava próxima agora, as pessoas estariam se acomodando em 15 minutos mais ou menos, e ainda não havia nenhum sinal dela. Algumas mulheres estavam fora, dando uma volta nos brinquedos, e era possível que Rose estivesse entre elas, mas ele não achava muito provável. Não era muito o gênero dela.*

Não, certo, nunca fora... mas talvez tivesse mudado, *sussurrou uma voz interior. Começou a dizer outra coisa, mas Norman amordaçou-a selvagemente antes que pudesse emitir uma única palavra. Não queria ouvir aquele lixo, embora soubesse que* algo *em Rose devia ter mudado, ou ela ainda estaria em casa passando as camisas dele todas as quartas-feiras, e nada daquilo estaria acontecendo. A ideia de que Rose mudara o suficiente para ir embora de casa com o desgraçado do cartão de banco dele enraizou-se de novo em sua cabeça, enraizou-se de um modo assolador, diligente, que quase não conseguia suportar. Pensar sobre isso o fez sentir-se em pânico, como se houvesse um peso em seu peito.*

Controle-se, *disse a si mesmo.* É isso que você tem que fazer. Pense nisso como um serviço de vigilância, tarefa que você já fez mil vezes antes. Se puder pensar na coisa exatamente desse modo, tudo ficará bem. Vou lhe dizer o que fazer, Normie: esqueça que é *Rose* que você está procurando. Esqueça que é Rose até que realmente a veja.

*Ele tentou. Que as coisas estivessem correndo bem como ele esperava, já ajudava; Hump Peterson fora aceito como uma parte válida do cenário. Duas sapatões usando camisetas cortadas para exibir os braços supermodelados incluíram-no brevemente em seu jogo de disco, e uma mulher mais velha de cabelo branco na parte de cima da cabeça e varizes realmente feias nas pernas lhe trouxe um picolé de iogurte porque, segundo ela, ele parecia estar com calor e desconfortável, preso à cadeira. "Hump" agradeceu e disse que sim,* estava *com um pouco de calor.* Mas você não está, benzinho, *pensou ele quando a mulher de cabelo grisalho se afastava.* Não é de espantar que esteja com essas rainhas do lesbianismo — você não conseguiria arranjar um homem nem que sua vida dependesse disso. *Mas o sorvete de iogurte era bom — frio —, e ele o devorou avidamente.*

*O truque era jamais permanecer muito tempo no mesmo lugar. Ele se impeliu da área do piquenique até o local de jogo de ferraduras, onde dois homens desajeitados estavam jogando em dupla contra duas mulheres igualmente desajeitadas. Para Norman, parecia que o jogo ia durar até o crepúsculo. Passou pela tenda da cozinha, onde os primeiros hambúrgueres estavam saindo da grelha e a salada de batata estava sendo passada para as tigelas em que seriam comidas. Finalmente dirigiu-se ao caminho do meio, em direção aos brinquedos, impelindo-se por ali com a cabeça baixa, lançando rápidas olhadelas para as mulheres que agora se dirigiam para as mesas de piquenique, algumas empurrando carrinhos de crianças, outras levando quinquilharias de prêmio sob os braços. Rose não estava entre elas.*

*Parecia não estar em lugar algum.*

## 7

Muito ocupado procurando Rose, Norman não viu que a mulher negra que o notara antes reparava nele novamente. Era uma mulher extremamente grande e que na verdade tinha uma leve semelhança com William "Geladeira" Perry.

Gert estava no playground, empurrando um garotinho no balanço. Então ela parou e sacudiu a cabeça, como para clareá-la. Ainda estava olhando o aleijado com a jaqueta de motociclista, embora só pudesse vê-lo por trás. Havia um adesivo no apoio traseiro da cadeira de rodas que dizia EU SOU UM HOMEM QUE RESPEITA AS MULHERES.

*E é também um homem que me parece familiar*, pensou Gert. *Ou será que é só porque parece um artista de cinema?*

— Anda, Gert! — ordenou o garotinho de Melanie Huggins. — Empurra! Quero ir bem no alto! Quero dar a volta no ar.

Gert empurrou-o mais alto, embora o pequeno Stanley não fosse nem chegar perto de fazer a volta toda — não *nesta* época em que tudo dava processo. Mesmo assim, seu riso era uma diversão; fazia a própria

Gert sorrir. Ela o empurrou um pouco mais alto, descartando da mente o homem na cadeira de rodas. Da parte *mais superficial* de sua mente.

— Quero fazer a volta toda, Gert! Por favor! Anda, por favooor!

*Bem*, pensou Gert, *talvez uma vez não fizesse mal.*

— Segure-se bem, herói — disse ela. — Lá vai.

## 8

*Norman continuou impelindo a cadeira de rodas mesmo depois de saber que havia passado pelos últimos recém-chegados ao piquenique. Achou inteligente manter-se pouco visível enquanto as mulheres da Filhas e Irmãs e seus amigos estivessem comendo. Além disso, sua sensação de pânico continuara a crescer, e tinha medo de que alguém pudesse notar algo de errado com ele se permanecesse por perto. Rose devia estar ali, e ele já deveria tê-la visto, mas não vira. Achava que ela não* estava *lá e isso não tinha sentido. Ela era um camundongo, pelo amor de Deus, um* camundongo, *e se ela não estava ali com suas amiguinhas camundongos, onde estaria então? A que outro lugar teria que ir, se não ali?*

*Fez a cadeira rolar por baixo de um arco que dizia* BEM-VINDO À RUA PRINCIPAL *e prosseguiu ao longo do largo caminho pavimentado sem prestar muita atenção aonde estava indo. O melhor de perambular de cadeira de rodas é que as pessoas tinham cuidado por* você, *descobrira.*

*O parque estava se enchendo, e achou que era bom, mas nada mais era bom. Sua cabeça estava latejando de novo, e as multidões apressadas o faziam sentir-se estranho, como um estrangeiro dentro de sua própria pele. Por que tanta gente estava* rindo, *por exemplo? Que motivo, em nome de Deus, tinham para rir? Não compreendiam como era o mundo? Não viam que tudo —* tudo! *— estava prestes a descer pelo ralo? Percebeu com desalento que todos pareciam putinhas e veadinhos para ele, como se o mundo tivesse se degenerado numa cloaca de amantes de um só sexo, mulheres que eram ladras, homens mentirosos, nenhum deles com o mínimo respeito pela cola que mantinha a sociedade unida.*

*Sua dor de cabeça estava piorando, e os pequenos zigue-zagues brilhantes haviam começado a aparecer nas bordas das coisas novamente. Os ruídos do lugar tinham se tornado enlouquecedoramente altos, como se um gnomo cruel dentro da cabeça de Norman tivesse assumido os controles e estivesse gradualmente aumentando o volume até os decibéis máximos. O rumor dos carros subindo o primeiro declive da montanha-russa soava como uma avalanche, e os gritos dos passageiros quando os carros desciam na primeira queda rasgavam os ouvidos como granadas. O alto-falante peidando suas melodias vaporosas, o blá-blá-blá eletrônico do fliperama, o gemido de inseto dos carrinhos de kart disparando velozes pela pista de corrida... esses sons convergiam dentro de sua mente confusa e assustada como monstros famintos. Pior que tudo, difundindo-se por toda parte e enterrando-se na carne de seu cérebro como a lâmina de uma broca rombuda era o canto do marinheiro mecânico à frente do Navio Assombrado. Sentiu que se tivesse que ouvi-lo berrar "A bordo para o* terror, *amigo!" mais uma vez, sua mente ia estalar como um graveto seco e inflamável. Isso ou ele simplesmente dispararia para fora dessa cadeira de rodas pateta e fodida gritando...*

Pare, Normie.

*Ele se dirigiu para um pequeno espaço vazio entre a barraca que vendia bolinhos de massa frita e outra que vendia pizza em fatias, e lá ele parou, longe da multidão triturante. Quando aquela voz surgia, Norman sempre escutava. Era a voz que lhe dissera nove anos antes que o único modo de fechar a boca de Wendy Yarrow era matá-la, e era também a voz que finalmente o persuadira a levar Rose para o hospital quando ela quebrara a costela.*

Normie, você ficou doido, *dizia aquela voz calma e lúcida agora.* Pelos padrões dos tribunais onde testemunhou milhares de vezes, você está tão doido quanto o cara que toma sorvete na testa. Sabe disso, não sabe?

*Tenuemente, um sopro vindo na brisa do lago para ele: "A bordo para o* terror, *amigo!"*

Normie?

*— É — sussurrou ele. Começou a massagear as têmporas doloridas com as pontas dos dedos. — É, acho que sei disso.*

Muito bem; uma pessoa pode trabalhar com as suas desvantagens... se estiver disposto a reconhecê-las. Você tem que descobrir onde ela está, e isso significa correr um risco. Mas já correu risco só de vir para cá, certo?

*— Sim — disse ele. — Corri sim, papai.*

Certo, a asneira para aqui. Escute, Norman.

*E Norman escutou.*

## 9

Gert empurrou Stan Huggins no balanço um pouco mais, os gritos dele de "empurrá-lo até o alto um pouco mais" tornando-se cada vez mais cansativos. Ela não tinha intenção de fazer aquilo novamente; na primeira vez, ele quase caíra, e por um segundo Gert teve certeza de que ia morrer de um ataque do coração.

Além disso, sua mente voltara novamente ao tal sujeito. O sujeito careca.

Ela o *conhecia* de algum lugar? Conhecia?

Poderia ser o marido de Rosie?

*Ah, isso é loucura. Paranoia extrema.*

É, provavelmente. Quase certo que sim. Mas a ideia mordiscava. O tamanho era parecido... embora quando se olha um cara numa cadeira de rodas é difícil dizer, não é? Um homem como o marido de Rosie saberia disso, é claro.

*Pare com isso. Você está se assustando com sombras.*

Stan cansou-se do balanço e pediu a Gert para que subisse nas barras do playground com ele. Ela sorriu e sacudiu a cabeça.

— Por que *não*? — perguntou ele, mal-humorado.

— Porque sua velha amiga Gert não tem corpo para subir naquilo desde que abandonou as fraldas e a calça plástica — disse ela. Viu Randi Franklin perto do escorrega e subitamente tomou uma decisão. Se não se lançasse ao encalço disso um pouco, a coisa a deixaria maluca. Pediu a Randi para ficar de olho em Stan por um tempo. A jovem concordou e Gert a chamou de anjo, o que definitivamente Randi não era... mas um pouco de incentivo positivo nunca fez mal a ninguém.

— Onde é que você vai, Gert? — perguntou Stan, nitidamente desapontado.

— Tenho que fazer uma coisinha, garotão. Fique ali perto e brinque no escorrega com Andrea e Paul.

— Escorrega é para crianças pequenas — disse Stan, rabugento, mas foi.

## 10

Gert andou pelo caminho que levava da área do piquenique à draga principal, e quando lá chegou prosseguiu até a entrada das barracas. Havia longas filas tanto na barraca de tíquetes para o Dia Inteiro quanto na da Metade do Dia, e ela teve quase certeza de que o homem com quem queria falar seria prestativo — já o vira operando.

A porta de trás do estande do Dia Inteiro estava aberta. Gert ficou onde estava por um momento mais, tomando a decisão, e então andou na direção dela. Não tinha nenhum cargo oficial na Filhas e Irmãs, nunca tivera, mas adorava Anna, que a ajudara a sair de uma relação com um homem que mandara Gert para a sala de emergência por nove vezes entre os 16 e os 19 anos. Agora tinha 37, e vinha sendo o braço direito de Anna por quase 15 anos. Ensinar recém-chegadas espancadas o que Anna lhe ensinara — que não precisavam voltar para maridos, namorados, pais e padrastos — era apenas uma de suas funções. Ensinava autodefesa (não porque salvava vidas, mas porque recuperava a dignidade); ajudava Anna a planejar eventos para coleta de fundos como aquele; trabalhava com a frágil e idosa contadora para manter o lugar como algo que aparentemente se pagasse. E quando havia trabalho de segurança a ser feito, fazia o máximo para desempenhá-lo bem. Era por conta desta aptidão que avançava agora, abrindo o fecho de sua bolsa. Esta era o escritório ambulante de Gert.

— Com licença — disse, inclinando-se para a porta de trás aberta. — Posso falar com você por um segundo?

— O estande de Serviço aos Clientes fica à esquerda do Navio Assombrado — disse ele sem se virar. — Se está com um problema, vá lá.

— Você não entendeu — disse Gert. Respirou profundamente e esforçou-se para falar com tranquilidade. — Com esse problema, só você pode me ajudar.

— São 24 dólares — disse o bilheteiro para o jovem casal do outro lado do guichê —, e aqui estão seis de troco. Divirtam-se. — Para Gert, ainda sem virar a cabeça: — Estou ocupado aqui, senhora, se é que não notou. Portanto, se quiser se queixar de que os jogos são maceteados ou coisa semelhante, dê um pulo até o Serviço aos Clientes e...

Era isso. Gert não tinha nenhuma intenção de ouvir aquele sujeito lhe dizer para dar um pulo em *qualquer lugar que fosse*, especialmente não naquele tom insuportável tipo o mundo-está-cheio-de-idiotas. Talvez o mundo *estivesse* cheio de idiotas, mas ela não era um deles e sabia algo que aquele idiota cheio de si não sabia: Peter Slowik fora mordido mais de oitenta vezes, e não era nada impossível que o homem que fizera aquilo estivesse ali naquele exato momento, procurando pela esposa. Ela entrou no estande — espremeu-se, mas entrou — e pegou o agente pelos ombros de sua camisa azul de uniforme. Virou-o. A plaquinha com o nome no bolso superior da camisa dele dizia CHRIS. Chris olhou fixamente o rosto de lua escura de Gert Kinshaw, atônito de ser tocado por um cliente. Abriu a boca, mas Gert falou antes que ele tivesse a possibilidade de fazê-lo.

— Cale a boca e escute. Acho que há uma chance de que tenha vendido uma entrada para o dia inteiro a um homem muito perigoso esta manhã. Um assassino. Portanto, não se dê o trabalho de me dizer como o seu dia está sendo duro, Chris, porque eu... estou... cagando para isso.

Chris olhou-a com os olhos arregalados de surpresa. Antes que pudesse recobrar a voz ou a pose, Gert retirara uma foto de fax levemente borrada da bolsa gigante e colocara-a na frente dele. *Detetive Norman Daniels, que chefiou a força-tarefa sob disfarce que estourou a quadrilha dos traficantes*, dizia a legenda abaixo.

— Você quer a Segurança — disse Chris. Seu tom era ao mesmo tempo ofendido e apreensivo. Atrás dele, o homem agora na frente da fila, que usava um chapéu Mr. Magoo idiota e uma camiseta em que se lia O MAIOR AVÔ DO MUNDO, abruptamente ergueu uma câmera de vídeo e começou a filmar, possivelmente antecipando um confronto que colocaria seu filme em um desses reality shows da televisão.

*Se eu soubesse como isso ia ser divertido, jamais teria hesitado*, pensou Gert.

— Não, não quero, pelo menos por enquanto; quero você. Por favor. Apenas dê uma boa olhada e me diga...

— Senhora, se soubesse quanta gente eu vejo só num d...

— Pense num cara numa cadeira de rodas. Cedo. Antes da multidão, OK? Um cara grande. Careca. Você se inclinou para fora do estande e gritou para ele. Ele voltou. Deve ter esquecido o troco ou qualquer coisa assim.

Uma luz se acendera nos olhos de Chris.

— Não, não foi isso. Ele achou que estava me dando o dinheiro certo. Sei disso porque era uma nota de dez e duas de um. Ou ele esqueceu o preço especial para deficientes físicos, ou nem o notou.

*É*, pensou Gert. *O tipo de coisa que um homem que está se fingindo de aleijado poderia esquecer, se sua cabeça está em outras coisas.*

Mr. Magoo, aparentemente chegando à conclusão de que afinal de contas não haveria briga, abaixou a câmera.

— Pode me vender uma entrada para mim e meu neto, por favor? — perguntou através da abertura.

— Segure as pontas — disse Chris. Ele era um completo sedutor, se algum dia Gert vira um, mas não era o momento certo para lhe dar sugestões úteis para que ele melhorasse a atuação. Era o momento da diplomacia. Quando ele se voltou para ela novamente, parecendo esgotado e espoliado, ela ergueu a foto de novo e falou com uma voz suave e conciliadora.

— O homem da cadeira de rodas era esse? Imagine-o sem cabelo.

— Ah, por favor! Ele estava de óculos escuros.

— Tente. Ele é perigoso. Se houver uma chance de que esteja aqui, eu *terei* que falar com o pessoal da Segurança.

Pimba, um erro. Soube quase imediatamente, mas só uns dois segundos tarde demais. O bruxuleio em seus olhos foi rápido mas difícil de não ser entendido. Se ela queria ir ao pessoal da Segurança devido a algum problema que não tinha a ver com ele, ótimo. Se *tinha* a ver com ele, mesmo tangencialmente, *não era* ótimo. Talvez já tivesse tido problemas com a Segurança antes, ou sido repreendido por ser um imbecil de pavio curto. De qualquer modo, decidira que todo aquele negócio era mais uma coisa com que não queria se meter.

— Não é o cara — disse. Pegara a foto para olhar mais de perto. Então tentou entregá-la. Gert empalmou as duas mãos sobre o peito, acima da formidável plataforma do peito, recusando-se a recebê-la de volta, pelo menos por enquanto.

— Por favor — disse ela. — Se ele estiver aqui, está procurando uma amiga minha e não é para levá-la à roda-gigante.

— Ei! — gritou alguém da fila do Dia Inteiro que crescia cada vez mais. — Vamos andando! Vamos andando!

Ouviram-se exclamações de concordância e *Monsieur* o Maior Avô do Mundo ergueu sua câmera novamente. Desta vez, parecia interessado em capturar em sua fita apenas o novo amigo de Gert, o sr. Simpatia. Gert viu Chris olhar para ele, viu a cor se acentuando em seu rosto, viu o abortado movimento de cobrir o lado do rosto com a mão, como um vigarista saindo do tribunal do condado depois de sua citação. Qualquer chance que ela pudesse ter tido de descobrir alguma coisa ali já passara.

— *Não* é o *cara*! — rebateu Chris. — Completamente diferente! Agora tire o seu rabo gordo daqui ou vou fazer com que a expulsem do parque.

— Olhe só quem está falando — desdenhou Gert. — Eu poderia pôr 12 pratos diferentes de uma refeição em cima do que você carrega atrás sem nunca deixar um só garfo cair na racha do meio.

— Fora daqui! Agora!

Gert recuou em direção à área do piquenique, as faces flamejando. Sentia-se uma tola. Como poderia ter estragado tudo daquele modo? Tentou se convencer de que era o local — barulhento demais, confuso demais, gente demais correndo por ali como lunáticos, tentando se divertir —, mas não era o local. Ela estava assustada, fora por isso que aquilo acontecera. A ideia de que o marido de Rosie pudesse ter matado Peter Slowik era ruim, mas a ideia de que ele pudesse estar *bem ali hoje*, disfarçado como um motoqueiro paralítico, era mil vezes pior. Ela deparara com loucura antes, mas loucura combinada com este grau de astúcia e determinação obsessiva...

Onde estava Rosie, afinal? Ali não, Gert só tinha certeza disso. *Ali ainda não*, emendou para si mesma.

— Estraguei tudo — murmurou alto, e então lembrou-se do que ela dizia para quase todas as mulheres que vinham para a F & I: *Se você sabe de alguma coisa, trate de comunicá-la.*

Muito bem, ela a comunicaria. Isso significava que a Segurança do píer estava fora por enquanto — convencê-los poderia ser impossível, e mesmo se tivesse êxito poderia levar muito tempo. No entanto, ela vira o motoqueiro careca na cadeira de rodas perambulando pelo piquenique, falando com várias pessoas, na maioria mulheres. Lana Kline chegara a levar algo para ele comer. Parecia sorvete.

Gert voltou rapidamente à área do piquenique, precisando urinar agora, mas ignorando a necessidade. Procurava Lana ou qualquer uma das mulheres que tinham falado com o careca, mas era como procurar por um policial — nunca havia nenhum por perto quando se precisava.

E agora *realmente* tinha que urinar; estava louca de vontade. Que diabo, por que tomara tanto daquele chá gelado?

## 11

*Norman deslizou lentamente pela rua principal do parque de diversões e na direção da área do piquenique. As mulheres ainda comiam, mas não o fariam por muito mais tempo — viu que as primeiras bandejas de sobremesa estavam sendo passadas. Teria que se mover rapidamente se quisesse agir enquanto a maioria delas ainda estava em um único lugar. Contudo, não estava preocupado; a preocupação passara. Sabia exatamente aonde ir para descobrir uma mulher sozinha, uma mulher com quem pudesse falar de perto.* As mulheres não conseguem ficar longe dos banheiros, Normie, *dissera seu pai certa vez.* São como cachorros que não conseguem passar por uma única moita da porra de um lilás sem pararem para se agachar e mijar.

*Norman fez a cadeira passar vivamente pela tabuleta em que se lia* TOALETES.

Só uma, *pensou ele.* Só uma andando sozinha, uma que possa me dizer aonde foi Rose se não está aqui. Se foi a São Francisco, eu a sigo até lá. Se foi a Tóquio, eu a sigo até lá. E se foi ao inferno, eu a sigo até lá. Por que não? É lá que nós vamos terminar, de qualquer modo, e provavelmente morando juntos.

*Passou por um pequeno bosque de pinheiros ornamentais e impeliu-se livremente por uma rampa suave em direção a uma construção de tijolos sem janelas e com uma porta em cada uma de suas extremidades — homens à direita e mulheres à esquerda. Norman passou com a cadeira de rodas pela porta que dizia mulheres e parou na extremidade da construção. Era um local muito satisfatório, na opinião de Norman — uma faixa estreita de terra nua, uma fila de latas de lixo de plástico e uma arapuca formada por uma cerca de privacidade. Ele saiu da cadeira de rodas e esquadrinhou os arredores da esquina da construção, esticando a cabeça aos poucos até poder ver o caminho. Sentia-se bem de novo, calmo e em ordem. Sua cabeça ainda doía, mas a dor recuara para um surdo latejar.*

*Duas mulheres saíram do bosque de brinquedo — nada bom. Aquilo era a pior coisa da presente posição de vigilância dele, é claro, o fato de que as mulheres iam ao banheiro geralmente em pares. Pelo amor de Deus, o que é que faziam lá? Metiam o dedo uma na outra?*

*As duas entraram. Norman podia ouvi-las através do respiradouro mais próximo, rindo e falando sobre alguém chamado Fred. Fred isso, Fred aquilo, Fred não sei que lá. Aparentemente Fred era um rapaz e tanto. Cada vez que a que falava fazia uma pausa para respirar, a outra dava uma risadinha, um som tão áspero que fazia Norman sentir como se alguém estivesse rolando seu cérebro em vidro quebrado como um padeiro rola um sonho em açúcar. Entretanto ficou onde estava, para que pudesse observar o atalho, e ficou perfeitamente imóvel, exceto pelas mãos, que abriam e fechavam, abriam e fechavam.*

*Finalmente elas saíram, ainda falando sobre Fred e ainda rindo, andando tão juntas que seus quadris roçavam e os ombros se tocavam, e Norman achou difícil impedir-se de correr atrás delas, pegar suas cabeças de puta, uma cabeça para cada palma da mão, para que ele pudesse empurrar uma contra a outra e espatifá-las como duas abóboras cheias de TNT.*

*— Não — sussurrou ele para si mesmo. O suor escorria por seu rosto em gotinhas grandes e claras, despontando por todo o seu crânio recém-raspado. — Ah, não, agora não, pelo amor de Deus, não ponha a coisa a perder agora. — Tremia, e sua dor de cabeça voltara com força total, latejando como um pulso. Os zigue-zagues brilhantes dançavam e se apressavam pelas bordas de sua visão, e sua narina esquerda começara a pingar.*

*A mulher que apareceu a seguir estava sozinha, e Norman a reconheceu — cabelo branco no alto, varizes embaixo. A mulher que lhe dera o picolé de iogurte.*

Tenho um picolé para você, *pensou ele, ficando tenso à medida que ela descia o caminho de concreto.* Tenho um picolé para você, e se não me der as respostas que estou procurando, e imediatamente, provavelmente vai se ver engolindo cada centímetro dele.

*Então outra pessoa surgiu do pequeno bosque. Norman já a vira também — a vaca gorda e barulhenta de macacão vermelho, a que o observara quando o cara do estande o chamara de volta. Mais uma vez, ele sentiu aquela enlouquecedora sensação de reconhecimento, como um nome que dança desavergonhadamente em sua língua, recuando velozmente quando você tenta pegá-lo. Ele a* conhecia? *Se pelo menos sua cabeça não estivesse doendo...*

*Ela ainda segurava a bolsa gigante, a que parecia mais uma pasta, e remexia nela.* O que está procurando, Gorducha?, *pensou Norman.* Uns doces? Uns bombons? Talvez um...

*E subitamente, saída do nada, a coisa lhe ocorreu. Lera sobre ela na biblioteca, num artigo de jornal sobre a Filhas e Irmãs. Havia um retrato dela agachada em alguma idiota postura de caratê, parecendo mais um trailer de tamanho duplo do que Bruce Lee. Era a vaca que dissera ao repórter que os homens não eram os inimigos das mulheres... "mas se eles atacarem, nós revidaremos". Gert. Não se lembrava do último nome, mas o primeiro era Gert.*

Dê o fora daqui, Gert, *pensou Norman em direção à negra de vermelho. As mãos dele estavam fechadas bem apertado, as unhas enterrando-se nas palmas.*

*Mas ela não o fez. Em vez disso gritou:*

*— Ei, Lana!*

*A mulher de cabelo branco se virou, depois caminhou até a Gorducha, que parecia uma geladeira vestida. Ele observou a mulher de cabelo branco chamada Lana levar a velha Gertie Suja a voltar para as árvores. Gert estendia algo para ela enquanto se afastavam. Parecia um pedaço de papel.*

*Norman limpou o suor de seus olhos com o braço e esperou que Lana terminasse de confabular com Gert e fosse ao toalete. No outro lado do bosque, na área do piquenique, as sobremesas estavam agora acabando, e quando tivessem terminado, o pingar de mulheres em direção ao banheiro se tornaria um dilúvio. Se sua sorte não mudasse, e rápido, isso poderia se tornar um verdadeiro estrago.*

*— Vamos, vamos — murmurou Norman entredentes, e como uma resposta alguém saiu por entre as árvores e pôs-se a percorrer o caminho. Não*

*era Gert nem Lana, a senhora do picolé de iogurte, mas era outra pessoa que Norman reconheceu, mesmo assim: uma das putas que vira no jardim no dia em que fizera o reconhecimento da Filhas e Irmãs. Era a de cabelo de dois tons de estrela de rock. A vaca atrevida que tinha até acenado para ele.*

E me assustou pra cacete, *pensou ele*, mas a reviravolta é algo justo, não é? Vamos, venha. Simplesmente venha até aqui para perto do papai.

*Norman sentiu-se endurecer e a dor de cabeça sumir completamente. Ficou tão imóvel quanto uma estátua, com um olho esquadrinhando a esquina do edifício, rezando para que Gert não escolhesse esse momento em especial para voltar, rezando para que a moça do cabelo meio verde, meio laranja não mudasse de ideia. Ninguém saiu das árvores e a moça de cabelo esculhambado continuou se aproximando. Srta. Punk-Grunge Monte de Escória de 1994 venha até minha sala de visitas, disse a aranha para a mosca, cada vez mais perto, e agora estava estendendo a mão para a maçaneta da porta, mas esta jamais se abriu porque a mão de Norman se fechou sobre o pulso fino de Cynthia antes que ela pudesse tocar na maçaneta.*

*Ela o encarou assustada, os olhos arregalados.*

*— Venha até aqui — disse ele, arrastando-a. — Venha até aqui para que eu possa falar com você. Para que eu possa falar com você bem de perto.*

## 12

Gert Kinshaw estava andando depressa para o banheiro, quase correndo, quando — maravilha das maravilhas — viu exatamente a mulher que estava procurando bem adiante. Imediatamente abriu a espaçosa bolsa e começou a caçar uma foto.

— Lana! — gritou. — Ei, Lana!

Lana voltou pelo caminho,

— Estou procurando Cathy Sparks — disse ela. — Você a viu?

— Claro, ela está lá no jogo de ferraduras — disse Gert, espetando o polegar para trás na direção da área do piquenique. — Eu a vi há menos de dois minutos.

— Ótimo! — Lana partiu imediatamente naquela direção. Gert lançou um olhar cheio de anseio para o banheiro, e então foi atrás dela. Achava que sua bexiga aguentaria um pouco mais. — Achei que ela talvez tivesse tido um de seus ataques de pânico e tivesse corrido para cá — disse Lana. — Você sabe como ela fica.

— Ahan. — Gert entregou a Lana a foto via fax exatamente antes de entrarem por entre as árvores. Lana estudou-a com curiosidade. Era o primeiro olhar que lançava a Norman, pois não era uma residente da Filhas & Irmãs. Era assistente social psiquiátrica que morava em Crescent Heights com seu agradável e não abusivo marido e com seus três agradáveis e ajustados filhos.

— Quem é? — perguntou Lana.

Antes que Gert pudesse responder, Cynthia Smith passou por elas. Como sempre, mesmo sob as presentes circunstâncias, o esquisito cabelo dela fez Gert sorrir.

— Oi, Gert, adorei sua roupa! — disse Cynthia desembaraçadamente. Isso não era um cumprimento, só algo que a moça dizia, uma coisa de Cynthia.

— Obrigada. Eu gosto do seu short. Mas aposto que se você tentasse mesmo, ia encontrar um que deixasse seu traseiro ainda mais de fora.

— Não me diga — falou Cynthia, e continuou o caminho com seu pequeno mas inegavelmente bonitinho bamboleio para a frente e para trás como o pêndulo de um relógio. Lana contemplou-a divertida, depois voltou sua atenção novamente para a foto. Enquanto a estudava, alisava distraidamente seu longo cabelo branco, que amarrara num rabo de cavalo.

— Você o conhece? — perguntou Gert.

Lana sacudiu a cabeça, mas Gert achou que ela estava mais expressando dúvida do que dizendo não.

— Imagine o cara sem o cabelo.

Lana fez melhor do que isso; cobriu a foto do início do cabelo para cima. Então estudou-o mais atentamente que nunca, os lábios se movendo, como se o estivesse mais lendo do que olhando. Quando olhou novamente para Gert, seu rosto estava intrigado e preocupado ao mesmo tempo.

— Dei um picolé de iogurte para esse cara nesta manhã — começou hesitante. — Ele estava usando óculos escuros mas...

— Estava numa cadeira de rodas — disse Gert, e apesar de saber que o trabalho começava realmente ali, mesmo assim sentiu um grande peso levantar-se de seus ombros. Era melhor saber do que não saber. Melhor ter certeza.

— É. Ele é perigoso? É, não é? Estou aqui com duas mulheres que passaram por muitos traumas nos últimos anos. São muito delicadas. Vai haver barulho, Gert? Estou perguntando por elas, não por mim.

Gert pensou cuidadosamente antes de dizer:

— Acho que vai dar tudo certo. Acho que a parte mais assustadora está quase acabando.

## 13

*Norman rasgou a blusa sem mangas de Cynthia, desnudando seus seios do tamanho de xícaras de chá. Empalmou-lhe a boca com uma das mãos, simultaneamente imprensando-a na parede e amordaçando-a. Esfregou a parte frontal de sua calça contra o corpo de Cynthia. Sentiu que ela tentava se afastar, mas naturalmente não havia jeito de conseguir fazê-lo, e aquilo o excitou mais, o modo como ele a prendera numa armadilha ali. Mas só o seu corpo estava excitado. Sua mente flutuava a um metro acima da cabeça, observando serenamente Norman inclinar-se para a frente e meter os dentes nos ombros de srta. Punk-Grunge. Ele prendeu-se nela como um vampiro e começou a beber seu sangue quando este irrompeu através da pele. Era quente e salgado, e quando ejaculou nas calças, quase não teve consciência disso, como também quase não teve consciência dos gritos dela contra sua dura palma.*

## 14

— Volte lá e fique perto de suas pacientes até que eu lhe dê o sinal verde — disse Gert a Lana. — E me faça um favor, não fale disso para *ninguém* por enquanto. Suas amigas não são as únicas mulheres aqui hoje que são psicologicamente delicadas.

— Eu sei.

Gert apertou o braço dela.

— Vai dar tudo certo. Prometo.

— OK, você sabe das coisas.

— É, certo, continue sonhando. Mas *sei* realmente que não deve ser difícil encontrá-lo, se ele ainda está circulando por aí naquela cadeira de rodas. Se o vir, fique longe dele. Entendeu? *Fique longe dele!*

Lana olhou-a num desalento profundo.

— Está indo fazer o quê?

— Dar uma mijada antes que morra de envenenamento por uremia. Depois vou ao escritório da Segurança para dizer que um homem em cadeira de rodas tentou roubar minha bolsa. Continuaremos daí, mas o passo número um é tirar esse desgraçado do nosso piquenique. — Rosie não estava ali, poderia ter tido um encontro ou algum outro compromisso, e Gert nunca fora tão grata por algo em sua vida. Ela era o gatilho de Norman; sem Rosie por perto, elas tinham uma chance de neutralizá-lo antes que causasse algum dano.

— Quer que eu a espere enquanto vai ao toalete? — perguntou Lana nervosamente.

— Vou ficar bem.

Lana franziu a testa ante o caminho que passava pelo bosque.

— Talvez eu a espere de qualquer modo — disse.

Gert sorriu.

— OK. Não vai demorar, pode ter certeza.

Quase chegara ao banheiro quando um som impôs-se a seus pensamentos: alguém ofegando com força. Não — *dois* alguéns. Um sorriso curvou os cantos da grande boca de Gert. Pelo som, alguém estava gozando um pouco das delícias vespertinas atrás dos toaletes. Apenas dando uma rapidinha...

— *Fale* comigo, sua vaca!

A voz, tão baixa que quase parecia o rosnado de um cão, congelou o sorriso de Gert nos lábios.

— Me diz onde ela está, e *agora mesmo*!

## 15

Gert contornou tão rápido a parede lateral da atarracada construção de tijolos que por pouco não esbarrou na cadeira de rodas abandonada e caiu esparramada no chão. O homem careca com a jaqueta de motociclista

— Norman Daniels — estava em pé de costas para Gert, segurando com tanta força os braços magros de Cynthia que seus polegares quase desapareciam na carne insuficiente. O rosto dele se esmagava contra o dela, mas Gert conseguiu ver a saliência peculiar no nariz de Cynthia. Já vira aquilo antes, e uma vez em seu próprio espelho. O nariz da moça fora quebrado.

— Me diz onde ela está ou você nunca mais vai precisar pôr batom, porque vou arrancar a porra da sua boca com uma dentada...

Então Gert parou de pensar, parou de ouvir. Entrou no piloto automático. Dois passos a levaram até Daniels. Ao dá-los, ela entrelaçou os dedos das duas mãos para fazer deles um porrete. Ergueu este sobre seu ombro direito, reunindo o máximo de peso que podia; queria toda a velocidade que pudesse conseguir. Pouco antes de abaixar as mãos, os olhos aterrorizados de Cynthia deslocaram-se para ela, e o marido de Rosie viu o que ia acontecer. E foi rápido, Gert teve que admitir. Foi tremendamente rápido. As duas mãos dela, unidas, atingiram-no duramente, mas não na nuca, onde ela queria acertá-lo. Como ele já tivesse começado a se virar, as mãos de Gert o atingiram num lado do rosto e no ângulo do maxilar. A chance de ela obter um *knockout* sem barulho e sem confusão passara. Quando ele se virou para encará-la, o primeiro pensamento de Gert foi de que ele havia estado comendo morangos. Sorriu para ela com os dentes ainda pingando sangue. O sorriso horrorizou Gert e encheu-a de certeza de que conseguira apenas que duas mulheres fossem mortas em vez de uma. Aquilo não era um homem. Era Grendel numa jaqueta de motociclista.

— Ora, é a Gertie Suja! — exclamou Norman. — Quer *lutar*, Gertie? É isso que você quer? *Lutar?* Vai me chicotear até que eu fique submisso, com esses seus peitaços, é isso que vai fazer? — Ele riu, dando tapinhas no peito com a palma da mão para expressar como estava animado com a ideia. Os zíperes de sua jaqueta tiniram.

Gert deu uma olhada em Cynthia, que agora olhava para si mesma como se cogitando para onde teria ido sua blusa.

— Cynthia, corra!

Cynthia lançou-lhe um olhar ofuscado, deu dois passos hesitantes para trás e então simplesmente apoiou-se na parede, como se só o pensamento de fugir a tivesse cansado. Gert já podia ver os hematomas subindo em suas faces e testa como massa fresca.

— Gert-Gert-bo-Bert — cantarolou Norman, movendo-se na direção dela. — Banana-fana-fo-Fert, fi-fai-mo-Mert... *Gert!* — Riu disso como uma criança, depois limpou um pouco do sangue de Cynthia de sua boca. Gert podia ver as gotas de suor agarradas a seu crânio nu. Pareciam lantejoulas. — Ôoo, Gertie — cantarolou Norman, e agora a parte superior de seu corpo começou a oscilar de um lado para o outro, como o corpo de uma cobra emergindo da cesta de um encantador de serpentes. — Ôoo, *Gertie*. Vou enrolar você como um sonho. Vou virar você do avesso como um par de luvas. Vou...

— Então por que é que você não vem e faz isso? — perguntou ela. — Isso aqui não é o baile de formatura da escola, seu imbecil de merda! Se está querendo me pegar, vem e me pega!

Daniels parou de balançar e abriu a boca, parecendo incapaz de acreditar que esse monte de tripas gritasse com ele. *Insultasse-o*. Atrás dele, Cynthia recuou outros dois ou três passos cansados e trôpegos, os fundos de seu short roçando contra os tijolos do banheiro, depois se apoiou na parede de novo.

Gert flexionou os braços e os esticou à sua frente. As palmas das mãos uma diante da outra numa distância de 50 centímetros. Os dedos espalhados. Enfiou a cabeça entre os ombros, avolumando-se como uma mãe urso. Norman observou essa postura defensiva e sua expressão de surpresa se dissolveu, divertida.

— O que é que vai fazer, Gert? — perguntou. — Pensa que vai dar algum golpe tipo Bruce Lee em mim? Ei, não sei se você sabe, mas ele *está morto*, Gert. Exatamente como você vai ficar em uns 15 segundos, só uma vaca crioula velha e gorda esticada no chão, morta. — Ele riu.

De repente Gert pensou em Lana Kline, relanceando os olhos nervosamente em torno e dizendo que talvez a esperasse sair do banheiro.

— *Lana!* — gritou a plenos pulmões. — *Ele está aqui! Se você ainda está aí, vá correndo buscar ajuda!*

O marido de Rose pareceu surpreso de novo por um momento, depois relaxou. Seu sorriso voltou à superfície. Deu uma rápida olhadela sobre o próprio ombro para ter certeza de que Cynthia ainda estava lá, depois olhou novamente Gert. A parte superior de seu corpo retomou a oscilação para a frente e para trás.

— Onde está minha esposa? — perguntou ele. — Me diz isso e talvez eu só quebre um dos seus braços. Ela roubou meu cartão do banco. Quero ele de volta, só isso.

*Não posso apressá-lo*, pensou Gert. *Ele tem que vir até mim — não há nenhum outro modo de eu ter pelo menos uma chance de aguentar com ele. Mas como é que vou fazer com que faça isso?*

Seus pensamentos se voltaram para Peter Slowik — as partes que ele perdera e os lugares em que a concentração das marcas de mordidas era maior — e achou que talvez soubesse.

— Para você, *me come* quer dizer outra coisa não é, veadinho? Só chupar o pau dele não bastou para você, não é? E aí? Vem me pegar ou as mulheres assustam você demais?

— *VOU TE MATAR, SUA VACA!* — gritou Norman, e investiu.

Gert virou-se de lado, exatamente como quando Cynthia a atacara no dia em que Rosie levara seu quadro novo à sala de recreação no subsolo da Filhas e Irmãs. Manteve as mãos abaixadas por mais tempo do que fizera quando ensinara golpes às moças, sabendo que nem mesmo a raiva cega dele era garantia suficiente para o sucesso dela — Norman era um homem forte, e se ela não o liquidasse de uma vez só, seria mastigada como um rato numa máquina de debulhar. Norman avançou para ela, os lábios já arreganhados, aprontando-se para morder. Gert afundou mais ainda para dentro, o traseiro grudado contra a parede do banheiro, e pensou: *Deus, me ajude*. Então pegou os pulsos peludos e espessos de Norman.

*Não estrague a coisa pensando nela*, disse a si mesma, e virou-se para ele, enfiando um grande quadril na parte lateral de Norman e depois dando uma guinada para a esquerda. Suas pernas se espalharam e depois se juntaram, e o macacão de veludo cotelê sem mangas não aguentou; rasgou quase até a cintura com um som de uma agulha de pinheiro numa lareira.

O movimento funcionou como mágica. Seu quadril se tornara um propulsor, e Norman partiu voando indefesamente para o outro lado, sua expressão de fúria transformando-se em choque. Mergulhou de cabeça dentro da cadeira de rodas que, derrubada, aterrissou em cima dele.

— Uuu — disse Cynthia num pequeno grasnido rouco de onde estava apoiada na parede.

Os olhos castanhos de Lana Kline espiaram cautelosamente da lateral da construção.

— O que é? O que é que você está gritan... — Viu o homem que sangrava debaixo da cadeira de rodas derrubada tentando arrastar-se para fora, viu a malevolência brilhante de seus olhos e parou de falar.

— Vá correndo pedir ajuda — rebateu Gert. — Segurança. Agora mesmo. Grite até estourar.

Norman empurrou para longe a cadeira de rodas. De sua testa, o sangue só pingava, mas seu nariz esguichava como uma fonte.

— Vou te matar por causa disso — murmurou.

Gert não tinha nenhuma intenção de lhe dar uma chance de tentar. Enquanto Lana se virava e fugia, uivando a plenos pulmões, Gert aterrissou sobre Norman Daniels numa queda voadora que Hulk Hogan teria invejado. Havia muito dela para cair — 127 quilos pela última contagem —, e os esforços de Norman para ficar de pé cessaram de uma vez. Seus braços caíram como as pernas de uma mesa de jogo na qual tivesse sido colocado um motor de caminhão, o nariz já ferido bateu contra o lixo amontoado entre a parede de tijolos e a cerca e seus colhões entraram num dos suportes para os pés da cadeira de rodas com uma força paralisante. Tentou gritar — o rosto certamente parecia o de um homem que está gritando — e só emitiu um áspero som de chiado.

Agora ela estava sentada em cima dele — um rasgo no macacão aberto quase até os quadris —, e enquanto sentava lá, pensando o que fazer a seguir, lembrou-se das primeiras duas ou três vezes no Círculo de Terapia, quando Rosie finalmente reunira coragem suficiente para falar. A primeira coisa que dissera a elas é que tinha dores terríveis nas costas, dores que nem mesmo ficar deitada num banho quente fazia melhorar. E quando disse por quê, muitas mulheres haviam concordado com a cabeça em sinal de compreensão e conhecimento. Gert fora uma delas. Assim, estendeu a mão e puxou a roupa rasgada mais para cima, revelando uma vasta calcinha de algodão azul.

— Rosie diz que você é o homem dos rins, Norman. Que é porque é um desses caras tímidos que não gostam de deixar marcas. Além disso, gosta de como ela fica quando bate nela ali, não é? Aquele olhar doente. O rosto dela fica completamente sem cor, não é? Até os lábios. Sei, porque tive um namorado que era assim. Quando você vê aquela expressão doente no rosto dela, isso arruma alguma coisa dentro de você mesmo, não é? Pelo menos temporariamente.

— ... vaca... — sussurrou ele.

— É, você é o homem dos rins, claro, posso dizer muita coisa pelos rostos, é um talento que tenho. — Usava os joelhos para torcer-se pelo corpo dele acima e quase chegara a seus ombros. — Alguns caras gostam de pernas, outros de rabo, outros de peito. E há *outros* caras, nojentos e esquisitos como você, Norman, que gostam dos rins. Bem, provavelmente conhece o velho ditado: "Gosto não se discute", disse a velha criada beijando a vaca.

— ... saia de cima de mim... — sussurrou Norman.

— Rosie não está aqui, Norm — disse ela, ignorando-o e torcendo-se um pouco mais para cima —, mas deixou pra você um pequeno recado de seus rins, por meio dos *meus*. Espero que esteja pronto, porque lá vai.

Impeliu-se com os joelhos até o final, posicionou-se sobre o rosto dele virado para cima e soltou-se. Ah, doce alívio.

No início, Norman pareceu não perceber o que estava acontecendo. Depois a compreensão chegou. Ele gritou e tentou atirá-la para fora. Gert sentiu que era erguida e usou as nádegas para achatar-se novamente sobre ele. Ficou surpresa que ele conseguisse fazer tanto esforço, depois da pancada que levara.

— Não, nada disso — disse ela, e continuou esvaziando a bexiga. Ele não corria o risco de se afogar, mas ela jamais vira tanta repugnância e raiva num rosto humano. E por quê? Por um pouco de água quente. E se alguém na história do mundo tinha precisado que mijassem nele, era a porra desse doent...

Norman emitiu um grande grito inarticulado, suspendeu as duas mãos, agarrou os antebraços dela e enfiou as unhas neles. Gert gritou (principalmente de surpresa, embora *doesse* loucamente) e moveu seu peso para trás. Ele calculou perfeitamente o movimento dela e lançou-se para cima de novo, com mais força do que antes dessa vez, e conseguiu jogá-la para fora, atirando-a contra a parede de tijolos à sua esquerda.

Ele se levantou cambaleando, o rosto e a cabeça calva escorrendo de umidade, a jaqueta de motociclista pingando, a camiseta branca comum abaixo da jaqueta colada em seu corpo.

— Você mijou em mim, vaca — silvou, e partiu para ela.

Cynthia esticou o pé. Norman tropeçou nele e se estatelou de cara na cadeira de rodas novamente. Ele se afastou dela engatinhando e virou-se. Tentou levantar-se, quase conseguiu, depois caiu de costas ofegando, olhando Gert com seus brilhantes olhos cinzentos. Olhos de louco. Gert moveu-se na direção dele, querendo derrubá-lo e mantê-lo no chão. Ela quebraria seu pescoço como a uma cobra, se fosse necessário, e aquele era o momento certo para isso, antes que ele encontrasse forças suficientes para levantar-se de novo.

Ele enfiou a mão em um dos muitos bolsos de sua jaqueta de motociclista e, por um momento de gelar o estômago, ela teve certeza de que ele tinha uma arma, que ia atirar duas ou três vezes em sua barriga. *Pelo menos eu morro de bexiga vazia*, pensou ela, e parou onde estava.

Não era um revólver, mas era bastante ruim: ele segurava uma arma que dava descargas elétricas. Gert conhecia uma louca sem-teto no centro da cidade que tinha uma e usava-a para matar ratos, aqueles tão grandes que pareciam cocker spaniels sem *pedigree*.

— Quer um pouco disso? — perguntou Norman, ainda de joelhos. Brandiu a arma para a frente e para trás diante de si. — Quer um pouco, Gertie? Você pode muito bem vir até aqui para buscá-lo, pois vai ter um pouco disso, queira ou...

Ele recuou, olhando em dúvida na direção da quina da construção. Gritos excitados e aflitos de mulheres flutuaram daquela parte. Ainda estavam distantes, mas se aproximavam cada vez mais.

Gert usou esse momento de distração para dar um passo para trás, agarrar os pegadores da cadeira de rodas caída e levantá-la bruscamente. Colocou-se atrás dela, os pegadores para empurrar a cadeira completamente perdidos em seus grandes punhos escuros. Ela avançou para ele em pequenos impulsos rápidos.

— É, vem — disse ela. — Vem, homem dos rins. Vem, merda de galinha. Vem, veadinho. Quer me liquidar? Arranjou essa arma para atordoar, não é? Então vem. Acho que temos tempo para mais um tango antes que os homens de branco apareçam para levá-lo para um hospício, ou seja lá o lugar onde guardam nojentos esquisitos como vo...

Ele se ergueu, lançando novo olhar na direção das vozes que se aproximavam. Gert pensou: *Puta que pariu, eu tenho uma vida só, me deixem vivê-la como loura,* e atirou a cadeira de rodas nele com toda a força que conseguiu. A cadeira o atingiu em cheio e mais uma vez ele caiu com um berro. Gert investiu contra ele, ouvindo o trêmulo e choroso grito de Cynthia apenas um instante tarde demais:

— *Cuidado, Gert, ele ainda está com a arma na mão!*

Ouviu-se um som de estalo pequeno mas malvado — *ziiiit!* — e uma flecha de agonia cromada subiu do tornozelo, onde ele aplicara a descarga, até o quadril dela. O fato de sua pele estar úmida de urina provavelmente tornara a arma de Norman até mais eficaz. Todos os músculos de sua perna esquerda se trancaram num aperto de provocar lágrimas, depois se soltaram completamente. Gert desabou no chão. Ao cair, agarrou o pulso da mão dele que segurava o dispositivo e torceu-a o máximo que pôde. Norman uivou de dor e chutou com os dois pés calçados de botas. Um não acertou o alvo, mas o salto do outro atingiu Gert bem no diafragma, logo abaixo dos seios. A dor foi súbita e tão forte que Gert esqueceu a perna, pelo menos temporariamente, mas manteve o dispositivo sob controle, torcendo o pulso de Norman até seus dedos se abrirem e a geringonça má cair no chão.

Norman esperneou para longe dela, o sangue borbulhando da boca, saindo de seu nariz em primorosas gotinhas. Tinha os olhos arregalados, incapaz de acreditar no que ocorria; a ideia de que uma mulher lhe tivesse dado tal surra ainda não entrara em sua cabeça, talvez *nem* pudesse entrar. Cambaleou, olhando na direção das vozes que se aproximavam — muito próximas agora —, e então fugiu ao longo da cerca de tábuas, na direção do parque de diversões. Gert achou que ele não conseguiria ir muito longe antes de atrair o interesse da Segurança do parque; Norman parecia um extra de *Sexta-feira 13*.

— Gert...

Chorando, Cynthia tentava arrastar-se até onde Gert estava deitada de lado, observando Norman desaparecer de vista. Gert voltou a atenção para a moça e viu que fora muito mais espancada do que pensara antes. Um hematoma como uma nuvem negra estava inchando sobre o olho direito dela, e seu nariz provavelmente jamais seria o mesmo.

Gert forçou os joelhos a levantá-la e arrastou-se até Cynthia. Encontraram-se e abraçaram-se daquele modo, os braços de uma à volta do pescoço da outra para impedi-las de desabar. Falando com um enorme esforço por entre os lábios inchados, Cynthia disse:

— Eu mesma teria dado um golpe nele... como você nos ensinou... só que ele me pegou de surpresa.

— Tudo bem — disse Gert, e beijou-a suavemente na testa. — Está muito machucada?

— Não sei... não estou cuspindo sangue... já é um bom caminho. — Estava tentando sorrir. Era claramente doloroso, mas ela tentava mesmo assim. — Mijou nele.

— É. Mijei.

— Foi bom pra burro — sussurrou Cynthia, e então começou a chorar de novo. Gert abraçou-a e foi assim que o primeiro grupo de mulheres, seguido de perto por um par de guardas da Segurança do píer, as encontrou: de joelhos atrás do banheiro, entre a parede dos fundos e a cadeira de rodas derrubada e abandonada, cada uma com a cabeça no ombro da outra, agarradas como marinheiros que escapassem de um naufrágio.

## 16

A primeira e indistinta impressão de Rosie da sala de emergência do East Side Receiving Hospital foi que todo o mundo da Filhas e Irmãs estava lá. Ao atravessar o quarto em direção a Gert (quase sem registrar os homens amontoados em torno dela), viu que pelo menos três pessoas estavam ausentes: Anna, que poderia estar ainda no serviço em memória de seu ex-marido; Pam, que estava trabalhando; e Cynthia. Foi essa última ausência que mais atiçou o seu terror.

— Gert! — exclamou ela, enfiando-se por entre os homens quase sem olhá-los. — Gert, onde está Cynthia?

— No andar de cima. — Tentou dar a Rosie um sorriso tranquilizador, mas não teve muito sucesso. Seus olhos estavam inchados e vermelhos de lágrimas. — Eles a internaram e ela provavelmente vai ter que passar algum tempo aqui, mas vai ficar bem. Você sabe que está usando um capacete de motociclista? É bonitinho...

As mãos de Bill foram até a fivela sob o queixo de Rosie, mas ela quase não percebeu que o capacete estava sendo removido. Olhava para Gert... Consuelo... Robin. Procurando olhos que lhe dissessem que estava contaminada, que havia trazido uma peste para dentro de sua casa anteriormente limpa. Procurando ódio.

— Desculpe — disse ela rouca. — Desculpe por tudo.

— Por quê? — perguntou Robin, parecendo honestamente surpresa. — *Você* não espancou Cynthia.

Rosie encarou-a, incerta, depois se voltou para Gert. Os olhos dela haviam se deslocado e, quando Rosie os acompanhou, sentiu um jorro de terror. Pela primeira vez registrou conscientemente o fato de que havia policiais ali, além das mulheres da F & I. Dois à paisana e três de uniforme. *Policiais.*

Estendeu a mão que parecia entorpecida e agarrou os dedos de Bill.

— Vocês têm que conversar com esta mulher — Gert disse a um dos policiais. — Foi o marido dela que fez isso. Rosie, este é o tenente Hale.

Todos então se viraram para olhá-la, para olhar a mulher do policial que cometera a sem-vergonhice mortal de roubar o cartão de banco do marido e depois fugir dele.

Os irmãos de Norman a olhavam.

— Senhora? — disse o policial à paisana chamado Hale, e por um momento o modo como falou pareceu tanto com o de Harley Bissington que ela achou que ia gritar.

— Firme, Rosie — murmurou Bill. — Eu estou aqui e vou ficar aqui.

— Senhora, pode nos falar sobre isso? — Pelo menos seu modo de falar não parecia mais com o de Harley. Tinha sido apenas um truque da mente dela.

Rosie olhou pela janela para uma rampa de acesso à autoestrada. Olhou para o leste — lá a noite cairia sobre o lago dentro de poucas horas. Mordeu os lábios, depois olhou novamente o policial. Colocou a outra mão sobre a de Bill e falou com a garganta seca, numa voz que mal reconheceu como sua.

— O nome dele é Norman Daniels — disse ao tenente Hale.

*Você está com o tom de voz da mulher do quadro*, pensou. *Com o tom de Rose Madder.*

— Ele é meu marido, é um detetive da polícia e é louco.

# VIII

# Viva El Toro

## 1

*Sentira como se estivesse flutuando de certo modo acima da própria cabeça, mas quando a Gertie Suja mijara nele, tudo isso mudara. Agora, em vez de se sentir como um bolão cheio de gás hélio, sua cabeça parecia uma pedra chata que alguém tivesse lançado em ricochete por cima da superfície de um lago. Não estava mais* flutuando; *agora parecia estar* saltando.

*Ainda não conseguia acreditar no que aquela vaca gorda e preta lhe fizera.* Sabia, *é claro, mas entre saber e acreditar há anos-luz de diferença, e esta era uma daquelas vezes. Era como se uma sombria transmutação tivesse ocorrido, transformando-o em uma nova criatura, uma coisa que roçava desamparadamente pela superfície da percepção, concedendo-lhe apenas breves períodos de pensamento e nacos de experiência, estranhos e desconexos.*

*Lembrava-se de ter se levantado cambaleando aquela última vez atrás da casinha, o rosto sangrando por meia dúzia de cortes e arranhões, o nariz inchado já meio fechado, com dores por toda parte devido à confrontação repetida com sua própria cadeira de rodas, as costelas e a barriga latejando por terem tido 130 quilos de Suja Gertie empoleirados em cima dele... mas poderia viver com tudo isso — tudo isso e mais. Era o mijo dela e o cheiro dela, não só urina, mas urina de* mulher, *que faziam sua mente parecer empenar cada vez que se voltava naquela direção. Pensar no que ela havia feito lhe dava vontade de gritar, e fazia o mundo — com o qual precisava tremendamente continuar em contato, se não quisesse acabar por trás das grades, provavelmente amarrado a uma camisa de força e entupido de Torazina — começar a sumir numa confusão.*

*Enquanto cambaleava ao longo da cerca, pensava:* Pegue-a, pegue-a, você tem que voltar e pegá-la, pegá-la e matá-la pelo que fez, é o único modo de você poder dormir de novo, é o único modo de você poder até *pensar* de novo.

*No entanto, uma parte dele sabia que não devia e, em vez de pegar Gert, fugiu.*

*Provavelmente a Suja Gertie pensara que fora o som de pessoas se aproximando que o fizera afastar-se, mas não fora. Correra porque suas costelas doíam tanto que só conseguia respirar pela metade, pelo menos por enquanto, e sua barriga doía, e seus testículos latejavam com a dor profunda, desesperada, que só os homens conhecem.*

*A dor também não fora a única razão por que correra — era o que a dor significava. Tinha medo de que se investisse contra ela de novo, Suja Gertie pudesse fazer mais do que apenas lutar com ele até o empate. Então fugiu, cambaleando ao lado da cerca de tábuas tão rapidamente quanto podia, e a voz de Suja Gertie o perseguia como um fantasma zombador:* Ela lhe deixou um pequeno recado... de seus rins, por meio dos *meus*... um pequeno recado, Normie... aí vai...

*Então aconteceu um daqueles ricochetes, curto, a pedra de sua mente atingindo a chata superfície da realidade e voando para cima de novo e para longe de novo, e quando ele voltou a si, algum tempo depois — talvez tão pouco quanto 15 segundos, talvez tanto quanto 45 —, havia passado. Estava correndo pela rua principal em direção à área de diversão, correndo tão irrefletidamente quanto uma vaca num estouro de boiada, na verdade* fugindo *das saídas do parque, em vez de correr na direção delas, correndo para o píer, para o lago, onde seria brincadeira de criança primeiro agarrá-lo e então derrubá-lo.*

*Enquanto isso, sua mente guinchava na voz do pai, o campeão dos bolinadores (e pelo menos numa memorável viagem para caçar, um campeão de chupar de pau também).* Uma mulher! *gritava Ray Daniels.* Como é que você pôde deixar que aquela racha limpasse o seu focinho, Normie?

*Atirou a voz para fora da mente. O velho gritara bastante com ele enquanto vivo; uma ova se ia ficar ouvindo a mesma antiga merda agora que estava morto. Podia cuidar de Gert, de Rose, delas todas, mas tinha que dar o fora dali a fim de fazer isso... e antes que a Segurança do local estivesse procurando pelo sujeito careca com o rosto ensanguentado. Muita gente já olhava embasbacada, e por que não? Ele fedia a mijo e parecia ter sido unhado por uma jaguatirica.*

*Entrou num corredor que seguia entre o fliperama e o brinquedo Aventura nos Mares do Sul, sem nenhum plano na mente, querendo apenas se afastar dos excêntricos da rua principal, e foi ali que ele ganhou na loteria.*

*A porta lateral do fliperama se abriu e alguém, que Norman imaginou ser uma criança, saiu. Era impossível dizer com certeza. Era pequeno como uma criança e vestia-se como tal — jeans, Reeboks, camiseta (onde se lia* AMO UMA GAROTA CHAMADA RAIN, *fosse lá que porra isso quisesse dizer) —, mas toda a sua cabeça estava coberta por uma máscara de borracha. Era a do Touro Ferdinando. Ferdinando tinha um grande e enérgico sorriso no rosto e seus chifres estavam decorados com guirlandas de flores. Norman nem hesitou, simplesmente estendeu a mão e arrebatou a máscara da cabeça do garoto. Pegou também uma boa quantidade de cabelo, mas foda-se.*

— Ei! — *gritou o garoto. Sem a máscara, parecia ter uns 11 anos. Mesmo assim, dava mais a impressão de ultrajado do que com medo. — Me dá isso aí, é meu, eu ganhei! O que está pensando que...*

*Norman estendeu novamente a mão, empalmou o rosto do garoto e empurrou-o para trás, duramente. A parede do brinquedo Aventura nos Mares do Sul era de lona, e o garoto foi se batendo através dela com seus tênis caros voando pelo ar.*

*— Se disser a alguém, eu volto e mato você — disse Norman dentro da lona, que ainda tremia. Depois caminhou rapidamente na direção da rua principal, colocando a máscara de touro. Esta fedia a borracha e ao cabelo suado de seu proprietário anterior, embora nenhum desses cheiros aborrecesse Norman. Mas a ideia de que a máscara logo federia também ao mijo de Gertie, sim.*

*Então sua mente fez outro daqueles ricochetes e ele entrou em órbita por um tempo. Quando voltou à vida presente, estava trotando para o interior do estacionamento no final da rua Press com uma das mãos contra as costelas do lado direito, onde cada respiração era agora uma agonia. O interior da máscara cheirava exatamente como imaginara que fosse cheirar e ele a retirou, aspirando grato o ar frio que não fedia a mijo ou a boceta.*

*Olhou para a máscara e estremeceu — algo naquela cara desenxabida e sorridente lhe dava calafrios. Um touro com um anel no nariz e guirlandas de flores nos chifres. Um touro com um sorriso de criatura que foi roubada e é estúpida demais até para saber do quê. O primeiro impulso de Norman foi jogar a porra da coisa fora, mas se conteve. Tinha que pensar no homem que tomava conta do estacionamento e, embora ele sem dúvida fosse se lembrar de um homem se afastando de carro com uma máscara do Touro Ferdinando, poderia não associá-la imediatamente ao homem pelo qual a polícia em breve ia perguntar. Se ela o fizesse ganhar um pouco mais de tempo, valia a pena conservá-la.*

*Instalou-se ao volante do Tempo, jogou a máscara no banco e então se inclinou para ligar os fios da ignição. Ao se inclinar, o cheiro de mijo que exalava de sua camisa foi tão ácido e nítido que fez seus olhos marejarem.* Rosie diz que você é o homem dos rins, *ouviu Suja Gertie, a macaca do inferno, dizer dentro de sua cabeça. Tinha um medo terrível de que ela permanecesse para sempre em sua cabeça agora — era como se, de certo modo, ela o tivesse violentado e deixasse nele a semente fertilizada de um filho um tanto deformado e aberrante.*

Você é um desses caras tímidos que não gostam de deixar marcas.

*Não, pensou ele. Não, pare, não pense nisso.*

Ela deixou um pequeno recado de seus rins, por meio dos *meus... e então a coisa inundara seu rosto, fedorenta e tão quente quanto uma febre infantil.*

*— Não! — Desta vez ele gritou alto, batendo com o pulso sobre o painel acolchoado. — Não, ela* não pode! *Ela* não pode! *ELA NÃO PODE FAZER ISSO COMIGO! — Lançou o punho para a frente, chocando-o com o espelho retrovisor e arrancando-o de seu lugar. Ele bateu no para-brisa e repicou no chão. Norman investiu contra o próprio para-brisa, ferindo a mão, o anel da Academia de Polícia deixando um ninho de rachaduras que parecia um asterisco gigante. Preparava-se para começar a martelar o volante quando finalmente conseguiu se controlar. Olhou para cima e viu o tíquete do estacionamento enfiado sob o protetor contra o sol. Focalizou aquilo, esforçando-se para se controlar.*

*Quando sentiu ter conseguido um pouco de controle, enfiou a mão no bolso, pegou o dinheiro e tirou uma nota de cinco das notas presas. Depois, insensibilizando-se contra o cheiro (só que não havia realmente nenhum jeito de alguém se defender disso), colocou a máscara de Ferdinando novamente na cabeça e dirigiu lentamente até a cabine. Inclinou-se para fora da janela e fixou o funcionário do parque através dos buracos para os olhos. Viu-o segurar no lado da porta da cabine com uma tateante mão ao se curvar para a frente e pegar a nota oferecida. Norman percebeu algo totalmente maravilhoso: o cara estava bêbado.*

*— Viva el toro — disse o funcionário e riu.*

*— Certo — disse o touro inclinando-se para fora do Ford Tempo. — El Toro grande.*

*— É dois e cinquenta...*

*— Fique com o troco — disse Norman, e partiu.*

*Dirigiu por meio quarteirão e depois parou, percebendo que se não tirasse a porra da máscara imediatamente ia tornar as coisas exponencialmente piores ao vomitar nela. Puxou-a fora com os dedos em pânico de um homem que percebe que tem uma sanguessuga no rosto, e então tudo desapareceu por algum tempo em outro daqueles ricochetes, com sua mente decolando da superfície da realidade como um míssil teleguiado.*

*Quando voltou novamente a si, dessa vez estava de peito nu, sentado ao volante do carro, diante de um sinal vermelho. Na esquina oposta da rua, um relógio de banco projetava a hora: 14h07. Olhou em torno e viu sua camisa no chão, junto com o espelho retrovisor e a máscara roubada. Sujo Ferdie, parecendo esvaziado e estranhamente fora de perspectiva, fixava-o com olhos vazios através dos quais Norman podia ver o tapete de chão do lado do passageiro. O sorriso feliz e cheio de energia do touro havia se enrugado num sorriso um tanto malicioso. Mas tudo bem. Pelo menos a porra da coisa estava fora de sua cabeça. Ligou o rádio, o que não era nada fácil com o botão arrebentado, mas perfeitamente possível, ah, sem dúvida. Ainda estava sintonizado na estação das canções antigas, e ali vinha Tommy James and the Shondells cantando* Hanky Panky. *Norman imediatamente começou a cantar também.*

*Na pista seguinte, ao volante de um Camry, um homem com aparência de contador observava Norman com cautelosa curiosidade. No início Norman não entendeu qual seria o interesse do homem, mas depois lembrou que havia sangue em seu rosto — a maior parte dele uma crosta agora, pelo toque. E estava sem camisa, é claro. Teria que fazer algo a respeito, e logo. Enquanto isso...*

*Inclinou-se, pegou a máscara, enfiou uma das mãos dentro dela e agarrou os lábios de borracha com a ponta dos dedos. Então a suspendeu à janela, movendo a boca com a canção, fazendo com que Ferdinando cantasse junto com Tommy James and the Shondells. Fazia o pulso movimentar-se para a frente e para trás, de modo que Ferdinando também parecesse estar balançando no ritmo. O homem que parecia contador tornou a olhar para a frente rapidamente. Ficou parado por um momento. Então se debruçou e trancou a porta do lado do passageiro.*

*Norman sorriu.*

*Atirou a máscara novamente no chão, esfregando a mão que estivera dentro dela no peito nu. Sabia como sua aparência devia ser esquisita, maluca, mas queria ser mico de circo se ia vestir a camisa mijada novamente. A jaqueta de motociclista jazia no assento ao lado, e pelo menos estava seca do lado de dentro. Norman vestiu-a e fechou o zíper até o queixo. O sinal ficou verde enquanto ele fazia isso e o Camry a seu lado explodiu na direção do entroncamento como algo disparado de uma arma. Norman também se moveu, mas preguiçosamente, cantando junto com o rádio: "Eu a vi descendo a rua... Você sabe que a vi pela primeira vez... Uma mocinha bonita, totalmente sozinha... Ei, belezinha, posso levá-la para casa?" Isso o fazia lembrar-se do colegial. A vida era boa. Nenhuma doce Rose por perto para estragar tudo, causar aquele problema todo. Não até seu último ano lá, pelo menos.*

Onde está você, Rose?, *ele pensou.* Por que não estava naquele piquenique das vacas? Que porra, onde está você?

*— Ela está em seu próprio piquenique — sussurrou el toro, e havia algo ao mesmo tempo estranho e sábio naquela voz, como se falasse não por especulação mas com o simples e indiscutível conhecimento de um oráculo.*

*Norman parou junto ao meio-fio, sem se importar com a placa que dizia não estacione, zona de carregamento, e pegou a máscara novamente do chão. Deslizou a mão por dentro dela de novo. Só que dessa vez virou-a em sua própria direção. Podia ver seus dedos nas órbitas vazias, mas as órbitas pareciam olhá-lo, de qualquer modo.*

*— O que quer dizer com seu próprio piquenique? — perguntou asperamente.*

*Seus dedos se moveram, movendo a boca do touro. Não os sentia, mas podia vê-los. Achava que a voz que ouvia era a sua, mas não* soava *como sua voz, e não parecia estar vindo de sua garganta e sim daqueles sorridentes lábios de borracha.*

*— Ela gosta do modo como ele a beija — disse Ferdinando. — Você não sabia disso? Também gosta do modo como ele usa suas mãos. Ela quer que ele dê uma trepadinha com ela antes de voltar. — O touro pareceu suspirar e sua cabeça de borracha oscilou de um lado para outro sobre o punho de Norman num gesto estranhamente cosmopolita de resignação. — Mas é disso que todas as mulheres gostam, não é? O vaivém. O fuque-fuque. A noite inteira.*

*— Quem? — gritou Norman para a máscara. As veias saltavam de suas têmporas, pulsando. — Quem a está beijando? Apalpando-a? E onde eles estão? Me conta!*

*Mas a máscara ficou em silêncio. Se é que alguma vez falara.*

O que vai fazer, Normie? *Aquela voz ele conhecia. A voz do papai. Uma chateação, mas não assustadora. Aquela outra voz fora assustadora. Mesmo que tivesse saído de sua própria garganta, fora assustadora.*

*— Achá-la — sussurrou. — Vou achá-la e então vou lhe ensinar como dar uma trepadinha. Na* minha *versão, é claro.*

É, mas como? *Como* é que vai achá-la?

*O primeiro pensamento que ocorreu a Norman foi o clubezinho delas na avenida Durham. Devia haver ali um registro a respeito de onde Rose estava morando, tinha certeza disso. Mas mesmo assim era uma má ideia. O lugar era uma fortaleza modificada. Precisava-se de um cartão-chave de algum tipo — e que provavelmente parecia muito com seu cartão de banco roubado — para entrar, e talvez vários números para impedir que o sistema de alarme fosse desligado.*

*E as pessoas de lá? Bem, podia fazer um tiroteio no lugar, se fosse o caso; matar algumas e apavorar o resto. Seu revólver de serviço estava no hotel, no cofre do quarto — uma das vantagens de viajar-se de ônibus —, mas armas geralmente eram uma solução de idiota. E se o endereço estivesse num computador? Provavelmente estava, todos usavam essas geringonças hoje em dia. Ele muito possivelmente estaria zanzando por ali, tentando fazer com que uma das mulheres lhe desse a senha e o nome do arquivo, quando os policiais aparecessem para liquidá-lo.*

*Então algo surgiu dentro dele — outra voz. Essa surgiu de sua memória como uma forma na fumaça de um cigarro:...* lamento perder o show, mas se eu quiser aquele carro, não posso deixar passar...

*De quem era aquela voz e o que sua dona não podia deixar passar?*

*Depois de um momento, a resposta à primeira pergunta lhe ocorreu. Era a voz de Lourinha. A Lourinha com seus olhos grandes e traseiro bonitinho. A Lourinha cujo verdadeiro nome era Pam qualquer coisa. Pam trabalhava no Whitestone, podia muito bem conhecer sua errante Rose e não podia deixar passar algo. O que seria? Quando realmente se pensava nisso, quando se vestia o chapéu de espreitador de cervos e punha aquela brilhante mente de detetive para funcionar, a resposta não era tão difícil, era? Quando se queria aquele carro, a única coisa que não se podia deixar passar eram algumas horas extras de trabalho. E uma vez que o show que ela estava deixando passar era naquela noite, havia boas chances de Pam estar no hotel naquele momento. Mesmo se não estivesse, logo estaria. E se ela soubesse, diria. A vaca* punk-rock *não tinha dito, mas só porque ele não tivera tempo suficiente para discutir a questão com ela. Mas desta vez teria todo o tempo de que precisava.*

*Ia se certificar disso.*

## 2

John Gustafson, parceiro do tenente Hale, conduziu Rosie e Gert Kinshaw de carro até a delegacia de polícia do Distrito 3 em Lakeshore. Bill foi atrás dele em sua Harley. Rosie continuava se virando no banco para ter certeza de que ele ainda estava lá. Gert notou isso, mas não fez nenhum comentário.

Hale apresentou Gustafson como "minha cara metade", mas Hale era o que Norman chamava de cão-líder; Rosie soube disso no momento em que viu os dois homens juntos. Viu isso no modo como Gustafson o olhava, até mesmo no modo como observava Hale entrar no banco do carona de um Caprice de chapa fria. Rosie observara essas coisas mil vezes antes, em sua própria casa.

Passaram por um relógio de banco — o mesmo pelo qual Norman passara não muito tempo antes — e Rosie curvou a cabeça para ver as horas. 16h09. O dia se espalhara como um puxa-puxa quente.

Olhou para trás por cima do ombro, aterrorizada pela ideia de que Bill pudesse ter ido embora, com a certeza, em alguma parte secreta de sua mente e de seu coração, de que ele teria ido. Mas não fora. Ele lhe sorriu, ergueu uma das mãos e acenou brevemente para ela. Rosie acenou em resposta.

— Parece um bom rapaz — disse Gert.

— É — concordou Rosie, mas não queria falar sobre Bill, não com dois policiais no banco da frente sem dúvida ouvindo cada palavra que dizia. — Você deveria ter ficado no hospital. Deixado que dessem uma espiada em você, ter certeza de que ele não a machucou com aquela arma elétrica.

— Porra, foi *ótimo* para mim — disse Gert, sorrindo. Usava um enorme robe de hospital, de listas azuis e brancas, por cima do macacão rasgado. — Foi a primeira vez em que me senti completa e totalmente acordada desde que perdi minha virgindade no Acampamento da Juventude Batista, em 1974.

Rosie se esforçou para dar um sorriso que combinasse com aquelas palavras, mas só conseguiu um pálido esgar.

— Acho que é o fim do Mergulhando no Verão, hein? — disse ela.

Gert pareceu perplexa.

— O que está dizendo?

Rosie olhou para as próprias mãos e não ficou muito surpresa de ver seus punhos fechados.

— Quero dizer *Norman*. O canalha no piquenique. A porra desse canalha desgraçado. — Ouviu aquele palavra, aquele *porra* sair de sua boca e quase não podia acreditar que a pronunciara, especialmente no banco de trás de um carro de polícia com dois detetives no banco da frente. Ficou ainda mais surpresa quando seu punho esquerdo se ergueu e golpeou obliquamente o painel da porta, pouco acima da manivela da janela.

Gustafson pulou um pouco ao volante. Hale olhou para trás, o rosto sem expressão, depois se voltou novamente para a frente. Talvez tenha murmurado algo para o colega. Rosie não sabia com certeza e não se importou.

Gert pegou a mão dela, que latejava, e tentou abrir-lhe o punho primeiro, trabalhando nele como uma massagista num músculo com cãibra.

— Tudo bem, Rosie. — Falava pausadamente, a voz retumbando como um grande caminhão em ponto morto.

— Não está não! — gritou Rosie. — Não, não está *não*, não diga que está! — As lágrimas despontavam em seus olhos agora, mas ela também não se importou com aquilo. Pela primeira vez em sua vida adulta estava chorando mais de fúria do que de vergonha ou medo. — Por que ele não vai embora? Por que não me deixa *em paz*? Ele machuca Cynthia, estraga o piquenique... a porra desse Norman! — Tentou golpear a porta novamente, mas Gert continuou segurando seu punho. — *A porra desse canalha desgraçado!*

Gert concordava com a cabeça.

— É. A porra desse canalha desgraçado.

— Ele é como... um sinal de nascença! Quanto mais se esfrega e se tenta tirar, mais escuro fica! Canalha desgraçado! Canalha, nojento, louco! Odeio ele! *Odeio* ele!

Silenciou, ofegante. Seu rosto latejava, suas faces estavam molhadas de lágrimas... mas mesmo assim não se sentia tão mal.

*Bill! Onde estava Bill?*

Ela se virou, *certa* de que desta vez ele teria ido embora, mas lá estava ele. Bill acenou. Ela respondeu ao aceno, depois se virou para a frente de novo, sentindo-se um pouco mais calma.

— Você está furiosa, Rosie. Tem todo o direito de estar furiosa com toda essa merda. Mas...

— Ah, estou furiosa mesmo.

— ... mas ele não estragou o dia, sabe.

Rosie pestanejou.

— O quê? Mas como puderam continuar? Depois...

— Como é que *você* pôde continuar depois de todas as vezes em que ele bateu em você?

Rosie apenas sacudiu a cabeça, sem compreender.

— Em parte, é a capacidade de resistir — disse Gert. — Em parte, eu acho, é a simples e velha teimosia. Mas o principal, Rosie, é bancar a durona. Mostrar que não podemos ser intimidadas. Acha que é a primeira vez que acontece uma coisa desse tipo? Ahn-ahn. Norman é o pior, mas não é o primeiro. E quando um canalha aparece no piquenique e se espalha, você espera que a brisa sopre o pior do seu cheiro para longe e depois continua. É isso que estamos fazendo no Ettinger's Pier agora, e não só porque assinamos um contrato com as Indigo Girls pelo qual teríamos que pagar de qualquer jeito. Continuamos porque precisamos nos convencer de que não podemos ser derrotadas... nem roubadas do *direito* de termos nossas vidas. Ah, algumas devem ter ido embora, como Lana Kline e suas pacientes, imagino, mas o resto vai ficar até o fim. Consuelo e Robin voltaram para o Ettinger's assim que saímos do hospital.

— Ótimo para vocês, pessoal — disse o tenente Hale do banco da frente.

— Como é que o deixaram escapar? — perguntou Rosie acusadoramente. — Meu Deus, vocês sabem pelo menos como é que ele conseguiu fazer isso?

— Bem, falando estritamente, *nós* não o deixamos escapar — disse Hale suavemente. — Foi a Segurança do píer; quando os primeiros guardas chegaram lá, seu marido já estava longe.

— Achamos que ele roubou a máscara de um garoto — disse Gustafson. — Um daqueles negócios que cobrem a cabeça toda. Pôs aquilo e simplesmente zarpou. Só lhe digo uma coisa, ele teve sorte.

— Ele *sempre* tem sorte — disse Rosie amargamente. Entravam agora no estacionamento da delegacia de polícia, com Bill ainda atrás deles. Falou para Gert: — Pode soltar minha mão agora.

Gert o fez e Rosie imediatamente golpeou a porta de novo. A dor foi pior dessa vez, mas uma parte dela, recém-consciente, saboreou aquilo.

— Por que ele não me *deixa em paz*? — perguntou novamente, sem se dirigir a ninguém. E mesmo assim obteve resposta de uma voz docemente rouca que falou do fundo de sua mente.

*Você vai se divorciar dele*, disse a voz. *Você vai se divorciar dele, Rosie Real.*

Ela olhou para os braços e viu que estavam arrepiados.

## 3

*A mente dele decolou de novo, cada vez mais para cima e para longe, como a vaca sexy da Marilyn McCoo cantara certa vez, e quando ele voltou estava colocando o Tempo em outra vaga de estacionamento. Não sabia onde estava com certeza, mas pensou que provavelmente era a garagem do estacionamento do subsolo a meia quadra de distância do Whitestone, onde já guardara o Tempo antes. Deu uma olhada no mostrador da gasolina ao se debruçar para desconectar os fios da ignição e viu algo interessante: a agulha indicava que o tanque estava completamente cheio. Ele parara num posto de gasolina em algum momento durante seu último branco. Por que fizera aquilo?* Porque gasolina não era realmente o que queria, *respondeu a si mesmo.*

*Inclinou-se para a frente de novo, querendo olhar-se no espelho retrovisor, depois se lembrou de que ele estava no chão. Pegou-o e examinou-se atentamente. Seu rosto estava machucado, inchando em diversos lugares; era óbvio para cacete que ele se metera numa briga, mas o sangue desaparecera quase todo. Lavara-o em algum banheiro de posto de gasolina, enquanto uma bomba alimentava automaticamente o tanque do Tempo. Portanto, podia ser visto na rua — na medida em que não forçasse sua sorte —, e isso era bom.*

*Enquanto desligava os fios da ignição, imaginou brevemente que horas seriam. Não tinha como saber; não estava usando relógio, a merda daquele Tempo não tinha relógio e ele estava no subsolo. Isso importava? Isso...*

*— Não — disse baixinho uma voz familiar. — Não importa. A hora está fora dos eixos.*

*Olhou para baixo e viu a máscara de touro fixando-o de seu lugar no chão do lado do passageiro: olhos vazios, inquietante e enrugado sorriso, chifres absurdamente enfeitados de flores. De repente, ele a quis. A máscara era estúpida, ele odiava as guirlandas nos chifres e mais ainda aquele estúpido sorriso feliz-de-ser-castrado... mas talvez ela desse sorte. Na verdade, ela não falava, é claro, tudo aquilo ocorrera apenas em sua cabeça, mas sem a máscara certamente jamais teria conseguido escapar do Ettinger's Pier. Não tinha a menor dúvida daquela porra.*

OK, OK, *pensou ele,* viva el toro, *e se inclinou para pegar a máscara.*

*Depois, aparentemente sem a menor pausa, estava se inclinando para a frente e trancando os braços à volta da cintura de Lourinha, espremendo-a apertado-apertado-apertado para que não tivesse respiração suficiente para gritar. Ela acabara de sair por uma porta que dizia* SERVIÇOS DOMÉSTICOS, *empurrando um carrinho à sua frente, e ele pensou que provavelmente estivera esperando por ela havia bastante tempo, mas isso não importava agora porque iam voltar direto para dentro dos* SERVIÇOS DOMÉSTICOS, *apenas Pam e seu novo amigo Norman, viva el toro.*

*Ela o chutava e alguns dos chutes atingiram as canelas dele, mas como usava tênis Norman quase não sentiu os golpes. Tirou uma das mãos de sua cintura, fechou a porta atrás dele e passou o ferrolho. Uma rápida olhadela em torno, só para ter certeza de que o lugar estava vazio, exceto com eles dois. Final da tarde de sábado, meio do fim de semana, deveria estar... e estava. A sala era comprida e estreita, com uma curta fileira de armários dispostos na extremidade. Pairava por ali um cheiro maravilhoso — uma fragrância de roupa de cama limpa, passada, que fez Norman pensar no dia de lavar roupa de sua casa quando era criança.*

*Havia grandes pilhas de lençóis cuidadosamente dobrados sobre um estrado, cestas para roupa de cama limpa cheias de espessas toalhas de banho, fronhas empilhadas em prateleiras. Profundas pilhas de colchas margeavam uma parede. Norman empurrou Pam para elas, vendo sem o mínimo interesse a saia do uniforme dela se suspender acima das coxas. Seu impulso sexual saíra de férias, talvez tivesse mesmo se aposentado, e é possível que fosse até bom. O encanamento entre as suas pernas vinha lhe causando um monte de problemas há anos. Por 12 anos você não percebia a coisa, e pelos 50 seguintes — ou mesmo 60 — ela o arrastava de um lado para outro como um desvairado demônio careca da Tasmânia.*

*— Não grite — disse ele. — Não grite, Pammy. Se você gritar, eu te mato. — Era uma ameaça vazia, pelo menos por enquanto, mas ela não sabia disso.*

*Pam havia respirado profundamente; agora ela liberava o ar com um jorro sem som. Norman relaxou ligeiramente.*

*— Por favor, não me machuque — disse ela e, cara, como era original, ele na certa jamais ouvira* aquilo *antes na sua vida, pode crer.*

*— Eu não* quero *machucar você — disse calorosamente. — Não quero mesmo. — Algo se agitava em seu bolso de trás. Levou a mão até ele e tocou em borracha. A máscara. Não foi exatamente uma surpresa. — Tudo que tem a fazer é me dizer o que quero saber, Pam. Depois você segue o seu caminho feliz e eu sigo o meu.*

*— Como é que sabe o meu nome?*

*Ele sacudiu os ombros, o que evocava salas de interrogatório, um gesto indicando que sabia* montes *de coisas, era a sua função.*

Ela se sentou na pilha derrubada de colchas marrom-avermelhado--escuro, exatamente como a que cobria a cama dele no nono andar, descendo a saia sobre os joelhos. Seus olhos eram de um tom de azul realmente extraordinário. Uma lágrima surgiu na pálpebra do olho esquerdo, tremeu e escorreu face abaixo, deixando um rastro de rímel.

— Você vai me estuprar? — perguntou ela. Olhava-o com aqueles extraordinários olhos azuis de bebê, olhos fantásticos (quem precisa conquistar um homem com a xota quando se tem olhos assim, certo, Pammy?), mas não viu neles a expressão que queria ver. E era a expressão que se via na sala de interrogatório, quando um cara que está sendo moído de perguntas o dia inteiro e metade da noite se mostrava finalmente prestes a ceder: uma expressão humilde, que implorava, um olhar que dizia vou lhe contar tudo, tudo mesmo, apenas me dê um pouquinho de trégua. Ele não via aquela expressão nos olhos de Pammy.

Ainda.

— Pam...

— Por favor, não me estupre, por favor, mas se fizer isso, se tiver que fazer isso, por favor, use uma camisinha, tenho tanto medo da AIDS.

Ele ficou pasmo por um momento e depois estourou numa gargalhada. Sua barriga doía quando ria, seu diafragma doía mais ainda, e acima de tudo seu rosto doía, mas durante alguns momentos não conseguiu parar. Disse a si mesmo que tinha que parar, que algum empregado do hotel, até mesmo o segurança da casa poderia aparecer e ouvir o riso vindo dali e imaginar o que seria aquilo, mas nem isso adiantou; no final, o acesso teve que passar sozinho.

A Lourinha observava-o com surpresa no início, depois experimentou sorrir. Esperançosamente.

Finalmente Norman conseguiu se controlar, embora lágrimas já escorressem de seus olhos quando o fez.

— Não vou estuprar você, Pam — disse finalmente, quando conseguiu dizer alguma coisa sem o riso fazer soar insincero.

— Como sabe o meu nome? — perguntou ela novamente. Sua voz estava um pouco mais forte dessa vez.

Ele puxou a máscara para fora, enfiou a mão dentro dela e manipulou-a como fizera para o contador palerma no Camry.

— Pam-Pam-bo-Bam, banana-fanna-fo-Fam, fi-fai-mo-Mam — fez a máscara cantar. Sacudiu a máscara para a frente e para trás, como Shari Lewis com a porra da ovelhinha, só que aquele era um touro, não uma ovelha, uma porra de touro bicha idiota com flores nos chifres. Não havia nenhum motivo no mundo para que ele gostasse daquele fodido, mas o fato é que gostava um pouco.

— Gosto de você, também — disse Ferd o touro veado, olhando para Norman com seus olhos vazios. Depois se virou novamente para Pam e disse, com Norman movendo seus lábios: — Tem algum problema com isso?

— N-N-Não — disse Pam, e a expressão que ele queria ainda não estava em seus olhos, ainda não, mas ia progredindo, ela estava aterrorizada com ele (com *eles*) disso tinha certeza.

Norman agachou-se, as mãos pendendo entre as coxas, os chifres de borracha de Ferdinando agora apontando para o chão. Ele a olhou com sinceridade,

— Aposto que você gostaria de me ver fora desta sala e de sua vida, não é, Pammy?

Ela concordou com a cabeça tão vigorosamente que seu cabelo saltou para a frente e para trás sobre o ombro.

— É, achei que sim, e por mim tudo bem. Você me conta uma coisa e eu vou embora como uma brisa fria. É fácil. — Ele se inclinou para a frente na direção dela, os chifres de Ferd arrastando-se pelo chão. — A única coisa que quero saber é onde Rose está. Rose Daniels. Onde é que ela mora?

— Ah, meu Deus. — O resto de cor que ainda havia no rosto de Pammy, duas manchas vermelhas no alto das maçãs, desaparecera agora, e seus olhos se arregalaram até darem a impressão de que iam saltar das órbitas. — Ah, meu Deus, é você. Você é Norman.

Aquilo o sobressaltou e enraiveceu — esperava-se que ele soubesse o nome *dela*, era assim que funcionava, mas não se esperava que ela soubesse o seu —, e tudo o mais acompanhou isso. Ela ficou de pé e afastou-se das colchas enquanto ele ainda estava reagindo ao fato de ouvir seu nome na boca de Pam, e ela quase conseguiu fugir. Ele saltou atrás dela, pegando-a com a mão direita, a que ainda segurava a máscara de touro. Vagamente podia ouvir a si mesmo dizendo que ela não iria a parte alguma, que queria falar com ela e pretendia fazê-lo bem de perto.

*Agarrou-a pela garganta. Ela emitiu um choro estrangulado que queria ser um grito e investiu para a frente com uma força surpreendentemente vigorosa. Mesmo assim, ele poderia tê-la segurado se não fosse pela máscara. Esta escorregou de sua mão suada e Pam se libertou,* caindo *em direção à porta, os braços esticados para os lados, dando golpes, e inicialmente Norman não entendeu o que aconteceu a seguir.*

*Houve um ruído, um ruído substancial, que foi quase como o estourar de uma rolha de champanhe, e então Pam começou a golpear selvagemente, as mãos batendo na porta, a cabeça para trás num ângulo rígido e estranho, como alguém fixando atentamente uma bandeira durante uma cerimônia patriótica.*

*— Ahn? — disse Norman, e Ferd ergueu-se à frente de seu nariz, de lado em sua mão. Ferd parecia bêbado.*

*— Oopa — disse o touro.*

*Norman tirou os dedos da máscara e a enfiou no bolso, agora consciente de um som de pancadinhas, como o da chuva. Olhou para baixo e viu que o tênis esquerdo de Pam não estava mais branco. Agora estava vermelho. O sangue fazia uma poça em torno dele, correndo por baixo da porta num longo gotejar. As mãos dela ainda bracejavam. Davam a impressão de pequenos pássaros a Norman.*

*Ela parecia quase pregada na porta, e quando Norman deu um passo à frente viu que, de certo modo, estava mesmo. Havia um gancho para pendurar casacos nas costas do diabo da coisa. Ela se despregara da mão dele, mergulhara para a frente e se empalara. O gancho de casacos estava enterrado no olho esquerdo dela.*

*— Ah, Pam, que merda, sua idiota — disse Norman. Sentia-se ao mesmo tempo furioso e desalentado. Continuava vendo o sorriso estúpido do touro, continuava ouvindo-o dizer* Oopa, *como algum personagem metido a sabido num desenho da Warner Bros.*

*Puxou Pam do gancho de casacos. Ouviu-se um indescritível som cartilaginoso quando ela veio. Seu olho bom — mais azul do que nunca, pareceu a Norman — fixou-o num horror sem palavras.*

*Então ela abriu a boca e deu um grito agudo.*

*Norman nem pensou a respeito; suas mãos agiram por vontade própria, agarrando o rosto dela pelas faces, plantando suas grandes palmas abaixo dos ângulos delicados de seu maxilar e torcendo. Houve um único e áspero estalo — o som de alguém batendo com o pé numa ripa de cedro — e ela afrouxou nos braços dele. Morrera, e o que quer que soubesse sobre Rose morrera também.*

*— Ah, garota pateta — respirou Norman. — Meter o olho na porra daquele gancho, que estupidez, hein?*

*Sacudiu-a enquanto a segurava. A cabeça dela balançou sem firmeza de um lado para o outro. Ela agora usava um babador molhado e vermelho na frente do uniforme branco. Norman carregou Pam de volta para as colchas e soltou-a ali. Ela caiu com as pernas abertas.*

*— Vaca descarada — disse ele. — Não consegue parar nem quando está morta, não é? — Cruzou as pernas dela. Um de seus braços escorregou do colo e bateu nas colchas. Ele viu um bracelete roxo, enroscado no pulso dela, que parecia quase um pedaço pequeno de fio de telefone. Nele havia uma chave.*

*Norman olhou-a, e depois para os armários na extremidade da sala.*

Não pode ir lá, Normie, *disse seu pai.* Eu sei o que está pensando, mas se chegar perto da casa delas, na avenida Durham, está doido varrido.

*Norman sorriu.* Se for lá está doido varrido. *Pensando bem, era engraçado. Além disso, para que outro lugar poderia ir? O que mais poderia tentar? Não tinha muito tempo. Suas pontes estavam ardendo alegremente atrás dele, todas elas.*

*— O tempo está fora dos eixos — murmurou Norman Daniels, e tirou o bracelete-chave do pulso de Pam. Foi até os armários, segurando o bracelete entre os dentes tempo suficiente para enfiar a máscara novamente na mão. Então levantou Ferd e deixou-o esquadrinhar as etiquetas nos armários.*

*— Este aqui — disse Ferd, e deu um tapinha no armário que continha as palavras PAM HAVERFORD com o rosto de borracha.*

*A chave se ajustou à fechadura. Dentro havia uma calça jeans, uma camiseta, um sutiã para esportes, uma bolsa com xampu e sabonete e a bolsa de Pam. Norman levou a bolsa para uma das cestas de roupa branca e derramou o conteúdo dela sobre as toalhas. Ele fez Ferd passar por cima das coisas como algum bizarro satélite espião.*

*— Lá vai você, garotão — murmurou Ferd.*

*Norman recolheu um pequeno pedaço de plástico cinzento da confusão de cosméticos, lenços de papel e papéis. Ele abriria a porta da frente do clube delas, não havia dúvida. Pegou-o e começou a se afastar...*

*— Espere — disse el toro. Foi até a orelha de Norman e sussurrou, os chifres enfeitados de flores oscilando.*

*Norman ouviu, depois balançou a cabeça concordando. Tirou a máscara de sua mão suada novamente e se inclinou sobre o lixo da bolsa de Pam. Desta vez ele examinou tudo minuciosamente, como se estivesse investigando o que era chamado "o cenário de uma ocorrência" no jargão corrente... só que naquele caso teria usado a ponta de uma caneta ou de um lápis em vez dos dedos.*

Impressões digitais certamente não são problema aqui, *pensou ele, rindo.* Não mais.

*Empurrou a carteira dela para um lado e pegou um livrinho vermelho com as palavras* ENDEREÇOS *e* TELEFONES *na capa. Procurou a letra* F, *achou Filhas e Irmãs, mas não era o que estava procurando. Procurou na página da frente do livro, onde diversos números de telefone haviam sido escritos por toda a superfície em torno dos garranchos de Pam — olhos e gravatas-borboletas de desenho animado, principalmente. Mas todos os números pareciam números de telefone.*

*Voltou-se para a página de trás, outro lugar provável. Mais números de telefone, mais olhos, mais gravatas-borboletas... e no meio, nitidamente dentro de um quadrado e marcado com asteriscos, havia isto:*

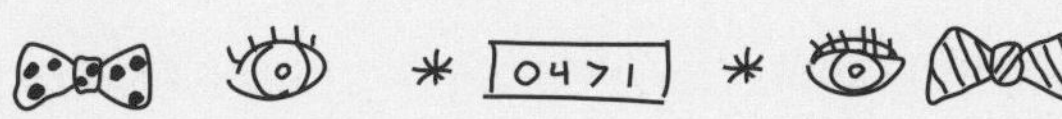


*— Puxa vida — disse ele. — Segurem seus cartões, caras, porque acho que temos um bingo aqui. Temos, não temos, Pammy?*

*Norman rasgou a página de trás do livro de Pam, enfiou-a no bolso da frente e foi até a porta na ponta dos pés. Escutou. Ninguém lá fora. Respirou profundamente e tocou o canto do papel que acabara de enfiar no bolso. Sua mente decolou em outro ricochete enquanto ele fazia isso, e durante algum tempo não existiu absolutamente nada.*

## 4

Hale e Gustafson levaram Rosie e Gert para um canto da delegacia que era quase como uma confortável sala de estar; a mobília era velha mas bastante confortável e não havia escrivaninhas atrás das quais os detetives pudessem sentar. Em vez disso, instalaram-se num desbotado sofá verde perto da máquina de refrigerantes. Em vez de uma sombria foto de viciados em drogas ou vítimas da AIDS, havia um pôster dos Alpes suíços de uma agência de viagens, acima de uma cafeteira elétrica. Os detetives eram calmos e solidários, a entrevista realizou-se num tom discreto, respeitoso, mas nem a atitude deles, nem o espaço informal ajudaram muito Rosie. Ainda estava com raiva, mais furiosa do que nunca em sua vida, mas também aterrorizada. Só por estar naquele lugar.

Várias vezes durante o depoimento esteve perto de perder o controle de suas emoções e, a cada vez que isso acontecia, olhava para o outro lado da sala, onde Bill estava pacientemente sentado do lado de fora da balaustrada que chegava à cintura e onde havia uma placa que dizia SÓ PESSOAS AUTORIZADAS ALÉM DESTE PONTO, POR FAVOR.

Sabia que devia se levantar, ir até ele e lhe dizer para não esperar mais — simplesmente ir para casa e ligar para ela no dia seguinte. Mas não conseguiu fazer isso. Precisava dele ali do mesmo modo que precisara dele atrás dela na Harley quando os detetives as estavam trazendo, do mesmo modo que uma criança com muita imaginação precisa de uma luz acesa quando acorda no meio da noite.

A verdade é que continuava tendo ideias malucas. Sabia que eram malucas, mas isso não adiantava. Por um tempo elas iam embora, Rosie simplesmente respondia às perguntas deles e as ideias malucas não vinham; então ela se pegava pensando que estavam com Norman no subsolo, que o estavam escondendo ali embaixo, claro que estavam, porque a polícia era uma família só, policiais eram irmãos, e não era permitido às esposas de policiais fugirem e terem suas próprias vidas, por qualquer motivo que fosse. Norman estava escondido em segurança em alguma minúscula sala no subsolo onde ninguém ouvia quando se gritava a plenos pulmões, uma sala com úmidas paredes de concreto e uma única lâmpada nua pendurada de um fio, e quando essa charada sem sentido tivesse acabado, eles a levariam até ele. Eles a levariam para Norman.

Loucura. Mas só *sabia* totalmente que era loucura quando levantava os olhos e via Bill do outro lado da balaustrada baixa, observando-a e esperando que terminasse para que pudesse levá-la para casa na garupa de seu pônei de ferro.

Eles continuaram interminavelmente. Às vezes era Gustafson quem fazia as perguntas, às vezes Hale, e embora Rosie não tivesse a impressão de que os dois homens estavam bancando o policial bom/policial mau, gostaria que acabassem com aquelas perguntas e formulários intermináveis e as deixassem ir embora. Talvez quando saísse dali aqueles súbitos ataques de paralisia entre fúria e terror diminuíssem um pouco.

— Conte de novo como é que a senhora tinha a foto de Norman Daniels em sua bolsa, sra. Kinshaw — disse Gustafson. Tinha diante de si um relatório meio completo e uma bic numa das mãos. Franzia horrivelmente a testa; para Rosie, parecia uma criança numa prova final para a qual não havia estudado.

— Já lhe contei duas vezes — disse Gert.

— Esta vai ser a última vez — disse Hale tranquilamente.

Gert encarou-o.

— Palavra de escoteiro?

Hale sorriu — um sorriso muito cativante — e concordou com a cabeça.

— Palavra de escoteiro.

Então Gert lhe contou novamente como Anna e ela tinham estabelecido *a priori* um vínculo entre Norman Daniels e o assassinato de Peter Slowik, e como tinham conseguido o retrato de Norman por fax. Então contou como notara o sujeito na cadeira de rodas, quando o homem dos ingressos gritara para ele. Rosie estava familiarizada com a história agora, mas a bravura de Gert ainda a surpreendia. Quando Gert chegou ao confronto com Norman atrás do banheiro, relatando-o no tom casual com que uma mulher recita uma lista de compras, Rosie pegou sua grande mão e apertou-a.

Quando terminou desta vez, Gert olhou para Hale e levantou as sobrancelhas.

— Está bem?

— Sim — disse Hale. — Muito bem. Cynthia Smith lhe deve a vida. Se fosse um policial, eu a recomendaria para uma citação.

Gert riu com deboche.

— Eu nunca passaria no exame físico. Gorda demais.

— Mesmo assim — disse Hale, sem sorrir e olhando-a nos olhos.

— Bom, agradeço o seu elogio, mas o que eu gostaria mesmo de ouvir é que vai pegar o cara.

— Nós vamos pegá-lo — disse Gustafson. Parecia absolutamente seguro de si, e Rosie pensou: *O senhor não conhece o meu Norman, tenente.*

— Já terminou conosco? — perguntou Gert.

— Com a senhora, já — disse Hale. — Tenho mais algumas perguntas para a sra. Rosie McClendon... pode aguentar isso? Se não, elas podem esperar. — Fez uma pausa. — Mas na verdade *não deviam* esperar. Acho que nós dois sabemos disso, não é?

Rosie fechou os olhos brevemente e depois os abriu. Olhou para Bill, sentado do outro lado da balaustrada, e depois novamente para Hale.

— Pergunte o que tiver que perguntar — disse. — Mas acabe logo. Quero ir para casa.

## 5

*Desta vez, quando ele voltou à própria cabeça, estava saindo do Tempo numa rua tranquila que reconheceu quase imediatamente como a avenida Durham. Estava estacionado a um quarteirão e meio de distância do Palácio das Rachas. Ainda não estava escuro, mas quase; as sombras sob as árvores eram espessas e aveludadas, e de certo modo luxuriantes.*

*Desceu os olhos para si mesmo e viu que devia ter voltado a seu quarto antes de deixar o hotel. Sua pele cheirava a sabonete e usava roupas diferentes. Eram roupas boas para essa missão: uma calça de algodão, uma camiseta básica e uma camisa azul de botão para fora da calça. Parecia o tipo do cara que podia ter aparecido no fim de semana para checar um cano de gás defeituoso ou...*

*— Ou checar o alarme contra ladrão — disse Norman entre os dentes e sorriu. — Bastante descarado,* Señor *Daniels. Descarado para ca...*

*Então o pânico caiu como um trovão, e Norman deu um tapa no bolso esquerdo traseiro da roupa que estava usando. Só sentiu o volume de sua carteira. Deu um tapa no bolso direito traseiro e deixou escapar um áspero suspiro de alívio quando a borracha frouxa da máscara bateu contra sua mão. Aparentemente esquecera seu revólver de serviço — deixara-o no cofre do quarto —, mas tinha se lembrado da máscara, e naquele momento a máscara parecia muito mais importante do que a arma. Isso provavelmente era maluco, mas era assim.*

*Começou a subir a calçada em direção ao 251. Se só houvesse algumas bocetas lá, tentaria torná-las reféns. Se houvesse muitas, ele pegaria o máximo que pudesse — talvez meia dúzia — e mandaria o resto fugir rapidamente para as colinas. Depois começaria simplesmente a atirar em uma por uma, até que alguém cuspisse o endereço de Rose. Se nenhuma delas soubesse, atiraria nelas e procuraria nos arquivos... mas achava que não ia chegar a isso.*

E o que fará se os policiais estiverem lá, Normie?, *perguntou seu pai nervosamente.* Policiais na frente, dentro, policiais protegendo o lugar de você?

*Ele não sabia. Nem se importava muito.*

*Passou pelo 245, 247, 249. Havia um muro entre o último número e a calçada, e quando Norman chegou ao fim dele, parou subitamente olhando para o 251 da avenida Durham com olhos apertados e desconfiados. Estava preparado para ver muita atividade ou um pouco de atividade, mas não estava preparado para ver o que* estava *vendo, isto é, absolutamente nenhuma atividade.*

*A Filhas e Irmãs erguia-se no final de seu gramado estreito e profundo, com as persianas do segundo e do terceiro andares fechadas contra o calor do dia. Tão silenciosa quanto uma ruína. As janelas à esquerda da varanda, com as persianas abertas, estavam escuras. Não havia nada se movendo lá dentro. Ninguém na varanda. Nenhum carro no caminho que conduzia à garagem.*

Não posso ficar aqui, *pensou ele, e saiu andando novamente. Passou pelo lugar, olhando para a horta onde vira as duas putas antes — uma delas a que ele agarrara no banheiro. O jardim também estava vazio esta noite. E pelo que podia ver do quintal, o mesmo acontecia com ele.*

É uma armadilha, Normie, *disse seu pai.* Sabe disso, não é?

*Norman andou até o número 257, um chalé com teto de cumeeira, depois virou e começou a voltar displicentemente até a calçada. Sabia que* parecia *uma armadilha, a voz do pai estava certa a respeito disso, mas de certo modo não tinha a* sensação *de que fosse uma armadilha.*

*Ferdinando, o Touro, ergueu-se ante os olhos dele como um fantasma de borracha de qualidade inferior — Norman puxara a máscara de seu bolso de trás e a colocara na mão sem mesmo perceber. Sabia que era uma má ideia; alguém olhando de uma janela certamente questionaria por que o homem grande de rosto inchado estava falando com a máscara de borracha... e fazendo a máscara responder mexendo seus lábios. Contudo, nada disso parecia mais ter importância também. A vida se tornara muito... bem, básica. De certo modo, Norman gostava disso.*

*— Não, não é uma armadilha — disse Ferdinando.*

*— Tem certeza? — perguntou Norman. Estava quase em frente ao 251 de novo.*

*— Tenho — disse Ferdinando, sacudindo afirmativamente os chifres com flores. — Elas simplesmente continuaram com o piquenique, só isso. Neste momento, provavelmente estão todas sentadas por ali, tostando* marshmallows, *enquanto algum sapatão com um vestido de avó canta* Blowing in the Wind. *Você foi apenas um contratempo passageiro no dia delas.*

*Ele parou em frente ao caminho que levava ao Filhas e Irmãs, olhando para a máscara, estarrecido.*

*— Ei, lamento, cara — disse el toro se desculpando —, mas eu não fabrico as notícias, só as transmito.*

*Norman estava atônito por descobrir que havia algo quase tão ruim quanto voltar para casa e descobrir que a esposa dera no pé para um lugar desconhecido com seu cartão de banco na bolsa: era ser ignorado.*

*Ser ignorado por uma penca de mulheres.*

*— Bem, o jeito é ensiná-las a não fazer isso — disse Ferd. — Dar uma lição. Vá em frente, Norm. Ensine quem você é. Ensine para que elas nunca esqueçam.*

*— Para que nunca esqueçam — murmurou Norman, e a máscara em sua mão concordou entusiasticamente com a cabeça.*

*Norman enfiou-a no bolso novamente, pescou o cartão de Pam e o pedaço de papel que tirara de seu livrinho de endereços do bolso esquerdo da frente, enquanto percorria o caminho. Subiu os degraus da varanda, erguendo os olhos uma vez — casualmente, esperava ele — para a câmera de TV instalada sobre a porta. Segurava o cartão-chave contra a perna. Afinal de contas olhos podiam estar vigiando. Seria melhor para ele lembrar que, sorte ou não, Ferdinand era apenas uma máscara de borracha com a mão de Norman Daniels como cérebro.*

*A fenda para o cartão-chave estava exatamente onde esperara que estivesse. Ao lado dela havia um interfone, juntamente com um pequeno aviso instruindo visitantes a apertar o botão e falar.*

*Apertou o botão e, inclinando-se para a frente, falou:*

*— Midland Gas, checando um vazamento no bairro.*

*Soltou o botão. Esperou. Lançou uma olhadela para a câmera. Preto e branco, provavelmente não mostraria como seu rosto estava inchado... esperava. Sorriu para mostrar como era inofensivo, enquanto o coração bombeava furiosamente em seu peito como um motor pequeno e mau.*

*Nenhuma resposta. Nada.*

*Apertou novamente o botão.*

*— Alguém em casa, garotas?*

*Deu-lhes tempo, contando lentamente até vinte. Seu pai sussurrou que era uma armadilha, exatamente o tipo de armadilha que ele próprio teria armado nesta situação, atrair o marginal para dentro, fazendo com que acreditasse que o lugar estava vazio, depois cair sobre ele como uma carga de tijolos. E, sim,* era *o tipo de armadilha que ele mesmo teria armado... mas não havia ninguém ali. Tinha quase certeza disso. O lugar parecia tão vazio quanto uma lata de cerveja posta no lixo.*

*Norman colocou o cartão na fenda. Ouviu-se um único e alto clique. Puxou o cartão para fora, girou a maçaneta e entrou no vestíbulo da Filhas e Irmãs. De sua esquerda veio um som baixo e contínuo: mip-mip-mip--mip. Era um painel de alarme contra invasão de domicílio. As palavras porta da frente se iluminavam e apagavam na tela de mensagens.*

*Norman olhou para o pedaço de papel que trouxera com ele, levou um segundo rezando para que o número nele fosse o que pensava que era, e apertou 0471. Por um momento de fazer parar o coração, o alarme continuou a emitir o* mip, *e então parou. Norman soltou a respiração e fechou a porta. Armou novamente o alarme sem pensar, era apenas o instinto de policial funcionando.*

*Olhou em torno, percebeu a escada que levava para o segundo andar e depois entrou no saguão principal. Meteu a cabeça na primeira sala à direita. Parecia uma sala de aula, com cadeiras dispostas em círculo e um quadro-negro no final. Escrito no quadro-negro estavam as palavras* DIGNIDADE, RESPONSABILIDADE *e* FÉ.

*— Palavras sábias, Norm — disse Ferdinando. Voltara novamente à mão de Norman. Chegara ali como num passe de mágica. — Palavras sábias.*

*— Se acha isso... Para mim parecem a mesma merda de sempre. — Olhou em torno e depois levantou a voz. Quase parecia um sacrilégio gritar naquele silêncio um tanto empoeirado, mas um homem precisa fazer o que deve.*

*— Alô? Alguém por aí? Midland Gas!*

*— Alô? — gritou Ferd do final do braço de Norman, brilhantemente desperto com seus olhos vazios. Falava com o cômico sotaque alemão que o pai de Norman às vezes usava quando bêbado. — Alô? Estón aí, meninos?*

*— Cale a boca, idiota — murmurou Norman.*

*— Sim senhor, cap'tão — respondeu el toro, e silenciou imediatamente.*

*Norman virou-se lentamente e percorreu o saguão. Havia outras salas ao longo do caminho — uma sala de estar, uma sala de jantar, uma que parecia uma pequena biblioteca —, mas todas estavam vazias. A cozinha no final do saguão estava vazia também, e agora Norman tinha um novo problema: aonde ir para achar o que estava procurando?*

*Respirou profundamente e fechou os olhos, tentando pensar (e tentando também manter de fora a dor de cabeça, que tentava voltar). Queria um cigarro, mas não ousava acender um; segundo imaginava, elas poderiam ter detectores de fumaça ligados para uivar à primeira baforada.*

*Respirou profundamente de novo, até encher completamente os pulmões, e então reconheceu o cheiro que pairava ali — não o cheiro de poeira e sim o cheiro de mulheres, mulheres que estavam há muito entrincheiradas com sua própria espécie, mulheres que haviam tecido para si uma mortalha comunitária de hipocrisia, num esforço para bloquear do lado de fora o mundo real. Era um cheiro de sangue, ducha, sachê, spray de cabelo, desodorante em bastão e perfumes com nomes tipo "me foda" como Meu Pecado, Ombros Brancos e Obsessão. Era o cheiro de vegetal do que elas gostavam de comer e o cheiro de fruta dos chás que gostavam de beber; aquele cheiro não era poeira, mas algo como levedura, uma fermentação, e produzia um cheiro que limpeza alguma podia remover jamais: o cheiro de mulheres sem homens. De repente aquele cheiro estava enchendo seu nariz, sua garganta, seu coração, amordaçando-o, fazendo-o sentir-se desmaiar, quase sufocando-o.*

*— Controle-se — disse Ferdinando asperamente. — Você só está sentindo o cheiro do molho de espaguete da noite passada! É isso, minha nossa!*

*Norman soltou a respiração, aspirou fundo, abriu os olhos. Sim, molho de espaguete. Um cheiro vermelho, como sangue. Mas era realmente molho de espaguete.*

*— Desculpe, afrouxei um pouco por um minuto — disse.*

*— É, mas quem não afrouxaria? — disse Ferd, e agora seus olhos vazios pareciam expressar solidariedade e compreensão ao mesmo tempo. — É aqui que Circe transforma os homens em porcos, afinal de contas. — A máscara girou sobre o pulso de Norman, esquadrinhando com seus olhos vazios. —* Ya, *ser este o lugar.*

*— O que disse?*

*— Nada. Não tem importância.*

*— Não sei para onde ir — disse Norman, também olhando em torno. — Tenho que me apressar, mas, meu Deus, este lugar é tão grande! Deve ter uns vinte quartos, pelo menos.*

*O touro apontou seus chifres para uma porta em frente à cozinha.*

*— Experimente aquele.*

*— Que diabo, provavelmente aquilo é só a copa.*

*— Acho que não, Norm. Não iam pôr uma placa que diz* PARTICULAR *na copa, não é?*

*Era um bom argumento. Norman atravessou a sala, enfiando a máscara de touro novamente no bolso (e notando o escorredor do espaguete que tinha sido deixado pingando para secar no suporte ao lado da pia), depois bateu de leve na porta. Nada. Experimentou a maçaneta. Ela girou facilmente. Ele abriu a porta, tateou do lado de dentro à direita e apertou o interruptor.*

*O lustre no alto iluminou uma escrivaninha gigantesca com pilhas altas de lixo. Equilibrada no alto de uma pilha havia uma placa dourada em que se lia* ANNA STEVENSON *e* DEUS ABENÇOE ESTA BAGUNÇA. *Na parede se via uma foto emoldurada de duas mulheres que Norman reconheceu. Uma era a falecida e grande Susan Day. A outra era a vaca de cabelo branco da foto do jornal, a que parecia com Maude. Tinham os braços uma em torno da outra e sorriam uma para a outra como verdadeiras sapatas.*

*A lateral da sala estava alinhada com arquivos. Norman andou até um deles, dobrou um joelho, estendeu a mão para alcançar o arquivo eti-*

*quetado D-E e então parou. Ela não usava mais o Daniels. Não lembrava mais se era algo que Ferdinando lhe dissera ou algo que descobrira ou intuíra sozinho, mas sabia que era verdade. Ela voltara ao nome de solteira.*

*— Você vai ser Rose Daniels até o dia em que morrer — disse ele, e estendeu a mão para o arquivo marcado com M. Puxou. Nada. Estava trancado.*

*Era um problema, mas não um dos grandes. Pegaria algo na cozinha com que pudesse arrombar o arquivo. Virou-se, com a intenção de sair novamente, quando parou, os olhos capturados por uma cesta de vime em pé no canto da escrivaninha. Havia um cartão pendendo da alça da cesta.* ENTÃO VÁ, CARTINHA, *estava escrito nela com caligrafia de inglês antigo. Na cesta, havia uma pequena pilha do que parecia correspondência para fora e, abaixo de um envelope de pagamento para a TV a Cabo Lakeland, ele viu o seguinte espetando-se para fora:*

*endon*
*ua Trenton*

— endon?

McClendon?

*Puxou a carta num safanão, derrubando a cesta e deixando cair a maioria da correspondência para fora, os olhos bem abertos e ávidos.*

*Sim, McClendon, por Deus — Rosie McClendon! E bem abaixo dela, firme e legivelmente impresso, o endereço pelo qual ele teria ido até o inferno: rua Trenton, 897.*

*Havia um abridor de carta comprido e cromado depositado sobre meia pilha de sobras de folhetos do Mergulhando no Verão. Norman agarrou-o, abriu a carta e enfiou o abridor no bolso de trás sem mesmo pensar no que fazia. Puxou a máscara de novo e a fez deslizar sobre sua mão. A folha única de papel tinha um cabeçalho em relevo que dizia* ANNA STEVENSON *em letras grandes e Filhas e Irmãs em letras ligeiramente menores.*

*Norman lançou um olhar rápido a esse pequeno sinal de ego, depois começou a passar a máscara sobre o papel, deixando Ferdinando ler para ele. A caligrafia de Anna Stevenson era grande e elegante — arrogante, algumas poderiam classificá-la. Os dedos suados de Norman tremeram e tentaram segurar-se no lado de dentro da cabeça de Ferdinando, enviando à máscara de borracha uma série de convulsivos estremecimentos e olhares de esguelha enquanto ela se movia.*

Querida Rosie,

Só queria lhe enviar um bilhete em seu novo "apê" (sei como são importantes as primeiras cartas!) para lhe dizer como estou contente de que tenha vindo para a Filhas e Irmãs, e de ter podido ajudá-la. Quero dizer também que estou muito satisfeita com seu novo trabalho — tenho a impressão de que você não vai morar na rua Trenton por muito tempo!

Cada mulher que vem para a Filhas e Irmãs renova a vida de todas as outras — aquelas que lá estão durante seu primeiro período de cura e todas as que virão depois dela partir, pois cada uma deixa um pouco de sua experiência, força e esperança atrás de si. *Minha* esperança é vê-la aqui com frequência, Rosie, não só porque sua recuperação está longe de estar completa e por haver muitos sentimentos (sobretudo raiva, imagino) com que ainda não lidou, mas porque você tem a obrigação de passar adiante o que aprendeu aqui. Provavelmente não preciso lhe dizer essas coisas, mas...

*Um clique, um som pouco significativo mas alto no silêncio. E que foi acompanhado de outro som: mip-mip-mip-mip.*

*O alarme.*

*Norman tinha companhia.*

## 6

Anna nem reparou no Tempo verde estacionado junto ao meio-fio a um quarteirão e meio de distância da Filhas e Irmãs. Estava mergulhada numa fantasia íntima que jamais contara a alguém, nem mesmo a seu terapeuta, a fantasia necessária poupada para dias horríveis como hoje. Nela, saía na capa da revista *Time*. Não era uma foto, mas uma vibrante pintura a óleo que a mostrava numa túnica azul-escura (azul era a cor que lhe ficava melhor, e uma túnica esconderia o deprimente engrossamento de sua cintura naqueles últimos dois ou três anos). Olhava por cima do ombro esquerdo, oferecendo ao trabalho do artista seu lado bom, e seu cabelo lhe borrifava o ombro direito como neve movida pelo vento. Uma neve sexy.

A legenda sob a foto dizia simplesmente: *MULHER AMERICANA.*

Entrou no caminho da garagem, afastando a fantasia com relutância (acabara de chegar ao ponto em que o autor da reportagem dizia: "Embora ela tenha recuperado a vida de mais de 1.500 mulheres espancadas, Anna Stevenson continua surpreendente e tocantemente modesta..."). Desligou o motor de seu Infiniti e permaneceu sentada por um momento, esfregando delicadamente a pele entre os olhos.

Peter Slowik, a quem ela geralmente se referira quando do divórcio deles como Pedro, o Grande, ou Rasputin, o Marxista Maluco, fora um tagarela promíscuo quando vivo, e seus amigos determinaram-se a lembrá-lo dentro do mesmo espírito. As falas tinham prosseguido incessantemente, cada "buquê de lembranças" (achava que podia metralhar alegremente os idiotas politicamente corretos que passavam os dias inventando frases tão melosas) aparentemente mais longo que o anterior e, pelas quatro horas, quando conseguiram finalmente liquidar toda a comida e beber todo o vinho — caseiro e medonho, exatamente o que Peter teria escolhido se fosse ele a fazer as compras —, tinha certeza de que o formato da cadeira de dobrar estava tatuado em seu traseiro. Porém a ideia de ir embora cedo — talvez esgueirar-se para fora depois de um canapé e um gole simbólico de vinho — jamais lhe passara pela cabeça. As pessoas a estariam observando, avaliando seu comportamento. Era Anna Stevenson, afinal de contas, uma mulher importante na estrutura política daquela cidade, e teria que falar com certas pessoas depois que as cerimônias formais tivessem terminado. Pessoas com quem gostaria que outras pessoas a vissem falando, porque era assim que o carrossel funcionava.

E para aumentar o divertido da coisa, seu bip disparara três vezes no espaço de 45 minutos. Passavam-se *semanas* em que ficava completamente mudo em sua bolsa, mas naquela tarde, durante uma reunião em que havia longos períodos de silêncio rompidos por pessoas aparentemente incapazes de falar acima de um murmúrio repleto de lágrimas, o dispositivo enlouquecera. Depois da terceira vez, cansara-se das cabeças se virando e desligara a perturbadora geringonça. Esperava que ninguém tivesse entrado em trabalho de parto no piquenique, que o filho de ninguém tivesse levado uma ferradura na cabeça e, mais do que tudo, esperava que o marido de Rosie não tivesse aparecido. Mas duvidava que tivesse; era esperto demais para isso. De qualquer modo, qualquer uma que tivesse ligado para seu bip teria ligado para a F & I primeiro, e ela deixara a secretária eletrônica em seu escritório ligada. Poderia ouvir as mensagens enquanto fizesse xixi. Na maioria dos casos, combinaria bem.

Saiu do carro, trancou-o (mesmo com uma boa vizinhança como aquela, todo cuidado era pouco) e subiu os degraus da varanda. Usou o cartão-chave e silenciou os *mip-mip-mip-mip* do sistema de segurança sem pensar no que estava fazendo; doces fiapos de seus devaneios

(*a única mulher em sua época a ser amada e respeitada por* todas *as facções do cada vez mais divergente movimento das mulheres*)

ainda giravam em sua cabeça.

— Alô, ó de casa! — gritou, andando pelo saguão.

Silêncio, o que era o que ela estava esperando... e, vamos reconhecer, ansiava por conseguir. Com sorte, poderia ter duas ou até três horas de abençoado silêncio antes de começarem as risadinhas, os chuveiros assobiando, as portas batendo e as tagarelices das comédias noturnas.

Entrou na cozinha, imaginando se um longo e relaxante banho, com sais e tudo, não suavizaria a pior parte do dia. Então parou, franzindo a testa, diante da porta de seu escritório. Estava entreaberta.

— Droga — resmungou. — Mas que *droga*!

Se havia uma coisa que a desagradava mais que tudo — exceto talvez gente grudenta e sentimental — era ter sua privacidade invadida. Não tinha fechadura na porta de seu estúdio porque não achava que seria reduzida a isso. Aquele era o *seu* lugar, afinal de contas; as moças e mulheres que vinham para a F & I vinham graças à generosidade e tolerância dela. Não precisava de uma fechadura naquela porta. Seu desejo de que permanecessem do lado de fora a menos que fossem convidadas deveria bastar.

Na maioria das vezes bastava, mas de vez em quando alguma mulher chegava à conclusão de que *precisava realmente* de alguma parte de sua documentação, e que *precisava realmente* usar a fotocopiadora de Anna (que esquentava mais rápido do que a da sala de recreação), de que *precisava realmente* de um selo, e então essa pessoa desrespeitosa entrava, perambulava por um lugar que não era seu, talvez olhasse coisas que não eram de sua conta, empesteando o ar com alguma colônia barata...

Anna parou com uma das mãos na maçaneta da porta, olhando para a sala escura que fora copa quando ela era menina. Suas narinas tremeram levemente e a testa se franziu ainda mais. Havia um cheiro, certo, mas não era bem um perfume. Era algo que a lembrava do Marxista Louco. Era...

*Todos os meus homens usam English Leather ou não usam coisa alguma.*

Jesus! Jesus Cristo!

Seus braços se arrepiaram. Ela se orgulhava de sua praticidade, mas subitamente foi fácil demais imaginar o fantasma de Peter Slowik esperando por ela no estúdio, uma sombra tão pouco substancial quanto o fedor daquela colônia ridícula que ele usara...

Seus olhos fixaram-se numa luz na escuridão: a secretária eletrônica. A pequena lâmpada vermelha piscava loucamente, como se todos na cidade tivessem ligado hoje.

Algo *tinha* acontecido. Repentinamente, soube o que era. Isso também explicava o bip... e ela, como uma idiota, o desligara para que as pessoas parassem de olhá-la. Algo acontecera, provavelmente no Ettinger's Pier. Alguém ferido. Ou, que Deus a protegesse...

Entrou no escritório, tateando à procura do interruptor da luz ao lado da porta, depois parou, intrigada com o que seus dedos haviam encontrado. O interruptor já estava para cima, o que significava que a luz de cima deveria estar acesa, mas não estava.

Anna ergueu e desceu o interruptor duas vezes, começou a fazê-lo pela terceira vez quando uma mão caiu sobre o seu ombro direito.

Ela gritou, e o som que saiu de sua garganta foi tão pleno e frenético como qualquer grito já emitido por uma heroína de filme de terror. E quando outra mão fechou-se no seu braço esquerdo e a fez girar, e quando ela viu a forma contra a luz inundante vinda da cozinha, gritou de novo.

A coisa atrás da porta esperando por ela não era humana. Chifres espetavam-se do alto da cabeça, chifres que pareciam inchados com estranhas excrescências como tumores. Era...

— Viva el toro — disse uma voz oca, e ela percebeu que *era* um homem, um homem usando uma máscara, mas isso não a fez sentir-se nem um pouco melhor, porque tinha uma ideia muito clara de quem era aquele homem.

Arrancou-se do aperto dele e recuou para trás da escrivaninha. Ainda sentia o cheiro de English Leather, mas sentia outros cheiros também. Borracha quente. Suor. E urina. Era dela? Teria se urinado? Não sabia. Estava entorpecida da cintura para baixo.

— Não toque em mim — disse numa voz trêmula completamente diferente de seu habitual tom calmo e autoritário. Estendeu a mão para trás e tateou em busca do botão que chamava a polícia. Estava em algum lugar, mas enterrado sob o turbilhão de papéis. — Não ouse me tocar, estou lhe avisando.

— Anna-Anna-bo-Banna, banana-fanna-fo-Fanna — disse a criatura com a máscara de chifres num tom de profunda meditação, depois fechou bruscamente a porta atrás de si. Agora estava numa escuridão total.

— Fique longe de mim — disse ela, movendo-se ao longo da mesa, deslizando ao longo da mesa. Se pudesse entrar no banheiro, trancar a porta...

— Fi-fai-mo-Manna...

Vinha da esquerda. E de perto. Investiu para a direita, mas não com a rapidez suficiente. Braços fortes a envolveram. Ela tentou gritar de novo, mas os braços apertaram e a respiração dela saiu num jorro silencioso.

*Se eu fosse Misery Chastain, eu* — pensou, e então os dentes de Norman estavam em sua garganta, o rosto dele mergulhado nela como um garoto com tesão estacionado na Alameda do Amor, e os dentes dele cravados *na* garganta dela, e algo foi se espalhando com tepidez por toda a frente dela até embaixo, e ela deixou de pensar.

## 7

Quando as últimas perguntas tinham sido feitas e a declaração final assinada, já escurecera havia muito. A cabeça de Rosie girava e ela se sentia um pouco irreal, como depois daqueles testes ocasionais que eram aplicados no científico e que duravam o dia inteiro.

Gustafson saiu para preencher sua papelada, levando-a como se fosse o Santo Graal, e Rosie levantou-se. Começou a andar em direção a Bill, que também se levantava. Gert saíra à procura do banheiro das mulheres.

— Srta. McClendon? — disse Hale a seu lado.

O cansaço de Rosie foi suplantado por uma premonição súbita, horrível. Os dois estavam sós, com Bill ainda muito longe para escutar o que quer que Hale pudesse lhe dizer, e quando ele começasse a falar, o faria num tom baixo e confidencial. Ele lhe diria para que parasse com aquela tolice sobre o seu marido naquele minuto, enquanto era tempo, se sabia o que era bom para ela. Que mantivesse a boca fechada perto dos policiais, dali para a frente, a não ser que: (a) um deles lhe fizesse uma pergunta ou (b) abrisse a braguilha. Ele a lembraria de que aquilo era um assunto de família, que...

— *Vou* prendê-lo — disse suavemente Hale. — Não sei se posso convencê-la completamente disso por mais que eu lhe diga, mas de qualquer modo quero que me ouça dizendo. *Vou* prendê-lo. É uma promessa.

Ela o encarou de boca aberta.

— E vou fazer isso porque ele é um assassino, um louco, e é perigoso. Vou fazer isso também porque não gosto do modo como a senhora olha para a delegacia e pula cada vez que uma porta bate em algum lugar. Ou do modo como se encolhe um pouco a cada vez que eu mexo uma das mãos.

— Eu não...

— É sim. Não consegue evitar. Mas tudo bem, porque entendo *por que* faz isso. Se eu fosse mulher e tivesse passado pelo que a senhora passou... — Ele se calou, olhando-a com curiosidade. — Já lhe ocorreu algum dia que teve uma baita sorte de simplesmente estar viva?

— Já — disse Rosie. Suas pernas tremiam. Bill estava em pé no portão, olhando para ela, nitidamente preocupado. Ela se forçou a sorrir para ele e ergueu um só dedo: apenas mais um minuto.

— Pois pode ter certeza — disse Hale. Lançou um olhar para a delegacia e Rosie acompanhou seus olhos. Em uma mesa, um policial registrava um adolescente que chorava, usando uma jaqueta de couro de escola. Em outra, esta junto às janelas com tela do chão ao teto, um policial uniformizado e um detetive sem o paletó deixando visível o seu 38 Police Special preso ao cinto examinavam uma pilha de fotos, as cabeças juntas. Ante uma fileira de terminais de computador que atravessava a sala, Gustafson discutia seus relatórios com um jovem policial que para Rosie não parecia ter mais de 16 anos.

— A senhora sabe um bocado sobre policiais — disse Hale —, mas a maior parte do que sabe está errado.

Ela não soube como responder àquilo, mas tudo bem; ele não parecia querer uma resposta.

— Quer saber qual é o meu *maior* motivo para querer prendê-lo, sra. McClendon? Número um da velha parada de sucessos?

Rosie disse sim com a cabeça.

— Vou prendê-lo *porque* ele é um policial. Um policial herói, meu Deus do céu. Mas da *próxima* vez que a cara dele estiver na página da frente do velho jornal da cidadezinha em que mora, será como o *falecido* Norman Daniels, ou com roupa de presidiário.

— Obrigada por dizer isso — Rosie falou. — Significa muito para mim.

Ele a levou até Bill, que abriu o portão e pôs os braços à sua volta. Ela o abraçou apertado, os olhos fechados.

— Sra. McClendon? — disse Hale.

Ela abriu os olhos, viu Gert voltando à sala e acenou. Depois olhou para Hale timidamente, mas não com medo.

— Pode me chamar de Rosie, se quiser.

Ele sorriu rapidamente ante essas palavras.

— Quer saber de algo que talvez a faça ter uma impressão um pouco melhor deste lugar?

— Acho... acho que sim.

— Deixe-me adivinhar — disse Bill. — Você está tendo problemas com os policiais da cidade onde Rosie morava.

Hale deu um sorriso azedo.

— Isso mesmo. Estão relutando para mandar o fax com o que sabem sobre os exames médicos e tipo sanguíneo de Daniels, e até mesmo suas impressões digitais. Já acionaram advogados da polícia. Advogados falcatrueiros!

— Eles o estão protegendo — disse Rosie. — Eu sabia que fariam isso.

— Até agora sim. É um instinto, como o que lhe diz para largar tudo e ir atrás do assassino quando um policial é alvejado. Vão parar de jogar areia na engrenagem quando perceberem finalmente que a coisa é para valer.

— Acredita mesmo nisso? — perguntou Gert.

Ele ponderou a respeito, depois confirmou com a cabeça.

— Acredito sim.

— E que tal proteção policial para Rosie até que isso tudo tenha terminado? — perguntou Bill.

Hale concordou com a cabeça novamente.

— Já há um carro de polícia em frente a seu apartamento na rua Trenton, Rosie.

Ela olhou de Gert para Bill e deste para Hale, desalentada e com muito medo de novo. A situação continuava a assustá-la. Quando começava a sentir algum controle da situação, esta a derrubava novamente, por alguma nova circunstância.

— Por quê? *Por quê?* Ele não sabe onde eu moro, não *pode* saber onde eu moro! É por isso que foi ao piquenique, porque achava que eu estaria lá. Cynthia não disse a ele, disse?

— Ela disse que não. — Hale frisou a segunda palavra, mas tão de leve que Rosie não percebeu. Gert e Bill sim, e se entreolharam.

— Então! E Gert também não disse! Disse, Gert?

— Não, senhora — disse Gert.

— Bom, gosto de ficar tranquilo, digamos assim. Coloquei os rapazes na frente de seu edifício e carros de apoio, pelo menos dois, pela vizinhança. Não quero assustá-la novamente, mas um maluco que sabe como a polícia age é um maluco especial. É melhor não nos arriscarmos.

— Se acha que é melhor — disse Rosie com voz sumida.

— Sra. Kinshaw, vou mandar alguém levá-la para onde quiser ir...

— Para o Ettinger's — disse Gert, e alisou a roupa. — Vou dar uma declaração sobre moda no show.

Hale sorriu mostrando os dentes, depois estendeu a mão para Bill.

— Muito prazer, sr. Steiner.

Bill a apertou.

— O mesmo. Obrigado por tudo.

— É o meu trabalho. — Deu uma olhadela para Gert e Rosie. — Boa noite, garotas. — Olhou de volta para Gert, rapidamente, e seu rosto se abriu num sorriso que tirou 15 anos de sua idade. — Peguei você — disse ele, e riu. Depois de pensar um instante, Gert riu com ele.

## 8

Do lado de fora, na escada, Bill, Gert e Rosie se juntaram por um momento. O ar estava úmido e o nevoeiro flutuava para ali vindo do lago. Ainda era fino, não mais do que um nimbo em torno das luzes da rua e uma fumaça baixa sobre o pavimento, mas Rose pensou que dali a uma hora estaria espesso o suficiente para ser cortado com uma faca.

— Quer vir para a F & I esta noite, Rosie? — perguntou Gert. — Elas vão chegar do show dentro de umas duas horas; podemos fazer pipoca.

Rosie, que definitivamente não queria ir para a F & I, virou-se para Bill:

— Se eu for para casa, você fica comigo?

— Claro — disse ele prontamente, e pegou a mão dela. — Será um prazer. E não se preocupe com um lugar para eu dormir, qualquer sofá está ótimo.

— Você ainda não viu o meu — disse ela, sabendo que o sofá não seria problema, pois Bill não ia dormir nele. A cama dela era de solteiro, o que significava que ficariam apertados; mas achou que lidaria muito bem com isso. A proximidade podia até acrescentar algo.

— Mais uma vez obrigada, Gert — disse.

— Tudo bem. — Gert lhe deu um abraço rápido, duro, depois se inclinou e deu um beijo estalado no rosto de Bill. Um carro de polícia se aproximou da esquina e parou. — Cuide bem dela, rapaz.

— Vou cuidar.

Gert dirigiu-se à sua carona e então parou, apontando para a Harley de Bill, parada sobre o suporte numa vaga de estacionamento onde se lia SOMENTE QUESTÕES POLICIAIS.

— E não vá bater com aquela coisa nesse nevoeiro desgraçado.

— Prometo que vou devagar, mamãe.

Ela ergueu um grande punho para ele, de brincadeira, e Bill esticou o queixo para a frente com olhos semicerrados e uma expressão de sofrimento que fez Rosie rir muito. Nunca esperara rir nos degraus de uma delegacia, mas um monte de coisas que jamais esperara tinha acontecido naquele ano.

*Um monte.*

## 9

Apesar de tudo o que ocorrera, Rosie deleitou-se com a viagem de volta à rua Trenton quase tanto como usufruíra a viagem ao campo naquela manhã. Agarrou-se a Bill enquanto atravessavam a cidade pelas ruas periféricas, a grande Harley-Davidson cortando maciamente o nevoeiro espesso. Passar pelos três quarteirões finais foi como atravessar um sonho revestido de algodão. O farol da Harley era um cilindro enevoado e brilhante, projetando-se no ar como o facho de uma lanterna cortando uma sala enfumaçada. Quando Bill finalmente entrou na rua Trenton, os edifícios eram pouco mais que fantasmas, e o Bryant Park um imenso vazio branco.

O carro da polícia que Hale prometera estava estacionado em frente ao 897. Viam-se as palavras *Servir e Proteger* inscritas em sua lateral. Como o espaço à frente do carro estivesse vazio, Bill instalou a motocicleta nele, pôs o motor em ponto morto com o pé e o desligou.

— Você está tremendo — disse ele, enquanto a ajudava a descer.

Ela concordou com a cabeça e viu que tinha que fazer um esforço consciente para impedir seus dentes de baterem quando falava.

— É mais a umidade que o frio. — Contudo, mesmo naquele momento, sabia que não era nem um nem outro; em algum nível bem profundo, sabia que as coisas não estavam como deviam.

— Bom, trate de vestir algo seco e quente. — Pegou os dois capacetes, trancou a ignição da Harley e guardou a chave no bolso.

— É a ideia do século para mim.

Ele pegou sua mão e conduziu-a pela calçada até os degraus do edifício. Ao passarem pela radiopatrulha, Bill ergueu a mão para o policial atrás do volante. O policial ergueu a mão para fora da janela numa saudação preguiçosa, e a lâmpada da rua brilhou no anel que usava. Seu parceiro parecia estar dormindo.

Rosie abriu a bolsa, tirou a chave que precisava para abrir a porta da frente naquela hora tardia e girou-a na fechadura. Tinha apenas uma vaga ideia do que estava fazendo; seus bons sentimentos haviam desaparecido e o antigo terror despejava-se sobre ela como um objeto de ferro enorme e morto caindo de um andar atrás do outro de um velho edifício, um objeto destinado a cair por todo o caminho até o subsolo. Repentinamente, sua barriga estava congelando, a cabeça latejava *e ela não sabia por quê.*

Ela vira algo, *algo*, e estava tão concentrada no esforço de pensar no que teria sido que não ouviu a porta do motorista da radiopatrulha abrir e depois fechar sólida e suavemente. Também não ouviu os tênues passos rangentes na calçada atrás deles.

— Rosie?

Era a voz de Bill, vindo da escuridão. Estavam agora no vestíbulo, mas ela quase não conseguia ver o retrato do velhote (pensava que talvez fosse Calvin Coolidge) pendurado na parede à direita, ou a forma esquálida do cabideiro, com seus pés e seus ganchos de bronze, em pé junto à escada. Que droga, por que aquilo ali estava tão *escuro*?

Porque a lâmpada do teto estava queimada, claro; era simples. Mas ela sabia de uma pergunta mais difícil: por que o policial no banco de passageiro da radiopatrulha estava dormindo numa posição tão desconfortável, com o queixo espetado no peito e o quepe cobrindo tanto o rosto, parecendo um assassino num filme de gângster dos anos 1930? E por falar nisso, por que estava dormindo, quando o sujeito que lhe fora designado para vigiar podia aparecer a qualquer momento? *Hale ficaria zangado se soubesse disso*, pensou distraidamente. *Ia querer falar com aquele policial. E falar com ele bem de perto.*

— Rosie? O que é que há?

Os passos atrás deles corriam agora.

Ela fez o filme de sua cabeça passar de trás para a frente, como num videoteipe. Viu Bill levantando a mão para o policial ao volante da patrulha, dizendo oi, como vai, que bom ver você, sem abrir a boca. Viu o policial erguer a própria mão respondendo; viu o brilho da lâmpada de rua no anel que ele usava. Não estava suficientemente perto para ler as palavras nele, mas de repente soube quais eram. Vira-as impressas ao contrário em sua própria carne muitas vezes, como um selo do departamento de saúde numa peça de carne.

*Serviço, Lealdade, Comunidade.*

Passos subiram ansiosa e apressadamente os degraus atrás deles. Alguém arquejava baixo e com rapidez no escuro, e então Rosie sentiu o cheiro de English Leather.

## 10

*A mente de Norman deu outro daqueles ricochetes enquanto ele estava em pé diante da pia da cozinha na Filhas e Irmãs, sem camisa, lavando o sangue fresco do rosto e do peito. O sol já estava baixo no horizonte, fulgurando alaranjado em seus olhos quando ele levantou a cabeça e estendeu a mão para a toalha. Tocou-a e então, sem uma única interrupção de que tivesse consciência, numa piscada de olhos, estava do lado de fora e havia escurecido. Usava o boné dos White Sox novamente. Usava também um sobretudo London Fog. Deus sabe onde o pegara, mas era muito adequado, uma vez que o nevoeiro sobre a cidade aumentava rapidamente. Passou a mão sobre o caro tecido à prova d'água, apreciando a textura. Um artigo elegante. Tentou novamente lembrar como o conseguira, mas em vão. Teria matado alguém? Poderia tê-lo feito, vizinhos e amigos, poderia tê-lo feito; tudo era possível quando se estava de férias.*

*Olhou pela rua Trenton e viu um carro da polícia municipal — o que chamavam de um carro Charlie-David no distrito de Norman — estacionado e mergulhado até as calotas no nevoeiro a uns três quartos da distância até o cruzamento próximo. Meteu a mão no fundo do bolso esquerdo — um casaco realmente bom, alguém certamente tinha bom gosto — e tocou algo amassado e de borracha. Sorriu feliz, como um homem apertando as mãos de um velho amigo.*

*— El toro — sussurrou. — El Toro Grande. — Meteu a mão no outro bolso, não muito seguro do que ia encontrar, tendo certeza apenas de que havia algo lá que ele ia querer.*

*Espetou a ponta de seu dedo médio nele, fez uma careta e tirou cuidadosamente o objeto para fora. Era o abridor de cartas cromado da mesa de sua camarada Maude.*

Como ela gritara, *pensou, e sorriu ao virar o abridor de cartas nas mãos, deixando que a luz das lâmpadas da rua corresse por sua lâmina como líquido branco. Sim, ela havia gritado... mas depois parara. No final, as garotas* sempre *paravam de gritar, e que alívio isso era.*

*Enquanto isso, tinha um gigantesco problema para resolver. Haveria dois patrulheiros no carro estacionado ali adiante, e com armas, enquanto ele só estava armado com um abridor de cartas cromado. Tinha que tirá-los de lá e tão silenciosamente quanto possível. Um bonito problema, e não tinha a mais leve ideia de como resolvê-lo.*

*— Norm — sussurrou uma voz. Vinha de seu bolso esquerdo.*

*Pôs a mão no bolso e retirou a máscara. Suas órbitas vazias fixaram-no com uma atenção vazia e arrebatada, e o sorriso mais uma vez parecia sabiamente sarcástico. Naquela luz, as guirlandas de flores enfeitando-lhe os chifres podiam ser coágulos de sangue.*

*— O que é? — Falava num murmúrio baixo, como numa conspiração. — O que foi?*

*— Tenha um ataque do coração — sussurrou el toro, e foi o que Norman fez. Caminhou com dificuldade, cada vez mais devagar à medida que chegava mais perto. Teve cuidado de manter os olhos baixos e só olhar para o carro com sua visão periférica. Eles já o teriam visto agora, mesmo se fossem incompetentes — teriam que vê-lo, era a única coisa se movendo por ali —, e o que queria que eles vissem era um homem olhando para os próprios pés, um homem que se esforçava para dar cada passo. Um homem que ou estava bêbado ou com problemas.*

*Sua mão direita estava agora dentro do casaco, massageando o lado esquerdo do peito. Podia sentir a lâmina do abridor de cartas, que segurava naquela mão, dando pequenas estocadas em sua camisa. Quando chegou perto de seu objetivo, cambaleou — apenas uma oscilação de moderada a forte —, e então parou. Ficou perfeitamente imóvel com a cabeça abaixada por uma lenta contagem até cinco, sem deixar que seu corpo oscilasse mais que 50 milímetros para um ou outro lado. Agora a primeira suposição deles — a de que o senhor Caindo de Bêbado estava voltando lentamente para casa depois de algumas horas na Estalagem Gota de Sereno — deveria estar dando lugar a outras possibilidades. Mas queria que eles viessem até ele. Iria até eles se fosse absolutamente indispensável, mas se o fizesse, provavelmente o atacariam.*

*Deu outros três passos, não em direção ao carro agora, mas na direção da varanda próxima. Agarrou o corrimão de ferro gelado, porejado pelo nevoeiro, que subia lateralmente, e ficou ali arquejando, a cabeça ainda baixa, esperando parecer um homem tendo um ataque do coração e não alguém com um instrumento letal escondido no casaco.*

*Exatamente quando começava a pensar que cometera um grave erro, as portas do carro de polícia se abriram. Ele ouviu mais do que viu, e então ouviu um som ainda mais feliz: pés andando apressados até ele.* Os policiais, *pensou, arriscando então uma pequena olhadela. Tinha que arriscá-la, saber onde estavam em relação um ao outro. Se não estivessem juntos, teria que fingir um colapso... e isso continha seu próprio e irônico perigo. Em tal caso, um deles bem provavelmente correria de volta ao carro a fim de chamar uma ambulância pelo rádio.*

*Eram um perfeito time Charlie-David: um, veterano; o outro, garoto, ainda de fraldas. A Norman o novato parecia esquisitamente familiar, como alguém que pudesse ter visto na TV. Mas isso não tinha importância. Estavam juntos, quase ombro a ombro, e isso é que tinha importância. Isso era muito simpático. Íntimo.*

*— Senhor — perguntou o da esquerda, o mais velho —, está com algum problema?*

*— Dói como o diabo — chiou Norman.*

*— O que é que dói? — Novamente o mais velho falou. Aquele era um momento crucial, não o momento de dar o bote, mas quase. O policial mais velho podia mandar, a qualquer momento, que seu parceiro pedisse uma ambulância pelo rádio, e Norman estaria frito, mas não podia atacar ainda; estavam um tiquinho distantes demais.*

*Naquele momento, sentia-se mais em seu velho eu do que quando começara essa expedição: frio, claro e totalmente* presente, *consciente de tudo, desde as gotinhas de nevoeiro no corrimão de ferro até a pena cinza-sujo de pombo no bueiro perto de um saco amassado de batatas fritas. Podia ouvir o suave e contínuo sussurro da respiração dos policiais.*

*— É aqui — arquejou Norman, esfregando o casaco com a mão direita. A lâmina do abridor de cartas deu uma estocada através da camisa e lhe espetou a pele, mas ele quase não o sentiu. — É como ter uma crise de vesícula, só que no peito.*

*— Talvez seja melhor chamar uma ambulância — disse o policial mais jovem, e de repente Norman soube com quem ele parecia: Jerry Mathers, o garoto que representara Beaver em* Leave It to Beaver. *Ele assistia a todos esses programas que eram reprisados no Canal 11, alguns deles cinco ou seis vezes.*

*O policial mais velho, porém, não parecia nem um pouco com Wally, irmão de Beav.*

*— Espere um segundo — disse ele. Então, inacreditavelmente, entregou o ouro. — Deixe-me dar uma olhada. Fui do departamento médico no Exército.*

*— Casaco... botões... — disse Norman, mantendo o canto do olho em Beav.*

*O policial mais velho deu outro passo para a frente. Estava agora de pé na frente de Norman. Beav também deu outro passo para a frente. O policial mais velho desabotoou o botão de cima do sobretudo que Norman acabara de achar. Depois o segundo. Quando desabotoou o terceiro, Norman puxou para fora o abridor de cartas e mergulhou-o na garganta do homem. O sangue irrompeu em torrente, jorrando por seu uniforme abaixo. Na escuridão enevoada, parecia molho de carne.*

*Beav não se revelou um problema. Ficou imóvel, paralisado de horror enquanto seu parceiro erguia as mãos e batia fracamente no cabo da coisa em sua garganta. Parecia um homem tentando se livrar de alguma sanguessuga exótica.*

— Blah! — *sufocava.* — Ahk! Blah!

*Beav virou-se para Norman. Em seu choque, parecia não ter nenhuma noção de que Norman tivesse algo a ver com o que acabara de atingir seu parceiro, e isso não surpreendeu nem um pouco Norman. Já vira essa reação antes. Em seu choque e surpresa, o policial parecia uns dez anos mais velho, e agora não apenas parecia com Beav, mas era o próprio, idêntico.*

*— Aconteceu alguma coisa com Al! — disse Beav. Norman sabia algo sobre esse rapaz prestes a ser incluído no Quadro de Honra da cidade: no interior da mente, ele achava que estava gritando, achava mesmo, quando o que realmente emitia era só um sussurrozinho minúsculo. — Aconteceu alguma coisa com Al!*

*— Eu sei — disse Norman, e desfechou um golpe no queixo do garoto, um soco perigoso se seu oponente é perigoso, mas até um colegial poderia*

*ter lidado com Beav no estado em que estava naquele momento. O golpe atingiu-o em cheio, derrubando o jovem policial no corrimão de ferro que Norman estivera segurando há menos de 30 segundos. Beav não estava tão desacordado quanto Norman esperava, mas seus olhos tinham ficado enevoados e vagos; não haveria nenhum problema ali. Seu chapéu caíra. O cabelo embaixo era curto, mas não tão curto que não pudesse ser agarrado. Norman pegou um punhado dele e empurrou a cabeça do garoto brutalmente para baixo, enquanto erguia o joelho. O som foi abafado mas aterrorizante; o som de um homem com uma marreta batendo numa bolsa acolchoada cheia de porcelana.*

*Beav caiu como uma barra de chumbo. Norman procurou o parceiro dele com os olhos e deparou-se com algo inacreditável: o parceiro desaparecera.*

*Norman andou por ali, com os olhos penetrantes, e avistou-o. Caminhava pela calçada muito lentamente, as mãos esticadas para a frente como um zumbi num filme de terror. Norman deu uma girada completa, procurando testemunhas dessa comédia. Não viu ninguém. Ouvia-se um monte de assovios e gritos vindos do parque, adolescentes correndo por ali, brincando de agarrar a bunda um do outro no nevoeiro, mas tudo bem. Até então, sua sorte fora fantástica. Se continuasse assim por mais 45 segundos, um minuto no máximo, estaria livre como um pássaro.*

*Correu atrás do policial mais velho, que agora parara para dar outro puxão no abridor de cartas de Anna Stevenson para fora da garganta. Na verdade, conseguira se afastar uns 20 metros.*

*— Guarda! — disse Norman numa voz baixa e autoritária, e tocou o cotovelo do policial.*

*Este se virou cambaleante. Seus olhos estavam vidrados e protuberantes, os olhos de algo que pertencia a uma parede de chalé de caça, pensou Norman. Seu uniforme estava ensopado de vermelho do pescoço aos joelhos. Norman não tinha a mais leve ideia de como aquele homem podia estar vivo, que diria consciente.* Acho que os policiais do meio-oeste devem ser mais fortes, *pensou.*

— Chah! — *falou o policial com urgência.* — Chah! Rah! Apoh! — *A voz era borbulhante e sufocada, mas surpreendentemente forte. Norman até sabia o que o sujeito estava dizendo. Cometera um tremendo erro lá atrás, um erro de principiante, mas Norman pensou que, mesmo assim, teria orgulho de servir com ele. O cabo do abridor de cartas do lado de fora da garganta suspendia e abaixava quando o homem tentava falar, de um modo que lembrava a Norman a máscara de touro quando manipulava seus lábios pelo lado de dentro.*

*— Sim, vou chamar o reforço. — Norman falou com uma sinceridade suave, urgente. Fechou uma das mãos no pulso do policial. — Mas, por enquanto, vamos voltar ao carro. Vamos. Por aqui, guarda! — Teria usado o nome do policial, mas não sabia qual era; o nome na plaquinha da camisa de seu uniforme estava coberto de sangue. Não podia chamá-lo de guarda Al. Deu outro suave empurrão no braço do policial e desta vez o pôs em movimento.*

*Norman levou o cambaleante e ensanguentado guarda Charlie-David com o abridor de cartas na garganta até seu próprio carro branco e preto, na expectativa de que alguém saísse a qualquer momento do nevoeiro, que aumentava continuamente — um homem que fora comprar um pacote de cigarros, uma mulher que vinha do cinema, dois garotos voltando para casa depois de um encontro (talvez, Deus salve o Rei, um encontro no parque de diversões no Ettinger's) —, e quando isso acontecesse, ele teria que matá-los também. Uma vez que se começa a matar gente, isso parecia não parar nunca; a primeira morte parecia se espalhar como ondinhas num lago.*

*Mas não apareceu ninguém. Apenas vozes incorpóreas flutuavam pelo parque. Era realmente um milagre, da mesma forma como o guarda Al podia ainda estar em pé embora sangrando como um porco espetado, deixando atrás de si uma trilha de sangue tão larga e espessa que estava começando a fazer poças em alguns lugares. As poças cintilavam como óleo de motor no fulgor das lâmpadas da rua, esmaecido pelo nevoeiro.*

*Norman fez uma pausa para recolher o quepe caído de Beav nos degraus e, quando passaram pela janela do assento do motorista da radiopatrulha, ele se inclinou rapidamente para jogá-lo no banco e pegar as chaves do carro. Havia um número imenso delas no chaveiro, tantas que não conseguiam se achatar umas contra as outras, mas ficavam espetadas como raios de sol num desenho de criança, mas Norman não teve problema em escolher a que abria a mala do carro.*

*— Vamos — murmurou ele, confortador. — Vamos, um pouco mais adiante e depois vamos conseguir reforço logo. — Continuava esperando*

*que o policial desmoronasse, mas em vão. No entanto ele desistira de puxar o abridor de cartas para fora da garganta.*

*— Cuidado com o meio-fio, guarda, upa.*

*O policial desceu o meio-fio. Quando o sapato preto de seu uniforme chegou ali, o ferimento em sua garganta se abriu mais em torno da lâmina como a guelra de um peixe e mais sangue esguichou dentro do colarinho de sua camisa.*

Agora eu sou um assassino de policial também, *pensou Norman. Achara que a ideia seria devastadora para ele, mas não foi. Talvez porque uma parte sua mais profunda e sábia soubesse que realmente não matara esse ótimo policial; outra pessoa o fizera.* Algo. *Provavelmente fora o touro. Quanto mais Norman pensava sobre isso, mais plausível lhe parecia.*

*— Aguente um pouco, guarda, já chegamos.*

*O policial parou onde estava, atrás do carro. Norman usou a chave que escolhera para abrir a mala. Havia ali um pneu sobressalente (mas careca como a bunda de um bebê, ele notou), um macaco, dois coletes à prova de balas, um par de botas, uma edição da* Penthouse *com manchas de gordura, um jogo de ferramentas, um rádio de polícia com metade de suas tripas saindo para fora. Uma mala bastante cheia, em suma, como a mala de todos os carros de polícia que ele já vira. Mas como a mala de todos os carros de polícia que já vira, havia sempre espaço para mais uma coisa. Empurrou o jogo de ferramentas para um lado e o rádio da polícia para outro, enquanto o parceiro de Beav cambaleava ao lado dele, agora completamente silencioso, os olhos aparentemente fixos num ponto distante, como se ele visse agora o lugar onde sua nova jornada começaria. Norman enfiou o macaco atrás do estepe, então olhou do espaço vazio para a pessoa para quem o havia criado.*

— OK — *disse.* — *Ótimo. Mas preciso do seu quepe emprestado, está bem?*

*O policial não disse nada, simplesmente oscilava para a frente e para trás, mas a sonsa da mãe de Norman sempre gostara de dizer: "Quem cala, consente", e ele achava isso um bom ditado, certamente melhor do que o ditado favorito de seu pai, que fora: "Se tem idade suficiente para mijar, tem idade suficiente para mim." Norman tirou o quepe do policial e o colocou na própria cabeça careca. O boné de beisebol voou para dentro da mala.*

— Sanh — *disse o policial, estendendo a mão manchada para Norman. Seus olhos não se preocupavam com nada. Pareciam ter flutuado para longe completamente.*

*— É, eu sei, sangue, foi o diabo daquele touro — disse Norman, e empurrou o policial para dentro da mala. Ele ficou lá deitado, com uma perna torcida ainda se projetando para fora. Norman dobrou-a na altura do joelho, colocou-a para dentro e bateu a porta da mala do carro. Depois se voltou mais uma vez para o novato, que tentava sentar embora seus olhos revelassem ainda estar bastante inconsciente. Seus ouvidos sangravam. Norman dobrou um joelho, pôs as mãos na garganta do jovem policial e começou a apertar. O policial caiu para trás. Norman sentou-se sobre ele e continuou apertando. Quando Beav parou totalmente de se mexer, Norman pôs o ouvido no peito do rapaz. Escutou três batimentos vindos dali, ao acaso e desordenados, como um peixe sacudindo-se sobre a margem de um rio. Norman suspirou e deslizou as mãos para a garganta de Beav novamente, os polegares pressionando sua traqueia.* Agora vai chegar alguém, *pensou,* agora vai chegar alguém com certeza, *mas ninguém chegou. Uma pessoa gritou:* “Você, seu filho da puta!”, *do vazio branco do Bryant Park, e ouviu-se um riso esganiçado, aquele do tipo que só bêbados e retardados mentais conseguem dar, mas foi tudo. Norman encostou o ouvido no peito do policial novamente. Aquele cara era mera decoração e Norman não queria que uma mera decoração voltasse à vida num momento crucial.*

*Agora, a única coisa que se movia em Beav era o seu relógio.*

*Norman pegou o policial, carregou-o para o banco do passageiro do Caprice e deixou-o cair ali. Enterrou o quepe do novato em sua cabeça tanto quanto podia — negro e inchado, o rosto do garoto era agora o rosto de um duende —, e bateu a porta. Agora cada parte de seu corpo estava latejando, mas a pior dor de todas localizava-se em seus dentes e maxilares.*

Maude, *pensou.* Tudo aquilo tinha a ver com Maude.

*Subitamente ficou muito contente por não se lembrar do que fizera com Maude... ou* a ela. *E naturalmente não fora ele que o fizera; fora el toro, el toro grande. Mas, meu Deus do céu, como tudo* doía. *Era como se estivesse sendo desmantelado de dentro para fora, com a retirada de um pino, um parafuso e um dente da engrenagem ao mesmo tempo.*

*Beav estava escorregando lentamente para a esquerda, os olhos esbugalhados como bolas de cristal.*

*— Não vai não, upa, Nellie — disse Norman, e endireitou-o novamente. Esticou-se mais e afivelou o cinto do banco em Beav. Isso resolveu a coisa. Norman recuou um pouco e deu uma olhada crítica. Achava que não trabalhara mal, afinal de contas. Beav simplesmente parecia apagado, recuperando o sono atrasado.*

*Inclinou-se pela janela novamente, tendo o cuidado de não perturbar a posição de Beav, e abriu o porta-luvas. Esperava encontrar um estojo de primeiros socorros, e não ficou desapontado. Ergueu a tampa, retirou um frasco velho e empoeirado de analgésico e engoliu cinco ou seis. Estava apoiado na lateral do carro, mastigando as aspirinas e se encolhendo ante o gosto agudo de vinagre, quando sua mente decolou novamente num daqueles saltos.*

*Quando retomou a consciência, já se passara algum tempo, provavelmente não demais; sua boca e garganta estavam cheias do gosto azedo da aspirina. Encontrava-se no vestíbulo do edifício dela, ligando e desligando o interruptor de luz. Nada aconteceu ao fazer isso; a salinha continuou no escuro. Fizera algo com as luzes, então. Isso era bom. Tinha uma das armas dos policiais Charlie-David na outra mão. Segurava-a pelo cano, e tinha noção de que usara a coronha para martelar alguma coisa. O fusível, talvez? Será que tinha descido ao porão? Talvez, mas não importava. As luzes ali não funcionavam, isso era suficiente.*

*Tratava-se de uma casa de cômodos — boa, mas ainda assim uma casa de cômodos. Era impossível interpretar errado o cheiro de comida barata, do tipo que está sempre sendo cozinhada numa chapa quente. Era um cheiro que se impregnava nas paredes depois de algum tempo e que coisa alguma removia. Dali a duas ou três semanas, o som característico de casas de cômodo no verão seria acrescentado ao cheiro: o gemido baixo, entremesclado, de pequenos ventiladores colocados em muitas janelas diferentes, tentando refrescar aposentos que seriam verdadeiros fornos em agosto. Ela trocara sua bonita casinha por esse desespero apinhado, mas não havia tempo para cogitar sobre aquele mistério agora. A questão naquele momento era quantos inquilinos moravam naquele edifício e quantos deles estariam em casa num sábado à noite. Em outras palavras, quantos poderiam ser um problema.*

Nenhum deles será um problema, *disse a voz no bolso do sobretudo novo de Norman. Era uma voz confortadora.* Nenhum deles o será porque o que acontece depois não tem importância, e isso simplifica tudo. Se alguém se meter em seu caminho, mate-o.

*Virou-se, foi até a entrada e fechou a porta do vestíbulo atrás de si. Viu que estava trancada. Achava que arrombara a fechadura para entrar — a fechadura certamente não parecia oferecer um desafio muito grande —, mas era um tanto inquietante não saber disso com certeza. E as luzes. Por que se dera ao trabalho de inutilizá-las, se ela provavelmente entraria sozinha? Por falar nisso, como sabia que ela ainda não tinha chegado?*

*A segunda pergunta era fácil — sabia que ela não estava porque o touro lhe dissera que não estava, e ele acreditara. Quanto à primeira pergunta, Rosie poderia* não *estar sozinha. Gertie poderia estar com ela, ou... bem, el toro dissera algo sobre um namorado. Norman achava impossível acreditar naquilo, mas... "Ela gosta do modo como ele a beija", Ferd dissera. Estúpido, ela jamais ousaria... Mas seguro morreu de velho.*

*Começou a descer os degraus, pretendendo voltar ao carro dos policiais, pretendendo instalar-se atrás do volante e esperar que ela aparecesse, e foi então que o último piparote aconteceu, e* fora *um piparote daquela vez, um piparote e não um ricochete, ele subira como uma moeda impelida pelo polegar de um juiz num ritual pré-jogo, quem chuta, quem recebe, e quando aterrissou estava batendo a porta do vestíbulo atrás de si, se arremessando na escuridão e fechando as mãos na garganta do namorado de Rose. Não sabia como soubera que o homem* era o *namorado dela e não apenas um policial à paisana encarregado de levá-la em casa em segurança, mas quem se importava? Ele* sabia, *e bastava. Toda a sua cabeça vibrava de ultraje e fúria. Teria visto aquele cara*

(ela gosta do modo como ele a beija)

*trocando saliva com ela antes de entrar, talvez com as mãos saindo da cintura dela para empalmar seu traseiro? Não conseguia lembrar, não* queria *lembrar, não* precisava *lembrar.*

*— Eu lhe disse! — falou o touro; mesmo enfurecida sua voz estava perfeitamente lúcida. — Eu lhe disse, não disse? Foi isso que as amigas dela lhe ensinaram! Bonito! Muito bonito!*

*— Vou te matar, seu filho da puta — murmurou ele para o rosto invisível do homem que era o namorado de Rosie, e empurrou-o de volta contra a parede do vestíbulo. — E, cara, se eu puder, se Deus me deixar, eu te mato duas vezes.*

*Fechou as mãos na garganta de Bill Steiner e começou a apertar.*

## 11

— *Norman!* — gritou Rosie na escuridão. — *Norman, solte-o!*

A mão de Bill, que estivera tocando levemente a parte de trás do braço dela desde que ela puxara a chave da porta, desaparecera. Ela ouviu o barulho de passos tropeçando — *pancadas* de passos — na escuridão. Então houve um pesado choque, como se alguém empurrasse alguém contra a parede do vestíbulo.

— Vou te matar, seu filho da puta — surgiu o sussurro da escuridão. — E, cara, se eu puder, se Deus me deixar...

*Eu te mato duas vezes,* ela terminou mentalmente a frase antes que ele pudesse terminá-la alto; era uma das ameaças favoritas de Norman, geralmente berradas para a tela de TV quando um árbitro apitava algo que ia contra o amado time dos Yankees de Norman, ou quando alguém o cortava no tráfego. *Se Deus me deixar, eu te mato duas vezes.* E então ela ouviu um som sufocado, gargarejante, e claro que aquilo era Bill. Era Bill sendo sufocado até a morte pelas grandes e poderosas mãos de Norman.

Em vez do terror que Norman sempre provocara nela, Rosie sentiu uma volta da fúria que experimentara no carro de Hale e depois na delegacia de polícia. Desta vez, tal fúria parecia quase engolfá-la.

—*Deixe-o em paz, Norman!* — ela gritou. — *Tire a porra das suas mãos de cima dele!*

— Cala a boca, sua puta! — veio da escuridão, mas ela notou surpresa ao lado da raiva na voz de Norman. Até então, ela jamais lhe dera uma única ordem — nenhuma durante todo o casamento —, nem falara com ele naquele tom.

E outra coisa — havia uma faixa de surdo calor acima do lugar onde Bill lhe tocara até há pouco. Era o bracelete. O bracelete de ouro que a mulher de quíton lhe dera. Em sua mente, Rosie ouviu-a rosnar para ela: *Pare com seus estúpidos gemidos de ovelha!*

— *Solte-o, estou lhe avisando!* — gritou Rosie para Norman, e então avançou para o lugar de onde vinham os sons sufocados e os grunhidos. Avançou com as mãos à sua frente como uma cega, os dentes arreganhados.

*Você não vai sufocá-lo*, pensou. *Não vai não, eu não vou deixar. Você devia ter ido embora, Norman. Devia ter ido embora e nos deixado em paz enquanto podia.*

Ouviu o ruído de pés tamborilando indefesos contra a parede bem à sua frente, e podia imaginar Norman segurando Bill contra ela, os lábios esticados num sorriso que parecia morder, e subitamente ela se tornou uma mulher de vidro cheia de um pálido líquido vermelho, e aquele líquido era pura e imaculada fúria.

— *Não me ouviu, seu merda? SOLTE-O, JÁ DISSE!*

Estendeu a mão esquerda, que agora parecia tão forte quanto uma garra de águia. O bracelete ardia ferozmente — sentiu que devia ser quase visível, mesmo através do suéter e da jaqueta que Bill lhe emprestara, fulgurando como uma brasa amortecida. Mas não havia dor, só uma espécie de animação perigosa. Agarrou o ombro do homem que a espancara por 14 anos e puxou-o para trás. Foi estarrecedoramente fácil. Apertou o braço dele através do escorregadio tecido à prova d'água de seu casaco, depois esticou-lhe o braço num repelão e arremessou-o na escuridão. Ouviu o tamborilar rápido dos pés dele que tropeçavam, depois um baque e então uma explosão de vidros quebrados. Cal Coolidge, ou quem quer que fosse que estivesse no quadro na parede, fora a nocaute.

Então ouviu Bill tossindo e engasgando. Estendeu a mão para ele com os dedos esticados, achou seus ombros e pôs as mãos neles. Ele estava encurvado, esforçando-se para respirar, e imediatamente tossindo a respiração para fora. Isso não a surpreendeu. Sabia como Norman era forte.

Deslizou a mão direita por baixo do braço esquerdo de Bill e agarrou-o acima do cotovelo. Tinha medo de usar sua mão esquerda, medo de machucá-lo com ela. Podia sentir poder zumbindo em seu interior, latejando. Talvez o mais aterrorizante da sensação fosse a que ponto gostava dela.

— Bill — murmurou. — Vem. Vem comigo.

Tinha que fazê-lo subir a escada. Não sabia exatamente por quê, ainda não, mas não tinha nenhuma dúvida de que, quando precisasse, o conhecimento viria. Mas ele não se moveu. Apenas apoiou-se nas próprias mãos, tossindo e fazendo ruídos engasgados.

— *Vem, porra!* — sussurrou numa voz áspera e autoritária... e estivera perto de dizer: *Vem, seu porra!* E sabia com que voz a sua parecia, ah, sem dúvida, mesmo naquelas circunstâncias desesperadas, sabia muito bem.

Mas ele se pôs em movimento, e por enquanto era tudo que importava. Rosie o conduziu através do vestíbulo com a confiança de um cachorro de cego. Bill ainda tossia e tinha ânsias de vômito, mas podia andar.

— *Pare!* — gritou Norman de seu lugar na escuridão. Sua voz soou profissional e desesperada. — Pare ou eu atiro!

*Não vai atirar não, isso vai estragar sua diversão*, pensou ela, mas ele *atirou*, o colt 45 do policial morto obliquamente inclinado para o teto, o ruído terrível no espaço fechado do vestíbulo, o cheiro de pólvora queimada agudo o suficiente para fazer os olhos marejarem. Houve também um flash de luz amarelo-avermelhada, tão brilhante que imprimiu imagens posteriores nos olhos dela como tatuagens, e ela achou que sabia por que ele fizera aquilo: para ter uma visão da paisagem e dar uma olhadela no lugar onde ela e Bill estavam naquela paisagem. Na verdade, no início da escada.

Bill fez um som de vômito engasgado e cambaleou contra ela, empurrando-a para a parede da escada. Enquanto ela lutava para não cair de joelhos, ouviu passos apressados no escuro à medida que Norman avançava para eles.

## 12

Ela subiu os dois primeiros degraus, arrastando Bill junto. Ele andava com hesitação, tentando cooperar; talvez até ajudasse um pouco. Quando Rosie chegou ao segundo degrau, jogou o braço para trás e varreu o cabide dos casacos para o início da escada como que bloqueando o caminho. Quando Norman se chocou com ele e começou a xingar, ela soltou Bill, que oscilou mas não caiu. Ainda estava engasgando e ela sentiu que ele se dobrava de novo, tentando respirar, tentando fazer a traqueia funcionar novamente.

— Aguente aí — murmurou ela. — Aguente aí, Bill.

Subiu dois degraus, depois desceu novamente pelo outro lado dele, de modo a que pudesse usar seu braço esquerdo. Se precisava içá-lo até o alto da escada, ia necessitar de todo o poder que o bracelete de ouro estava emitindo. Deslizou um braço pela cintura de Bill e de repente ficou fácil. Começou a subir com ele, respirando com esforço e dobrada para a direita, como uma mulher se equilibrando com algo pesado, mas sem arquejar ou sem que seus joelhos se dobrassem. Achou que poderia tê-lo içado por uma escada mais alta do que aquela, se tivesse sido preciso. De vez em quando, ele descia um pé e empurrava, tentando ajudar, mas na maior parte do tempo só os dedos dos pés se arrastavam pelos degraus acarpetados. Então, quando atingiam o décimo degrau — um ponto no meio do caminho, pelas contas dela —, ele começou a ajudar um pouco mais. Isso foi bom, porque se ouviu um estalo na parte de trás e abaixo deles, quando o cabide de casacos se quebrou sob os 100 quilos de Norman. Agora ela podia ouvi-lo subindo de novo, não em seus pés — pelo menos não era esse o ruído —, mas de quatro.

— Não vai querer brincar comigo, Rose — ofegou ele. De que distância? Rose não sabia. E embora o cabide de casacos o tivesse retardado, Norman não estava arrastando um homem ferido e apenas três quartos consciente. — Pare onde está. Pare de tentar fugir. Só quero falar com voc...

— *Fique longe!* — Dezesseis... 17... 18. A luz fora apagada ali também, e sem janelas aquilo era tão escuro quanto uma mina de carvão. Então ela cambaleou para a frente, o pé que esperara encontrar o 19º degrau encontrou apenas o chão. Aparentemente havia apenas 18 degraus naquele lance de escadas, não 20. Que maravilha. Tinham chegado ao alto na frente dele; pelo menos tinham conseguido isso.

— *Fique longe de mim, Nor...*

Um pensamento a atingiu então, um pensamento tão terrível que a congelou onde estava. Ela engoliu a última sílaba do nome do marido para dentro de si como alguém socado no estômago.

Onde estavam suas chaves? Será que as tinha deixado penduradas na fechadura na porta externa?

Soltou Bill para que pudesse tatear o bolso esquerdo da jaqueta de couro que ele lhe emprestara, e enquanto fazia isso, a mão de Norman fechou-se suave e persuasivamente em seu tornozelo, como uma serpente que, em vez de envenenar sua presa, enrola-se para esmagá-la. Sem pensar, chutou para trás com força com o outro pé. A sola do tênis achatou-se contra o nariz já machucado de Norman e ele emitiu um doentio uivo de dor. Isso mudou para um grito de surpresa quando estendeu a mão para o corrimão, não o encontrou e caiu para trás no poço da escada. Rosie ouviu um choque quando ele deu dois saltos mortais e caiu, os pés sobre a cabeça.

*Quebre o pescoço!* gritou em pensamento para ele, enquanto sua mão tocava a reconfortante forma redonda do chaveiro no bolso de sua jaqueta; ela o havia enfiado ali afinal de contas, graças a Deus, graças ao bom Deus, graças a todos os anjos no Reino do Céu. *Quebre o pescoço, que tudo se acabe nessa escuridão, quebre esse pescoço nojento, morra e me deixe em paz!*

Mas não. Já o ouvia se agitando, movendo-se lá embaixo, e então ele a estava xingando, e ela ouvia as inequívocas pancadas de seus joelhos andando enquanto ele se arrastava escada acima novamente, chamando-a de tudo — escrota, sapatão, puta e vaca —, enquanto ia subindo.

— Eu consigo andar — disse Bill de repente. Sua voz soou oprimida e diminuta, mas Rosie ficou grata em ouvi-la mesmo assim. — Eu consigo andar, Rosie, vamos para o seu apartamento. O canalha maluco está vindo de novo.

Bill começou a tossir. Abaixo deles — mas não muito abaixo —, Norman riu.

— Isso mesmo, garotão, o canalha maluco está vindo de novo. O canalha maluco vai arrancar os olhos dessa sua cabeça escrota e fazer você comer. Qual será o gosto deles?

— *FIQUE LONGE, NORMAN!* — gritou Rosie e começou a guiar Bill pelo patamar completamente negro. Seu braço esquerdo ainda estava em torno da cintura dele; com a mão direita ela tateava a parede, apalpando-a com os dedos, procurando sua porta. A mão esquerda era um punho apertado contra Bill com as únicas três chaves que tivera até agora em sua nova vida — da porta da frente, da caixa do correio e do apartamento. — *FIQUE LONGE, ESTOU LHE AVISANDO!*

E da escuridão atrás dela — ainda nos degraus mas agora muito perto do patamar de novo — o último absurdo veio flutuando:

— *Não OUSE* mandar em mim, sua *VACA*!

A parede fazia um corte para dentro numa porta que tinha que ser a dela. Rosie soltou Bill e pegou a chave que a abria. Diferente daquela da porta da frente, a chave de seu apartamento tinha uma cabeça quadrada. Rosie tentou enfiá-la na fechadura no escuro. Não conseguia mais ouvir Norman. Estaria na escada? No patamar? Bem atrás deles e avançando em direção ao ruído da respiração sufocada de Bill? Ela encontrou a fechadura, apertou a fenda vertical com seu indicador direito como guia, então enfiou a chave nela. Não entrou. Podia sentir a ponta dela pressionando a fenda, mas recusando-se a entrar além desse ponto. Sentiu o pânico começando a rasgar sua mente com diligentes e pequenos dentinhos de rato.

— Não entra! — ofegou para Bill. — É a chave certa, mas não entra!

— Vire ao contrário. Deve estar de cabeça para baixo.

— Ei, o que está acontecendo aí? — Era uma nova voz, num ponto mais distante e acima deles. Provavelmente na plataforma do terceiro andar. Foi seguida por um infrutífero *clique-clique-clique* do interruptor de luz. — E por que as luzes estão apagadas?

— *Fique...* — gritou Bill, e imediatamente começou a tossir de novo. Fez um som terrível e rangente na garganta, tentando limpar a voz. — *Fique onde está! Não desça aqui! Chame a p...*

— Eu *sou* a polícia, seu escroto — disse uma voz macia, estranhamente abafada, vindo da escuridão bem ao lado deles. Ouviu-se um grunhido baixo e espesso, um som que era ao mesmo tempo ansioso e satisfeito. Bill foi arrebatado de Rosie exatamente quando ela finalmente conseguiu enfiar sua chave na fechadura.

— *Não!* — ela gritou, varrendo a escuridão com a mão esquerda. No seu braço esquerdo, o bracelete estava mais quente do que nunca. — *Não, solte-o! SOLTE-O!*

Ela agarrou o couro macio — a jaqueta de Bill — e então perdeu-a. Os horríveis sons de sufocamento, os sons de alguém cuja garganta está sendo tampada com areia fina, começaram novamente. Norman riu. Esse som também foi abafado. Rosie deu um passo na direção dele, os braços para a frente, as mãos esticadas à procura. Ela tocou o ombro da jaqueta de Bill, estendeu a mão mais adiante e tocou algo horripilante — parecia carne morta que de algum modo estivesse viva. Era cheia de calombos... borracha...

Borracha.

*Ele está usando uma máscara*, pensou Rosie. *Algum tipo de máscara.*

Então sua mão foi agarrada e puxada para uma oca umidade que ela só reconheceu como sua boca pouco antes que os dentes dele se fechassem sobre seus dedos e ela fosse mordida até o osso.

A dor foi intensa, entretanto uma vez mais sua reação a isso não foi de medo, nem foi o desamparado impulso de ceder, de deixar a vontade de Norman prevalecer como sempre, mas uma fúria tão grande que era como insanidade. Em vez de tentar se soltar de seus dentes moedores e malignos, ela dobrou os dedos na segunda junta, pressionando as pontas dos dedos contra a gengiva do lado de dentro de seus dentes. Então ela firmou a palma da mão esquerda sobrenaturalmente forte contra o queixo dele e puxou.

Houve uma estranha sensação de estalo sob sua mão, o som que uma tábua antes de quebrar poderia fazer sob o joelho de um homem ou de uma mulher. Sentiu Norman dar um solavanco, ouviu-o emitir um ruído interrogativo e oco que pareceu consistir só de vogais — *Aaaoouuu?* — e então a parte inferior de seu rosto deslizou para a frente como a gaveta de uma escrivaninha, deslocando suas dobradiças no maxilar. Ele gritou de agonia e Rosie soltou sua mão ensanguentada, pensando: *É o que você ganha por morder, seu nojento, tente fazer isso agora.*

Ela o ouviu cambaleando para trás, rastreando-o por seus gritos e pelo som de sua camisa roçando na parede. *Agora ele vai usar a arma*, pensou ela enquanto se virava para Bill. Ele se apoiava na parede, uma sombra mais escura na escuridão, tossindo desesperadamente de novo.

— Ei, pessoal, brincadeira é brincadeira, mas já chega. — Era o homem do andar de cima, com um tom petulante e aborrecido, só que agora parecia estar *no andar de baixo*, no final daquele corredor, e o coração de Rosie anteviu completamente o que ia acontecer enquanto ela girava a chave na fechadura e empurrava a porta. Não soava absolutamente como ela mesma, e sim como a outra.

— *Saia daqui, seu idiota! Ele vai te matar! Não...*

A arma disparou. Ela estava olhando para a esquerda e teve um vislumbre de pesadelo de Norman, sentado no chão com as pernas dobradas debaixo de si. Não houve tempo suficiente no flash para perceber o que ele usava na cabeça, mas conseguiu fazê-lo assim mesmo: era uma máscara de touro com uma cara insípida e sorridente. Sangue — o dela — rodeava sua boca. Conseguiu ver os olhos obcecados de Norman, que a fitavam, olhos de um homem das cavernas prestes a começar uma batalha cataclísmica e final.

O inquilino que se queixara deu um grito enquanto Rosie empurrava Bill pela porta e a batia atrás deles. Seu quarto estava cheio de sombras, e o nevoeiro abafara o fulgor das lâmpadas da rua que geralmente lançavam uma barra de luz através do chão, mas o lugar parecia brilhante depois do vestíbulo, escada e corredor daquele andar.

A primeira coisa que Rosie viu foi o bracelete, cintilando suavemente no escuro. Estava pousado na mesinha de cabeceira ao lado do abajur.

*Eu mesma fiz aquilo*, pensou. Sua surpresa era tão grande que se sentia um pouco estúpida. *Eu mesma fiz aquilo, só de* pensar *que eu estava usando o bracelete foi suficiente...*

*Claro*, replicou outra voz: Prática-Sensata. *Claro que foi, porque o bracelete nunca teve poder* nenhum, *o poder sempre estivera* nela, *o poder sempre estivera ne-*

Não, não. Ela não enveredaria mais por aquela estrada, de modo nenhum. E naquele momento sua atenção foi desviada, porque Norman atacara a porta como um trem de carga. A madeira barata rachou sob seu peso; a porta gemeu nas dobradiças. Mais distante, o vizinho de cima, um homem a quem Rosie jamais vira, começou a gemer.

*Rápido, Rosie, rápido! Você sabe o que fazer, aonde ir...*

— Rosie... chame... tem que chamar... — Bill foi até ali, depois começou a tossir novamente, era muito difícil terminar. Ela não teria tempo de ouvir aquela bobagem, de qualquer modo. Mais tarde as ideias dele poderiam ser melhores, mas agora só podiam mesmo é fazer com que fossem assassinados. Agora a tarefa dela era cuidar dele, abrigá-lo... e isso significava arranjar um lugar onde ele pudesse ficar seguro. Onde *ambos* pudessem ficar seguros.

Rose abriu a porta do *closet* com um puxão, esperando ver aquele estranho outro mundo preenchendo-o, do modo como tinha preenchido a parede do seu quarto quando tinha despertado ao som de trovões. A luz do sol apareceria, cegando seus olhos já adaptados ao escuro...

Mas era só um armário, pequeno, mofado e sem nada dentro — ela estava usando os dois únicos artigos que guardara ali, um suéter e um par de tênis. Ah, sim, o quadro estava ali, apoiado na parede onde ela o pusera, mas não havia crescido ou mudado ou se ampliado ou qualquer coisa assim. Era apenas um quadro tirado da moldura, um tipo de pintura medíocre que se podia encontrar na parte de trás de uma loja de curiosidades, numa loja de segunda mão ou numa casa de penhores. Nada além disso.

No corredor, Norman atacou a porta novamente. O estalo foi mais forte desta vez; uma comprida lasca de madeira pulou da porta e caiu no chão. Mais algumas pancadas resolveriam a questão; duas ou três poderiam ser suficientes. Portas de casas de cômodos não eram construídas para resistir à loucura.

— Era mais do que só a droga de um quadro! — exclamou Rosie. — Foi deixado lá para mim, e era mais do que apenas a droga de um quadro! Entrava em um outro mundo! *Eu sei que entrava porque ganhei o bracelete dela!*

Ela virou a cabeça, olhou-o, então correu para a mesinha de cabeceira e o pegou num gesto brusco. Parecia mais pesado do que nunca. E quente.

— Rosie — disse Bill. Quase não podia vê-lo, segurando a garganta. Ela achou que havia sangue em sua boca. — Rosie, temos que chamar a... — Então ele gritou quando uma luz brilhante despejou-se sobre a sala... só que não era suficientemente brilhante para ser a luz enevoada e solar do verão que ela esperara. Era luar, inundando o *closet* aberto e varrendo o chão. Ela foi até Bill com o bracelete na mão e olhou para dentro do *closet*. Onde houvera a parede de trás, ela via agora o alto da colina, a relva alta movendo-se numa intermitente e suave brisa noturna, via as lívidas linhas e colunas do templo cintilando no escuro. E acima de tudo, fitou a lua, uma moeda de prata brilhante cavalgando um céu negro-púrpura.

Pensou na mãe raposa que tinham visto hoje, mil anos atrás, olhando para cima e vendo aquela lua enquanto os filhotes dormiam a seu lado no abrigo do tronco caído, fitando embriagadamente a lua com seus olhos negros.

O rosto de Bill estava perturbado sob a luz que banhava sua pele como prata dourada.

— Rosie — disse ele numa voz fraca e preocupada. Seus lábios continuaram a se mover, mas não falou mais nada.

Ela pegou seu braço.

— Vamos, Bill. Temos que ir.

— O que está acontecendo? — Causava pena seu sofrimento e confusão. A expressão de seu rosto provocava emoções estranhas e contrastantes nela: uma impaciência louca ante suas respostas lentas e bovinas, e um feroz amor — não muito maternal — que parecia uma chama na alma dela. Ela o protegeria. Sim. Sim. Ela o protegeria até a morte, se fosse preciso.

— O que está acontecendo não tem importância — disse ela. — Apenas confie em mim, da mesma forma que eu confiei em você para me levar na motocicleta. Confie em mim e venha. *Temos que ir imediatamente!*

Puxou-o para a frente com a mão direita; o bracelete pendia de sua mão esquerda como uma rosca dourada. Ele resistiu por um momento. Então Norman berrou e investiu contra a porta de novo. Com um grito de medo e fúria, Rosie agarrou ainda com mais força o braço de Bill. Ela o arrastou para dentro do *closet* e do mundo iluminado pelo luar que se estendia além da parede distante.

## 13

*As coisas começaram a desandar seriamente quando a vaca empurrou o cabide de casacos pela escada. De algum modo, Norman se embaraçara nele, ou pelo menos o sobretudo de que tanto gostava se embaraçara. Um dos ganchos de metal do cabide atravessou uma casa de botão, o truque mais caprichado da semana, e outro, o seu bolso, como um punguista incompetente tateando em busca da carteira. Um terceiro espetara um rombudo dedo de cobre em seus maltratados colhões. Rugindo, amaldiçoando Rose, tentou investir para a frente e para cima. O medonho e grudento cabide de casacos recusava-se a soltá-lo, e até puxá-lo junto mostrou-se impossível a Norman:*

*um de seus pés-garras de certo modo tinha se enganchado no pilar da escada, prendendo-o como uma âncora.*

*Tinha que se levantar. Não queria que ela e aquele escroto se trancassem naquela tocazinha antes que pudesse chegar lá. Não tinha dúvida de que podia derrubar a porta se tivesse que fazê-lo, quebrara um monte daquelas merdas nos anos como policial, algumas delas bem pesadas, mas o tempo estava se tornando um fato ali. Não queria atirar nela, isso seria muito rápido e fácil demais para a raça de sua Rose errante, mas se o caminho que estava seguindo não se tornasse um pouco mais suave, e logo, aquela poderia ser a única opção que lhe restava. Que pena seria!*

*— Me veste, treinador! — exclamou o touro do bolso do sobretudo. — Eu estou bronzeado, em forma, descansado e pronto!*

*Sim, era uma ideia danada de boa. Norman tirou a máscara do bolso com um puxão e enfiou-a na cabeça, inalando o cheiro de mijo e de borracha. Os cheiros não eram ruins de todo, quando você os sentia juntos assim; na verdade, eram até bons. Reconfortantes.*

*— Viva el toro! — exclamou e espremeu-se para fora do sobretudo. Investiu para a frente de novo, arma na mão. O desgraçado do cabide de casacos estalou sob o seu peso, mas não antes de tentar enfiar um de seus ganchos nojentos no joelho esquerdo de Norman, que quase não o sentiu. Estava sorrindo e fazendo os dentes rangerem dentro da máscara, gostando do pesado clique que emitiam, como bolas de bilhar se chocando.*

*— Não vai querer brincar comigo, Rose. — Tentou se levantar e a rótula em que o cabide batera vergou sob ele. — Pare aí mesmo onde está. Pare de tentar fugir. Eu só quero falar com você.*

*Ela o xingou, palavras, palavras, palavras que não tinham importância. Norman começou a se arrastar de novo, tão rápida e silenciosamente quanto podia. Finalmente sentiu movimentos diante de si. Esticou o braço, pegou o tornozelo esquerdo dela, afundou as unhas nele. Como era bom! Peguei* você!, *pensou, selvagemente triunfante.* Peguei você, por Deus! Peguei...

*O pé dela saiu da escuridão brusco e inesperado como um cassetete forrado de chumbo, atingindo o nariz dele e quebrando-o num outro lugar. A dor foi terrível — parecia que um enxame de abelhas africanas tinham se soltado em sua cabeça. Ela se desvencilhou dele, mas Norman não teve muita consciência disso; já estava tombando para trás, tentando agarrar o corrimão e só conseguindo tocá-lo com os dedos brevemente. Foi tropeçando por todo o caminho para trás até o cabide de casacos, segurando a arma com o dedo fora do gatilho para não fazer um buraco em si mesmo... e, do modo como as coisas estavam indo, até aquilo era possível. Ficou ali deitado por um momento, depois sacudiu a cabeça a fim de clareá-la, e começou a subir de novo.*

*Desta vez, não houve nenhum ricochete em seus pensamentos, nenhuma interrupção completa da consciência, mas não tinha a mínima ideia do que haviam gritado para ele do alto da escada ou o que poderia ter gritado de volta. Seu nariz novamente traumatizado estava na frente de tudo, fazendo descer uma tela vermelha de dor.*

*Teve noção de que outra pessoa tentava se intrometer na festa, o espectador inocente da fábula, e o amiguinho escroto de Rosie estava dizendo para que ele ficasse longe. A coisa boa foi o modo como isso o fez localizar a posição do amigo escroto sem nenhum problema. Norman procurou o escroto e o escroto estava lá. Pôs as mãos no pescoço dele e começou a esganá-lo de novo. Desta vez, pretendia terminar o trabalho, só que imediatamente sentiu a mão de Rosie na lateral de seu rosto... na pele da máscara. Era como ser acariciado depois que lhe deram uma injeção de novocaína.*

*Rosie. Rosie tocando nele. Ela estava ali. Pela primeira vez desde que fugira com o desgraçado do cartão de banco dele na bolsa, ela estava* bem ali, *e Norman perdeu qualquer interesse no namorado. Pegou a mão dela, enfiou-a no buraco da boca da máscara e mordeu com toda a força que podia. Foi um êxtase. Só que...*

*Só que, então, algo aconteceu. Algo ruim. Algo* horrível. *Era como se ela tivesse arrancado seu maxilar inferior de seus encaixes. A dor subiu pelas laterais de sua cabeça como setas de aço, encontrando-se com um choque no alto. Ele gritou e afastou-se dela, a vaca, ah, a vaca suja, o que tinha acontecido para transformá-la da coisa previsível que fora naquele monstro?*

*O espectador inocente falou então, e Norman tinha certeza de que atirara nele. Atirara em* alguém, *de qualquer modo; gente que gritava assim é porque fora alvejado ou queimado. Então, ao virar a arma na direção do lugar onde Rose e o amigo escroto estavam, ouviu uma porta se fechar. A vaca o derrotara, conseguindo entrar em seu apartamento afinal.*

*Por enquanto, até aquilo tinha importância secundária. Seu maxilar agora substituíra o nariz como o centro de dor, da mesma forma como o nariz substituíra o joelho batido e os colhões feridos. O que teria feito nele? A metade inferior de seu rosto parecia não apenas torcida e aberta, mas* esticada, *de alguma forma; seus dentes pareciam satélites flutuando em algum ponto além do final de seu nariz.*

Não seja idiota, Normie, *sussurrou-lhe o pai.* Ela deslocou seu maxilar, só isso. Você sabe o que fazer a respeito, portanto faça!

*"Cala a boca, sua bicha velha", Norman tentou dizer, mas com o rosto puxado de seu encaixe só emitiu:* Ah ah ooah, uu ich eaa! *Abaixou a arma, levantou os lados da máscara com os polegares (não a tinha baixado completamente quando a pusera, o que tornou sua tarefa parcialmente mais fácil), depois pressionou suavemente a palma das mãos contra os pontos principais de seus maxilares. Era como tocar rolimãs que tivessem saído dos eixos.*

*Tentando se preparar para a dor, deslizou as mãos mais para baixo, inclinou-as com força para cima e empurrou bruscamente. Houve dor, certo, mas sobretudo porque apenas um lado do maxilar voltou para o lugar, inicialmente. Isso deixou a parte inferior de seu rosto oblíqua, como uma gaveta de cômoda fechada de modo torto.*

Se ficar com a cara dessa forma por muito tempo, Norman, vai ficar assim pra sempre!, *despejou a mãe dentro da cabeça dele — o velho veneno de que se lembrava muito bem.*

*Norman empurrou o lado direito de seu rosto novamente para cima. Desta vez ouviu um clique bem no fundo da cabeça, quando a metade direita do maxilar se ajustou no lugar. A coisa toda parecia esquisitamente frouxa, porém, como se os tendões tivessem sido esticados e precisassem de algum tempo para voltar ao tamanho normal. Tinha a sensação mais estranha do mundo: a de que, se bocejasse, seu maxilar poderia despencar até a fivela de seu cinto.*

A máscara, Normie, *sussurrou-lhe o pai.* A máscara vai ajudar, se você puxá-la até embaixo.

*— Certo — disse o touro. Sua voz estava abafada devido ao modo como estava embolada nas laterais, mas Norman não teve qualquer dificuldade para entendê-la.*

*Abaixou-a cuidadosamente e toda, desta vez, puxando as bordas bem abaixo de seus maxilares, e isso* ajudou; *pareceu manter seu rosto no lugar como um vigoroso suporte.*

— *Isso* — disse el toro. — *Pense em mim como se eu fosse uma tipoia de maxilar.*

*Norman respirou profundamente enquanto se esforçava para se levantar, enfiando o 45 do policial no cinto da calça.* Tudo está calmo, *pensou ele.* Ninguém aqui a não ser os rapazes; nenhuma garota permitida. *Parecia até ver mais nitidamente através dos buracos da máscara agora, como se sua visão tivesse se tornado de algum modo mais aguçada. Sem dúvida, apenas imaginação sua, mas realmente dava essa impressão, e era uma sensação boa. Uma sensação que estimulava a confiança.*

*Apertou-se contra a parede, depois se atirou para a frente e atacou a porta por onde ela e o amigo escroto tinham passado. Aquilo fez seu maxilar balançar dolorosamente mesmo dentro do suporte da máscara, mas ele repetiu o ato com a mesma força, sem qualquer hesitação. A porta sacudiu-se com estrépito em sua moldura e uma comprida lasca de madeira saiu do painel superior.*

*Viu-se desejando subitamente que Harley Bissington estivesse ali. Os dois teriam derrubado a porta numa investida, e ele teria deixado Harley dar umazinha com sua esposa enquanto ele, Norman, cuidava do amigo dela. Dar uma com Rose fora um dos grandes desejos não expressos da vida de Harley, algo que Norman não compreendia mas que havia lido nos olhos do homem cada vez que ele fora à sua casa.*

*Atacou a porta de novo.*

*Na investida número seis — ou talvez fosse o sete da sorte, perdera a conta — a fechadura arrebentou e Norman atirou-se porta adentro. Ela estava ali, os dois estavam, tinham que estar, mas naquele momento não viu nenhum dos dois. O suor escorreu para os seus olhos, nublando momentaneamente sua visão. O quarto parecia vazio, mas não podia estar. Não tinham saído pela janela, que estava fechada e trancada.*

*Ele investiu pelo quarto, percorrendo a luz indiferente lançada pelo lampião da rua envolto em nevoeiro, girando a cabeça de um lado para o outro, os chifres de Ferdinando ferindo o ar. Onde ela estaria? Vaca! Em nome de Deus, para onde poderia ter ido?*

*Divisou uma porta aberta na extremidade do quarto e a tampa fechada de um vaso sanitário. Correu até o banheiro e espiou para dentro. Vazio. A não ser...*

*Puxou a pistola e deu dois tiros através da cortina do chuveiro, abrindo um par de surpresos olhos negros no vinil com padrão de flores. Depois puxou-a com estrépito, fazendo-a deslizar. A banheira estava vazia. As balas tinham estourado dois azulejos de porcelana da parede; foi aquela a extensão do dano. Mas talvez estivesse tudo bem. Ele não queria alvejá-la mesmo.*

*Não, mas para onde ela teria ido?*

*Norman investiu novamente para dentro do quarto, caiu de joelhos (pestanejando de dor, mas sem realmente senti-la) e passou o cano do revólver para baixo e para cima debaixo da cama. Nada. Deu um murro no chão de frustração.*

*Avançou em direção à janela, apesar do que seus olhos lhe haviam dito, porque só sobrara a janela... ou assim pensava, até que viu luz — luz brilhante, parecia luar — despejando-se de outra porta aberta, uma que atropelara na primeira investida no quarto.*

Luar? É o que acha que está vendo? Está doido, Normie? Não sei se você se lembra, mas há um nevoeiro lá fora, filho. *Nevoeiro*. E mesmo que fosse a noite da lua mais cheia do século, aquilo é um *closet*. Um *closet* no segundo andar, na verdade.

*Talvez fosse, mas ele passara a acreditar que aquele seu pai fedendo a suor, de cabelos engordurados, bolinador e chupador de pau não sabia automaticamente tudo sobre tudo. Norman sabia que luar vindo de um* closet *no segundo andar não fazia muito sentido... mas* era *o que estava vendo.*

*Andou lentamente em direção à porta com a pistola na mão e ficou ante a enchente de fulgor. Olhava pelos buracos da máscara (só que agora, estranhamente, parecia apenas* um *buraco só que os dois olhos utilizavam), fixando o interior do* closet.

*Havia ganchos espetando-se das laterais de tábuas nuas do quarto e cabides vazios pendendo da barra de metal correndo de um lado a outro, mas a parede de trás do* closet *desaparecera. Onde deveria ter estado havia o flanco de uma colina iluminada pela lua e coberta de vegetação alta. Viu vaga-lumes pontilhando de luzes uma mancha escura de árvores. As nuvens deslizando pelo céu pareciam lâmpadas quando passavam perto ou na frente da lua, que não estava cheia, mas quase. Ao pé da colina, havia uma espécie de ruína. Para Norman, parecia uma velha casa de fazenda em ruínas, ou talvez uma igreja abandonada.*

Fiquei completamente doido, *pensou.* Ou isso ou ela me pôs a nocaute de alguma forma, e isto é apenas uma espécie de sonho maluco.

*Não, não aceitava aquilo.* Não podia *aceitar.*

*— VOLTE AQUI, ROSE! — gritou para dentro do* closet... *que, estritamente falando, não era mais, de modo nenhum, um* closet. *— VOLTE AQUI, SUA VACA!*

*Nada. Só aquela visão improvável... e um minúsculo sopro de brisa, cheirando a relva e flores, para provar que não era uma ilusão de ótica sinistramente perfeita.*

*E outra coisa: o som dos grilos.*

*— Você roubou meu cartão do banco, sua vaca — disse Norman em voz baixa. Estendeu a mão e agarrou um dos ganchos de casaco presos na parede de madeira, parecendo um sujeito da periferia que ia trabalhar na cidade pendurado no trem do metrô. Além dele, havia um mundo estranho iluminado pelo luar, mas qualquer medo que pudesse ter sentido estava enterrado no ultraje. — Você roubou o cartão e eu quero falar com você a respeito disso. Bem... de... perto.*

*Pisou dentro do* closet *e deu um mergulho sob a barra dos cabides, derrubando dois deles no chão de madeira. Ficou onde estava por mais um momento, olhando o outro mundo que via se estendendo diante de si.*

*Então avançou.*

*Houve uma sensação de pisar mais para baixo, da maneira como às vezes acontece em velhas casas onde o assoalho das várias salas não estão muito nivelados, mas isso foi tudo. Mais um passo e ele não estava mais sobre as tábuas, não mais no quarto do segundo andar: estava em pé na relva e a brisa fragrante soprava à sua volta. Ela se esgueirava para dentro do buraco do olho (sim, havia apenas um só agora; não sabia como isso era possível, mas depois do passo que dera não parecia tão estranho assim), refrescando sua pele machucada e suada. Agarrou os lados da máscara, pretendendo suspendê-la por um momento para que todo o seu rosto pudesse receber um pouco daquela brisa, mas a máscara não se mexeu. Não se mexeu nem um pouco.*

# IX

# Eu Retribuo

## 1

Bill percorreu o alto da colina banhado de luar com o olhar cuidadoso de alguém completamente incapaz de acreditar no que estava vendo. Uma das mãos foi até sua garganta inchada e começou a esfregá-la. Rosie já podia ver os hematomas desdobrando-se nela como leques.

Uma brisa noturna tocou-lhe a testa como uma mão preocupada. Era macia, tépida e perfumada de verão. Não continha nenhuma umidade de nevoeiro, nenhum cheiro penetrante e molhado vindo do grande lago a leste da cidade.

— Rosie? Isso está realmente acontecendo?

Antes de poder pensar no tipo de resposta a dar àquela pergunta, uma voz urgente — uma voz que ela conhecia — interferiu.

— Mulher! *Você*, mulher!

Era a moça de vermelho, mas usando agora um vestido comum — azul, pensou Rosie, embora fosse impossível ter certeza sob o luar. "Wendy Yarrow" estava em pé, logo abaixo na colina.

— Traga ele cá pra baixo! Não tem tempo a perder! O outro vai chegar num minuto e você tem coisas pra fazer! Coisas importantes!

Rosie ainda segurava o braço de Bill. Tentou impeli-lo para a frente, mas ele resistiu, fitando "Wendy" lá embaixo na colina com olhos alarmados. Atrás deles — abafado mas mesmo assim apavorantemente perto — Norman rugiu o nome de Rosie. Isso fez Bill dar um pulo, mas não se mover.

— Quem é aquela, Rosie? Quem é aquela mulher?

— Não tem importância. Venha!

Desta vez não simplesmente lhe tocou o braço; deu-lhe um puxão, sentindo-se frenética. Ele se moveu com ela, mas haviam dado apenas uns 12 passos ou coisa assim quando ele se dobrou, tossindo com tanta força que seus olhos se esbugalharam. Rosie aproveitou a oportunidade para abrir o zíper da jaqueta que ele lhe emprestara, despi-la e deixá-la cair na relva. O suéter também. A blusa debaixo deles não tinha mangas, e Rosie colocou o bracelete. Sentiu um jorro imediato de poder e, no que lhe dizia respeito, a questão de se isso era verdadeiro ou apenas imaginação sua era discutível. Lançou um rápido olhar por cima do ombro, quase esperando ver Norman cair sobre ela, mas não viu, pelo menos ainda não. Viu apenas a charrete, o pônei, desatrelado e mastigando a relva prateada de luar, e o mesmo cavalete que observara antes. O quadro mudara novamente. Por um lado, a figura de fundo não era mais uma mulher — parecia um demônio de chifres. *Era* um demônio, supôs ela, mas também um homem. Era Norman, e lembrou-se de ter visto os chifres espetando-se de sua cabeça no breve *flash* da arma ao disparar.

— Por que é tão lenta, garota? *Mexa-se!*

Ela deslizou o braço esquerdo à volta de Bill, cujo acesso de tosse começara a ceder, e ajudou-o a descer para onde "Wendy" esperava com impaciência. Quando Rosie chegou lá, quase o carregava.

— Quem é... você? — perguntou Bill à negra quando chegaram até ela, e logo mergulhou em outro acesso de tosse.

"Wendy" ignorou a pergunta e deslizou seu próprio braço em torno dele, dando suporte ao lado que continuava se inclinando para longe de Rosie. Quando falou, dirigiu-se a Rosie.

— Coloquei o *zat* de reserva na parte lateral do templo, portanto *está* tudo bem... mas temos que ser rápidas! Não há um momento a perder!

— Não sei do que você está falando — disse Rosie, mas em alguma parte de sua mente achou que talvez soubesse. — O que é um *zat*?

— Deixe suas perguntas de lado agora — disse a negra. — Temos que andar depressa.

Sustentando Bill, as duas desceram o declive em direção ao Templo do Touro (era mesmo surpreendente como tudo voltava de supetão, pensou Rosie). Eram acompanhados por suas próprias sombras. A construção pairava sobre eles — parecia pairar *na direção* deles, na realidade, como algo vivo e faminto. Rosie sentiu-se profundamente grata quando "Wendy" virou para a direita, conduzindo-os pela lateral.

Atrás do templo, pendurada num grupo de moitas de espinheiro como uma peça de roupa num gancho de *closet*, estava o *zat* de sobra. Rosie o fitou com horror mas sem nenhuma surpresa. Era um quíton *rose madder*, gêmeo do que a mulher com a voz doce e insana usava.

— Vista — disse a negra.

— Não — falou Rosie fracamente. — Não, estou com medo.

— *VOLTE AQUI, ROSE!*

Bill pulou ante o som daquela voz e virou a cabeça, os olhos arregalados, a pele mais pálida do que o luar justificaria, os lábios trêmulos. Rosie também tinha medo, mas sob este sentia raiva, como um grande tubarão circulando por baixo de um pequeno barco. Agarrara-se à desesperada esperança de que Norman não fosse capaz de segui-los até ali, de que o quadro de algum modo se fechasse atrás deles. Agora sabia que isso não acontecera. Ele descobrira, e estaria com eles naquele mundo logo, se é que já não estava.

— *VOLTE AQUI, SUA VACA!*

— Vista — repetiu a mulher.

— Por quê? — perguntou Rose, mas suas mãos já tocavam na blusa, retirando-a pela cabeça. — Por que tenho que vestir isso?

— Porque é assim que *ela* quer, e quando ela quer uma coisa, consegue. — A negra olhou para Bill, que fitava fixamente Rosie. — Vire de costas — ela lhe disse. — Por mim você pode olhá-la nua até os seus olhos caírem no seu mundo, mas não no meu. Vire de costas, se sabe o que é bom para você.

— Rosie? — disse Bill incerto. — *É* um sonho, não é?

— É — disse ela, e havia uma frieza em sua voz, uma espécie de cálculo espontâneo, que nunca tivera antes. — É, é isso. Faça como ela está dizendo.

Ele se virou tão abruptamente que parecia um soldado executando meia-volta volver. Fitava agora o caminho estreito que percorria a parte de trás da construção.

— Tire esse arreio de peito também — disse a negra, apontando um dedo impaciente para o sutiã de Rosie. — Não pode usar isso debaixo de um *zat*.

Rosie desabotoou o sutiã e tirou-o. Depois retirou os tênis, ainda amarrados, e despiu o jeans. Ficou só de calcinha branca e olhou interrogativamente para "Wendy", que concordou com a cabeça.

— É, é, isso também.

Rosie abaixou a calcinha, depois recolheu cuidadosamente o traje — o *zat* — de onde estava pendurado. A negra deu um passo à frente para ajudá-la.

— Sei como vestir isso, saia daí! — rebateu Rosie, e fez o quíton deslizar por cima da cabeça como uma camisa.

Wendy olhou-a com expressão avaliadora, sem fazer qualquer movimento para avançar de novo quando Rosie teve uma momentânea dificuldade com a alça de ombro do *zat*. Quando foi resolvido, o ombro direito de Rosie estava nu e o bracelete cintilava acima de seu cotovelo esquerdo. Ela se tornara a imagem-reflexo da mulher do quadro.

— Pode se virar, Bill — disse Rosie.

Ele o fez. Olhou para ela de cima a baixo cuidadosamente, os olhos se detendo por um ou dois momentos extras na forma dos mamilos contra o pano fino. Rosie não se importou.

— Você parece outra pessoa — disse finalmente. — Alguém perigoso.

— É assim que são as coisas nos sonhos — disse ela, e mais uma vez ouviu frieza e cálculo em sua voz. Detestava aquele som... mas também gostava dele.

— Precisa que eu lhe diga o que fazer? — perguntou a negra.

— Não, claro que não.

Rosie ergueu a voz então, e o grito que saiu dela foi musical e selvagem ao mesmo tempo, de modo nenhum sua voz, a voz da outra... só que *era* também sua voz; *era*.

— *Norman!* — gritou. — *Norman, estou aqui embaixo!*

— Meu Deus, Rosie, não! — arquejou Bill. — Está maluca?

Tentou agarrar o ombro dela, mas Rosie sacudiu sua mão com impaciência, lançando-lhe um olhar de advertência. Ele recuou, da mesma forma que "Wendy Yarrow".

— Esta é a única maneira, a maneira *certa*. Além disso... — olhou para "Wendy" com uma centelha de incerteza. — Eu realmente não terei que *fazer* coisa alguma, não é?

— Não — disse a mulher vestida de azul. — A patroa vai fazer tudo. Se tentar se meter no caminho dela, ou até se tentar ajudá-la no negócio, ela provavelmente vai fazer você se lamentar. Só tem que fazer o que aquele canalha lá acha que toda mulher faz, de qualquer maneira.

— Atraí-lo — murmurou Rosie, e seus olhos brilharam com o luar.

— Certo — replicou a outra. — Atraí-lo para o caminho. O caminho do jardim.

Rosie respirou fundo e chamou Norman de novo, sentindo o bracelete arder contra sua carne como um fogo estranho, delirantemente doce, gostando do som da voz saindo de sua garganta, tão alto como seu antigo grito de guerra no labirinto, o que usara para fazer o bebê chorar de novo.

— *Aqui eembaaaixo, Norman!*

Bill a olhava fixamente. Assustado. Rosie não gostava de ver aquela expressão no rosto dele, mas *queria* vê-la ali. *Queria*. Ele era um homem, não era? E às vezes os homens têm que aprender o que era ter medo de uma mulher, não é? Às vezes, era a única proteção da mulher.

— Agora vai em frente — disse a negra. — Eu fico aqui com o seu homem. Estamos seguros; o outro vai pelo templo.

— Como sabe disso?

— Porque sempre fazem isso — disse a negra, simplesmente. — Lembre o que ele é.

— Um touro.

— Isso mesmo; um touro. E você é a donzela que sacode o chapéu de seda para atraí-lo. É bom lembrar que, se ele te pegar, não vai haver nada que o afaste. Se ele te pegar, ele te mata. É isso. Não há nada que a gente possa fazer, ou eu ou a patroa, para impedi-lo. Ele quer encher a boca com o seu sangue.

*Sei disso melhor do que você*, pensou Rosie. *Sei disso há anos.*

— Não vá, Rosie — disse Bill. — Fique aqui conosco.

— Não.

Ela passou por ele sentindo um dos espinhos arranhar sua coxa, e a dor foi tão doce quanto o grito que tinha dado. Mesmo a sensação de sangue deslizando por sua pele abaixo foi doce.

— Pequena Rosie.

Ela se virou.

— Você tem que se adiantar a ele no final. Sabe por quê?

— Claro que sei.

— O que quer dizer com "ele é um touro"? — perguntou Bill. Parecia preocupado, implicante... e mesmo assim Rosie jamais o amara tanto quanto agora, e achava que jamais amaria. O rosto dele estava tão pálido e parecia tão indefeso.

Começou a tossir de novo. Rosie pôs a mão em seu braço, com um medo tremendo de que ele recuasse, mas ele não o fez. Ainda não, pelo menos.

— Fique aqui — disse ela. — Fique aqui e fique completamente imóvel. — Então se apressou. Ele percebeu o movimento rápido da saia do quíton iluminado pelo luar na extremidade final do templo, onde o caminho parecia aberto, e então ela desapareceu.

Um momento depois o grito dela se ergueu novamente na noite, leve e mais terrível também:

— *Norman, você está com uma cara tão boba com essa máscara...* — Houve uma pausa, e depois: — *Não tenho mais medo de você, Norman...*

— Meu Deus, ele vai matá-la — murmurou Bill.

— Pode ser — replicou a mulher de vestido azul. — *Alguém* vai morrer esta noite, não há d... — Ela parou, os olhos arregalados, cintilantes, a cabeça esticada.

— O que é que você...

Uma escura mão esticou-se e cobriu a boca de Bill. Não apertou muito, mas ele sentiu que poderia fazê-lo; sentiu suas molas de aço. Uma crença obcecada, quase uma certeza, despertou nele ao sentir a palma da mulher apertando seus lábios e as pontas de seus dedos no rosto dele: aquilo não era um sonho. Por mais que quisesse acreditar que fosse, não podia.

A negra ficou na ponta dos pés e apertou-se a ele como uma amante, ainda cerrando a boca de Bill.

— *Silêncio* — sussurrou em seu ouvido. — *Ele tá vindo.*

Agora Bill ouvia o farfalhar da relva e da folhagem, e depois os grunhidos de uma respiração pesada com um assobio no fundo. Era um som que normalmente teria associado a homens muito mais pesados que Norman Daniels — homens entre os 130 a 150 quilos.

Ou a um grande animal.

A negra lentamente removeu a mão da boca de Bill e os dois ficaram ali, ouvindo a criatura se aproximar. Bill pôs um braço em torno dela e ela em torno dele. Ficaram assim, e Bill teve a estranha certeza de que Norman — ou seja lá o que Norman se tornara — não iria para o templo, afinal de contas. Ele — a coisa — viria para ali e os veria. Ciscaria o chão com a pata por um momento, a cabeça de martelo abaixada, e depois os perseguiria por aquele caminho estreito e sem esperança, os dominaria, pisotearia, estriparia.

— Shhh... — sussurrou ela.

— *Norman, seu idiota...*

Flutuando até eles como fumaça, como luar.

— *Você é tão idiota... achou mesmo que podia me pegar? Touro velho e idiota!*

Um riso alto e debochado irrompeu num jorro. O som fez Bill pensar em fibra de vidro, poços abertos e salas vazias à meia-noite. Estremeceu e sentiu os braços se arrepiarem.

Na frente do templo, houve um intervalo de quietude (apenas quebrada por uma lufada de brisa que moveu momentaneamente as moitas de espinheiro como uma mão penteando cabelo embaraçado) e silêncio de onde Rosie estivera chamando Norman. Lá em cima, o disco cor de osso da lua navegava por trás de uma nuvem, tingindo de prata suas bordas. O céu cintilava de estrelas, mas Bill não reconheceu nenhuma de suas constelações.

— *Norrr-maannn... não quer falar comigo?*

— Ah, eu vou falar com você — disse Norman Daniels, e Bill sentiu a negra pular contra si de surpresa, enquanto seu próprio coração dava um salto grande e desagradável do peito até a garganta. A voz viera de não mais de 20 metros de distância. Era como se Norman estivesse fazendo aqueles movimentos desajeitados de propósito, permitindo que registrassem seu avanço, e então, quando era melhor que ficasse quieto, se tornara *completamente* quieto. — Vou falar com você bem de *perto*, sua piranha.

O dedo da negra estava nos lábios dele, advertindo-o para silenciar, mas Bill não precisou do recado. Os dois se entreolharam e ele viu que a negra não tinha mais certeza de que Norman iria para o edifício.

O silêncio desfiou um tempo que pareceu uma eternidade. Até Rosie parecia estar esperando.

Então, um pouco mais a distância, Norman falou de novo.

— Bu, seu velho filho da puta. O que está fazendo aqui?

Bill olhou para a mulher negra. Ela sacudiu a cabeça levemente, dando a entender que também não compreendia. Então ele notou algo horrível: precisava tossir. A latejante cócega atrás de seu macio palato era quase irresistível. Enfiou a boca no côncavo de seu braço e tentou manter a tosse na garganta, percebendo o olhar preocupado da mulher sobre ele.

*Não consigo mais prender a tosse*, pensou. *Meu Deus, Norman, por que não se mexe? Você era bem rápido antes.*

Como numa resposta a seu pensamento, ouviu:

— *Norr-mannn! Você está tão LENTO, porra!*

— Vaca — disse a voz espessa do outro lado do templo. — Ah, sua vaca!

Sapatos moeram migalhas de pedra. No momento seguinte, Bill ouviu passos e percebeu que Norman estava dentro do edifício que a mulher chamara de templo. Percebeu outra coisa também: o ímpeto de tossir havia passado, pelo menos por enquanto.

Inclinou-se mais para a mulher de vestido azul e murmurou ao seu ouvido:

— O que fazemos agora?

Sua resposta sussurrada fez cócega na orelha dele:

— Esperamos.

## 2

*Descobrir que a máscara parecia ter se tornado parte de sua carne assustou-o por um ou dois momentos, e assustou muito, mas antes que o medo pudesse se tornar pânico Norman viu algo próximo que o distraiu inteiramente do assunto da máscara. Desceu correndo o declive um pouco mais e se ajoelhou. Recolheu o suéter, olhou-o e atirou-o longe. Então pegou a jaqueta. Era a que ela estivera usando, com certeza. Uma jaqueta de motociclista. O cara tinha uma moto e Rose andava nela com ele, provavelmente com as pernas bem abertas e bem encostada na bunda dele.* A jaqueta é grande demais para ela, *pensou.* Ele a emprestou a Rose. *O pensamento o enfureceu e Norman cuspiu nela antes de jogá-la de lado, levantando-se rápido e olhando selvagemente em torno de si.*

— *Sua vaca — murmurou. — Sua vaca suja e traidora.*

— Norman! — *A voz veio flutuando da escuridão, fazendo sua respiração parar na garganta por um segundo.*

Perto, *pensou ele.* Puta que pariu, ela está perto. Acho que está naquele edifício.

*Ficou completamente imóvel, esperando para ver se ela gritava de novo. Depois de um momento, ela o fez.*

— Norman, estou aqui embaixo!

*As mãos dele foram até a máscara de novo, mas desta vez não puxaram, acariciaram.*

— *Viva el toro — disse Norman dentro dela, e começou a descer a colina na direção das ruínas lá embaixo. Achou que podia ver uma trilha indo naquele sentido, talos quebrados de relva alta que poderiam ter sido pisados por pés, de qualquer modo, mas o luar tornava difícil poder afirmá-lo com certeza.*

*Então, como se para confirmar sua direção, ouviu de novo o grito enlouquecedor e zombeteiro dela:*

— Aqui eembaaaixo, Norman. — *Como se não tivesse nenhum medo dele; como se não pudesse esperar que ele chegasse lá, na verdade. Vaca!*

— *Fique onde está, Rose — disse ele. — Não se mexa, isso é o principal. — Ainda tinha a arma do policial enfiada na cintura do jeans, mas ela não aparecia com destaque em seus planos. Não sabia se podia disparar a arma numa alucinação e não tinha absolutamente nenhuma vontade de descobrir. Queria falar com a sua errante Rose de modo muito mais pessoal do que qualquer arma permitiria.*

— Norman, você está com uma cara tão boba com essa máscara... Não tenho mais medo de você, Norman...

Vai descobrir que *isso é* uma novidade passageira, sua vaca, *pensou ele.*

— Norman, seu idiota!

*Muito bem, talvez ela não estivesse no edifício; podia já ter ido para o outro lado. Não tinha importância. Se pensava que poderia escapar dele, ia ter a maior surpresa da vida. A* última *surpresa da vida.*

— Você é tão idiota!... Achou realmente que podia me pegar? Touro velho e idiota!

*Ele se moveu um pouco para a direita, tentando ficar em silêncio agora, lembrando a si mesmo que não adiantava se comportar como, ha-ha, um touro numa loja de porcelana. Parou junto ao início dos degraus quebrados que levavam ao templo (era isso que aquilo era, via agora, um templo como num daqueles contos de fadas gregos que os caras costumavam inventar no passado quando não estavam ocupados demais comendo o rabo uns dos outros) e examinou-o. O edifício estava claramente abandonado e em ruínas, mas o lugar não parecia mal-assombrado; parecia estranhamente um lar.*

— Norrr-mannn... não quer falar comigo?

*— Ah, eu vou falar com você — disse ele. — Eu vou falar com você bem de* perto, *sua piranha. — Vislumbrou alguma coisa na relva alta e embaraçada à direita dos degraus: um grande rosto de pedra entre as ervas daninhas, olhando fixa e embriagadamente para o céu. Norman deu cinco passos até ele, olhando fixamente para baixo por dez segundos ou mais, querendo ter certeza de que estava vendo o que achava que estava. A enorme cabeça tombada tinha o rosto de seu pai, os olhos vazios batidos pelo luar idiota.*

*— Bu, seu velho filho da puta — disse suavemente. — O que está fazendo aqui?*

*O pai de pedra não respondeu, mas a mulher de Norman sim.*

— Norrr-mannn... você está tão LENTO, porra!

Bonita linguagem ensinaram a ela, *observou o touro, só que agora dentro da mente de Norman.* Ela se meteu com pessoas fantásticas, sem dúvida nenhuma. Mudaram toda a vida dela.

*— Vaca — disse ele numa voz trêmula e espessa. — Ah, sua vaca.*

*Ele se afastou do rosto de pedra na relva, resistindo ao ímpeto de voltar e cuspir nele como fizera na jaqueta... ou de desabotoar o zíper do jeans e dar uma mijada nele. Não havia tempo para brincadeiras agora. Subiu apressadamente os degraus quebrados em direção à entrada negra do templo. Cada vez que seu pé pisava no chão, enviava uma dor agonizante por sua perna acima, até seu violado maxilar inferior. Parecia que apenas a máscara segurava o maxilar no lugar agora, que doía pra cacete. Desejou ter trazido as aspirinas dos policiais Charlie-David consigo.*

Como ela pôde fazer isso, Normie?, *a voz veio sussurrando das profundezas. Ainda parecia a voz de seu pai, mas Norman não conseguia lembrar-se do pai com uma voz tão insegura, tão preocupada.* Como é que ela *ousou* fazer isso? O que *aconteceu* com ela?

*Deteve-se com o pé no degrau do alto, o rosto doendo, o maxilar inferior parecendo solto como um pneu com as porcas afrouxadas.*

Não sei e não me importo, *disse ele para a voz-fantasma.* Mas vou lhe dizer uma coisa, papai — se você é ele —, quando eu a encontrar, vou desfazer tudo isso numa rapidez danada. Tão certo como dois e dois são quatro.

Tem certeza de que quer tentar isso?, *perguntou a voz, e Norman, começando a avançar, parou novamente, ouvindo, a cabeça esticada.*

Sabe o que pode ser mais inteligente?, *perguntou a voz.* Pode ser mais inteligente chamar isso de empate. Eu sei como parece, mas estou lhe dando o benefício das minhas ideias mesmo assim, Normie. Se as mãos nos controles fossem as minhas, eu viraria as costas e voltaria ao lugar de onde vim. Porque nada está *certo* aqui. Está tudo estranho pra cacete, na verdade. Não sei o que é, mas sei como a gente se sente — numa armadilha. E se você entrar nisso vai ter muito mais com que se preocupar do que um maxilar frouxo ou uma máscara que não quer sair. Por que não vira as costas e volta para o lugar de onde veio? Não pode voltar para o quarto que ela alugou e esperar lá por ela?

Não, porque eles irão lá, papai, *Norman disse à voz. Estava abalado pela insistência da voz-fantasma, mas não ia admitir isso.* Os policiais irão lá e me derrubarão. Me derrubarão antes até que eu chegue a sentir o perfume dela. E porque ela disse foda-se para mim. Porque ela virou uma puta. Percebo isso pelo modo como fala agora.

O modo como ela fala não tem importância, seu idiota! Se ela ficou podre, deixe que ela se estrague no chão com as amigas dela! Talvez não seja tarde demais para encerrar essa coisa antes que exploda no seu rosto.

*Ele realmente ponderou sobre isso... e então ergueu os olhos para o templo e leu as palavras esculpidas acima da porta:* ÀQUELA QUE ROUBA O CARTÃO DE BANCO DO MARIDO NÃO SERÁ PERMITIDO VIVER.

*A dúvida se dissipou. Não escutaria mais esse pai covarde e bolinador. Passou pela boca escancarada do portal e penetrou na úmida escuridão além. Escuro... mas não escuro a ponto de não poder ver. Feixes empoeirados de luar caíam obliquamente das janelas estreitas, iluminando uma ruína que parecia fantasmagoricamente com a igreja que Rose e o pessoal dela frequentavam lá em Aubreyville. Ele andou por punhados de folhas secas à deriva, e quando um bando de rodopiantes e guinchantes morcegos desceu através dos raios de luar e se agitou perto de seu rosto, ele apenas brandiu os braços, enxotando-os.*

*— Deem o fora, seus filhos da puta — murmurou.*

*Ao emergir numa espécie de pequeno alpendre de pedra através da porta, à direita do altar, viu algo macio pendendo de uma moita. Debruçou-se, soltou-o e ergueu na frente dos olhos. Era difícil ter certeza com aquela luz, mas achou que era vermelho ou rosa. Ela estava usando roupas dessa cor? Achou que estava de jeans, mas tudo estava misturado em sua mente. Mesmo se* tivesse sido *jeans, ela tirara a jaqueta que o escroto lhe emprestara, e talvez por baixo...*

*Ouviu um som atrás dele, como uma flâmula tatalando na brisa. Virou-se e um morcego marrom esbarrou em seu rosto, arremetendo-se contra ele com sua boca barbada enquanto suas asas batiam contra as faces de Norman.*

*A mão de Norman se fechara na coronha da arma. Então ele a soltou e agarrou o morcego, amassando os ossos das asas contra seu próprio corpo, como um tocador de sanfona lunático. Torceu-o em torno de si mesmo e rasgou-o com tal força que suas vísceras rudimentares lhe caíram sobre os sapatos.*

*— Devia ter ficado longe de meu rosto, idiota — disse ele, e jogou os pedaços do morcego nas sombras do templo.*

*— Você é um grande matador de morcegos, Norman.*

*Jesus Cristo, aquilo parecia perto — era bem atrás dele! Girou tão rapidamente desta vez que quase perdeu o equilíbrio e tropeçou para fora do alpendre de pedra.*

*O terreno atrás do templo descia até um pequeno rio, e lá, em pé a meio caminho no declive, no que parecia o jardim mais morto do mundo, estava sua doce e errante Rose — simplesmente em pé ali ao luar, olhando para ele. Três coisas o atingiram em rápida sucessão: a primeira foi que ela não estava mais vestindo jeans, se é que antes estava com um; vestia agora um minivestido que parecia saído de uma festa de togas de uma fraternidade. A segunda era que Rose mudara o cabelo, agora louro e preso.*

*A terceira era que estava bonita.*

*— Morcegos e mulheres — disse ela friamente. — Isso diz tudo sobre você, não é? Você quase me dá pena, Norman. É um exemplo miserável de homem. Nem é um homem, na verdade. E a máscara estúpida que está usando jamais o transformará num homem.*

— VOU TE MATAR, SUA VACA! — *Norman saltou do alpendre e disparou colina abaixo na direção dela, a sombra chifruda oscilando a seu lado sobre a relva morta ante o luar cor de osso.*

## 3

Durante um momento ela ficou onde estava, paralisada no lugar, cada músculo do corpo aparentemente congelado, enquanto Norman avançava rapidamente, gritando dentro da medonha máscara que usava. O que a pôs em movimento foi uma imagem súbita e horripilante — enviada por Prática-Sensata, pensou —, da raquete de tênis que ele usara nela, o cabo úmido do seu sangue.

Então ela se virou, a saia do *zat* tremulando, e correu para o córrego.

*As pedras, Rosie... se você cair* naquela *água...*

Mas não ia cair. Era realmente Rosie, e Rosie Muito Real, e não ia cair. Isto é, a não ser que se permitisse pensar no que aconteceria se o fizesse. O cheiro da água veio até ela, poderosa o suficiente para fazer seus olhos arderem... e sua boca doer de desejo. Suspendeu a mão esquerda, apertou as narinas entre os nós do segundo e terceiro dedos, e pulou para a segunda pedra. De lá, saltou para a quarta, e dali para a outra margem. Fácil. Problema algum. Pelo menos até que seus pés cederam sob ela e Rosie se estatelou completamente, começando a deslizar pela relva escorregadia na direção da água negra.

# 4

*Norman a viu cair e riu. Parecia que Rose ia se molhar.*

Não se preocupe, Rose, *pensou.* Eu pesco você e a afago até secar. Nem tem dúvida.

*Então ela ficou de pé novamente, agarrando-se à margem e lançando um olhar aterrorizado sobre o ombro... no entanto não era dele que parecia ter medo; estava olhando para a água. Quando ela se levantou, ele vislumbrou um naco de seu traseiro, nu como no dia em que nascera, e então aconteceu a coisa mais surpreendente: começou a ter uma ereção.*

*— Estou chegando, Rose — ofegou ele, e talvez em breve estivesse chegando lá de outro modo também. Chegando quando ela partia, pode-se dizer.*

*Desceu correndo na direção da corrente, pisoteando as pegadas delicadas dos pés de Rose sob suas botas de bico quadrado de Hump Peterson, alcançando a beira da água corrente exatamente quando Rosie chegava ao alto da outra margem. Ficou lá por um momento, olhando para trás, e desta vez era claramente para ele que ela olhava. Então fez algo que o deixou imobilizado, momentaneamente surpreso demais para se mover.*

*Mostrou o dedo do meio para ele.*

*E fez isso com vontade, dando um beijo na ponta do dedo olhando para Norman antes de correr para o bosque de árvores mortas à sua frente.*

— Viu isso, Norman, amigo velho? — *perguntou el toro de seu lugar no interior da cabeça dele.* — A vaca mostrou o dedo do meio pra você. Viu isso?

*— Vi — respirou ele. — Vi. Vou cuidar disso também. Vou cuidar de tudo.*

*Mas não tinha nenhuma intenção de avançar alucinadamente pelo córrego e talvez cair dentro dele. Havia algo na água de que Rose não gostara, e era melhor que ele tivesse muito cuidado; ver por onde andava no sentido mais literal. O desgraçado do riacho poderia estar cheio daqueles pequenos peixes sul-americanos com grandes dentes, aqueles que devoram uma vaca inteira até o esqueleto num bom dia. Não sabia se se podia ser morto por coisas numa ilusão, mas aquilo parecia cada vez menos faz de conta a cada minuto que passava.*

Ela mostrou o rabo para mim, *pensou ele.* O rabo *nu*. Talvez eu tenha algo para mostrar a ela... não dizem que a gente deve retribuir em dobro tudo que nos dão?

*Norman mostrou os dentes, numa expressão medonha que não era um sorriso, e colocou uma das botas de Hump na primeira pedra branca. A lua se escondeu atrás de uma nuvem nessa hora. Quando brilhou novamente, surpreendeu Norman a meio caminho do pequeno riacho. Ele fitou a água, no início apenas curioso, depois fascinado e horrorizado. O luar não penetrava na água mais do que teria penetrado numa corrente móvel de lama, mas não fora isso que cortara sua respiração e o fizera parar. A lua que se refletia para ele na água negra não era de modo nenhum a lua e sim uma caveira humana esbranquiçada e sorridente.*

Beba um pouco *desta* merda, Normie, *sussurrou a caveira na superfície da água.* Que inferno, tome o diabo de um *banho*, se quiser. Esqueça toda essa tolice. Beba e esquecerá. Beba e isso jamais o perturbará de novo; nada o perturbará.

*Parecia tão plausível, tão certo. Olhou para cima, talvez para ver se a lua no céu parecia tanto uma caveira quanto a da água e, em vez disso, viu Rose. Ela estava em pé no lugar onde o caminho entrava no bosque de árvores mortas, ao lado da estátua de um garoto com os braços para cima e o pau esticado diante de si.*

*— Você não vai embora com tanta facilidade — respirou ele. — Eu não...*

*Então o garoto de pedra se moveu. Seus braços desceram e ele agarrou o pulso direito de Rosie. Ela gritou e tentou se soltar inutilmente das duas mãos de pedra. O garoto ria agora, e enquanto Norman observava, esticou a língua de mármore para fora e a agitou rapidamente para Rosie sugestivamente.*

*— Aí, garoto — sussurrou Norman. — Segure-a, segure-a um momento.*

*Ele subiu pela outra margem e correu até sua obstinada esposa, as grandes mãos estendidas.*

## 5

— Quer ficar de quatro comigo? — perguntou o garoto de pedra a Rosie numa voz áspera, sem inflexão. As mãos que agarravam o pulso dela não passavam de arestas e de um peso amargo que apertava. Ela olhou por cima do ombro e viu Norman pular para a margem, os chifres da máscara escavando o ar da noite. Ele cambaleou na relva lisa mas não caiu. Pela primeira vez desde que vira Norman no carro de polícia, se sentiu perto do pânico. Ele ia pegá-la, e aí? Ele a despedaçaria com mordidas e ela morreria gritando, com o cheiro de sua colônia English Leather nas narinas. Ele...

— Quer ficar de *quatro*? — cuspiu o garoto de pedra. — Quer *trepar*, Rosie, dar uma cavalgada, ficar de *quatro* no chão...

— *Não!* — gritou ela agudamente, a fúria jorrando de novo, espalhando-se por seus pensamentos como uma cortina vermelha. — *Me deixe em paz, pare com essa merda de estudante e me deixe em PAZ!*

Brandiu a mão esquerda, sem pensar como ia doer dar um soco no rosto de uma estátua de mármore... e na verdade não doeu, não doeu absolutamente. Foi como bater em algo esponjoso e podre com um aríete. Percebeu apenas a visão momentânea de uma nova expressão — o estarrecimento substituindo a lascívia — e o rosto com o sorriso afetado da coisa espatifou-se em cem fragmentos cor de farinha. A pressão pesada de suas mãos largaram seu pulso, mas agora havia Norman, Norman quase em cima dela, de cabeça baixa, a respiração babando dentro e fora da máscara, as mãos estendidas para a frente.

Rosie se virou, sentindo um dos dedos dele esticado escorregando pela única tira de ombro do *zat* e fugiu.

Agora seria uma corrida a pé.

## 6

Correu como fazia quando era criança, antes que sua mãe prática e sensata começasse a pesada tarefa de ensinar a Rose Diana McClendon como uma moça bem-educada devia se comportar (correr, especialmente quando já se estava numa idade em que os seios balançavam, definitivamente não entrava na lista). Em outras palavras, fugiu de cabeça baixa e as mãos cerradas bombeando nas laterais. Tinha noção de Norman em seus calcanhares e depois menos noção de que ele começava a ficar para trás, no início por meros centímetros e depois por metros. Podia ouvi-lo grunhindo e soprando mesmo quando já ficara um pouco para trás, e parecia exatamente como Erinyes no labirinto. Rosie teve consciência da própria respiração, mais leve, e da trança saltando para cima e para baixo e de um lado para o outro em suas costas. No entanto, mais do que tudo, tinha consciência de uma louca excitação do sangue enchendo-lhe a cabeça até poder estourar, mas estourar seria um êxtase. Olhou para cima uma vez e viu a lua correndo com ela, disparando pelo céu crivado de estrelas por trás dos ramos das árvores mortas, parecendo as mãos de gigantes enterrados vivos que tinham morrido lutando para se desenterrarem. Uma vez, quando Norman rosnou que ela parasse de correr e deixasse de ser tão escrota, ela riu, de verdade. *Ele acha que estou bancando a difícil de pegar*, pensou.

Então chegou a uma curva no caminho e viu a árvore derrubada pelo raio bloqueando sua rota. Não havia tempo para se desviar, e se tentasse frear, iria apenas ser empalada em um ou mais galhos protuberantes da árvore morta. Mesmo se evitasse isso, havia Norman. Ela se distanciara dele um pouco, mas se parasse, ainda que por um momento, ele estaria em cima dela como um cachorro sobre um coelho.

Tudo isso passou por sua mente num instante. Então, berrando — talvez de terror, talvez em desafio, provavelmente pelas duas coisas —, saltou com as mãos para a frente como a Supergirl, ultrapassando a árvore e aterrissando sobre o ombro esquerdo. Deu um salto mortal, pulou para cima e viu Norman olhando fixo para ela por cima do tronco caído. Suas mãos apertavam as pontas de dois galhos escurecidos pelo fogo e ele arquejava asperamente. A brisa soprava, e Rosie pôde sentir o cheiro de algo entre suor e English Leather saindo dele.

— Começou a fumar de novo, não é? — disse ela.

Os olhos abaixo dos chifres de borracha enfeitados de flores a olhavam num desvario completo. A parte de baixo da máscara torcia-se num espasmo, como se o homem enterrado ali dentro estivesse tentando sorrir.

— Rose — disse o touro. — Pare com isso.

— Eu não sou *Rose* — disse ela, e então deu um risinho exasperado, como se ele fosse realmente a mais estúpida das criaturas vivas, *el toro burro*. — Sou *Rosie.* Rosie Real. Mas *você* não é mais real, Norman... é? Nem para si mesmo. Mas isso não importa agora, não para mim, porque estou divorciada de você.

Virou-se então e fugiu.

## 7

Você não é mais real, *pensou ele enquanto rodeava o alto da árvore, onde havia espaço para se passar com facilidade. Ela saíra pelo outro lado da árvore correndo a toda velocidade, mas quando Norman retomou o atalho de novo, passou a correr ritmadamente. Era realmente tudo que precisava fazer. A voz interior, a que jamais o deixava, lhe disse que a trilha terminava à frente, não distante dali. Isso devia tê-lo encantado, mas ele continuava ouvindo o que ela dissera antes de expor o bonito rabinho ao seu olhar desta última vez.*

Sou Rosie Real, mas *você não é* mais real, nem para si mesmo... Estou divorciada de você.

Bem, *pensou ele,* pelo menos a última parte está perto. *Vai* haver um divórcio, mas nos meus termos, Rose.

*Correu um pouco mais e então parou, limpando a testa com o braço, sem se surpreender quando este ficou molhado, sem nem mesmo pensar, na verdade, embora ainda estivesse usando a máscara.*

*— É melhor voltar, Rose! — gritou. — Última chance!*

*— Venha me pegar — gritou ela, e sua voz soava sutilmente diferente agora, embora ele não pudesse dizer qual seria a diferença. — Venha me pegar, Norman, não está longe.*

*Não, não estava. Ele a perseguira por quase a metade da porra do país, e a perseguiria até o outro mundo, num sonho ou na porra de qualquer outra coisa, mas agora ela não tinha mais para onde correr.*

*— Não tem mais para onde ir, docinho — disse Norman, e começou a andar na direção do som da voz dela, os punhos fechados enquanto seguia.*

## 8

Ela entrou correndo na clareira circular e viu a si mesma ajoelhada perto da única árvore viva, as costas viradas, a cabeça baixa, como se numa prece ou meditação profunda.

Não sou *eu*, pensou Rosie ansiosa. *Aquela não sou eu realmente.*

Mas poderia ter sido. De costas, a mulher ajoelhada ante a "romãzeira" poderia ter sido sua irmã gêmea. Tinha a mesma altura, a mesma constituição, as mesmas pernas longas e quadris largos. Usava o mesmo quíton *rose madder* — que a mulher negra chamara de *zat* — e seu cabelo caía pelo centro das costas numa trança loura idêntica à de Rosie. A única diferença é que os dois braços da mulher estavam nus, porque Rosie estava usando o bracelete dela. Provavelmente não era uma diferença que Norman notaria. Jamais vira Rosie usando semelhante coisa, e ela duvidava de que ele reparasse no objeto, de qualquer forma, não da maneira como Norman estava agora. Então ela viu algo que ele *poderia* notar — as manchas escuras na nuca e nos braços de Rose Madder, enxameando como sombras famintas.

Rosie deteve-se, olhando para a mulher ajoelhada diante da árvore ao luar.

— Eu vim — disse, insegura.

— Sim, Rosie — falou a outra com sua voz doce e ávida. — Você veio, mas ainda não longe o suficiente. Quero você lá. — Apontou para os largos degraus brancos que desciam por baixo da palavra LABIRINTO. — Não muito longe, uns 12 degraus bastarão, se ficar deitada neles. Longe o suficiente para que não tenha que ver. Não vai querer ver isso... embora possa observar, se chegar à conclusão de que *quer* fazer isso.

Riu. O som era de quem estava genuinamente divertida, e isso, pensou Rosie, era o que o tornava tão horrível.

— De qualquer modo — retomou —, pode ser bom que ouça o que se passa entre nós. Sim, acho que pode ser bom.

— Ele pode achar que você não sou eu, mesmo ao luar.

Mais uma vez Rose Madder riu. O som desse riso fez o cabelo na nuca de Rosie se arrepiar.

— Por que não, pequena Rosie?

— Você tem... bem... manchas. Mesmo com essa luz, eu posso vê-las.

— É, *você* pode — disse Rose Madder, ainda rindo. — *Você* pode, mas *ele* não vai ver. Esqueceu que Erinyes é cego?

Rosie pensou em dizer: *Está se confundindo, moça, estamos falando sobre meu marido, não sobre o touro no labirinto.* Depois se lembrou da máscara que Norman estava usando e não disse nada.

— Vá rápido — disse Rose Madder. — Eu o ouço chegando. Desça os degraus, pequena Rosie... e não passe muito perto de mim. — Fez uma pausa, depois acrescentou em sua voz terrível, pensativa: — Não é seguro.

## 9

*Norman correu pelo caminho, escutando. Por um ou dois momentos, pensou ouvir Rose falando, mas poderia ter sido sua imaginação. De qualquer forma, não tinha importância. Se houvesse alguém com ela, ele derrubaria essa pessoa também. Se tivesse sorte, poderia ser a Suja Gertie — talvez o sapatão-tanque superdesenvolvido tivesse encontrado o caminho naquele sonho também e Norman pudesse ter o prazer de pôr uma bala da 45 em seu gordo peito esquerdo.*

*A ideia de atirar em Gertie o fizera quase correr de novo. Estava tão perto agora que pensou poder sentir o cheiro dela — aromas fantasmagoricamente entrelaçados de sabonete Dove e xampu Silk. Desembocou na curva final.*

Estou indo, Rose, *pensou ele.* Não há nenhum lugar para onde correr, nenhum lugar onde se esconder. Vim para levá-la para casa, minha querida.

## 10

Estava gélido na escada que descia para o labirinto, e Rosie notou um cheiro que não reparara em sua viagem anterior — um cheiro úmido e decadente. Misturado a ele, havia odores de fezes, carne podre e animal selvagem. O pensamento inquietante

(*touros conseguem subir escadas?*)

ocorreu-lhe novamente, mas desta vez não havia nenhum medo real. Erinyes não estava mais no labirinto, a não ser que o mundo no sentido mais amplo — o mundo do quadro — fosse também um labirinto.

*Ah, sim*, aquela voz estranha, a que não era bem a voz de Prática-Sensata, disse calmamente. *Este mundo, todos os mundos. E muitos touros em cada um. Esses mitos estão cheios de verdade, Rosie. É esse o poder deles. É por isso que sobrevivem.*

Deitou-se nos degraus, respirando forte, o coração batendo. Estava aterrorizada mas também sentia uma certa ansiedade amarga, e sabia bem o que era: apenas outra máscara para sua fúria.

As mãos na frente de seu rosto estavam cerradas.

*Vá em frente*, pensou. *Vá em frente, mate o canalha, liberte-me. Quero ouvi-lo morrer.*

*Rosie, não está falando sério!* Era Prática-Sensata, parecendo ao mesmo tempo horrorizada e nauseada. *Diga que não está falando sério!*

Mas não pôde fazê-lo porque parte dela falava sério.

Sua maior parte.

## 11

*O caminho em que ele se encontrava abria-se para uma grande clareira circular, e ali estava ela. Finalmente. Sua errante Rose. Ajoelhada de costas para ele, usando aquele curto vestido vermelho (tinha quase certeza de que era vermelho), com o cabelo pintado de puta descendo pelas costas numa espécie de rabo de cavalo. Ficou onde estava na orla da clareira, fitando-a. Era Rose, sim, não tinha dúvida, mas mesmo assim ela havia mudado. Por um lado, seu traseiro estava menor, mas isso não era o principal. A* atitude *dela mudara. E o que significava aquilo? Que era hora de um pequeno ajustamento na atitude, claro.*

*— Por que é que você pintou a merda do cabelo? — perguntou ele. — Parece uma puta, porra!*

*— Não, você não entende — disse Rose calmamente, sem se virar. — Estava pintado antes. Sempre foi louro por baixo, Norman. Pintei para enganar você.*

*Ele deu dois passos para dentro da clareira, sua fúria crescendo como sempre quando ela discordava dele ou o contradizia, quando* qualquer um *discordava dele ou o contradizia. E as coisas que Rose dissera esta noite... as coisas que dissera* a ele...

*— Uma ova que você fez isso! — exclamou ele.*

*— Uma ova que eu* não fiz *— rebateu ela, e então sublinhou essa declaração surpreendentemente desrespeitosa com uma risadinha.*

*Mas não se virou.*

*Norman deu outros dois passos na direção dela, mas parou de novo. Suas mãos fechadas pendiam junto ao corpo. Esquadrinhou a clareira, lembrando-se da voz de Rose murmurando enquanto ele se aproximava. Era Gert que ele procurava, ou talvez o escrotinho do namorado, pronto para alvejá-lo com uma balinha de sua arma, ou simplesmente atirar uma pedra nele. Não viu ninguém, o que provavelmente significava que estivera falando sozinha, algo que fazia em casa o tempo todo. Isto é, a não ser que alguém estivesse agachado atrás da árvore no centro da clareira. A árvore parecia a única coisa viva naquela natureza morta, suas folhas longas, verdes e estreitas cintilando como as folhas de um abacateiro recém-lubrificado. Seus ramos estavam carregados de estranhos frutos nos quais Norman não tocaria nem se estivessem em um sanduíche de pasta de amendoim com geleia. Além das pernas dela dobradas, havia diversos frutos caídos no solo, e o cheiro que dali exalava fez Norman pensar na água do córrego. Frutos que tinham esse cheiro ou matavam ou dariam cólicas intestinais tão fortes que você ia preferir estar morto.*

*À esquerda da árvore, havia algo que confirmava sua crença daquilo ser um sonho. Parecia a porra da entrada de um metrô de Nova York esculpida em mármore. Mas isso não tinha importância, assim como também não tinham a árvore e o fruto cheirando a mijo. O importante ali era Rose, Rose e seu risinho. Imaginou que tinham sido suas amigas papadoras de rachas que a haviam ensinado a rir assim, mas isso não importava. Ele estava ali para ensinar-lhe algo* importante: *que rir daquele modo era uma boa maneira de se machucar. Ia fazer isso neste sonho mesmo que não pudesse fazê-lo na realidade; e ia fazê-lo mesmo que estivesse no chão do quarto dela crivado de balas da polícia e tendo um delírio terminal.*

*— Levanta. — Deu outro passo na sua direção e puxou a arma da cintura do jeans. — Temos algumas coisas para conversar.*

*— É, nisso você tem razão — disse ela, mas não se virou e não se levantou. Continuou ali, ajoelhada, com o luar e as sombras caindo sobre as costas em listras zebradas.*

— Presta atenção *em mim, desgraçada! — Deu outro passo na direção dela. As unhas de sua mão que não seguravam a arma enterravam-se agora na palma como plainas de metal incandescente. Mesmo assim ela não se virou nem se levantou.*

*— Erinyes do labirinto! — disse ela em sua voz doce e melodiosa. —* Ecce taurus! *Vejam o touro! — Mas ainda assim não se levantou nem se virou para olhá-lo.*

*— Não sou touro nenhum, sua piranha! — gritou ele e arrancou a máscara com a ponta dos dedos. A máscara não se moveu. Não parecia mais grudada a seu rosto nem derretida nele; parecia* seu *rosto.*

Como é possível?, *perguntou a si mesmo, perturbado.* Como é possível? É só uma bugiganga de criança, um prêmio do parque de diversões!

*Não teve resposta para a pergunta, mas a máscara não saiu por mais que tentasse arrancá-la, e sabia com nauseante certeza que se enfiasse as unhas nela sentiria dor. Sangraria. E, sim, havia apenas um olho, e este parecia ter se movido bem para o centro do rosto. Sua visão através desse olho havia escurecido; o luar anteriormente brilhante tornara-se enevoado.*

— Tire isso de mim! — *berrou para ela.* — Tire isso de mim, sua vaca! Você pode, não pode? Sei que pode! Não me sacaneie mais também! Não *se atreva* a me sacanear mais!

*Tropeçou o resto do caminho até onde ela se ajoelhava e agarrou seu ombro. A tira única da toga se deslocou e o que ele viu por baixo dela horrorizou-o tanto que deu um arquejo pequeno e estrangulado. A pele se exibia tão negra e podre quanto as cascas dos frutos deteriorando-se na terra em torno do tronco da árvore — os que haviam caído há tanto tempo que estavam prestes a se liquefazer.*

*— O touro veio do labirinto — disse Rose, e ergueu-se com uma graça e flexibilidade que ele jamais vira ou suspeitara nela. — E agora Erinyes pode morrer. Assim foi escrito; assim será.*

*— A única que vai morrer aqui... — começou ele, e foi tudo o que conseguiu dizer. Ela se virou, e quando a luz cor de osso da lua a revelou, Norman deu um grito estridente. Disparou a 45 por duas vezes contra o chão entre seus pés sem perceber, depois deixou cair a arma. Levou as mãos à cabeça e gritou, recuando, movendo-se aos trancos sobre pernas que quase não podia comandar. Ela respondeu ao grito dele com seu próprio grito.*

*A podridão enxameava por toda parte de cima de seu peito; o pescoço dela estava tão negro-arroxeado quanto o de uma vítima de estrangulamento. A pele tinha rachado em alguns lugares e deles saíam espessas lágrimas de pus amarelo. Mesmo assim, tais sinais de uma doença muito avançada e obviamente terminal não eram o que arrancava os gritos da garganta de*

*Norman e fazia saltar de sua boca uma enxurrada de uivos; não foi isso que rompeu a superfície de casca de ovo de sua insanidade para deixar entrar uma realidade mais terrível, como a luz impiedosa de um sol alienígena.*

*O rosto dela fez isso.*

*Era o focinho de um morcego no qual haviam sido aplicados os olhos brilhantes e loucos de uma raposa hidrófoba; era o rosto de uma deusa sobrenaturalmente bela vista na ilustração escondida em algum livro antigo e empoeirado como uma flor rara num terreno baldio coberto de ervas daninhas; era o rosto de sua Rose, cuja aparência escapara ligeiramente de ser comum pela tímida esperança de seus olhos e a leve e melancólica curva de sua boca em repouso. Como lírios num lago perigoso, tais aspectos diferentes flutuavam no rosto virado para ele, e então desapareceram, e Norman viu o que havia por baixo. Era o rosto de uma aranha, torcido pela fome e a inteligência insana. A boca se abrindo exibia uma repelente escuridão flutuante com fios de seda aos quais se grudavam centenas de besouros e abelhas, alguns mortos e outros morrendo. Seus olhos eram grandes ovos sangrentos de um vermelho* rose madder *que pulsavam em suas órbitas como lama viva.*

— Chegue mais perto, Norman — *a aranha sussurrou para ele ao luar, e antes que sua mente desmoronasse inteiramente Norman viu a boca da aranha cheia de besouros e sufocada de seda tentando sorrir.*

*Mais braços começaram a forçar seu caminho para fora pelas cavas das mangas da toga e por baixo da bainha curta, mas na realidade* não *eram de modo algum braços, e ele gritou, gritou, gritou; gritava pelo esquecimento, esquecimento e um fim para o saber e o ver, mas o esquecimento não vinha.*

— Chegue mais perto — *cantarolou, estendendo os não braços, o palpo de uma boca escancarada.* — Quero falar com você. — *Havia garras no término dos não braços, sujas de pelos. As garras se afundaram nos pulsos dele, nas pernas, no inchado órgão que ainda latejava entre suas coxas. Uma se torceu amorosamente para dentro de sua boca; os pelos roçaram contra os dentes dele e a parte interior de suas faces. Agarrou-lhe a língua, arrancou-a e brandiu-a triunfante diante de seu olho único e feroz.* — Quero falar com você, e quero falar com você bem... de... PERTO!

*Ele fez um último e louco esforço para se libertar e em vez disso foi atraído para dentro do abraço faminto de Rose Madder.*

*Onde Norman finalmente aprendeu o que era ser mordido em vez de morder.*

## 12

Rosie continuou deitada na escada, de olhos fechados, os punhos cobrindo sua cabeça, ouvindo-o gritar. Não tentou sequer imaginar o que estava acontecendo lá e procurou lembrar que era *Norman* quem estava gritando, o Norman do lápis terrível, o Norman da raquete de tênis, o Norman dos dentes.

Contudo, essas coisas foram esmagadas pelo horror dos gritos, os guinchos agonizantes dele enquanto Rose Madder...

... enquanto ela fazia fosse lá o que estivesse fazendo.

Depois de algum tempo — muito, *muito* tempo — os gritos pararam.

Rose ficou onde estava, as mãos se abrindo lentamente, mas os olhos ainda bem fechados, ofegando em curtas e ásperas porções de ar. Poderia ter ficado ali por horas, não fosse a voz doce e louca da mulher que a convocava:

— Chegue mais perto, pequena Rosie! Chegue mais perto e anime-se! O touro não existe mais!

Lentamente, com pernas entorpecidas que pareciam madeira, Rosie ficou primeiro de joelhos e depois se levantou. Percorreu os degraus e chegou ao solo. Não queria olhar, mas seus olhos pareciam ter vida própria; atravessaram a clareira enquanto a respiração dela parava na garganta.

Deixou escapar um longo e silencioso suspiro de alívio. Rose Madder ainda estava ajoelhada, ainda de costas. À sua frente, havia um volume escuro que no início deu a Rosie a impressão de serem farrapos. Depois algo branco, em forma de estrela-do-mar, saiu incerto das sombras para o luar. Era uma mão, e então Rosie viu o resto dele, como uma mulher que subitamente descobre sentido e coerência num teste de borrões de um psiquiatra. Era Norman. Fora mutilado e seus olhos saltavam das órbitas numa expressão de horror terminal, mas sem dúvida alguma era Norman.

Enquanto Rosie observava, Rose Madder estendeu a mão e colheu um fruto que pendia da árvore. Espremeu-o na mão — uma mão muito humana e graciosa, exceto pelas manchas negras que transpiravam líquido flutuando sob a pele — para que o suco escorresse de seu punho numa corrente *rose madder;* então o próprio fruto se abriu num rego molhado e vermelho-escuro. Rose Madder recolheu cerca de uma dúzia de sementes da polpa rica e começou a semeá-las na carne dilacerada de Norman Daniels. A última ela enfiou no único olho dele, ainda vidrado. Houve um som de espocar quando a semente atingiu seu lugar — o som de alguém pisando em uma uva grande.

— O que está *fazendo*? — perguntou Rosie mesmo contra a vontade. Mal conseguiu impedir-se de acrescentar: *Não se vire, pode me dizer sem se virar!*

— Semeando-o. — Então fez algo que para Rosie era como se tivesse entrado num romance de "Richard Racine": inclinou-se para a frente e beijou a boca do cadáver. Finalmente recuou, pegou-o nos braços, levantou-se e dirigiu-se à escada de mármore branco que conduzia à terra.

Rosie afastou os olhos, o coração batendo forte na garganta.

— Bons sonhos, filho da puta — disse Rose Madder, e atirou o corpo de Norman para a escuridão sob a palavra esculpida que dizia LABIRINTO.

Onde talvez as sementes que plantara se enraizariam e cresceriam.

## 13

— Volte pelo caminho que veio — disse Rose Madder, em pé junto à escada; Rosie estava no outro extremo da clareira, no início do caminho, de costas. Não queria nem mesmo arriscar-se a olhar para Rose Madder agora, e descobrira que não podia confiar inteiramente em seus olhos para lhe obedecerem. — Volte, encontre Dorcas e o seu homem. Ela tem uma coisa para você e eu tenho mais a lhe falar... mas só um pouco. Então nosso tempo estará terminado. Será um alívio para você, acho eu.

— Ele se foi, não é? — perguntou Rosie, olhando firmemente para o caminho iluminado pelo luar. — Se foi de verdade.

— Acho que o verá em seus sonhos — disse Rose Madder vagamente —, mas e daí? A verdade nua e crua é que um sonho mau é melhor que um despertar mau.

— É. Acho que isso é tão simples que as pessoas nem notam.

— Agora vá. Eu virei a você. E Rosie...

— O que é?

— *Lembre-se da árvore.*

— A árvore? Eu não...

— Sei que não. Mas entenderá. Lembre-se da árvore. Agora vá.

Rosie se foi. E não olhou para trás.

# X

# Rosie Real

## 1

Bill e a mulher negra — Dorcas, chamava-se Dorcas, não Wendy, afinal de contas — não estavam mais no caminho estreito atrás do templo, e as roupas de Rosie haviam sumido também. Isso não lhe causou nenhuma preocupação. Ela apenas circundou o edifício com dificuldade, olhou para o alto da colina, viu-os em pé junto à charrete com o pônei e foi até eles.

Bill veio a seu encontro, pálido e aturdido de preocupação.

— Rosie? Tudo bem?

— Tudo ótimo — disse ela, e apoiou o rosto em seu peito. Quando os braços dele a envolveram, ela se perguntou até que ponto a raça humana compreendia o ato de abraçar: o quanto era bom e por que podia se querer fazê-lo por horas a fio. Achava que uma parte da humanidade entendia, mas duvidava de que fosse a maioria. Para compreender totalmente os abraços, talvez fosse necessário ter sido muito carente deles.

Andaram até onde estava Dorcas, alisando o focinho raiado de branco do pônei. O pônei ergueu a cabeça e olhou sonolentamente para Rosie.

— Onde está... — começou Rosie, e então parou. *Caroline,* ela quase disse, *Onde está Caroline?* — Onde está o bebê? — Depois, ousadamente: — *Nosso* bebê?

Dorcas sorriu.

— Em segurança. Num lugar seguro, não se atormente a respeito, srta. Rosie. Suas roupas tão na traseira da charrete. Vá até lá e mude de roupa, se quiser. Aposto que vai ficar contente de se livrar dessa coisa que tá usando.

— Ganhou a aposta — disse Rosie, e foi em frente. Sentiu uma indescritível sensação de alívio quando o *zat* estava fora de sua pele. Enquanto fechava o zíper do jeans, lembrou-se de algo que Rose Madder lhe dissera. — Sua patroa falou que você tem algo para mim.

— *Ah!* — Dorcas pareceu se assustar. — Minha nossa! Se eu me esquecesse disso ela arrancava minha pele!

Rosie pegou a blusa e, quando a puxou por cima da cabeça, Dorcas estava lhe estendendo algo. Pegou-o e ergueu-o com curiosidade, inclinando-o para cá e para lá. Era um pequeno frasco de cerâmica delicadamente fabricado, não muito maior que um vidro de colírio, tampado com uma minúscula lasca de cortiça.

Dorcas olhou em torno, viu Bill em pé um pouco distante, fitando sonhadoramente as ruínas do templo lá embaixo, e pareceu satisfeita. Quando se virou novamente para Rosie, falou numa voz baixa mas enfática:

— Uma gota. Pra ele. Depois.

Rosie balançou a cabeça concordando, como se soubesse exatamente do que a outra falava. Era mais simples assim. Havia perguntas que podia fazer, talvez *devesse* fazer, mas sua mente estava cansada demais para formulá-las.

— Eu podia lhe dar menos, mas ele pode precisar de outra gota depois. Mas cuidado, garota. Esse negócio é perigoso!

*Como se algo neste mundo fosse seguro*, pensou Rosie.

— Esconda-o por enquanto — disse Dorcas, vendo Rosie guardar o minúsculo frasco no bolso da frente do jeans. — E lembre-se de não falar sobre isso com *ele*. — Fez um gesto com a cabeça na direção de Bill, depois voltou a olhar para Rosie, o rosto escuro resoluto e severo. Seus olhos pareceram momentaneamente sem pupilas no escuro, como os olhos de uma estátua grega. — Sabe por que, não sabe?

— Sei — disse Rosie. — É um negócio de mulher.

Dorcas confirmou com a cabeça.

— Certo, é isso mesmo.

— Um negócio de mulher — repetiu Rosie, e em sua mente ouviu Rose Madder dizer: *Lembre-se da árvore.*

Fechou os olhos.

## 2

Os três sentaram no alto da colina por um certo tempo, Bill e Rosie juntos e com os braços na cintura um do outro, Dorcas um pouco mais distante, perto do pônei que ainda pastava sonolento. O pônei olhava para a negra de vez em quando, como se curioso do motivo de haver gente ali em cima nessa hora pouco habitual. Dorcas, no entanto, não reparou nisso, apenas continuava com os braços em torno dos joelhos, fitando melancolicamente a lua tardia. Para Rosie, ela parecia fazer um balanço mental das escolhas de uma vida inteira, descobrindo que as erradas suplantavam as certas... e não por pouco. Bill abriu a boca para falar em diversas ocasiões, e Rosie olhou-o encorajadoramente, mas todas as vezes ele fechava a boca de novo sem dizer nada.

Exatamente quando a lua submergiu entre as árvores à esquerda das ruínas do templo, o pônei ergueu a cabeça novamente, e desta vez emitiu um relincho baixo e contente. Rosie olhou pela colina abaixo e viu Rose Madder subindo. Coxas fortes e modeladas brilharam à luz lívida da lua que desaparecia. Seu cabelo trançado oscilava de um lado para outro como o pêndulo de um grande relógio de pé.

Dorcas deu um pequeno resmungo de satisfação e levantou-se. A própria Rosie sentiu uma complexa mistura de apreensão e expectativa. Pôs a mão no braço de Bill e encarou-o com franqueza:

— Não olhe para ela — disse.

— Não — concordou Dorcas —, e também não faça nenhuma pergunta, Billy, mesmo que ela te diga que pode fazer.

Ele olhou incerto de Dorcas para Rosie, depois novamente para Dorcas.

— Por que não? Quem é ela, afinal? A Rainha da Primavera?

— Ela é a rainha de qualquer coisa que quiser ser — disse Dorcas —, e é melhor você se lembrar disso. Não olhe pra ela e não faça nada pra irritá-la. Não posso dizer mais que isso; não há tempo. Ponha as mãos no colo, homenzinho, e olhe para as mãos. Não tire os olhos delas.

— Mas...

— Se olhar pra ela, você vai ficar maluco — disse Rosie simplesmente. Encarou Dorcas, que concordou com a cabeça.

— Isso *é* um sonho, não é? — perguntou Bill. — Quer dizer... não estou morto, estou? Porque se isso é a vida depois da morte, acho que vou pular essa parte. — Olhou para a extensão além da mulher que se aproximava e estremeceu. — Muito barulhento. Gritos demais.

— É um sonho — concordou Rosie. Rose Madder estava muito perto agora, uma esbelta e ereta figura caminhando através das listras de luz e sombra. Esta transformava seu rosto perigoso numa máscara de gato, ou talvez de raposa. — É um sonho onde você tem que fazer exatamente o que nós dissermos.

— É. Rosie e Dorcas Mandaram em vez de Macaco Mandou.

— É. E Dorcas mandou pôr as mãos no colo e olhar para elas até que uma de nós diga que pode parar.

— Preciso? — perguntou ele, lançando-lhe um olhar sonso por sob as pálpebras que ela achou ser na verdade um olhar de ofuscada perplexidade.

— Precisa — disse Rosie desesperadamente. — Precisa, sim, pelo amor de Deus, *não olhe para ela*!

Ele entrelaçou as mãos e abaixou os olhos obedientemente.

Agora Rosie podia escutar o estalo de passos que se aproximavam, o som sedoso da relva deslizando contra a pele. Abaixou os próprios olhos. No momento seguinte, viu um par de pernas nuas banhadas pelo luar pararem diante dela. Houve um longo silêncio, quebrado apenas pelo grito de algum pássaro insone a distância. Rosie deslocou os olhos para a direita e viu Bill sentado perfeitamente imóvel a seu lado, fitando as mãos entrelaçadas tão aplicadamente como um estudante zen, colocado perto do mestre nas devoções matinais.

Por fim, timidamente, sem olhar para cima, ela disse:

— Dorcas me deu o que você queria que eu recebesse. Está no meu bolso.

— Ótimo — respondeu a voz doce e ligeiramente rouca. — Isso é ótimo, Rosie Real. — Uma mão mosqueada flutuou no campo de visão de Rosie e algo caiu em seu colo. Houve um único cintilar de ouro na pálida e tardia luz. — Para você — disse Rosie Madder. — Uma lembrança, se preferir. Faça o que quiser com ele.

Rosie pegou-o do colo e olhou-o pensativamente. As palavras — *Serviço, Lealdade, Comunidade* — formavam um triângulo em torno da pedra do anel, que era uma obsidiana circular, marcada agora por um brilhante ponto vermelho. Transformava a pedra num olho vigilante e maléfico.

O silêncio se desfiou em espera. *Será que ela quer que eu agradeça?*, cogitou Rosie. Não faria isso... mas revelaria seus sentimentos verdadeiros.

— Estou contente de que ele esteja morto — disse de modo suave e sem ênfase. — É um alívio.

— Claro que está contente, e claro que é. Agora vai, de volta a seu mundo de Rosie Real, com esse animal. É um bom animal, me parece. — A sugestão de algo, Rosie não se permitiu acreditar que pudesse ser lascívia, crepitou na voz da outra. — Boas pernas. Bons flancos. — Pausa. — Bom lombo. — Outra pausa, e então uma de suas mãos mosqueadas desceu e acariciou o cabelo caído e suado de Bill. Ele prendeu a respiração ante o toque dela, mas não olhou para cima. — Um bom animal. Proteja-o que ele a protegerá.

Rosie ergueu os olhos. Estava horrorizada com o que pudesse ver, mas mesmo assim foi incapaz de deter-se.

— Não o chame de animal de novo — falou numa voz trêmula de fúria. — E tire sua mão doente de cima dele.

Viu Dorcas recuar de horror, mas notou isso apenas com o canto do olho. A maior parte de sua atenção estava focalizada em Rose Madder. O que esperara ela daquele rosto? Agora que o olhava ao luar que esmaecia, não podia dizer exatamente. Uma Medusa, talvez. Uma górgone. A mulher diante dela não era isso. Outrora (e não muito tempo atrás, pensou Rosie) seu rosto fora de uma extraordinária beleza, talvez um rosto que rivalizasse com o de Helena de Troia. Agora seus traços estavam desfigurados, começando a borrar. Uma dessas manchas escuras espalhara-se pela face esquerda e subira por sua sobrancelha como o interior da asa de um estorninho. O olho ardente cintilando daquela sombra parecia ao mesmo tempo furioso e melancólico. Não era o rosto que Norman vira, sabia, mas podia ver aquele rosto espreitando por baixo — como se ela tivesse vestido o rosto de cima por causa de Rosie, como uma maquiagem — e isso fez Rosie sentir-se fria e doente. Sob a beleza havia loucura... mas não *apenas* loucura.

E pensou: *É uma espécie de hidrofobia — ela está sendo devorada por isso, todas as suas formas, mágicas e* glamour *tremulando na beira extrema de seu controle agora, mas em breve tudo desmoronará, e se eu tirar os olhos dela agora ela pode cair sobre mim e fazer o que fez com Norman. Pode lamentar depois, mas isso não me ajudaria, não é?*

Rose Madder estendeu a mão de novo, e desta vez foi a cabeça de Rosie que tocou — primeiro a sobrancelha, depois o cabelo, que passara por um longo dia e estava agora se soltando da trança.

— Você é corajosa, Rosie. Lutou bem por seu... seu amigo. É corajosa e tem um bom coração. Mas posso lhe dar um conselho antes de mandá-la de volta?

Sorriu, talvez num esforço para ser cativante, mas o coração de Rosie parou um momento antes de dar um salto e voltar a bater. Quando os lábios de Rose Madder se abriram, revelando um buraco em seu rosto que não era de modo algum uma boca, ela não parecia mais sequer remotamente humana. Sua boca era o palpo de uma aranha, algo feito para comer insetos que nem mesmo estavam mortos, mas apenas insensibilizados.

— Claro. — Os lábios de Rosie pareciam entorpecidos e ausentes.

A mão mosqueada acariciou suavemente a têmpora de Rosie. A boca de aranha sorria. Os olhos cintilavam.

— Pare de pintar o cabelo — sussurrou Rose Madder. — Você não nasceu para ser loura.

Os olhos delas se encontraram e ficaram assim. Rosie descobriu que não podia abaixar os seus; estavam fixos no rosto da outra. No canto de sua visão, viu Bill continuando a fitar severamente as próprias mãos. Suas faces e testa cintilavam de suor.

Foi Rose Madder quem afastou o olhar.

— Dorcas.

— Senhora?

— O bebê...?

— Vai estar pronto quando a senhora estiver.

— Ótimo — disse Rose Madder. — Estou ansiosa para vê-la, e já é hora de irmos. Hora de você ir também, Rosie Real. Você e o seu *homem*. Posso chamá-lo assim, como vê. Seu *homem*, seu *homem*. Mas antes que vá...

Rose Madder estendeu os braços para ela.

Lentamente, sentindo-se quase hipnotizada, Rosie levantou-se e entrou no abraço oferecido. As manchas escuras na carne de Rose Madder eram quentes e febris — Rosie pensou que quase podia senti-las contorcendo-se contra sua própria pele. Por outro lado, a mulher de quíton — de *zat* — estava tão fria quanto um cadáver.

Mas Rosie não estava mais com medo.

Rose Madder beijou sua bochecha no alto, perto do maxilar, e murmurou:

— Eu amo você, pequena Rosie. Gostaria que nos tivéssemos encontrado numa época melhor, quando você pudesse ter me visto sob uma luz melhor, mas fizemos o melhor que pudemos. Tivemos um bom encontro. Apenas lembre-se da árvore.

— Que árvore? — perguntou Rosie freneticamente. — *Que* árvore? — Mas Rose Madder sacudiu a cabeça encerrando indiscutivelmente a questão e recuou, desprendendo o abraço. Rosie lançou um último olhar ao rosto desconfortável, demente, e pensou de novo na raposa e seus filhotes.

— Eu sou você? — murmurou. — Diga a verdade: eu sou você?

Rose Madder sorriu. Era apenas um esboço de sorriso, mas por um momento Rosie viu um monstro cintilando nele, e estremeceu.

— Não tem importância, pequena Rosie. Estou muito velha e doente para lidar com tais questões. A filosofia é a província dos que estão bem. Se você se lembrar da árvore, isso não vai ter importância, de qualquer forma.

— Não entendo...

— *Shhh!* — Levou um dedo aos lábios. — Vire-se, Rosie. Vire-se e não me veja mais. A peça terminou.

Rosie se virou, curvou-se, pôs as mãos nas mãos de Bill (ainda entrelaçadas, com os dedos num nó tenso e apertado entre suas coxas) e levantou-o. Mais uma vez o cavalete sumira, e a pintura sobre ele — seu apartamento à noite, executado com indiferença em baça tinta a óleo — crescera até um tamanho enorme. Mais uma vez não era realmente um quadro, mas uma janela. Rosie andou na direção dela, com a intenção absoluta de atravessá-la e deixar os mistérios deste mundo para trás de uma vez. Bill parou-a com um puxão no pulso. Virou-se para Rose Madder e falou sem levantar os olhos além de seus seios.

— Obrigado por nos ajudar — disse.

— Por nada — disse Rose Madder calmamente. — Retribua-me tratando bem dela.

*Eu retribuo*, pensou Rosie, e estremeceu novamente.

— Vamos — disse, puxando Bill pela mão. — Vamos, por favor.

No entanto, ele parou um outro momento.

— Sim — disse. — Vou tratá-la bem. Tenho uma boa ideia do que acontece às pessoas que não fazem isso. Melhor do que queria, talvez.

— É um homem tão bonito — disse Rose Madder pensativamente, e então seu tom mudou, tornou-se perturbado, quase enfurecido. — Leve-o enquanto ainda pode, Rosie Real! Enquanto ainda pode!

— Vá! — gritou Dorcas. — Vocês dois têm que sair daqui *agora mesmo*!

— *Mas antes de ir me dá o que é meu!* — gritou Rosie Madder. Sua voz era guinchante e espectral. — *Me dá o que é meu, sua vaca!* — Algo, não um braço, algo fino demais e cerdoso demais para ser um braço, foi brandido ao luar e deslizou pela carne do antebraço de Rosie McClendon que se encolhia loucamente.

Com um grito, Rosie puxou o bracelete de ouro e o atirou aos pés da forma que pairava e se torcia ante ela. Percebeu Dorcas fechando os braços em torno da forma, tentando controlá-la, e Rosie não esperou para ver mais. Pegou Bill pelo braço e puxou-o através da pintura do tamanho de uma janela.

## 3

Não havia nenhuma sensação de tropeço, porém ela mais caiu do que andou para fora da pintura. Da mesma forma que Bill. Aterrissaram no chão do *closet* lado a lado numa mancha comprida e trapezoide de luar.

Bill bateu com a cabeça contra o lado da porta com força suficiente para doer, a julgar pelo som, mas não pareceu notar.

— Isso não foi um sonho — disse ele. — Jesus, *nós estávamos no quadro*! O que você comprou no dia em que nos conhecemos!

— Não — disse ela calmamente. — De modo nenhum.

À volta deles, o luar começou a se tornar mais brilhante e a se contrair. Ao mesmo tempo, perdeu sua forma linear e rapidamente se tornou circular. Era como se uma porta estivesse lentamente sendo fechada por trás deles. Rosie sentiu um impulso de se virar para ver o que estava acontecendo, mas resistiu. Quando Bill começou a virar a cabeça, ela colocou as palmas das mãos suavemente em seu rosto e girou-o novamente na direção dela.

— Não — disse. — Que bem isso faria? Seja lá o que aconteceu, já terminou agora.

— Mas...

A luz se contraíra até um holofote ofuscantemente brilhante em torno deles agora, e Rosie teve a ideia maluca de que se Bill a tomasse nos braços e dançasse com ela pelo lugar, aquele brilhante feixe de luz os seguiria.

— Não tem importância — disse ela. — Não tem importância nada disso. Deixe pra lá.

— Mas onde está Norman, Rosie?

— Sumiu. — Então, como uma quase cômica reflexão posterior: — Meu suéter e a jaqueta que você me emprestou também. O suéter não era grande coisa, mas lamento pela jaqueta.

— Ora — disse ele, numa espécie de entorpecida despreocupação —, não se aborreça por bobagens.

O holofote se encolheu até se tornar uma cabeça de fósforo furiosamente iluminada, depois um ponto de luz, e então desapareceu, deixando apenas um ponto branco de imagem fantasma flutuando na frente dos olhos dela. Ela olhou para trás no *closet*. O quadro estava exatamente onde o colocara depois da primeira viagem ao mundo dentro dele, só que se modificara de novo. Agora mostrava só o alto da colina e o templo lá embaixo sob os últimos raios da lua que desaparecia. A imobilidade da cena — e a ausência de qualquer figura humana — a tornava mais clássica do que nunca para Rosie.

— Meu Deus — disse Bill, esfregando a garganta inchada. — O que aconteceu, Rosie? Eu simplesmente não consigo entender o que *aconteceu.*

Não poderia ter se passado muito tempo; no corredor, o inquilino que Norman alvejara ainda gritava a plenos pulmões.

— Tenho que ver se posso ajudar esse cara — disse Bill, lutando para se pôr de pé. — Você chama uma ambulância? E a polícia?

— Chamo. Acho que os dois já estão a caminho, mas mesmo assim vou chamar.

Ele foi até a porta, depois olhou para trás em dúvida, ainda massageando a própria garganta.

— O que vai dizer à polícia, Rosie?

Ela hesitou por um momento, depois sorriu.

— Não sei... mas vou pensar em alguma coisa. Ultimamente, a invenção de improviso é o meu forte. Vá em frente. Faça o que tem que fazer.

— Eu te amo, Rosie. É a única coisa de que eu tenho certeza agora.

Ele se foi antes que ela pudesse responder. Rosie deu um ou dois passos atrás dele, depois parou. Do corredor, podia ver uma luz hesitante, saltitando, provavelmente a de uma vela. Alguém disse: "Nossa senhora! Atiraram nele?" A resposta de Bill se perdeu em outro uivo do homem ferido. Ferido, sim, mas provavelmente não era sério. Não se ele podia produzir um tal nível de ruído.

*Que maldade*, disse a si mesma, pegando seu novo telefone e discando 911, o número de emergências. Talvez fosse, mas poderia também ser simples realismo. De um modo ou de outro, Rosie não achou que tinha importância. Começara a ver o mundo de uma nova perspectiva, e seu pensamento sobre o homem berrando no corredor era apenas um sinal dessa nova perspectiva funcionando.

— Não tem importância desde que eu me lembre da árvore — disse, sem nem ter consciência de que tinha falado.

O telefone do outro lado da linha foi atendido depois de um único toque.

— Alô, aqui é 911, seu chamado está sendo gravado.

— É, tenho certeza. Meu nome é Rosie McClendon e moro no número 897 da rua Trenton, segundo andar. Meu vizinho do andar de cima precisa de uma ambulância.

— Senhora, pode me dizer o tipo do ferimento del...

Ela podia, claro que podia, mas outra coisa ocorreu-lhe então, algo que não havia entendido antes mas entendia agora, algo que precisava fazer naquele mesmo segundo. Desligou o telefone e enfiou os dois primeiros dedos da mão direita no bolso da frente do jeans. Aquele bolsinho às vezes era conveniente, mas era irritante também — simplesmente mais um sinal visível do preconceito meio consciente do mundo contra canhotos como ela própria. Era um mundo feito para destros, em geral, e cheio de pequenas inconveniências semelhantes. Mas tudo bem; se você era canhoto, simplesmente aprendia a lidar com isso, pronto. E isso podia ser feito, pensou Rosie. Como dizia a canção de Bob Dylan sobre a rodovia 61, ah, sim, podia ser feito facilmente.

Pinçou o minúsculo frasco de cerâmica que Dorcas lhe dera, olhou-o fixamente por dois ou três segundos, depois esticou a cabeça para escutar o que se passava do lado de fora da porta. Alguém se juntara ao grupo no final do corredor, e o homem que fora alvejado (pelo menos Rosie pensava ser ele) falava numa vozinha arquejante e chorosa. A distância, Rosie ouviu as sirenes se aproximando.

Foi até a área da cozinha e abriu a pequena geladeira. Dentro dela havia um pacote de salsichão fatiado ainda com três ou quatro pedaços, um litro de leite, dois potes de iogurte natural, meio litro de suco e três garrafas de Pepsi. Pegou uma destas, desatarraxou a tampa e a colocou sobre a bancada. Deu outra olhadela por cima do ombro, meio que esperando ver Bill à entrada (*O que está fazendo?*, ele perguntaria. *O que está misturando aí?*). A entrada estava vazia, porém, e ela podia ouvi-lo no final do corredor, falando na voz calma e ponderada que ela já passara a amar.

Usando as unhas, puxou a lasca de cortiça da boca do frasco minúsculo. Então o suspendeu, passando-o sob as narinas como uma mulher cheirando um vidro de perfume. O cheiro que sentiu não era de perfume, mas ela conhecia aquele cheiro — amargo, metálico, mas estranhamente atraente mesmo assim — tudo de uma vez. O pequeno frasco continha água do rio que corria por trás do Templo do Touro.

Dorcas: *Uma gota. Para ele. Depois.*

Sim, só uma; mais do que isso seria perigoso, mas uma poderia bastar. Todas as perguntas e lembranças — o luar, os terríveis guinchos de dor e horror de Norman, a mulher a quem ele fora proibido de olhar — desapareceriam. Da mesma forma que o medo dela de que tais lembranças pudessem devorar sua sanidade e sua relação em desenvolvimento como um ácido corrosivo. Isso podia revelar-se uma preocupação ilusória — a mente humana era mais dura e adaptável do que a maioria das pessoas podia acreditar. Se 14 anos com Norman não lhe houvessem ensinado nada mais, pelo menos isso lhe ensinaram. Mas queria correr tal risco, quando as coisas podiam facilmente tomar outro rumo? O que seria mais perigoso: as lembranças dele ou essa amnésia líquida?

*Tenha cuidado, garota. Esse negócio é perigoso.*

Os olhos de Rosie foram do minúsculo frasco de cerâmica ao ralo da pia e então voltaram lentamente ao frasco.

Rose Madder: *Um bom animal. Proteja-o que ele a protegerá.*

Rosie chegou à conclusão de que a terminologia da frase podia ser desdenhosa e errada, mas a ideia era certa. Lentamente, cuidadosamente, inclinou o frasco de cerâmica sobre a boca da garrafa de Pepsi-Cola, deixando uma única gota do frasco cair ali dentro.

Plink.

*Agora despeje o resto pela pia abaixo, rápido.*

Ia fazê-lo, depois lembrou o resto do que Dorcas dissera: *Eu podia ter-lhe dado menos, mas ele pode precisar de outra gota depois.*

*Sim, e eu?*, perguntou a si mesma, arrolhando novamente o frasco com a pequena cortiça e guardando-o naquele inconveniente bolsinho da frente. *E eu? Vou precisar de uma ou duas gotas depois, para me impedir de ficar maluca?*

Achava que não ia precisar. E além disso...

— Os que não aprendem com o passado estão condenados a repetir o nojento — murmurou ela. Não sabia quem dissera isso, mas sabia que era plausível demais para ser ignorado. Voltou correndo ao telefone, segurando a Pepsi batizada numa das mãos. Discou novamente 911 e foi atendida pelo mesmo telefonista com as mesmas palavras de abertura: cuidado, senhora, o chamado está sendo gravado.

— É Rosie McClendon de novo — disse ela. — A ligação caiu. — Fez uma pausa calculada, depois riu nervosamente. — Ah, que inferno, isso não é bem verdade. Fiquei nervosa e puxei o telefone da tomada. As coisas estão um pouco doidas por aqui neste momento.

— Sim, senhora. Uma ambulância foi despachada para o 897 da rua Trenton, solicitada por Rosie McClendon. Temos um registro do mesmo endereço sobre o disparo de tiros, senhora, seu relato é de um ferimento a bala?

— É, acho que é.

— Quer que eu a ponha em contato com um policial?

— Quero falar com o tenente Hale. É um detetive, então eu acho que quero DIV-DET, ou seja lá como vocês chamam isso aqui.

Houve uma pausa, e quando o telefonista falou novamente, dava menos a impressão de máquina.

— Sim, chamamos assim mesmo, Divisão de Detetives, DIV--DET. Vou colocá-la na linha.

— Obrigada. Quer meu número de telefone ou vocês rastreiam os chamados?

Com certeza foi surpresa desta vez.

— Eu tenho o seu número, senhora.

— Achei que tinha.

— Um momento, estou transferindo sua ligação.

Enquanto esperava, Rosie pegou a garrafa de Pepsi e passou-a por baixo do nariz, como fizera com o outro frasco, muito menor. Achou que só podia sentir um levíssimo cheiro amargo... mas talvez fosse apenas sua imaginação. Não que isso importasse. Ou ele beberia, ou não. *Ka*, pensou ela, e depois, *O quê?*

Antes que pudesse ir adiante com aquilo, o telefone foi atendido.

— Divisão de Detetives, sargento Williams.

Ela lhe deu o nome de Hale e disseram que esperasse. Fora de seu quarto, lá no corredor, os murmúrios e as respostas gemidas continuavam. As sirenes soavam muito mais perto agora.

## 4

— Alô, é Hale! — vociferou subitamente uma voz no ouvido de Rosie. Não parecia de modo algum o homem cortês e de voz relaxada que a atendera anteriormente. — É a sra. McClendon?

— É...

— A senhora está bem? — Ainda vociferava, lembrando-a agora de todos os policiais que já vira em sua sala de estar, sem sapatos, os pés espalhando mau cheiro pelo local. Não podia esperar por informações que ela teria lhe dado voluntariamente; não, estava perturbado, e agora tinha que pular em torno dela, latindo como um *terrier*.

*Homens*, pensou ela, erguendo os olhos para o céu.

— Estou. — Ela falava lentamente, como um monitor de playground tentando acalmar uma criança histérica que caíra de um dos brinquedos. — Estou bem sim. Bill, o sr. Steiner, também está bem. Nós dois estamos bem.

— É o seu marido? — Parecia ultrajado, apenas a um ou dois passos do pânico total. Um touro num campo aberto, ciscando o chão e olhando para o trapo vermelho que o provocara. — Foi Daniels?

— Sim. Mas ele já se foi. — Ela hesitou, depois acrescentou: — Não sei para onde. *Mas espero que seja um lugar bem quente e que o ar-condicionado esteja quebrado.*

— Nós vamos achá-lo — disse Hale. — Eu lhe prometo isso, Sra. McClendon. Vamos achá-lo.

— Boa sorte, tenente — disse ela com suavidade, e virou os olhos para a porta aberta do *closet*. Tocou a parte superior do braço, onde ainda podia sentir o calor do bracelete se desvanecendo. — Tenho que desligar agora. Norman atirou num homem do andar de cima e talvez eu possa fazer algo por ele. O senhor vem para cá?

— Não tenha dúvida.

— Então o vejo aqui. Até logo. — Desligou antes que Hale pudesse dizer mais alguma coisa. Bill entrou, enquanto as luzes do corredor se acendiam atrás dele.

Ele olhou à volta, surpreso.

— Deve ter sido um disjuntor... o que significa que Norman estava no subsolo. Mas se ele ia quebrar um disjuntor, por que não... — Antes que pudesse terminar, começou a tossir novamente, com força. Dobrou-se, fazendo caretas, envolvendo com as mãos a garganta machucada e inchada.

— Tome — disse ela, indo rapidamente até ele. — Beba isso. Acaba de sair da geladeira, está gelada.

Ele pegou a Pepsi, deu vários goles, depois suspendeu a garrafa e olhou-a com curiosidade.

— Está com um gosto meio estranho — disse.

— É porque sua garganta está muito inchada. Provavelmente sangrou um pouco, é esse gosto que você está sentindo. Vamos, beba tudo. Detesto vê-lo tossindo assim.

Ele bebeu o resto, pôs a garrafa na mesinha e quando olhou para Rosie de novo ela viu um entorpecido vazio em seus olhos, o que a assustou tremendamente.

— Bill? Bill, o que é? O que está havendo?

O vazio permaneceu um momento e então Bill riu e sacudiu a cabeça.

— Você não vai acreditar. Acho que foi o dia estressante, mas...

— O que foi? Não vou acreditar em quê?

— Por uns dois segundos não conseguia lembrar quem era você — disse. — Não conseguia lembrar nem o seu *nome*, Rosie. Mas o mais doido de tudo é que por uns dois segundos não conseguia lembrar nem do *meu*.

Ela riu e se aproximou mais dele. Podia ouvir um rumor de passos — o pessoal da ambulância, provavelmente — subindo as escadas, mas não se importou. Pôs os braços à volta de Bill e apertou-o com força.

— Eu me chamo Rosie — disse. — Rosie. Rosie *Real*.

— Certo — disse ele, beijando-lhe a testa. — Rosie, Rosie, Rosie, Rosie, Rosie.

Ela fechou os olhos, apertou o rosto contra o ombro dele e, na escuridão, por trás dos olhos fechados, viu a boca anormal de uma aranha e os olhos negros de uma raposa, olhos imóveis demais para transmitirem loucura ou sanidade. Viu tais coisas e soube que continuaria a vê-las por muito tempo. E em sua cabeça duas palavras soaram, vibrando como um sino de ferro:

*Eu retribuo.*

## 5

O tenente Hale acendeu um cigarro sem pedir permissão, cruzou as pernas e fitou Rosie McClendon e Bill Steiner, duas pessoas sofrendo de um acesso clássico de paixão; a cada vez que se entreolhavam, Hale quase podia ler FORA DE COMBATE impresso em suas pupilas. Era suficiente para fazê-lo cogitar se eles mesmos, de algum modo, tinham se livrado de Norman, o causador de problemas. Mas sabia que não. Não eram desse tipo. Não aqueles dois.

Arrastara uma cadeira de cozinha para a sala e agora estava sentado nela ao contrário, com as costas para a frente, um braço sobre o espaldar da cadeira e o queixo pousado no braço. Rosie e Bill estavam apertados num pequeno assento — que se considerava um sofá — para duas pessoas. Um pouco mais de uma hora se passara desde a primeira ligação de Rosie para 911. O inquilino ferido do andar de cima, chamado John Briscoe, fora levado para o hospital de emergência com um "ferimento superficial com possibilidade de complicações".

Agora tudo se acalmara um pouco. Hale gostava disso. Mas havia uma coisa de que teria gostado mais, e era saber onde diabos se metera Norman Daniels.

— Um dos instrumentos está fora do tom aqui — disse —, e está estragando a banda toda.

Rosie e Bill se entreolharam. Hale teve certeza da perplexidade nos olhos de Bill Steiner; quanto a Rosie, tinha menos certeza. Havia algo ali, estava quase certo. Algo que ela não estava contando.

Folheou lentamente seu caderninho de notas da frente para trás, ganhando tempo, querendo deixá-los um pouco inquietos. Em vão. Surpreendia-o que Rosie pudesse estar tão quieta — se é que estava mesmo *escondendo* algo —, mas, ou esquecera algo importante a respeito dela, ou não a levara totalmente em conta. Ela jamais fora submetida a um interrogatório policial, mas ouvira milhares de descrições e discussões a respeito, enquanto servia silenciosamente as bebidas a Norman e seus amigos e esvaziava os cinzeiros. Estava muito familiarizada com sua técnica.

— Muito bem — disse Hale quando teve certeza de que nenhum dos dois lhe daria uma dica. — O pé em que estamos é este. Norman vem aqui. Consegue, de algum modo, matar os guardas Alvin Demers e Lee Babcock. Babcock fica no assento ao lado do motorista, Demers na mala do carro. Norman quebra a lâmpada do vestíbulo, depois desce ao subsolo e desliga um monte de disjuntores de circuito, bastante ao acaso, embora estejam bem marcados nos diagramas dentro dos boxes dos disjuntores. Por quê? Não sabemos. Ele é doido. Então volta à radiopatrulha e finge que é o guarda Demers. Quando a senhora e o sr. Steiner aparecem, ele os ataca pela retaguarda, tenta sufocar o sr. Steiner, persegue vocês escada acima, alveja Briscoe quando ele tenta interromper a festa, depois arromba a sua porta. É isso, até aí?

— É, acho que sim — disse Rosie. — Foi bastante confuso, mas deve ter sido mais ou menos isso que aconteceu.

— Mas há um pedaço que não entendo. Vocês se esconderam no *closet*...

— Sim...

— ... e então Norman entra como Freddy Jason ou seja lá como é que se chama aquele cara dos filmes de terror...

— Bem, não exatamente como...

— ... e investe como um touro numa loja de porcelanas, parando no banheiro tempo suficiente para dar dois tiros na cortina do chuveiro... depois sai correndo de novo. É isso que estão dizendo que ele fez?

— Foi o que aconteceu — disse ela. — Naturalmente não o *vimos* atacando, porque estávamos no *closet*, mas ouvimos.

— Essa imitação doida e miserável de policial vai até o inferno para achar vocês, recebe um banho de mijo, tem o nariz quase demolido, assassina dois policiais e então... o quê? Mata uma cortina de chuveiro e foge? É isso que está dizendo?

— É. — Não havia sentido em dizer mais alguma coisa. Ele não suspeitava de que ela tivesse feito nada ilegal. Estaria sendo mais rigoroso com ela, ao menos no começo, se suspeitasse, mas se ela tentasse acrescentar algo à sua confirmação, ele poderia continuar latindo como um terrier a noite inteira, e aquilo já estava lhe dando dor de cabeça.

Hale olhou para Bill.

— É assim que se lembra da coisa?

Bill sacudiu a cabeça.

— *Não* me lembro disso — respondeu. — A última coisa de que me lembro é de parar com a minha Harley na frente do carro da polícia. Muito nevoeiro. E depois disso, um nevoeiro *total*.

Hale ergueu as mãos, frustrado. Rose pegou a mão de Bill, colocou-a em sua coxa, cobriu-a com suas duas mãos e sorriu docemente para ele.

— Tudo bem — disse ela. — Tenho certeza de que sua lembrança vai voltar com o tempo.

## 6

Bill prometera a ela que ficaria. Manteve a palavra — e adormeceu quase no mesmo momento em que sua cabeça tocou o travesseiro retirado do sofazinho. Isso não surpreendeu Rosie. Ela ficou deitada a seu lado no leito estreito, observando o nevoeiro aumentar atrás da lâmpada da rua do lado de fora, e esperou que suas pálpebras ficassem pesadas. Quando não ficaram, ela se levantou, entrou no *closet*, ligou a luz e sentou-se de pernas cruzadas à frente do quadro.

Um luar silencioso o banhava. O templo era um sepulcro pálido. Abutres circulavam pelo céu. *Será que jantarão a carne de Norman amanhã, quando o sol surgir?*, cogitou ela. Achava que não. Rose Madder pusera Norman num lugar onde os pássaros jamais entravam.

Contemplou a pintura por mais um ou dois momentos, depois estendeu a mão para ela e tocou com os dedos as pinceladas geladas. O toque a tranquilizou. Desligou a luz e foi para a cama. Desta vez o sono chegou rapidamente.

## 7

Acordou — e acordou Bill — cedo no primeiro dia de sua vida sem Norman. Estava uivando.

— *Eu retribuo! Eu retribuo! Ah, Deus, os olhos dela! Os olhos negros dela!*

— Rosie — disse ele, sacudindo seu ombro. — *Rosie!*

Ela o olhou, no início com uma expressão vazia, o rosto transpirando e a camisola empapada de suor, o algodão colando-se às reentrâncias e curvas de seu corpo.

— Bill?

Ele confirmou com a cabeça.

— Sou eu sim. Você está bem. Nós dois estamos.

Ela estremeceu e abraçou-se a ele. O conforto rapidamente se transformou em outra coisa. Estava deitada debaixo dele, a mão direita em torno do pulso esquerdo atrás do pescoço dele, e quando Bill a penetrou (ela jamais experimentara tal suavidade ou sentira tal confiança com Norman), os olhos dela deslocaram-se para seus jeans, caídos no chão perto dali. O frasco de cerâmica ainda estava no bolsinho, e Rosie achou que continha pelo menos ainda três gotas daquela água amargamente atraente — talvez mais.

*Vou tomá-la*, pensou, pouco antes que sua capacidade de pensar com coerência cessasse. *Vou tomá-la, claro que sim. Vou esquecer e isso será o melhor — quem precisa de sonhos assim?*

Mas havia nela uma parte profunda — muito mais profunda do que sua velha amiga Prática-Sensata — que sabia a resposta disso: *ela* precisava de sonhos assim, era isso. *Ela* precisava. E embora fosse guardar o frasco e o que estava nele, não o guardara para si mesma. Porque a pessoa que esquece o passado está condenada a repeti-lo.

Ergueu os olhos para Bill. Ele a fitava, os olhos alargados e nublados de prazer. Ela descobriu que o prazer dele era o dela, e deixou-se ir aonde ele a levava, e ficaram onde estavam por algum tempo, bravos marinheiros viajando no pequeno navio de sua cama.

## 8

Na metade da manhã, Bill aventurou-se a sair para comprar roscas e o jornal de domingo. Rosie tomou um banho de chuveiro, vestiu-se e então se sentou na beira da cama, descalça. Podia sentir o cheiro distinto deles e também o que haviam produzido juntos. Achou que jamais sentira um cheiro tão bom.

O melhor de tudo? Fácil. Não havia nenhuma mancha de sangue no lençol. Nenhum sangue em parte alguma.

Seu jeans tinha migrado para baixo da cama. Ela o pescou com os dedos dos pés, depois pegou o pequeno frasco do bolsinho da frente. Levou o jeans para o banheiro, onde havia uma cesta de plástico para roupas atrás da porta. O frasco ficaria no armário dos remédios, pelo menos por enquanto, onde seria escondido facilmente pelo vidro de

Motrin. Revirou os outros bolsos do jeans antes de jogá-lo entre as roupas sujas, um hábito de dona de casa tão antigo que não tinha a menor noção de fazê-lo... até que seus dedos se fecharam em algo bem no fundo do bolso esquerdo da frente, o mais usado. Ela o retirou, ergueu-o e então estremeceu quando Rose Madder falou no interior de sua mente: *Uma lembrança... faça com ela o que quiser.*

Era o anel da Academia de Polícia de Norman.

Fez com que escorregasse por seu polegar, virando-o de um lado para o outro, deixando que a luz do vidro fosco da janela do banheiro refulgisse nas palavras *Serviço, Lealdade, Comunidade.* Estremeceu de novo, e por um ou dois momentos teve a absoluta impressão de que Norman ressurgiria em torno do maléfico talismã.

Meio minuto depois, com o frasco de Dorcas guardado em segurança no armário dos remédios, ela voltou depressa à cama em desordem, desta vez sem sentir o cheiro da fragrância de homem e mulher que ainda persistia ali. Era na mesinha de cabeceira que estava pensando, procurava por sua gaveta. Colocaria o anel ali, por enquanto. Mais tarde, pensaria no que fazer com ele; por ora, tudo que queria era tirá-lo de vista. Não seria seguro deixá-lo do lado de fora, quanto a isso não havia dúvida. O tenente Hale provavelmente passaria ali mais tarde, armado de novas perguntas e um monte das velhas, e não seria bom que visse o anel da Academia de Polícia de Norman. Não seria bom, de modo algum.

Abriu a gaveta, esticou a mão para deixar cair o anel lá dentro... e então sua mão congelou.

Já havia outra coisa na gaveta. Um pedaço de tecido azul, cuidadosamente dobrado em forma de embrulho. Manchas *rose madder* espalhavam-se por ele; para Rosie, pareciam gotas de sangue meio seco.

— Ah, meu Deus — sussurrou. — As *sementes*!

Retirou o embrulho que fora outrora parte de uma camisola de algodão barata, sentou-se na cama (os joelhos subitamente fracos demais para sustentá-la) e pôs o embrulho no colo. Em sua mente, ouvia Dorcas lhe dizer para não provar o fruto, nem sequer pôr a mão que tocara as sementes na boca. Uma romãzeira, ela a chamara, mas Rosie não achava que fosse isso.

Desdobrou os lados do pequeno embrulho e olhou as sementes. Seu coração disparava como um cavalo de corrida no peito.

*Não as guarde,* pensou. *Não guarde, não guarde.*

Deixando o anel do falecido marido ao lado do abajur, pelo menos por enquanto, Rosie levantou-se e entrou no banheiro de novo, com o pano aberto na palma da mão. Não sabia há quanto tempo Bill saíra, perdera a noção, mas ele não demoraria.

*Por favor,* pensou, *faça com que a fila das roscas na* delicatessen *esteja longa.*

Ergueu a tampa do vaso sanitário, ajoelhou-se e tirou a primeira semente do pano. Ocorrera-lhe que este mundo poderia ter roubado a mágica das sementes, mas as pontas de seus dedos ficaram imediatamente entorpecidas e soube que isso não acontecera. Não era como se os dedos estivessem entorpecidos pelo frio; era mais como se as sementes tivessem transmitido uma estranha amnésia à sua própria carne. Entretanto, segurou a semente por um momento, olhando-a fixo.

— Uma para a raposa — disse ela, e atirou-a no vaso. No mesmo instante, a água floresceu num sinistro vermelho *rose madder*. Parecia como o resíduo de um pulso cortado ou de uma garganta cortada. O cheiro que subiu até ela não era o de sangue, porém: era o aroma amargo, ligeiramente mais metálico, do rio passando por trás do Templo do Touro. Era tão forte que fez seus olhos marejarem.

Pegou a segunda semente do pano e manteve-a em frente a seus olhos.

— Uma para Dorcas — disse, e atirou-a no vaso. A cor se acentuou, não era mais a cor do sangue, mas de coágulos, e o cheiro era tão forte que as lágrimas lhe desciam pelo rosto. Seus olhos estavam tão vermelhos como os de uma mulher mergulhada até os cotovelos em cebolas cortadas.

Pegou a terceira semente do pano e segurou-a na frente dos olhos.

— E uma para mim — disse ela. — Para Rosie.

Mas quando tentou atirar esta no vaso, seus dedos não a soltaram. Tentou novamente, com o mesmo resultado. Em vez disso, a voz de uma mulher louca encheu-lhe a mente, e falava numa persuasiva sanidade: *Lembre-se da árvore. Lembre-se da árvore, pequena Rosie. Lembre-se...*

— A árvore — murmurou Rosie. — Lembre-se da árvore, sim, saquei, mas *que* árvore? E o que devo fazer? Pelo amor de Deus, o que devo fazer?

*Não sei*, respondeu Prática-Sensata, *mas seja lá o que for que fizer, é melhor fazê-lo rápido. Bill vai voltar a qualquer minuto. Qualquer segundo.*

Apertou a descarga, observando o líquido púrpura-avermelhado ser substituído por água clara. Então voltou para a cama, sentou-se e fixou a última semente no pano de algodão manchado. Da semente, olhou para o anel de Norman. Então olhou de novo para a semente.

*Por que não posso jogar essa porcaria fora?*, perguntou-se. *Deixa para lá a desgraçada da árvore, só me diga por que, em nome de Deus, não posso jogar esta última semente fora e terminar com isso.*

Nenhuma resposta. O que ouviu foi o excitado pipocar e gorgolejar de uma motocicleta que se aproximava, flutuando pela janela aberta. Já reconhecia o som da Harley de Bill. Rapidamente, sem se fazer mais nenhuma pergunta, Rosie pôs o anel no pedaço de algodão azul suave junto com a semente. Então tornou a dobrá-lo, foi correndo à cômoda e pegou a bolsa em cima. Era uma bolsa puída e desajeitada, mas significava muito para ela — era a que havia trazido consigo quando fugiu naquela primavera. Abriu-a e guardou nela o pequeno embrulho, enfiando-o bem no fundo, onde ficaria escondido com mais segurança do que o frasco de cerâmica no armário dos remédios. Feito isso, debruçou-se na janela aberta e começou a respirar em grandes goles de ar.

Quando Bill entrou com o gordo jornal de domingo e um número absurdo de roscas num saco de papel, Rosie virou-se para ele com um sorriso brilhante.

— Por que demorou tanto? — disse, e pensou consigo mesma: *Que raposa você é, pequena Rosie. Que r...*

O sorriso dele e a resposta que ia dar se interromperam de repente.

— Rosie? Tudo bem?

O sorriso dela tornou a brilhar.

— Tudo ótimo. Acho que um anjo passou sobre meu túmulo.

Só que não tinha sido exatamente um anjo.

## 9

*Posso lhe dar um conselho antes de mandá-la de volta?*, perguntara Rose Madder, e no final daquela tarde, depois que o tenente Hale lhes trouxera a chocante notícia sobre Anna Stevenson (que não fora descoberta até aquela manhã, devido a seu frequentemente expresso desagrado quanto a visitantes não autorizados em seu escritório) e fora embora, Rosie aceitou o conselho. Era domingo, mas o salão Hair 2000 no Skyview Mall estava aberto. A cabeleireira a quem fora designada entendeu o que Rosie queria, mas protestou brevemente.

— Está tão bonito assim! — disse.

— É, acho que está — respondeu Rosie —, mas eu estou detestando, de qualquer modo.

Portanto, a mulher fez o que devia, e os protestos surpresos que Rosie esperava quando Bill a viu naquela noite não surgiram.

— Seu cabelo está mais curto, mas fora isso está parecido com o que você usava no primeiro dia em que foi à loja — disse. — Gosto dele.

Ela o abraçou.

— Ótimo.

— Quer comer comida chinesa?

— Só se você prometer ficar de novo.

— Se todas as promessas fossem assim tão fáceis de cumprir — disse ele sorrindo.

## 10

*Manchete de segunda-feira:* POLICIAL DESONESTO VISTO EM WISCONSIN

*Manchete de terça-feira:* POLÍCIA SILENCIA SOBRE POLICIAL ASSASSINO DANIELS

*Manchete de quarta-feira:* ANNA STEVENSON CREMADA; 2.000 NA MARCHA MEMORIAL SILENCIOSA

*Manchete de quinta-feira:* DANIELS PODE TER SE SUICIDADO, ESPECULAM PESSOAS BEM-INFORMADAS

Na sexta-feira, Norman mudou-se para a página dois.

Na sexta-feira seguinte, desaparecera.

## 11

Pouco depois do Quatro de Julho, Robbie Lefferts pôs Rosie para trabalhar lendo um romance tão distante das obras de "Richard Racine" quanto possível: *Uma Bela Propriedade*, de Jane Smiley. Era a história de uma família rural de Iowa, mas não era exatamente isso; Rosie fora figurinista na sociedade de arte dramática do colegial por três anos, e ainda que jamais tivesse dado um único passo à frente dos refletores, reconhecia o rei louco de Shakespeare quando o encontrava. Smiley vestira Lear com macacão de fazendeiro, mas louco era louco.

Transformara-o também numa criatura que lembrava assustadoramente Norman para Rosie. No dia em que terminou o livro ("Seu melhor trabalho até então", disse-lhe Rhoda, "e uma das melhores leituras que já ouvi"), Rosie voltou a seu quarto e tirou a velha pintura a óleo do *closet* onde ficara desde a noite do... bem, desaparecimento de Norman. Era a primeira vez que a olhava desde aquela noite.

O que viu não a surpreendeu muito. Era dia no quadro novamente. O flanco da colina era o mesmo, com vegetação alta, áspera, e o templo lá embaixo também era o mesmo (ou *quase* o mesmo: Rosie tinha a sensação de que a perspectiva estranhamente oblíqua do templo de certo modo se modificara, tornando-se normal), e as mulheres ainda estavam desaparecidas. Rosie achava que Dorcas levara a mulher louca para ver seu bebê uma última vez... e então Rose Madder continuaria sozinha, para o lugar para onde iam criaturas assim quando a hora de sua morte tinha finalmente soado.

Rosie levou o quadro corredor abaixo até o conduto do incinerador, segurando-o cuidadosamente pelas laterais como fizera antes — segurando-o como se temesse que sua mão escorregasse para dentro daquele outro mundo, se não tivesse cuidado. Na verdade, temia algo assim.

Ante o poço do incinerador, ela fez novamente uma pausa, olhando fixamente e pela última vez o quadro que chamara por ela na empoeirada prateleira da casa de penhores com uma voz sem língua, imperativa, que podia ser a da própria Rose Madder. *E provavelmente era*, pensou Rosie. Ergueu a mão para a porta do incinerador, fez uma pausa, e então seu olho percebeu algo que lhe escapara antes: duas formas na relva alta um pouco abaixo na colina. Passou levemente um dedo sobre a superfície pintada das formas, franzindo a testa, tentando pensar o que poderiam ser. Depois de alguns momentos, entendeu. A pequena bolha rosa-trevo era seu suéter. A bolha preta ao lado dele era a jaqueta que Bill lhe emprestara para a viagem de motocicleta pela rodovia 27 naquele dia. Não se importava com o suéter, era só uma coisa barata de Orlon, mas lamentava pela jaqueta. Não era nova, mas ainda tinha uns bons anos pela frente. Além disso, gostava de devolver as coisas que as pessoas lhe emprestavam.

O próprio cartão do banco de Norman ela só usara aquela vez.

Olhou para a pintura e então suspirou. Não tinha sentido conservá-la; em breve se mudaria do pequeno quarto que Anna encontrara para ela, e não tinha nenhuma intenção de levar de seu passado nada que não fosse necessário. Achava que estava grudada à parte dele alojada em sua cabeça como fragmentos de bala, mas...

*Lembre-se da árvore, Rosie*, disse uma voz, e desta vez parecia a voz de Anna — Anna, que a ajudara quando ela precisara de ajuda, quando não tinha mais ninguém para quem se voltar, Anna, por quem ela não pudera chorar como quisera... embora tivesse chorado rios pela doce Pam, com seus bonitos olhos azuis sempre treinados para "alguém interessante". Agora, contudo, sentiu uma ferroada de dor que fez seus lábios tremerem e seu nariz formigar.

— Anna, desculpe — disse.

*Não tem importância.* Aquela voz, seca e levemente arrogante. *Você não me fez, não fez Norman e não tem que se responsabilizar por nenhum de nós. Você é Rosie McClendon, não Typhoid Mary, e é melhor se lembrar disso quando tempestades de melodrama ameaçarem engoli-la. Mas tem que lembrar...*

— Não, não tenho — disse ela, e dobrou com força a pintura em dois, como alguém fechando um livro com autoridade. A velha madeira sobre a qual a tela fora esticada estalou. A própria tela mais explodiu do que rasgou em tiras que pendiam como farrapos. A tinta nesses farrapos era tênue e sem nexo. — Não, não tenho. Não tenho que fazer *coisa alguma* se não quiser, e eu *não quero*.

*Os que esquecem o passado...*

— *Foda-se* o passado! — exclamou Rosie.

*Eu retribuo*, respondeu uma voz sussurrando, persuadindo, advertindo.

— Não escuto você — disse Rosie. Abriu a portinhola do incinerador, sentiu o calor, o cheiro de fuligem. — Não escuto você, não estou escutando, acabou.

Atirou o quadro rasgado e dobrado pela porta, como se pusesse na caixa do correio uma carta enviada para alguém no inferno, e então ficou na ponta dos pés para observá-lo cair em direção às chamas lá embaixo.

# Epílogo

## A mulher-raposa

### 1

Em outubro, Bill a leva mais uma vez à área de piquenique no lago. Desta vez vão de carro; é um bonito dia de outono, mas frio demais para a motocicleta. Uma vez lá, com uma toalha de piquenique diante deles e os bosques flamejando à sua volta com as cores do outono, ele pergunta o que ela sabe há algum tempo que ele vai perguntar.

— Sim — ela diz. — Assim que o divórcio sair.

Ele a abraça, beija e, quando Rosie enlaça seu pescoço e fecha os olhos, escuta a voz de Rose Madder bem no fundo de sua mente: *Todas as contas se equilibram agora... e se você se lembrar da árvore, isso não terá importância, de qualquer modo.*

Mas *que* árvore?

Árvore da Vida?

Árvore da Morte?

Árvore do Conhecimento?

Árvore do Bem e do Mal?

Rosie estremece e abraça o futuro marido mais forte. E quando Bill empalma o seio esquerdo dela, maravilha-se de sentir o coração de Rosie batendo tão rápido sob sua mão.

*Que* árvore?

## 2

Casam-se numa cerimônia civil entre o Dia de Ação de Graças e o Natal, dez dias depois que a sentença do divórcio à revelia entre Rosie e Norman Daniels é pronunciada. Em sua primeira noite como Rosie Steiner, ela acorda com os gritos do marido.

— *Não posso olhar para ela!* — grita ele no sonho. — *Ela mata sem se importar! Ah, por favor, não pode fazer com que ele pare de GRITAR?* — Então, numa voz mais baixa que vai sumindo: — O que é que tem na boca? O que são esses fios?

Estão num hotel de Nova York, a caminho de St. Thomas, onde passarão a lua de mel de duas semanas, mas, embora ela tenha deixado o embrulho azul para trás, ainda no fundo da bolsa que trouxera consigo toda vida anterior, havia trazido o frasco de cerâmica. Algum instinto — avalia que a intuição feminina, como qualquer outro nome, serve neste caso — lhe disse isso. Já a usou em duas outras ocasiões depois de pesadelos como aquele, e na manhã seguinte, enquanto Bill está se barbeando, Rosie pinga a última gota no café dele.

*Vai ter que bastar*, pensa ela ao atirar o pequeno frasco no vaso sanitário e apertar a descarga. *Se não, vai ter que bastar assim mesmo.*

A lua de mel é perfeita — quantidades de sol, de bom sexo e nem um único sonho ruim para nenhum dos dois.

## 3

Em janeiro, num dia em que vagas de neve sopradas pelo vento passam sobre as campinas e a cidade, o teste de gravidez revela a Rosie Steiner o que ela já sabe: vai ter um bebê. Sabe também algo mais, algo que o teste não pode revelar: será uma menina.

Caroline finalmente está chegando.

*Todas as contas se equilibram agora*, pensa ela numa voz que não é a sua, em pé junto à janela do novo apartamento deles, olhando a neve lá fora. Esta lhe lembra o nevoeiro daquela noite em Bryant Park, quando voltavam para casa e se depararam com Norman esperando.

*Sim, sim, sim*, pensa ela, quase entediada com o pensamento agora; ele surge quase com a frequência de uma melodia importuna que não abandona sua cabeça. *Elas se equilibram enquanto você se lembrar da árvore, certo?*

*Não*, responde a louca, numa voz tão mortalmente clara que Rosie gira em torno de si, o coração dando baques surdos até o meio da testa, momentaneamente convencida de que Rose Madder está naquela sala com ela. Entretanto, apesar de a voz ainda estar ali, a sala se mostra vazia. *Não... enquanto você controlar seu temperamento. Enquanto puder fazer isso. Mas as duas coisas são uma só, não são?*

— Fora — diz para a sala vazia, e sua voz rouca treme. — Fora, sua vaca. Fique longe de mim. Fique longe da minha vida.

## 4

Seu bebê pesa 2,5 quilos. Apesar de Caroline ser agora e sempre o seu nome secreto, o que vai para a certidão de nascimento é Pamela Gertrude. Inicialmente Rosie faz objeção, dizendo que, com o Steiner acrescentado ao Gertrude, o nome da criança vai se transformar num trocadilho literário. Ela defende, sem nenhum entusiasmo maior, Pamela Anna.

— Ah, por favor — diz Bill —, isso parece uma sobremesa de fruta num restaurante esnobe da Califórnia.

— Mas...

— E não se preocupe com Pamela Gertrude. Primeiro que tudo, ela nunca ia deixar que nem sua melhor amiga soubesse que seu nome do meio é Gert. Pode contar com isso. Segundo, a escritora de quem você está falando é aquela que disse que uma rosa é uma rosa é uma rosa. Não posso imaginar motivo melhor para escolher um nome.

E assim fizeram.

## 5

Não muito tempo antes de Pammy fazer 2 anos, seus pais resolvem comprar uma casa nos arredores da cidade. Já então podem se dar a esse luxo; ambos prosperaram em seus empregos. Começaram com pilhas de folhetos e lentamente vão peneirando até uma dúzia de folhetos possíveis, depois seis, depois quatro, depois dois. Então começam a ter problemas. Rose quer uma; Bill prefere a outra. A conversa se transforma em discussão enquanto as posições se polarizam e o debate aumenta de intensidade — infelizmente, mas nada incomum; mesmo o mais doce e harmonioso dos casamentos não está imune a um arrufo de vez em quando... ou a uma ocasional e gritada discussão.

No final desta última, Rosie irrompe na cozinha e começa a preparar o jantar, primeiro empurrando uma galinha para dentro do forno e depois pondo água a ferver para as espigas de milho frescas que comprou na banca da estrada. Um pouco mais tarde, enquanto está descascando umas duas batatas na bancada ao lado do fogão, Bill chega da sala de estar, onde estivera examinando fotos das duas casas que causaram essa divergência pouco comum entre eles... na verdade, estivera mesmo era ruminando sobre a discussão.

Ela não se vira quando ele se aproxima, como geralmente faz, nem quando ele se curva e a beija na nuca.

— Desculpe ter gritado com você por causa da casa — diz ele calmamente. — Ainda acho que a de Windsor é melhor para nós, mas eu não devia ter levantado a voz.

Espera que Rosie responda alguma coisa, e quando ela não o faz, ele se vira e se arrasta penosamente para fora da cozinha, provavelmente pensando que ela ainda está zangada; zanga não é modo de descrever o presente estado emocional de Rosie. Ela sente uma fúria negra, quase assassina, e seu silêncio não está sendo algo tão infantil quanto lhe "dar um gelo"; na verdade, está mais é fazendo um esforço frenético para

(*lembre-se da árvore*)

não pegar a panela de água fervendo no fogão, virar-se e jogá-la no rosto dele. O nítido quadro que vê mentalmente é doentio e sinistramente atraente ao mesmo tempo: Bill cambaleando para trás, berrando, enquanto sua pele fica de uma cor que ela ainda vê às vezes em seus sonhos. Bill agarrando o rosto enquanto as primeiras bolhas começam a despontar da pele fumegante.

A mão esquerda de Rosie chegou realmente a se torcer na direção do cabo da panela e, naquela noite, enquanto está deitada sem dormir, ouve duas palavras incessantemente em sua cabeça: *Eu retribuo.*

## 6

Nos dias que se seguem, ela começa a olhar obsessivamente para as mãos, os braços e o rosto... mas sobretudo para as mãos, porque é ali que a coisa começará.

Começará que coisa? Ela não sabe com certeza... mas sabe que reconhecerá

(*a árvore*)

quando a vir.

Descobre, no lado oeste da cidade, um lugar chamado Elmo's Batting Cages, um campo com máquinas de lançar bolas de beisebol, e começa a ir para lá regularmente. A maior parte dos clientes dali é de homens no início da meia-idade, tentando manter a silhueta do tempo da faculdade, ou garotos do ginásio querendo gastar cinco dólares ou coisa assim pelo privilégio de passarem por famosos jogadores de beisebol durante certo tempo. De vez em quando, a namorada de alguém consegue rebater algumas bolas, mas a maioria delas é ornamental, e fica fora do campo ou da ligeiramente mais cara Máquina de Lançar Bolas de Nível Profissional, observando. Há poucas mulheres na faixa dos 30 rebatendo bolas. Poucas? Nenhuma, na verdade, fora a senhora de cabelos castanhos curtos, com o rosto pálido e solene. Portanto, os garotos brincam, dão risadas abafadas, se acotovelam e viram os bonés de trás para a frente para mostrarem como são maus, e ela os ignora completamente, tanto o riso deles quanto o cuidadoso inventário que fazem de seu corpo, que recuperou muito bem a forma depois do bebê. Recuperou muito bem? Para uma garota que está nitidamente envelhecendo (dizem um ao outro), ela é um broto, uma gata.

Mas, depois de algum tempo, eles param de rir. E param porque a senhora de camiseta sem mangas e calça cinzenta frouxa, depois de sua falta de jeito inicial e quatro bolas de raspão (chega a ser atingida várias vezes pelas sólidas bolas de borracha fornecidas pela máquina), começa a dar boas rebatidas e depois rebatidas *fantásticas*.

— Ela está batendo que é uma beleza — diz um, certo dia, depois que Rosie, ofegante e vermelha, o cabelo puxado para trás num capacete úmido, acerta três vezes em cheio, uma depois da outra, por toda a extensão do cercado de arame. Cada vez que rebate bem, ela emite um grito agudo, sobrenatural, como Monica Seles num saque. Como se as bolas tivessem feito algo que a ofendesse.

— Deixou a máquina doida — diz outro, enquanto a máquina de lançamentos que ocupa o centro do cercado cospe outra bola rápida de 50 quilômetros por hora. Rosie dá seu grito interior de esforço, a cabeça abaixada quase contra o ombro, e arremessa os quadris. A bola vai para a outra direção, rápido. Atinge o cercado de arame a 60 metros de distância, ainda subindo, atingindo o final do tecido verde antes de cair e se juntar às outras que ela já rebatera.

— Ah, ela não está batendo tão forte — escarnece um terceiro. Pega um cigarro, coloca-o na boca, puxa uma caixa de fósforos e acende um. — Ela está apenas...

Desta vez Rosie *grita* — um grito que é como o guincho de um pássaro faminto — e a bola desce de volta ao cercado numa achatada linha branca. Atinge o final do cercado... e passa através dele. O buraco que deixa atrás de si parece algo que poderia ter sido feito por uma arma de fogo disparada de perto.

O Garoto do Cigarro se imobiliza, o fósforo queimando nos dedos.

— O que é que estava dizendo, cara? — pergunta suavemente o primeiro garoto.

## 7

Um mês mais tarde, pouco depois do fechamento do campo de lançamento de bolas pelo período da estação, Rhoda Simons interrompe subitamente a leitura que Rosie está fazendo do novo livro de Gloria Naylor e lhe diz que já chega por aquele dia. Rosie protesta que é cedo. Rhoda concorda, mas diz que Rosie está perdendo a expressividade; melhor descansar até amanhã, diz Rhoda.

— É, bem, eu queria acabar hoje — diz Rosie. — São só mais 20 páginas. Quero *acabar* o diabo do livro, Rho.

— Qualquer coisa que fizer agora terá que fazer de novo — diz Rhoda, encerrando o assunto. — Não sei até que horas Pamelacita fez você ficar acordada ontem, mas você não tem condições de fazer mais nada hoje.

## 8

*Rosie se levanta e sai porta afora, dando um puxão tão forte na porta que esta é quase arrancada das gordas e silenciosas dobradiças. Depois, na sala de controle, pega a subitamente aterrorizada Rhoda Simons pela gola da porra da blusa Norma Kamali e bate seu rosto com força no painel de controle. Um comutador de cavilha empala o nobre nariz de Rhoda como a ponta de um garfo de churrasco. O sangue se espalha por toda parte, pingando no vidro da janela do estúdio e escorrendo em feios filetes* rose madder.

*— Rosie, não — grita agudamente Curt Hamilton. — Meu Deus, o que está fazendo?*

*Rosie enfia as unhas na garganta latejante de Rhoda e a rasga, enfiando o próprio rosto no vômito quente do sangue, querendo se banhar nele, batizar esta nova vida contra a qual vem lutando tão estupidamente. E não precisa responder a Curt; ela sabe perfeitamente bem o que está fazendo, ela está* retribuindo, *é isso,* retribuindo, *e Deus ajude quem estiver do lado errado no seu livro de acerto de contas. Deus ajude...*

## 9

— Rosie? — chama Rhoda pelo interfone, despertando-a desse devaneio terrível, ainda que profundamente atraente. — Você está bem?

*Controle seu temperamento, pequena Rosie.*

*Controle seu temperamento e lembre-se da árvore.*

Ela olha para baixo e vê o lápis que vinha segurando agora partido em dois. Olha para os pedaços durante vários segundos, respirando profundamente, tentando manter o coração que disparara sob controle. Quando sente que pode falar num tom de voz mais ou menos equilibrado, diz:

— Estou bem, sim. Mas você tem razão, a menina me fez dormir muito tarde e estou cansada. Vamos encerrar o trabalho.

— Garota esperta — diz Rhoda, e a mulher do outro lado do vidro, a mulher que está retirando os fones de ouvido com mãos que tremem um pouco, pensa: *Não. Esperta, não. Com raiva. Garota com* raiva.

*Eu retribuo*, sussurra uma voz no fundo de sua mente. *Mais cedo ou mais tarde, pequena Rosie, eu retribuo. Quer você queira ou não, eu retribuo.*

## 10

Ela pensa que vai ficar acordada a noite inteira, mas dorme logo depois da meia-noite e sonha. Sonha com uma árvore, *a* árvore, e quando acorda, pensa: *Não é de admirar que tenha sido tão difícil compreender. Não é de admirar. Todo esse tempo eu estava pensando na árvore errada.*

Está deitada perto de Bill, olhando para o teto e pensando no sonho. Nele, ouviu o som de gaivotas sobre o lago, gritando e gritando, e a voz de Bill. *Ficarão bem se se mantiverem normais*, dizia Bill. *Se se mantiverem normais e se lembrarem da árvore.*

Ela sabe o que precisa fazer.

## 11

No dia seguinte, liga para Rhoda e diz que não vai trabalhar. Uma ponta de resfriado, acrescenta. Então pega a rodovia 27 para o lago, desta vez sozinha. No banco perto dela está sua velha bolsa, a que trouxera ao fugir de casa. Tem a área do piquenique só para si nesta hora do dia e do ano. Tira os sapatos, coloca-os sob a mesa de piquenique e anda na direção norte pela água rasa da beira do lago, como fez com Bill quando ele a levou ali na primeira vez. Ela acha que pode ter dificuldade para achar o caminho de vegetação alta que leva ao alto, mas não tem. Enquanto o sobe, enterrando os dedos dos pés nus na areia áspera, cogita quantos sonhos não lembrados a levaram até lá desde que as fúrias começaram. É impossível dizer, claro, nem tem importância na verdade.

No alto do caminho está a clareira eriçada de vegetação e a árvore caída — da qual finalmente se lembrou. Nunca esqueceu as coisas que lhe aconteceram no mundo do quadro, e vê agora, sem a mínima surpresa, que a árvore à sua frente e a que caíra no caminho que levava à "romãzeira" de Dorcas são idênticas.

Pode ver a toca da raposa embaixo dos empoeirados montes de raízes na extremidade esquerda da árvore, mas está vazia e parece velha. De qualquer modo, vai até lá, ajoelha-se — seja como for, não tem certeza de que suas pernas trêmulas a sustentariam até muito mais longe. Abre sua velha bolsa e despeja os remanescentes de sua vida antiga no solo palhoso, coberto de folhas. Entre listas de lavanderia amassadas e receitas já vencidas, por baixo de uma lista de compras com as palavras

*COSTELETAS DE PORCO!*

no alto, sublinhadas, com letras maiúsculas e ponto de exclamação (costeletas de porco eram sempre o prato favorito de Norman), está o embrulho azul com os respingos vermelho-púrpura correndo por ele.

Tremendo, começando a chorar — em parte porque os fragmentos de sua velha e magoada vida a deixam tão triste e em parte porque está com tanto medo de que a vida nova esteja em perigo —, ela cava um buraco na terra junto à árvore caída. Quando o buraco já tem cerca de 20 centímetros, coloca o embrulho ao lado dele e o abre. A semente ainda está lá, rodeada pelo círculo de ouro do anel do primeiro marido de Rosie.

Coloca a semente no buraco (e a semente conservou a mágica; seus dedos ficam entorpecidos no instante em que a tocam) e a seguir circunda-a com o anel novamente.

— Por favor — diz, sem saber se está rezando ou, em caso positivo, a quem. Mesmo assim, a prece é de certo modo respondida. Ouve um latido curto e agudo. Não há qualquer piedade nele, compaixão alguma, gentileza alguma. É impaciente. *Não se meta comigo*, diz.

Rosie olha para cima e vê a raposa em pé e imóvel na extremidade da clareira, fitando-a. Sua cauda está levantada e flameja como uma tocha contra o opaco céu cinzento lá em cima.

— Por favor — diz Rosie novamente numa voz baixa e perturbada. — Por favor, não me deixe ser o que eu tenho medo de ser. Por favor... me ajude a controlar meu temperamento e me lembrar da árvore.

Não há nada que possa interpretar como resposta, nem mesmo outro daqueles latidos impacientes. A raposa apenas continua ali. Sua língua agora está de fora, e ela ofega. Para Rosie, parece um sorriso.

Rosie olha mais uma vez para o anel ao redor da semente; então a cobre com a terra palhosa e fragrante.

*Uma para minha patroa*, pensa, *uma para minha dama e uma para a menina que vive ali embaixo na alameda. Uma para Rosie.*

Volta à beira da clareira, ao início do caminho que a levará novamente à margem do lago. Quando está ali, a raposa trota rapidamente até a árvore caída, fareja o local em que Rosie enterrou o anel e a semente, depois se deita ali. Ainda ofega e ainda sorri (agora Rosie tem certeza de que ela está sorrindo), ainda olha para Rosie com os olhos negros. *Os filhotes se foram*, dizem aqueles olhos, *e o cachorro que os fez em mim também. Mas eu, Rosie... eu aguardo. E se for preciso, retribuo.*

Rosie procura loucura ou sanidade naqueles olhos... e vê ambas.

Então a raposa abaixa o bonito focinho junto à bonita cauda, fecha os olhos e parece adormecer.

— Por favor — Rosie murmura uma última vez, e então vai embora. E enquanto dirige o Buick pelo caminho de volta ao que espera seja sua vida, joga o último pedaço da vida antiga, a bolsa que trouxe com ela de casa, pela janela do carro, dentro da baía Coori.

## 12

As fúrias se foram.

A criança, Pamela, ainda não é adulta, mas já tem idade suficiente para ter seus próprios amigos, seios desabrochando como maçãzinhas e períodos de menstruação. Idade suficiente para que ela e a mãe tenham começado a discutir sobre roupas, noites passadas em casa e noites fora, o que pode e o que não pode fazer, com quem e por quanto tempo. O vendaval da adolescência de Pam ainda não começou inteiramente, mas Rosie sabe que está chegando. Contudo o encara com serenidade, pois as fúrias se foram.

O cabelo de Bill está quase todo grisalho e começou a rarear.

Rosie ainda está morena. Usa o cabelo de um modo simples, pelos ombros. Às vezes o suspende, mas nunca faz tranças.

Anos já se passaram desde que fizeram o piquenique no lago, na rodovia estadual 27; Bill parece ter se esquecido do local quando vendeu a Harley-Davidson, e vendeu-a porque, como ele mesmo disse, "meus reflexos estão lentos demais, Rosie. E quando nossos prazeres viram riscos, é hora de parar com eles". Ela não discute sobre isso, mas lhe parece que Bill vendeu uma boa quantidade de lembranças junto com a moto, e ela lamenta isso. É como se boa parte da juventude dele estivesse guardada nas bolsas da Harley, e ele tivesse se esquecido de retirá-la antes que o simpático rapaz de Evanston partisse com a motocicleta.

Não fazem mais piqueniques; no entanto, uma vez por ano, sempre na primavera, Rose sai sozinha. Vem observando a nova árvore crescer à sombra da árvore caída, de mudinha para arbusto, e daí para uma jovem e robusta árvore de tronco macio, reto, e galhos firmes. Vem observando a árvore crescer por si mesma, ano a ano, na clareira onde nenhum filhote de raposa faz mais cabriolas. Senta-se perto da árvore silenciosamente, às vezes até por uma hora, com as mãos dobradas ordenadamente no colo. Não vai para lá com o objetivo de cultuar ou rezar, mas sente uma sensação de retidão e de ritual em estar lá, uma sensação de dever cumprido, de alguma implícita renovação de pacto. E se estar lá a impede de ferir alguém — Bill, Pammy, Rhoda, Curt (Rob Lefferts não é problema; no ano em que Pammy fez 5 anos, ele morreu silenciosamente de um ataque do coração) —, então é um tempo bem gasto.

Como essa árvore cresce com perfeição! Seus galhos jovens já estão densamente cobertos de folhas estreitas, de um escuro tom de verde, e nos últimos dois anos Rosie tem visto duros clarões de cor bem dentro das folhas — flores que se tornarão frutos nos anos posteriores da árvore. Se por acaso alguém aparecer na clareira e comer daquele fruto, Rosie tem certeza de que o resultado disso será a morte, e uma morte medonha, de fato. Preocupa-se com isso de vez em quando, mas até ver sinais de que outras pessoas têm estado por lá, não se preocupa demais. Até então, não viu nenhum desses sinais, nem uma única lata de cerveja, um maço de cigarros ou papel de chicletes. É muito simples ir até lá e cruzar suas mãos claras e sem máculas no colo, e olhar para a árvore de sua fúria e as duras pinceladas de *rose madder* que se tornarão, anos mais tarde, os entorpecentes e doces frutos da morte.

Às vezes, sentada diante da pequena árvore, ela canta: *Sou realmente Rosie, e Rosie muito real... é melhor acreditar... sou mesmo sensacional...*

Não é sensacional, claro, exceto para as pessoas importantes da sua vida, mas já que só essas têm importância para ela, está tudo bem. Todas as contas estão equilibradas, como a mulher com o *zat* poderia ter dito. Rosie chegou a um porto seguro e, nessas manhãs de primavera perto do lago, sentada na clareira silenciosa e coberta de vegetação que jamais mudou em todos aqueles anos (nesse sentido parece muito com um quadro — o tipo de pintura monótona que se pode encontrar numa velha loja de curiosidades, ou numa casa-de-empréstimos-e-penhores), as pernas dobradas sob o corpo, às vezes tem uma sensação de gratidão tão plena que acha que em seu coração não caberá mais nada, jamais. É essa gratidão que a faz cantar. Precisa cantar. Não há outra escolha.

E às vezes a raposa — velha agora, com seus anos produtivos deixados há muito para trás, a cauda brilhante agora riscada de rijos fios grisalhos — vem para a beira da clareira e ali fica, parecendo ouvir Rosie cantar. Enquanto permanece ali, seus olhos negros não comunicam nenhum pensamento claro a Rosie, mas é impossível interpretar erradamente a sanidade fundamental do velho e esperto cérebro por trás deles.

10 de junho de 1993/17 de novembro de 1994

2ª EDIÇÃO [2013] 8 reimpressões

ESTA OBRA FOI COMPOSTA EM ADOBE GARAMOND PELA ABREU'S SYSTEM
E IMPRESSA EM OFSETE PELA GRÁFICA BARTIRA SOBRE PAPEL PÓLEN DA
SUZANO S.A. PARA A EDITORA SCHWARCZ EM JUNHO DE 2024